Las dos vidas de Mina Índigo

Novela

Alaitz Leceaga

Las dos vidas de Mina Índigo

Planeta

PEFC Certificado

Este libro procede de
bosques gestionados
de forma sostenible

PEFC

PEFC/14-38-00305 www.pefc.es

Adaptación de la cubierta: Booket / Área Editorial Grupo Planeta
Fotografía de la cubierta: © Jeff Cottenden
Primera edición en Colección Booket: junio de 2024

Depósito legal: B. 9.806-2024
ISBN: 978-84-08-28888-6
Impresión y encuadernación: Liberdúplex, S. L.
Printed in Spain - Impreso en España

Biografía

Alaitz Leceaga nació en Bilbao en 1982. Es la autora de las novelas superventas *El bosque sabe tu nombre* (2018) y *Las hijas de la tierra* (2019). Fue aclamada como la autora revelación del año 2018 con su debut literario, *El bosque sabe tu nombre*, que se ha traducido a varios idiomas y cuyos derechos audiovisuales están en fase de desarrollo. Esta novela le llevó a ser finalista del Premio El Ojo de RNE de narrativa de 2018 y a ser la ganadora del Premio de la Asociación de libreros de Bizkaia de 2019. Con su tercera novela, *Hasta donde termina el mar*, ganó el Premio de Novela Fernando Lara 2021. *Las dos vidas de Mina Índigo* es su cuarta novela.

Si quieres saber más, sigue a la autora en:

@AlaitzLeceaga

@alaitzleceaga

Alaitz Leceaga

Para mi marido, siempre

No hace falta ser una casa encantada para sentirse hechizado; el cerebro tiene pasillos que superan el límite del espacio físico.

EMILY DICKINSON

LA HABITACIÓN DE LOS FANTASMAS

La Habitación de los Fantasmas está al final de un largo pasillo, en el palacete del número 19 del pasaje de Permanyer.

Es un pasaje tranquilo y adoquinado formado por casitas adosadas en el nuevo distrito del Ensanche. Dos grandes pilares de piedra, uno frente a otro en cada lado de la calle, cierran los extremos del elegante callejón con una pesada puerta de forja. Sobre cada una de las columnas de piedra, unas figuras infantiles marcan la entrada al pasaje y miran desde arriba a los incautos que se atreven a cruzar la puerta para detenerse frente a la primera casa de la calle. Ahí es donde vive la señorita Guillermina Índigo.

Todas las casas tienen el mismo bonito estilo inglés y la misma estructura: un semisótano con estrechas ventanas en el frente, una planta sobrealzada y un pequeño jardín delantero donde crecen árboles frutales, hortensias y rosales que florecen en verano, cubriendo de pétalos de colores brillantes los adoquines blancos del pasaje. Las casas en los extremos del callejón —como la de la señorita Índigo— tienen un piso más.

La fachada del palacete es de piedra de un elegante color gris pálido, muy ornamentada con frisos vistosos en el frente —lo que le da un aire de europea distinción— al igual que el resto de las casas. La de la señorita Índigo tiene amplias ventanas acabadas en arco y una pequeña escalera que conduce hasta la puerta principal. En su tejado de grandes tejas de pizarra natural —de estilo mansarda— hay enormes tragaluces para iluminar la última planta de la casa.

La famosa Habitación de los Fantasmas tiene forma redondeada —según cuentan algunos, para favorecer el contacto con los espíritus—, no hay columnas, ni elegantes espejos o cuadros colgando en sus paredes, nada; tan solo una gran chimenea de piedra blanca en el centro de una de las paredes, que nunca está encendida, y dos altos ventanales que llegan casi hasta el techo. Los cristales de las ventanas, adornados con exquisitas vidrieras de colores, siempre están cubiertos por pesadas cortinas de terciopelo que no dejan pasar la luz del sol.

Los únicos muebles en la misteriosa habitación son una mesita, también redonda y con la superficie de espejo, y tres sillas de madera colocadas a su alrededor. Eso es todo. En el techo, colgando sobre la mesa donde los asistentes a las sesiones de espiritismo se cogen de las manos formando un círculo, está la enorme araña con lágrimas de cristal a la que le faltan algunas cuentas. Según se rumorea en Barcelona, Mina Índigo había hecho traer esa lámpara desde una mansión de Nueva Orleans después de que su anterior propietaria —la más poderosa Reina Bruja de la ciudad— falleciera en extrañas circunstancias. Era de sobra conocido que algunos participantes habían salido huyendo en mitad de una sesión al ver la gran araña de cristal balanceándose peligrosamente sobre sus cabezas.

La Habitación de los Fantasmas; así es como la gente de Barcelona llamaba a esa habitación, porque todo el mundo en la ciudad sabía que Guillermina Índigo hablaba con fantasmas.

—Hay alguien fuera. En la puerta —dice Mina.

La ventana de la salita da al patio delantero del palacete. Desde allí, puede verse la entrada, con la escalera, y todo el enlosado en zigzag que se extiende hasta la verja de hierro.

—¿Una visita? No tienes ninguna cita para esta mañana —responde Zelda, acercándose a la ventana para mirar también.

Hay una mujer al otro lado de la verja mirando hacia la casa, casi como si esperara que alguien saliera a abrirla. La mujer lleva una chaqueta marrón de lana barata, demasiado fina para protegerse del frío, y las manos escondidas bajo unos bastos guantes de lana.

—¿La conoces? —pregunta Zelda sorprendida.

—Sí, es Abril Prieto, una de mis confidentes. Trabaja cuando puede como limpiadora en los almacenes El Siglo. No debería estar aquí, sabe que no pueden relacionarla conmigo; eso forma parte de nuestro acuerdo.

Guillermina se levanta deprisa del sofá tapizado. Sabe, de esa manera instintiva en que se percibe en las tripas cuándo algo malo va a pasar, que esa mujer está en su puerta para traerle malas noticias; o la promesa de malas noticias en el futuro. El galgo de color negro que estaba plácidamente dormido en la alfombra, a sus pies, levanta la cabeza con curiosidad cuando ve a Mina pasar a su lado. Ella se asegura de que su blusa blanca con volantes esté limpia y camina decidida hacia la puerta de entrada.

—Espera, no abras. —Zelda la ha seguido hasta el elegante vestíbulo y la mira con sus bonitos ojos muy abiertos—. Y si está aquí para hablar sobre..., ya sabes, sobre lo que pasó en Trinidad; puede que haya descubierto algo.

—No, imposible; y deja ya de preocuparte por eso, nadie aquí en Barcelona tiene ni idea de lo que sucedió en Cuba.

—Al menos una de nosotras debe preocuparse por eso, Guillermina —responde Zelda, con ese acento cubano que todavía se filtra en sus palabras cuando se pone nerviosa.

Pero Mina ignora su último comentario mientras llega al vestíbulo del palacete.

—Debe de ser algo muy importante para que Abril se haya arriesgado a venir a verme. Le pago bien para evitar que nos vean juntas en público, y que así nadie pueda relacionar nuestras sesiones con la información que ella me consigue. —La voz de Mina suena mucho más calmada de lo que está en realidad, pero ya se ha acostumbrado a fingir.

Se mira un instante en el espejo del recibidor y se ajusta mejor su pelo recogido en la nuca.

—¿Cómo estoy? —le pregunta a Zelda.

—Como una médium farsante.

Mina intenta sonreír para aliviar el ambiente del recibidor, que se ha vuelto pesado y oscuro al mencionar Trinidad, igual que sucede justo antes de una tormenta. La campanilla del timbre resuena entre las paredes del palacete.

Cuando abre la puerta principal, el aire fresco de la mañana entra en el vestíbulo sin ser invitado. En pie, en el silencioso callejón adoquinado, al otro lado de la verja de hierro, Abril la mira sin ninguna sorpresa al verla aparecer. Mina baja la escalera de la entrada hasta el patio delantero, pasa junto al arbusto de lavanda que crece salvaje en un rincón y mira disimuladamente los azulejos levantados por las raíces de la planta.

—Has tardado. Pensé que iba a tener que tocar el timbre hasta hacer salir a todo el barrio —dice Abril a modo de saludo.

Mina le dedica una sonrisa cortante.

—¿Qué haces aquí? Sabes de sobra que no puedes acercarte a mi casa, no deben vernos nunca juntas. —Su voz es suave, pero solo porque no quiere alertar a sus vecinos. Mina sabe bien que no puede arriesgarse a que alguno se asome por la ventana y la vea hablando con Abril Prieto.

—Créeme, no he venido por gusto. Eres la última persona en el mundo a la que pediría ayuda, pero estoy desesperada. Por eso he venido a verte.

Abril Prieto parece muy cansada, igual que si no hubiera dormido en días, pero, aun así, la mira desafiante desde el otro lado de la verja. No tiembla debajo de su chaqueta raída —Mina se fija en los extremos de las mangas deshilachados y remendados ya mil veces—, aunque nota como Abril se retuerce con fuerza las manos enguantadas.

—¿Y bien? ¿Qué vas a hacer, Guillermina? ¿Vas a dejarme entrar en tu elegante casa? ¿O prefieres que discutamos nuestros asuntos privados aquí fuera? A mí me da igual.

De mala gana, Mina abre la puerta del enrejado para dejarla pasar.

—Más vale que sea una cuestión de vida o muerte, Abril...

—Lo es. Mi hija ha desaparecido.

Es el día libre del señor Baxter —el mayordomo encargado del palacete—, así que la propia Mina le sirve una taza de café humeante a Abril antes de sentarse en el sofá.

La salita de visitas es la habitación donde Mina acostumbra a charlar con sus clientes antes de una sesión espiritista; supuestamente lo hace para tranquilizarlos y que nada pueda estropear la comunicación con el más allá, pero en realidad solo es otra manera de estudiarlos y conseguir algo más de información sobre ellos —cualquier pequeño detalle o pista puede convertirse en un gran acierto después, adornado, claro, con un poco de teatro y práctica por su parte— antes de hacerles pasar a la Habitación de los Fantasmas.

Es una estancia confortable, con sofás tapizados en una tela en *jacquard* dorada y verde importada de una famosa *boutique* en el mismo centro de París —a juego con las largas cortinas que protegen las ventanas de las posibles miradas de los curiosos—, mesas nido de madera de cerezo oscuro en el centro y una gran alfombra india de nudos de seda en colores suaves. También hay un precioso mueble bar de roble bien surtido, iluminación suave y ningún espejo. Todo ello está pensado para que sus clientes se sientan cómodos y confiados, de manera que le sea mucho más sencillo lograr que bajen la guardia y dejen escapar algún detalle personal o un pequeño secreto que Mina utilizará después en la sesión. Pero Abril Prieto no es una de sus clientas, y esa mañana el ambiente en la salita es muy distinto del que suele preceder a las sesiones espiritistas de la señorita Índigo.

—Cuéntamelo todo, desde el principio. ¿Dices que tu hija Camila ha desaparecido?

Abril no la mira y tarda un momento más en responder.

—Sí, hace días que no sé dónde está.

—Lo lamento mucho, de verdad. Ojalá pudiera ayudarte, pero yo no me dedico a ese tipo de asuntos —dice Mina—. Si no quieres acudir a la policía para que ellos se ocupen, lo mejor que puedes hacer es preguntar por el barrio. Quizá alguien la ha visto o sabe dónde puede estar.

—¿Te crees que no se me ha ocurrido preguntar a los vecinos antes de atravesar media ciudad y recurrir a ti? Camila ya se ha marchado otras veces, pero en esta ocasión es distinto.

Abril rodea la delicada taza de porcelana con flores pintadas a mano y el borde con filigrana de oro, y sus manos tiemblan. No se ha quitado sus guantes toscos de lana a pesar de que no hace frío dentro del palacete.

—¿Por qué en esta ocasión es distinto? —quiere saber Mina.

Abril por fin levanta los ojos del café y la mira.

—Porque esta vez le ha pasado algo malo: soy su madre y lo sé; puedo sentirlo en las tripas.

Guillermina hace una mueca, pero Abril la interrumpe.

—Igual que tú puedes hablar con espíritus, o lo que sea que hagas, una madre puede saber si le ha pasado algo a su hija. Tú no lo entenderías, claro, para eso tendría que importarte alguien más aparte de ti misma. —Abril hace una pausa para serenarse—. Si me ayudas a encontrarla te pagaré, Guillermina.

—No podrías pagarme...

—Pues entonces trabajaré gratis para ti, ya no tendrás que pagarme a cambio de los chismes y de los secretos —insiste ella—. Te lo daré gratis, todo lo que sé sobre las clientas de El Siglo: su talla de sostén, quién tiene que hacerse ampliar los vestidos porque está esperando un bebé, hasta te diré qué caballero distinguido paga la cuenta de algunas señoritas...

—Pero todo eso ya lo sé.

—Pues si eso no es suficiente vendré a limpiar a tu casa cada semana. Ese mayordomo estirado que tienes hace un buen trabajo, pero yo podría ocuparme de los cristales, las lámparas...

Mina nota la mirada confusa de Zelda, sentada en el sofá a su lado; ella tampoco esperaba que la conversación fuera por ese camino.

—Abril, es normal que estés inquieta, pero no soy la persona adecuada para ayudarte en este asunto —comienza a decir Mina con delicadeza—. No me dedico a buscar chicas desaparecidas.

—¡Claro que sí! Cuando la hija de los Melis se largó con ese que le hacía los recados a don Bernabé, tú la encontraste en ese pueblucho donde se habían escondido para que el párroco los casara. ¡Ya estaban en Francia, por Dios bendito! Y aun así te presentaste allí antes de que el escándalo fuera demasiado grande como para que afectara al honor de la familia. ¡Y funcionó! Porque ahora la muchacha en cuestión está bien casada con un militar de alto rango y como si nada. Usaste tus contactos y tus artimañas para encontrar a la hija de los Melis y detener esa boda —le recuerda Abril—. ¿Por qué no puedes encontrar a la mía? ¿O es que la vida de mi hija vale menos que la de esa chica?

Un año antes, la hija pequeña de los Melis había desaparecido dejando solo una nota de despedida para su hermana mayor. Casi cincuenta agentes buscaron a Irene Melis por toda la ciudad sin encontrar ningún rastro. La madre de Irene, desesperada y buena clienta de Mina, acudió a ella a espaldas de su marido con la esperanza de que los espíritus pudieran decirle dónde estaba su querida hija desaparecida. «Cualquier pista que pueda guiar a los agentes en su dirección. Te estaré agradecida siempre, Guillermina.»

Mina descubrió que uno de los aprendices que don Bernabé tenía a su cargo llevaba meses rondando a la joven Irene. Fue una de las ayudantes de modista de la señora Melis quien se lo contó. La muchacha también le dijo —a cambio de un sobre con dinero— que Irene Melis había ido a ver a su jefa un par de semanas antes para hacerse un vestido de viaje y una chaquetilla a juego con la que protegerse del frío del norte de Francia en otoño, ya que estaba a punto de hacer un viaje en tren. También le encargó un juego completo de camisolas de algodón, de la mejor calidad, para hombre, que cargó a la cuenta que la familia tenía en la tienda. Así es como Mina la encontró y detuvo la boda de Irene con el aprendiz. Su madre, muy agradecida por ahorrarle esa vergüenza a la familia y un matrimonio ruinoso a su hija, le pagó tres veces sus honorarios habituales, y además la recomendó a todo su círculo de amistades.

—Aquello fue diferente. Tú misma acabas de decir que Camila ya ha desaparecido otras veces —responde ella—. Seguramente se habrá marchado y regresará pronto a casa; a esa edad las muchachas necesitan un poco de independencia. Tienen sus propios secretos: amoríos, amigas y ese tipo de cosas...

Pero Abril niega con la cabeza.

—No. Mi Camila no es así. Le gusta pasear sin rumbo y pasa mucho tiempo sola, pero ella no tiene amigas, no le interesan los hombres ni tampoco los asuntos políticos, nada que pueda meterla en problemas. Camila siempre ha sido una buena niña, obediente y trabajadora.

—¿Cómo estaba la última vez que la viste? ¿Le preocupaba algo?

—Estaba bien. Salió por la mañana para buscar trabajo en los grandes almacenes, en El Siglo. Oí que iban cortos de personal: con todo lo de la Exposición Universal tienen muchas nuevas clientas, y más que van a tener cuando se inaugure, así que están contratando chicas jóvenes para atender las cajas y el departamento de moda de señoras.

La Exposición Universal es el gran acontecimiento del año. O tal vez, de la década. Todo el mundo en Barcelona se prepara para el evento y esperan ansiosos la gran inauguración, que se celebrará esa misma primavera: el 8 de abril. Además de todo lo expuesto en los pabellones —que todavía se están construyendo a contrarreloj en el parque de la Ciudadela—, donde países invitados de todo el mundo mostrarán sus maravillas y avances, por toda la ciudad van a celebrarse numerosos actos, fiestas, representaciones teatrales, óperas en las que actuarán algunas de las sopranos más famosas del momento, desfiles, congresos de ciencias modernas, carreras de caballos, procesiones... Barcelona al completo está volcada en lograr que la Exposición Universal sea un éxito sin precedentes, que impulsará a la ciudad para terminar de convertirla en una moderna urbe europea, a la altura de otras grandes ciudades, como Londres, París o Viena.

Pero a Abril Prieto ahora mismo no le importa nada la próxima celebración de la Exposición Universal. Hace una pausa y su frente se arruga antes de añadir:

—Yo la animé a ir, a Camila. Pensé que, como trabajo allí fregando algunas noches, mi hija tendría más posibilidades de que la contrataran.

Abril se siente culpable por haberla convencido para ir a pedir trabajo. Mina suspira y se mueve incómoda en el elegante sofá; ella sabe bien que la culpa puede ser el fantasma más insistente de todos, y también el que causa mayor tormento.

—No puedo ayudarte. Lo lamento.

Y, sin darle tiempo de responder, Mina se levanta; el crepé de su falda cruje llenando el silencio tenso de la salita de visitas.

—Me lo debes, Guillermina. Por todo.

—Yo no te debo nada.

Abril se levanta para poder mirarla directamente a los ojos; su vestido no cruje al moverse, es barato y está desgastado por el tiempo y el uso, pero eso no impide que dé un paso hacia ella, decidida.

—Me lo debes todo: esta bonita casa, los muebles caros, esa ropa elegante que llevas y que te hace parecer una mujer respetable. Todo... Esta vida falsa que te has construido me la debes a mí. A mí, y al resto de los desgraciados que te vendemos los secretos de nuestros amos por un par de reales. Nos necesitas tanto como necesitas a esos ricos imbéciles a los que estafas. —Abril tiene razón, pero la expresión de Mina no cambia; es buena ocultando el miedo—. Si no me ayudas a buscar a mi hija, lo contaré todo y convenceré a los demás para que lo cuenten también. Toda tu red de soplones desaparecerá; no más chismes ni confidencias. Estarás acabada.

Ahora sí, la expresión indescifrable de Mina tiembla ligeramente.

—Nunca los convencerás, esa pobre gente necesita los reales que yo les doy para poder vivir.

—Te equivocas otra vez, porque mi Camila es uno de los suyos, nacida y criada en las mismas calles inmundas que ellos y que sus hijos. Y ahí fuera el mundo está cambiando muy deprisa, ¿o es que no te has dado cuenta, encerrada en tu bonito palacete?

Mina no dice nada, pero siente la mirada urgente de Zelda clavada en ella; la conoce bien y sabe que ahora va a intentarlo a su manera.

—¿Dice que su hija fue a los grandes almacenes a buscar trabajo? —pregunta Zelda con suavidad—. ¿Cuándo fue eso? ¿Hace dos días?

—Anteayer, a primera hora de la mañana. —Abril responde deprisa.

—¿Y nadie la ha visto desde entonces? ¿Ningún vecino ni conocido?

—No, nada. He preguntado por todo el Raval antes de cruzar la ciudad para venir aquí. —Abril baja la cabeza y se mira las manos dentro de los guantes de lana—. Yo estoy enferma y no siempre puedo trabajar; tengo dolores terribles por todo el cuerpo y principalmente en las manos, hay días en los que ni siquiera me veo capaz de salir de la cama a causa del dolor. Por eso Camila buscaba trabajo: necesito medicinas que no podemos pagar, pero sobre todo necesitamos comer. Mi hijo mayor ayuda con su jornal, claro, pero somos tres bocas que alimentar y él solo no puede ocuparse de todo. Necesitábamos que Camila empezara a trabajar.

—¿Puedo preguntarle qué es lo que le ocurre? Ha dicho que siente mucho dolor en las manos... —pregunta Zelda, señalándolas con un gesto de su cabeza—. ¿Qué enfermedad padece?

—Artritis séptica. No tiene cura. Siento dolor en todas las articulaciones cada vez que me muevo —responde Abril secamente—. Por eso no puedo trabajar algunas veces; es como sentir que los huesos se rompen y que las astillas te perforan la piel desde dentro, todo el tiempo.

—Lo lamento. Es verdad que no tiene cura, pero puede que tenga algo para ayudarla con el dolor.

—No, yo no puedo pagarlo —se apresura a decir Abril.

—Es gratis.

Abril la mira con desconfianza.

—Nada es gratis en este mundo.

Zelda le dedica una sonrisa diminuta.

—Tiene razón. A cambio de la medicina para el dolor, me gustaría que mañana a medio día acompañara a Mina a la jefatura de policía; como un favor hacia mí —empieza a decir—. Mina conoce a muchos agentes, buenos policías, y tiene amigos allí que aún le deben favores a su esposo, el antiguo patólogo. Hábleles de Camila y de lo buena chica que es, cuénteles lo mismo que nos ha dicho a nosotras; ellos podrán ayudarla a encontrarla.

Por un momento casi parece que la amabilidad y la calma de Zelda tienen efecto en Abril Prieto. Casi.

—¿Esa es tu solución?, ¿la policía? —Abril se ríe con amargura—. La mayoría de los policías son idiotas o corruptos. O ambas cosas. Y la orden desde el ayuntamiento es limpiar las calles de la ciudad de chusma antes de la maldita Exposición Universal para dar una buena imagen. Están muy ocupados como para ponerse a buscar a mi hija; no les importa lo que nos pase: somos pobres, escoria. Para ellos somos invisibles.

Mina conoce a varios agentes de la policía metropolitana, tiene a algunos de ellos en nómina y trata con otros cuando necesita alguna información jugosa acerca de sus clientes.

—Bueno, tampoco es que pierda nada por intentarlo, ¿no? —insiste Zelda, pero ahora su tono ya ha perdido parte de esa afabilidad con la que acostumbra a tratar a los demás. Es un acto reflejo después de todo este tiempo haciendo de cebo en las estafas de Mina: nadie sospecha nunca de las personas amables—. Acompañe mañana a la señorita Índigo a la jefatura de policía, a ella la escucharán. Y después, si aún no está convencida, puede delatarnos igualmente. No pierde nada.

Mina le lanza una mirada cargada de intención, pero Zelda la ignora; sabe que Abril está a punto de aceptar su oferta.

—De acuerdo. Iré contigo a ver a esos detectives, pero no prometo nada: si veo que no les interesa lo que dices empezaré a contarle la verdad sobre ti a toda la ciudad —amenaza, y las dos mujeres la creen—. Y, ahora, ¿qué hay de esa medicina de la que me ha hablado?

Zelda sonríe al escucharla, y ya no es una sonrisa dócil ni afable.

—Claro, iré a buscarla —responde, antes de salir de la habitación y perderse por el pasillo.

—Tu amiga es buena actriz, casi tanto como tú. Por un momento me he creído que le importábamos algo —apunta Abril cuando las dos están solas.

—Y le importáis: Zelda tiene debilidad por las causas perdidas, siempre ha sido así —dice Mina, aunque en el fondo ella también tiene debilidad por las causas perdidas.

—Mi hija Camila..., ¿crees que está muerta?

Igual que hace con todos sus clientes y posibles clientes, Mina la observa buscando sus puntos débiles, sus secretos, las mentiras que está deseando creerse... Es buena estafadora, pero solo porque es muy observadora, capaz de intuir ese impulso oscuro que vive dentro de todos nosotros. Abril se mueve despacio y por sus gestos es evidente que siente un gran dolor físico, pero no hace amago de sentarse en el cómodo sofá que tiene a su espalda.

—Está muerta, ¿verdad? —insiste.

Mina abre la boca, pero antes de que pueda responder Zelda entra en la sala llevando un frasco de cristal en la mano. Dentro de la misteriosa botella, no más grande que una polvera, hay un líquido ambarino.

—Tenga. Una vez al día añada tres gotas de esto en el café, el té o en cualquier líquido que tome. No la curará, pero la ayudará con el dolor.

Los dedos hinchados y torpes de Abril hacen girar el frasquito, examinando el líquido en su interior.

—¿Qué es? —pregunta.

—¿Acaso importa? Ninguna de las tres tenemos otra alternativa que confiar.

—No, supongo que no —acepta Abril, mientras se guarda la botella en el bolsillo de su falda.

—Estamos de acuerdo entonces. Mañana, a las doce, espérame a dos manzanas de aquí, en esa floristería donde solemos vernos cuando tienes algún chisme jugoso para venderme. Pasaré a buscarte e iremos juntas a ver al inspector jefe, él nos ayudará.

Abril asiente, camina despacio hasta la puerta principal y sale al patio delantero del palacete. Pueden verla desde la misma ventana desde la que espían a sus clientes antes de una sesión. Abril mira la lavanda que crece sin control junto al muro.

—¿Le has dado mi cocaína disuelta? —susurra Mina cuando están solas.

Zelda se encoge de hombros.

—Sí, no sabía qué más hacer. Al menos hemos ganado algo de tiempo. Ahora todo depende de ti. Convence al inspector Bocanegra para que busque a su hija o esa mujer será nuestra ruina, Guillermina. Tengo mucha práctica, reconozco las malas noticias cuando las veo entrar por la puerta. Y esa mujer son malas noticias.

Mina observa a Abril a través del cristal un momento más mientras ella se aleja por la elegante calle adoquinada. Abril ya no está a la vista, pero un extraño sentimiento de culpabilidad se ha quedado atascado en la garganta de Guillermina. Reconoce bien ese sentimiento.

—¿Crees que lo haría? ¿Contar la verdad sobre nosotras?

—Sí, lo creo, y no puedo culparla: está desesperada —responde Zelda muy segura—. Hará y dirá lo que haga falta para encontrar a su hija, así que tú haz lo que debas para convencer al inspector Bocanegra de que os ayude. Nos lo jugamos todo con este asunto, Guillermina.

—Genial —responde Mina con ironía—. Seguro que el inspector jefe estará encantado de ayudarme después de lo que pasó la última vez; además, Ramiro Bocanegra es un hombre tan razonable...

Laura Aranda es la modista de confianza de Guillermina. La señora Aranda es una de las jefas de costura que trabaja para doña Consuelo Beltrán en su exclusivo taller de las Ramblas, y es también una de sus más antiguas confidentes. Mina suele aprovechar sus visitas al salón de costura —donde le permiten probarse los últimos modelos en una discreta habitación bien protegida por cortinas gruesas— para charlar y, de paso, enterarse de los últimos chismes acerca de las mujeres mejor vestidas de Barcelona. Chismes que después no duda en utilizar en sus famosas sesiones espiritistas. Pero esa mañana la jefa de modistas de doña Consuelo Beltrán está en el palacete para terminar de ajustarle a Guillermina el conjunto que llevará a la próxima cena en casa de los Ruiz-Escuder.

Mina aún está subida en el escabel revestido donde han hecho la última prueba para el traje. Se pasa las manos despacio sobre la tela de la falda, disfrutando un momento más del tacto del terciopelo grueso. Oye a Zelda despidiéndose de Laura en el vestíbulo, y un momento después la puerta principal se cierra.

—Te queda de maravilla. Desde luego, Laura Aranda tiene unas manos únicas —comenta Zelda, estudiando el delicado trabajo de la costurera—. Aunque aún no sé cómo has persuadido a Aranda para que haga una visita a domicilio, sobre todo ahora que pronto comenzará la temporada social de primavera y todas las mujeres y jovencitas de la alta sociedad buscan tener los mejores y más espectaculares vestidos en sus armarios para las fiestas y bailes que se aproximan en los próximos meses.

Zelda nunca asiste a ninguno de ellos; por supuesto, nadie la invita jamás —sería un verdadero escándalo invitar a una supuesta criada a las elegantes fiestas y eventos que tienen lugar por toda la ciudad cuando comienza la temporada social—, pero, aunque así fuera, Zelda Moreno tampoco asistiría.

—Oh, fue sencillo; simplemente le dije que la recomendaría a mis clientas en París el año próximo, cuando vaya allí para asistir a una importante conferencia espiritista europea a la que me ha invitado la esposa del ministro de Defensa francés —dice Mina, bajándose despacio del escabel.

—Tú no vas a ir a París el año que viene a dar ninguna conferencia, y desde luego no conoces al ministro de Defensa francés ni a su esposa.

—Sí, eso ya lo sé, pero Laura Aranda no.

Guillermina camina hasta la cocina del palacete, oyendo el crujido de la tela. Es un elegante traje de chaquetilla corta y falda acampanada hasta el suelo, confeccionadas en grueso terciopelo verde esmeralda. El color intenso resalta la piel pálida y el pelo castaño de Mina, y le da un toque místico que ayuda a terminar de convencer a sus clientes de sus supuestos poderes sobrenaturales.

—Si no te lo quitas ahora terminarás por ensuciarte la chaquetilla con la salsa, y ni siquiera el señor Baxter será capaz de limpiar la mancha de tomate del terciopelo —dice Zelda, mientras enciende uno de sus cigarrillos.

Pero Mina se sienta en una de las sillas frente a la gran mesa de la cocina y retira la tapa que cubre la fuente de porcelana blanca que hay en el centro. Busca con la mirada una cuchara y la hunde directamente en el guiso. Come de la fuente —sin molestarse siquiera en servirse en un plato— lo que parece ser el delicioso guiso con patatas, salchichas italianas con especias y tomates asados que acostumbra a preparar el señor Baxter.

—¿Prefieres que beba? —le pregunta ella, saboreando las especias en su lengua.

Zelda no responde y le da una calada a su cigarrillo.

—Es por la visita de esta mañana de Abril. Me ha puesto nerviosa, todo ese asunto con su hija... no pinta bien: ni para su hija ni tampoco para nosotras. —Guillermina vuelve a hundir la cuchara en el guiso y después se la lleva a los labios—. Y admito que también confiaba en no tener que tratar con Ramiro Bocanegra al menos durante un tiempo, hasta que se le hubiera olvidado todo ese asunto con el hijo del secretario de Interior...

—Sí, desde luego lo del hijo del secretario de Interior y esa bailarina no fue uno de tus mejores momentos —replica Zelda con cierta ironía.

—Ya. ¿Cómo iba yo a imaginar que el hijo del secretario visitaba a esa bailarina por la insistencia de su padre, solo para que él le ayudara a ocultarle a su nueva y joven esposa que mantenía una relación con la bailarina en cuestión? —se defiende ella con una sonrisa—. ¿Qué clase de hombre engaña a su joven esposa, con la que a su vez engañaba a su anterior esposa recién fallecida, con una bailarina exótica todavía más joven? Muy ambicioso por parte del secretario de Interior, desde luego. ¡Pensé que estaba ayudando a su hijo a escapar de una vida de pecado y lujuria!

—Ayudándote a ti, querrás decir.

—A nosotras —termina Mina, más seria ahora—. Y esto es diferente: no se trata del hijo descarriado de algún empresario rico ni de sacar disimuladamente del calabozo a una dama a la que han arrestado durante una redada en un fumadero de opio. No, esto podría ser peligroso para nosotras.

—Lo sé.

—Y, a pesar de eso, quieres que nos involucremos en todo esto.

A Zelda no le gusta fumar delante de los posibles clientes ni de los informantes, sabe que su papel es pasar lo más desapercibida posible: pocas personas se sienten con ánimo de contar sus secretos más profundos o de confesar sus pecados delante de ella: con su piel mestiza, sus rasgos antillanos o su pelo, muy rizado y corto. Sí, Zelda Moreno sabe de sobra que para no espantar a los clientes debe estar calladita y fingir que es solo una criada; pero la visita de Abril y la desaparición de su hija también han removido algo dentro de ella.

—Sí. Debes ayudar a Abril a encontrar a su hija, no importa lo que diga Ramiro o el resto de la policía. Aunque a ellos no les parezca importante, tú puedes ayudarla, tampoco sería la primera vez que ignoras por completo las órdenes de la policía —le recuerda Zelda.

Mina se olvida por un momento del guiso y mira a su mejor amiga.

—¿Crees que ayudar a Abril a buscar a su hija podría ayudarme a mí con lo que pasó? Nada de lo que haga compensará lo que sucedió en Cuba; lo que yo permití que sucediera. —El peso de la culpa cae sobre ella con fuerza.

—Lo que ocurrió en Trinidad no puede deshacerse, Guillermina. Es una carga con la que debemos vivir, ambas lo sabemos; pero también sé que, aunque el pasado no se puede alterar, sí es posible cambiar el futuro de esa pobre chica desaparecida.

Mina piensa en ello durante un momento, el pasado es una enorme roca que bloquea cualquier camino o salida, pero de repente se le ocurre que el futuro tal vez podría ser de otra manera.

—¿Quieres que ayudemos a una mujer que ha venido a nuestra casa a amenazarnos? Sé que sientes debilidad por los animalitos heridos y por las causas perdidas, pero Abril Prieto no es un gato o un gorrión con el ala rota que podamos recoger y meter en una caja. La conozco desde hace tiempo, Zelda, y sé que bajo esa apariencia indefensa hay una mujer peligrosa. Está desesperada, y hay pocas cosas más peligrosas en este mundo que una madre desesperada.

Los ojos de gata de Zelda la miran fijamente.

—Sé de sobra que tú ya has tomado la decisión de hacer algo por ella; a pesar del chantaje y de sus amenazas, vas a ayudar a Abril Prieto a encontrar a su hija, porque en el fondo tú también sientes debilidad por las causas perdidas, Guillermina.

Mina deja escapar un suspiro y vuelve a llevarse otra porción del delicioso guiso del señor Baxter a los labios, olvidando que todavía lleva puesto el elegante conjunto de terciopelo.

—Bien; ayudaremos a Abril.

Zelda sonríe de refilón y le da una calada lenta a su cigarrillo. El aire de la cocina del palacete huele al humo de su tabaco, al perfume de Guillermina, a las especias italianas del guiso y al pan que han tostado esta mañana para el desayuno. Mina todavía está pensando en cuál será su siguiente paso para intentar ayudar a Abril Prieto cuando una gota de salsa del estofado cae sobre su chaquetilla de terciopelo.

—Maldita sea... —masculla ella, mirando la mancha oscura en la solapa.

—Te lo dije —le recuerda Zelda.

—Le sumaré a Abril lo que cueste la limpieza de la chaquetilla.

—Te recuerdo, Guillermina, que vas a hacer esto gratis; mejor dicho: vamos a hacer esto gratis.

Mina pone los ojos en blanco, coge un trapo de cocina y frota la mancha en su solapa, solo para ver como esta se hace más grande.

—Sí, ya lo has dejado muy claro: lo haremos porque es lo correcto. —Frustrada, Mina deja caer el trapo sobre la mesa de la cocina—. Te comunico que a partir de este momento te hago responsable a ti de todo lo malo que suceda por ayudar a Abril.

Zelda intenta no sonreír al oír las palabras de su amiga, sabe de sobra que bromea, pero algo dentro de ella también siente que están a punto de recorrer juntas un camino oscuro y peligroso.

—¡Oh, Guillermina! Deja ya de disimular, las dos sabemos que estabas deseando involucrarte. Ya habías decidido ayudarlas antes de que yo abriera la boca, tan solo te he dado un pequeño empujoncito en la dirección correcta.

—Sí, un empujoncito en la dirección de las calles apestosas y sucias del Raval, gracias. Será un interesante cambio. Ya me estaba cansando de ser invitada cada semana a fiestas elegantes, asistir a bailes del brazo de apuestos caballeros o cenar en los lujosos pisos del Ensanche —replica Mina con sarcasmo—. Y de todas formas tú eres mi socia, de manera que, si nos hundimos por esto, nos hundiremos juntas; y todo gracias a tu maldito buen corazón...

Zelda la mira fijamente y por fin dice las palabras que lleva deseando pronunciar desde que Mina ha empezado a comer.

—Lo que estás comiendo es el guiso que el señor Baxter ha preparado para Archie.

Archie, el estilizado galgo negro que dormita en el suelo de la cocina, mueve las orejas al oír su nombre, pero no se despierta.

—¿Qué?

—Sí, el señor Baxter terminó de prepararlo antes de salir —comenta Zelda conteniendo una carcajada—. Sabes bien que el Comodoro Archibald Walton III es el ojito derecho del señor Baxter y que acostumbra a prepararle su guiso favorito; está convencido de que el cuerpo esbelto de Archie se debe más al hambre que a su constitución física. Te estás comiendo la comida del perro, Guillermina.

Las dos mujeres se ríen divertidas en la cocina, ambas saben bien que ese es uno de esos extraños momentos de felicidad y calma que preceden a la tormenta. Las dos han visto ya muchas. Guillermina mira la fuente con el guiso, vuelve a hundir la cuchara en él y después se la lleva a los labios. Ahora solo tiene que averiguar cómo va a encontrar a una chica a la que no ha visto nunca.

MÁS MALAS NOTICIAS

Guillermina Índigo espera la visita de Antonia y Beatriz Palladino. Las hermanas Palladino son dos de sus mejores clientas. Ambas son habituales —y muy entusiastas— de las sesiones de espiritismo de la señorita Índigo. Las hermanas acuden al palacete de Permanyer cada dos jueves, siempre después de la caída del sol. Antonia —la mayor— espera que la señorita Índigo la ponga en contacto con su esposo, fallecido el otoño anterior tras una larga y penosa enfermedad que le había mantenido postrado en cama durante casi dos años.

Esa tarde oscura del 19 de enero, Antonia Palladino y su hermana Beatriz cruzan la pesada reja de forja bajo la atenta mirada de las dos estatuas infantiles que las observan con sus ojos de piedra. Caminan deprisa por el callejón adoquinado con sus rostros velados debajo de sus elegantes sombreros de medio luto, decorados con plumas y flores negras, como corresponde a la segunda fase del luto. Antonia Palladino no les ha contado a sus amigas adónde va algunos jueves antes de cenar, pero todo el mundo lo sabe, porque cualquiera que se considere parte de la alta sociedad de Barcelona conoce a Mina Índigo o ha asistido alguna vez a las exclusivas sesiones de espiritismo que celebra en el palacete de Permanyer.

Aunque ahora Mina Índigo es una famosa y cotizada médium —la más célebre de toda la ciudad y seguramente de todo el país—, no siempre había sido así. Al principio, los participantes de sus sesiones acudían a su palacete casi como si se tratara de un juego o una aventura; algo secreto que hacían después de cenar en el Grand Restaurant de la France —también conocido como Casa Justin, en honor a su propietario, un excéntrico chef francés—, de ir al casino o de pasar la tarde charlando en alguno de los elegantes cafés que hay en los alrededores de la plaza Real, todos con sus sombrillas y toldos de colores brillantes y sus sillas de madera estilo bistró. Pero, con el paso del tiempo y las sesiones —y los innumerables aciertos de la señorita Índigo—, la curiosidad por sentarse en la Habitación de los Fantasmas y hablar con los espíritus se convertía en una necesidad para muchos de los clientes de Mina. Había quienes acudían a su palacete abuhardillado incluso más de una vez por semana para contactar con sus seres queridos fallecidos y pagaban sin protestar el precio que la señorita Índigo les pidiera, por alto que este fuera. Los muertos nunca guardan silencio, y Guillermina Índigo era la única persona capaz de apaciguar sus voces.

Las hermanas Palladino se detienen frente al palacete. Es invierno y la farola de gas junto a la entrada de la finca está encendida; pueden ver el humo que sale de la lámpara perdiéndose en el aire. Justo cuando se detienen debajo, la luz mortecina parpadea dentro del cristal, dejándolas a oscuras durante un par de segundos. Beatriz se aferra al brazo de su hermana.

—Será que vuelve a fallar el suministro de gas ciudad por culpa de las obras para la Exposición. Solo es eso —murmura Antonia bajo su velo, intentando sonar convencida.

Pero las dos hermanas miran la farola con aprensión.

La verja de hierro forjado, que termina en unas afiladas puntas de lanza con filigranas, marca la entrada a los dominios de la señorita Índigo. Desde el otro lado de la puerta cerrada, Antonia Palladino estira un poco el cuello para mirar el arbusto de lavanda florida que, a pesar del frío invierno, crece salvaje en el lateral del pequeño patio delantero de la casa. El patio está cubierto por la misma neblina que se apodera de la ciudad después de la caída del sol y que flota a pocos centímetros del suelo. La luz amarillenta de la farola parpadea otra vez.

Inquieta, Antonia se suelta del brazo de su hermana y tira del mecanismo de la campanilla del timbre. Oye como suena en algún lugar dentro del palacete, pero nadie sale a recibirlas. Suspira impaciente —con el tedio propio de quienes no están acostumbrados a tener que esperar por nada jamás— y vuelve a tocar el timbre.

Lo que las hermanas Palladino no saben —ni ningún otro de sus ricos clientes— es que Guillermina Índigo las hace esperar en la calle frente a su puerta a propósito mientras las observa con discreción desde la ventana de la salita de las visitas. Tras la doble cortina de encaje y *jacquard*, Mina repara en cómo las hermanas Palladino ocultan sus carísimas joyas debajo de las gruesas organzas negras de sus vestidos de luto y en la manera en que miran inquietas en todas direcciones, temiendo que la oscuridad vuelva a apoderarse de la calle, aunque sea solo por unos pocos segundos. Observar desde la ventana antes de cada sesión también le sirve a Mina para estudiar los gestos de sus clientes: si mueven mucho las manos, si están inquietos, si susurran o si por el contrario parecen culpables, como las Palladino. Así Mina puede hacerse una idea de su estado de ánimo antes siquiera de que pongan un pie en su casa.

—El truco de la farola funciona de maravilla, Zelda. Deberías ver el respingo que ha dado Beatriz Palladino cuando la luz ha parpadeado —dice Mina, detrás del encaje color crema de la cortina.

—Sí, es un truco sencillo pero muy efectivo: solo tuve que cerrar la llave del paso del gas que está en el sótano para cortar el suministro y que la farola parpadee.

—El poder de la sugestión. Es perfecto —responde Mina sin volverse—. Ayuda a crear ambiente y las hace asustarse ya antes de sentarse alrededor de mi mesa.

—¿Piensas quedarte ahí mirándolas toda la noche? —pregunta Zelda a su espalda—. Tarde o temprano alguno de tus clientes se dará cuenta de lo que haces y puede que entonces decida no regresar.

—Eso nunca pasará. —Mina habla muy segura de sí misma, como de costumbre—. Para algunos esto crea una adicción más fuerte que la del opio que fuman en esos pisos de la calle Salmerón o incluso que la morfina: la posibilidad de hablar con sus seres queridos fallecidos; intentar conseguir ese perdón tan deseado o esa reconciliación imposible. Muchos darían cualquier cosa por lograrlo.

—Y tú te aprovechas de eso —dice Zelda, consciente de que no es una pregunta.

—Nosotras nos aprovechamos de eso. Las dos. No lo olvides.

—Créeme, no lo olvido —murmura Zelda.

El timbre de la verja vuelve a resonar entre las paredes del palacete y Mina sonríe satisfecha. Guillermina Índigo tiene esa clase de sonrisa enigmática que nunca revela sus verdaderas intenciones.

—¿Lo ves? Ya te he dicho que nunca dejarán de venir. El perdón no es algo sencillo de conseguir, Zelda. Sobre todo cuando se trata del perdón de los muertos.

—Ni barato, a juzgar por el precio que les cobras por cada sesión.

Zelda Moreno sostiene una taza de té humeante en la mano. Sin mirarlo, sopla el líquido con delicadeza para que se enfríe antes de beber.

—Les cobro solo lo que sé que pueden pagar. Si mis servicios fueran más asequibles, te aseguro que ninguno de esos aristócratas, empresarios o artistas llamaría a nuestra puerta. Eso es lo que les hace regresar una y otra vez.

—Ya, como el opio.

—Eso es. —Mina se da la vuelta y la estudia un momento—. Es curioso, no pensé que precisamente tú fueras a tener tantos reparos a la hora de sacarles los cuartos a ese atajo de incautos, aburridos y esnobs.

—Oh, y no los tengo, créeme. Pero si esas dos se cansan de esperar y se marchan, no cobraremos.

—Esas dos no irán a ningún sitio —murmura Mina, volviendo a mirar a las dos mujeres que esperan en la puerta, al otro lado del jardín. Y ahora parece que Mina se ha olvidado de que Zelda está con ella en la salita—. Necesitan venir aquí. Necesitan averiguar si yo lo sé.

Zelda la mira sin comprender.

—Si tú sabes... ¿qué?

No era extraño que Mina Índigo hablara sola en voz alta. A menudo, Zelda la sorprendía en alguna de las habitaciones vacías del palacete de Permanyer mascullando palabras sin aparente sentido. Otras veces, Mina decía en voz alta solo la última parte de una frase, o discutía entre susurros igual que si mantuviera una conversación con alguien. Pero nunca había nadie más presente.

—Antonia Palladino asesinó a su marido —responde Mina sin emoción alguna en la voz—. Ella o su hermana Beatriz, o puede que lo hicieran las dos juntas; eso aún no lo sé con seguridad. Bruno, su marido, ya estaba enfermo antes: su salud era delicada desde hacía mucho tiempo. Así es como se les ocurrió la idea; nadie sospecharía de ellas. Únicamente tuvieron que hacerle enfermar un poco más, solo lo necesario. Un pequeño empujón y adiós.

—¿Qué? ¿Cómo puedes saberlo?

Mina le dedica una media sonrisa llena de misterio.

—Me lo ha dicho un fantasma.

—Ya, muy graciosa.

Sin mirarla, Mina se alisa unas arrugas invisibles en su larga falda de raso de color verde bosque. Siempre que va a celebrar una sesión de espiritismo en su casa o que va a la mansión de alguno de sus clientes para adivinarle el futuro, se viste con su ropa más excéntrica y exclusiva. Casi todos sus vestidos —decorados con cuentas, bordados o cinturones vistosos— y sus blusas de fino encaje con vivas de terciopelo y botones de cristal o perlas se los hacía enviar desde París para terminar de impresionar a sus clientes. Mina Índigo todavía es relativamente joven —cumplió treinta y dos el verano pasado—, pero viste casi siempre de negro o de otros colores oscuros. Todo eso, junto con su piel clara y su pelo castaño intenso, la ayudan a crear la ilusión de tener poderes sobrenaturales. Casi como si su aspecto delicado —a pesar de su mirada feroz— la hiciera parecer un poco menos mundana y, por lo tanto, más capaz de comunicarse con los que ya no están entre los vivos a cambio de un buen fajo de billetes.

—Antonia y Beatriz Palladino envenenaron a Bruno Fontanet durante casi un año entero haciendo que pareciera que estaba mucho más enfermo de como realmente se encontraba. Para lograrlo, utilizaron pequeñas dosis de arsénico que camuflaban en el azúcar de los bombones de la pastelería La Colmena, sus favoritos; eso era casi lo único que Bruno comía al final, bombones. Se envenenaba él solo sin saberlo. Los propietarios de la confitería tampoco tienen ni idea de que adulteraban sus dulces, claro —dice como si nada, tirando del puño de encaje de su blusa para colocarlo mejor—. Después de tanto tiempo enfermo en cama, a nadie le extrañó que Fontanet finalmente muriera. El arsénico es difícil de detectar en una autopsia, sobre todo si no se está buscando expresamente o si la víctima es uno de los empresarios textiles más poderosos de la ciudad. Hubiera sido un escándalo solo sugerirlo: imagina a uno de los ciudadanos más ilustres de Barcelona arrugado, desnudo y abierto de par en par como una pularda rellena de guindas para Navidad.

—Usar bombones y dulces para matar a alguien es... bastante retorcido.

—Sí, bueno, esa es mi teoría, aunque todavía no tengo ninguna prueba. Por eso vienen aquí cada dos jueves. Necesitan saber si realmente puedo hablar con fantasmas y si sé lo que han hecho —dice Mina—. O puede que solo quieran que él las perdone, no lo sé. Pero por eso mismo estoy segura de que no se marcharán, aunque las haga esperar una hora más en la entrada. Lograr el perdón de los muertos es algo por lo que merece la pena aguardar en la acera.

Al oír sus palabras, Zelda y ella intercambian una rápida mirada pensando en el perdón de sus propios muertos. Después Zelda observa un momento a las dos mujeres elegantemente vestidas, que siguen esperando junto a la verja de la casa.

—¿Por qué lo hicieron? Su vida parece bastante buena; son blancas, con dinero, respetadas, de familia acomodada y todo el mundo en la ciudad las aprecia, así que ¿por qué?, ¿por qué arriesgarse a perder todo eso? Por lo que dices, Fontanet hubiera muerto de todas maneras tarde o temprano.

—Lo hicieron por dinero, supongo. Mi confidente me ha asegurado que tiene pruebas escritas del desfalco de las Palladino en las cuentas de la empresa familiar; esa es una buena pista para empezar a buscar.

—¿Y es de fiar? Tu confidente, me refiero; por lo que sé, todo esto podría ser solamente el típico chisme malintencionado que se hace sobre muchas mujeres viudas: insinuar que ellas son, de alguna forma, responsables de la muerte de sus maridos.

—Supongo que es posible, sí —admite Mina—. Pero se me ocurre que tal vez las Palladino no quisieran perder su precioso piso en el paseo de Gracia, su abono de temporada para el Liceo o su posición social. O tal vez solo estaban cansadas de tener que cuidar de él día y noche. —Mina y Zelda guardan silencio un instante—. De todas formas, no haré nada hasta que tenga los documentos incriminatorios en mi poder. He quedado con mi contacto en su piso de la calle Poniente para conseguir esas pruebas.

Mina por fin se aparta de la ventana y camina, sin prisa, hacia la puerta principal.

—¿Y qué piensas hacer cuando tengas las pruebas? ¿Piensas denunciarlas? —pregunta Zelda, pero ya intuye la respuesta.

—¿Denunciarlas? Pero si son casi nuestras mejores clientas... Ni hablar —responde Mina como si fuera evidente—. Además, ¿quién iba a confiar en una médium que delata a sus clientes? Nadie. Sería el final de nuestro negocio. No. He pensado utilizar esas pruebas para manipularlas y desquiciarlas lentamente, y así obligarlas a seguir viniendo: una vez a la semana en lugar de cada dos, a ser posible. Más sesiones es igual a más dinero; no estamos en posición de rechazar su dinero o el de nadie, necesitamos cada céntimo.

El vestíbulo del palacete es estrecho, como todos los de las casas de esa misma calle, y está decorado con una elegante lámpara redonda de cristal que cuelga del techo justo en el centro de la estancia. Un gran espejo rectangular domina la pared junto a la puerta, colocado entre dos bonitos apliques con modernas bombillas incandescentes. Cuando están encendidos, el milagro de la luz eléctrica se refleja en el espejo y resplandece igual que si estuviera amaneciendo en el recibidor.

—Lo sé bien, yo me ocupo de la contabilidad de esta casa, no lo olvides. Pero ¿qué pasa si al final se descubre la verdad? Esas mujeres mataron a un hombre; a un Fontanet, nada menos. Si alguien que no eres tú averigua la verdad y se demuestra que tú ya lo sabías y no hiciste nada, tendrás problemas con el inspector Bocanegra. Otra vez. —Mina hace un gesto con la mano para quitarle importancia al asunto, pero Zelda insiste—: Cuando tengas esas pruebas deberíamos ir a la policía. Tu marido era el médico forense, a ti te escucharán...

—Es. Martín *es* el médico forense. Que no se te olvide.

Al decir su nombre en voz alta, las dos guardan silencio hasta que el timbre insistente de la reja vuelve a colarse de nuevo entre las paredes del palacete.

—Tienes más clientes, Mina. Muchos más.

—Lo sé —responde sin ocultar su fastidio, empieza a estar harta de la conversación.

—Bien, me alegro de que lo sepas. Sé cómo funciona tu mente y cuánto te gusta obsesionarte con los secretos y los pecados de los demás para no tener que pensar en los tuyos propios: eres como un perro con un hueso. Pero quiero estar segura de que sabes lo que haces porque, si este tema se complica, nos habrás metido a las dos en la boca del lobo. Y todo para fastidiar a ese par de pájaras.

—Eso no va a pasar —le promete, aunque no tiene forma de estar segura—. Y necesitamos el dinero. Tenemos facturas que pagar y nadie en esta ciudad querrá contratarme si sospechan que el dinero empieza a escasear. Ya no puedo contar con el salario de patólogo de Martín, y no es barato mantener este negocio ni este estilo de vida: la ropa, los restaurantes, la vida social, la casa, los sobornos... Todo eso cuesta dinero. En el momento en que piensen que ya no somos de los suyos, dejarán de venir.

—Por si no lo has notado, yo no soy exactamente «de los suyos» —remarca Zelda.

—Sí, ya lo he notado —admite con una pequeña sonrisa—. Prepáralo todo para la sesión, tiene que ser perfecta.

Mina se abrocha el último botón de su blusa, el delicado encaje de Bedfordshire sube por su cuello hasta rozarle la barbilla. Da un rápido vistazo a su reflejo en el espejo para asegurarse de que su aspecto sigue siendo impecable, se coloca un mechón castaño que se ha escapado de su recogido, toma aire y abre la puerta principal con una gran sonrisa.

Al otro lado de la verja, Antonia Palladino hace un gesto con la cabeza a modo de saludo cuando por fin la ve aparecer. A juzgar por la expresión tensa de su rostro, es evidente que no está contenta por haber estado esperando fuera diez minutos, pero se traga su habitual pedantería y sonríe.

—¡Señorita Índigo! Mina, querida, qué alegría verte —exclama aliviada.

Aunque Mina está casada, todo el mundo la conoce por el sobrenombre de «señorita Índigo». Es algo así como su nombre artístico, una pequeña licencia que se le permite por su condición de médium.

—Ya pensaba que tendríamos que volver otra noche, con lo cerca que estamos de conseguir algo después de tantas sesiones.

—Señora Palladino, doña Antonia... Siento mucho haberlas hecho esperar en la calle, y con este frío, además —responde Mina, fingiendo que busca la llave de la reja en el bolsillo de su falda—. No las había visto aquí fuera, el timbre no funciona bien. Mañana mismo le pediré al señor Baxter que lo revise.

—Y de paso pídele también que hable con el ayuntamiento y con la empresa del gas ciudad: la dichosa farola no deja de parpadear. Da un poco de miedo, si te digo la verdad. —A Antonia se le escapa una risita nerviosa al mirar la farola trucada.

—Vaya, cuánto lo siento.

—No te preocupes, querida. El aire de la noche nos ha venido bien para espabilarnos un poco y refrescar las ideas, ¿verdad que sí, Beatriz? —le pregunta a su hermana, que todavía no ha dicho ni una palabra—. Y así hemos podido admirar tu bonita casa y la lavanda que crece en tu patio; está preciosa.

¡Y qué olor tan aromático! Se huele desde antes de doblar la calle.

Mina saca la llave de la verja de su bolsillo. Cuando Antonia menciona el arbusto de lavanda, los dedos de la médium tiemblan ligeramente, pero las hermanas Palladino no se dan cuenta. Abre la verja de hierro y ve el alivio en los ojos de Antonia debajo del medio velo negro de su sombrero. Se asegura de volver a cerrar la puerta con llave tan pronto como las dos hermanas entran en la propiedad.

—Perdona que te lo diga, pero esta noche estás un poco más pálida de lo habitual, querida Mina. ¿Sucede algo?

Suceden muchas cosas, pero ninguna de ellas es asunto de Antonia Palladino, así que Mina cierra los ojos —maquillados de kohl negro, que se hace enviar desde Marruecos para acentuar su forma almendrada— con dramatismo.

—Esta noche los espíritus están inquietos, siento cómo me atormentan desde la puesta de sol. Hay algo extraño en el aire. Es por el viento de invierno. —Mina abre los ojos para estudiar su reacción. Antonia la mira expectante.

—¡Continúa, querida! No nos dejes así.

Mina deja pasar un momento más antes de añadir:

—Creo que tendremos suerte y esta noche podremos contactar por fin con su querido Bruno.

—¡Oh! Qué buena noticia. —Pero al oírlo Antonia se encoge dentro de su abrigo con el cuello de zorro—. Es una gran noticia, ¿verdad que sí, Beatriz?

Beatriz Palladino no acostumbra a hablar mucho. Durante las primeras sesiones solía hacer comentarios desdeñosos sobre casi todo: las luces demasiado brillantes de las bombillas incandescentes de la casa, el tablero de espejo de la mesita, la chimenea apagada... Pero desde la tarde en que vio agitarse la enorme araña de cristal de la Habitación de los Fantasmas apenas había dicho dos palabras. Mina sospecha que la aterra que ella realmente pueda comunicarse con el espíritu de su cuñado fallecido.

—Sí, maravilloso. —Es todo lo que Beatriz dice mientras avanzan por el patio hacia la puerta de la casa.

La escalinata —revestida con las mismas baldosas en zigzag que el suelo del patio— cruza sobre la planta de semisótano de la casa hasta llegar a la entrada principal. Nada más abrir la puerta, Mina oye las notas lánguidas de un piano que llegan flotando desde alguna de las habitaciones traseras de la casa. «Lacrimosa», el sexto movimiento del *Réquiem* de Mozart. Al escuchar la melodía, Mina se queda inmóvil donde está; de repente, el último botón de su carísima blusa no la deja respirar. Apenas dura un momento, pero es tiempo suficiente para que Antonia Palladino se dé cuenta.

—¿Va todo bien, Guillermina?

Mina no responde inmediatamente, la música parece haberla hechizado.

—Sí, todo perfecto —miente ella, con la boca seca de pronto.

—¿Es tu esposo el que está tocando? Había oído decir que el doctor De Pareja era un virtuoso del piano, pero nunca había tenido el placer de escucharlo. Qué maravilla...

—Sí, es Martín. Le gusta tocar el piano antes de acostarse, eso le tranquiliza y lo ayuda a dormir mejor.

—Comprendo. Pobrecillo.

El piano se detiene, pero solo un momento después empieza a sonar de nuevo. Es otra vez la misma melodía lenta.

—¿Y qué tal se encuentra, querida? Entre nosotras: hace demasiado tiempo que no os vemos paseando juntos por la ciudad, y es una lástima: ¡hacéis tan buena pareja!

Mina le dedica una sonrisa, pero empieza a sentir que su corazón late más deprisa; sabe que debe mantener el control.

—Recuerdo que antes no se perdía un sábado en el Liceo. Ni él ni su hermano Domingo. Fue una lástima tan grande lo que le sucedió... Qué desgracia. —Antonia sacude la cabeza y las arrugas de su cuello se agitan también—. Martín viajó hasta Cuba, arrastrándote a ti con él en su empeño de ayudar a construir ese dichoso hospital para los necesitados, y fíjate cómo terminó. Deberían estarnos agradecidos por todo lo que hemos hecho por ellos y, en lugar de eso, casi matan a tu marido. ¡Esos cubanos salvajes!

—Martín está enfermo, lo que sucedió en Trinidad no fue culpa de nadie —se apresura a responder Mina.

Pero Antonia la ignora y se acerca más a ella, casi como si fuera a contarle un gran secreto.

—Permíteme que te diga una verdad, querida, y no es que yo quiera ofender a esa mujer mulata que te trajiste de Cuba; sé que ella vive en la casa y cuida de tu esposo, seguro que es muy humilde y aseada, entiéndeme, pero *ellos* no son como nosotros. —Antonia se lleva la mano al pecho con un gesto teatral y sus collares tintinean bajo su vestido de luto—. Aunque me alegro mucho de saber que Martín se encuentra mejor. Para muchos de nosotros, tu esposo sigue siendo el mejor médico forense que hemos tenido en Barcelona. Ojalá se recupere por completo.

—Gracias. Se lo diré a Martín de su parte, seguro que lo anima mucho saber que se ha acordado de él. —Mina señala a la habitación al final del largo pasillo—. ¿Preparadas?

La Habitación de los Fantasmas está separada del resto de la casa por una puerta blanca de doble hoja. Al igual que las demás puertas del palacete, está decorada con elegantes molduras del mismo color, pero sobre la puerta un medio arco con una hermosa vidriera en tonos dorados, amarillos y verdes saluda a los valientes que se atreven a cruzarla. Las hermanas Palladino miran un momento la puerta cerrada. Antonia asiente despacio con la cabeza.

—Preparadas.

Mina deja atrás la salita de las visitas y la pequeña biblioteca a la derecha mientras avanza por el pasillo, seguida de cerca por las dos hermanas. A su espalda puede oír el frufrú de la tela de sus vestidos negros crujiendo a cada paso. Cuando llegan a la puerta doble, Mina respira hondo y la abre con un gesto teatral.

—Bienvenidas.

—Esta habitación siempre está helada... —protesta Antonia, arrebujándose mejor en su abrigo.

—Sí. Algunos espíritus enfrían el aire cuando merodean por aquí. Yo ya me he acostumbrado.

No es ningún espíritu; Zelda es quien se ocupa de abrir la ventana de la habitación durante las horas previas a una sesión para provocar ese cambio de temperatura en el aire que eriza la piel a los clientes.

—¿Por qué no se sientan y empezamos?

Con ceremonia, Mina separa las sillas de la mesita que utiliza para sus sesiones: quiere estar segura de que las dos hermanas se acomodan en sus sitios; antes de sentarse, Beatriz mira con recelo la araña que cuelga sobre la mesa.

—Si no están convencidas, todavía están a tiempo de dejarlo... —comienza a decir Mina mientras ocupa su lugar en la mesa—. Pueden olvidarse de todo lo que han visto en esta habitación, marcharse a su casa y dejarlo estar.

Mina siempre les decía eso a sus clientes antes de iniciar una sesión, pero ninguno había decidido marcharse nunca.

—Por supuesto que no vamos a ninguna parte, querida. Estamos ansiosas por empezar.

—Perfecto entonces. Ya sé que esta no es nuestra primera sesión, pero por su bien debo recordarles que, una vez que contactemos con el espíritu de su esposo, ya no podré detenerlo. Y algunas veces los fantasmas pueden ser... —Mina hace una pausa para añadirles importancia a sus palabras— imprevisibles.

Las hermanas Palladino no responden, solo se cogen las manos sobre la mesa con gesto serio.

—Esta noche no emplearemos el tablero, si les parece bien; será suficiente con mi marcador especial.

—Por supuesto, querida. Lo que consideres oportuno.

Mina le da un golpecito a una cajita de madera oscura que descansa sobre la mesa, la abre y saca el marcador. Está hecho de metal, es pesado y frío al tacto, tiene forma de estrella y un cristal de aumento en el centro perfectamente redondo. Cuando lo coloca con solemnidad sobre la mesa, la luz de la lámpara de araña que cuelga encima de sus cabezas se refleja en el cristal de aumento y se descompone en cientos de pequeñas chispas brillantes que centellean en las paredes vacías de la habitación, creando un efecto caleidoscópico.

—Bien. Ahora denme las manos así, formando un círculo.

Las tres se dan las manos, pero Antonia no puede reprimir un gritito ahogado al estrechar la de Mina.

—Lo lamento, querida, había olvidado la lesión en tu mano. Siempre me produce una impresión terrible verla, sobre todo en una mujer tan joven y hermosa. Cada vez es como si fuera la primera vez que reparo en ella. Te pido disculpas.

—Descuida, me hago cargo.

A Guillermina Índigo le faltan las últimas falanges del dedo meñique y del anular de la mano derecha. Aunque podría hacerlo, nunca se pone guantes para ocultarlo, porque sabe que verlo hace sentir incómodos a algunos de sus clientes y le gusta sacarle ventaja a ese efecto.

—Puede ser peligroso; pase lo que pase, no traten de soltarse.

Beatriz no dice nada, pero le aprieta la mano un poco más fuerte; su piel está extrañamente fría. Mina cierra los ojos. Durante un momento no pasa nada. El único sonido en la habitación es la respiración rápida de Antonia junto a ella. Mina nota su empalagoso perfume flotando en el aire gélido. La temperatura comienza a bajar, al principio de forma sutil, pero solo unos segundos más tarde Antonia empieza a tiritar y puede ver su aliento flotándole delante de la cara.

—Eh, querida... —murmura, más asustada cada vez.

Mina abre los ojos de repente. Antonia da un respingo en su silla y está a punto de caer al suelo. Los ojos de Mina aún son de color castaño, pero, por un instante, a la mayor de las Palladino le parece que se han vuelto azules, igual que los de su difunto esposo. Entonces la pieza en forma de estrella se mueve unos centímetros sobre el espejo sin que nadie la toque, primero muy despacio, pero más deprisa después. El metal chirría al rozar la superficie pulida de la mesa.

—Dios bendito... —murmura Antonia con la mirada clavada en la estrella—. No sé cómo es posible, querida, pero se está moviendo.

—Doña Antonia, su esposo está aquí; nos escucha. —La voz de Mina suena más grave de lo habitual—. Adelante, pregúntele lo que quiera.

Antonia Palladino es una de esas personas que nunca guardan silencio: en la iglesia, en el teatro, en un funeral... Su voz nasal y su manera altiva de hablar la hacen inconfundible incluso entre una multitud. Pero, por una vez en su vida, Antonia no sabe qué decir.

—Bruno, ¿eres tú de verdad? —pregunta con la voz entrecortada.

A pesar de que la ventana está cerrada, las cortinas se mueven ligeramente como empujadas por una brisa repentina.

—Es él, su esposo. Haga su pregunta.

—Bruno... —Pero las palabras se le atascan en la garganta—. ¿Me recuerdas? ¿Sabes quién soy?

Pero esta vez la estrella no se mueve. Las tres mujeres miran fijamente la pequeña pieza de metal, pero no pasa nada.

—¿Qué sucede? ¿Por qué ya no responde? —La voz de Antonia ha recuperado su tono habitual.

—Puede que esté confundido o molesto por algo —sugiere Mina—. En ocasiones los espíritus olvidan quiénes eran cuando vivían, otras veces solo pueden recordar su propia muerte y la reviven una y otra vez.

Las dos hermanas se miran en silencio. Beatriz tiene tanto frío que ha empezado a tiritar; quiere soltarse las manos para frotarse los brazos y entrar en calor, pero se contiene. Vuelve a mirar a su hermana mayor.

—¿Su propia muerte? Pero eso es terrible. ¿Puede Bruno recordar cómo murió? ¿Es eso posible? —Hay una nota de alarma en la voz de Antonia.

Pero, antes de que Mina tenga tiempo de responder, la mesa comienza a temblar.

—Es imposible, no. Tiene que ser algún tipo de engaño.

Beatriz se agacha disimuladamente para mirar debajo: quiere asegurarse de que Mina no está sacudiendo la mesita ella misma con los pies; no sería la primera médium a la que se descubre engañando a sus clientes con ese mismo truco. Comprueba sorprendida que Mina ni siquiera está tocando la mesa, sus botines de cordones están perfectamente apoyados en el suelo. Es entonces cuando mira a su hermana y ve que Antonia está tan asustada como ella. La estrella sale volando de la mesa, igual que si alguien le hubiera dado un manotazo invisible, y aterriza en el suelo, cerca de la chimenea.

—No se suelten las manos. Pase lo que pase, no se suelten o no podré controlarlo —les advierte Mina sin dejar de mirar su reflejo en la mesa—. Esto lo contiene, el círculo hace que no pueda dañarnos.

Pero entonces, casi como si quisiera llevarle la contraria, la ventana de la habitación se abre de golpe y choca contra la pared con violencia. El ruido de los golpes es ensordecedor, y uno de los cristales se desprende y cae al suelo, haciéndose añicos.

Beatriz deja escapar un grito ahogado por el estruendo de los cristales rotos y se levanta de la silla de un salto.

—¡No, Beatriz! ¡No se suelte! —grita Mina.

Pero es tarde, Beatriz corre hasta la puerta doble de la habitación e intenta abrirla. Mira atónita cómo el pomo de cristal gira y gira por sí solo sin llegar a abrirse nunca.

—Vamos, ábrete..., ¡por favor! —suplica mientras golpea la puerta.

Una repentina ráfaga de viento entra por la ventana y agita las cortinas en el aire oscuro de la habitación igual que si fueran dos lenguas de terciopelo.

—Vuelva a la mesa, Beatriz. ¡Ahora! —le ordena Mina por encima del ruido del viento. Y de repente su voz ya no es mansa ni cautivadora.

La lámpara de araña se balancea haciendo que las decenas de lágrimas de cristal tintineen peligrosamente sobre sus cabezas. Antonia mira la lámpara con aprensión.

—Querida..., tal vez podríamos dejarlo por esta noche.

La mesa de espejo se agita con tanta fuerza que el borde afilado rasga el ribete de terciopelo en el puño de la manga del vestido de Antonia. Mina intenta sujetar la mesa, que no deja de sacudirse y que ahora flota unos centímetros sobre el suelo de la habitación.

—No es así como funciona; una vez que un espíritu está aquí, no se lo puede echar sin más.

Una de las lágrimas de cristal de la lámpara cae sobre la mesa, muy cerca de su mano. Antonia se levanta de la silla y corre hasta la puerta junto a su hermana, que sigue luchando para intentar salir de la habitación.

De repente, todo se queda en calma: las cortinas ya no se mueven, la araña de cristal se balancea cada vez más despacio hasta que, por fin, se detiene. Mina se levanta de la silla, pero antes mira su propio reflejo en la mesita: sus mejillas pálidas están inflamadas y algunos mechones oscuros se escapan de su recogido, dándole un aspecto salvaje. Sus ojos todavía mantienen un ligero tono azul.

—Deja que se vayan. Ellas no son responsables de lo que pasó —susurra sin apartar la vista de su reflejo en la mesita de espejo, como si hablara con alguien que solo ella puede ver.

En la pared vacía que hay junto a la puerta se forma una sombra oscura, igual que una mancha de humedad que se filtra deprisa a través del papel pintado. Es solo un borrón al principio, pero poco a poco la mancha va haciéndose más clara hasta que compone tres palabras:

¿HAY ALGUIEN AHÍ?

—Para..., por favor —suplica Mina, mirando fijamente el mensaje escrito en la pared—. Detente. Por mí.

La puerta de la Habitación de los Fantasmas se abre de repente, y Beatriz, que sigue apoyada contra ella tratando de escapar, está a punto de perder el equilibrio y caer al suelo. Sale deprisa al pasillo seguida de su hermana, pero Mina todavía se queda un momento más mirando las palabras escritas en la pared.

—Querida, eso ha sido bastante intenso. Muchas emociones para una sola noche, me temo —dice Antonia con la voz todavía afectada—. No suelo hablar de nuestras sesiones por ahí, pero te confieso que no puedo esperar a comentarlo en mi próxima reunión de la Liga Femenina por la Modernidad. ¡Les va a encantar! Menuda experiencia. Espero que puedas aceptar nuevas clientas porque después de esto te lloverán las reservas.

Mina cierra la puerta de la Habitación de los Fantasmas a su espalda y sale al pasillo con ellas, todavía pensativa.

—Una cosa es segura: tus sesiones valen cada céntimo que cobras por ellas, querida —añade Antonia tratando de aparentar tranquilidad, aunque su mano tiembla mientras sostiene su bolsito de cuentas—. Es mucho más divertido que esos bailes que organizamos para recoger fondos y ayudar a los huérfanos. ¿Verdad que sí, Beatriz?

Pero Beatriz no responde, está pálida.

—¿Se encuentra bien, Beatriz? ¿Quiere un poco de té? Precisamente hoy una clienta muy querida me ha hecho llegar un té delicioso de rosas y jazmín desde Londres.

Mina sabe que, si presiona un poco a Beatriz, ella le confesará todo lo que quiere saber.

—Sí, está perfectamente. Lo que sucede es que mi hermana es más sensible que yo para estas cosas; siempre ha sido muy perceptiva para todo lo sobrenatural, aunque no tanto como tú, querida. Beatriz está un poco impresionada, nada más. —Ahora es Antonia la que sujeta a su hermana por el brazo mientras empieza a caminar hacia el recibidor, tirando de ella. Antonia también se ha dado cuenta de que su hermana está a punto de hablar más de la cuenta—. Ha sido una sesión fantástica, pero me temo que debemos marcharnos ya. Hoy tenemos invitados para cenar y, si no me aseguro de supervisar cada detalle, la inútil de mi cocinera terminará sirviendo las sobras de la cena de Navidad.

Es mentira, Mina no necesita ser adivina para saberlo. Antonia Palladino está impaciente por marcharse y llevarse a su hermana.

—Claro. Pásenlo bien con sus invitados —dice Mina con su mejor sonrisa—. Las acompañaré hasta la puerta.

Las tres avanzan por el pasillo hacia el vestíbulo. Mina camina detrás de ellas y observa que Antonia todavía lleva a su hermana del brazo, prácticamente arrastrándola fuera de la casa. Ve como se inclina y murmura algo en el oído de Beatriz, pero, aunque está cerca, Mina no consigue oír sus palabras.

—¿Las espero dentro de dos jueves a la misma hora? —pregunta cuando llegan a la entrada.

—Desde luego que sí, querida. Resérvanos la hora habitual. Ya estamos muy cerca, lo presiento.

—¿Cerca? Ya lo hemos logrado; esta noche por fin hemos contactado con el espíritu de su esposo, el señor Fontanet.

Antonia suelta a su hermana un momento para rebuscar en su pequeño bolso, saca un fajo de billetes perfectamente doblados y se los entrega a Mina.

—Sí. Lo que ha pasado hoy ha sido muy impactante, desde luego; me temo que tendré que convencer a Beatriz para que me acompañe la próxima vez. —Señala a su hermana, que mira fijamente la verja cerrada al otro lado del jardín, deseando marcharse—. Pero eso con lo que hemos contactado hoy, ese espíritu o demonio o lo que fuera..., ese no era mi esposo.

Mina cuenta el dinero disimuladamente, después guarda los billetes en el bolsillo de su falda y la mira con curiosidad.

—No comprendo, ¿por qué piensa que no era el señor Fontanet? Le aseguro que se trataba de su esposo...

—La letra —la corta Antonia con una sonrisa afilada—. Esa no era la letra de mi marido, la conozco bien. Yo me encargué de dirigir la empresa durante años después de que él enfermara. Mi querido Bruno estaba postrado en la cama y no podía atender las cuestiones más urgentes, así que yo misma empecé a ocuparme de la mayoría de los asuntos. En ese tiempo vi suficientes facturas, pagarés y libros de cuentas como para reconocer la letra de mi esposo incluso con los ojos cerrados. Creo que tienes un fantasma en casa, Guillermina.

—Los fantasmas están en todas partes, siempre andan siguiendo a los vivos; nunca nos abandonan del todo. —Una ráfaga de viento agita la lavanda que crece salvaje en un rincón del patio, frente a la casa—. Tal vez en la próxima sesión tengamos más suerte y pueda hablar con su esposo. Estoy segura de que lo extraña mucho.

—Por supuesto que sí, lo echo de menos cada día desde que se fue, pero qué se le va a hacer; así es la vida, y las que nos quedamos aquí tenemos que resistir. Por cierto, querida, ¿has conocido ya al nuevo médico forense?

Mina traga saliva.

—¿El nuevo patólogo? —pregunta tratando de aparentar calma—. No. No sabía que hubiera un nuevo médico forense. Nadie me lo ha mencionado, ni desde la jefatura de policía ni tampoco desde el ayuntamiento.

Mina está acostumbrada a fingir y guardar las apariencias, y se le da realmente bien, pero Antonia Palladino ha oído el ligerísimo temblor en su voz y sonríe debajo de su sombrero; siempre le ha gustado ser la primera en enterarse de las malas noticias.

—Sí, me temo que algún gerifalte en el ministerio ha decidido que su esposo no está en condiciones de volver a trabajar y, por desgracia, los delitos no se detienen: los criminales son unos desconsiderados y no esperan a nadie. Es bien sabido que durante este tiempo el doctor Lejarcegui se ha hecho cargo muy amablemente de parte del trabajo de su marido, pero sé de buena tinta que su esposa le está presionando para que se jubile de una vez por todas, y es normal: el buen doctor tendrá casi cien años. —Antonia se ríe encantada de su propia ocurrencia—. Con la inauguración de la Exposición Universal tan cerca, en fin, la ciudad debe dar una imagen de modernidad impecable; ya sabe cómo son estas cosas. Y qué mejor para eso que traer a un flamante patólogo extranjero para hacer nuestra ciudad más moderna y segura a ojos del mundo.

—¿Extranjero? —pregunta Mina.

—Así es. Han traído a un doctor británico para que sea el nuevo médico forense. Dicen que es toda una eminencia en su campo; al parecer, se formó en las mejores escuelas y universidades de Inglaterra, y sus métodos son muy modernos. He oído que es un hombre muy distinguido. Nosotras no lo conocemos aún, pero es primo del vizconde de Belgravia, así que supongo que pronto coincidiremos con él en la ópera o en alguno de los restaurantes del centro.

—Comprendo...

—Oh, pero no te preocupes, querida. Aunque Martín ya no sea el patólogo, seguro que permiten que sigas manteniendo tus privilegios y tu modo de vida. Nadie en esta ciudad olvida que tu marido enfermó ayudando a los necesitados, y además es el primogénito de la familia De Pareja. Sería una lástima que tuvieras que abandonar el palacete y tu posición social después de todo lo que él hizo por esta ciudad.

—Desde luego. Muchas gracias por su apoyo, Antonia.

Mina abre la verja, y las hermanas Palladino se apresuran a salir de su propiedad.

Ya es noche cerrada y el elegante callejón, con sus bonitas casas adosadas y sus cuidados patios delanteros, está en silencio. Es una noche especialmente fría y se ha formado una neblina que flota sobre el aire calentado por las farolas como jirones de tul.

Antonia le dedica una sonrisa educada a modo de despedida, pero cuando mira hacia la casa su rostro se vuelve serio otra vez.

—Ten cuidado, querida: hay una presencia oscura en tu casa, y sospecho que quiere hacerte daño.

—Ahora habla usted como una auténtica médium. —Mina intenta sonreír, pero fracasa; tiene frío y tiembla bajo su fina blusa—. Hasta dentro de dos jueves.

Antonia se despide de ella con una leve inclinación de cabeza, después coge a su hermana por el brazo y caminan juntas. Mina cierra la puerta de la verja con suavidad y las ve desaparecer al final del pasaje.

La línea de elegantes farolas de gas ciudad que iluminan la calle parpadean todas al mismo tiempo durante un par de segundos. Mina sabe que esta vez no es un truco.

Cuando pasa junto al arbusto de lavanda que crece en el patio delantero, Mina acaricia las pequeñas flores moradas. Lo hace casi sin querer, ya se ha convertido en una costumbre, pero esa noche se asegura además de comprobar que el tarro de cristal con la sal dentro continúa en su sitio, oculto entre los tallos de la planta que crece sin control. El arbusto de lavanda tiene tanta fuerza que sus raíces han levantado algunas de las elegantes baldosas del suelo que decoran el patio delantero para abrirse camino.

—Maldito seas... —masculla antes de entrar en la casa.

No tiene respuesta, pero una ráfaga de viento de invierno recorre el patio y sacude su falda.

—Ya veo que lo tienes todo bajo control, es un alivio —dice Zelda con ironía al verla aparecer.

Zelda está apoyada en el marco de la puerta de la biblioteca y la mira con gesto grave. A su lado, Archie —el Comodoro Archibald Walton III— está sentado con las orejas tiesas; el galgo lleva siempre un collar grueso —para evitar rozaduras en su fino cuello— revestido con diamantes falsos que brillan con la luz de la habitación. Mina le acaricia la cabeza al pasar, el pelo corto y duro del animal le hace cosquillas entre los dedos.

—No me mires así, ya te he dicho que no hay de qué preocuparse. Las Palladino no sospechan nada.

Aunque Mina sabe que recelan de algo a juzgar por las últimas palabras que Antonia ha pronunciado antes de marcharse: «Hay una presencia oscura en tu casa, y sospecho que quiere hacerte daño».

Zelda Moreno no sabe exactamente en qué año nació o cuándo es su cumpleaños, pero parece un par de años más joven que Mina. Es muy delgada —seguramente por haber pasado hambre siendo una niña— y tiene bonitos ojos oscuros, muy intensos, con pestañas tupidas que le dan un aspecto dulce, casi inocente, a su expresión. Aunque Zelda no es nada de eso.

—¿Qué tal ha ido la sesión?

—Bien —responde Mina secamente.

—¿Seguro?

—Seguro. Antonia Palladino nos ha pagado.

Mina saca el fajo de billetes del bolsillo de su falda y se lo entrega a Zelda. Ella es quien se ocupa de gestionar la economía de la casa. Normalmente esconden el dinero en uno de los grandes botes de galletas de cerámica blanca que adornan la alacena de la cocina, o en el tarro del jabón de la despensa cuando se trata de mucho dinero. Zelda cuenta los billetes sin prisa, camina hasta la cocina seguida de Mina —y de Archie—, y guarda el fajo en el bote de las galletas que descansa sobre la alacena.

—Nos vendrá bien el dinero para pagar el cristal que se ha roto en la Habitación de los Fantasmas. También tenemos que reponer algunas de las lágrimas de la araña —dice Zelda mientras oye a Mina resoplar a su espalda.

—El truco de la araña sigue funcionando bien, pero tienes que ajustar la velocidad; el balanceo debe ser más suave. A Beatriz Palladino casi le da un ataque esta noche, y no quiero que ningún cliente muera en nuestra casa, sería una publicidad fatal para el negocio. O tal vez no... —Mina lo piensa un momento—. Y eso del picaporte girando solo también es un buen truco. Les ha dado un susto de muerte.

Zelda ha sustituido el mecanismo interno de la cerradura de la puerta por uno parecido al que tienen las cajas de música y le ha dado cuerda un poco antes de la sesión.

—¡Haces que parezca tan sencillo! Si fueras un hombre, no podría pagar tus servicios como ingeniero mecánico.

—Te recuerdo que no me pagas en absoluto —responde Zelda con una diminuta sonrisa, pero enseguida se pone seria otra vez y añade—: Ya he barrido los cristales de la ventana rota del suelo, por cierto.

—Gracias, aunque no era necesario. Iba a hacerlo yo después. —Mina rebusca en la vitrina de la cocina sobre el bonito fregadero doble de cerámica blanca—. ¿Dónde está...?

Tarda un poco más en encontrar lo que está buscando: su petaca forrada en piel de cocodrilo con tapón de plata labrado. Suele esconderla ahí cuando tienen visitas en casa para evitar que la vean por error.

Zelda levanta una ceja mientras la mira darle un trago a la licorera.

—¿Qué? Es medicinal —se defiende Mina, apretando el tapón cuando ha terminado de beber.

—Tú no estás enferma.

—Como si lo estuviera —murmura ella.

Pero Zelda niega con la cabeza.

—¿Cómo se ha roto el cristal de esa ventana?

—Ha sido el viento.

—¿El viento? ¿Y también ha sido el viento el que ha escrito esa frase en la pared?

—Si quieres decir algo, dilo de una vez; tengo cosas que hacer. —Mina se guarda la petaca en el cinturón de su falda para asegurarse de tenerla a mano.

Pero Zelda se toma su tiempo en responder, coge el paquete de cigarrillos que está sobre la mesa y coloca uno en una boquilla antes de encenderlo. Le gusta fumar, pero no le agrada el olor que se queda en sus dedos después.

—Es demasiado peligroso. Solo es cuestión de tiempo que no puedas controlarlo más y le haga daño a alguien. O a ti.

—Puedo controlarlo —asegura, pero ya no está tan convencida como antes de comenzar la sesión con las hermanas Palladino—. Solo es una ventana rota y una mesa que cojea...

—¡La mesa flota, Guillermina! Y ese no es uno de mis trucos de salón. Todo Barcelona habla de la maldita mesa que levita.

—Pues que hablen. —La mira y sus ojos ya han recuperado su habitual tono castaño—. Lo de la mesa, las palabras en la pared o la ventana rota solo son eso..., efectos secundarios.

La puerta de la Habitación de los Fantasmas golpea con fuerza tres veces. El ruido resuena por toda la casa, haciendo temblar las paredes e inclinarse peligrosamente uno de los cuadros que decoran la pared del pasillo. Las dos mujeres dan un respingo.

—Efectos secundarios, ¿eh? —Hay un ligerísimo temblor en la voz de Zelda.

—Lo arreglaré, te lo prometo. Haré que mejore.

Pero Zelda le da una calada larga a su cigarrillo y mira con cautela la doble puerta blanca de la habitación al final del pasillo, que se ha quedado entreabierta después del portazo. La gata cobriza y blanca sale corriendo de la Habitación de los Fantasmas con el rabo entre las patas. Zelda deja el cigarro en el cenicero de cristal, se agacha y coge en brazos al animal cuando pasa junto a ellas.

—Pequeña, sabes muy bien que no puedes entrar en esa habitación —le susurra intentando calmarla—. La pobre ha debido de colarse por la ventana rota mientras recogía los cristales.

Peaches es una de las tres gatas que viven en el palacete de Permanyer. Zelda la rescató cuando tenía apenas unas semanas de vida. Todavía tiembla entre sus brazos.

—Mañana le pediré al señor Baxter que mande reparar esa ventana. Alguien podría colarse en la casa por ahí.

El piano, que les había dado un breve descanso durante la sesión de espiritismo, vuelve a sonar desde la salita de música. Otra vez la misma melodía.

—¿Cómo está hoy? —pregunta Zelda, señalando vagamente con la cabeza en dirección a la música.

—Como siempre. ¿Sabías que han traído a un nuevo patólogo para sustituir a Martín? Antonia Palladino me lo ha dicho. Creo que debería subirle el precio de las sesiones; estaba encantada de darme la mala noticia.

—Ya te lo he dicho antes: las malas noticias nunca vienen solas. —Zelda piensa en la amenaza de Abril Prieto que pende sobre ellas—. Supongo que era solo cuestión de tiempo que buscaran un sustituto para Martín, sobre todo con la Exposición Universal tan cerca. ¿Te han contado algo más del nuevo forense? ¿Crees que nos dará problemas?

—Espero que no. Según me ha contado Palladino, el nuevo médico forense es toda una celebridad, experto en las técnicas científicas más modernas y emparentado con un lord, nada menos. Se mueren por conocerlo formalmente, por supuesto. —Mina pone los ojos en blanco—. Imagino que será un viejo decrépito con olor a formaldehído, arrogante y desdeñoso, con un bigote más grueso que el de Baxter y gafas. Puede que incluso tenga joroba.

Zelda se ríe en voz baja.

—Sí, o puede que el nuevo doctor te sorprenda, Guillermina.

La canción termina de repente y la casa entera se queda en un silencio que solo dura un momento, porque la música vuelve a llenar el aire unos pocos segundos después. La misma melodía. Mina suspira y sale de la cocina dando grandes zancadas.

—Empiezo a estar harta de él..., de todo esto. Somos prisioneras.

—Tal vez nos merezcamos serlo —murmura Zelda por encima del sonido del piano—. ¿Por qué les has dicho a las Palladino que Martín está mejor? No tiene sentido decirle a la gente que está mejorando. No va a mejorar, nunca.

Mina se detiene en el pasillo, justo antes de llegar a la escalera que sube hasta la primera planta abuhardillada del palacete; ahí está su dormitorio y también el vestidor, donde guarda toda su ropa y los disfraces que usa para pasar desapercibida en sus salidas nocturnas, en las que se dedica a buscar información sobre alguno de sus clientes.

—Eso ya lo sé, gracias por recordármelo —responde sin mirarla—. Pero no pretenderás que les cuente la verdad, ¿no? ¿Esperas que les diga que no soporto estar en la misma habitación que él, o que apenas puedo mirarle a la cara?

Zelda no sabe qué responder; para ella tampoco es sencillo.

—Ya, eso pensaba —termina Mina.

Zelda deja con delicadeza a la gata en el suelo, que se aleja caminando como si nada en dirección a la biblioteca.

—Tengo que salir, debo ir a ver a mi confidente para pagarle por las pruebas contra las Palladino. No tardaré mucho en regresar. —Guillermina puede aplazar su visita nocturna al Raval, pero después de lo que ha pasado siente la necesidad de salir del palacete—. Si el señor Baxter regresa antes de que te acuestes, recuérdale, por favor, que debe pasear al Comodoro.

—Claro.

—Y ya sé que no es tu trabajo —añade Mina, señalando con la cabeza a la puerta de la habitación de la que sale la música—. Pero ¿puedes ocuparte de él y vigilarlo mientras yo estoy fuera? No quiero que deambule por la casa o que vuelva a escaparse, hace una noche gélida.

La música del piano se detiene unos segundos, pero la melodía de «Lacrimosa» enseguida vuelve a empezar. Zelda tarda un momento en responder:

—Descuida, me ocuparé de él.

HUMO NEGRO

Cuando Guillermina Índigo quiere pasar desapercibida en sus salidas nocturnas, se disfraza de hombre. De vez en cuando, Mina necesita ocultarse de las miradas indiscretas o estar segura de que nadie la reconocerá, y para ello utiliza diferentes disfraces, pero normalmente se viste con alguna de las ropas masculinas que guarda a buen recaudo en su vestidor, perfectamente ordenadas y planchadas junto a sus vestidos de noche más elegantes, sus conjuntos de dos piezas importados, sus zapatos o sus abrigos de tarde.

No es extraño verla pasear por las calles del moderno Ensanche o del centro de la ciudad vestida con su ropa confeccionada en París o en los mejores talleres de alta costura de Londres: vistosas faldas acampanadas de raso o tafetán que llegan hasta el suelo, blusas con encajes de la mejor calidad con botones de cristal y mangas de farol, chaquetillas cortas ceñidas de cálido terciopelo, o sombreros y tocados decorados con delicadas flores de seda o lazos que obligan a volverse a cuantos se cruzan con ella. A Mina le gusta hacer resonar los tacones de sus botines de piel, festoneados con cordones, a la salida de los grandes almacenes El Siglo o cuando regresa al palacete —mucho después de la hora de la cena— tras salir de alguna fiesta, del teatro o de una sesión privada con alguno de sus clientes más discretos. Nunca le han importado las habladurías porque sabe que su talento único y su condición de médium famosa le dan mayor libertad de movimiento que a las demás mujeres de la alta sociedad.

Pero, aun así, algunas veces, su trabajo requiere de más

discreción y de métodos mucho más terrenales para conseguir la información que necesita sobre sus clientes; información que después utiliza en sus famosas sesiones de espiritismo. Confidentes, sobornos, espías...; la señorita Índigo tiene toda una red de contactos e informantes entre los trabajadores, los sirvientes, las doncellas y también entre algunos de los desamparados que merodean después de la puesta de sol por el barrio del Raval o cerca de las antiguas murallas, y que resultan invisibles a los ojos de los más poderosos. Así es como la señorita Índigo obtiene la mayoría de las revelaciones y de los secretos con los que después deslumbra a sus clientes. No es bonito y no siempre es limpio, pero es, desde luego, efectivo.

Esa noche, Mina se ha escondido bajo unos pantalones bastos de trabajo gastados y una camisa oscura de tela de sarga. Lleva su bandolera de cuero cruzada sobre el pecho, donde guarda las cosas que puede necesitar en sus salidas nocturnas: fósforos resistentes a la humedad, su juego de ganzúas, algunos billetes para pagar a sus confidentes, una navaja de mariposa con las cachas de nácar —aunque nunca ha tenido que utilizarla para defenderse— o su inseparable petaca, siempre bien cargada. Ha disimulado su larga melena castaña ocultándola debajo de una gorra inglesa tejida en fieltro de lana con visera, que la ayuda a ocultar sus ojos almendrados.

Mina sale del palacete solo después de asegurarse de que en el tranquilo callejón adoquinado no hay nadie que pueda verla. Camina deprisa, con las manos en los bolsillos del pantalón para protegerse del frío, y se pierde en la noche.

El número 29 de la calle Poniente[1] está muy lejos del elegante pasaje de Permanyer, en otro mundo. Allí es donde vive el contacto de Mina, Arnau Ribas. Él es el antiguo capataz de la fábrica textil propiedad del difunto señor Fontanet —ahora propiedad de las hermanas Palladino—, o lo fue durante casi quince años, hasta que las máquinas hiladoras se volvieron

1. Actual calle Joaquín Costa.

más rápidas y modernas. Con los últimos avances mecánicos, cada día eran necesarios menos trabajadores a los que vigilar en el asfixiante taller de los Fontanet, donde las fibras de algodón y lino que flotan en el ambiente provocan que la garganta se estreche y los pulmones se vuelvan pequeños, inútiles, hasta que ya no se puede extraer una sola bocanada de aire. Así que Fontanet prescindió de su capataz hace varios años.

Ahora Arnau vive en uno de los pequeños pisos de balconcillos estrechos que inundan el Raval junto con su mujer y sus hijos. Mina se ha pasado semanas ganándose su confianza, a cambio de algo de dinero y de promesas de un trabajo mejor que el que tiene ahora como peón en las obras de la construcción de la Exposición Universal —promesa que Mina no sabe si podrá cumplir—, para convencerlo de que le venda los documentos y los libros de cuentas que robó antes de que lo despidieran. Según Arnau, esos libros de contabilidad implican a las hermanas Palladino en la malversación y falsificación de las cuentas de la empresa de los Fontanet. Mina sabe que no es una prueba definitiva de su crimen, claro, pero es una valiosa pista para empezar a hurgar en la herida y a presionarlas en sus sesiones. Y también es motivo suficiente para que las Palladino quisieran apartar a Bruno Fontanet de la dirección para siempre. Gracias a su visión de futuro, Fontanet había sido el propietario de uno de los primeros talleres en aplicar la máquina de vapor a los procesos productivos en su fábrica, en la parte baja del Raval, cerca del puerto. Pero a Bruno también le gustaba jugar al *whist* en el casino de caballeros al que pertenecía, y jugaba mal; se dejaba el dinero cada tarde hasta que ya no le quedó efectivo que perder y empezó a jugarse pagarés, acciones de la empresa o las joyas que su esposa Antonia había heredado de su madre. Fue entonces cuando casualmente Fontanet cayó gravemente enfermo, teniendo que guardar reposo en cama, y ya nunca se recuperó.

La señorita Índigo suele conducir un Panhard Levassor importado de Francia —el primero que circula por las calles de Barcelona— y que guarda como una joya en una cochera a una manzana del palacete. Pero Mina sabe que esa noche no puede aparecer conduciendo su flamante —y ruidoso— Levassor por las calles estrechas del Raval si quiere conseguir la información, así que camina deprisa hacia la zona suroeste de la ciudad. Da un pequeño rodeo para estar segura de que nadie la sigue —no quiere volver a tener problemas con el inspector Bocanegra ni con ningún otro agente del cuerpo de policía—, pero, antes incluso de doblar la esquina de la calle Ferlandina, Mina ya puede sentir el olor del humo flotando en la noche.

Normalmente, en ese laberinto de calles angostas y edificios altos el aire tiene un regusto podrido al bajar por la garganta, pero esa noche el olor del humo lo cubre todo. Cuando está más cerca, se da cuenta de que tampoco se oyen los sonidos habituales que llenan la noche en esa parte de la ciudad y que las calzadas de tierra están vacías. No hay nadie escondido en los portales cerrando algún trato al amparo de la oscuridad, ni perros ladrando, y tampoco se oyen llantos de bebés dentro de algunos pisos. Algo va mal.

«Las malas noticias nunca vienen solas», había dicho Zelda.

Una columna de humo negro sale por uno de los balconcillos del segundo piso del edificio de la calle Poniente al que Mina se dirige y asciende hasta el cielo nocturno. Mina aprieta el paso para llegar cuanto antes. Ahora que está más cerca, casi le parece que el humo es una sombra —una criatura con vida propia— que sale volando por la ventana para volver a ocultarse en la noche. En la calle hay un grupo de gente, todos con ropa de dormir: camisolas, medios pijamas, camisones baratos de algodón desgastado... Algunos de ellos están descalzos y despeinados; es evidente que han salido corriendo de la cama en plena noche alertados por el humo.

Por fin llega y allí el humo es más denso. Le araña el interior de la garganta con cada respiración, y los ojos le pican.

—¿Qué ha pasado? —inquiere cuando llega junto a los vecinos.

Pero su pregunta le suena estúpida.

—¡Los anarquistas, eso ha pasado! Esos vándalos han puesto otro petardo casero de dinamita, pero esta vez en nuestro edificio. Los muy desgraciados... —Un hombre con bigote y ojos húmedos gesticula con las manos y grita, aunque Mina sabe que no le está chillando a ella, simplemente deja salir su miedo de la manera más visceral—. Y aquí, en el Raval nada menos. Ni que fuéramos nosotros de esos nuevos ricos que viven en el paseo de Gracia. ¡Han perdido toda la razón! Y todo para intentar sabotear la maldita Exposición Universal que nos va a arruinar a todos.

El humo que cubre la calle tiene el mismo color oscuro que el de sus recuerdos. Mina ya lo ha visto antes, en otra ocasión, hace años. Intenta no pensar en el humo —ni en el de entonces, ni en el que ahora le llena los pulmones— y deja que sus sentidos, acostumbrados a buscar pruebas, tomen el control y la ayuden a ordenar sus ideas.

—¿Anarquistas? ¿Y por qué iban ellos a atentar precisamente aquí? Este es un barrio de gente trabajadora con turnos de catorce horas o más, algunos de ellos incluso son vecinos. No tiene sentido...

Mina habla sola, como suele hacer a menudo, pero el hombre se vuelve para mirarla prestándole atención por primera vez y le dice algo que ella no recordará después porque instintivamente sabe que no es importante. Observa el balcón; no hay llamas, ni cenizas, y tampoco se oye el sonido del fuego devorando el esqueleto de madera del edificio. Tan solo ese humo denso como el terciopelo que le nubla la vista y los recuerdos. Sale del piso donde viven Arnau Ribas y su familia.

—¿Y qué más da que algunos de esos malnacidos vivan en el barrio? Pues claro que han sido los anarquistas —continúa el hombre del bigote—. ¿Y quién iba a ser si no?

Pero una idea crece deprisa en la mente de Mina. Es una buena mentirosa, de las mejores, y está acostumbrada a pensar y ver los puntos que unen las líneas invisibles más deprisa que el resto de la gente; algo imprescindible para ganarse la vida en su oficio, donde una sola palabra o gesto son claves para conocer los secretos de sus clientes.

—Dice que ha sido un petardo de dinamita —le corta sin miramientos—. ¿Ha oído la explosión?

De repente, el hombre del bigote duda, sacude la cabeza intentando recordar, pero Mina ya sabe la respuesta.

—No, porque no ha habido ninguna explosión, igual que tampoco hay ningún incendio... —murmura para sí.

Mira a las personas repartidas en la calle, cada vez hay más vecinos en la calzada. Busca el rostro de Arnau entre las caras preocupadas de los que están allí.

—¿Ya han salido todos? ¿Queda alguien dentro del edificio?

El humo es más espeso cada vez y hace que sea difícil distinguir lo que tiene más allá de un palmo de distancia, pero ya sabe que Arnau no está en la calle. No ha conseguido salir. Sin pensarlo, Mina corre hacia el portal, que está abierto. Tras ella, oye los gritos del hombre del bigote advirtiéndole que no entre en el edificio, pero ella ya está dentro.

El portal del número 29 de la calle Poniente está oscuro, como noche cerrada sin estrellas ni luna. El humo le llena los pulmones con la primera respiración, y se pone a toser. Busca en el bolsillo de su pantalón y saca un pañuelo con el que se cubre la nariz y la boca para intentar respirar mientras sube por la escalera. No hay luz, pero ya ha estado antes en el edificio y su memoria prodigiosa le recuerda que el tercer escalón del primer piso está flojo y que le falta la contrahuella.

En su ascenso a través del humo, Mina se cruza con una mujer que baja la escalera tosiendo. La mujer pasa a su lado, muy cerca, pero no la ve, igual que si ella fuera solo un fantasma que se ha materializado en la cortina de humo que lo llena todo.

La puerta del piso de Arnau y su familia, en la segunda planta del edificio, está cerrada. Dentro oye el llanto muy débil de un niño y el murmullo de una mujer.

—¡Hola! —Mina golpea la puerta, la superficie no está caliente, pero eso ya lo suponía. No hay ningún incendio—. ¡Arnau! ¿Estás ahí?

—¡Ayuda, por favor! —suplica una voz femenina desde dentro del piso—. La puerta no se abre, estamos encerrados.

Mina forcejea con la puerta un par de segundos, pero ya está rebuscando en su bandolera de cuero. No puede ver nada, así que deja que sus dedos recorran el interior de la bolsa hasta que roza la funda larga donde guarda su juego de ganzúas. Se agacha junto a la puerta para intentar distinguir algo a través del humo, concentrándose solo en los chasquidos que salen de la cerradura. Es una puerta barata y de mala calidad. Enseguida se da cuenta de que alguien ha manipulado la cerradura atascándola con palillos para evitar que se abra, pero Mina tiene mucha práctica y no tarda mucho en forzar la cerradura hasta que oye el clic. Solo un momento después, la puerta cede por fin.

Una niña se le echa encima nada más abrir. No puede verle la cara, pero siente su cuerpo tembloroso y menudo contra el suyo; seguida de la niña, la silueta de una mujer se dibuja entre el humo. Lleva otra criatura en brazos que esconde la cara en el cuello de su madre.

—Gracias, Dios le bendiga, señor. —La voz de la mujer tiembla—. Pensé que moríamos ahí dentro.

—¿Y su marido? ¿Sigue dentro?

—No, no ha vuelto a casa esta noche. No sé dónde está. —La mujer habla alto, aunque las rodea el silencio más absoluto.

—Vale. Hay que irse de aquí.

Mina coge a la niña en brazos y comienza a bajar la escalera seguida de la madre. Oye la respiración entrecortada de la mujer a su espalda. Sabe bien el efecto que ese humo denso y pegajoso tiene en los pulmones de una persona adulta y de dos criaturas pequeñas, de modo que sigue bajando los peldaños de la escalera, enroscada sobre sí misma, tan deprisa como puede. La niña pesa en sus brazos y la hace ir más lenta. Está a punto de tropezarse con el escalón suelto del primer piso, pero su cerebro le grita que tenga cuidado antes de pisar. Por fin llegan al portal; el humo no es tan espeso allí y Mina puede intuir la puerta abierta del edificio un poco más adelante.

Sale a la calle y el frío de la noche de enero la golpea en la cara, pero lo agradece. Respira intentando limpiar su sistema respiratorio de los restos de humo que se enredan en sus pulmones, aunque sabe que eso le llevará mucho más tiempo. Al verlas aparecer en la calle, algunos vecinos corren a auxiliarlas. El hombre del bigote ahora tiene una jarra de hierro llena de agua que agita delante de su cara mientras le grita algo, pero ella no escucha sus palabras. Mina deja en el suelo a la niña, que corretea hasta las faldas de su madre, y hace un gesto con la mano para rechazar el agua.

Los curiosos han llenado la calle. Una mujer aparece con una manta y se la coloca sobre los hombros a la niña.

—Su marido... —insiste Mina, a pesar de que apenas puede respirar y mucho menos hablar—, ¿no sabe dónde está?

La mujer acuna a la criatura que tiene en brazos. Sus ojos miran al balconcillo del piso por el que sigue saliendo ese misterioso humo negro que vuela hacia la noche. Niega con la cabeza. Su ropa y su cara están manchadas de un residuo oscuro parecido al hollín.

—No lo sé. —La mira por primera vez y entonces repara en que Mina es una mujer—. Es usted, esa mujer de la que él me ha venido hablando, la que quiere que investigue un asunto de las Palladino. ¿Tiene algo que ver con lo que ha pasado esta noche? Dígame la verdad.

Mina no sabe cómo va a reaccionar: estudia su gesto derrotado y sus ojos apagados. Si Arnau ya no está, necesita que alguien la guíe hasta las pruebas contra las Palladino, y esa mujer es su mejor opción.

—Sí, soy yo. Tenía un acuerdo con su marido: dinero a cambio de unos documentos comprometedores —responde—. ¿Sabe dónde pueden estar esas pruebas?

—Desde que lo despidieron de la fábrica de Fontanet anda metido en líos políticos; conoció a unos peones en las obras de la Exposición que le han llenado la cabeza de ideas peligrosas. Yo le he dicho muchas veces que tuviera cuidado de no acabar en un calabozo de Montjuic. —La mujer hace una pausa, no sabe cuánto puede contarle a Mina acerca de las actividades políticas de su marido o de los demás sin terminar ella misma en una celda—. Yo no quería saber nada de todo eso porque no quiero que se traiga esos problemas a casa, bastante tenemos ya, pero él...

No muy lejos de donde están, Mina oye voces de hombre y el sonido de los cascos de los caballos en la calzada. La Guardia Urbana se acerca y no le apetece tener que dar explicaciones sobre por qué está allí. Se pasa las manos por los pantalones sucios para asegurarse de mancharse los dedos y después se unta las mejillas con el residuo de hollín grasiento, la frente, las mejillas..., hasta que sus rasgos delicados desaparecen debajo de la mugre.

—Las pruebas, ¿las tiene? —insiste Mina.

—Sí, creo que sé dónde pueden estar —responde la mujer por fin.

—Bien. No hable con nadie de esto y ni cuente que me ha visto esta noche. Consígame esas pruebas y vendré a buscarlas dentro de dos días, ¿de acuerdo? Le pagaré lo que había acordado con su marido.

La mujer asiente, necesita el dinero, y Mina da media vuelta para alejarse de allí cuanto antes. Los agentes cada vez están más cerca, así que se cala mejor la gorra y se cubre la nariz y la boca con el pañuelo para asegurarse de que no la reconocen.

—Sé bien quién es usted, es la médium. ¿Lo encontrará? A mi marido, ¿lo encontrará? —le grita la mujer desde la calle.

Mina se vuelve para mirarla.

—Haré lo que pueda.

Pero sabe que esa es otra promesa que no podrá cumplir.

Cuando Mina dobla la esquina, está a punto de chocar contra uno de los caballos de la Guardia Urbana. El agente le grita de malas maneras para que se aparte del camino, ella baja la cabeza y finge que tose contra su pañuelo. No la reconocen, ni siquiera se dan cuenta de que es una mujer disfrazada mientras se aleja caminando deprisa por la calle, que está completamente a oscuras.

VISIONES

—

Mina ha conseguido escabullirse de los agentes de la Guardia Urbana que empezaban a llenar las callejuelas alrededor de la calle Poniente. Camina deprisa y antes de darse cuenta ya ha dejado atrás sus gritos y el sonido de la respiración nerviosa de sus caballos cortando la noche. No siempre que se produce un altercado en esa zona de la ciudad llegan tan deprisa —ni tantos agentes— al barrio. Precisamente esa ausencia de ley y esperanza ha conseguido que el laberinto de callejuelas angostas que componen el Raval se convierta en una especie de ciudad en miniatura, con sus propias normas, que resiste dentro de la brillante y moderna Barcelona que crece sin límite. Pero, en los últimos meses, el temor a que cualquier incidente sea un atentado anarquista hace que todos los cuerpos oficiales estén en alerta. La orden desde jefatura es clara: nada puede hacer peligrar la próxima celebración de la Exposición Universal. Nada.

En su camino, Mina se ha cruzado con algunos curiosos que han salido a la calle alertados por el ruido, y con otra brigada de la Guardia Urbana, pero nadie la ha reconocido en su paseo de regreso a la zona norte de la ciudad; allí las calles son más anchas y están bien iluminadas por grandes farolas de gas que apartan las sombras a su paso. Los vecinos de los bonitos palacetes y de los modernos pisos que llenan el paseo de Gracia aún sueñan, ajenos a la columna de humo que todavía es visible por encima de los tejados de la ciudad, cuando Mina enfila la calle Diputación.

Las dos esculturas que guardan la entrada al pasaje de Permanyer la observan desde sus columnas cuando abre la puerta de la verja.

—¿Y vosotros qué estáis mirando? —masculla al pasar bajo sus ojos de piedra.

Los palacetes que envuelven el elegante callejón están dormidos, no hay luz en ninguna de las ventanas de esa calle. Es una noche de invierno especialmente fría, algunas aceras están cubiertas de una fina capa de escarcha que brilla bajo la luz amarillenta del gas ciudad. Mina tiembla debajo de su disfraz. Los zapatos de mala calidad que lleva para su disfraz dejan pasar el frío de las calles, que ya se ha colado debajo de su piel. El pelo y la ropa le apestan a esa mezcla de carbón, salitre y azufre con la que alguien ha simulado un incendio en el piso de la familia Ribas. Ese hedor conocido que se le ha pegado a la piel y que llena su boca. El olor del polvo negro que se utiliza para crear ese humo le hace recordar cosas en las que no quiere pensar.

Los fantasmas siempre andan siguiendo a los vivos. Se lo había dicho a Antonia Palladino esa misma noche. Y Mina sabe bien que existen distintos tipos de fantasmas. Algunas veces, un fantasma puede ser solo un aroma; el recuerdo de un olor —como ahora le sucede a ella— puede ser suficiente para invocar las pesadillas, igual que si fueran espíritus inquietos.

Mina solo quiere llegar a casa, quitarse esa ropa apestosa y meterse en la bañera con agua caliente para frotarse el cuerpo hasta eliminar ese asqueroso olor a fósforo quemado de su piel. Pero hay una figura en pie frente a la verja de hierro de su jardín.

«Genial. Más malas noticias», se dice de manera instintiva.

Al principio no la reconoce, pero, cuando la figura se mueve, la luz de la farola trucada la ilumina lo suficiente como para que Mina pueda distinguir el perfil de la mujer. Piensa en dar media vuelta y, aprovechando su disfraz, alejarse por la calle adoquinada para regresar a la oscuridad, pero entonces la mujer se percata de su presencia y le hace un gesto con la cabeza a modo de saludo. Mina suspira frustrada, sabe que ese baño caliente va a tener que esperar.

—Señorita Índigo, perdone que me presente en su casa a estas horas y sin ser anunciada como es debido, pero es que ha vuelto a suceder y tenía que... —La mujer la mira de arriba abajo y parpadea sorprendida—. ¿Se encuentra bien? Parece que haya tenido un accidente de alguna clase. ¿Y esa ropa?

Amalia Casas es la esposa de don Ernesto Valdés y Doval. Hace tiempo que es asidua a sus sesiones, por eso la ha reconocido a pesar de estar disfrazada y con el rostro manchado de hollín. Es una de sus mejores clientas, y también de las más ricas. Amalia Casas nació en una familia opulenta, pero cuando se casó con don Ernesto, casi treinta años atrás, se convirtió en una de las mujeres más adineradas e influyentes de todo Barcelona.

—Doña Amalia, buenas noches. No me molesta su visita en absoluto. —Mina le regala una de sus mejores sonrisas para tranquilizarla—. Todo va bien. Es solo que mi Levassor está averiado en la cochera; he intentado repararlo por mi cuenta, de ahí mi aspecto, pero ya sabe usted cómo son esos inventos modernos. Yo sola no soy capaz de arreglarlo, y menos con la lesión de mi mano. Me temo que mañana tendré que buscar un ingeniero experto en motores para que se ocupe.

Mina mantiene la sonrisa amable en sus labios hasta estar segura de que su mentira ha funcionado. Amalia no es estúpida —es bastante inteligente, en realidad— y sabe que Guillermina Índigo guarda muchos secretos, pero no quiere arriesgarse a que deje de recibirla en sus sesiones si le da por hacer demasiadas preguntas, así que asiente despacio, fingiendo que no se ha dado cuenta de que miente.

—Celebro que se encuentre bien, señorita Índigo —es todo lo que responde.

Amalia viste un conjunto de tarde de falda y chaquetilla confeccionado en lana fina peinada para protegerse de la madrugada gélida. Lleva un echarpe de zorro de color tostado sobre los hombros y un manguito a juego donde esconde sus manos, nerviosas y llenas de anillos. A pesar de la avanzada hora de la noche no parece que se haya acostado todavía. Mina lo sabe porque su elegante conjunto está arrugado, el bajo de su voluminosa falda parece manchado de barro, el carmín de sus labios se ve descolorido en los bordes y su pelo —canoso en el frente— está fuera del sombrero de tarde que le cubre la cabeza. Una señora como Amalia Casas nunca se pondría un conjunto que no estuviera impecable para salir a la calle. Algo la torturaba hasta el extremo de hacer que se presentara en su puerta sin tener cita. Y Mina sabía bien lo que era.

—Cuénteme qué ha sucedido, doña Amalia. ¿Ha vuelto a verla? ¿A su hija Carlota? —le pregunta con suavidad.

Antes de responder, Amalia aprieta los labios como si estuviera intentando contener las lágrimas. Asiente.

—Sí. Fue hace un par de días, pero le confieso que me ha costado reunir el valor necesario para venir a verla. Estaba tomando un chocolate con nata en el Novedades; es una cafetería muy agradable y concurrida, seguro que usted también la conoce.

Mina asiente; una de sus mejores confidentes es una chica que trabaja en la cocina como friegaplatos y que suele asomarse de vez en cuando —con disimulo, claro— para ver quién está tomando café y sándwiches en el bonito salón de la cafetería.

—El caso es que acostumbro a pasar el rato allí con doña Clara y con la esposa del cónsul estadounidense; aunque me disgustan las lámparas de gas del local, me dan dolor de cabeza si paso allí mucho tiempo... —Amalia baja la mirada hacia su manguito de pelo—. Lo siento, señorita Índigo, me temo que estoy divagando.

Mina le dedica una breve sonrisa para tranquilizarla.

—No pasa nada.

—Mi esposo dice que usted es solo una estafadora; una muy buena, pero una estafadora al fin y al cabo, nada más —dice Amalia—. Él piensa que no puede ponerme en contacto con nuestra hija, ni con nadie. No cree en fantasmas.

Estafadora. No era la primera vez —y tampoco sería la última— que algún marido o padre suspicaz utilizaba esa palabra —u otras mucho peores— para referirse a ella.

—Su esposo no sabe que usted está aquí, ¿verdad?

Amalia niega con la cabeza.

—No es por nada personal contra usted o contra su pobre marido, siempre lo tuvo en buena consideración a él y a su familia. Es solo que Ernesto está bajo mucha presión con todo este asunto de la Exposición Universal. Él es una de las personas que más ha apoyado su celebración desde el principio, antes incluso de que el ayuntamiento se interesara por el tema; cree tanto en el proyecto que lleva millones invertidos de su propio bolsillo. Ernesto es de esos hombres que solo miran hacia el futuro, ¿comprende? Y desea lo mismo para esta ciudad. A él no le interesan el pasado ni los fantasmas. Prefiere dejar las cosas como están; ya ha sufrido mucho con todo lo que sucedió con nuestra hija.

—Bueno, usted también ha sufrido lo suyo, doña Amalia: Carlota era su hija; su sufrimiento también debe contar para algo, tiene derecho a él, es suyo. Pero no se preocupe, le prometo que su esposo no se enterará de que ha venido. Será nuestro secreto. —Mina le guiña un ojo en señal de complicidad—. Así que ha visto a Carlota otra vez. Cuénteme los detalles, todo lo que pueda recordar me será de gran ayuda para ponerme en contacto con ella.

Pero Amalia Casas todavía duda un momento más antes de comenzar a hablar:

—Ya han pasado un par de días, pero lo recuerdo como si hubiera sido hoy. Ella pasó caminando por delante de la puerta del café, la vi con la misma claridad con que estoy viéndola ahora a usted. Era ella; Carlota. Casi se me cae la taza de la impresión. —Se ríe avergonzada al recordarlo, pero su rostro se cubre de sombras otra vez—. No sabía qué hacer y la saludé con la mano como una tonta, pero ella pasó de largo como si tal cosa, igual que si no recordara a su propia madre. Estaba un poco cambiada de como yo la recuerdo, ¿sabe? Cosas pequeñas, pero sé que era mi hija, mi Carlota. Una madre reconoce su hija. ¿Es eso normal? ¿Que su fantasma sea un poco diferente de como yo la recuerdo?

—Sí, claro. Es totalmente normal que la forma en que la trae a su memoria cambie un poco con el paso de los años, y con ello la manera en la que ve a su hija —dice Mina con calma—. Los fantasmas son como los recuerdos; si pensamos en ellos lo suficiente, al final podremos verlos. Nosotros invocamos nuestros recuerdos igual que invocamos a los fantasmas.

La elegante farola junto a la verja del palacete parpadea tres veces. Mina sonríe para sus adentros porque esta vez sabe que se trata de Zelda jugando con la espita del gas para crear ese efecto. Doña Amalia levanta la mirada hacia la luz, que titila al otro lado de los cristales.

—Sí..., supongo que eso tiene sentido. Pero sé que era ella. —Doña Amalia se olvida de la farola y la mira expectante—. Usted es toda una autoridad en los asuntos sobrenaturales y ocultistas, señorita Índigo, así que aceptaré su palabra en este asunto. Verá, hace ya tiempo que me pregunto si es posible, ya sabe, para alguien que ya no está con nosotros..., regresar.

—Quiere decir, ¿para un difunto?

—Eso es, sí. ¿Cree usted que alguien podría regresar de entre los muertos? No como un fantasma, sino como otra persona completamente diferente: alguien que ha olvidado quién era en su vida anterior. O, mejor dicho, quién fue.

Esa no era una pregunta que una mujer de su posición se atreviera a hacer en la calle —a pesar de la hora y la protección de la oscuridad—, y mucho menos fuera de una sesión de espiritismo. Mina sabía bien que a las personas como Amalia Casas les gustaba juguetear con la idea de los espíritus, los fantasmas o el más allá, pero siempre en un ambiente seguro y controlado, como sucedía en sus reuniones; allí no se arriesgaban a que los vieran como locos, excéntricos o demasiado confiados por creer en lo sobrenatural. Pero hablar de ese asunto en la calle requería mucho más valor o mucha más desesperación. Mina la estudió un momento intentando decidir.

—¿Está tratando de decirme que ha visto el fantasma de su hija Carlota? —pregunta con delicadeza—. ¿O que la ha visto a ella?

—Sinceramente, ya no lo sé. Pero me atormenta, y tal vez me lo merezca. —Amalia está al borde de las lágrimas.

—No creo que se lo merezca, doña Amalia —dice, pero se

pregunta por qué Amalia Casas cree que merece que el fantasma de su hija la atormente. Sabe instintivamente que algo la avergüenza, un secreto.

—También la veo algunas veces cuando voy por el centro y por el paseo de Gracia, a Carlota, quiero decir —continúa ella—. La otra tarde no fue la primera vez que vi a Carlota, tan solo ha sido la primera que reúno el valor suficiente para venir a contárselo. Pero no era un fantasma, un recuerdo ni un espíritu que se aparece entre las sombras, señorita Índigo; era real, hecha de carne, piel y sangre. Mi Carlota ha vuelto de entre los muertos.

Mina ha conocido a muchos mentirosos y farsantes en su vida —ella misma es una de las mejores— y precisamente eso hace que pueda distinguir la mirada de alguien que cree estar diciendo la verdad. Y Amalia parece bastante segura de sus palabras.

—Tengo una idea. Es una noche fría, ¿por qué no entra en casa conmigo y tomamos algo juntas? —sugiere Mina al ver su estado—. Baxter no está, pero puedo prepararle una taza de té mientras hablamos de esto más tranquilas.

Amalia intenta sonreír, pero su boca se convierte en una mueca.

—No es verdad lo que dicen sobre usted, señorita Índigo: sí que tiene corazón. Siento haberla molestado con mis tonterías.

Después da media vuelta y se aleja despacio hacia el final del callejón adoquinado.

—¡Espere, doña Amalia! —Mina corre hasta ella y logra detenerla, ve su propia respiración flotando en el aire de la noche—. No se vaya así, por favor; me quedo muy preocupada. Deje que la lleve a casa al menos; mi automóvil no está lejos...

—Pensé que ese moderno automóvil suyo estaba averiado.

—Y lo está, claro. —Mina piensa deprisa—. Quiero decir que le pediré un coche para que la acerque hasta su casa.

—Oh, no es necesario, ya sabe que vivo muy cerca de aquí. Iré paseando y así quizá el aire fresco me despeje las ideas.

—Amalia ya ha recuperado su contenida expresión habitual y le dedica una sonrisa tranquilizadora—. Solo digo tonterías, lamento haberme presentado así a estas horas. En fin, supongo que tendré que hacer caso a mi marido y dejar de tomar esa copita de jerez después de cenar que tanto me gusta. Hasta el martes, señorita Índigo.

Amalia Casas se aleja hacia la verja de hierro que separa el callejón de Permanyer del resto del mundo. Pero justo cuando cruza bajo la mirada de piedra de las dos figuras, las farolas de gas de toda la calle parpadean al mismo tiempo y el callejón entero se cubre de sombras durante unos segundos.

Cuando la luz regresa a Permanyer, Mina todavía está allí, inmóvil frente a su casa, con la respiración acelerada y el corazón latiendo deprisa como si fuera a salírsele por la garganta. Le tiemblan las piernas —algo muy raro en ella— y atraviesa el patio delantero del palacete mientras la mano oscura del viento de enero sacude las flores de lavanda cuando ella pasa por su lado.

—¿Esa era doña Amalia? —le pregunta Zelda a modo de saludo cuando entra por la puerta—. ¿Sucede algo? No tenía cita hoy, ¿qué estaba haciendo aquí a estas horas?

—Cree que su hija Carlota ha vuelto de entre los muertos.

—¿Ha visto al fantasma de su hija?

Mina duda un momento antes de responder:

—No, ella jura que se trata de una persona de carne y hueso. Asegura haberla visto paseando como si nada. Ha sido muy extraño; creo que Amalia intentaba decirme algo, pero no he podido convencerla para que me cuente de qué se trata. Debo de estar perdiendo facultades, eso y que su marido no deja de intentar ponerla en mi contra. —Mina bromea, pero la extraña sensación que la acompaña desde que ha hablado con Amalia se queda con ella un momento más.

—¿La conocías?

—¿A Carlota Valdés? No, ella murió antes de que Amalia empezara a venir a las sesiones; creo que fue un terrible accidente doméstico. —Mina sabe que después de esta noche tiene que averiguar más detalles sobre la muerte de Carlota para poder mantener el interés de su clienta—. Precisamente por eso viene a verme, para que la ponga en contacto con su hija.

—Pobre mujer.

—Creo que estaba asustada por algo. —Mina piensa un momento más en Amalia Casas y en su extraña reacción—. ¿Ha regresado ya el señor Baxter?

—No. Supongo que sigue en uno de los reservados del Eden Concert, perdido entre las caricias de algún apuesto muchacho.

Baxter es el responsable de organizar y supervisar el día a día en el palacete de Permanyer. Todo, desde coser un botón suelto en alguno de los conjuntos de Mina, comprar las viandas diarias o incluso hacer un inventario de los cuadros y otros objetos valiosos que hay en la casa, es responsabilidad suya. Baxter también es especialista en resolver cualquier tipo de situación delicada que pueda presentarse, como atender a clientes que se desmayan durante las sesiones o despachar a algún fisgón que intente colarse en la famosa Habitación de los Fantasmas. Pero, sobre todo, Baxter es un conseguidor, un conseguidor de cualquier cosa que la señorita Índigo necesite por imposible o extraña que parezca: una cita con el cónsul estadounidense, una botella de absenta para enviar discretamente a alguna de sus clientas junto con un poco de heroína, o modernas piezas y herramientas para Zelda y sus inventos mecánicos... Baxter es eficiente y discreto, en su trabajo y en su vida personal, y, a diferencia de otros mayordomos, no tiene ningún problema en aceptar órdenes de dos mujeres.

—Lástima. Me vendría bien uno de sus cócteles Old Fashioned ahora mismo —se lamenta Mina.

Se quita la gorra. Su largo pelo castaño, que le cae hasta la mitad de la espalda, ha retenido el olor del humo negro que ahora llena el elegante vestíbulo del palacete. Después de su extraña conversación con Amalia, había olvidado por completo que estaba sucia y cubierta de esa especie de carbonilla.

—Estás horrible. ¿Qué te ha pasado? —pregunta Zelda, arrugando la nariz.

—Nada grave. Arnau, el antiguo capataz de la fábrica de Fontanet, ha desaparecido, y alguien ha dejado una bomba de humo en su piso. Casi asfixian a su familia.

—¿Una bomba? Eso es terrible, ¿y se encuentran bien?

—Sí, creo que sí. Me parece que solo querían asustarlo para que no me entregara las pruebas.

Aunque hay modernas bombillas incandescentes en varias habitaciones del palacete, Zelda lleva una lámpara de aceite en una mano; le gusta leer un rato antes de acostarse o trabajar en su cuaderno de bocetos dibujando nuevos trucos para utilizarlos después en las sesiones espiritistas. La lamparilla tiembla cuando Zelda reconoce el olor del humo.

—Ese olor, es como... Trinidad —murmura con la boca seca de repente.

—Sí, lo es, pero no te preocupes; todo va bien. Trinidad está muy lejos y van a culpar a los anarquistas por lo de esta noche.

Zelda asiente convencida. Ya ha terminado su ronda nocturna para asegurarse de que todas las ventanas y puertas del palacete se hallan bien cerradas, y está lista para acostarse. Lleva puesto un bonito camisón de plumeti con pasalazos en las mangas, un turbante de seda que cubre su cabello, muy corto, y un chal de lana de angora sobre los hombros para protegerse del frío. Zelda duerme en una de las habitaciones del sótano. Mina le ha insistido muchas veces para que ocupe una de las que hay en la planta baja —mucho más soleadas y acogedoras—, pero Zelda prefiere dormir en el sótano, donde las ventanas son pequeñas y están protegidas por celosías de piedra. Se siente mucho más segura ahí.

—¿Y qué va a pasar ahora con esa familia? —le pregunta—. Arnau confió en ti, iba a proporcionarte esos documentos para que tú pudieses tener a ese par de pájaras de las Palladino controladas. ¿Vas a ayudar a su familia?

Mina duda antes de responder.

—Haré lo que pueda.

Pero Zelda le lanza una mirada dura bajo sus pestañas espesas.

—Haz más que eso, Guillermina. —Y, sin molestarse en

esperar su respuesta, se aleja hacia la escalera rumbo a su habitación—. Y date un baño. Apestas.

Lilly es una gata atigrada y tuerta. Se coló en la cocina del palacete una tarde lluviosa del marzo pasado. Zelda la descubrió buscando comida en la despensa, y ya nunca se fue. Es la más tímida de las tres gatas que viven en la casa; durante el día dormita en alguno de los sofás, pero, por las noches, algo salvaje se despierta en ella y la mueve a merodear por la casa a oscuras, empujando las puertas de las habitaciones para colarse dentro, silenciosa.

Mina la oye maullar en la planta baja. Cuando llega hasta ella, la gata la mira con su único ojo verde y después corretea hasta la puerta principal, rasca con la pata y, cuando Mina le abre, baja trotando la escalera que une la entrada al patio delantero.

—Espera, ¿adónde quieres ir?

Pero Lilly la ignora y camina decidida hasta las flores de lavanda que crecen en el patio.

—No puedes estar ahí. Es peligroso.

Lilly estira el cuello y olfatea una de las flores violetas. Pronto se olvida de ella y comienza a escarbar en el suelo, entre las baldosas levantadas por las raíces del arbusto que crece sin control en el patio. Sus patitas delanteras remueven la tierra tratando de desenterrar algo. Lilly escarba con tanta fuerza que arranca unas cuantas raíces. Asustada, Mina se acerca a la gata y la coge en brazos; sus patas están húmedas y manchadas de tierra.

—Maldita gata...

Se inclina un poco hacia delante para ver lo que Lilly ha desenterrado: entre la tierra removida y los restos violetas de algunas de las flores, asoma una mano pálida, junto con algunos mechones de pelo. A la mano le faltan las últimas falanges del meñique y el anular. Mina aparta la mirada. No quiere seguir mirando esa mano entre la tierra removida.

De repente, la parte baja de su camisón está en llamas,

siente el raso blanco derritiéndose por el calor mientras el fuego le sube deprisa por las piernas, puede oír el murmullo del fuego devorando su piel. Sujeta a la gata contra su pecho, intentando protegerla. Mira a su alrededor y ve que todo está ardiendo: el patio delantero, el palacete, las lavandas..., todo. Las llamas, de un color naranja brillante, salen por las ventanas tratando de alcanzarla, lamiendo la fachada. Mina siente el aire a su alrededor, caliente por el fuego, ardiente como la brisa de verano en sus mejillas. Se mira los brazos y ve que su piel se ha vuelto oscura y cuarteada. Nota su propia sangre hirviendo dentro de su cuerpo, quemando sus órganos internos, que se convierten en una mermelada densa. Y el olor, ese olor que Mina reconocería en cualquier lugar del mundo, muy parecido al del humo negro que todavía llena sus pulmones después de haber entrado en ese piso de la calle Poniente. Pero ya no está en el Raval, ni siquiera está en Barcelona; está muy lejos, en una isla donde siempre brilla el sol y el viento huele a caña de azúcar.

Mina se despierta de golpe cuando el vaso se le resbala de la mano para estrellarse contra el suelo del baño, haciéndose añicos. Los restos del whisky de doce años manchan las bonitas baldosas blancas del baño de su habitación, mezclándose con los cristales rotos.

—Genial... —masculla con la lengua pegajosa por el alcohol y el sueño.

Se ha quedado dormida en la bañera mientras bebía; otra vez. Ha seguido el consejo de Zelda de darse un baño caliente para intentar quitarse el hedor del humo negro que se había quedado pegado a su piel y su pelo. El agua en la bañera se ha enfriado hace un rato, pero el aceite con olor a jazmín y salvia, que suele utilizar, flota en el aire tibio del baño. No hay humo ni restos de ningún incendio. Se mira los brazos y comprueba que tampoco hay señales de quemaduras. Suspira aliviada. Estaba teniendo una pesadilla.

—Los fantasmas son como los recuerdos —murmura.

Lo sabe bien, se lo ha dicho a Amalia Casas hace solo unas horas, pero aun así la memoria de ese humo negro y de aquella noche calurosa en Trinidad —que ahora que está despierta le parece muy lejana— todavía la atormenta unos segundos más.

Lilly está sentada cerca de la puerta del baño y la observa con su único ojo.

—¿Y tú qué quieres?

La gata parpadea, pero no se mueve de donde está.

Mina sale despacio de la bañera, se le han entumecido las piernas por el agua fría y tiene las yemas de los dedos arrugadas. Coge su kimono de seda del biombo donde lo ha dejado colgado antes y se lo pone deprisa, no quiere ver la cicatriz irregular en su costado derecho, justo debajo de las costillas. El exquisito kimono fue un regalo de la esposa de un famoso comerciante de opio por conseguir ponerla en contacto con su querida abuela fallecida; quería que esta le diera su bendición después de haber huido de su familia a Londres para casarse. El kimono y entrada libre en los elegantes fumaderos de su marido de por vida.

Lilly bosteza aburrida mientras ella se ata el batín y sale del baño. Mina la ve atravesar el gran dormitorio principal en dirección a la puerta y bajar la escalera hasta la planta baja con sus andares felinos. La sigue por la casa en penumbra, teme que la gata vaya a intentar salir al patio igual que en su pesadilla, pero, en lugar de eso, Lilly se escabulle en dirección al sótano, seguramente para hacerle una visita a Zelda y dormir en su cama.

—Dichosa gata...

Pero entonces Mina oye un golpe en algún lugar de la casa. Le parece que proviene de la Habitación de los Fantasmas, al final del largo pasillo. Primero se asoma al distribuidor lateral para comprobar que la puerta del dormitorio de Martín sigue cerrada. Vuelve a oír un golpe, más cerca ahora. Avanza despacio por el pasillo, dejando huellas húmedas en las baldosas de mosaico, hasta que llega frente a la puerta de la Habitación de los Fantasmas, que está cerrada. Una corriente de aire frío sale por debajo haciendo ondear suavemente el dobladillo de su kimono. El pomo de cristal cede con facilidad, Mina conoce el truco para abrirlo a la primera.

La habitación más misteriosa de Barcelona está a oscuras, pero ella reconoce la silueta de la mesa con la superficie de espejo en el centro y las sillas alrededor. Hace frío, y entonces recuerda que una de las ventanas se ha roto esa tarde en la sesión con las hermanas Palladino.

Hay un hombre en pie junto a la ventana, de espaldas a ella, mirando al jardín. Viste un elegante pijama de caballero de color granate, pero está descalzo y despeinado.

—Dios..., me has dado un susto de muerte —dice con la voz todavía entrecortada.

—Hay alguien ahí fuera —murmura él.

—¿Qué haces levantado tan tarde? Deberías estar durmiendo.

Pero él no responde, nunca responde. En vez de eso sigue estudiando el patio delantero de la casa. El viento de invierno se cuela por el cristal roto y golpea la contraventana contra la fachada, y Mina, aliviada, entiende que ese era el ruido que había oído.

—Hay alguien ahí fuera. Puedo verlo ahora mismo —insiste él—. Está en pie entre la lavanda.

Mina se acerca a la ventana rota —con cuidado de no cortarse con los restos de cristales que quedan en el marco— y se asoma, casi temiendo lo que pueda ver fuera. El pequeño jardín delantero está a oscuras, pero en su rincón distingue la sombra del arbusto de lavanda.

—No hay nadie ahí fuera. Vamos, te acompañaré a tu dormitorio para que descanses —dice sin mirarle.

Su sola presencia hace que Guillermina Índigo se sienta culpable; le duele estar en la misma habitación que él o mirarle a la cara, cubierta de cicatrices dejadas por el fuego, ocultas tras su barba rubia y sus patillas. Mina sujeta la contraventana y la ajusta para que deje de golpear.

—Hay alguien ahí fuera —insiste él.

—No, es solo el viento, que hace que la ventana rota se mueva. Siento que te haya despertado. Ya está, ahora podrás dormir mejor.

Él por fin se vuelve para mirarla, pero sus ojos están muy

lejos, perdidos en algún lugar al que Mina no consigue llegar. Ni siquiera está segura de que la esté viendo en realidad. Para él, Mina es solo otro de los muchos fantasmas que lo rondan. Está despeinado y algunos mechones largos le caen sobre las mejillas. Muy despacio, Mina alarga la mano para acariciarle el brazo, pero cambia de idea en el último momento.

—No me gustan las noches como esta. El viento del invierno atrae a los fantasmas. Puedo oír sus voces susurrando mientras duermo —masculla él—. No me gusta.

—Ya, a mí tampoco me gusta. Vamos.

Mina consigue que él la siga fuera de la habitación y cierra la doble puerta después de salir.

El dormitorio de Martín está en la parte trasera de la casa, en el lugar más tranquilo y soleado de todo el palacete, para que nada lo sobresalte y pueda descansar. Mina lo ayuda a meterse en la cama otra vez y se asegura de que todas las luces del dormitorio, y del pequeño baño anexo, estén apagadas para que no lo molesten y pueda dormir.

—Descansa.

—Yo también he soñado con el incendio... —susurra él.

Un escalofrío baja deprisa por la espalda de Mina, y su mano tiembla cuando cierra la puerta del dormitorio.

Mina se envuelve mejor en el fino kimono —inútil contra el frío de la madrugada— y sube por la escalera para acostarse. Fuera, el viento de invierno agita la lavanda y una sombra cruza el jardín delantero.

EL NUEVO CASO

El fuerte viento de la noche anterior había huido hacia el este antes del amanecer, pero había dejado tras de sí un pequeño rastro de destrucción a lo largo de la ciudad en forma de ramas caídas y cornisas arrancadas. La lenta mañana tardó en despertar un poco más de lo habitual, como suele suceder los días que siguen a las noches largas de vigilia.

Sobre la moderna cocina de gas del palacete de Permanyer, la cafetera de hierro protesta hasta que Zelda por fin la retira del fuego con ayuda de un trapo para no quemarse.

—Así que tuviste una pesadilla, eso tampoco es tan extraño. —Zelda deja la cafetera sobre el salvamanteles, busca su cajetilla de cigarrillos y se sienta a la mesa—. Se me ocurre que, después de lo que pasó en el piso de tu confidente anoche, tu mente está intentando encajar algunas cosas sobre el incendio y todo lo demás. Los recuerdos pueden ser un auténtico fastidio cuando se presentan sin avisar.

—Sí, eso ya lo sé, pero te digo que esto es diferente, no era una pesadilla normal. Era como estar de nuevo allí: el fuego, el olor, el humo... Igual que si acabara de suceder.

Al recordarlo, la mano de Mina tiembla sobre la mesa, así que la esconde bajo la manga de su batín de seda para evitar que Zelda pueda verla.

—Tú misma lo dijiste ayer: estamos muy lejos de Trinidad —le recuerda Zelda, mientras coloca un cigarrillo en la boquilla de nácar y se lo acerca a los labios.

—Algunas veces casi me parece que nunca llegamos a marcharnos realmente, que de alguna manera todavía seguimos atrapadas: hemos cambiado la hacienda de las Tres Cruces por esta casa.

—No es un mal cambio, me gusta que haya agua caliente en la casa, y también la luz eléctrica. —Zelda le ofrece un poco de su tostada a Archie, que la acepta encantado—. Además, en esta ciudad pueden comprarse todo tipo de artilugios mecánicos e inventos modernos... No podrías arrastrarme de vuelta a Cuba ni aunque lo intentaras con todas tus fuerzas.

Mina no va a contarle aún que hace algún tiempo que le ronda la idea de dejar Barcelona; no por Cuba —ella tampoco podría regresar a Trinidad aunque quisiera hacerlo—, pero tal vez sí por Estados Unidos —donde aún todo parece posible— o quizá a París, o alguna otra moderna ciudad europea, donde pudiera volver a empezar sin la carga del pasado y la culpa a sus espaldas. Todavía pensando en ello, Mina se sirve un trago largo de *bourbon* en la taza del desayuno, fingiendo que no nota la mirada cargada de significado de Zelda, y le da un sorbo.

Aunque el palacete tiene un bonito comedor para diario, ellas siempre desayunan en la cocina; es una de sus muchas costumbres y pequeños rituales para mantener a raya los malos recuerdos. El aire de la bonita cocina huele a café recién hecho y al humo del tabaco rubio que fuma Zelda. El débil sol de enero se cuela a través de las cortinas de lino blanco que protegen la cocina de las posibles miradas indiscretas.

—Entonces ¿soñaste que estabas enterrada en el patio?

—Bueno, puede que soñara con otra mujer a la que también le faltaban las últimas falanges —la corta Mina.

Pero Zelda se encoge de hombros.

—Se me ocurre que tal vez deberías beber menos para evitar tener el sueño inquieto. Beber hasta quedarte dormida en la bañera no parece algo muy inteligente. Y te confieso que no me hace sentir muy segura saber que una borracha peligrosa camina sonámbula por la casa de madrugada.

—Yo no soy sonámbula —protesta Mina.

—Solo te digo que ya tenemos bastante con él. —Zelda señala con la cabeza en dirección a la puerta cerrada del dormitorio de Martín.

Mina deja escapar un sonoro suspiro de fastidio, no quiere seguir hablando del asunto.

—¿Y dónde está Baxter? Ya debería estar aquí sirviendo el desayuno. Solo él conoce la receta para esa bebida con tabasco capaz de despejarme la cabeza por completo cuando he dormido mal —se lamenta.

Uno de los muchos talentos del señor Baxter es su capacidad para preparar las mejores bebidas contra las noches largas y las resacas.

—Te digo que ese sueño tuyo no tiene por qué significar nada extraño —dice Zelda, sin molestarse en mirarla—. Ha sido solo tu cerebro trabajando en tu contra con la ayuda del licor barato.

—No tan barato —murmura ella, dando un trago al licor dulzón de su taza.

—Haznos un favor a las dos: intenta no estar borracha cuando vayas a ver al inspector Bocanegra después, no creo que se muestre demasiado dispuesto a ayudarte a buscar a la hija de Abril si te apesta el aliento a *bourbon.* Y si sigues conduciendo el Levassor bebida, acabarás matando a alguien o a ti misma.

—No es así como moriré —responde Mina muy segura—. Por cierto, anoche estaba inquieto; lo encontré de madrugada en la Habitación de los Fantasmas farfullando sinsentidos. Decía que había alguien delante de la casa.

La cocina se queda en silencio y el ambiente entre ambas mujeres se tensa.

—Todo lo que él dice es un sinsentido, ya lo sabes.

Mina va a responder, pero unos pasos decididos se acercan por el pasillo.

—¡Señor Baxter, buenos días! Qué amable por su parte regalarnos su presencia esta mañana —exclama Mina con ironía, mirándolo desde su silla—. ¿Disfrutó de su noche libre? Estoy segura de que sí.

Baxter viste su impecable traje negro de paño de lana, con la camisa blanca recién planchada y almidonada, como de costumbre. Su pelo rojizo —más canoso cada día— está elegantemente peinado hacia atrás y su majestuoso bigote cobrizo, que le cubre el labio y va estrechándose cada vez más hacia las mejillas, le da un aspecto distinguido y formal. Nada haría sospechar que debajo de esa apariencia cuidada de perfecto mayordomo hay un caballero escocés —y antiguo sargento de los Scots Guards—, capaz tanto de preparar los mejores vodka-Martinis de la ciudad como de cauterizar una herida abierta utilizando tan solo una cucharilla de café al rojo vivo.

—El periódico de hoy, señora. Ya estaba en la entrada —responde Baxter ignorando su comentario, como suele hacer, mientras deja el ejemplar del *Diario de Barcelona* sobre la mesa—. Buenos días, señora Moreno. Permítame que le sirva un poco de tarta.

Zelda le dedica una sonrisa.

—Gracias, señor Baxter.

Baxter coge un cuchillo de cocina del segundo cajón de la alacena y levanta la campana de cristal, bellamente ornamentada, que protege la tarta de mantequilla y naranja confitada de los instintos callejeros de las gatas. Corta un buen pedazo, lo coloca ceremoniosamente, con ayuda de la paleta de plata, sobre un plato y lo deja en la mesa frente a Zelda. Después coge la cafetera y le sirve café aún humeante en su taza.

—¿Va a querer la señora un poco de café con el *bourbon*? —le pregunta a Mina.

Baxter es una de las poquísimas personas en el mundo en quien Guillermina Índigo confía y a quien le permite ciertas confianzas.

—No, estoy bien así —masculla Mina, ocultando una sonrisa tras su taza.

Baxter se aleja de la mesa para buscar la mermelada y el azucarero —Zelda siempre toma su café con tres cucharadas—, y Mina abre el periódico asegurándose de hacer todo el ruido posible. El incidente en la calle Poniente de la noche anterior no se menciona hasta casi la mitad del diario y tan solo aparece en un pequeño recuadro en la esquina inferior de la página: «Anarquistas atacan el Raval». Nada más, ninguna alusión en el artículo a la familia de Arnau o a la posibilidad de que no fueran los anarquistas.

—¿Buscando clientes? —le pregunta Zelda, dejando descansar su cigarrillo en el cenicero antes de darle un sorbo a su taza.

—Desde luego. Las páginas de sucesos siempre son un buen lugar donde encontrar desgracias y potenciales clientes. La mala suerte de alguien puede ser nuestro sustento durante un par de meses —miente ella.

Aunque Mina acostumbra a leer cada mañana las noticias de sucesos y crímenes a la caza de posibles casos o pistas sobre sus clientes más adinerados —o de historias macabras con las que asustar a sus habituales en las sesiones—, esa mañana busca otra cosa.

—¿Mencionan al nuevo patólogo? —pregunta Zelda como si tal cosa—. Eso es lo que estás buscando, ¿verdad? Algo sobre el nuevo forense.

Algunas veces odia lo mucho que Zelda Moreno la conoce. Dobla el periódico de mala gana y lo deja otra vez en la mesa.

—No me preocupa en absoluto el nuevo patólogo —miente ella—. Seguro que podré manejarlo. Después de todo, si lo han traído directamente desde Londres será porque el buen doctor quiere hacer carrera y amistades importantes que lo ayuden a conseguirlo, así que no querrá meterse en nuestros asuntos. En el peor de los casos, le pasaré un sobre con un puñado de billetes cada mes, igual que solía hacer con el inspector Bocanegra, y asunto resuelto.

Pero Mina ha estado pensando en él, en el nuevo forense. Ese hombre misterioso del que nadie sabe demasiado y que va a ocupar el puesto de su marido. Sabe que, si es de los que se inmiscuyen, podría hacer sus vidas mucho más complicadas. Vuelve a recordar su sueño: el patio delantero ardiendo, las llamas del naranja más brillante que ella ha visto nunca saliendo por las ventanas, trepando hasta el tejado de pizarra de la casa. Mina se mira los brazos otra vez para asegurarse de que no tiene cicatrices ni quemaduras visibles.

El Panhard Levassor de Guillermina Índigo ruge mientras atraviesa las calles de la ciudad en dirección al puerto. Su motor de combustión es mucho más rápido que los carros o los elegantes coches tirados por caballos con los que se cruzan, y también mucho más ágil. Mina sortea sin problema los demás vehículos y carricoches que circulan por las calzadas más anchas de la ciudad. Asusta a un caballo al doblar una calle, y el cochero, protegido de la mañana fría con una capa de viaje, le grita un improperio desde el pescante.

—Este trasto no parece muy seguro. —Abril tiene que gritar en su asiento para hacerse oír por encima del ruido del motor de dos caballos que atruena el aire—. Y tú pareces una demente guiando este maldito invento por las calles de la ciudad.

Algunos viandantes se vuelven a su paso para ver el moderno automóvil, el primero de su clase que circula por la ciudad y que llama la atención irremediablemente. Mina lo sabe y sonríe, haciendo girar la palanca de guiado que sale del suelo de entre sus pies para tomar otra calle.

—¡Esto es el futuro! Pronto los automóviles circularán por todas las ciudades del mundo sustituyendo a los coches de caballos —grita Mina, mientras esquiva de milagro un carro cargado con carbón que aparece de la nada en la calzada.

Deja atrás la plaza de Tetuán, con su glorieta donde las palmeras crecen sin problema gracias al clima suave de Barcelona. Desde allí ya puede intuirse el recinto de la Exposición Universal en el parque de la Ciudadela, no muy lejos. El paseo de San Juan está lleno de obras por todas partes; la ciudad se esfuerza por terminar la construcción de los diferentes pabellones de la Exposición a tiempo para la inauguración oficial, prevista para mayo, dentro de cuatro meses. Los trabajos van con retraso y todos los días circulan rumores de cancelación en los reservados de los cafés o en las oficinas de los diarios.

La calzada ha desaparecido en algunos tramos y las ruedas estrechas del Levassor vuelan sobre los baches en el camino de tierra. Pasan junto a la que pronto será la entrada principal del recinto de la Exposición: el Arco del Triunfo, con su vistoso ladrillo rojillo, sus frisos y estatuas acariciando el cielo. La estación del Norte está a su izquierda y el tráfico de carros y viajeros pronto se vuelve tan intenso que Mina tiene que aminorar la marcha. El motor del Levassor traquetea, igual que si estuviera tosiendo, y sacude a sus dos pasajeras cuando por fin se detiene delante del edificio de la Guardia Urbana.

—Hablaré con el inspector Bocanegra en tu favor y lo convenceré para que organice la búsqueda de Camila, pero eso es todo lo que puedo ofrecerte —dice Mina, bajando del automóvil y colocándose bien el sombrero, que se ha movido por el viento—. Te presentaste en mi casa para hacerme chantaje, no esperes que le suplique a Bocanegra después de eso.

—Bueno, las dos sabemos que esa no es tu casa; el palacete pertenece a tu marido y a su familia, los De Pareja. Es solo cuestión de tiempo que tu cuñado te largue de allí, por eso sé que me ayudarás.

Mina no dice nada, finge que no ha oído su comentario acerca de Domingo, su cuñado, mientras camina hacia la puerta de la comisaría; pero su habitual gesto enigmático tiembla en sus labios al pensar en el hermano pequeño de su marido.

—Después de lo de hoy, estás sola.

—Menuda novedad —responde Abril sin mirarla.

Aún no es mediodía y la explanada frente a la estación del Norte está muy concurrida: viajeros que van y vienen con maletas y bultos, carros de equipaje, reencuentros felices y abrazos tristes de despedida. La comisaría comparte pared con el edificio de la estación, pero ahí termina cualquier similitud; la entrada de la estación está abarrotada de gente —ayudantes de cámara buscando un carro con la mirada, mozos de estación que gritan...—, pero dentro de la comisaría hay silencio. Los pasos de Mina retumban entre las paredes de piedra cuando atraviesa el vestíbulo decidida, en dirección a las oficinas de vigilancia y seguridad. Abril ha perdido parte de ese aplomo que parecía tener el día anterior cuando se presentó en el palacete; la sigue muy de cerca, pero se retuerce las manos a pesar de que el dolor en sus huesos infectados es espantoso.

Un par de agentes con uniforme las miran al pasar, pero

no dicen nada. Conocen bien a Guillermina Índigo y también a su marido, el doctor De Pareja, que ha sido el patólogo asignado a la ciudad durante más de ocho años; sienten lástima de ella. Martín de Pareja era un compañero de la policía, al fin y al cabo, y ahora es un muerto en vida; una sombra. Lástima; ese es uno de los motivos por el que Mina Índigo puede pasearse a su antojo por la comisaría de Vigilancia y Seguridad.

—Deja que hable yo. Bocanegra no es mal policía, pero odia que le digan lo que debe hacer —le advierte Mina mientras avanzan por el pasillo en dirección a las oficinas—. Es de ese tipo de hombres que piensan que aceptar ayuda lo hace parecer débil.

El lugar está preparado para que trabajen doce personas en total, entre detectives, inspectores y agentes de oficina; doce escritorios perfectamente alineados en filas, cada uno con su correspondiente silla, y una máquina de escribir en cada puesto. Ahora todos los escritorios están vacíos porque la orden desde el Gobierno Civil es mantener «limpias» las calles de Barcelona, así que la mayoría de los agentes de policía —sin importar su puesto o rango— llevan semanas patrullando las calles para asegurarse de que no surge nada que ponga en peligro la futura inauguración de la Exposición Universal. Dentro de la comisaría siempre hace calor, incluso la vez que nevó en la ciudad, casi dos años atrás; el aire dentro del edificio de piedra es caliente y pesado, con un regusto a madera y al olor del papel amarillento que se acumula en los archivos.

Al fondo de la amplia sala, extrañamente silenciosa, una mampara de cristal separa los puestos de trabajo de los detectives de la oficina del inspector Bocanegra. Mina puede verlo desde donde están, en pie y fumando mientras busca algo en el archivador de madera que hay junto a su mesa. La pared de cristal no llega hasta el techo de la habitación, por lo que el humo de su cigarrillo escapa flotando por la sala. Bocanegra no ha reparado todavía en su llegada, así que Mina aprovecha esa ventaja; camina hasta su despacho, llama a la puerta y abre sin esperar respuesta.

—Guillermina Índigo, qué emoción que nos honres con tu

presencia. Si vienes a excusarte por lo que sucedió la última vez, ya te dije que me importan muy poco tus disculpas de pacotilla... —Bocanegra se interrumpe al ver a Abril Prieto detrás de Mina y se rasca la frente entre las cejas, en un gesto automático que algunos interpretarían como desgana pero que en realidad es cansancio—. Si busca a uno de mis agentes para presentar una denuncia, tendrá que volver en otro momento, señora; andamos cortos de personal y la mayoría han salido a almorzar.

Abril no responde, se fija en ese hombre de aspecto tosco pero bien aseado que sujeta el cigarrillo entre los dedos a pesar de que la colilla debe de estar ya quemándole la piel. Lo había imaginado más viejo, pero ahora que lo tiene delante se da cuenta de que tendrá aproximadamente la misma edad que Guillermina Índigo.

—¿Ya has conocido al nuevo patólogo? El inglés —le pregunta ella—, ¿cómo es?

Bocanegra se encoge de hombros, la conoce y sabe bien que Mina no está allí para hablar sobre el nuevo forense.

—Es inglés y no es de los nuestros —responde, sin molestarse en disimular—. ¿Qué es lo que quieres?

—Necesito un favor —dice Mina sin preámbulos—. Y no puedes hacerme ninguna pregunta al respecto.

Bocanegra la mira y sonríe. Por un momento casi parece que está a punto de invitarlas a sentarse en las dos sillas que hay dispuestas frente a su escritorio, pero por el contrario cierra de golpe el cajón del archivador.

—No.

Le da una calada a su cigarrillo y camina hasta ella, deteniéndose tan cerca que Mina puede sentir la mezcla del olor de su loción para el afeitado junto con el humo del tabaco.

—Se acabaron los encargos, las pistas, las confidencias o como quieras llamarlo. Tendrás que buscarte a otro para seguir sacándoles los cuartos a los ricos y poderosos de esta ciudad con tus trucos de salón. —Los ojos castaños de Bocanegra centellean.

—Deduzco que todavía estás disgustado por lo que pasó la última vez que trabajamos juntos. Ya te dije que sentía lo de ese malentendido con la bailarina y el hijo del secretario de... —comienza a defenderse ella.

—¿Disgustado? ¡Me hiciste investigar al hijo del secretario de Interior por una pista falsa!

—Bueno, técnicamente no era una pista falsa.

—¡Descubriste la aventura de su padre con una mujer que no era su esposa! No. Olvídate, no te ayudaré más. Y tampoco voy a dejar que les eches un vistazo a los informes o que hables con alguno de mis agentes sobre casos abiertos; la policía de Barcelona no trabaja para ti, Guillermina.

Mina espera pacientemente a que él termine de desahogarse. No le afectan su tono ni sus maneras poco delicadas; conoce a Ramiro Bocanegra desde antes de que este se convirtiera en inspector, cuando era un joven agente de uniforme con pocos remilgos y muchas ganas de ascender en el cuerpo.

—¿Ya has terminado de gritarme? Perfecto entonces —dice ella, ignorando su gesto de fastidio—. La hija de esta mujer ha desaparecido. Se llama Camila Garza, tiene dieciocho años y hace varios días que nadie sabe nada de ella.

El cigarrillo se ha acabado de consumir entre sus dedos; Bocanegra siente la quemadura y lo apaga en el cenicero de cristal que tiene sobre la mesa antes de volver a sentarse.

—Esta es una ciudad peligrosa, desaparece gente todos los días —responde él, sin apartar los ojos de Mina—. No se ofenda, señora, pero es pronto para empezar a preocuparse. Lo más seguro es que su hija se haya marchado por ahí con algún muchacho o que esté durmiendo la mona en casa de una amiga. Ya volverá. Lo mejor es que se marche a casa a esperarla.

Abril se vuelve hacia ella.

—¿Esta era tu gran idea, Guillermina? ¿Recurrir a un inútil disfrazado de señoritingo?

Bocanegra va a protestar, pero Mina se le adelanta.

—Me lo debes, Ramiro. —Ahora es ella la que dice esas palabras.

—Yo no te debo nada. Estoy en paz contigo y con tu marido. —Lo dice muy seguro y sin separarse un centímetro de ella, pero algo en su expresión cambia al mencionar a Martín.

Mina asiente y por un momento parece que va a aceptar su negativa sin más, pero en lugar de eso sus ojos vuelan sobre las paredes de la oficina, examinando cada rincón.

—Tienes un bonito despacho —menciona ella como si tal cosa—. Recuérdame otra vez cómo llegaste a inspector... El inspector más joven de la policía, nada menos...

—Inspector jefe —la corrige él.

—Lo que sea. Me lo debes: este bonito despacho, tu puesto, el favor del superintendente... y todo el brillante futuro que tienes por delante; ese por el que tanto has trabajado. Necesito un favor, Ramiro, y te prometo que será el último.

Bocanegra se cruza de brazos y deja escapar un suspiro de fastidio porque sabe que va a ayudarla, como hace siempre.

—Bien. Señora, cuénteme todo sobre su hija y sobre la última vez que la vio —le pide a Abril, mucho más suave ahora, mientras abre la libreta que tiene sobre el escritorio—. Cualquier detalle que recuerde puede ser importante.

—Mi hija se llama Camila Garza y tiene dieciocho años. Salió hace dos días para ir a pedir trabajo a los grandes almacenes El Siglo y nadie ha vuelto a verla. —Abril hace una pausa—. Es una muchacha obediente y formal, trabaja algunas noches sueltas como costurera de detalle para traer dinero a casa en uno de esos talleres que hacen ropa barata. No tiene amigos y tampoco novio, aunque no le faltan pretendientes. Camila es una de esas personas especiales que uno conoce y al momento sabe que son únicas, de esas personas que uno no quiere dejar marchar. ¿Sabe el tipo de persona al que me refiero?

El inspector jefe Bocanegra asiente despacio y mira a Guillermina.

—Sí, sé bien a qué se refiere. —Ramiro se aclara la garganta y mira sus notas, todavía pensando en Guillermina Índigo—. ¿Y tiene alguna fotografía o imagen de su hija?

—No, nada parecido. No creo que nunca se haya sacado una fotografía.

Bocanegra anota algo en su libreta con su caligrafía enmarañada y pequeña.

—Comprendo. Hábleme de ella. ¿Cómo es físicamente? ¿Tiene algún rasgo especial?, ¿cicatrices?

Mina sabe que esas son las preguntas necesarias para poder identificar un cadáver. Su rostro se ensombrece al pensar en ello: Bocanegra no cree que vayan a encontrar a Camila Garza con vida.

—Cuando nació casi se muere por el camino, fue un parto difícil y se quedó menuda —recuerda Abril, con una ternura en su voz que no han oído antes—. De niña era pálida como la nieve, pero, con el paso de los años y el sol, su piel ya no parece tan blanca. Tiene el pelo claro, no tanto como cuando era una chiquilla, pero en el barrio aún la llaman la Rubia. Y siempre lleva, en la muñeca derecha, una pulsera que yo le regalé cuando cumplió diez años; nada lujoso, de alambre trenzado con un pequeño abalorio que tiene forma de gorrión. Nunca se la quita. —Abril aprieta los labios, y las arrugas de la edad y la miseria cortan su cara, acaba de comprender también que esas preguntas pueden servir para identificar a un muerto—. Pero Camila no está muerta, está perdida.

Ramiro Bocanegra da unos golpecitos con la punta del lápiz sobre su libreta abierta antes de mirarla.

—Y con esa esperanza la buscaremos, señora, se lo prometo. Pero tiene que prepararse para lo peor por si acaso...

—Mi hija está viva. Lo sé. —Ahora Abril parece muy convencida, cualquier rastro de duda ha desaparecido de su expresión y de su voz—. Ella está por ahí, perdida, así que empiece a buscarla. Levante hasta la última piedra de esta maldita ciudad si es necesario, porque le prometo que no tendrá paz hasta que yo recupere a mi hija.

El inspector jefe Bocanegra se levanta despacio. A pesar de que puede parecer un hombre descuidado, su pelo oscuro y ondulado está impecablemente peinado y la americana de lanilla de su traje gris está colgada del perchero que hay en un lado del despacho para evitar que se arrugue; su camisa blanca está limpia, incluso en la zona de los puños, y los tirantes perfectamente colocados. Hace mucho tiempo que Mina comprendió que el auténtico Ramiro Bocanegra se esconde bajo esa fachada de policía rudo y vago para ocultar quién es realmente, al igual que ella se esconde bajo la apariencia de médium famosa para ocultar sus propios secretos.

—Lamento mucho lo de su hija, señora, pero no me diga cómo tengo que hacer mi trabajo. —Bocanegra se apoya con las palmas extendidas sobre el escritorio para darles más autoridad a sus palabras—. Si Camila está en algún rincón de esta ciudad haré todo lo que pueda por encontrarla, viva o muerta.

Un silencio espeso como el barro cubre el despacho de Bocanegra, sus últimas palabras pesan en el aire un momento hasta que unos pasos acelerados irrumpen en la sala principal y los tres se vuelven para mirar. El subinspector Montes camina deprisa entre los escritorios. La luz del mediodía de enero entra por las ventanas cuadradas en el lateral de la estancia, dándole a la escena una extraña apariencia irreal que se rompe cuando Montes llama a la puerta del despacho antes de pasar.

—Señor, es urgente. —Mira sorprendido a las dos mujeres y de repente no sabe si debe continuar hablando.

—¿Qué ocurre, subinspector? —lo apremia Bocanegra.

Daniel Montes es un agente eficiente y de pocas palabras, unos cuantos años más joven que Bocanegra, a quien admira profundamente.

—Han encontrado el cadáver de una muchacha en la vieja acequia. El nuevo patólogo ya está allí.

EL NUEVO PATÓLOGO

—

Ya es más de mediodía cuando llegan al barrio de San Martín, en el noreste de la ciudad. Mina ha tenido que dejar su Levassor un poco más atrás, pasadas las naves de la zona del Taulat, en el borde del camino, que se ha vuelto demasiado estrecho e irregular como para poder seguir circulando con el automóvil.

El sol de invierno no ha salido de detrás de las nubes en toda la mañana, y ahora el aire es tan frío que puede sentir cómo pasa a través de la tela de su abrigo. Abril Prieto camina silenciosa a su lado; sus pisadas lentas se hunden en el barro que cubre toda la zona de lo que antes solían ser marismas. Puede oírla respirar pesadamente a su lado mientras avanzan; Mina no sabe si es por el dolor de sus articulaciones, por el cansancio o por el miedo a lo que puedan encontrar. Hace un rato, Mina le ha sugerido que tal vez debería marcharse a casa y esperar sus noticias allí, pero Abril ha negado con la cabeza.

—Hace muchos años aquí solo había tierras de labranza, y un poco más allá pescadores y sus chabolas ruinosas... —La voz de Abril suena entrecortada—. Ahora casi todo ha desaparecido, se lo ha tragado la ciudad, igual que ha hecho con todo lo demás.

Ese «todo lo demás» que se ha tragado la ciudad incluye a su hija, claro. Mina piensa en responder, en decir alguna cosa que pueda hacerla sentir mejor o simplemente llenar el silencio incómodo con palabras, como suele hacer la mayoría de la gente en una situación parecida. Pero Mina nunca ha sido como la mayoría de la gente, así que permanece callada. Además, ya casi han llegado al tramo que aún queda al aire de la vieja acequia, que solía transportar el agua hasta la ciudad.

Un poco más adelante, el camino angosto por el que habían llegado hasta allí se pierde y aparece una llanura interminable; un terreno cubierto de matojos, cañizales amarillentos y malas hierbas que crecen sin encontrar resistencia. En el horizonte podían intuirse las formas irregulares de las chabolas abandonadas que había mencionado Abril, las pocas que aún quedaban en pie. Toda la zona había ido dejando paso a la modernidad y al progreso con sus fábricas, industrias textiles y de curtiduría, que habían aprovechado la cercanía del agua para instalarse en el lugar, barriendo de las marismas a los pescadores y campesinos.

Las siluetas de los agentes y sus caballos se distinguen entre la maleza, recortados contra el cielo de aquel enero inusualmente frío. Mina observa la escena desde lejos: hay cuatro agentes de uniforme y tres hombres con ropa de calle, todos en pie formando un círculo casi perfecto mientras miran algo que hay en el suelo. No puede ver la expresión de los hombres desde donde está, pero estudia su lenguaje corporal como hace con sus clientes escondida detrás de la cortina de la salita de las visitas antes de una sesión; parecen preocupados. No es la primera vez que los agentes de policía de la ciudad ven un cadáver, y no será la última, pero incluso antes de acercarse Mina ya sabe que algo va terriblemente mal. Puede notar ese estremecimiento, muy sutil, en la piel de su nuca: los pelillos erizándose, el escalofrío que le certifica lo que su mente apenas ha empezado a comprender, el puro instinto de peligro apoderándose de ella igual que sucede con los animales salvajes cuando huelen el rastro de un depredador cercano en la brisa. Guillermina Índigo no es un animal salvaje, pero tiene un instinto especial para presentir el peligro.

—¿Qué hay bajo esa sábana? —pregunta Abril con voz temblorosa.

En el suelo, un poco más adelante, entre las malas hierbas, hay algo cubierto con una sábana blanca.

—Yo... no lo sé, voy a averiguarlo.

Casi como si quisiera detenerla en el último momento, Abril abre la boca para decir algo, pero las palabras no llegan a salir de sus labios. Mina asiente despacio, sabe lo que Abril quiere pedirle.

—Te contaré lo que hay bajo esa sábana, te lo prometo.

Esa intuición suya, que le hace percibir el peligro, le grita ahora que no dé un paso más hacia la silueta que cubre la sábana; pero ya es tarde, porque Mina deja atrás los arbustos que le tironean el vestido al pasar. Atravesada la maleza y los cañizales, crecen unas llamativas flores de color azul. Mientras camina entre ellas, Mina casi tiene la sensación de estar entrando poco a poco en el agua, de estar en la orilla de la playa rodeada de la espuma de las olas que rompen formando remolinos. Arranca una de las flores y la guarda en el bolsillo de su abrigo, por si acaso. Una ráfaga de viento frío sale de la nada y barre el campo, haciendo que las flores se inclinen y silbando al pasar entre sus pétalos con forma de trompetillas. Mina se detiene. De repente, ya no quiere acercarse más. Su instinto para presentir el peligro grita que hay algo terrible bajo esa sábana blanca.

Algunos agentes la miran sorprendidos al verla llegar a la escena. Un par de ellos incluso la saludan, llevándose una mano al sombrero con gesto serio. Ella asiente en silencio a modo de respuesta, no puede hablar porque intuye que si lo hace su voz sonará débil, frágil, todo lo que ella odia parecer. Así que cierra los ojos un momento, respirando el aroma suave, casi imperceptible, de las flores en el aire, esperando a que esa sensación desaparezca.

—¿Se encuentra bien, señorita? ¿Señorita?

Una voz desconocida la devuelve a la realidad y Mina abre los ojos. Parado en pie, frente a ella, hay un hombre alto con un largo abrigo oscuro.

—¿Con quién tengo el honor? —pregunta ella con aspereza.

—Mi nombre es Lawrence Blake Ellis —dice él, alargándole la mano.

Mina lo ignora y la sensación de estar caminando entre la espuma del mar desaparece al dejar atrás las flores azules.

—Bien por usted —murmura cuando pasa junto al hombre.

—No. Espere...

El desconocido se cruza frente a ella, interponiéndose entre Mina y el cadáver.

—¿Le importa apartarse?

—Es la escena de un crimen. No puede pasar.

—¿Desde cuándo...? —bufa ella, ignorándolo y siguiendo su camino hasta casi tocar el bulto tapado.

—Desde que yo estoy aquí.

Mina se detiene por fin y lo mira desafiante. El desconocido tiene una expresión imposible de descifrar, y ella se alegra de que no sea uno de sus clientes, porque no sabe lo que ese hombre fastidioso está pensando. Los cuellos levantados de su abrigo, para protegerse del frío, le rozan las mejillas.

—Bien, ¿y quién es usted?

—Ellis, ya se lo he dicho. El doctor Ellis, soy el nuevo patólogo.

Se había olvidado por completo del nuevo patólogo. Mina fuerza una sonrisa y lo mira atenta, intentando reparar el daño que su primera impresión haya podido causarle.

—Oh, encantada, doctor Ellis. Yo soy...

—Ya sé quién es usted. Es la señorita Índigo, la adivina. Uno de los agentes me ha advertido de que aparecería tarde o temprano, y aquí está. ¿Quién sabe?, puede que ese agente sea adivino también. —Hay un acento británico inconfundible en su voz al hablar, ahora lo nota: el doctor Ellis arrastra las vocales, alargándolas.

—Pero yo no soy adivina, doctor Ellis; las adivinas ven el futuro. Yo soy médium. Espiritista —le dice, sin perder la sonrisa. Sabe que necesita que ese hombre le permita quedarse en la escena si quiere cumplir su acuerdo con Abril Prieto—. Yo veo el pasado, los fantasmas que nos acompañan.

—Comprendo. Pero me temo que, a no ser que pueda hablar con el fantasma de esa pobre chica —dice él, señalando el cuerpo debajo de la sábana—, no sea de mucha ayuda aquí, señorita Índigo. Esta es la escena de un crimen, tiene que marcharse.

—Bueno, tal vez pueda ayudarlo a usted.

Ve la chispa del interés brillando en los ojos del doctor; por fin una señal que puede reconocer y aprovechar a su favor.

—¿Ayudarme a mí? No lo creo —responde Ellis con su acento líquido—. No se ofenda, pero no necesito su ayuda, señorita Índigo.

Le hace un gesto con la mano para señalarle el camino de regreso al sendero estrecho por el que han llegado, pero Mina no se mueve del lugar. Por el contrario, le dedica una media sonrisa.

—Ya comprendo lo que sucede. Usted es de esos que no creen en lo sobrenatural, los fantasmas o en el poder del pasado, por eso no me quiere aquí.

Espera ver un cambio en la expresión del doctor, algo que le indique que ha conseguido molestarlo, aunque sea, o despertar su curiosidad. Pero Ellis la observa en silencio, y sus ojos, del mismo color que la hierba salvaje, no reflejan ninguna emoción.

—¿Tiene muchos amigos aquí, doctor Ellis? ¿En Barcelona? —le pregunta Mina de repente, cambiando de táctica—. Mire a su alrededor, ¿cree que esos hombres confían en usted?

Ellis no responde, pero no hace falta, la expresión de su rostro habla por él. Mina tenía razón; aunque todo el mundo había sido amable y educado con él desde su llegada —agentes, inspectores y personal administrativo—, Ellis tenía la sensación de que no les gustaba demasiado que él fuera el nuevo patólogo. En la comisaría todos lo miraban como a un extraño, un forastero en una ciudad paradójicamente llena de extranjeros. Los primeros dos días que pasó en Barcelona, Ellis pensó que la desconfianza de sus nuevos compañeros se debía al choque cultural, pero había tenido un pequeño roce con el inspector jefe aquella misma mañana y empezaba a pensar que quizá había algo más personal en su desdén.

—Ya, eso pensaba —continúa ella, satisfecha—. No se lo tome a mal, usted es un intruso para ellos, eso es todo, pero no creo que pueda hacer su trabajo así.

—¿Y cómo se supone que puede usted ayudarme en eso, señorita Índigo?

—Estos hombres me conocen y conocen a mi marido. Usted ocupa su puesto, por cierto, por eso lo miran con desconfianza.

—Me consta.

—Le propongo que me permita quedarme un rato en la escena, solo un rato. He venido hasta aquí con la madre de la chica. —Mina hace un gesto suave con la cabeza hacia el lugar donde Abril Prieto espera sus noticias—. La muchacha lleva dos días desaparecida: deje que eche un vistazo rápido bajo esa sábana, solo para estar segura de que se trata de su hija y que así la pobre mujer pueda empezar su duelo.

El doctor Ellis aparta sus ojos de ella por primera vez para mirar por encima del hombro de Mina. Ve a Abril un poco más lejos, retorciéndose las manos mientras espera.

—¿Y a cambio?

—A cambio yo les hablaré bien de usted a los agentes e inspectores de la Guardia Urbana, incluido el inspector jefe, para que su trabajo sea un poco más sencillo. —Mina hace una pausa para estudiar su reacción al mencionar a Bocanegra—. Ramiro es un buen policía, pero puede tener un carácter difícil algunas veces.

Convencida de que el doctor Ellis aceptará su oferta, Mina da por terminada la conversación y se acerca a la forma oculta bajo la sábana. Observa un momento el bulto antes de decidirse. Ahí está otra vez esa sensación de peligro bajando por su garganta. El escalofrío en la piel. Conoce bien esa emoción, y siempre que se presenta hace caso de ella, pero esta vez Mina decide silenciar el aviso de su instinto de supervivencia, que le grita desde el mismo centro de su cerebro.

Mina se agacha junto al cuerpo, sus botines se hunden en el suelo de barro, que aún conserva la humedad del antiguo cauce del río. Con cuidado, levanta uno de los extremos de la sábana para mirar debajo.

—Yo que usted no lo haría, no es agradable —advierte Ellis—. Uno de los agentes de policía ha vomitado después de verlo. He tenido que pedirle educadamente que se fuera a beber un poco de agua antes de que contaminase más toda la escena, aunque no creo que se puedan extraer huellas por culpa del barro.

—Bueno, yo no me impresiono fácilmente, doctor Ellis. No es que sea asunto suyo, pero fui voluntaria en el hospital que dirigía mi marido en Trinidad durante las revueltas. —Mina jamás hablaba de esa época, y mucho menos con extraños; para ella, Trinidad, el hospital y lo que sucedió después formaban los tres ángulos de un triángulo doloroso que le gustaba ignorar, pero algo en el tono condescendiente de ese hombre le hizo sentir la necesidad de justificarse, cosa que no sucedía casi nunca—. Ya he visto todas las cosas terribles que los hombres se hacen los unos a los otros.

Antes de levantar la sábana, Mina se vuelve para mirar a Abril. Un agente de uniforme está ahora junto a ella, sujetándola para impedir que se acerque más al lugar. Mina respira hondo y, por un momento, el aire a su alrededor en esa marisma encharcada huele igual que la brisa cálida de Trinidad; casi como si esos dos lugares separados por un mundo de distancia se encontraran mágicamente durante solo un instante.

El cadáver está tan desfigurado que Mina tarda un segundo en reconocer lo que está contemplando. Ya ha visto cuerpos quemados antes —demasiados—, pero algo en este hace que sus dedos tiemblen mientras sostiene la tela basta de la sábana. El pelo y la piel del rostro han ardido hasta casi desaparecer, desdibujando cualquier rasgo en una cara donde ahora solo quedan los agujeros vacíos de los ojos y la boca abierta, con la mandíbula caída en una mueca grotesca. No queda nada de sus labios, que se han fundido por el calor del fuego, y los dientes sobresalen de forma antinatural de la boca, imposiblemente blancos comparados con la piel quemada de alrededor.

—Ya le advertí que el cuerpo se encuentra en un estado lamentable —murmura Ellis, arrastrando las palabras.

Mina arruga la nariz en un gesto automático al notar el

olor que sale de la carne carbonizada. El cuerpo tiene el mismo aspecto que su propia piel en su pesadilla de la noche anterior, pero no quiere pensar en eso.

—¿La conocía? ¿A la víctima? —pregunta el doctor Ellis a su espalda, sacándola de sus pensamientos.

Ella tarda un momento en responder:

—No, no la conocía. Hago negocios con su madre y me ha pedido ayuda para encontrar a su hija, eso es todo.

—Comprendo. Es terrible lo que le ha sucedido. —Pero hay algo en su tono que le deja claro a Mina que aún no ha terminado de hablar—. Acabo de conocerla, pero confieso que no pensé que fuera usted de ese tipo de personas que hacen favores a otros a cambio de nada.

—¿Y quién ha dicho que la esté ayudando a cambio de nada? —responde ella, estudiando su reacción para ver si eso le da alguna pista más acerca del verdadero carácter de Ellis.

Mina se vuelve para mirarlo por encima del hombro. El doctor Ellis está en pie un poco más atrás. Es un hombre apuesto, con unos ojos verdes que centellean curiosos y un pelo castaño claro casi a la altura de los hombros. A simple vista Ellis parece un perfecto caballero inglés, bien vestido y educado: buenos modales, correcto en el trato, la espalda recta y algo desdeñoso, como acostumbran a ser los hombres con formación académica con las mujeres como ella. Pero Mina es experta en leer lo que se esconde bajo la superficie de las personas; la verdadera naturaleza que se suele ocultar tras unos modales exquisitos o una educación refinada, y comprende que el doctor Ellis también esconde algo.

—¿No irá a decirme que puede contactar con su espíritu en el más allá o algo parecido? Esto es un crimen, señorita Índigo, y como tal debemos tomárnoslo en serio.

Mina finge que no ha oído su comentario. Rebusca en su bolso de cuero hasta que saca una cajita de latón. Abre la caja y extrae una delicada pinza de hierro.

—¿Qué es eso? —pregunta Ellis a su espalda.

—Instrumental médico, claro. ¿No se supone que es usted doctor? —responde sin molestarse en mirarlo.

—Sí, ya sé lo que es. Lo que pregunto es: ¿qué cree usted que está haciendo?

—Tiene algo en la boca —masculla ella, acercándose más al cadáver—. Me extraña que un patólogo con su gran experiencia y su formación no lo haya visto.

Sin esperar a sus protestas, Mina introduce las pinzas de metal en el agujero negro que forma la boca abierta del cuerpo. Con cuidado, logra sujetar algo con el extremo más delicado de las pinzas —sin ver aún de qué se trata— y tira con suavidad para acabar de sacarlo de la boca. Los murmullos bajos de los agentes que están a su alrededor llenan el descampado, uno de los hombres incluso susurra una oración mientras ella termina de extraerle al cuerpo sin rostro el misterioso objeto que le llena la boca y le baja por la tráquea. Es una gargantilla. Saca con cuidado la ristra de perlas blancas y brillantes engarzados, ayudándose con la otra mano. Siente la mirada curiosa del doctor sobre sus dedos mutilados, pero ya está acostumbrada y no le importa.

—Por el tamaño y el brillo creo que son perlas de la mejor calidad. Y los brillantes también parecen auténticos; diamantes, seguramente. —Mina se acerca un poco más la gargantilla para verla mejor.

Ellis se agacha a su lado, donde el olor a carne carbonizada es más intenso y tiene que tragar saliva para evitar la náusea.

—Si va a vomitar, puede marcharse con el agente; no quiero que contamine la escena —dice ella en voz baja.

—Estoy bien. No es el primer cadáver calcinado que veo, por desgracia. —Estudia la gargantilla, que Mina sigue sosteniendo igual que un siniestro trofeo—. Parece una joya muy valiosa. ¿Cree que la víctima se la tragó voluntariamente? ¿Tal vez para evitar que se la robaran?

Mina no responde. Observa la gargantilla un momento más antes de que Ellis le haga un gesto a uno de los agentes que vigilan la escena. Es joven, no tendrá más de veinticinco años y el uniforme de la Guardia Urbana le queda largo en las mangas, que cubren casi por completo la palma de sus manos. Los dedos le tiemblan cuando le facilita al doctor un sobre de papel para guardar la gargantilla. Mina lo mira con curiosidad.

—Mi marido también acostumbraba a guardar las posibles pruebas en un sobre de papel para poder analizarlas después —comenta, pero enseguida se arrepiente de haber mencionado a Martín delante doctor Ellis—. Tiene usted razón, doctor; es una joya muy cara. Puede que en toda la ciudad haya apenas una treintena de gargantillas de ese estilo, todas pertenecientes a señoras muy bien posicionadas socialmente, y se me ocurren apenas un par de joyerías donde pueden adquirirse.

—¿La hija de su amiga...? —Ellis mira un momento a Abril—. ¿Cree que ella podría adquirir un collar de este tipo?

—No. Apenas tienen para pagar el alquiler del piso donde viven. No hay manera de que pudieran permitirse semejante joya.

—Puede que la joven la robara...

Mina le dedicó una sonrisa sin nada de humor.

—Sí que se ha dado prisa en culparla, doctor Ellis. Apenas lleva cinco minutos investigando el caso y ya la considera responsable de su propia muerte. Conozco a los que son como usted y no puedo decir que me sorprenda...

—No la culpo en absoluto, tan solo intento comprender qué hacía una joven poco afortunada con un collar tan caro —responde él, visiblemente molesto por su acusación.

—No es un collar, es una gargantilla. No es lo mismo —murmura Mina.

Ellis finge que no ha oído su comentario.

—Mi obligación es analizar el caso desde todos los ángulos posibles.

Mina deja escapar un suspiro. Sabe de sobra que, cuando un hombre con dinero, privilegios y educación como Ellis dice «desde todos los ángulos posibles», normalmente quiere decir que no hará nada en absoluto.

—Qué forma tan espantosa de morir.

En el cuerpo aún es visible el rastro que las llamas han dejado a su paso; solo quedan algunos retales de tela chamuscada en los brazos y la cintura.

—Eso suponiendo que las quemaduras causaran su muerte. La autopsia aclarará lo que le sucedió realmente; hasta entonces, todo lo demás son solo especulaciones y teorías sin ninguna base científica.

—Sí, apuesto a que su ciencia podrá explicarle por qué un hombre decide prenderle fuego a una chica. Es una manera muy concreta de matar a alguien, hace falta odiar mucho a esa persona. Encuentre el motivo y encontrará a su hombre.

—¿Qué le indica que el responsable ha sido un hombre?

Mina sonríe con amargura.

—La experiencia.

El doctor Ellis asiente despacio. Sus ojos parecen extrañamente tristes; solo dura un momento, pero Mina se pregunta por qué Ellis no le lleva la contraria esta vez.

—¿Qué es eso que tiene ahí? —Ellis señala algo brillante en la muñeca del cadáver.

—Creo que es parte de una pulsera —responde ella—. Camila Garza solía llevar una con un abalorio en forma de un pequeño gorrión; su madre se la ha descrito al inspector jefe.

Mina ya ha visto suficiente; sabe que el olor de la carne quemada y el gesto vacío en su rostro la perseguirán en cuanto se quede dormida. Vuelve a cubrir el cuerpo con la sábana y se levanta.

—¿Y eso es todo? Usted es la médium famosa, ¿qué más puede decirme?

Normalmente Mina no se deja convencer por esas pequeñas trampas a su orgullo para hacerla hablar y se limita a ignorarlas, pero es primera hora de la tarde y tiene prisa; debe reunirse con la esposa de su confidente, Arnau, para que ella le entregue los libros de cuentas de las hermanas Palladino. Aunque también quiere borrarle a Ellis esa expresión imperturbable de la cara.

—Sé que usted es el nuevo patólogo y no pretendo decirle cómo debe hacer su trabajo... —empieza a decir, sacudiéndose los restos de tierra de su falda.

—Pero...

—Pero no la mataron aquí.

El doctor Ellis levanta una ceja, escéptico. Acaba de conocerlo, pero ya intuye que ese es un gesto habitual en él.

—¿Y cómo lo sabe? ¿Se lo han dicho los espíritus?

—Dice que no es el primer cuerpo carbonizado que ve, pero ¿se ha quemado alguna vez, doctor Ellis? No estoy hablando de quemarse al retirar la tetera del fuego o tomar su sopa de guisantes demasiado caliente. Hablo de quemaduras de verdad.

Ellis se levanta también, cerca de donde ella está. Es mucho más alto que Mina y la estudia un momento más, todavía intentando formarse una opinión sobre esa mujer.

—No. Nunca me he quemado de gravedad.

—Mejor para usted. Las quemaduras son algo terriblemente doloroso; antes de destruir los nervios que transmiten el dolor al cerebro, se experimenta una agonía espantosa mientras las terminaciones nerviosas colapsan de puro sufrimiento. Si se estuviera quemando vivo, no se quedaría quieto en el sitio; rodaría por el suelo retorciéndose de dolor y tratando de apagar el fuego. Pero fíjese en los hierbajos que hay alrededor del cadáver. —Mina señala la zona en torno al cuerpo—. ¿Lo ve? No están quemados. Nada. No hay cenizas o restos de hollín. Y, cuando levanten el cadáver, seguro que la tierra que hay debajo del cuerpo tampoco estará quemada.

Ellis da un rápido vistazo a la zona próxima al cadáver. Las hierbas altas y las flores salvajes que crecen un poco más lejos no están quemadas, ni siquiera hay pétalos en el suelo que indiquen algún tipo de lucha o actividad violenta.

—De acuerdo, es posible que no la mataran aquí. Usted tiene razón —acepta él.

—Sí, pero no se preocupe, estoy segura de que lo hubiera descubierto en su autopsia, doctor. Y aún podríamos saber más si sus agentes no lo hubieran pisoteado todo. —Mina señala la tierra aplastada alrededor del cuerpo—. Puedo contar al menos tres tipos distintos de huellas de zapatos.

—Vaya —admite Ellis.

—Sí, y solo llevo cinco minutos aquí. ¿Ahora ve por qué necesita mi ayuda, doctor Ellis?

—No sabrá también quién la ha asesinado, ¿verdad? Eso sí que sería un buen truco.

—Yo no hago trucos, doctor.

Algo cambia en su expresión y ahora ya no hay rastro de esa condescendencia que tanto la ha molestado al principio.

—Lamento mucho si la he ofendido con mis palabras, señorita Índigo. No era mi intención. Ha sido usted de gran ayuda.

Mina se vuelve un momento. En la distancia puede ver a Abril Prieto llorando entre los brazos del agente de uniforme que la sostiene; apenas es capaz de mantenerse en pie, pero ya no es por su enfermedad.

—Sí, menuda ayuda he resultado ser... —murmura ella.

Sin previo aviso, el viento cambia de dirección, arrastrando con él un poco de tierra que se cuela bajo la sábana que tapa el cadáver.

—Debe llevarse el cuerpo cuanto antes, doctor Ellis. Va a empezar a llover en cualquier momento y eso podría echar a perder alguna prueba.

—No, imposible. Me han asegurado que aquí el clima es suave incluso en invierno, es poco probable que llueva —dice él, muy convencido.

Pero entonces la primera gota de agua cae sobre su mano. Después otra y, antes de que pueda protestar, una lluvia lenta empieza a empapar la sábana dejando un rastro de gotas polvorientas en la tela. Ellis hace un gesto con la mano y dos agentes se acercan con una camilla para llevarse el cuerpo a la morgue. La lluvia es ahora más intensa y ha dispersado a los curiosos que rodeaban la escena, quienes se alejan caminado con la cabeza gacha. La noticia se extenderá deprisa y esa misma tarde todo el mundo en Barcelona sabrá que ha aparecido el cuerpo carbonizado de una chica, con una gargantilla dentro de la boca, cerca de la vieja acequia. Por la noche no se hablará de otro asunto en los cafés y restaurantes de la ciudad.

—Yo tenía razón después de todo —dice Ellis con una media sonrisa de satisfacción en los labios cuando ya no queda nadie más allí—. No es usted adivina, señorita Índigo; no puede ver el futuro.

—¿Por qué dice semejante cosa?

El doctor Ellis señala al cielo que se ha encapotado sobre ellos sin previo aviso.

—Está lloviendo —responde él como si fuese una novedad—. Si realmente fuera usted adivina, habría visto con sus poderes sobrenaturales que hoy iba a llover y habría traído un paraguas consigo. Pero, en vez de eso, está aquí, mojándose bajo la lluvia igual que yo.

Mina no responde. Se aparta un mechón de pelo que se le ha salido del recogido tras el viaje en el Levassor, abre su bolso y rebusca dentro hasta que encuentra el pequeño paraguas desmontable que Zelda le ha recomendado coger antes de salir de casa esa mañana. Lo abre con una sonrisa triunfal y se aleja por el camino entre las flores sin molestarse en mirar al nuevo patólogo, que se empapa bajo la lluvia lenta de invierno.

PRUEBA VISIBLE

La morgue está en los sótanos de la comisaría central, en la plaza de Palacio. No siempre ha estado allí: cuando Martín aún era el forense, Mina acostumbraba a esperarlo por las tardes apoyada en la fachada de la moderna jefatura de la Guardia Urbana, junto a la estación del Norte. Se entretenía viendo a los pasajeros que entraban o salían del edificio de la estación —compartido con la comisaría— e imaginaba sus vidas, estudiaba sus gestos, se fijaba en sus abrazos de despedida o estaba atenta a cualquier retazo de conversación que pudiera captar para distraerse y acallar la curiosidad. Pero todo eso había sido antes de Trinidad y antes del hospital del valle de los Ingenios.

En los últimos tiempos, desde la alcaldía de la ciudad y el Gobierno Civil, se estaban reorganizando los diferentes cuerpos de policía y fuerzas del orden: abundaban los nuevos agentes, los traslados, las incorporaciones de oficiales y detectives desde otros cuerpos, o cambios provisionales de oficinas y comisarías. Eso hacía que la labor de Mina fuera más complicada —demasiadas caras nuevas a las que sobornar o persuadir—, eso sin contar el caos entre las diferentes comisarías y los expedientes que se perdían o se dejaban olvidados en alguna habitación polvorienta cuando se producía un traslado.

Aunque ya ha dejado de llover hace un rato, las ruedas de su Levassor aún levantan agua sucia del suelo cuando detiene el automóvil justo delante del edificio. El cielo vuelve a estar despejado y los restos de nubes se alejan ahora hacia el mar. Mina puede verlos sobrevolando los tejados de los elegantes edificios oficiales de la plaza de Palacio mientras se arregla el pelo en el pequeño espejo de su polvera. Todavía quedan un par de horas de luz de invierno, pero las farolas de la plaza están todas encendidas, el resplandor amarillento del gas ciudad se refleja en los charcos de la acera que Mina esquiva mientras sube la escalera para entrar en la comisaría.

Recorre el vestíbulo esperando no encontrarse con el inspector jefe Bocanegra; todavía no ha decidido cómo va a convencerlo para que le haga la vida —y el trabajo— un poco más fácil al nuevo forense, ya se le ocurrirá como conseguirlo, pero ahora mismo no tiene tiempo de pensar en eso. Consulta su reloj de bolsillo mientras pasa por delante del corredor que conduce a las oficinas de los despachos que hay en el primer piso, y dobla la esquina al llegar a la escalera, muy cerca de donde está el acceso a las caballerizas de la policía. Va con retraso a la cita que tiene con Rosaura, la mujer de su confidente Arnau. Mina siente el peso del sobre con los billetes en su bolso; lo ha llevado todo el día encima esperando poder llegar a tiempo a su cita con Rosaura, pero son casi las seis y media de la tarde y todavía tiene que terminar en la morgue antes de ir a reunirse con ella. Mina vuelve a mirar su reloj mientras camina deprisa hasta el final del pasillo —mucho más estrecho y menos ornamentado que los principales que hay cerca de la entrada— y suspira; allí abajo el aire huele al heno pisoteado de las cuadras, a estiércol y a la grasa con la que untan las patas de los caballos para aliviar las mataduras.

Para llegar al depósito de cadáveres es necesario caminar hasta el extremo sur de la comisaría y después recorrer unos metros por un túnel que transcurre por debajo de la plaza. Mina conoce el camino, ha estado otras veces, y puede oír sus pasos resonando en las paredes del túnel. No la asusta caminar bajo tierra o la poca luz que hay allí —y que llega desde los quemadores de gas repartidos cada varios metros—, pero respira aliviada cuando oye unas voces un poco más adelante: dos hombres discuten, uno de ellos tiene el inconfundible acento del oeste de Londres del doctor Ellis. Mina sonríe en la penumbra.

El intenso olor a desinfectante y formol le entra por la nariz y le baja arañándole la garganta a medida que se acerca al depósito. Nunca consiguió acostumbrarse a ese olor acre, ni siquiera cuando Martín regresaba al palacete de Permanyer arrastrando ese mismo aroma ácido pegado a su ropa y a su piel. El bajo de su falda se ha mojado por la lluvia del mediodía y ahora nota como la tela se ha vuelto más pesada mientras avanza por el largo pasillo subterráneo. Mina llega a la puerta que separa oficialmente la morgue de la comisaría: dos puertas de madera sin cerradura. Normalmente suele haber un agente de guardia en la entrada del depósito, pero esa tarde todos los policías están haciendo sus rondas callejeras por el centro de la ciudad.

—Le repito que no es necesario que se ocupe de esta autopsia. Yo soy el nuevo patólogo asignado. Desde el Gobierno Civil han aprobado mi incorporación inmediata. —Ellis arrastra más las consonantes cuando está frustrado—. Estoy seguro de que la ciudad le agradece sus servicios este tiempo, pero le repito que su ayuda en este caso no es necesaria.

—Y yo le repito que me da igual quién sea usted o quién le haya aprobado el permiso para incorporarse al cuerpo: me han avisado de lo sucedido a esa pobre chica y mi obligación moral es ocuparme del examen forense o, cuando menos, estar presente mientras lo realiza para garantizar un mínimo de decoro. Solo Dios sabe qué técnicas modernas le habrán enseñado en Inglaterra...

Los dos hombres dejan de discutir cuando Mina empuja la doble puerta para entrar en el depósito.

—Oh, Guillermina, ¡menos mal que estás aquí! Llevo un buen rato tratando de explicarle al doctor Ellis que yo me he venido ocupando de las autopsias durante este tiempo, y que puedo serle de gran ayuda mientras se acostumbra a su nuevo cargo, pero es terriblemente poco razonable.

El doctor Ellis frunce el ceño, visiblemente disgustado con la situación.

—Señorita Índigo, usted no es agente de la ley, ¿cómo ha logrado entrar en la morgue?

Pero ella no responde. En su lugar, Mina le da un abrazo

corto al otro hombre, menudo, de pelo negro y ojos castaños, que se lo devuelve ante la mirada estupefacta de Ellis.

—¿Qué tal estás, Guillermina? ¿Y cómo evoluciona Martín? Un día de estos iré a hacerle una visita a mi antiguo alumno favorito.

—Por supuesto, cuando quiera, doctor Lejarcegui. Estaremos encantados de recibirlo para cenar —responde ella con una amable sonrisa, evitando responder a sus preguntas.

El doctor Jacinto Lejarcegui es uno de esos hombres que parece que hayan ido disecándose con el paso del tiempo hasta perder la última gota de agua de sus cuerpos: enjuto, con rasgos afilados y ojos brillantes y lúcidos.

—Veo que ya conoce al nuevo patólogo, el doctor Ellis. Viene muy recomendado. —Mina habla con suavidad, igual que si estuviera negociando con un niño en mitad de una rabieta—. Sé que usted se ha estado haciendo cargo de los casos más importantes desde que mi esposo..., desde que Martín cayó enfermo. Ha prestado un gran servicio a esta ciudad en un momento de necesidad, y también a Martín y a la familia De Pareja. Todos estamos en deuda con usted.

—No es ningún inconveniente, Guillermina: considero que es mi deber como hombre prominente en esta ciudad ocuparme de los asuntos más importantes.

—Por supuesto, pero ya le hemos pedido demasiado, doctor, y le confieso que me siento un poco culpable por robarle tanto tiempo; sobre todo ahora podrá descansar y regresar a sus clases de Anatomía en el hospital. Sé cuánto disfruta formando a los médicos del futuro. —Lejarcegui abre la boca para protestar, pero Mina continúa hablando, sin darle tiempo de responder—. ¿Sabe doña Elvira que sigue prestando servicio? Mire que el próximo viernes tengo cita con su cuñada para almorzar en el café Glacier, no me obligue a contarle que todavía merodea por este sótano oscuro en vez de dedicarse a sus labores como docente.

Lejarcegui se revuelve dentro de su traje oscuro, pero hace un gesto con la cabeza. No le agrada tener que ceder ante una mujer.

—No le cuentes nada a mi Elvira o a su hermana, por favor. Desde que mi esposa se enteró de que sufro del corazón no me permite ni moverme, a la pobre le preocupa que caiga fulminado si hago cualquier esfuerzo. Quiere que me jubile y me presiona para que abandone la junta del hospital y para que deje de salir a cazar conejos los sábados.

Mina le regala una sonrisa amable, una de esas que utiliza con sus clientes.

—Descuide, no le diré nada a doña Elvira ni tampoco a su cuñada, pero permita que este caballero se ocupe de un asunto tan delicado. A ver si es merecida su reputación como patólogo o tenemos que sacarlo a usted de su retiro en la universidad para que vuelva. ¿Qué me dice?

Lejarcegui duda.

—¿Prometes que me contarás todo lo que averigüe en su examen? Aunque ya no sea el forense, todavía considero mi deber ayudar a resolver crímenes. Especialmente los que son tan atroces como este, y me gusta estar informado de todo lo que suceda. ¿Comprendes?

—Desde luego —le asegura ella.

Mina no tiene ninguna intención de contarle nada a Lejarcegui, pero intuye que prometerle que lo mantendrá al corriente de la investigación es la única manera de librarse de él, al menos de momento.

Lejarcegui le lanza una última mirada al doctor Ellis antes de asentir con la cabeza de mala gana.

—Bien, que se ocupe el británico —le dice, como si Ellis no estuviera presente—. Pero ten cuidado con él: nunca me he fiado de los ingleses.

—No se preocupe, sabré arreglármelas.

El doctor Lejarcegui por fin sale de la sala de autopsias. La doble puerta se cierra con un golpe y sus pasos se alejan por el pasillo subterráneo.

—Ya le he dicho que podía ayudarlo a encajar mejor en su nuevo puesto —dice Mina con tono triunfal cuando están a solas.

—¿Eso ha sido ayudar?

—Lejarcegui es el antiguo forense. Está retirado del servicio, pero conoce a todos los funcionarios de alto nivel de la ciudad y sus contactos le han permitido ocuparse de algunos casos en este tiempo. También forma parte del comité directivo del hospital de la Santa Cruz y participa en numerosas causas de beneficencia —continúa ella como si no hubiera oído su último comentario—. Fue médico de campaña y tirador de precisión durante la guerra en Cochinchina. Ha tenido una vida intensa y ahora es uno de esos hombres que no soportan ir volviéndose irrelevantes y perdiendo notoriedad con la edad, pero es inofensivo. Aunque le conviene llevarse bien con él y mantenerlo entretenido si quiere que le permita hacer su trabajo.

—Gracias —murmura escuetamente Ellis—. ¿Qué quería decir el doctor con eso de «salir a cazar conejos»?

—Todos los sábados, Lejarcegui y otros hombres de su círculo de amistades se visten con ropa de caza y salen de la ciudad para cazar conejos con sus escopetas, beber y hacer lo que sea que hacen los hombres cuando sus esposas no están cerca. El doctor Lejarcegui está enfermo del corazón y no le convienen tantas emociones, por eso su esposa insiste en que se jubile de una vez, pero él va a cazar igualmente.

—Oh, comprendo. De donde yo vengo también es algo habitual entre algunos caballeros, aunque no con conejos: con zorros.

—Si le interesa la caza puedo sugerirle a Lejarcegui que desea unirse a ellos en su próxima salida a la montaña.

—Me temo que ese tipo de cosas nunca han estado entre mis aficiones, señorita Índigo. Tampoco allí, en Inglaterra, disfrutaba especialmente de ese pasatiempo, para disgusto de mi padre: él es un gran entusiasta de la caza del zorro.

Ellis se quita su abrigo largo, demasiado grueso para el clima de Barcelona a pesar de que es invierno, y lo deja en el perchero con calma. Mina se fija en que no lleva americana —ni siquiera un chaleco a juego— como se esperaría de un caballero; en lugar de eso, Ellis viste una sencilla camisa blanca de algodón, con los cuellos redondeados, y unos pantalones negros que no parecen ser parte de ningún traje.

Lo observa moverse por la habitación mientras busca el mandil de cuero para protegerse de las posibles manchas durante el examen. Mina sabe dónde los guardaba Martín, pero no dice nada para poder estudiar al nuevo forense un poco más. Cuando por fin los encuentra —guardados en el armario—, Ellis se coloca uno sobre la ropa con cuidado y lo anuda a su espalda; sus dedos son largos y finos, de movimientos estilizados. Mientras lo observa prepararse, Mina se pregunta por qué un hombre como él —refinado, bien educado y claramente acostumbrado a que lo escuchen— se ha decidido por una especialidad médica que muchos consideran «de segunda» y hasta «morbosa» e «indigna». Al menos, eso era lo que pensaba la familia de Martín, que nunca terminó de comprender por qué su querido primogénito desperdiciaba su talento —y también su apellido— ocupándose de los muertos. Mina sacude levemente la cabeza, como si quisiera espantar los recuerdos de su familia política.

—¿Va a realizar la autopsia ahora?

—Me gustaría, pero por desgracia mi instrumental médico se ha extraviado durante el trayecto y parece ser que se encuentra en alguna consigna del puerto junto con parte de mi equipaje. Me han asegurado que esta misma noche o mañana a primera hora llegará a la ciudad.

—Entiendo. Guardo algunas cosas de Martín en su despacho, en casa; instrumental y herramientas médicas. Si lo desea, puedo hacer que se lo envíen todo.

Mina no se ofrece por amabilidad. Quiere que Ellis comience pronto su examen para poder darle respuestas a Abril y así cerrar el asunto antes de que se complique todavía más. Y también porque la imagen de Abril, llorando rota de dolor en los brazos de un agente junto a la antigua acequia, no se borra de su mente.

—Es muy considerada por su parte, señorita Índigo, pero no será necesario. Prefiero confiar en la palabra de la compañía naviera y esperar a que llegue mi equipaje: me gusta utilizar mis propias herramientas para poder así estar seguro de los resultados que después haré constar en mi informe oficial. Es importante. Por el momento me limitaré al examen visual.

—Claro, cómo no —masculla ella—. Ya sé que acaba de empezar, pero ¿ha podido confirmar que se trata de Camila Garza?

Ellis no responde a su pregunta, por el contrario empuja una camilla donde está el cuerpo todavía cubierto con la sábana, mientras las ruedecitas oxidadas rascan el suelo arenoso del depósito, hasta dejarla en la zona más iluminada de la habitación, justo debajo de los quemadores de aceite que cuelgan del techo. Ellis retira la sabana con delicadeza y se inclina sobre el cadáver, estudiándolo.

—Me temo que no, pero usted tenía razón en una cosa: no creo que muriera por las quemaduras.

Mina rodea la camilla para ver mejor: la luz de los quemadores no es suficiente para apreciar los detalles, y en esa habitación no hay ventanas o tragaluces.

—Hay algo que le cubre el rostro. Justo ahí, ¿lo ha visto?

Ellis mira con atención para intentar distinguir algo, mientras maldice en voz baja la luz amarillenta del gas que dibuja sombras con cada uno de sus movimientos.

—Sí, es una especie de residuo aceitoso. El cuerpo parece estar recubierto de esa sustancia.

Con ayuda de las pinzas quirúrgicas de su bolso, Mina recoge una muestra de la sustancia misteriosa que recubre la cara y el cuello del cadáver. Es transparente, espesa y un poco grasienta.

—Se me ocurre que puede ser algún tipo de combustible para avivar el fuego. Un acelerante.

—Tal vez algo de las fábricas... Me pareció que había muchas industrias cerca de donde la encontramos —sugiere Ellis, mirando la sustancia transparente al final de las pinzas.

—Puede ser. Usted ha dicho antes que ha visto otros cuerpos calcinados... ¿Se parecían a este?

—Hace tres años, una fábrica de cerillas estalló al norte de Londres. Yo trabajaba en un hospital de caridad, muy próximo a la zona de la explosión, y atendí a varios de los heridos, casi todos con quemaduras parecidas a estas. —Ellis habla como si de repente estuviera muy lejos—. Nunca olvidaré los gritos de dolor de los quemados. El olor de la carne carbonizada y la pólvora flotó en el aire durante días, incluso después de que consiguieran extinguir el fuego.

Mina intenta tragar el nudo que se ha formado en su garganta al imaginarlo.

—Por desgracia, este tampoco es el primer cadáver abrasado que veo.

Él la mira de refilón, pero no se atreve a preguntar nada, al menos de momento.

—¿Hubo muchas víctimas? —pregunta Mina con delicadeza—. En la explosión de la fábrica, ¿hubo muchas víctimas?

—Más de treinta, incluidos varios niños menores de dieciséis años.

Guillermina le mira y se pregunta por qué un hombre como el doctor Ellis trabajaría a cambio de un sueldo miserable en un hospital de caridad.

—Esto me recuerda al combustible sucio y poco refinado que se utilizaba para hacer funcionar algunos motores antiguos, como los de las primeras máquinas de hilo o de confección textil. Pero esto es más espeso y parece... —Mina hace una pausa para acercarlo a su nariz y olfatearlo ante la mirada sorprendida de Ellis—. Huele dulce. Nunca he conocido un combustible que no huela a rayos. Tenga, sostenga esto un momento —dice, dándole las pinzas a él mientras rebusca otra vez en su bolso.

El doctor Ellis sujeta las pinzas con cuidado mientras ella saca de su bolso un pequeño frasco redondo de cristal y desenrosca la tapa.

—Démelo —dice sin mirarlo.

Ellis obedece y Mina limpia las pinzas contra el borde del cristal, asegurándose de que la sustancia caiga dentro del frasquito; después lo cierra con fuerza para estudiarlo a contraluz.

—¿Qué va a hacer con eso? —le pregunta él observando el contenido del frasco.

—Conozco a alguien que puede ayudarnos a identificar de qué se trata. No creo que haya nada de malo en tener dos análisis diferentes, sobre todo para poder examinar el caso desde todos los ángulos posibles —le recuerda ella con ironía, mientras se guarda el frasco en el bolso—. ¿Qué pasa con la pulsera? ¿Podría quedarme con ella? Me gustaría devolvérsela a su madre.

—Lo comprendo, pero de momento es una prueba de la investigación. Permítame. —Ellis le coge las pequeñas pinzas quirúrgicas de la mano para retirar la pulsera de la muñeca izquierda del cadáver, con mucho cuidado de no alterarla—. Parece... algún tipo de ave.

El pequeño colgante centellea un instante a pesar de estar recubierto de la misma sustancia misteriosa que el resto del cuerpo. Ellis lo limpia con delicadeza para verlo mejor, acercándolo a la luz.

—Es un gorrión blanco, según me dijo su madre. Está hecho de algún tipo de cerámica, seguramente endurecida con plomo —informa Mina, que se detiene muy cerca de él para poder estudiar el pequeño abalorio—. Supongo que por eso no ha ardido como todo lo demás, apenas quedan restos del cordel de alambre que lo sujetaba alrededor de su muñeca.

—Sí, es un gorrión. —Ellis suena muy convencido.

—¿Cómo puede estar seguro? El abalorio es pequeño.

—La arcilla y el gres se pueden pintar, pero ¿por qué precisamente un gorrión blanco? —continúa él, como si no la hubiera oído—. Es bastante extraño; no hay muchos gorriones blancos. ¿Por qué un gorrión blanco?

Mina se vuelve sorprendía para mirarlo. Ellis está más cerca de lo que pensaba y nota el ligero aroma de su piel por encima del olor a alcohol y descomposición que llena el aire de la morgue; por un instante, casi le parece que el doctor Ellis huele a lavanda. Sabe que son solo imaginaciones suyas, su cerebro jugando en su contra como le había dicho Zelda, pero el aroma fragante de la lavanda hace que tenga que separarse de él.

—¿También es experto en aves? —pregunta un poco molesta e intentando librarse del recuerdo de la lavanda.

—No, mi madre era la experta. Ella me enseñó.

Ellis todavía duda un momento antes de dejar de mirar el

pequeño abalorio perfectamente blanco con forma de gorrión y guardarlo en un sobre de papel que deja encima de la camilla.

—Sabe que no podrá estar presente mañana cuando realice el examen forense, ¿verdad, señorita Índigo? —Hay casi una nota de disculpa en su voz—. Me temo que no es usted personal cualificado ni forma parte de la investigación. Hay que respetar el procedimiento, sobre todo en casos notorios como este. Las normas están hechas para los días excepcionales.

Mina da un vistazo rápido al cuerpo parcialmente cubierto con la sábana.

—Lo sé —acepta ella.

El doctor Ellis la mira, sorprendido por lo sencillo que ha sido convencerla esta vez.

—Gracias por entenderlo.

—No lo hago por usted —responde ella, pensando en Abril Prieto—. Me esperan en otro sitio. Hasta la vista, doctor Ellis.

Y, sin decir nada más, Mina sale del depósito. Las puertas dobles chocan entre sí un instante revolviendo el aire a su alrededor mientras ella se aleja caminando por el túnel de vuelta al resto del mundo.

Cuando Mina llega a la calle, el aire fresco de la tarde le roza las mejillas. Tras asegurarse de que nadie puede verla desde allí, se apoya en la pared del edificio un instante para recuperar el aliento. Deja que el frío se cuele bajo su ropa, notando los pellizcos en su piel cuando pasa a través de la tela de su abrigo. Cierra los ojos un instante. Los sonidos de la plaza llegan hasta ella —ruedas de los coches de punto, charlas, pasos acelerados e incluso el sonido lejano de la campanilla del tranvía advirtiendo a los peatones de su presencia—, pero Mina todavía se queda así un momento más. No quiere pensar en ello, no quiere recordar, pero la visión de la carne quemada y el rostro desfigurado del cuerpo que han encontrado en la antigua acequia se cuela en su mente. Mina siente el olor a carne carbonizada pegado a su piel, su pelo, su ropa: el olor del aire tibio de la noche en Trinidad.

—¡Guillermina! —La voz de Abril Prieto la saca de sus recuerdos. Ella abre los ojos sobresaltada para comprobar que está muy lejos del valle de los Ingenios—. ¿Sabes algo ya? ¿Es mi hija?

Le había costado mucho trabajo convencer a Abril para que esperase fuera, en lugar de entrar con ella en la morgue. Ahora está encogida dentro de su chaqueta raída, casi parece que haya empequeñecido veinte centímetros desde que se presentó en su puerta con exigencias la mañana de ayer. Pero Mina la conoce bien, sabe que debajo de esa apariencia frágil y doblada por el dolor está la misma mujer que no tendrá reparos en chantajearla o amenazarla.

—Lo siento, Abril. Todavía no sabemos nada seguro, no será fácil identificar... identificar el cuerpo. —Mina lo dice con toda la delicadeza de la que es capaz—. Te prometo que tan pronto como el nuevo forense tenga los resultados, te informaré de todo.

—Me importan muy poco el forense o sus resultados. ¿Es mi hija?

—No estamos seguros aún, lo lamento.

Abril niega con la cabeza con un gesto evidente de desprecio.

—¿Cómo es posible? Tú siempre lo sabes todo sobre los demás. Nadie en esta ciudad se compra un par de zapatos nuevos o se echa una querida sin que tú te enteres, y ahora resulta que no puedes decirme si ese cuerpo que han encontrado es el de mi Camila. Ya te dije lo que pasaría si no me ayudabas...

—Y te estoy ayudando —la corta. Mina se separa de la pared, sus piernas aún flaquean debajo de las capas de tela de su falda, pero no va a permitir que Abril se dé cuenta—. El nuevo forense quiere estar seguro antes de hacer su informe oficial, y tiene razón: esta es una situación excepcional. Creo que este caso va a dar mucho que hablar, tenemos que cumplir las normas.

—¿Y desde cuándo te importan a ti las normas? Vives muy bien gracias a que las normas te dan igual. Solo eres una farsante, una mentirosa que finge ser alguien que no es. —Abril escupe las palabras con tanta furia que al momento se siente agotada y tiene que hacer una pausa.

Mina sabe bien que es el dolor quien habla y deja que Abril termine de desahogarse con ella.

—He oído por ahí que el cadáver está demasiado mal como para poder identificarla —añade—. ¿Es cierto? ¿Qué le han hecho?

Guillermina no responde, pero secretamente confía en que Abril no tenga que ver el cuerpo para identificarla de manera oficial, espera al menos poder evitarle ese sufrimiento.

—Ya sabes que solo cuando se trata de alguien importante la familia puede ver el cuerpo, es el procedimiento y en este caso es mejor así, créeme.

—Claro, olvidaba que no todos los muertos son iguales. Total, no puedo pagarle un entierro como Dios manda y se va a ir a la fosa común de los pobres, así que qué importa, ¿verdad? —responde Abril con amargura.

Quiere consolarla, incluso estira el brazo hacia ella, pero sabe que nada en el mundo puede consolar a Abril.

—¿Te has fijado en si lleva la pulsera? En la muñeca derecha. —Abril habla despacio.

Guillermina piensa en los restos de alambre de una pulsera que han encontrado, y en el pequeño gorrión de cerámica que ha sobrevivido al fuego, pero no responde.

—¿Es mi hija?

—No puedo decirte algo oficial aún, y aquí ya no hay nada que se pueda hacer. Vete a casa, Abril. Empieza a refrescar y te vendrá bien dormir un poco. Al margen del resultado de la autopsia, los próximos días serán difíciles. Ten. —Mina busca en el bolsillo y le entrega un par de billetes disimuladamente—. Hace frío: compra leña, licor y algo de comida. Tienes otro hijo en el que debes pensar.

Abril guarda los billetes, pero, antes de que pueda responder, la puerta lateral de la comisaría se abre y el doctor Ellis aparece en la acera colocándose bien los cuellos de su abrigo.

—Señorita Índigo, pensé que ya se habría marchado usted —dice con su manera refinada de hablar.

—Doctor Ellis, le presento a Abril Prieto. Ella es la madre de Camila Garza.

La expresión de Ellis cambia al comprender quién es esa mujer de aspecto agarrotado. Le estrecha la mano con ceremonia, con el mismo respeto que si estuviera saludando a un colega de profesión.

—Señora Prieto, soy el nuevo patólogo asignado...

—Guillermina dice que no hará nada público hasta que no tenga los resultados definitivos, pero ¿ni siquiera puede decirme si se trata de mi hija?

Ellis hace un gesto de disculpa con sus labios antes de que las palabras salgan de su boca:

—No, lo lamento mucho.

Abril se coloca mejor el chal que le cubre los hombros. Ya apenas queda luz en el cielo, y la bruma que llega desde el mar se cuela por las callejuelas hasta llegar a la plaza, empapando el ambiente.

—Son todos iguales; mucha palabrería, pero nada más. Si yo fuera una de esas señoronas ricas que viven en el paseo de Gracia o la esposa de algún banquero venido de las Américas cubierto de oro, no tendrían ningún problema en decirme si esa chica muerta es mi hija. Las normas son solo para los pobres.

—Le aseguro, señora Prieto, que no es así para mí. No hago distinciones con los casos que me asignan. —Las vocales se retuercen en su boca cuando habla deprisa—. Los muertos, muertos son. Le doy mi palabra de que haré todo cuanto está en mi mano para que obtenga la justicia que merece.

Abril asiente despacio. Las palabras de Ellis son sinceras y calmadas, y casi parece que la ha convencido, pero entonces ella sonríe. No es una sonrisa amable; es fiera, siniestra, parecida a la mueca de un animal malherido enseñando los dientes.

—Esta ciudad moderna y brillante se ha comido a mi hija, y yo voy a asegurarme de que lo pague. Soy mayor y estoy enferma, no tengo nada que perder, Guillermina. Haré que arda hasta el último responsable de esto, no lo olvides. Y tú tendrás que decidir de qué lado estás.

—Yo no estoy de ningún lado —responde ella.

—Ya. Ese es el problema.

Abril Prieto se aleja despacio caminando en dirección a la plaza, desde donde les llega el barullo de los últimos coches y los demás sonidos de la tarde, hasta que desaparece de su vista.

—Admito que esa no es la reacción que esperaba —comenta Ellis cuando Abril ya ha doblado la esquina del edificio de piedra y no puede oírlos—. Es una reacción poco habitual en una madre que cree haber perdido a su hija, pero supongo que el dolor tiene muchas formas de manifestarse. No la culpo por estar furiosa.

Mina no responde, solo puede pensar en que no ha podido ayudarla a encontrar a Camila. Saca su reloj de bolsillo y mira la hora.

—¿Llega tarde a su cita, señorita Índigo?

Supone que Rosaura se habrá cansado de esperar en las inmediaciones de las obras de la Exposición, donde ha quedado con ella, y seguramente ya se habrá marchado a la pensión donde se queda con sus hijos.

—Sí, me temo que se ha cancelado.

—Lo lamento. ¿Puedo caminar con usted hasta su casa? Si no le importa, claro. Todavía es pronto y no conozco a nadie más en la ciudad con quien pasar el rato hasta la hora de la cena. Le confieso que las horas encerrado en mi habitación de hotel se me hacen largas y aburridas.

—Bueno, conoce al inspector jefe Bocanegra y también al doctor Lejarcegui; seguro que ambos estarán encantados de hacerle compañía —bromea ella, y Ellis tarda un momento en comprender la broma antes de sonreír.

—Sí, ayer mismo me presenté formalmente ante el inspector jefe Bocanegra y le entregué mi acreditación oficial. Ya me pareció que no estaba muy contento de tenerme aquí, pero después de lo de hoy, bueno, me temo que no he causado una buena impresión en esos dos caballeros. En mi defensa diré que no pensaba encontrarme con el cadáver horriblemente desfigurado de una pobre chica en mi primer día de trabajo, creía que tendría algo más de tiempo para ganarme su confianza.

—Doctor, estoy segura de que su encantadora personalidad hará que pronto lo vean como a uno más —responde ella con una diminuta sonrisa.

La sugerencia de Ellis le viene bien y decide aceptar su oferta de acompañarla a casa con la esperanza de conocerlo un poco mejor, y también para poder sonsacarle información sobre el caso. Porque Mina sabe que hay algo en las maneras refinadas y en la educación elitista de ese hombre que no termina de encajar con todo lo demás que ya sabe sobre él: ese atisbo de compasión, nada habitual en un hombre de su posición, que ha mostrado antes cuando se ha dirigido a Abril, por ejemplo; y sus ojos tampoco son los ojos de un individuo tranquilo y sereno que solo confía en la ciencia. No. Acaba de conocerlo, pero Mina intuye que algo corre con inquietud bajo la piel del buen doctor: una quemazón que solo reconocen los que también lo sienten. Lo mira y se pregunta otra vez si, al igual que ella, Ellis también siente los dientes afilados del pasado mordisqueándolo cuando apaga la luz.

—Me parece bien —acepta ella—, pero le advierto que no voy a pie.

—Oh, perfecto. ¿En un carruaje entonces?

Mina sonríe.

—No.

Las farolas del pasaje de Permanyer están encendidas cuando llegan caminando por la calle Lauria desde la caballeriza —reconvertida en cochera para su Levassor— que Mina tiene arrendada en la calle Diputación. Pueden ver el resplandor de las luces desde la ancha acera bien adoquinada cuando se acercan a la entrada de la elegante callejuela. Es un paseo corto, apenas una manzana, pero el cansancio de todo el día empieza a hacerse notar en sus pies, que protestan dentro de sus botines.

Mina siente el peso de la petaca en su bolso, puede notar cómo el líquido baila dentro de la pequeña licorera con cada paso; nunca bebe delante de desconocidos o de potenciales clientes —apenas un poco de champán o jerez en las fiestas o cenas a las que asiste—, jamás ha sacado su licorera donde alguien pueda verla. Piensa otra vez en el alcohol bajando por su garganta, llevándose a su paso el cansancio del día, la conciencia y los malos recuerdos. Al menos, durante unas horas.

—¿Nadie le ha dicho que conduce usted el automóvil como si estuviera huyendo de algo? —pregunta Ellis, sacándola de sus pensamientos.

—A menudo, sí.

Cuando pasan bajo la mirada de piedra de las dos figuras que guardan la entrada del tranquilo callejón, los árboles que crecen en algunos de los pequeños jardines delanteros de los palacetes desprenden un olor fresco que los saluda.

—Aunque admito que ha sido... estimulante. Y también un poco terrorífico —termina él.

—Admítalo, doctor: se lo ha pasado bien.

Ellis se ríe en voz baja.

—Desde luego, el viaje en automóvil ha sido lo más agradable de todo el día —accede, más serio ahora—. Confieso que no es así como imaginé que sería mi llegada a mi nuevo destino: una pobre muchacha asesinada y un jefe de policía que no me quiere en su ciudad.

—Si le sirve de consuelo, mi día tampoco ha muy sido bueno: le aseguré a esa mujer que la ayudaría a encontrar a su hija, pero no se me ocurrió pensar que la encontraría en ese estado tan lamentable. Pobre Abril. No he sido de mucha ayuda.

Hace horas que ha dejado de llover, pero Mina esquiva un pequeño charco que todavía resiste entre los adoquines del pasaje.

—Siento curiosidad, ¿por qué está la morgue bajo tierra? —pregunta Ellis de repente—. Es algo... extraño, si me lo permite. De donde yo vengo, la muerte no se esconde, sino que se estudia para intentar comprenderla: ciencia frente a la oscuridad. Los depósitos y las morgues forman parte de los hospitales y de las universidades.

—Ya. Aquí también tenemos de eso, doctor Ellis. Y hasta un flamante anfiteatro anatómico en la universidad; es muy popular, y siempre está lleno de alumnos y doctores. Lo llevaré otro día a visitarlo si tiene curiosidad, le encantará.

—Oh, no he querido faltarle al respeto —se apresura a responder—. Barcelona es sin duda una de esas ciudades del mundo; a la altura de París, Londres o Chicago, moderna y llena de futuro. Es solo que lo encuentro intrigante.

Esa era otra de las cosas que la desconcertaban del nuevo forense: parecía sentir curiosidad por todo.

—Si quiere puede preguntárselo a Lejarcegui; él es un experto en la historia de la ciudad, siente que es como una especie de guardián del pasado o algo parecido: cree que es su deber mantener las viejas tradiciones.

—Y cazar conejos —termina Ellis.

Mina se ríe a su pesar.

—Veo que encuentra desconcertante el asunto de los conejos, doctor.

—Oh, es solo que en Inglaterra los conejos son más bien..., cómo se dice..., mascotas, regalos que se hacen a los pequeños de la casa; por eso me resulta tan extraño.

—Ya me ha contado usted que no disfruta con la caza, ¿qué le gusta hacer, doctor? Me refiero, además de ser exasperante —bromea Mina—. ¿Le interesan las carreras de caballos, quizá? ¿La ópera? Ya lo sabrá, pero esta temporada en el Liceo se representarán varias obras de Wagner y de algunos compositores franceses. ¿Es de los que prefieren los casinos de caballeros? Si necesita socializar un poco, puedo presentarle a algunos intelectuales que acostumbran a reunirse los martes por la noche en un club privado para charlar sobre política, literatura o cualquier rumor que circule por la ciudad; aunque me temo que yo no podré acompañarle porque el acceso para las señoras está restringido.

—Sí, también tenemos clubs y lugares así en Inglaterra: sitios en los que las mujeres tienen prohibido el paso, pero no me interesan especialmente.

—¿Y qué le gusta hacer en su tiempo libre, doctor? —Guillermina espera poder averiguar algo más sobre Ellis que le sirva para hacerse una mejor idea del carácter del nuevo patólogo—. ¿Jugar a las damas?

Ellis sonríe.

—No. *Boxing*... Boxeo, lo llaman aquí.

Mina no sabe qué decir, algo poco habitual en ella.

—Comencé a practicarlo mientras estudiaba en la universidad; en los salones de deportes de Oxford es muy popular entre los caballeros: existen asociaciones y campeonatos por todo el país.

—¿Y no es un pasatiempo demasiado violento? Bárbaro, incluso.

—Lo es, sí. Incluso con las reglas Queensberry algunos de los luchadores sufren daños cerebrales irreversibles. El *boxing* requiere técnica, rapidez y autocontrol.

—Pensé que alguien como usted, un científico, era más bien un hombre de..., ya sabe...

—Yo no soy ajeno a mis instintos primarios y a mi naturaleza masculina, señorita Índigo, si eso es lo que está intentando insinuar. Considero que un carácter templado y una mente lúcida son tan importantes, o más, para cualquier hombre que la fuerza bruta. Pero, algunas veces, los puños y los golpes también son necesarios. Me gusta liberar mis instintos más primarios en el cuadrilátero.

Guillermina le mira sin ocultar su sorpresa.

—Ahora me doy cuenta de que soy yo la que le ha ofendido esta vez haciendo suposiciones acerca de usted, doctor. Le pido disculpas.

Caminan en silencio un momento más, pero Mina todavía piensa en lo que el doctor Ellis acaba de decir y le imagina con el torso desnudo, boxeando en un ring y cubierto de sudor; siente una oleada de calor que sube por su cuello hasta sus mejillas, y recuerda que ya se ha fijado en el cuerpo atlético del doctor.

—Por si le interesa, antes de salir he solicitado al inspector jefe Bocanegra que asigne un agente para que vigile el depósito —dice Ellis, sacándola de sus pensamientos.

—¿Y por qué iba a interesarme? —replica ella—. Usted es el patólogo ahora. Puede dirigir el Departamento Forense como mejor considere.

—Pensé que se alegraría de saber que me tomo este asunto muy en serio. Pretendo llegar al fondo de este caso y ayudar para que el responsable del asesinato de esa chica sea llevado ante la justicia.

Mina deja escapar un bufido. Las palabras de Abril Prieto revolotean en su cabeza otra vez.

—La justicia, claro. Apuesto a que a usted le importan mucho las mujeres como Camila Garza o su madre. Sobre todo, si el caso llega a las portadas de los periódicos; eso lo ayudará mucho a despuntar en su nuevo destino y en su carrera.

Ellis se detiene y la mira con sus ojos en llamas.

—Pensé que empezábamos a entendernos, pero ahora veo que estaba equivocado. ¿Cómo se atreve a darme lecciones de moralidad, señorita Índigo? Usted le cobra por su ayuda a la madre de la joven muerta.

—No le cobro. La ayudo gratis, aunque eso no es asunto suyo. —La expresión de Ellis cambia—. ¿Qué sucede? ¿Le extraña que quiera ayudar a esa mujer después de lo que le ha pasado?

—No... Sí, un poco —se corrige él, mucho más suave ahora—. Es solo que no deja de sorprenderme usted, señorita Índigo. Confieso que no termino de comprender sus motivaciones.

—¿Mis motivaciones? —repite ella, mientras intenta contener una risa de desdén—. Usted ocupa el puesto de mi esposo, esas son mis motivaciones. Para empezar, ¿por qué aceptó este destino, doctor Ellis? Con sus referencias, y los contactos que apuesto que tiene, podría ejercer donde quisiera.

Sus ojos verdes la estudian un momento y ahí está otra vez: esa chispa en su mirada, la certeza de que bajo las remilgadas maneras del buen doctor se esconde un secreto.

—Me agrada Barcelona. Estoy en su bonita ciudad porque el destino me ha traído aquí. Nada más.

—¿El destino? Pensé que era usted un hombre de ciencia que no cree en cosas como las estrellas, los fantasmas o el destino.

—El destino y también mis propias decisiones profesionales —termina él.

Mina sabe que hay una mentira en algún sitio, puede notarlo en sus palabras. Ella es una buena mentirosa después de todo, capaz de detectar cuando alguien no le está diciendo la verdad.

—Comprendo que no le agrade tenerme aquí, ocupándome del trabajo que solía hacer su esposo. Al igual que sucede con el inspector jefe Bocanegra o con ese doctor retirado, soy un intruso para ustedes. Soy la prueba visible de que el doctor De Pareja nunca volverá a su puesto. Pero usted me ha sido de gran ayuda hoy, y le doy mi palabra de que intentaré no interponerme en sus... quehaceres de médium.

—Vaya, qué considerado —responde ella con ironía—. Ya hemos llegado. —Desde donde están, Mina puede ver la verja del palacete y la escalera de la entrada. La luz de la cocina se halla encendida y supone que Zelda estará charlando con Baxter mientras este termina de preparar la cena—. ¿Sabrá regresar solo a su hotel?

No le interesa especialmente, después de ese día le da igual que el nuevo forense se pierda entre las callejuelas de Barcelona, lo pregunta solo como una fórmula de cortesía. Pero Ellis se detiene y estudia el jardín y el palacete al otro lado de la verja de hierro forjado.

—Bonita casa. ¿Eso es lavanda? —pregunta él—. Un lugar extraño para un arbusto salvaje.

Mina no responde, se limita a buscar la llave del enrejado dentro de su bolso.

—Hay alguien en la ventana, nos observa —dice Ellis, y su tono ahora es diferente.

—Ese es mi esposo.

El doctor Ellis levanta la mano y saluda cordialmente con un gesto al hombre que los mira tras el cristal de la ventana de la salita de las visitas, pero él no parece haber reparado en su presencia.

—No va a devolverle el saludo, nunca lo hace. No se lo tome como algo personal, el estado de mi marido es... delicado.

—Sí. Ya he oído lo que le ocurrió a su esposo en Cuba —dice con suavidad—. Encefalitis. Su salud empeorará hasta que finalmente se deteriore por completo. Lo lamento mucho.

—Ya, yo también.

Los dedos de Mina tiemblan cuando finalmente rozan la llave dentro de su bolso.

—Supongo que pronto volveremos a vernos.

—Dígamelo usted; es la que puede ver el futuro con sus poderes sobrenaturales, señorita Índigo —dice con una prudente sonrisa en sus labios.

Mina hace girar la llave en la cerradura y empuja la pesada puerta, que cede con un suave quejido.

—Le deseo suerte con su investigación, doctor Ellis.

Después se asegura de cerrar bien la puerta tras ella y camina en dirección a la entrada del palacete. Los tallos más largos del arbusto de lavanda se inclinan para rozarle la falda cuando pasa por su lado.

PRIMERAS IMPRESIONES

—

La voz suave de Zelda le llega desde la cocina mientras se desprende del abrigo y lo cuelga con cuidado del perchero en el vestíbulo del palacete. Deja, con un suspiro, su bolso y se quita los botines manchados para evitar dejar huellas de barro por todo el suelo. Sabe que el señor Baxter hará algún comentario sarcástico si tiene que volver a limpiar las manchas de la alfombra india de seda del pasillo.

—Menos mal. Estaba a punto de salir a buscarte —dice Zelda cuando la ve entrar en la cocina—. Baxter ha regresado y está acabando de preparar la cena, ya sabes cómo se pone si se le pasa la salsa del guiso...

La moderna cocina del palacete está bien iluminada, y el aire huele a limón y a clavo. Zelda está sentada en una de las sillas que rodean la gran mesa, trabajando en algún tipo de mecanismo de su invención del tamaño de un puño, con una taza de manzanilla con miel a su lado.

—Menos mal, me muero de hambre.

Archie descansa en su canasto de mimbre, bajo la mesa, completamente ajeno a su llegada. El galgo todavía lleva puesto su elegante abrigo de tartán forrado de lana para protegerle del frío. Mina supone que habrá dado un largo paseo por el parque con el señor Baxter.

—¿Dónde has estado todo el día? Estaba preocupada. ¿Has conseguido los libros de cuentas de las Palladino?

—Por ahí; ha sido un día de esos que parece que nunca terminan. —Mina retira una de las sillas y se deja caer pesadamente—. Lo siento.

—No, no lo sientes. —Zelda no levanta la cabeza de los engranajes de metal en los que está concentrada—. ¿Qué ha sucedido con Abril? ¿Alguna pista sobre su hija?

—Por desgracia, sí.

Por primera vez Zelda se olvida del mecanismo en que está trabajando y la mira. Lleva las gafas puestas, y sus ojos de gata parecen aún más grandes tras los cristales de aumento.

—¿Está muerta?

Pero Mina no responde enseguida; todavía puede sentir el olor de la carne quemada enredado en su ropa y en su pelo, o el aroma de las flores azules que crecen cerca de donde han encontrado el cadáver. Siente el cansancio y la tristeza extendiéndose deprisa por su cuerpo.

—Guillermina...

—Sí, está muerta —responde por fin—. Su cuerpo ha aparecido cerca de la antigua acequia.

La cocina, donde apenas un momento antes el ambiente era luminoso y cálido, ahora se ha cubierto de escarcha.

—¿Ha sufrido? —pregunta Zelda con un hilo de voz.

Mina intenta no pensar en la expresión grotesca de lo que quedaba de su rostro, la mandíbula caída y los ojos vacíos, o en la gargantilla dentro de su boca.

—Aún es pronto para saberlo.

Pero la mirada de Zelda la atraviesa.

—Sé perfectamente cuándo estás mintiendo. Yo no soy una de tus clientas, Guillermina. No puedes timar a un timador; o a una timadora.

—Sí, ha sufrido —admite por fin.

Zelda murmura una oración con los ojos cerrados. No es una mujer creyente, al menos, no en un sentido convencional, pero Zelda Moreno sí cree firmemente en los espíritus; sobre todo, en los espíritus vengativos que merodean por el mundo de los vivos.

—He fallado por completo —murmura Mina—. Creí que esta vez sería diferente: pensé que en esta ocasión sí que podría evitar la desgracia. No sé por qué, pero de verdad estaba segura de poder salvar a Camila... Qué idiota he sido. Le he fallado a ella, a su madre y también a ti.

Zelda extiende el brazo sobre la mesa y le aprieta la mano en un gesto de consuelo.

—Lo siento tanto... Ojalá hubieras podido hacer algo más.

Lady Carrot, la gata de color cobrizo a la que Baxter bautizó con ese curioso nombre tras descubrirla mordisqueando una zanahoria encurtida, se acerca sigilosa hasta Mina con sus andares felinos; serpentea entre los pies descalzos buscando su atención. Mina se inclina para acariciarla entre las orejas en un gesto automático. Lady Carrot responde a sus muestras de cariño como acostumbra a hacer, mordisqueando la mano con sus colmillos afilados, antes de marcharse trotando hacia el comedor.

—Nunca se les olvida si los han tratado con crueldad, ¿no? A los animales, quiero decir —murmura Mina, todavía pensando en la gata, que tardó casi dos años en dejarse acariciar pese a vivir con ellas en la casa—. Incluso después de este tiempo, aún responde con dolor y violencia cuando intentas acariciarla.

—No creo que lo olviden nunca, no. Al igual que sucede con las personas, el dolor deja una marca invisible, como una cicatriz.

Mina siente la quemazón de su propia cicatriz en el costado: una muy real y nada invisible. El pasado mordisqueándole la carne.

La imagen de la pulsera en la muñeca del cadáver ha estado revoloteando en su mente toda la tarde. Intuye que es importante, pero todavía no puede comprender por qué. Mina odia esa sensación: ese temor imposible de expresar con palabras que le aprieta el corazón algunas veces, como ha sentido esa misma tarde al acercarse al cadáver de Camila. Sabe que esa noche tampoco podrá dormir.

—Casi se me olvida. Tengo algo para ti. —Mina saca de su bolsillo el frasco de cristal con la muestra que ha recogido del cuerpo—. Toma, por si acaso te aburres de construir trucos de salón y mecanismos para las sesiones. Por cierto, ¿en qué estás trabajando?

Pero Zelda la ignora y se coloca mejor las gafas para examinar el contenido viscoso del frasco.

—¿Qué es esto?

—No lo sé, esperaba que tú me lo dijeras.

—Bueno, solo viéndolo es imposible saberlo, pero me recuerda un poco a ese mejunje pegajoso que se utiliza en los motores de combustión interna; aunque esto parece más refinado. Puede que se trate de un nuevo carburante compuesto, tal vez enriquecido con alguna sustancia química para hacerlo más potente.

—Sea lo que sea, procura no acercarlo al fuego; ni al calor, ni a nada que pueda hacer que... explote. Solo por si acaso.

Zelda abre la boca para protestar, pero en ese momento Baxter sale de la despensa —un pequeño cuarto en un lateral de la cocina donde guardan las viandas y esconden el dinero y otras cosas— llevando un frasco de especias con tomillo seco dentro.

—Señorita Índigo, buenas noches. He acordado con el señor Llum, de la carpintería Llum, que mañana enviará a uno de sus mejores oficiales para que repare la ventana rota de la habitación especial. —Así era como Baxter llamaba a la Habitación de los Fantasmas—. También he llevado el conjunto de noche que desea vestir en la cena con los Ruiz-Escuder al taller de costura, aunque no me han garantizado que vayan a poder limpiar la mancha de tomate del terciopelo. —Mina hace una mueca al oírlo—. El Comodoro Archibald ha dado su paseo, y faltan veinte minutos para la cena. He preparado pollo asado con limón y tomillo.

—Gracias, señor Baxter.

Él hace un gesto con la cabeza y se vuelve hacia la moderna cocina, donde se asa el pollo lentamente en uno de sus compartimentos. Baxter lleva el delantal anudado a la espalda para evitar mancharse su impecable uniforme. A Mina siempre le ha sorprendido de ese hombre, de pelo de fuego y ojos pequeños pero despiertos, su capacidad para intuir cuándo se necesita su ayuda: pueden ser cosas grandes, como conseguirle una reunión a alguna de sus clientas con un caballero discreto a cambio de dinero o regalos caros, o pequeñas, como saber cuándo debe reponer la botella de licor que Mina esconde detrás de la bañera.

—Parece que tendrás que llevar otro vestido a la cena de los Ruiz-Escuder —apunta Zelda.

—¿Qué es eso en lo que estás trabajando? —insiste Mina, ignorando su último comentario.

—Es un mecanismo para amplificar el sonido del gramófono y hacer que llegue hasta la Habitación de los Fantasmas durante las sesiones —dice Zelda, ajustando un tornillo tan pequeño como la pata de una mosca—. Cuando esté listo, lo meteremos en uno de los conductos de aire de la habitación, escondido tras la rejilla: eso hará que parezca que las voces salen de la pared.

Habían hecho pruebas con un gramófono oculto bajo la mesa o tras la puerta cerrada de la habitación para simular que eran los espíritus quienes hablaban, pero las voces y la música no terminaban de sonar convincentes; eso sin contar que siempre estaba el riesgo de que era demasiado grande y alguien podía descubrirlo.

—¿Y cómo se supone que funciona? ¿Tiene algún tipo de mecanismo de cuerda o...? —Mina alarga la mano para tocarlo, pero Zelda le da un manotazo suave para apartarla.

—Ni se te ocurra, yo no toqueteo tus cartas del tarot ni el marcador que usas en tus sesiones. —Mina hace una mueca, pero no protesta—. Es fácil: la membrana capta las ondas de sonido del gramófono original y las reproduce, igual que si fuera un eco. —Mina observa la manera delicada pero precisa en la que los dedos de Zelda ajustan los tornillos y arandelas del mecanismo—. He hecho algunas pruebas y solo funciona si está a menos de ocho metros del gramófono original, pero algo es algo.

Zelda es curiosa y creativa. Tiene un instinto natural para descifrar los secretos de los artilugios e ingenios de todo tipo: averiguar cómo funcionan sus piezas y engranajes, y después reproducirlo. Igual que hace ella con las personas. Mina supone que por eso forman un equipo tan perfecto.

—Cuando las mujeres por fin puedan asistir a la universidad deberías matricularte para estudiar ciencias, ingeniería o algo relacionado con los motores. —Mina lo dice de repente, sin pensar—. Apuesto a que incluso podrías enseñarles un par de cosas a esos profesores que están en contra de la educación superior femenina. Los mismos que publican sesudos artículos de opinión al respecto en la prensa cada domingo.

Zelda la mira muy seria.

—Cuando las mujeres por fin puedan asistir a la universidad, solo asistirán las blancas, Guillermina.

Mina se recuesta en el respaldo de la silla, cansada.

—Tienes razón —admite—. Por cierto, ¿qué sabes de los gorriones?

—¿Aparte de que son pájaros comunes y sucios? Poca cosa. ¿Por qué te interesa? —La curiosidad brilla en la voz de Zelda, nada le gusta más que un buen misterio.

—Camila Garza tenía en una muñeca una pulsera con un gorrión blanco: uno pequeño fabricado con algún tipo de cerámica. Abril dice que siempre llevaba la pulsera encima desde que se la regaló. Parte de la pulsera ha resistido al fuego bastante bien... —Entonces se da cuenta de que no había mencionado nada sobre el fuego hasta ese momento. Ve la expresión horrorizada en los ojos de Zelda—. Lo siento, no debería haber dicho nada...

Baxter está de espaldas a ellas, exprimiendo medio limón con sus manos fuertes sobre un bol, con cuidado de evitar las pepitas. Abre la puertecilla del horno para añadirlo a la salsa del pollo y la cocina se llena del aroma de las hierbas aromáticas y del cítrico.

—Los gorriones transportan el alma de los muertos hasta el más allá, por eso trae mala suerte matar a uno —dice Baxter, sin volverse—. Algunos marinos y soldados acostumbran a llevar tatuajes de gorriones como amuleto o como protección para regresar sanos y salvos a sus casas. Simbolizan la vida después de la muerte.

Al oírlo, las dos se giran sorprendidas hacia él.

—Es usted un pozo de sabiduría, señor Baxter —dice Zelda con una sonrisa.

—Siento curiosidad, ¿dónde ha aprendido tanto sobre el simbolismo de los gorriones? —pregunta Mina con una media sonrisa—. Desconocía su afición por la ornitología.

Baxter se seca las manos húmedas en el mandil, sin prisa, antes de volverse a mirarla.

—No me interesan especialmente los pájaros, pero conozco a varios caballeros con tatuajes muy específicos, y algunos de ellos llevan vistosos tatuajes de gorriones.

—Así que son como una especie de amuleto, entiendo... —Mina todavía piensa un momento más en el abalorio con forma de gorrión blanco de la pulsera de Camila—. Pero hay algo más, sé que hay algo que se me está escapando —murmura, igual que si de repente estuviera sola en la cocina.

Zelda se quita las gafas y las deja sobre la mesa, junto a la taza de manzanilla sin tocar. La mira, conoce bien esa expresión en su rostro y sabe lo que significa.

—Te estás obsesionando, puedo verlo. Sabía que esto iba a pasar tarde o temprano.

—Bueno, tú prácticamente me empujaste para que ayudase a Abril; te considero en parte responsable —responde Mina, sin mirarla.

Zelda se frota la frente lisa, sin arrugas.

—Sé que te sientes culpable por no haber sido capaz de ayudar a esa pobre chica, pero no puedes salvar a todos los inocentes, eso no cambiará lo que pasó.

—Ya lo sé —la corta ella—. Pero pensé que podría salvar a esta.

—Te he visto así antes, Guillermina; obsesionada. Dejas de comer, de dormir, y te paseas en camisón todo el día; y eso cuando te levantas de la cama. ¿Recuerdas lo que pasó en Trinidad? Te obsesionaste tanto con esa mujer muerta, la del cuadro, que la veías por todas partes hasta que...

—Hoy he conocido al nuevo patólogo —comenta Mina para cambiar de tema.

—Ah, sí, ¿y cómo es?

—Bueno, es condescendiente, por supuesto poco diplomático y exageradamente cortés. Oh, y lleva un ridículo abrigo negro demasiado grueso para este clima —responde—. Y también me ha parecido difícil de sobornar o de comprar, apestaba a honradez y rectitud.

Baxter prepara el servicio para la cena: platos de porcelana blanca simple, pero con una delicada cenefa de flores en el borde, mantelería de algodón sin florituras, cubiertos, una jarra de agua fresca y dos copas.

Zelda le da un trago a su taza de manzanilla, que ya se ha quedado fría hace rato.

—Y dime, ¿es guapo?

—Bueno... —Mina piensa otra vez en su pelo castaño claro tan largo que le roza los cuellos de su abrigo, en sus ojos verdes y despiertos, o en la manera en que mueve las manos cuando intenta expresarse en un idioma que no es su lengua materna—. No tiene joroba.

Zelda se ríe y deja la taza sobre la mesa.

—¿Crees que podemos fiarnos de él? —Zelda ya no sonríe—. ¿Nos dará problemas?

—No lo sé.

Al doctor Ellis siempre le ha gustado el silencio; disfruta de la soledad y del aislamiento que le otorga trabajar con los muertos. No solo es un aislamiento físico del resto del mundo —a menudo las morgues y los depósitos no son precisamente los lugares más concurridos, pues la mayoría de las personas tienden a evitarlos—, también le atrae el silencio que inevitablemente rodea a los muertos. Eso le da la oportunidad de estar a solas con sus pensamientos. Sus ideas vuelven una y otra vez a Guillermina Índigo: a su carácter arrollador, que le hace sentirse como una hoja atrapada en una corriente de aire caprichosa; hacía mucho tiempo que no se sentía de esa manera.

Ellis se deja caer pesadamente en la silla, cierra los ojos un instante. La imagen del cuerpo calcinado de esa pobre muchacha le ha hecho recordar el desastre de la fábrica de cerillas de hace tres años, cuando trabajaba en aquel hospital al norte de Londres, donde apenas había personal —y mucho menos material o medicinas— para ayudar a los pobres desgraciados que terminaban allí. Eso había sido antes, antes de Viena y de todo lo demás. Pero ese maldito olor... Ellis ha intentado quitarse el olor —y el recuerdo— del humo de su ropa y de su pelo, pero de alguna manera siente que no logrará deshacerse de él. Por eso, en cuanto el mozo de la recepción del hotel Oriente, donde se hospeda provisionalmente —solo hasta que encuentre habitación en una agradable pensión—, llama a la puerta para comunicarle que ya ha llegado su equipaje extraviado y su instrumental médico, Ellis no lo duda: vuelve a ponerse las botas y coge su abrigo para ir al depósito, a pesar de que ya son casi las diez de la noche. Está en Barcelona únicamente porque así lo ha decidido el destino —a pesar de lo que le ha asegurado antes a la señorita Índigo—, pero desde luego su misión no va a impedir que cumpla también con sus labores de forense.

No ha comido nada desde el almuerzo que había tomado en una de las agradables cafeterías que llenan la plaza Real, con sus bonitas sombrillas y sillas blancas perfectamente ordenadas, justo antes de que lo mandaran llamar para ir a la antigua acequia. Está cansado, pero se olvida del agotamiento en cuanto vuelve a sentir el peso familiar de su maletín médico en la mano.

Necesita media hora larga caminando para llegar a la morgue. Le gusta caminar por la ciudad de noche, que parece otra iluminada por las farolas y por las luces que salen de los locales que aún permanecen abiertos. Oye una canción alegre cuando pasa por delante de las puertas abiertas de lo que parece una sala de variedades muy iluminada; la música, las voces y el ambiente animado que sale del local invitaría a entrar a cualquiera, pero no al doctor Lawrence Blake Ellis.

Los agentes de guardia lo saludan con un gesto leve de cabeza cuando entra en la comisaría y dobla la esquina en dirección al sótano del edificio. El pasillo subterráneo que lleva hasta la morgue conserva el frío que se ha ido filtrando en la tierra durante todo el día. A su paso, la luz de los quemadores de gas dibuja sombras temblorosas en las paredes y en el techo bajo del túnel. Ellis pasa junto a unos viejos escritorios amontonados contra la pared recubiertos de polvo y junto a un par de armarios clasificadores cojos que llevan años olvidados ahí abajo.

Cuando llega a la puerta de doble hoja que marca la entrada al depósito de cadáveres, le sorprende comprobar que no hay ningún agente custodiando la entrada, a pesar de que él ha sido muy claro a ese respecto. Antes de marcharse, el inspector Bocanegra le había asegurado que las pruebas y el cuerpo que habían encontrado estarían «bien vigilados». Ellis suspira cuando empuja la puerta para entrar, recordando por qué el inspector jefe Bocanegra parece sentir esa animadversión por él: es el sustituto, la persona que ocupa el puesto en el que solía estar su amigo. Confía en que la señorita Índigo utilice la influencia que sin duda ejerce sobre ese hombre para hacer que su trabajo como forense sea un poco más fácil.

La sala está oscura, pero, incluso antes de encender la luz, Ellis distingue la camilla en un rincón y la silueta del cuerpo encima, aún cubierto con la sábana. Se quita el abrigo y lo cuelga con cuidado para evitar que se arrugue. Después se recoge el pelo con ayuda de un cordón para que no lo moleste mientras trabaja, y se coloca el mandil de cuero sobre la ropa. Prepara su instrumental médico en una de las bandejas auxiliares y retira la sábana con delicadeza.

La expresión grotesca del rostro consumido por el fuego le devuelve una mirada vacía. Los dos sobres de papel barato junto a los pies de la víctima donde antes ha guardado las pruebas siguen en su sitio. No parece que nadie haya entrado en el depósito.

Ellis se inclina sobre el cuerpo, pero enseguida nota el olor desagradable de la carne ennegrecida llenando sus fosas nasales, así que busca en su maletín el bálsamo de eucalipto y cera que utiliza para enmascarar el olor de la putrefacción durante las autopsias, y se unta un poco debajo de la nariz.

Tiene una libreta con tapas negras en la que acostumbra a ir anotando las primeras impresiones antes de comenzar su examen. Le gusta pensar que eso evita que pase por alto detalles importantes o pruebas que podrían desaparecer al manipular el cadáver. Lo estudia un instante, jugueteando entre sus dedos largos con el lápiz afilado mil veces, antes de decidirse a apuntar la fecha y la hora en una página en blanco.

A primera vista, nota que el rostro y el cuello del cadáver están muy dañados, pero en el resto del cuerpo el fuego no ha sido tan destructivo. Se asegura de colocar lo poco que queda de la ropa sobre la mesa y de ordenarlo bien para poder examinarlo después. Ellis sabe que cualquier detalle, por irrelevante que parezca, puede ser importante para la investigación. Hace solo un año, descubrió unas larvas de escarabajo —muy características, que se dan únicamente en unos valles bajos al sur de Devon— ocultas entre los pliegues del vestido de una mujer cuyo cadáver apareció a casi doscientos kilómetros; esa pista sirvió para condenar al marido por su asesinato, después de que Ellis encontrase las mismas larvas —y en el mismo estado de desarrollo— en un examen del marido y de su ropa que autorizó Scotland Yard.

Algo llama su atención en el cuerpo, pero la luz temblorosa del quemador le parece insuficiente para distinguir los detalles, así que Ellis rebusca entre los armarios de la sala hasta que encuentra un puñado de velas. Las enciende con cuidado y las coloca en la bandeja junto con el resto de su material para ver mejor. Coge su lupa del maletín y se acerca otra vez al abdomen de la víctima. Allí todavía se conserva parte de la piel; no mucha, pero sí la suficiente como para que pueda distinguir una línea rugosa en la zona del vientre. Una cicatriz.

Ellis está a punto de dejar la lupa para anotarlo en su libreta cuando oye unos pasos en el túnel.

—Doctor Ellis, no pensé que estaría aquí tan tarde. —El subinspector Montes sonríe nervioso y se lleva una mano a su corazón acelerado—. Espero no haberle asustado; usted solo, aquí abajo, puede ser algo un poco... siniestro.

—No me ha asustado en absoluto; las morgues forman parte de mi trabajo y no son siniestras; según yo lo veo son... inevitables. —Intenta sonar cortés, pero Montes aún parece sorprendido por su presencia.

—Veo que es usted de esos que no le temen a la muerte. —Montes intenta sonreír—. Me alegro por usted.

—En mi trabajo se aprende a convivir con la muerte. ¿Qué

está haciendo aquí abajo a estas horas? —pregunta Ellis sin mucha curiosidad—. Había entendido que su turno terminaba a las nueve.

El subinspector Montes se quita el sombrero y se pasa la mano por el pelo castaño para peinarse. Es un hombre joven, con los ojos claros, la nariz recta y una de esas sonrisas que le hacen aparentar mucha menos edad.

—Mi turno ha terminado, sí, pero el inspector jefe me ha pedido que baje a echar un vistazo para asegurarme de que todo está bien por aquí... extraoficialmente —responde en tono de confidencia—. Este asunto está llamando mucho la atención, y el inspector Bocanegra no quiere que alguien decida colarse en el depósito para sacar fotografías o hacer un retrato de la chica muerta para los periódicos.

—Comprendo.

Así que, después de todo, el inspector jefe Bocanegra había cumplido su palabra de enviar a alguien para garantizar la seguridad en la morgue.

Montes se acerca a la camilla decidido, pero se detiene antes de estar demasiado cerca y mira el cuerpo calcinado un momento.

—Pobre chica —murmura—. ¿Ya sabe lo que le ha pasado?

—Nada confirmado aún, me temo. Me disponía a comenzar con el examen después de terminar mis primeras impresiones. Es libre de quedarse si lo desea.

Ellis hace girar el lapicero gastado entre sus dedos en un gesto automático mientras examina la cicatriz en el abdomen oscurecido del cadáver. El rigor ya ha empezado a formarse; Ellis sabe que pronto la sangre detenida y los demás fluidos corporales harán que sea más difícil descubrir algo determinante en el examen forense.

—No, gracias. —Es evidente por la expresión de Montes que está deseando marcharse de allí.

—En ese caso ya ve que todo está en orden por aquí; yo me hago cargo del cadáver y de las pruebas. Puede irse a descansar si lo desea, subinspector Montes. Le doy mi palabra de que no se lo contaré a su superior.

—Gracias, doctor. Pero no quiero que piense que no me tomo en serio las órdenes del inspector jefe.

—No, desde luego. Es evidente que lo respeta mucho.

El subinspector Daniel Montes asiente.

—Sí, es un poco brusco algunas veces, pero siempre ha sido un gran policía; es todo lo que yo aspiro a ser algún día. —Montes enseguida recupera su tono más informal y añade—: ¿Dónde aprendió usted a hablar español? Si no le importa que se lo pregunte, quiero decir. Lo habla muy bien, mejor que algunos zoquetes que conozco.

Ellis deja de juguetear con el lápiz y lo mira.

—No me molesta; comprendo que quieran saber con quién están trabajando y si soy digno de confianza; especialmente, cuando mi incorporación al cuerpo ha sido tan precipitada. La segunda esposa de mi padre era española. Ella solía hablarlo cuando estaba a solas y yo era un niño muy curioso, así que terminó enseñándome algunas frases sueltas después de mucho insistirle. Al cabo de unos años tuve la oportunidad de terminar mis estudios de Medicina aquí, en España. En el Hospital Provincial de Madrid. —Ellis coge la lupa de la bandeja—. Espero haber satisfecho su curiosidad y la de su superior.

Montes deja escapar una risa nerviosa.

—Me ha pillado, sí. El jefe me pidió que husmeara un poco sobre usted y su pasado; le preocupa quién se ocupa de los muertos, ¿comprende? Quiere estar seguro de que usted hará un buen trabajo —admite—. Sobre todo cuando la señorita Índigo está de por medio.

—No comprendo. ¿Qué tiene que ver la señorita Índigo con esto?

El inspector Montes arruga el gesto.

—Bueno, ya sabrá que ella es la esposa del anterior patólogo, el doctor De Pareja —empieza a decir—. Él era el mejor amigo del jefe antes del incendio y de caer enfermo; los dos eran como hermanos, inseparables. Pero, desde que regresaron de Cuba, el jefe no ha ido a visitarlo ni una sola vez. Creo que no puede hacerlo, ¿sabe usted? Ver a su amigo en ese estado tan lamentable hace que sienta pena por él. Creo que prefiere recordarlo tal y como solía ser.

Ellis sabe bien cuáles son los síntomas de la encefalitis: fiebre, alucinaciones, convulsiones, cambios de la personalidad..., hasta convertir a quien la padece en un desconocido de aspecto monstruoso y ojos hundidos. No es agradable.

—Lo lamento. No es fácil enfrentarse al deterioro de una persona querida —dice con suavidad.

—Ya, pero no es solo por su enfermedad, también tiene que ver con la señorita Índigo: ella no le perdona que no haya ido a visitar a su esposo, sobre todo considerando..., bueno, considerando lo unidos que el jefe y ella han estado siempre.

Su respuesta, deliberadamente ambigua y dando a entender que existe algún tipo de relación amorosa entre la señorita Índigo y el inspector jefe Bocanegra —o que ha existido en algún momento— lo intriga, pero Ellis decide que no quiere seguir haciendo preguntas.

—Perdone, doctor, no debería haber dicho nada, no es cosa mía. Es solo que he oído por ahí que se ha pasado usted el día con ella y quería que estuviera sobre aviso para saber qué terreno pisa, ¿comprende? Como es usted nuevo en la ciudad y todo eso... Me guardará el secreto, ¿verdad? —le pide, preocupado.

—Descuide.

Montes sonríe aliviado y deja escapar el suspiro que ha estado conteniendo.

—Gracias, doctor. Verá, desde que empecé en el cuerpo, el jefe siempre ha sido un ejemplo para mí: él tampoco tenía contactos ni amigos en la policía cuando comenzó, pero fíjese hasta donde ha llegado con sus métodos. ¡Inspector jefe, nada menos! Pero cuando se trata de la señorita Índigo, no es muy objetivo que digamos. Esa mujer es capaz de nublarle el juicio.

Esta vez Ellis no responde, da por terminada la conversación y vuelve a concentrarse en el cadáver.

—En fin, ya le he robado mucho tiempo, doctor. Voy a aceptar su sugerencia y me iré a dormir un rato; este asunto de la Exposición Universal nos tiene a todos doblando turnos para garantizar la seguridad. —El subinspector Montes se pone el sombrero, pero antes de caminar hacia la puerta mira el cadáver una vez más—. Espero que no sufriera.

Después se aleja hacia la doble puerta del depósito. Ellis oye las hojas de madera de la puerta rozándose cuando Montes sale y después sus pasos alejándose por el túnel hasta que se pierden en la distancia. El entusiasmo casi infantil del subinspector Montes no le disgusta, pero agradece estar solo por fin para poder hacer su trabajo y, de paso, recuperar el silencio que tanto le agrada.

Ellis se aparta un mechón claro que se le ha escapado del cordón con el que se sujeta el pelo y estudia otra vez la cicatriz con ayuda de la lupa. Después, anota en su libreta: «La víctima muestra una cicatriz vertical, de unos quince centímetros aproximadamente, en la zona del ombligo; es abultada y con un ligero tono rosado. Parece una cicatriz quirúrgica. ¿Cesárea?».

PEQUEÑOS ACCIDENTES

Mina no puede dormir. Cuando su mente se obsesiona con algo regresa una y otra vez al mismo detalle: quizá sea un gesto, una palabra o un indicio diminuto que cualquiera pasaría por alto, pero su mente lo repasa de manera enfermiza, analizando esa pequeña discordancia hasta que se convierte en una certeza. Es una cualidad que la ayuda con sus clientes —le permite averiguar, por ejemplo, si le han contado una pequeña mentira o si se han guardado algo de información—, pero también la mantiene en vilo hasta que consigue descifrarlo. Para Mina, es parecido a la sensación permanente de haber olvidado algo; como entrar en una habitación y no recordar qué es lo que has ido a buscar.

Suspira y vuelve a acomodar la almohada. Le ha prometido a Zelda que no iba a obsesionarse de nuevo como sucedió en Trinidad, pero la imagen de Camila Garza desfigurada por el fuego la persigue. Si tan solo hubiera podido salvarla... A lo mejor eso hubiese compensado lo que sucedió en Cuba; lo que ella permitió que pasara.

Apenas ha dormido un par de horas seguidas desde que se ha acostado. Guarda una botella de láudano en un cajón de su mesilla; suele tomar un par de gotas bajo la lengua cuando no consigue conciliar el sueño, pero sabe que si se toma una sola gota perderá la conciencia, y la discordancia —la pieza que no encaja— se quedará inevitablemente dando vueltas en su cabeza hasta que la resuelva: la gargantilla de perlas y brillantes.

¿Por qué se la tragaría Camila Garza? ¿La obligó su asesino a hacerlo? Es una joya muy cara y Camila Garza no podía permitirse algo así. Mina da otra vuelta en la cama. Sabe que no conseguirá volver a dormirse, así que se sienta en la cama y busca a tientas los fósforos largos en la mesilla para prender el candil, pues no quiere encender la luz y despertar a nadie en la casa. La habitación entera se ilumina con el resplandor naranja del fuego. En la descalzadora tapizada en lino de color blanco que hay a los pies de su cama, ve la forma suave de una de las gatas durmiendo plácidamente.

Mira la puerta blanca, que comunica con el baño de la habitación, y piensa en la botella de ginebra que esconde detrás de la gran bañera. Se levanta decidida con la lamparita en la mano cuando oye un ruido.

Cric-cric-cric.

El palacete entero está en silencio —hace horas que Zelda y Baxter duermen—. El misterioso sonido parece provenir de la planta baja. Es un chirrido metálico y lento.

Sale de su dormitorio y el distribuidor está vacío: en la primera planta del palacete solo está su habitación.

Cric-cric-cric.

Lo conoce, lo ha oído antes, pero no consigue recordar dónde. Deja de respirar y cierra los ojos concentrándose solo en el ruido, dejando que su memoria trabaje por ella. Llega desde el piso de abajo, de la Habitación de los Fantasmas.

Baja la escalera sin hacer ruido; en el pasillo, la luz de las farolas de la calle se filtra por las ventanas de la salita de visitas dibujando los contornos familiares de los muebles. Camina por el pasillo hasta llegar frente a la puerta del dormitorio de Martín: cerrada.

Cric-cric-cric.

Sin pensar, abre la puerta de la habitación más embrujada de todo Barcelona, alargando la mano en la que lleva la lamparita para ver mejor. No hay nadie dentro, pero el ruido suena más fuerte allí.

Cric-cric-cric.

Ahora el sonido está justo encima de ella. Mina siente que algo cae sobre su brazo y le roza la cara. Se mira la mano libre a la luz del fuego y ve que tiene un polvo blanco en la piel:

yeso. Dirige los ojos al techo. La enorme araña de cristal se mece suavemente sobre su cabeza. El embellecedor trucado que cubre el mecanismo de Zelda, y que provoca que la lámpara se mueva, gira solo y al rozar con el techo produce un murmullo: cric-cric-cric.

Una cortina de polvo de escayola cae del techo y cruza el haz de luz del quinqué, haciéndola toser. Ahora la lámpara se mueve con más fuerza. Las lágrimas de cristal de la lámpara tintinean con las sacudidas hasta que una de ellas se desprende del cierre y cae, arañándole el brazo. Mina deja escapar un siseo de dolor cuando el borde del cristal afilado le corta la piel.

El embellecedor gira sobre sí mismo, solo, sin ninguna ayuda, aflojando con cada vuelta el largo tornillo que mantiene la lámpara colgada del techo.

Cric-cric-cric.

Un momento después, el tornillo cae al suelo, muy cerca de sus pies, con un tintineo suave. Y, solo un segundo después, la gran araña de cristal se derrumba sobre Mina.

Mina le da otro trago a su taza, pero apenas siente el sabor intenso del café recién hecho cuando le baja por la garganta. Le ha añadido un chorrito de coñac, solo lo necesario para sentirse mejor, como suele hacer por las mañanas después de una larga noche de insomnio.

Mira la gran araña de cristal en el suelo y le parece que es mucho más grande ahora que cuando colgaba del techo. La lámpara está tirada en el centro de la Habitación de los Fantasmas, igual que si fuera una criatura marina de largos tentáculos, dormida. Algunas de las lágrimas de cristal se han soltado de sus engarces y han salido despedidas por el impacto contra el suelo, desperdigándose por todos los rincones de la habitación encantada. Zelda y ella las han recuperado todas y ahora están amontonadas sobre la mesa de espejo donde celebra sus sesiones de espiritismo.

—Tienes que librarte de él, Guillermina. Es más peligroso cada vez, dentro de poco ya no podrás controlarlo...

—No, no puedo hacerlo. Es culpa mía, está así por mí —murmura Mina, sujetando la taza entre las manos con más fuerza de la necesaria.

Pero mira la montaña de lágrimas de cristal que hay sobre la mesa y distingue la que está manchada con su sangre en el borde desportillado; el corte en su brazo le pica otra vez.

—Di mejor que no quieres hacerlo. El otro día rompió una ventana, y anoche, esto. —Zelda señala la lámpara caída en el suelo—. ¿Qué pasará la próxima vez? Tienes que detener esto.

—¿Hay algo entre tus herramientas que podamos usar para volver a colocar la maldita lámpara? —responde ella, ignorando su comentario.

—El señor Baxter ha ido a la ferretería para pedir que uno de sus ayudantes venga con urgencia. Esperemos que esta misma tarde esté arreglada, al igual que la ventana. Descuida, todo estará solucionado antes de la próxima sesión. —Zelda mira el improvisado tablero de madera que ocupa el lugar del cristal roto de la ventana para evitar que los curiosos se asomen—. No es necesario que te subas a la escalera y te partas la crisma.

—Pensaba pedirte a ti que lo hicieras —bromea ella.

Mina deja la taza sobre la repisa de la chimenea. No se ha vestido aún: su pelo castaño oscuro cae suelto en grandes ondas suaves, y todavía lleva puesto el camisón de raso que utiliza para dormir, así como el kimono de seda con el dibujo de una gran garza en colores vistosos bordada en la espalda.

—Ya sabes que cuando ayudaba a Martín a reconstruir el hospital de Trinidad coloqué muchas contraventanas y apliques de pared, era prácticamente una experta.

—Lo recuerdo, yo también estaba allí —replica Zelda.

—El caso es que no creo que esto sea muy diferente —continúa Mina, estudiando el embellecedor trucado de la lámpara junto a sus pies—. Pero hay que cortar la corriente antes, no quiero electrocutarme.

—Como quieras, iré a buscar la escalera, pero serás tú quien se suba y se parta el cuello.

Mina oye los pasos de Zelda alejándose por el pasillo en

dirección al pequeño cuarto de la limpieza, donde Baxter guarda la escalera para las reparaciones domésticas. Se rasca distraída el pequeño corte de su frente, muy cerca del nacimiento del pelo, y siente una pequeña punzada de dolor; al tirarse al suelo para esquivar la lámpara, se había golpeado contra la pata de la mesa. Un segundo después, Zelda aparece en la puerta de la habitación cargando con una escalera de madera, y el recuerdo de las cotorras y las palmeras se diluye junto con los primeros efectos del coñac.

—No podremos llegar al techo; apenas tiene tres escalones. El señor Baxter es bastante más alto que nosotras dos —dice Zelda cuando la deja en el suelo—. Le pediré a él que lo haga después.

Mina le lanza una mirada a la escalera. Zelda tiene razón, es demasiado corta como para que pueda alcanzar con ella el altísimo techo de la Habitación de los Fantasmas.

—¿Irás hoy a reunirte con Rosaura?

—Sí. Espero que no haya cambiado de idea a pesar de que ayer no me presentara a nuestra cita. Por lo que sé, Arnau sigue desaparecido, ella está sola con dos criaturas y asustada; confío en que eso la haga querer..., bueno, cobrar por los libros de las Palladino.

Zelda está apoyada contra el marco de la puerta y cambia de postura. Al contrario que Mina, ella ya se ha vestido y se ha quitado el turbante de seda con el que se protege el pelo cuando duerme.

—Si vas a decir algo, puedes ahorrártelo —añade Mina, sin mirarla—. Vivimos de conocer los secretos sucios de personas como las hermanas Palladino; es nuestro trabajo, y lo hacemos muy bien.

—No iba a decir nada acerca de ese asunto de las Palladino, ya sabes mi opinión sobre ese tema. Pero una cosa es ir a buscar clientes al cementerio después de un funeral y otra muy distinta es jugar a ser anarquistas, espías o lo que sea en lo que tu confidente esté metido.

Algunos domingos por la mañana, cuando terminaba la misa en la mayoría de las iglesias importantes de Barcelona, Zelda Moreno se vestía con un hermoso —y caro— traje de dos piezas de luto: chaquetilla negra adornada con ribetes de pasamanería en mangas y cuello, larga falda a juego, un velo con los bordes de encaje sobre su rostro. Zelda paseaba por el Cementerio del Este, siempre entre las tumbas y los panteones más elegantes, con un pañuelo en la mano. Cuando el familiar de alguno de los enterrados en esa zona se acercaba a dejar flores en la tumba de su allegado, ella se hacía notar —llorando o fingiendo un desmayo— y terminaba hablándole de una médium que la había ayudado a ponerse en contacto con su querido padre fallecido, aliviando así su pena al permitirla despedirse. La historia variaba para no levantar sospechas: algunas veces era su padre, su hermano, su esposo... Al final de la conversación, Zelda les entregaba la tarjeta de visita de Mina, escrita con una bonita letra cursiva; tan solo cuatro palabras: «Guillermina Índigo. Médium espiritista».

—Algunos de esos pardillos que encontraste en el cementerio hoy son de nuestros mejores clientes —replica Mina.

—Sé de sobra que sigues pensando en cómo ayudar a Abril, y también que por eso no podías dormir y merodeabas por la casa anoche. ¿Recuerdas lo que me prometiste acerca de no obsesionarte con el asunto?

—No —responde ella, como si nada.

—Ya lo suponía; por cierto, hay alguien en la puerta. Lo he visto al ir a buscar la escalera.

Mina se acerca a la ventana, puede distinguir al doctor Ellis, que espera pacientemente en la puerta principal cubierto con su inseparable abrigo negro. Zelda se acerca para mirar también.

—¿Es el nuevo patólogo? ¿El inglés? —le pregunta.

—Sí.

—No me habías dicho que tenías planeado reunirte con él esta mañana.

Ellis lleva algo en la mano: una carpeta de cartón marrón barata, de las que se utilizan en los archivos de la policía.

—Y no lo tenía, supongo que ha venido porque necesita mi ayuda —responde Mina.

—Parece un poco... preocupado. ¿Vas a ayudarlo?

Mina lo piensa antes de responder; fuera, Ellis parece más

incómodo cada segundo que pasa esperando. Sus dedos largos tamborilean en la superficie de cartón de la carpeta.

—Tal vez, no lo he decidido aún. Siento curiosidad por él. Esconde un secreto y quiero saber de qué se trata. Eso es todo.

Zelda todavía lo estudia un momento más antes de apartarse de la ventana para caminar hacía el vestíbulo.

—Sí..., curiosidad —murmura Zelda con una sonrisa mientras se aleja.

—¿Qué quieres decir? —grita ella.

Pero Zelda no responde y, un segundo después, Mina oye cómo se abre la puerta principal y el acento inconfundible de Ellis, llegándole desde el pasillo mientras se presenta educadamente a Zelda, antes de aparecer en la puerta de la Habitación de los Fantasmas.

—Doctor Ellis.

—Señorita Índigo, buenos días. Espero que me perdone por presentarme en su casa sin avisar, pero se trata de un asunto urgente... —Ellis hace una pausa al reparar en la lámpara del suelo y levanta una ceja sin comprender—. ¿Qué ha pasado aquí?

Mina se cierra mejor el kimono sobre el camisón, no es especialmente pudorosa —nada pudorosa en realidad—, pero no quiere arriesgarse a que alguien los vea a través de la ventana y haga circular rumores sobre el nuevo patólogo y ella. Sabe que eso sería malo para su negocio y también para su posición social.

—Un pequeño accidente, nada que no pueda solucionarse con una escalera —responde ella—. ¿Ya han llegado sus pertenencias extraviadas?

Él asiente.

—Sí, por eso estoy aquí. Ayer por la noche realicé mi informe preliminar de la autopsia de la señorita Garza, y encontré algunas cosas que me gustaría comentar con usted.

Ellis habla deprisa, casi atropellado; algo extraño, porque Mina habría apostado a que es de esas personas que nunca pierden la calma. Ahora parece muy diferente de ese hombre que había conocido el día anterior, detesta tener que cambiar de opinión, pero se pregunta si no habrá juzgado mal a Ellis.

—¿Y bien?

En vez de responder, Ellis camina hasta ella, cubriendo la distancia deprisa con sus largas piernas. Se detienc tan cerca que las mangas del kimono de Mina le rozan el dorso de la mano, la mira y sus ojos verdes dudan.

—Se ha cortado en la frente, justo ahí —dice él con suavidad.

Ellis alarga la mano hasta la herida, pero ella lo detiene antes de que llegue a tocarla. Sus dedos se rozan un momento más de lo estrictamente necesario.

—¿Qué es eso tan importante que tiene que contarme? —le pregunta ella con la boca seca.

Él parece recordar de repente por qué ha ido a verla.

—Necesito que me acompañe a hablar con la señora Prieto, la madre de Camila...

—Sí, ya sé quién es —lo detiene Mina, pero enseguida se arrepiente de su tono cortante—. ¿Por qué quiere ir a verla?

El doctor Ellis mira disimuladamente sobre su hombro para comprobar que Zelda no está cerca y no puede oír su conversación.

—Me gustaría presentarle mis respetos por la muerte de su hija; me temo que ayer no fui muy considerado con ella teniendo en cuenta las circunstancias, y de paso también querría preguntarle acerca de esto. —Ellis saca el sobre de papel en el que guarda lo que queda de la pulsera de alambre trenzado de Camila—. Me intriga profundamente el gorrión blanco.

El sol pálido de la mañana que entra por la ventana se refleja en la pequeña figura del gorrión.

—Lo he consultado con un experto, y al parecer los gorriones son aves con un gran simbolismo. —Mina no le menciona que ese experto es en realidad su mayordomo, y que Baxter basa su conocimiento en los tatuajes de los marineros que conoce en su noche libre—. Representan a las almas, la vida más allá de la muerte y el mundo de los espíritus en general.

—Y esa es su especialidad. —Ellis le dedica una sonrisa.

—Lo es. Y sé bien lo que intenta hacer, doctor: pretende convencerme para que lo acompañe a molestar a una madre de luto porque siente curiosidad por un abalorio barato con forma de pájaro. No cuente conmigo para eso. Esta noche estoy invitada a una cena en casa de los Ruiz-Escuder, y aún tengo otras cosas que hacer durante la mañana. —Mina todavía confía en poder reunirse con Rosaura antes del mediodía para conseguir los libros—. ¿Por qué no le pide al inspector Montes que lo acompañe? Es un buen agente y siempre está deseando demostrar su valía a Bocanegra. Irá con usted encantado.

Ellis la estudia un momento.

—No consigo entenderla. Ayer me dio la impresión de que se preocupaba usted por la señora Prieto y por lo que le ha pasado a su hija; de hecho, me pareció que era usted la única persona cercana a la investigación que se preocupaba por ellas. —Ellis hace una pausa—. Y ahora no tiene ningún interés en el caso. Ni siquiera me ha preguntado qué es lo que he encontrado en mi examen.

Mina levanta la cabeza y mira al techo, adonde solía estar la gran araña de cristal. Zelda tiene razón, lo sabe bien, casi siempre tiene razón en todo, pero la curiosidad por descubrir qué hay —o, mejor dicho, quién hay— tras la muerte de Camila Garza se ha instalado en su mente y también debajo de su piel. De alguna manera intuye que esa curiosidad está relacionada con la culpa que siente por no haber podido salvarla.

—De acuerdo; cuénteme, doctor, ¿qué ha encontrado en su examen? —pregunta, más suave ahora.

Para su sorpresa, el doctor Ellis no es de esos hombres a los que les gusta darse importancia o mantener la intriga antes de hablar más tiempo del necesario; simplemente busca en el bolsillo interior de su abrigo y saca un cuaderno con las tapas negras.

—Verá, anoche... —Ellis habla deprisa mientras pasa las páginas llenas de garabatos de su libreta—. Encontré varias cosas sorprendentes, pero la más extraña de todas es que...

—Perdone, doctor, ¿le apetece un café? Está recién hecho —pregunta Zelda desde la puerta, interrumpiéndolo.

Ellis parpadea sorprendido, pero cierra su libreta casi como si le preocupara que Zelda pudiera distinguir su letra menuda y afilada desde donde está.

—Eso sería maravilloso, muchas gracias.

Zelda asiente y vuelve a desaparecer.

—Confíe en la señorita Moreno como lo haría en mí —dice Mina sin mirarlo—. Zelda y yo compartimos toda la información, siempre le cuento cualquier cosa que averiguo.

—La señorita Moreno es su... ¿ayudante?, ¿secretaria? He oído que es también la enfermera de su esposo —dice con delicadeza.

—Zelda es mi socia. —Mina da por zanjada la cuestión y le da un golpecito en el brazo para que vuelva a centrarse en la libreta—. Camila Garza, su examen preliminar, iba a contarme lo que ha averiguado.

Ellis pasa algunas páginas y se detiene en lo que parece un dibujo de la línea del horizonte.

—Esta mañana, antes de venir a verla, he enviado una copia de mis primeras notas a un colega en Londres para que él corrobore mis impresiones, ya que no es mi especialidad y quería una segunda opinión sobre el tema. ¿Ve esta marca? —Ellis gira la libreta para que ella pueda observar mejor el dibujo; no era la línea del horizonte—. Encontré esta cicatriz en el cuerpo de la señorita Garza, en su vientre, ahí todavía son visibles algunos restos de piel; es una cicatriz quirúrgica, a juzgar por el grado de curación tendrá menos de un año.

Mina estudia un momento el bosquejo trazado con lápiz, puede distinguir el ombligo y la línea longitudinal un poco más abajo.

—Nunca había visto una cicatriz así —murmura Mina, antes de levantar la mirada hacia él—. ¿De qué puede ser?

—No es una operación muy habitual, porque la tasa de mortalidad de las pacientes es elevada y no hay muchos médicos que se atrevan a realizarla: es una cesárea. Se efectúa cuando el parto es muy complicado, largo o cuando el nonato corre peligro de muerte. Se realiza una incisión en el abdomen y el útero de la mujer para poder extraer al bebé.

Mina la mira con los ojos muy abiertos.

—¿Quiere decir que...?

—Camila Garza tuvo un hijo.

ESTADO DE MELANCOLÍA

Las callejuelas que forman el Raval siempre parecen muy distintas a la luz del día. Todas tienen el mismo trazado estrecho, con los edificios amontonados unos sobre otros, calles sucias y malolientes por la mala canalización del agua, la tierra de los márgenes pisoteada mil veces. Allí apenas llega la luz del sol, y el humo de las chimeneas de las fábricas cercanas flota en el aire viciado como una neblina oscura que nunca llega a levantarse del todo, intoxicando un poco más a sus residentes con cada respiración. Durante el día, el ajetreo constante de personas y animales, carros, vendedores, o el surtido de las voces mezcladas de diferentes acentos e idiomas que salen de las ventanas abiertas, hace que el ambiente general del barrio parezca menos hostil que después de la caída del sol, pero es solo una ilusión.

Mina detiene su ruidoso Levassor un poco más adelante del edificio de cinco plantas donde vive Abril Prieto para evitar que los vean entrar. El inmueble, en la calle Carretes, no tiene nada de especial: es solo uno más de los muchos edificios de piedra amarronada y sucia que se acumulan en esa zona de la ciudad. Antes de bajar del automóvil, Mina se asegura de colocar el candado especial que Zelda ha ideado para ocasiones como esa en la manilla frontal, que sirve para guiar la dirección del vehículo.

—¿De verdad no es necesario obtener ningún tipo de licencia o permiso para conducir esta máquina por la ciudad? —pregunta Ellis, aliviado cuando por fin puede salir del Levassor—. He ido en automóvil antes, pero hemos estado a punto de morir tres veces en el trayecto desde su casa hasta aquí. Eso sin contar las palabras poco amables que nos han dedicado algunos cocheros...

Mina se recoloca el pelo —que se le ha despeinado debajo del sombrero de fieltro que utiliza cuando va a conducir— y se baja los cuellos redondos de su abrigo de lana gris.

—Deje que hable yo. Conozco a Abril y sé que no confía en los funcionarios ni en la policía, igual que muchos de los que viven por aquí —dice, dando un vistazo a su alrededor—. Y tienen sus motivos, claro.

Al otro lado de calle, dos hombres con las manos en los bolsillos se detienen para mirar el automóvil; uno de ellos le guiña un ojo a Mina debajo de su gorra de tela negra.

—¿La señora Prieto no le contó que su hija hubiera dado a luz?

—No. Si lo sabía, no me dijo nada al respecto. —Mina se fija en que cada vez hay más curiosos cerca del Levassor, atraídos por el brillo de la carrocería y la novedad—. Vamos, démonos prisa. No quiero tener que encargar otro vehículo a Francia.

El portal está oscuro y en el aire flota el olor inconfundible de la orina rancia. Un par de plantas más arriba se oyen unos gritos saliendo por la puerta abierta de uno de los pisos. La escalera es estrecha y los escalones están tan podridos por la humedad que Mina siente como la madera se ablanda cada vez que pisa sobre ellos.

—Está muy callado, ¿es que no tienen pobres y desamparados en su querido Londres, doctor?

—Desde luego que sí, por desgracia, y en abundancia. Hay barrios enteros así, mucho más grandes que este, me temo —responde con su manera suave de hablar—. La falta de esperanza y de un futuro mejor es algo común en todas las grandes ciudades; a pesar de que nos encontremos en una época de prodigios e inventos, muchos de nuestros vecinos malviven hacinados en lugares como este.

Llegan al tercer piso y Mina se detiene antes de pisar el descansillo para mirarlo con curiosidad.

—Hay quien diría que la desgracia y el sacrificio de estas personas es el precio que hace posible que los demás vivamos en esta época de prodigios e inventos.

Pero Ellis sonríe con amargura, y ella se da cuenta de que nunca lo había visto sonreír así antes.

—Es sencillo hablar del sacrificio de otros desde un precioso piso bien ventilado y con agua corriente. Nadie que tenga que malvivir en uno de estos barrios diría semejante cosa —responde él.

Mina lo piensa un momento y vuelven a ponerse en marcha. Pasan por delante del excusado compartido —uno por planta— que hay en una esquina del descansillo.

—Mi esposo solía pensar como usted —suelta Mina de repente, y no sabe qué es lo que la empuja a decirlo, pero algo en ese hombre de aspecto sereno y distinguido la hace hablar sin pensar, algo que Mina detesta profundamente—. Su sueño era levantar un hospital para ayudar a las personas más necesitadas. Quería que el mundo fuese un lugar mejor y yo le creí, por aquel entonces me creía todo lo que él decía.

El suelo de madera podrida cruje bajo sus pasos cuando comienzan a subir el siguiente tramo de escalera.

—Su familia, claro, pensaba que Martín estaba loco por irse a Cuba para ayudar, y no para enriquecerse con el azúcar, el tabaco o la trata de esclavos, tal y como habían hecho algunos de ellos —continúa Mina—. Sus padres y sus amistades creían que había perdido el juicio o que yo le había llenado la cabeza de pájaros, pero la verdad era que Martín siempre fue un idealista: no podía soportar la injusticia. Su familia todavía me culpa a mí de todo lo que sucedió después.

—¿Qué es lo que sucedió? —pregunta Ellis con suavidad.

—La enfermedad ya había hundido sus dientes en él, pero todo empeoró cuando un terrible incendio arrasó nuestro hospital. Martín intentó salvarme a mí y a nuestros pacientes, pero no lo consiguió y varios fallecieron. Eso fue el principio del fin, para él, y también para mí.

Es todo lo que Guillermina está dispuesta a contarle, la misma mentira que lleva repitiendo los últimos años.

—La enfermedad de su esposo no es culpa suya, y, por lo que dice, el incendio fue un terrible accidente...

Mina ya no quiere hablar más de Martín, del hospital de las Tres Cruces ni del valle de los Ingenios, así que vuelve a ponerse en marcha y recorren el resto del camino hasta el cuarto piso en silencio.

—Aquí es —dice, casi sin aliento, cuando se detienen frente a una puerta barata—. ¡Abril! Soy Guillermina, he venido con el doctor. Abre la puerta; tengo noticias sobre Camila.

Oyen unos pasos rápidos dentro del piso y un momento después la puerta se abre.

—Ya pensé que iba a tener que volver a cruzar media ciudad para ir a molestarte a tu bonito palacete en busca de noticias —dice Abril a modo de saludo—. ¿Y por qué le has traído a él? —Hace un gesto con la cabeza señalando a Ellis—. Ningún oficinista chivato va a poner un pie en mi casa para dar parte después a esos vándalos de la policía: están arrestando a todo el que sea sospechoso de ser anarquista o de haber abierto un libro alguna vez en su vida.

—Él no es policía: es médico, el patólogo, y te garantizo que ha abierto muchos libros en su vida —dice Mina con cautela—. Y quiere hacerte unas preguntas.

La expresión en los ojos de Abril tiembla un instante, pero no se aparta de la puerta.

—La chica de la acequia, ¿es ella?, ¿es mi Camila?

Ellis saca el sobre de papel del bolsillo de su abrigo. Con cuidado, lo abre y le enseña lo que queda de la pulsera de alambre trenzado con el abalorio del gorrión.

—¿Reconoce esto, señora Prieto? ¿Puede confirmarnos que pertenecía a su hija Camila?

Abril se queda mirando la pequeña figura de cerámica, y sus ojos se llenan de lágrimas.

—Sí. Yo le regalé esa pulsera a Camila..., ella nunca se la quitaba. ¿Dónde la han encontrado?

Ellis y Mina intercambian una mirada, saben bien lo que eso significa y ahora tienen la confirmación de boca de la propia madre de Camila.

—Déjanos entrar, Abril —le pide Mina con delicadeza—. Tenemos que darte una mala noticia.

Abril acaricia el abalorio del gorrión otra vez. Sus dedos ásperos, acostumbrados al trabajo duro y al dolor, recorren las formas redondeadas del pequeño pájaro de cerámica.

—Sí, esto era de Camila. Ella nunca se quitaba esta pulsera.

Una parte de Guillermina —muy pequeña— confiaba en que Abril no pudiera confirmar que se trataba de la pulsera de su hija, pero ella acababa de identificarla de manera oficial, y delante del patólogo, además.

—Solo era una baratija sin valor o la hubiéramos vendido hace tiempo para pagar medicinas y comida. Se la regalé cuando cumplió diez años. —Abril cierra el puño alrededor de la figurita del gorrión, siente cómo sus articulaciones protestan, pero no le importa—. Mi gorrión blanco.

—Si no le importa que se lo pregunte... —empieza Ellis con delicadeza—, ¿por qué un gorrión? ¿Qué significado tenía para ustedes?

—Antes de que Camila naciera, yo ya había perdido dos criaturas, niñas las dos. La noche que Camila nació tuve que arrastrarme hasta el hospital a pedir auxilio; iba a tenerla aquí en casa, claro, con la ayuda de una vecina, igual que había hecho con su hermano mayor antes que con ella, pero en el último momento no me vi capaz. No era por el dolor, que era espantoso, era por el miedo. No quería tener que enterrar otra criatura, ¿entiende? —Abril se detiene un instante y le da una calada al cigarrillo que Mina le ha dado antes, uno de los que le ha cogido a Zelda—. Pensé que la chiquilla tendría más oportunidades de vivir si yo daba a luz en el hospital. Pero Camila nació muerta. Cuando me la enseñaron después del parto estaba toda amoratada e hinchada, casi ni parecía un bebé..., más bien era como un pedacito de carne arrugado y cubierto de sangre y porquería. Y de repente abrió la boquita tratando de coger aire, como si se estuviera ahogando, y respiró por sí misma. Mi gorrión resucitó de entre los muertos.

Los tres se quedaron en silencio un segundo. El aire en la pequeña habitación principal del piso de Abril se había vuelto pesado mientras ella hablaba. El piso de Abril estaba formado por la habitación donde se encontraban —que hacía las veces de cocina, comedor y estancia principal de la casa—, con una ventana pequeña que daba a un patio de luces desde el que llegaban voces, olor a repollo hervido y el llanto lejano de un bebé, y otra habitación —sin ventanas— que servía de dormitorio para toda la familia. Eso era todo.

—Lo lamento, pero aún no comprendo qué relación tiene el gorrión con su hija Camila —dice Ellis con voz suave.

—Alguien me contó una vez que los gorriones simbolizan la vida después de la muerte. Mi padre, el abuelo de Camila, era marino. Pasaba meses enteros en alta mar sin regresar a casa; después de un largo viaje, los marineros se tatúan gorriones para simbolizar el logro de volver con vida. Le regalé esta pulsera a Camila para que ella nunca olvidara que ya había regresado de la muerte una vez. —Abril abre la mano y mira el abalorio, que le ha dejado marcado el pico en la piel de su palma—. ¿Puedo quedármelo?

—Me temo que todavía es una prueba de la investigación —se disculpa Ellis—. Pero, cuando cerremos el caso, yo mismo se lo devolveré.

Abril hace una mueca y deja la figurita sobre la mesa.

—Sí, estoy segura de que van a trabajar mucho para descubrir qué le ha pasado a mi Camila —responde con desdén. Busca con la mirada el frasco con la cocaína líquida que Zelda le dio el otro día, y se sirve dos gotas en el café frío que ha dejado sobre la mesa—. Ya me has dado la noticia y considero que has cumplido con tu parte de nuestro acuerdo, Guillermina. Te libero de cualquier obligación que tuvieras hacia mí.

—No estoy aquí por eso, Abril. Ojalá hubiera podido hacer algo más por vosotras...

—Mi hija ha muerto, no voy a consolarte yo a ti porque te sientas culpable. Ahora quiero que os marchéis de mi casa, los dos.

Ahí estaba otra vez: ese animal herido que es Abril Prieto

enseñando los dientes, dispuesta a morder, herir o matar a cualquiera que se ponga en su camino. Guillermina decide que es mejor dejarla sola —al menos, por un tiempo— con su dolor y marcharse.

—No comprendo, ¿por qué piensa que no vamos a buscar al asesino de su hija? —pregunta Ellis, de repente. Mina le da un golpe discreto por debajo de la mesa para que se calle, pero él continúa—: Mi labor no está completa hasta que no oriente y guíe a los investigadores del caso en la dirección del culpable y lo arresten; ese es mi trabajo y mi deber con las víctimas.

—Ellis. —Mina le lanza una mirada cargada de intención para que pare—. Hay otra cosa de la que nos gustaría hablar contigo, Abril; durante el examen forense, el doctor Ellis ha encontrado una cicatriz reciente. ¿Se había sometido Camila a alguna operación en el último año?

—¿Operación? No, nada. Estuvo enferma hace un par de años, muy enferma de los bronquios, incluso tuvo que guardar cama durante meses, pero ninguna operación.

—Verás, la cicatriz es de una cesárea; es una intervención médica que se realiza para sacar a un bebé cuando el parto es demasiado arriesgado.

Abril se ríe de repente, su risa es baja y seca. Tose un par de veces después para aclararse la garganta antes de poder hablar de nuevo.

—¿Un bebé? No. Mi hija no ha estado nunca embarazada, yo lo sabría; vivía en esta casa, no es que pudiera ocultarme algo así.

—Las cicatrices no mienten, Abril. Se sometió a una cesárea hace aproximadamente un año.

—Te digo que mi hija no ha tenido ningún crío. Era una buena chica.

—Las buenas chicas también se quedan embarazadas —dice Mina.

Pero Abril golpea la mesa con la mano abierta; después le dolerá durante el resto del día, pero se alegra al ver el respingo del doctor.

—¿Cómo te atreves? No lleva muerta ni tres días y ya la estás cargando a ella con la culpa de lo que sea que le ha pasado, en lugar de estar por ahí, buscando a su asesino.

—No hay culpa en un embarazo, Abril. La mañana que viniste a pedirme ayuda dijiste: «Camila ya se ha marchado otras veces, pero esto es distinto». —Mina recuerda las palabras exactas—. ¿Adónde iba cuando se marchaba?

—No lo sé. —Abril niega con la cabeza.

—¿Cómo que no lo sabes?

—¡No lo sé! Camila era una buena chica, no te mentí en eso, pero sufría de..., cómo se dice...

—Estado de melancolía —termina Ellis. Las dos mujeres lo miran. —Es cuando un paciente se siente abatido, triste o profundamente desconsolado sin ninguna razón y sin que pueda explicar el porqué de su estado. No se sabe mucho aún acerca de las enfermedades de la mente, pero quienes lo padecen a menudo sufren angustia, miedo y algunas veces..., bueno, algunas veces se hacen daño a sí mismos o a otros.

—Sí. Camila podía pasarse días enteros sin hablar, sentada en la escalera o en una silla con la mirada perdida, y después actuaba como si nada hubiera sucedido. No recordaba lo que había pasado durante ese tiempo. Igual que si su mente y su cuerpo se separasen. Sus «vacíos», los llamaba ella. Cuando le pasaba, dejaba de comer, de dormir, de hablar..., y algunas veces hasta se marchaba de casa sin decir adónde iba. Podía estar fuera durante semanas o meses enteros. Cuando por fin volvía, yo estaba tan contenta de verla que no le hacía muchas preguntas, y ella parecía otra cuando regresaba: más pálida o más delgada aún, sucia, con moretones en piernas y brazos, el pelo enmarañado... Una vez incluso tenía chinches y tuvimos que quemar los colchones y toda su ropa.

—Maldita sea, Abril, ¿por qué no me lo contaste ayer?

Ella la miró con sus ojos oscuros entornados.

—¿Acaso me habrías ayudado de haberte contado la verdad sobre Camila? No; hubieras dicho lo mismo que todos los demás: que ella se lo buscó. No podía contarte que mi hija era una loca que desaparecía durante meses sin ninguna explicación —le espeta—. Tú solo ayudas a las chicas de familias pudientes, buenas chicas.

—Eso no es cierto... —empieza a decir, pero no sabe bien cómo continuar.

—No me fastidies, Guillermina. Así funciona el mundo: si a una chica como Camila le sucede algo malo, es porque ella solita se lo ha buscado. Cuando Camila era una niña, algunas veces yo no tenía dinero para darle de comer, ni a ella ni a su hermano mayor, y me arrastraba hasta una de esas apestosas casas de caridad para pedirles a las monjas un poco de pan mojado en agua para ellos dos; cuando Camila tenía nueve años cometí el error de hablarle a una monja de los extraños cambios de humor que tenía mi hija: ella me respondió que Camila era malvada, que estaba poseída por el espíritu de algún muerto que intentaba regresar a la vida. Ese mismo día decidí que nunca más le hablaría a nadie acerca de los «vacíos» de mi hija.

Mina va a decir algo cuando oye la puerta del piso abrirse y, solo un momento después, un hombre joven, de unos veinte años, aparece en la habitación. Tiene los mismos ojos fieros que Abril y la nariz pequeña como ella, pero su pelo es oscuro, casi negro, y ensortijado.

—¿Qué está pasando aquí? —pregunta con rudeza cuando los ve sentados a la mesa—. ¿Quiénes son estos, madre?

—Él es Pascual, mi hijo mayor. Trabaja en una de las fábricas de curtidos que hay cerca del puerto. —Abril no lo saluda y habla sin dirigirle la mirada, pero Ellis se levanta para estrecharle la mano con gesto serio—. Han venido para confirmarnos que tu hermana es la chica que encontraron muerta en la vieja acequia.

La expresión seca de Pascual se desmorona cuando oye la noticia; dura apenas un momento, pero es suficiente para que Mina note cómo sus ojos se llenan de lágrimas.

—Lo sabía —murmura para sí—. Ayer, cuando terminé mi turno, me contaron lo de esa pobre chica medio quemada, y supe que era Camila.

La mano de Pascual le aprieta demasiado fuerte, pero Ellis la sostiene un momento más antes de soltarse.

—Siento mucho su pérdida —le dice, y de verdad lo lamenta.

Pascual se limpia una lágrima traicionera con el dorso de la mano y, al hacerlo, deja un reguero oscuro sobre su mejilla.

—Ya. Si tanto lo siente, encuentren al hombre que le ha hecho eso a mi hermana. —Su voz suena a punto de romperse, pero se sobrepone para mirar a Ellis con gesto desafiante—. Ha sido uno de esos ricos asquerosos; suelo verlos pasearse por aquí de vez en cuando, siempre con sus amigotes, para buscar chicas jóvenes como Camila. Les ofrecen un puñado de billetes a cambio de que se dejen hacer todo tipo de cosas.

—¿Tiene algún nombre o alguna prueba de lo que dice? —pregunta Ellis.

Pascual le dedica una sonrisa de desprecio.

—Claro, sus pruebas —escupe las palabras—. Cuando se trata de trincar a un rico siempre hacen falta un montón de pruebas; para detener a un trabajador que lucha por sus derechos, ahí ya no importan tanto su mierda de pruebas.

—No era eso lo que pretendía...

—Tú eres como todos los demás, no hay más que verte: ahí plantado con tu abrigo de lana buena, tus modales de colegio caro y tus botas limpias —le corta Pascual—. Apuesto a que es la primera vez en tu vida que pisas un barrio como este.

—Perdería —responde Ellis, y la palabra suena extraña, enmarañada por su acento.

—Cuéntanos, ¿qué sabes? —le pregunta Mina, sin rodeos—. Algo debes de saber tú; eras su hermano mayor y se me ocurre que hay cosas que es más fácil contarle a un hermano que a una madre. Camila dio a luz hace cosa de un año, así que si sabes algo sobre ese bebé o sobre esos hombres que la rondaban habla ya, porque nosotros dos somos los únicos que vamos a querer escuchar tus teorías.

—¿Un bebé? No es posible... ¿Madre? ¡Y no son teorías! Tengo una prueba. —Pascual frunce los labios igual que si estuviera a punto de revelar un gran secreto—. Hará cosas de tres meses encontré algo entre las cosas de Camila. Me sorprendió porque no era una cosa que hubiera visto antes ni que Camila se pudiera permitir.

—¿Qué era?

Pascual duda un momento antes de responder:

—Un collar, corto.

—¿Una gargantilla? Descríbela —lo apremia Mina.

Ellis no dice nada, pero ambos intuyen que se trata de la misma joya que Camila tenía en la boca cuando la encontraron.

—No sé mucho de joyas, pero se veía que era muy caro. Las perlas eran blancas y perfectas, todas del mismo tamaño, igual que los brillantes. Y tenía un cierre de oro —recuerda Pascual—. Es imposible que Camila se lo hubiera comprado, alguien tuvo que regalárselo.

—No ha ido tan mal —comenta Ellis, mientras mantiene abierta la puerta del portal para que ella pueda salir primero.

—Le dije que me dejara hablar a mí.

Cuando salen, el aire denso atrapado entre los edificios les llena los pulmones: huele a agua sucia, estancada, a orina y a desesperación.

—Según yo lo veo, ahora tenemos la confirmación de que la gargantilla era un regalo, y puede que merezca la pena investigar ese asunto de los hombres adinerados que merodean por la zona en busca de chicas jóvenes...

Mina hace un gesto con la mano para quitarle importancia.

—No son más que cuentos de fantasmas, historias.

—Todas las historias tienen algo de verdad.

—Sí, pero Pascual solo nos ha contado lo que queríamos oír: hace años que circulan rumores parecidos por las calles de este barrio. La verdad es que muchas chicas se largan, dejando a sus familias, para tener una oportunidad en otro lugar.

—¿Y qué pasa con la gargantilla? Aún no tenemos una explicación para eso.

—Bueno, Pascual ha admitido que la vio mientras rebuscaba entre las cosas de su hermana pequeña, ¿no le parece un poco... perturbador? —Ellis no responde, pero asiente despacio—. Desde luego a su madre sí que se lo parece, ¿se ha fijado? Ni siquiera ha mirado a su hijo cuando ha entrado, ni un abrazo o un gesto de consuelo entre ellos a pesar de que les hemos dado una noticia terrible. Es raro.

Empiezan a caminar sobre la calzada embarrada hasta el lugar donde Mina ha dejado el Levassor, un poco más adelante. Ellis camina con las manos detrás de la espalda, siempre muy recta, lo que le hace parecer todavía más alto.

—Sí que es extraño —admite.

—Y también está el asunto del bebé, ambos fingen que no sabían que Camila había dado a luz, pero eso es imposible. Quiero decir..., vivían los tres juntos y ya ha visto el tamaño del piso: Camila no hubiera podido ocultar su embarazo.

—Las familias tienen sus secretos y sus rencores, eso no significa que oculten algo relacionado con el caso. Se me ocurre que al negar el asunto del embarazo estén, de alguna manera, ¿cómo se dice...?

—¿Tratando de proteger el honor de Camila? —termina ella.

—Sí, eso es.

Ellis va a añadir algo más, pero, cuando llegan junto al automóvil, Mina se detiene en seco. Los dos faros que hay en la parte delantera del vehículo están rotos. Hay pedazos de cristal por todo el suelo.

—Maldita sea. —Mina da un vistazo alrededor para buscar al responsable, pero de repente nadie en la calle parece sentir curiosidad por ellos o por el Levassor—. Es usted malo para mi negocio, doctor. Debería haber venido sola.

—Lamento lo de su automóvil. —Ellis mira los cristales a sus pies—. Al menos parece que no ha sufrido más daños; yo puedo hacerme cargo del coste de la reparación, si considera usted que soy el responsable...

—Basta. —Mina coloca los brazos en jarras y le mira—. No acaba de entenderlo, ¿verdad? Yo conozco a estas personas; necesito que esta gente confíe en mí para poder hacer mi trabajo, y también necesito que lo hagan sus patrones y jefes. —Mina patea suavemente los cristales rotos para apartarlos de su camino y evitar pisarlos con las ruedas—. Me ha puesto usted en una situación delicada. No se ofenda, pero espero no volver a verlo durante algún tiempo, doctor.

Ellis frunce el ceño y sus cejas claras forman una línea en su frente.

—Me temo que no podré complacerla esta vez, señorita Índigo —dice, mientras rebusca en el bolsillo interior de su abrigo—. Esta mañana han dejado esto para mí en la recepción de mi hotel: es una invitación para la cena de esta noche en casa de los Ruiz-Escuder.

SOPA DE TORTUGA

—

La familia Ruiz-Escuder vive en uno de los elegantes y modernos pisos del palacete sito en el número 17 del Portal del Ángel. Ubicado en la primera planta de la finca, su propiedad era tan espectacular que abarcaba toda la fachada y daba la vuelta a la esquina.

Mina acostumbraba a cenar con ellos una vez al mes: el matrimonio formado por don Mauro y su esposa, Caterina —una mujer italiana con el pelo más rojo que Mina había visto nunca—, y su único hijo: Eric Ruiz-Escuder, de veintiún años. El joven Ruiz-Escuder —con los mismos ojos lánguidos que su madre y el pelo castaño de su padre— es uno de los solteros más codiciados de la ciudad. Es rara la semana en que Eric no está invitado a algún almuerzo, baile o evento donde un grupo de madres lo rodean para ofrecerle —no muy disimuladamente— a sus hijas, recién presentadas en sociedad.

Caterina Di Marco había sido una de las mejores clientas de Mina durante un par de años, hasta que su marido le pidió que dejara de asistir a sus reuniones espiritistas, por no decir que la obligó a ello. A pesar de la vida disoluta que había llevado durante años —fiestas interminables, alcohol, heroína importada, visitas semanales al Madame Petit y otros vicios de los que la alta sociedad y su esposa fingían no saber nada—, hacía algún tiempo que don Mauro se había vuelto un hombre piadoso, y ahora sentía especial aversión por todo lo relacionado con lo sobrenatural. A pesar de la oposición de su esposo, Caterina acostumbraba a pasarse por el palacete de Permanyer para tomar la merienda y charlar con Mina sobre asuntos de sociedad: cosas poco importantes que hacen las mujeres y que aparentemente no tenían nada de sobrenatural o subversivo. Hacía tiempo que su relación profesional se había ido enfriando —Mina intuía que no era solo por las presiones de su esposo y que Caterina le ocultaba algo más—, pero aún no había averiguado qué era lo que había hecho que aquella encantadora mujer dejara de asistir a sus sesiones.

—Guillermina, querida. Estás radiante esta noche, ese vestido es maravilloso —dice Caterina con su acento chispeante cuando la recibe.

El señor Baxter había recogido su vestido del taller de su costurera de confianza para la cena, después de asegurarse de que la ventana rota y la lámpara de cristal de la Habitación de los Fantasmas estaban reparadas. A pesar de los esfuerzos de las limpiadoras especializadas del taller de costura de doña Consuelo Beltrán, la mancha en la solapa de su conjunto de dos piezas no ha salido, y Guillermina ha tenido que buscar en su enorme vestidor otro traje que ponerse para la cena. Lleva un vestido de noche confeccionado en terciopelo grueso de llamativo color azul medianoche que la ayuda a protegerse del frío. El cuerpo del vestido —ceñido hasta la cintura— tiene unas vistosas inserciones de encaje fino en color crudo que le suben por el pecho y se cierran alrededor del cuello.

—Qué bien que hayas venido, Guillermina. Tengo que consultarte un asunto que me tiene muy preocupada, pero mejor hablamos después, cuando los caballeros se hayan retirado para fumar. —Caterina le roza el brazo por encima del guante en un gesto cómplice, y Mina sabe que quiere hablarle sobre su hijo: le preocupa que Eric haya cumplido los veintiún años y no parezca tener interés en ninguna de las muchachas de buena familia que suspiran por él—. Don Ernesto Valdés y su esposa Amalia ya han llegado, y ella parece especialmente afligida esta noche, si me lo permites, incluso más de lo habitual. Pobre mujer...

La campanilla de la puerta resuena entre las paredes del acogedor salón recibidor de los Ruiz-Escuder, y Caterina le sonríe con indulgencia mientras se aleja de ella para ir a saludar a los invitados que acaban de llegar.

A Mina le encanta la parafernalia de las cenas y otros eventos sociales a los que siempre está invitada; no la atrae pasar el rato con personas que sabe que la despreciarían de no ser por su «don» y su influencia, pero le gusta la certeza de los rituales que lo acompañan: el orden inamovible en el que se sirven los platos, la charla insulsa mientras los invitados esperan antes de pasar al comedor, el golpeteo de la carísima vajilla cuando sirven la mesa... De alguna manera, le reconforta saber que no habrá sorpresas inesperadas —más allá de si la cena se servirá «a la francesa» o «a la rusa»—, porque las sorpresas, o cualquier otra cosa que se salga de lo absolutamente normal, no tienen ninguna cabida en el mundo de los Ruiz-Escuder o en el de los demás invitados.

En la zona del recibidor oye el inconfundible acento del doctor Ellis, las presentaciones de rigor y las alabanzas que le hace Ruiz-Escuder, el anfitrión.

—Estamos encantados de que aceptara usted nuestra invitación, doctor; sobre todo habiendo avisado con tan poca antelación. No todas las noches recibimos en nuestra casa al primo del vizconde de Belgravia —termina Caterina sin ocultar su entusiasmo.

Mina sonríe con disimulo. Imagina a Ellis tratando de evitar las atenciones sociales; apenas lo conoce, pero ya sabe que el doctor Ellis prefiere la compañía de los muertos a la de los vivos. Y, aun así, por algún motivo, ha aceptado la invitación de los Ruiz-Escuder para cenar.

Mientras todavía piensa en ello, Mina estudia un momento el antecomedor esperando a que lleguen todos los invitados. Al fondo, frente a un retrato de una antepasada de Caterina, ve a Amalia Casas perdida en sus pensamientos.

—Doña Amalia, buenas noches —la saluda Mina acercándose con una sonrisa de cortesía—. La mujer del retrato es la abuela de nuestra anfitriona, la propia Caterina me lo contó en la cena anterior. Era muy hermosa, igual que ella.

Amalia Casas le dedica una triste sonrisa al verla.

—Sí, desde luego —responde sin mucho interés.

Lleva puesto un elegante conjunto de noche de tafetán oscuro, con mangas de farol, cuello cerrado que sube sobre su pecho; todo rematado por un sombrero decorado con flores de seda a juego con el vestido.

—Siempre he sentido que los retratos de los familiares difuntos son una manera de asomarse a la historia; en cierto modo es como un espejo que refleja nuestro pasado y, dependiendo de la edad del retratado, nuestro futuro. —Amalia sacude la cabeza como si quisiera disipar un pensamiento que la ronda—. Perdóname, Mina, querida. Me temo que esta noche estoy especialmente melancólica. No seré buena compañía para la velada.

—Lamento oír eso —responde Mina, y realmente lo lamenta. Le agrada Amalia Casas a pesar de su carácter distante—. ¿Puedo preguntar qué es lo que la aflige, doña Amalia?

—Es el aniversario del accidente de Carlota. Esta noche hace ya tres años que murió —responde, sin volverse hacia ella—. Ahora, miro este retrato de la abuela de nuestra anfitriona italiana y no puedo dejar de pensar en el aspecto que tendría hoy mi hija. Me aflige la certeza de saber que nunca la veré hacerse mayor, casarse o tener hijos.

Mina se maldice por no haber investigado un poco más sobre la muerte de Carlota Valdés. Su memoria revisa los recuerdos de entonces buscando cualquier detalle que pueda serle de ayuda: recortes de periódicos del suceso, chismes que ha oído a otras clientas o la declaración de la doncella que estaba en la casa de los Valdés y Doval la noche del accidente.

—Me obsesiona esa cuestión en particular: cómo sería mi hija en el presente, qué aspecto tendría. Usted es la experta en estos temas, claro, pero siempre he creído que un fantasma se nos puede presentar de muchas formas distintas; la memoria, por ejemplo: es un tipo de fantasma muy habitual y que siempre nos persigue. Quizá por eso todavía puedo ver a Carlota algunas veces. No consigo olvidarla porque no dejo de pensar en ella.

—Los recuerdos y los fantasmas no son muy diferentes. Lo siento mucho, doña Amalia —dice, pensando también en Abril—. Sé que no es consuelo, pero Carlota falleció al momento, sin sufrimiento; las caídas por las escaleras son rápidas...

Pero Amalia la mira por fin, y ahí está la sorpresa que no tiene cabida en las cenas de los Ruiz-Escuder o en los bailes refinados del cónsul estadounidense: una confesión espontánea, un pequeño brillo de algo auténtico entre el tafetán, las plumas o los platos exóticos.

—Lo de la caída mortal por la escalera fue una ocurrencia de mi esposo, algo que decidimos contar después... Algo que él decidió explicar porque le parecía menos vergonzoso. —Amalia mira al otro lado de la estancia, más llena de comensales cada vez. Ernesto Valdés y Doval las observa con atención, mientras finge que escucha las anécdotas sobre las vacaciones en Italia del anfitrión—. La verdad es que Carlota se quitó la vida: se abrió las muñecas con un pedazo del espejo de su cuarto de baño.

La cena en casa de los Ruiz-Escuder se sirve «a la rusa», algo que está muy en boga en los últimos años y que ha llegado a provocar aburridas discusiones y, en la prensa de los domingos, artículos de opinión muy airados sobre la pérdida de las buenas costumbres y la temida modernidad. Un servicio «a la rusa» simplemente consistía en que los platos se servían en la cocina y se llevaban a la mesa cuando los comensales ya habían terminado con el anterior; al contrario que en el servicio «a la francesa», en el que las fuentes con todos los alimentos previstos para la cena se dejaban en el centro de la mesa para que los comensales se sirvieran a voluntad.

Guillermina está sentada a la mesa entre un caballero que fácilmente le dobla la edad y el doctor Ellis. Mina no tiene ningún interés en el plato de entrantes fríos a base de mortadelas italianas, surtido de quesos, aceitunas y tarrina de *foie-gras* con higos dulces, o en el jamón de Trevélez que le acaban de servir, aunque sí que le ha pedido al doctor que le llene la copa de vino de Sauternes.

—Y cuéntenos, doctor Ellis, ¿qué le parece Barcelona? ¿Verdad que se está convirtiendo en una ciudad muy cosmopolita? Y con la celebración de la Exposición Universal todavía seremos más internacionales. ¿Ya nos había visitado antes? —Mauro Ruiz-Escuder acostumbra a hacer preguntas sin dar tiempo a que el interlocutor las responda.

Mina siempre ha pensado que se debe a que, en realidad, no le interesan las respuestas y solo le interesa escuchar su propia voz. El doctor Ellis finge que bebe de su copa —Mina ya ha notado que solo simula beber su vino— y vuelve a dejarla con ceremonia en la mesa.

—Esta es mi primera visita a Barcelona, es cierto, aunque he pasado largos periodos estudiando y trabajando en Madrid.

—A mí me encanta Londres, sé mucho acerca de su ciudad y también sobre su país; siempre han sido buenos aliados. —Algunos caballeros asienten en silencio, dándole la razón—. Y, cuéntenos, ¿es verdad que está usted trabajando en el crimen de la vieja acequia? He oído que es algo terrible, de lo peor que ha visto la ciudad, y eso que ya hemos sufrido un puñado de crímenes espantosos...

Caterina se aclara la garganta discretamente para llamar la atención de su esposo.

—Querida, no insistas. Considero que tengo todo el derecho a estar al corriente de lo que sucede en nuestra ciudad; igual que sucede con los obreros desagradecidos, los masones que no dejan de ganar influencia o las políticas en las colonias de ultramar. Creo que es parte de mi deber estar informado de todo, y eso incluye los crímenes de cierta relevancia que pueden afectar a la buena imagen de Barcelona.

—*Caro,*[1] puede que un crimen no sea el tema más adecuado para una cena. —Caterina sonríe a su marido, pero su mirada le grita para que deje de hablar.

Durante un momento, un silencio incómodo llena el comedor, solo se oye el tintineo de los cubiertos contra la porcelana y los pasos del servicio al otro lado del pasillo.

—Los hombres y la política, siempre hablando de lo mismo —termina Caterina, rompiendo el silencio. Algunas mujeres ríen con suavidad.

1. *Caro:* «querido» o «cariño» en italiano.

La larga mesa del comedor donde los Ruiz-Escuder reciben a sus invitados está decorada con altos candelabros de cristal y bronce de formas retorcidas, y el humo de las velas encendidas asciende hasta el techo formando dibujos caprichosos. En el centro de la mesa, un enorme jarrón de porcelana con un ramo de flores frescas —rosas amarillas y blancas, a juego con el tapizado de las sillas y de los cortinones de la habitación— hace difícil poder ver a quienes están sentados al otro lado. El aroma de las flores es tan intenso que cubre cualquier otro olor en la habitación.

—¿Y qué puede contarnos de su primo el vizconde? ¿Tienen una relación cercana? Ya imagino que, con todos sus asuntos oficiales en Londres y con los negocios de la familia real, le resultará difícil. —Ruiz-Escuder hace un gesto poco discreto al mayordomo a cargo del servicio de la cena para que comience a preparar las bandejas con las ostras en la cocina—. Sé que es un poco precipitado, porque apenas faltan tres meses, pero por supuesto su primo está invitado a la ceremonia de inauguración de la Exposición Universal. Su majestad Alfonso XIII y su madre, la reina regente, estarán presentes, claro. Además, también acudirán Sagasta y un buen puñado de ministros de su Gobierno, altos cargos militares y cónsules..., oh, y el duque de Edimburgo, junto con todo su séquito, también ha confirmado su asistencia.

—Se lo agradezco. Es muy considerado por su parte —responde Ellis con una sonrisa cortés—. Le transmitiré su invitación al vizconde.

Ruiz-Escuder parece satisfecho con su respuesta y decide centrarse en el lingote de *foie-gras* que tiene delante. Pero la anfitriona ha estado observando al doctor Ellis con curiosidad desde que se han sentado a la mesa; seguramente, Caterina ya ha intuido la extrañeza que se esconde bajo los buenos modales de Ellis.

—Y cuéntenos, doctor, ¿está usted casado o comprometido formalmente con alguna joven en su país? —pregunta como si nada.

El tenedor tiembla ligeramente entre los largos dedos del

doctor, pero nadie en la mesa lo nota, excepto Mina, que está a su lado esperando su respuesta con interés.

—No. Ningún compromiso a la vista. Me temo que he estado centrado en mi carrera todo este tiempo, y eso puede ahuyentar a las damas —responde él.

Algunos invitados —solo caballeros— se ríen con complicidad al oír su respuesta, un par de ellos incluso comentan en voz baja lo difícil que es conseguir la atención de la dama adecuada.

—Resulta difícil de imaginar —añade Caterina, inmune al murmullo divertido de los hombres—. Un caballero apuesto y refinado como usted, emparentado con su majestad por parte de primo nada menos; estoy segura de que no le faltarán damas de buenas familias interesadas en sus atenciones aquí, en nuestra preciosa ciudad.

Ellis intenta sonreír, pero su gesto se convierte en una mueca en sus labios. A su lado, Mina casi puede sentir la incomodidad del doctor pasando a través de las capas de su traje de tres piezas. Es la única en la mesa que parece darse cuenta de lo que sucede, porque el resto de los invitados parecen muy interesados en los asuntos sociales del nuevo patólogo.

—La temporada de baile y de espectáculos acaba de empezar, pero algo me dice que será usted la sensación de este año, doctor —continúa Caterina como si nada—. Y no se preocupe por ser un forastero, yo misma me ofrezco a presentarle formalmente a todas las buenas familias de la ciudad. Tengo la suerte de contar con un interesante grupo de amistades, muy bien posicionadas, que le harán sentirse como en casa.

—Me temo que ahora mismo estoy ocupado con un asunto profesional... —empieza a disculparse Ellis.

—Tonterías —le corta Caterina sin perder la sonrisa—. No debe usted subestimar la importancia de la influencia, doctor. La influencia lo es todo.

En la cabecera de la mesa, Mauro Ruiz-Escuder mira a su esposa para que deje de hablar.

—Y, hablando de familias influyentes, he oído que los Gómez de Zárate han empezado a construir un nuevo palacete en el Ensanche, no muy lejos de aquí. Aseguran que será el más lujoso y moderno que Barcelona haya visto nunca —dice Mina, apiadándose del doctor y desviando la conversación—. Ya son propietarios de medio Ensanche, y se rumorea que tienen intención de comprar una mansión en Biarritz para sus vacaciones.

Ruiz-Escuder resopla y sacude la cabeza.

—Biarritz, un pueblucho venido a más que solo tiene interés si a uno le gusta jugar al golf con princesas o, lo que es peor, con franceses —dice, mientras se limpia la comisura de los labios con la servilleta de hilo fino—. Y los Gómez de Zárate no son más que negreros reconvertidos en filántropos y mecenas.

—Querido —lo reprende Caterina con suavidad—, los Gómez de Zárate son buenos socios de nuestra familia, tenemos intereses comunes.

—Yo no juzgo a los caballeros por cambiar de negocio; hay que saber adaptarse a los nuevos vientos, desde luego —se defiende Ruiz-Escuder—. Pero no es de recibo que ahora se dediquen al negocio inmobiliario y estén acaparando las mejores propiedades de la ciudad.

—Desde luego —añade Mina, solo para asegurarse de que Ruiz-Escuder continúa hablando, sabe que cuando los hombres están furiosos acostumbran a perder los papeles y hablar más de la cuenta, algo que a ella le viene muy bien para sus sesiones espiritistas.

—No sé si están enterados, pero las malas lenguas cuentan que su abuelo tuvo que salir huyendo del pueblo de la costa donde vivían; figúrense de qué clase de hombre estamos hablando. —Ruiz-Escuder continúa con su discurso a pesar de la nueva mirada que le lanza su esposa—. Los Gómez de Zárate deberían tener más consideración con los demás emprendedores y hombres de negocios que, al igual que ellos, estamos intentando ampliar nuestras actividades comerciales; eso es todo lo que digo.

El servicio de los Ruiz-Escuder llega al suntuoso comedor empujando los carritos dorados, donde los platos de porcelana de Limoges se mecen suavemente. Terminan de preparar el servicio sobre los dos enormes aparadores del comedor antes de comenzar a servir el primer plato. La sopa de tortuga es una de las exquisiteces que siempre se sirve en las famosas cenas de los Ruiz-Escuder.

Ahora, el coro de caballeros alrededor de la mesa comienza a hablar sobre propiedades inmobiliarias, acciones o leyes coloniales mientras las señoras charlan en voz baja. Aliviado por haber dejado de ser el centro de atención, Ellis se vuelve hacia ella y sus labios forman en silencio la palabra *gracias.*

Mina le da un trago a su copa y responde:

—Ahora me debe una, doctor.

Es después de medianoche cuando los invitados comienzan a abandonar el piso de los Ruiz-Escuder. El resto de la velada ha transcurrido sin sorpresas: la habitual charla sobre política, las colonias de ultramar, las protestas por las obras que recorren la ciudad para poder terminar los preparativos de la Exposición Universal a tiempo, y más charla de sociedad. Mina se sorprende al descubrir que don Ernesto Valdés y Doval —el esposo de doña Amalia— la estudia con atención desde su lugar en la mesa. Nunca ha hablado con él —apenas unos saludos de cortesía en cenas parecidas a esa—, pero recuerda que ya la observaba al principio de la velada, mientras charlaba con su esposa antes de entrar en el comedor.

El doctor Ellis es de los primeros invitados en marcharse. Mientras mordisqueaba un profiterol bañado en chocolate, se le ha ocurrido una manera más rápida de demostrar que Camila Garza había estado efectivamente encinta, y que, además, había tenido un hijo. Así que Ellis se termina el dulce y aprovecha que la señorita Índigo se inventa una excusa para marcharse con ella.

Ahora, mientras espera en el vestíbulo a que el mayordomo le lleve su abrigo —después de haberse despedido de sus anfitriones adecuadamente y de haberles agradecido la invitación—, Ellis oye un susurro que viene de uno de los pasillos de servicio que recorren el piso de los Ruiz-Escuder. Está solo en el elegante vestíbulo con grandes columnas de piedra y frescos de colores vistosos pintados en el techo, ya que la señorita Índigo se ha ausentado un instante y aún no ha regresado.

El murmullo parece provenir de detrás de la pared, cerca de donde las estancias se separan y comienzan los pasillos del servicio. Ellis mira a su alrededor, para asegurarse de que nadie puede verlo, y camina discretamente hacia el pasillo lateral. Guillermina Índigo está al final del corredor —estrecho y con el techo bajo—, con la espalda apoyada en la pared, y susurra algo al oído del hijo de sus anfitriones, Eric Ruiz-Escuder. Este parece encantado con las atenciones de Mina, porque se ríe en voz baja, y le besa el cuello con rapidez por encima del encaje de su vestido mientras le acaricia el brazo.

Ellis se queda un momento más allí, mirando la escena igual que si no terminara de creerse lo que está viendo. Desde donde está, no puede oír sus palabras, pero le parece que el hijo de los Ruiz-Escuder murmura algo parecido a «no te preocupes por mi padre...».

—Señor.

Una voz seca pero profesional le llega desde el vestíbulo y Ellis se vuelve, sorprendido igual que si fuera un niño al que han descubierto en una travesura.

—Su abrigo, señor.

El mayordomo de los Ruiz-Escuder le tiende su abrigo negro con desgana.

—Gracias —murmura él, todavía pensando en lo que acaba de ver, mientras se pone el abrigo sobre su elegante traje de tres piezas.

En ese momento, Mina aparece en el vestíbulo. Ya lleva su media capa sobre los hombros y parece lista para marcharse también.

—Doctor, ¿baja la escalera conmigo? Apenas es un piso, pero me gustaría que me acompañara, si es usted tan amable.

Mina le dedica una sonrisa: sabe que ningún caballero que se precie rechazaría una petición de una dama para acompañarla hasta el portal.

—Por supuesto, señorita Índigo.

La puerta del piso de los Ruiz-Escuder se cierra tras ellos, y el sonido de las voces de los invitados que todavía están allí y el traqueteo del servicio quedan amortiguados. La escalera es amplia y lujosa, igual que en todas las construcciones de esa zona, de mármol de un bonito color rosa pálido, con barandillas de madera oscura y vistosas filigranas talladas al final. Los altos techos están decorados con gruesas coronas, recubiertas de papel de oro, que centellean bajo la moderna luz eléctrica de los apliques de las paredes.

—Y cuénteme, ¿qué le ha parecido la cena? ¿Se ha divertido? —pregunta ella con una sonrisita mientras bajan el primer tramo de escalera.

—Oh, la cena..., sí —responde, distraído.

—No hace falta que disimule, doctor: sé de sobra que me ha visto con Eric, el hijo de los Ruiz-Escuder —dice Mina cuando están a solas.

—No era mi intención espiarla, ha sido más bien... un accidente.

Mina levanta la ceja.

—¿Un accidente?

—Me desconcierta profundamente. —Ellis se detiene un segundo para mirarla—. Un minuto me parece que es una esposa abnegada, entregada a su marido enfermo, y al siguiente la veo coquetear con ese joven...

—¿Se escandaliza usted? —Mina le mira con una sonrisa divertida.

—No, no me escandalizo.

—Bueno, si lo que le preocupa es la virtud de Eric Ruiz-Escuder, ya es un poco tarde para eso —añade ella—. Le garantizo que él es lo suficientemente adulto, créame. No lo estoy pervirtiendo ni nada semejante.

—No era eso lo que quería insinuar, desde luego que el joven Ruiz-Escuder parecía más que encantado con su compañía.

Sin querer, Ellis vuelve a pensar en Mina, con la espalda apoyada en la pared, su media sonrisa y sus ojos cerrados; de repente se pregunta qué sucedería si extendiera la mano hacia ella para acariciar el terciopelo de su brazo. La mira un instante más largo de lo necesario mientras llegan al siguiente tramo de escalera.

—Me alegro de que ese punto quede claro —dice ella—.

Digamos solo que la virtud del joven Ruiz-Escuder ya estaba arruinada cuando él y yo empezamos a flirtear.

—Y, dígame, ¿tiene usted algo que ver con la negativa del heredero de los Ruiz-Escuder a cortejar a alguna de las damas que su madre ha escogido para él?

Mina duda un momento antes de responder; no lo hace porque sienta pudor al hablar de esos asuntos con el doctor, lo que pasa es que está a punto de revelar un secreto que no le pertenece. Y los secretos son valiosos, ella lo sabe bien.

—El hijo de los Ruiz-Escuder disfruta de mi compañía igual que disfruta de la compañía de otras damas, es verdad. —Hace una pequeña pausa antes de añadir—: Pero también le gusta disfrutar de las atenciones de ciertos caballeros, algunos muy bien situados, conocidos de su padre un par de ellos, ¿comprende, doctor?

Ellis asiente.

—Oh, por supuesto —responde—. Imagino que nadie de la familia Ruiz-Escuder está al tanto del tipo de relación que mantiene con Eric, pero me pregunto: ¿qué pasa con su esposo? ¿En qué lugar le deja esto?

—¿Y qué pasa conmigo? Eso no se lo pregunta, ¿verdad, doctor? —Mina lo estudia un momento y niega con la cabeza—. Nunca entendería cómo es... mi vida después de lo que pasó. Y aun así se permite el lujo de juzgarme desde su posición de hombre soltero sin ningún compromiso ni atadura, que además ha sido acogido por la alta sociedad de la ciudad sin tan siquiera tener que esforzarse. Qué fácil debe de resultar ser usted, doctor.

Guillermina da por terminada la conversación y baja el siguiente escalón, pero Ellis la sigue y vuelve a detenerse frente a ella.

—Es cierto: no tengo ningún derecho a hablarle así, y menos aún a juzgar sus actos o su afecto por su esposo; por favor, explíquemelo.

Mina respira deprisa debajo de las capas de ropa y nota sus mejillas ardiendo, pero no es por las atenciones precipitadas del joven Ruiz-Escuder en el pasillo de servicio, no: por algún motivo, la discusión con Ellis le está resultando mucho más estimulante que los besos robados de Eric. Y puede advertir esa chispa en sus ojos verdes, la misma que ya le ha parecido ver el día antes.

—Soy viuda sin ser viuda, doctor. A ojos de los demás no tengo derecho al lamento ni a llorar, o a vestir de luto. Soy viuda, pero sin posibilidad de rehacer mi vida, nunca jamás; estoy atrapada en ese estado entre la vida y la muerte, al igual que mi esposo. Yo misma soy un fantasma. —Mina se alisa una arruga invisible de la falda de su vestido azul medianoche—. Y, discúlpeme, siento haberle gritado.

Ellis le dedica una sonrisa. No es una de esas sonrisas grandilocuentes o condescendientes que los caballeros le dedican cuando están a solas con ella; es una sonrisa pequeña y auténtica.

—Me lo merecía.

—Desde luego que se lo merecía —responde Mina, antes de ponerse en marcha otra vez. Ahora es ella la que tiene una diminuta sonrisa en los labios.

No dicen nada más hasta que llegan al señorial portal del edificio, con sus altísimas columnas decoradas a los lados y las paredes recubiertas de paneles de madera blanca. Fuera, la luz de las farolas se cuela a través de los grandes cristales labrados que hay sobre las puertas. Las amplias aceras adoquinadas de esa parte de la ciudad están congeladas por la helada que cubre Barcelona.

—Es tarde, ¿quiere que la acompañe a casa? —pregunta Ellis mientras se abrocha los botones de su abrigo—. A pesar de mis muchas quejas, confieso que disfruto de nuestros paseos en su automóvil.

—¡Lo sabía! —exclama satisfecha—. Aunque esta noche no podrá ser, me temo. No voy a casa, tengo algo que hacer antes. —Mina todavía debe reunirse con Rosaura—. Además, le he estado observando y he visto en su cara cómo se le ocurría algo relacionado con el caso mientras se tomaba el postre.

—Sí, es cierto. ¿Me ha estado observando? Reconozco que me sorprende, pensé que apenas podía usted tolerar mi presencia.

Guillermina se inclina despacio hacia él, tan cerca que puede sentir el olor a jabón —y a formaldehído, también— que él emana y que le agrada.

—No debería sorprenderle tanto, doctor, ya ha comprobado cuánto me gusta corromper la moral de los caballeros.

Ellis intenta mantener el gesto indescifrable en su cara, pero una diminuta sonrisa asoma en sus labios.

—Es usted muy divertida, pero yo debería regresar y terminar mi informe oficial para entregárselo al inspector jefe. Apuesto a que Bocanegra está impaciente por tener los resultados definitivos para poder comenzar su investigación.

—Sí, seguro —responde ella con ironía—. ¿Me contará lo que averigüe, doctor?

—Compararé mis conclusiones médicas con sus conjeturas espiritistas, si le parece bien.

Mina intenta no sonreír.

—Me parece perfecto, gracias. Ya nos veremos. —Mina se coloca mejor su media capa de terciopelo sobre los hombros para intentar protegerse del frío de la madrugada—. Buenas noches, doctor.

Pero Ellis no responde; en vez de eso, se levanta los cuellos de su abrigo y empuja la pesada puerta de hierro y cristal, manteniéndola abierta para que ella pueda salir primero.

—Tenía usted razón en todo: no debería haberla juzgado antes y lo lamento —dice; Mina puede sentir su respiración sobre el pelo haciéndole cosquillas—. Pero se equivocaba en una cosa: no es fácil ser yo.

Mina se detiene donde está, muy cerca de su pecho, y levanta la cabeza para mirarlo; ahí están esos ojos verdes suyos, ahora está segura de que Ellis guarda un gran secreto.

El aire gélido de la noche revolotea a su alrededor y sacude el bajo de su vestido, y un escalofrío corre deprisa por su espalda, devolviéndola a la realidad.

—Yo nunca me equivoco —dice Mina con voz suave, muy cerca de sus labios—. Y si lo he hecho, es solo porque usted también me desconcierta a mí, doctor.

Sin decir nada más ni quedarse para ver su expresión, Mina se aparta de él, camina hacia el final de la calle y desaparece entre la niebla de la noche.

LOS CIMIENTOS DEL MAÑANA

—

La explanada de la antigua Ciudadela es un hervidero de trabajadores incluso a esas horas de la madrugada. La inauguración de la Exposición Universal está prevista para esa misma primavera, de modo que el trajín de los albañiles, carpinteros y todo tipo de obreros, que van de un lado para otro, es constante. También se trabaja de noche, en turnos de doce horas, para llegar a tiempo a la fecha prevista para la gran inauguración. Precisamente por eso, el ayuntamiento ha dado la orden de vigilar los pabellones y las edificaciones para protegerlos de posibles represalias por parte de trabajadores descontentos —que llevan meses protestando para conseguir una jornada de trabajo que no supere las ocho horas— o de ataques anarquistas. Dos parejas de agentes de uniforme pasean entre las construcciones que ya se levantan en el recinto de la Exposición Universal, haciendo sus rondas a pie por la zona más iluminada del paseo.

Mina espera cerca de la entrada sur de la futura Exposición, donde ha quedado con Rosaura. Esa es la parte más discreta y menos transitada de las obras. Desde donde está, Mina intuye las enormes siluetas oscuras de los edificios a medio levantar: el Palacio de Bellas Artes, las paredes de cristal del Invernáculo, el Palacio de los Tres Dragones, además del perfil de algunas esculturas y modernas farolas en la distancia.

Un hombre pasa cerca de ella empujando una carretilla cargada de ladrillos; la mira un instante, pero su curiosidad no dura mucho, y pronto se olvida de Mina mientras sigue su camino en dirección a un grupo de trabajadores que hay un poco más adelante.

—Ayer me dejó bien plantada y hoy llega tarde; ya pensé que tampoco aparecería esta vez —dice una voz de mujer a su espalda—. Y ha venido sin su disfraz.

Mina se vuelve para ver llegar a Rosaura, que mira inquieta a su alrededor, aunque no hay nadie cerca que pueda escuchar su conversación.

—He tenido que ocuparme de otro asunto —responde, evitando mencionar a Camila Garza y a su madre—. ¿Tiene los libros de cuentas?

Rosaura levanta un poco el chal de lana gruesa que lleva sobre los hombros y le enseña dos grandes libros de contabilidad.

—¿Tiene el dinero?

Hace casi dos días que Mina lleva el sobre con el dinero encima. Lo saca de entre los pliegues de terciopelo de su media capa y se lo entrega.

—Tenga. Está todo. La cantidad que acordé con su marido. —Mina ha incluido un puñado de reales más por sugerencia de Zelda.

Los dedos de Rosaura —dentro de unos guantes rotos— cuentan el dinero del sobre. Mina nota que le cuesta moverlos por el frío.

—¿Tienen donde alojarse? ¿Los niños y usted?

Rosaura hace una pausa, la mira y duda antes de responder porque aún no está segura de poder fiarse de ella.

—Sí, de momento estamos en una pensión en la calle Ferlandina. Una amiga tenía una cama libre en su habitación. No es gran cosa, pero los niños están mejor allí que durmiendo en un portal o en el hospicio. Sobre todo que en el hospicio, lleno de pulgas y cosas peores... —Se guarda el dinero entre las capas de su vestido—. ¿Ha sabido algo de mi marido, señorita Índigo?

Mina quería haber preguntado por ahí, pero con todo lo que ha sucedido en los últimos días ni siquiera ha empezado a buscar a Arnau. No puede decirle la verdad; Mina sabe bien que la esperanza es capaz de iluminar incluso la habitación de la pensión más oscura.

—Estoy en ello —miente—. ¿Ha recordado algo más? Cualquier cosa puede servirme de ayuda. ¿Recuerda si sucedió algo extraño los días antes de la desaparición de su marido? Visitas sospechosas, alguien siguiéndola por la calle, notas misteriosas...

—Nada.

Rosaura mira con expresión sombría hacia las obras; las luces que iluminan el recinto confieren un aspecto fantasmagórico a las siluetas de los pabellones y de los hombres que trabajan a destajo. Una neblina flota a un palmo del suelo y se enreda en las piernas de los trabajadores.

—Mi marido solía decir que esto eran los cimientos del mañana, lo que están levantando aquí; así lo llamaba él. Lo que él mismo ayudaba a levantar con sus manos —murmura, como si Mina no estuviera—. Algunos de estos hombres no están contentos con las condiciones del trabajo, mi Arnau entre ellos. Muchos incluso hablan de huelga, siempre por lo bajo, claro; esa es una palabra que no se puede decir en voz alta a no ser que uno quiera terminar en los calabozos de Atarazanas o en algún sitio todavía peor.

—¿Cree que eso es lo que le ha pasado a su marido? ¿Cree que está detenido?

Mina conoce a un par de oficiales, destinados en el antiguo cuartel cerca del mar, a los que podría preguntar por Arnau.

Pero Rosaura niega con la cabeza.

—No. Creo que mi marido está muerto —afirma muy segura.

Guillermina la mira sorprendida.

—¿Por qué dice eso?

—Hace varios días que siento cómo me ronda su espíritu. Puedo sentirlo justo antes de quedarme dormida, inclinándose sobre mi camastro para susurrarme algo al oído. Sé que es él porque después de un tiempo una se acostumbra al olor y al aliento de su amante cerca de su piel ¿comprende?

Mina tiembla debajo de las capas de terciopelo y seda.

—Perfectamente: tengo mis propios fantasmas.

Guillermina también tiene fantasmas a los que les gusta presentarse de madrugada y susurrar en su oído.

—¿Y qué es lo que le susurra su esposo? —pregunta con la voz entrecortada.

Rosaura tarda un momento eterno en responder:

—«El pasado es pasado», dice en mi oído una y otra vez. ¿Tiene eso algún sentido para usted?

«El pasado es pasado.» En ese momento Guillermina comprende —igual que ya lo hace su esposa— que Arnau Ribas está muerto. No tiene ninguna prueba, pero intuye que está enterrado en los terrenos fuera de la ciudad.

—Pensé que, dedicándose a lo que hace, sería usted mejor mentirosa —dice Rosaura con amargura—. Puedo leer en su rostro que mi esposo está muerto.

Guillermina Índigo, capaz de ocultar sus emociones a todos sus clientes, se siente estúpida por haber revelado tan fácilmente sus sospechas delante de Rosaura.

—Lo siento mucho —dice, y es cierto—. Aun así, le prometo que intentaré averiguar qué es lo que sucedió con su esposo para que su espíritu deje de atormentarla.

Rosaura parece extrañamente reconfortada ahora que Mina le ha confirmado sus temores.

—No haga nada, me gusta saber que él aún sigue conmigo de alguna manera. Incluso después de muerto. El vínculo entre marido y mujer es algo único, ¿verdad?

—Verdad —murmura Mina con la boca seca.

Rosaura la mira una vez más antes de dar media vuelta para marcharse.

—Adiós, señorita Índigo, y tenga cuidado con esos fantasmas suyos.

Ramiro Bocanegra camina deprisa. Sus pasos resuenan en la plaza de San Jaime cuando la atraviesa para llegar hasta la gran entrada del ayuntamiento. Se detiene un momento para colocarse mejor el sombrero y mira las cuatro grandes columnas que forman el balcón presidencial en la fachada principal. Pasada la medianoche, no hay mucha gente en la plaza, apenas un grupo de críos vestidos con ropa de trabajo que lo miran con desconfianza desde una esquina. Su instinto de agente uniformado que ha pasado muchas noches recorriendo las callejuelas de la ciudad le dice que los jóvenes traman algo —seguramente relacionado con las protestas por la jornada de ocho horas o con la próxima visita del heredero para la gran inauguración—, pero su ambición personal grita mucho más alto que su instinto de policía: no puede llegar tarde a su reunión. Mira de refilón el reloj negro suspendido entre las columnas del balcón principal del ayuntamiento: las doce y un minuto.

—Mierda —masculla Ramiro, que sabe que no debería haberse entretenido trabajando hasta tan tarde.

Bocanegra tiene una reunión en el ayuntamiento. Es una de esas reuniones de las que no puede hablar con nadie, ni siquiera con el subinspector Montes, su mano derecha y casi el único otro policía en el que confía ciegamente. Sabe que no puede entrar por la puerta principal del edificio sin correr el riesgo de que alguien lo reconozca —los críos de la plaza no le han quitado ojo, y está seguro de haber detenido al menos a un par de ellos—, así que camina hasta la entrada lateral del edificio, mucho más discreta.

Allí lo espera un hombre de aspecto severo. Ramiro calcula que ya habrá cumplido los sesenta, pero aún conserva todo el pelo de la cabeza y tiene un elegante bigote oscuro que le cubre casi la mitad del rostro. El hombre no le ha dirigido la palabra, nunca, ni una sola vez desde que el inspector Bocanegra acude a esas reuniones.

—Me esperan —dice Ramiro sin ceremonias.

El hombre le registra en busca de armas —como hace cada vez— y, cuando ha comprobado que está limpio, lo mira un instante antes de abrir la puerta lateral de acceso al edificio.

Ramiro lo sigue en silencio por el pasillo. Están muy lejos de los despachos y salones adornados con tapices y cuadros cedidos por alguna familia pudiente. En esa zona del edificio no hay revestimientos de mármol en la escalera, y las luces están apagadas. El inspector ya conoce el camino de memoria y el ritual que siempre acompaña a esas reuniones: encuentra un sobre con su nombre encima de la mesa, en su despacho de la comisaría —sin remite ni sello—, y dentro una nota sin firmar a modo de invitación ineludible con las instrucciones exactas para la reunión.

Dejan atrás la parte menos vistosa del moderno edificio para llegar a un bonito patio interior, y después, subiendo por una escalinata, a uno de los despachos aledaños: al del alcalde.

El alcalde de la ciudad, don Francesc Rius i Taulet, nunca asiste a esas reuniones —Ramiro incluso duda que sepa algo sobre el tema—. Tampoco asiste ninguno de los hombres que integran el llamado Comité de los Ocho —formado por algunos de los empresarios, políticos o benefactores más poderosos de la ciudad— y que se ocupan de supervisar las obras y velar por que nada se tuerza en lo relacionado con la Exposición Universal. Aun así, esas reuniones nocturnas se celebran cada dos martes, sin falta, en el ayuntamiento.

El hombre silencioso, que lo acompaña como una sombra, abre la puerta doble del despacho y espera hasta que Bocanegra está dentro para cerrar.

—Caballeros —dice Ramiro, a modo de saludo.

Ramiro se suelta los botones de su abrigo de lana en un gesto desenfadado. Le gusta fingir que no siente demasiada curiosidad por esas reuniones —o por un grupo de hombres tan poderosos como para disponer a voluntad de un despacho en el ayuntamiento— y se acerca al carrito donde siempre están dispuestos los vasos y las bebidas: solo el mejor brandy, whisky importado, licores de hierbas... Todo de primera. Sin prisa, Bocanegra se sirve un poco de brandy en un vaso y le da un trago corto.

—Ustedes dirán, señores. —Ramiro se sienta en uno de los sillones de piel, aunque no le han invitado a hacerlo.

El despacho está bien iluminado, a pesar de que cualquiera podría ver la luz desde la calle a esas horas, y la chimenea está encendida. Los tres hombres con los que el inspector jefe se reúne en secreto cada dos martes también están ya allí; uno de ellos, igual que sucede con el hombre que lo espera en la puerta lateral, nunca habla. El segundo, que fuma un cigarrillo tras otro hasta que el humo impregna los carísimos sofás de piel y las alfombras, habla poco, y, cuando lo hace, Ramiro detecta un ligero acento en sus palabras —tal vez italiano, húngaro..., no está seguro aún—. Algunas veces también hay una mujer: una dama elegante, nueva en la ciudad, que se limita a observarlos desde un rincón con un gesto de desdén en los labios.

Pero es el tercer hombre misterioso el que parece ser el cabecilla del grupo. Es español y siempre está paseando arriba y abajo por el despacho cuando Ramiro llega; no parece nervioso, pero es evidente que no le gusta tener que esperar. Él es también siempre el último en sentarse. Lleva un bombín negro que nunca se quita, ni siquiera cuando comienza la reunión, y un sello de oro que brilla en el dedo meñique de su mano derecha.

—Buenas noches, inspector jefe. Gracias por acudir.

«El hombre del bombín» no es mucho mayor que el propio Bocanegra. Ramiro calcula que tendrá unos cuarenta y cinco años. Viste un elegante traje de tres piezas con chaleco y camisa blanca —los puños impecablemente almidonados le asoman por las mangas— y sus zapatos caros de cuero negro están relucientes. En su pelo castaño, bien peinado hacia atrás como los caballeros, asoman algunos mechones canosos en los laterales que son visibles bajo el sombrero.

—Tienen ustedes el mejor brandy de toda la ciudad, ¿cómo no iba a venir? —responde con una sonrisa confiada.

Hace mucho tiempo que Ramiro Bocanegra descubrió que los hombres poderosos y bien situados —los que pueden disponer de ese despacho en el ayuntamiento de madrugada y de su carrito de licores— acostumbran a necesitar la colaboración de individuos como él, individuos situados en un escalón social más bajo —o varios, más bien—, para que se ocupen de ciertas tareas. No es algo que suceda a menudo, claro, pero, cuando pasa, Ramiro ha aprendido a aceptar las oportunidades que le brinda esa colaboración.

—¿Qué tal marchan las cosas dentro de la policía? ¿Algo relevante que debamos saber?

—Caos, reorganización interna, cambio de oficinas y comisarías, incorporación de novatos para cubrir la vigilancia de la Exposición...; puede escoger lo que prefiera.

—Claro. —El hombre del bombín sonríe y algo en su expresión le da una sensación fiera, casi inhumana—. Sobre la Exposición Universal.

Ramiro lo mira y no puede ocultar el destello de interés en sus ojos. Sabe que la celebración de la Exposición Universal marcará un antes y un después para la ciudad. Algunas personas llevan meses o años trabajando desde todos los sectores para hacerla posible.

—¿Todo continúa según el plan establecido, inspector jefe?

—Algunas protestas de obreros sin importancia y los sobrecostes que supone una empresa así, claro está, pero todo bajo control.

—Esas protestas que menciona, ¿son de naturaleza violenta? —pregunta interesado—. ¿Incendios?, ¿ataques a las obras, tal vez?

—Bueno..., no es nada que no podamos controlar desde la policía. Cuatro payasos a los que les gusta jugar con fuego y nada más; toda la ciudad comprende la importancia del asunto y está volcada en la celebración de la Exposición. Le prometo que no habrá retrasos en la fecha de la inauguración.

—Comprendo. —El hombre hace una pausa para dejar claro que lo que va a decir a continuación es importante—. Hay otra cosa para la que necesitamos su colaboración: ha llegado a nuestros oídos que han encontrado el cadáver de una mujer joven cerca de la antigua acequia. Es un asunto que nos interesa seguir, queremos que nos informe de los avances en el caso. Por supuesto, será debidamente recompensado por las molestias, como es habitual.

Nunca antes han hablado acerca de casos abiertos —o cerrados— ni de investigaciones policiales. En esas reuniones solo hablan de rumores relacionados con la posible creación de sindicatos de trabajadores, reuniones obreras clandestinas, sobre el avance de los masones en la política o sobre los círculos espiritistas y liberales. Normalmente, Ramiro se limita a decirles lo que quieren escuchar, a beberse su brandy y a contar el dinero del sobre que aparece en el primer cajón de su escritorio cada dos miércoles por la mañana.

—¿Por qué les interesa tanto el caso de una chica muerta? El nuevo patólogo ya la ha identificado: no era nadie, la hija de una mujer del Raval. No es importante.

El hombre del bombín sonríe.

—Tenemos nuestros motivos, es cuanto debe saber. El caso de la joven de la acequia nos interesa. Investigue, y haga lo que tenga que hacer para conseguir un sospechoso, aunque para ello deba volver a usar sus métodos poco... ortodoxos, pero que tan buenos resultados le han dado en el pasado. Se rumorea que el asesino de esa chica es un trabajador de la construcción con ideas políticas extremistas, o puede que haya sido uno de esos espiritistas que se reunirán en el primer gran congreso a principios del próximo año; según dicen, esos salvajes acostumbran a hacer rituales sangrientos en sus reuniones. —El hombre se vuelve hacia los otros dos, que asienten a todo lo que él va diciendo—. Puede que el asesino sea un desalmado de esos que viven en las barracas cerca de la playa; ya sabe, un gitano o un extranjero. ¿Comprende usted lo que le estoy diciendo, inspector jefe?

Bocanegra asiente.

—Comprendo.

—Espléndido. Manténganos informados de sus avances y a cambio... —El hombre se acerca al gran escritorio de la estancia y coge una carpeta—. Tenga: un regalo, para demostrarle nuestra buena voluntad.

Le entrega la carpeta y Ramiro se fija mejor en el sello de oro que el hombre del bombín lleva en el dedo meñique. Ya lo había visto antes, pero ahora que lo tiene tan cerca puede distinguir el pequeño grabado de lo que parece un árbol con ramas largas en él. Estudia el dibujo disimuladamente un momento más, tratando de retener todos los detalles en su mente. Ellos no lo saben, pero hace seis meses que Ramiro Bocanegra investiga por su cuenta, y en secreto, para averiguar quiénes son realmente esos hombres.

—Apreciamos mucho su colaboración, inspector jefe. Es un valioso aliado y queremos tenerlo contento.

Sobre la carpeta, escrito en elegantes letras de molde, solo tres palabras: Lawrence Blake Ellis.

—¿Qué es esto? —pregunta Ramiro.

—Ahí está toda la información que debe conocer sobre el doctor Ellis. No ha sido fácil recopilar esos datos acerca del nuevo patólogo, es un hombre extrañamente discreto, de modo que confío en que valore la importancia de esta información y actúe en consecuencia. —El hombre del bombín hace una pausa para comprobar el impacto de sus palabras en Ramiro—. Es un poco extraño que un forastero sin ninguna vinculación con la ciudad consiguiera el puesto; sobre todo, habiendo otros patólogos mejor posicionados. Pero seguro que usted ya había caído en ese detalle, ¿verdad, inspector jefe? Su instinto sobre ese extranjero es acertado: no confíe en él. Adelante, llévese el expediente y léalo con atención para descubrir quién es realmente el doctor Ellis. Así sabrá qué terreno pisa.

Bocanegra mira la carpeta con el nombre del nuevo patólogo. Sabe que lo están manipulando, pero también quiere echar un vistazo a la información de la carpeta.

—Un asunto más; esa médium tan famosa que vive en Permanyer, la señorita Índigo... Tenemos entendido que es buena amiga suya.

—Sí, ¿qué pasa con ella? —Tiene que ocultar el pequeño temblor en su voz al oír a ese hombre mencionar a Mina.

—Nada todavía, pero usted no la pierda de vista.

Ramiro se levanta del sofá con la carpeta en la mano, aún sin leer, y sin acordarse de volver a abrocharse el abrigo como se supone que debe hacer por educación. En solo un segundo, Bocanegra ha perdido ese eterno aire arrogante y canalla que lo sigue a todas partes. De repente, solo quiere marcharse de ese despacho. Sabe que ha cometido un error acudiendo a la reunión —y a todas las anteriores también—. Puede sentirlo en la boca del estómago igual que si acabara de recibir un puñetazo: la certeza oscura que le sube por la garganta ahogándolo es como un golpe. Lo sabe porque Ramiro Bocanegra es experto en errores.

—Los iré informando sobre el caso de la joven de la acequia, me ocuparé de que la investigación avance en la dirección que nos convenga a todos. Y, sobre esto..., ¿qué quieren a cambio de esta información? —El expediente del doctor Ellis no es gratis, y a Bocanegra ya le pagan por estar informados sobre sus investigaciones. Sabe que esa información tiene un precio.

—Oh, nada demasiado engorroso o con lo que no se sienta cómodo, inspector jefe —responde el hombre del bombín con una sonrisa—. Caos. Eso es lo que queremos, tan solo un poco de caos.

Caos. Por algún motivo esa palabra se queda suspendida en el aire del despacho un segundo.

Bocanegra camina hacia la puerta. Ha conseguido disimular su nerviosismo, pero antes de marcharse se vuelve una vez más para mirarlos.

—¿Por qué estas reuniones? No necesitan tanta parafernalia ni secretismo para impresionarme. ¿Qué es lo que estamos haciendo aquí realmente?

La sonrisa lobuna del hombre del bombín se hace aún más grande.

—Estamos construyendo el futuro.

UN POCO DE CAOS

—

Guillermina le da otro trago largo a la botella de Veuve Clicquot —su champán favorito—, la deja en el suelo y después se recuesta en la silla de mimbre trenzado del pequeño porche del palacete de Permanyer. Los libros de contabilidad —los auténticos— de la empresa del difunto Bruno Fontanet están el suelo. Hace un rato que ha dejado de mirarlos. Es una madrugada fría, así que Mina ha sacado una manta para cubrirse por encima del vestido de noche que ha llevado a la cena en casa de los Ruiz-Escuder, y que no se ha molestado en quitarse todavía, además de la carísima botella de champán francés. Una clienta agradecida le había hecho llegar discretamente una caja entera el invierno anterior por descubrir que lo que su difunta madre quería decirle, en realidad, era que su esposo se veía con una jovencita a sus espaldas.

Mina se acuerda otra vez de Camila Garza. Desde que encontraron su cuerpo en la antigua acequia no ha podido dejar de pensar en ella.

«Le regalé esta pulsera a Camila para que ella nunca olvidara que ya había regresado de la muerte una vez», había dicho su madre.

Jamás ha visto un retrato o fotografía de Camila y no sabe cómo era antes de que el fuego le devorase el rostro, pero la imagina como a un espectro acechándola en la escalera, escondida de pie detrás de una puerta abierta o en un rincón de su dormitorio observándola mientras duerme. Camila se ha convertido en otro de sus fantasmas. Por eso Mina no puede dormir, y por eso ha decidido bajar al patio, esperando que el aire frío se lleve sus malos sueños y le proporcione una pequeña tregua de sus pensamientos.

Él está en pie en el patio, con su pijama de raso verde oscuro arrugado y los botones mal abrochados. Lleva casi una hora ahí plantado, entre la lavanda, y ni siquiera ha reparado en la presencia de Mina.

«¿Qué pasa con su esposo?», le había preguntado Ellis. Mina da otro trago al champán, que va perdiendo las burbujas, al pensar en el doctor.

Oye el suelo del vestíbulo crujir dentro de la casa y reconoce las pisadas suaves de Zelda antes incluso de que abra la puerta.

—Veo que estás celebrando algo —dice Zelda, haciendo un gesto hacia la botella de champán—. ¿Dando de beber a los fantasmas?

—Estoy viendo las luciérnagas.

Zelda sonríe sin muchas ganas.

—Pues espero que esa silla sea más cómoda de lo que parece: faltan meses aún para que la primera de esas larvas se convierta en una puñetera luciérnaga.

—Soy una mujer paciente.

Una ráfaga de viento suave corre por la bonita calle adoquinada y sacude levemente la puerta enrejada de la verja, haciéndola sonar con un golpeteo metálico. Zelda mira la verja de hierro forjado al final del patio que marca los límites del palacete, y también los suyos propios; más allá, se extiende un mundo al que ella no se ha atrevido a salir desde hace casi dos años. Suspira, no quiere pensar en eso ahora. Se siente a salvo encerrada entre los gruesos muros de piedra de la casa o durmiendo en su habitación de ventanas pequeñas del sótano.

—¿Cuánto tiempo lleva ahí? —pregunta Zelda, mirando hacia la lavanda.

—Un rato. Vamos a tener que instalar una cerradura en la puerta de su dormitorio para evitar que vague por la casa de noche. No quiero que se caiga por la escalera y se parta el cuello, o algo peor.

—¿Peor?

Mina hace un gesto con la mano.

—Ya entiendes a qué me refiero.

Zelda lleva un camisón largo de franela de color blanco —a juego con el turbante que siempre cubre su pelo para dormir—, con un lazo de raso sobre el pecho. Un escalofrío baja por su espalda y se frota los brazos desnudos. Enciende el cigarrillo que lleva en la mano y le da una larga calada.

—Sí, sé bien a qué te refieres.

—¿Alguna vez te arrepientes de lo que hicimos ese día? ¿O de lo que no hicimos? —pregunta Mina.

—¿Algún avance en el caso de Camila Garza? —Zelda no tiene intención de responder.

—No, nada que pueda contarle a su madre.

—¿Cómo estaba Abril?

—Imagínatelo. El otro día conocimos a su hijo, Pascual, el hermano mayor de Camila. No me gusta: oculta algo, pero aún no sé el qué —dice pensando en las respuestas esquivas y en la furia mal contenida de Pascual Garza. También está el asunto de que Pascual rebuscara entre la ropa de su hermana pequeña, pero decide no contarle ese detalle a Zelda, al menos no de momento—. Los dos parecen muy seguros de que hay alguien poderoso tras el asesinato de Camila, y de que la policía va a hacer la vista gorda con el tema.

—¿Y crees que es cierto?

Antes de responder, Mina se remueve en la silla de mimbre; es incómoda, y los pies se le han quedado helados hace un buen rato.

—Es posible, sí —admite—. Y Ramiro, no sé, ya lo conoces: él tiene sus propias intenciones. Parece que está más preocupado por tener contentos a sus jefes y amigos poderosos que por descubrir la verdad sobre todo el asunto.

—¿Y cómo le va a nuestro nuevo patólogo? Conociendo a Ramiro supongo que no le habrá recibido con los brazos abiertos. Aunque apuesto a que algunas damas se han mostrado ya muy interesadas en el buen doctor... —dice Zelda como si nada—. Ellis parece muy cortés, y es bastante apuesto también.

Guillermina la mira de refilón, y siente como, al pensar en el doctor, sus mejillas se calientan a pesar del frío nocturno.

—Déjalo estar, te conozco y sé perfectamente lo que estás tratando de hacer. No funcionará...

Zelda se encoge de hombros.

—No estoy haciendo nada —se defiende ella—. Solo digo que el nuevo patólogo parece muy agradable, y, a juzgar por cómo te mira, está claro que siente algún tipo de curiosidad por ti; aunque solo Dios sabe por qué.

Mina se inclina para coger la botella del suelo, y la manta resbala por su hombro al moverse. Bebe un largo trago de champán y se limpia los labios con el dorso de la mano antes de volver a dejar la botella junto a sus pies descalzos.

—Ha pasado ya mucho tiempo, Guillermina; te has castigado suficiente por todo lo que sucedió. Creo que es hora de que empieces a perdonarte, o, al menos, de que permitas que alguien, aparte de mí, te conozca bien. Y el doctor Ellis parece un buen hombre, no está casado ni comprometido, es considerado y, a diferencia de ese pretencioso de Eric Ruiz-Escuder, parece un hombre leal, ¿cuál es el problema?

—El problema es que si el doctor o cualquier otra persona descubre la verdad sería el fin: las dos estaríamos acabadas, iríamos a la cárcel o algo mucho peor... No puedo arriesgarme a eso —responde Mina, apenada, al decirlo en voz alta—. Una cosa son romances sin importancia como el que mantengo con el joven Escuder o con algún otro caballero discreto, pero sospecho que eso no sería suficiente para el doctor. Para ninguno de los dos.

Zelda guarda silencio un momento.

—No he debido mencionar el tema. Imagino que es doloroso querer conocer mejor a alguien y no poder permitir que se acerque a ti.

—Lo es, y ya no estoy tan segura de la honestidad del buen doctor... —Mina está decidida a cambiar definitivamente de tema—. Sospecho que tiene un secreto, uno muy importante; en realidad es más que una simple sospecha: sé que Ellis está ocultando algo.

—Todos ocultamos algo, Guillermina. ¿Y qué pasa con Camila?

—No lo sé —admite Mina desanimada—. No tengo ninguna pista para seguir o nadie más a quien preguntar. Me gustaría ayudarla, a ella y a su madre, pero no sé qué debo hacer ahora.

—Ya, supongo que esto es uno de los motivos por los que estás sentada aquí fuera, bebiendo un champán carísimo.

Guillermina se ríe con tristeza.

—Sí, ese es uno de los motivos.

El otro motivo es Ellis, pero no va a contárselo, al menos no de momento.

—Esto no es diferente de cuando aceptas un nuevo cliente: lo investigas, averiguas adónde va y qué le gusta hacer; lo sigues, hablas con sus empleados, con sus amigos, amantes...; todo para descubrir lo que oculta. Eso es lo que mejor sabes hacer. —Zelda coge la botella y le da un trago, siente las burbujas chispeando en su garganta antes de añadir—: Imagina que Camila Garza es una de tus clientas. ¿Qué secretos guarda? Descúbrelos y encontrarás a su asesino, y de paso nos salvaremos.

—La gargantilla... es la clave, tiene que serlo —murmura Mina, y sus ideas empiezan a girar deprisa en su cabeza—. ¿De dónde la sacó? Es muy valiosa, alguien tuvo que dársela.

Zelda sabe bien que no debe esperar una respuesta por su parte. Seguramente, Mina ya ha olvidado que ella está ahí, a su lado. Habla sola, como suele hacer cuando se obsesiona con algo. Normalmente la sacaría de este estado de obsesión antes de que Mina se perdiera definitivamente en sus ideas, pero esta noche necesita que Guillermina se obsesione con encontrar la verdad. Las dos lo necesitan si quieren salir de ese lío.

—Baxter ya se ha acostado, así que procura no volver a quedarte dormida aquí fuera. Sería un desastre si te viera algún vecino; y no dejes que él salga de la casa. —Señala con la cabeza hacia el hombre que está plantado junto al arbusto de lavanda.

—¿De dónde sacaría Camila una joya así? —murmulla Mina, perdida en sus pensamientos.

Zelda entra en la casa y cierra la puerta tras de sí sin echar la llave, por si acaso Mina decide entrar en algún momento. Pero la médium está enredada en sus ideas y apenas se ha dado cuenta de que Zelda se ha ido. Ha dejado de beber y ya no siente frío, a pesar de que sus labios se han vuelto ligeramente azulados. Lo mira a él, de pie entre las flores con su pijama verde mal abrochado. Él le guiña un ojo y repite sus palabras sin comprenderlas realmente:

—La gargantilla es la clave...

—Señorita Índigo...

Guillermina oye a alguien llamándola desde lejos, y durante un segundo casi le parece que está otra vez en el valle de los Ingenios, tirada en el suelo de tierra ardiente del sol durante todo el día. Puede notar cómo la sangre tibia sale de su cuerpo y empapa el suelo, formando despacio un charco debajo de su estómago. El olor del humo del incendio flota en el aire caliente de la noche. Incluso puede sentir el dolor en su costado izquierdo, la carne abierta por la que se escapa su vida y mucho más.

—¿Señorita Índigo?

Abre los ojos por fin y se da cuenta de que se ha quedado dormida en el pequeño porche del palacete de Permanyer. Cuando eso pasa, el señor Baxter suele despertarla para que nadie la vea durmiendo fuera, pero esa noche Baxter ya dormía cuando ella regresó. Instintivamente, Mina baja la mirada hacia su costado para estar segura: no hay sangre en la manta con la que está tapada.

—¿Se encuentra usted bien? Parecía que estuviera teniendo una pesadilla.

El inconfundible acento del doctor Ellis le llega desde el otro lado de la verja de hierro forjado. Se levanta despacio de la silla de mimbre; sus músculos y sus articulaciones, entumecidos por la mala postura y el frío, protestan cuando baja la escalera, y sus pies —helados y torpes aún— están a punto de tropezar con la botella de Veuve Clicquot vacía que hay en el suelo. Mina se acerca al enrejado, asegurándose de no pisar la lavanda en su camino.

—¿Qué está haciendo aquí, doctor? —le pregunta con la lengua pastosa.

—¿Seguro que se encuentra bien? —Ellis parece genuinamente preocupado.

—Sí, solo estaba descansando la vista —miente ella—. Pero no me ha respondido aún, ¿por qué está en mi puerta tan temprano?

—Son más de las diez de la mañana.

Su pelo suelto y despeinado le molesta, así que Mina se aparta un mechón de los ojos para mirar al cielo, que brilla con el color gris propio del invierno.

—Bien, sí; tiene usted razón, es casi mediodía —responde, sintiendo el principio de un dolor de cabeza que se irá volviendo más intenso con el paso de las horas—. Pero hoy es domingo, ¿usted nunca duerme, Ellis?

—¿Puedo pasar? Es importante.

Hasta ese momento, Mina no se había fijado en que Ellis llevaba el periódico doblado debajo del brazo.

—¿Ahora también me roba el periódico, doctor?

—En absoluto. En realidad, esperaba que usted lo leyera esta mañana y viniera a verme, pero pasaban las horas y no sabía qué más hacer; por eso estoy aquí.

Mina respira profundamente una bocanada de aire frío para intentar despejarse; no hace mucho que conoce a Ellis, pero puede ver cuándo algo le preocupa por el gesto serio de su rostro.

—¿Qué ha pasado?

—Tenemos un problema. Mire.

Ellis acerca el periódico a la verja para que ella pueda leer la primera plana del *Diario de Barcelona*: «Caos. Crimen de la acequia: grupos anarquistas y espiritistas pretenden controlar la ciudad».

Mina tiene que leer las grandes letras una vez más para estar segura de que ya no está soñando. Abre la puerta de hierro de la verja para que Ellis pueda pasar y después vuelve a cerrarla, dando un sonoro portazo.

—Maldito Ramiro Bocanegra... —masculla mientras camina hacia la casa—. Entre. Me vestiré y después iremos a verle juntos.

EL PRECIO DE UN ALMA

Los alrededores de la plaza de Palacio están llenos de familias paseando con cochecitos de bebé, doncellas que hacen los últimos recados de la mañana y terminan de recoger los encargos de las tiendas cercanas, caballeros bien vestidos que fuman bajo las arcadas de los modernos edificios de piedra mientras esperan mesa para almorzar en alguno de los restaurantes, mozos corriendo de un sitio para otro con paquetes envueltos en papel marrón bajo el brazo. El ambiente en las calles es diferente al del resto de los días, a pesar de que el cielo está cubierto por las nubes bajas que llegan desde el mar.

—Vuelva a contarme lo que ha encontrado en su examen, doctor —le pide Mina, cuando se bajan del Levassor—. Quiero estar enterada de todo antes de hablar con Ramiro.

Antes de responder, Ellis se ajusta mejor su inseparable abrigo negro y se arregla el pelo con un gesto descuidado, aunque al hacerlo capta la atención de dos muchachas que venden flores en un portal cercano, quienes le sonríen con coquetería. Varias veces Mina se ha preguntado si el doctor —con sus ojos verdes, sus rasgos finos y esas maneras cuidadas suyas— es consciente de cuánto atrae la mirada de las mujeres.

—Mis sospechas eran correctas. La señorita Garza estuvo encinta en algún momento durante los últimos dos años. Mi colega de Londres no ha respondido aún al telegrama que le envié describiéndole la cicatriz en el vientre de Camila. —Cuando Ellis habla deprisa, gesticula con las manos, y las consonantes se enredan en su lengua, a ella le gusta verle hacer eso—. Pero el examen interno que le practiqué al cadáver anoche, después de la cena en casa de los señores Ruiz-Escuder, no deja lugar a dudas: Camila Garza estuvo embarazada.

Caminan con paso ligero por la acera y tienen que esquivar a dos hombres con sombrero que le lanzan una mirada de desaprobación a Mina cuando la ven paseando junto al doctor.

—¿Y qué más? —le pregunta—. Necesitamos tener algo más firme con lo que poder convencer a Ramiro. Algo concreto. Si no, nos mandará a paseo.

—Ya estaba muerta cuando quemaron su cuerpo.

—¿Está seguro de eso?

—Sí.

Mina se detiene un segundo y deja escapar el suspiro que había estado conteniendo desde que encontraron el cuerpo.

—Al menos no tuvo que pasar por eso... —murmura, pero entonces cae en la cuenta y añade—. ¿Cómo puede saberlo? ¿Cómo puede saber que ya estaba muerta antes de que el fuego la consumiera?

—Los tejidos superficiales de su cuello y su garganta estaban bastante afectados por el fuego, pero durante mi examen no encontré quemaduras en su tráquea ni en sus pulmones; nada. Tampoco había restos de humo en sus pulmones, son muy delicados y el humo habría dejado algún indicio en los alveolos, así que la conclusión más obvia es pensar que Camila...

—Ya no respiraba —termina ella.

Vuelven a caminar en dirección al edificio de la comisaría; desde donde están, ya vislumbran la entrada.

—¿No ha compartido esta información con nadie aún? ¿Ni siquiera con el inspector jefe? —insiste ella, aunque ya se lo ha preguntado antes.

—Desde luego que no —responde Ellis, casi indignado por la idea—. A pesar de la insistencia del inspector, no he redactado mi informe oficial sobre el caso aún, quería estar completamente seguro de mis colusiones antes de entregarlo, y ahora me alegro de no haberlo hecho: no me gustaría ver mis palabras publicadas en el diario de la tarde.

—No quiero que Abril se entere de los detalles del asesinato de su hija por la prensa, debemos contárselo nosotros.

Dos agentes de uniforme vigilan la entrada a la comisaría. Uno de ellos estudia a Mina con una diminuta sonrisa debajo de su bigote abundante.

—Tenemos una cita con el inspector jefe Bocanegra, nos espera —dice ella a modo de saludo.

—No puede pasar, señorita: solo personal del cuerpo. Órdenes del inspector jefe. Si tiene usted que poner una denuncia o hacer algún trámite, vaya a otra comisaría. —Hay un evidente tono de desdén en la voz del agente—. Que tenga un buen día.

Mina le dedica una sonrisa, ante la mirada atónita de Ellis, que no puede creer que ella vaya a rendirse tan pronto.

—Gracias, agente, le diré al inspector jefe que fue usted quien me impidió acudir a nuestra cita; conociendo a Ramiro Bocanegra, apuesto a que estará encantado. —El agente parece encogerse dentro de su uniforme, ya no sonríe, pero Mina no ha perdido su sonrisa de cortesía, y añade—: ¿Sabe quién es este caballero que me acompaña? Es el primo del vizconde de Belgravia, nada menos. Tiene información delicada para el inspector jefe, información comprometedora, además, pero si Ramiro ha dado órdenes de no dejar pasar a ningún civil...

—Disculpe, señorita. —El agente hace algo parecido a una reverencia al dirigirse a Ellis—. Y disculpe, caballero. Claro que pueden pasar.

Se hace a un lado para dejarlos subir la escalera y entrar por fin en el edificio. Los tacones de Mina resuenan en el vestíbulo de la comisaría mientras caminan hacia los despachos. Aunque la oficina de Ramiro está en la comisaría del Norte, este pasa casi todo el tiempo en las dependencias de la jefatura de plaza de Palacio.

—Podía haberle dicho la verdad, que soy el patólogo de un caso abierto —dice Ellis cuando los agentes ya no pueden oírlo.

—Sí, pero entonces yo no hubiera podido entrar con usted y quiero poder gritarle a Ramiro a la cara.

Desde la última remodelación, habían dejado de guardar los caballos y los carros de la policía en las caballerizas de la planta baja —ahora los guardaban en la parte de atrás del edificio, por la entrada que daba al callejón trasero—, pero, aun así, el olor inconfundible a paja seca pisoteada y a animales flotaba en el aire.

—¿Por qué está tan segura de que la filtración al periódico ha sido cosa del inspector jefe?

—Porque conozco bien a Ramiro y sus métodos.

Al oír su respuesta, Ellis piensa sin querer en la confesión involuntaria del subinspector Montes sobre la relación entre Ramiro y la señorita Índigo.

—¿Acostumbra a hacer ese tipo de cosas? Filtrar información a la prensa, quiero decir. Lo pregunto porque, la otra noche, Montes, el subinspector Montes quiero decir, admitió lo mucho que admira a su superior, así como sus métodos de investigación —comienza a decir—. Me confesó que se fija en él como ejemplo de buen policía, porque ambos provienen de hogares poco afortunados, pero eso no ha impedido que Ramiro Bocanegra llegue a convertirse en inspector jefe, por su labor impecable como agente, supongo...

Mina deja escapar un bufido.

—¿Labor impecable? La única labor en la que Ramiro Bocanegra es impecable es la de apropiarse de mi trabajo y hacerlo pasar como si fuera suyo. Yo ayudé a Ramiro a convertirse en inspector jefe: le pasaba información acerca de mis clientes, de sus secretos, de todos los rumores y chismes que circulan por esta ciudad y que nunca nadie compartiría con la policía; eso consiguió que Ramiro destacara cuando todavía era solo un detective, cerrando casos relacionados con gente muy importante.

—No hace mucho tiempo que la conozco, señorita Índigo, pero en ese breve periodo he podido ser testigo de su ingenio, su pasión y también su manera incansable de perseguir pistas. Estoy convencido de que hubiera sido usted una gran detective —dice Ellis con gesto serio—. Y es injusto que el inspector jefe Bocanegra se haya apropiado de su trabajo.

—Gracias —responde ella, un poco azorada—. Admito que estoy sorprendida, doctor: la mayoría de los hombres con los que me cruzo encuentran molesta o poco apropiada mi forma de ser.

Ellis le regala una amistosa sonrisa.

—Bueno, es que yo no soy como la mayoría de los hombres.

Dejan atrás el mostrador del vestíbulo de la comisaría y caminan hasta el final del pasillo. Mina aún está pensando en las palabras de Ellis cuando doblan la esquina y llegan por fin a la zona donde trabajan los inspectores. Allí, el sonido de las voces y los pasos acelerados se mezcla con el ruido de las estufas de gas encendidas, que funcionan a pleno rendimiento para mantener caldeado el ambiente. Con la reestructuración interna de la policía, la mayoría de los inspectores están asignados en alguna de las otras comisarías de la ciudad, así que no hay casi nadie cuando llegan a la sala de inspectores. En pie, al fondo de la sala, el inspector jefe discute acaloradamente con Montes, que asiente silencioso y cabizbajo a todo lo que le dice su superior. Cuando los ve aparecer, Ramiro Bocanegra hace un gesto de fastidio y se olvida de Montes.

—¿Cómo has conseguido entrar aquí, Guillermina? He dado orden de no dejar pasar a ningún civil —dice Ramiro a modo de saludo—. Pondré a ese inútil a vigilar la puerta de las cocinas de Atarazanas.

—No ha sido culpa del agente, el pobre ha hecho lo que podido, pero ya sabes que tengo mis métodos.

Ramiro la mira un instante antes de responder:

—Sí, eso ya lo sé. ¿Qué estás haciendo aquí?

El doctor Ellis despliega el ejemplar del *Diario de Barcelona* frente a la cara del inspector.

—«Caos. Crimen de la acequia: grupos anarquistas y espiritistas pretenden controlar la ciudad» —lee Mina, antes de darle un golpecito a la primera página del diario—. Sé que has sido tú, lo has filtrado a la prensa.

—¿Por qué crees que he sido yo? —Ramiro se sienta en la esquina de uno de los escritorios vacíos—. Ha podido ser cualquiera: el crimen de la acequia está levantando mucho interés, la gente habla del tema; es normal que los medios informen sobre un asunto que preocupa a la ciudad...

—Yo te enseñé ese truco: filtrar historias a los periódicos para conseguir publicidad o información. —Ellis la mira de refilón al oír su confesión, pero no dice nada—. ¿Grupos espiritistas implicados? Eso es malo para mí, ¡y ni siquiera es verdad! Los dos sabemos que este crimen no tiene relación con los anarquistas ni nada parecido; es otra cosa. ¿Por qué lo has hecho, Ramiro?

Bocanegra se ajusta la corbata. Lleva un elegante traje de invierno marrón de cuadros y una camisa blanca con cuello redondo. Algunas veces extrañaba no vestir uniforme, pero hace mucho tiempo descubrió que un buen traje hecho a medida y una camisa limpia podían esconder sus orígenes humildes de hijo de cochero. Ocultar quién era realmente era algo imprescindible cuando tenía que rendir cuentas frente a empresarios, políticos y otros hombres poderosos que habían pasado años mirándole por encima del hombro.

—Tampoco tenemos pruebas de que no hayan sido los anarquistas o esa gente excéntrica con la que te mueves, Guillermina: espiritistas, masones, liberales... Pero si yo fuera tú, tendría cuidado durante una temporada; ya sabes cómo funcionan algunas personas: enseguida buscarán a alguien a quien culpar.

Mina le sonríe sin nada de humor.

—Perfecto. Para tener contentos a tus jefes me has puesto en el punto de mira de un montón de fanáticos, y todo para ver tu nombre en la primera página de los periódicos. Y, de paso, también has complicado la vida de mis clientes y amigos, y de Zelda...

—Mira, lamento que esto vaya a ser un fastidio para ti, pero será mejor que dejes de celebrar tus sesiones y de ir a eventos durante una temporada, no hagas vida social y procura no llamar la atención ni aparecer en público por unas semanas; solo hasta que esto se solucione —dice con gesto serio.

—¿Es una orden, inspector jefe?

Ramiro duda un segundo antes de responder.

—Sí, es una orden. Y no tienes permiso para estar aquí, de modo que vete antes de que haga que alguno de mis agentes te encierre en el calabozo. Márchate. Vuelve a tu elegante palacete con tu marido, a hacer lo que sea que hagas cuando no estás por ahí estafando a ricachones.

Pero Mina no hace amago de irse, por el contrario, cruza los brazos y lo mira desafiante.

—¿Y qué pasa con Abril Prieto? ¿A ella también la vas a mandar a casa? ¿No se merece que busques al verdadero responsable del asesinato de su hija...?

—¿Desde cuándo te importa a ti Abril Prieto? —la corta Ramiro—. Ni siquiera es tu clienta, no puede pagar tus servicios. No seas cínica, Guillermina; nos conocemos desde hace mucho tiempo.

Mina respira hondo, el aire de la comisaría aún huele igual que cuando Martín era el patólogo: a tinta húmeda, a brillantina barata para el cabello —de la que usan los agentes de uniforme— y a betún para lustrar las botas.

—Tienes razón, nos conocemos desde hace demasiado tiempo. —Lo mira a los ojos, esos ojos oscuros suyos que conoce tan bien, buscando una respuesta—. Si estás haciendo esto por Martín y por lo que pasó...

—No tiene nada que ver con eso. Yo estoy al frente de la investigación, soy el inspector jefe.

—¡Pues empieza a actuar como tal! Haz tu maldito trabajo.

El tono de la conversación ha subido tanto que un agente de uniforme se olvida de los informes que está redactando y los observa desde un escritorio cercano. El subinspector Montes, que se ha marchado hace un momento, asoma la cabeza por la puerta al oír los gritos para asegurarse de que todo está en orden.

Bocanegra respira tratando de calmarse. Se frota el puente de la nariz en un gesto que hace cuando está a punto de decir algo que sabe que lamentará después:

—Aunque no lo creas, esto lo hago por ti; te estoy protegiendo, Guillermina.

Mina parpadea confundida.

—¿Protegiendo? Acabas de ordenarme que deje de hacer mi trabajo y que me encierre en casa después de ponerme una diana en la espalda, ¿de qué me estás protegiendo, Ramiro?

Él vuelve a pensar en el misterioso grupo con el que se reúne en el despacho del ayuntamiento cada dos martes, y casi puede volver a oír cómo el hombre del bombín pronuncia el nombre de Guillermina.

—No te imaginas cuántas veces te he protegido durante estos años, todas las veces que he convencido a un testigo para que no te denunciara, o a algún compañero para que hiciera la vista gorda contigo y con tus negocios. Todo para mantenerte a salvo, Guillermina.

—Por favor... También lo habrás hecho para poder seguir ascendiendo en la policía gracias a mí, y por el dinero que te pago para que me tengas informada de todo lo que sucede en esta ciudad.

Una sonrisa triste cruza los labios del inspector jefe.

—Sí, por eso también —admite él—. Si Martín pudiera ver la clase de personas en las que nos hemos convertido...

—Menos mal que no puede. —Los dos se quedan en silencio un momento largo, cada uno perdido en su propia culpa, hasta que Bocanegra mira a Ellis igual que si acabara de reparar en su presencia—. ¿Y usted qué hace aquí, doctor? ¿Ha venido a presentarme su informe definitivo?

Ellis ha permanecido en silencio durante toda la escena, consciente de que la relación entre Guillermina Índigo y el inspector jefe es complicada: la clase de relación dolorosa que une a dos personas que comparten un secreto y a la vez una gran culpa.

—He hallado pruebas importantes durante mi examen interno y he descartado el fuego como causa de la muerte de la señorita Garza. Le entregaré mi informe oficial con todas mis conclusiones antes de que termine esta semana, así podrá filtrarlo a la prensa también.

—No me fastidie, doctor. Como si no hubiera periodicuchos baratos en su querido Londres que publican los detalles más jugosos de cualquier crimen que se comete en la ciudad.

—Los hay, desde luego, y me merecen la misma opinión.

Pero la madre de esa muchacha no tiene por qué leer los pormenores del asesinato de su hija en el periódico, es poco profesional y bastante mezquino.

Ramiro asiente despacio.

—¿Ya se ha quedado a gusto, doctor? —Bocanegra le lanza una breve mirada a Guillermina, antes de volver a centrarse en el doctor—. Veo que ella ya le ha estado poniendo al día de nuestros asuntos, que le ha contado con todo lujo de detalles la manera tan horrible en la que me he aprovechado de su trabajo para llegar a ser inspector jefe, o cualquier otro cuento lacrimógeno. Es bastante convincente nuestra Guillermina, ¿verdad? Seguro que ahora quiere protegerla, llevarla por el buen camino o lo que sea que los hombres como usted hagan; pero le ha engañado bien, doctor. Créame, también me engañó a mí.

—Basta, ¿cómo se atreve a hablar así en presencia de una dama?

La voz de Ellis suena muy diferente ahora, y Mina se fija en la manera en la que aprieta los puños a cada lado de su cuerpo, igual que si estuviera conteniéndose para no golpear a Ramiro.

—¿Quiere sacudirme, doctor? Adelante, hágalo. No tiene sentido que lo retrasemos más, los dos sabemos que es solo cuestión de tiempo que lleguemos a las manos; usted y yo no podríamos ser más diferentes. —Ramiro mira de refilón a Mina, que no ha dicho nada aún—. Aunque ahora me doy cuenta de que hay algo que los dos tenemos en común; pero no importa, porque intuyo que no se quedará mucho tiempo con nosotros.

—¿A qué se refiere?

—¿Extraña Viena, doctor? Seguro que es una ciudad preciosa, muy moderna, según dicen, aunque un poco fría para mi gusto... Yo personalmente no cambiaría Barcelona por Viena, pero he oído que usted era muy conocido allí. —Ramiro se inclina levemente hacia él en un claro gesto de amenaza—. Sé la verdad sobre usted. Sé por qué está aquí.

Las palabras salen de la boca de Ramiro de repente, haciendo que Ellis se quede paralizado. Su rostro palidece y la mano le tiembla. Mina estudia su reacción, nunca lo ha visto así antes, y tironea con delicadeza de la manga de su abrigo para devolverle a la realidad.

—Doctor... —murmura ella.

Pero Ellis no responde y baja la cabeza, casi parece que estuviera profundamente avergonzado por algo, pero entonces mira a Ramiro y sonríe con desprecio.

—No tiene ni idea de lo que está diciendo, inspector jefe. Quien le haya hablado sobre ese asunto no es amigo suyo.

—Claro. Pero ¿por qué no se lo contamos a ella y que la señorita decida? —Ramiro hace un gesto con la cabeza señalando a Mina.

—¿Contarme qué? —pregunta ella, mirando a los dos hombres—. ¿Ramiro?

Bocanegra está a punto de responder, pero en ese momento un sonido de voces y gritos los interrumpe y, solo un segundo después, el subinspector Montes aparece en la sala de inspectores y camina deprisa hasta donde están. Parece preocupado, sus ojos claros se mueven nerviosos sin atreverse a interrumpir la escena.

—¿Qué pasa, Montes? —pregunta Ramiro sin mirarlo.

—Jefe, hay un hombre fuera, en el vestíbulo. Está montando un escándalo, dice que quiere denunciar la desaparición de su mujer.

El inspector jefe chasquea la lengua con fastidio.

—Pues haz que alguien le tome declaración y que se largue. Estoy esperando una visita importante.

Aunque nunca desobedece una orden directa, esta vez el subinspector Montes no parece convencido; se remueve dentro de su traje barato e insiste:

—Dice que la última vez que vio a su esposa fue cerca de la antigua acequia. —Los tres se vuelven hacia Montes—. Hace dos días que no sabe nada de ella. Cree que podría tener relación con el asesinato de Camila Garza.

La expresión de Ramiro se suaviza, solo dura un momento, pero es suficiente para que ella lo note. Observa cómo se arregla la camisa y se abrocha la chaqueta para tener un aspecto más profesional antes de ir a reunirse con ese hombre.

—Dígale que ahora voy, Montes.

El subinspector asiente en silencio y se marcha deprisa en dirección al vestíbulo, donde se siguen oyendo los gritos del hombre que no encuentra a su esposa y los de los agentes tratando de calmarlo. Ya no suena tan furioso como hace apenas un momento. Mina casi puede oír la resignación dolorosa en su voz. Piensa en ir a hablar con ese hombre cuando Montes y los otros dos hayan conseguido calmarlo del todo, pero entonces Ramiro se acerca a ella como si estuviera a punto de contarle un secreto.

—El buen doctor está aquí para espiarnos, a todo el departamento de policía. Esa es su auténtica misión en Barcelona. ¿No te lo ha contado? —Habla despacio y sin importarle que Ellis lo oiga.

—¿Qué? No, no es posible.

Guillermina piensa en ese secreto que ha visto brillando en los ojos verdes de Ellis todo este tiempo.

—No —murmura ella.

—Sí. —Bocanegra asiente despacio, dándole un momento para que asimile la noticia—. Son órdenes del superintendente: hay mandamases del Gobierno y la Diputación que no están muy de acuerdo con cómo cierro algunos casos ni con la manera en la que he conseguido algunas confesiones, y, con la Exposición Universal tan cerca, quieren tener unos ojos dentro del departamento para asegurarse de que la mierda no los salpica si todo explota —añade Ramiro—. Por eso el buen doctor consiguió el puesto de Martín a pesar de no tener ningún contacto en la ciudad, y por eso está tan interesado en el caso de Garza.

Mina puede sentir su corazón latiendo deprisa debajo de las capas de ropa, el sudor frío que le cubre la frente de repente igual que sucede al despertar de un mal sueño. Se vuelve hacia Ellis y sabe que todo es verdad: lo sabe por la manera en la que él la mira.

—Tu nuevo amigo es un espía, Guillermina.

Cuando Mina sale del edificio de la comisaría todavía puede oír las palabras de Ramiro Bocanegra resonando en sus oídos: «Tu nuevo amigo es un espía, Guillermina».

A pesar del bullicio de la calle y del sonido de los carros que circulan por la calzada, Mina solo oye su última frase, igual que si acabara de lanzarse una maldición; eso y un pitido agudo en su oído izquierdo, que se hace más fuerte por segundos.

Guillermina Índigo jamás confía en nadie. No permite que las amistades o los clientes se acerquen demasiado a ella, nunca tanto como para poder descubrir los secretos que guarda, esos de los que no es capaz de hablar en voz alta. Nadie, ni siquiera Ramiro, conoce la verdad sobre Cuba y sobre todo lo que pasó después. Tan solo Zelda, y únicamente porque ella forma parte de ese secreto. Y sin embargo había permitido que ese hombre de ojos verdes y aspecto impecable se colara debajo de su piel casi sin darse cuenta, muy cerca de donde viven los fantasmas.

—Señorita Índigo, espere.

Oye cómo Ellis la llama desde la puerta de la comisaría de esa manera única en la que dice su nombre, arrastrando las consonantes. Mina camina deprisa para dejarlo atrás, pero sus piernas son largas y no tarda en alcanzarla.

—Señorita Índigo, permita... permita que me explique, por favor —suplica Ellis cuando está a su lado—. No es como el inspector lo ha contado. Él no tiene todos los datos.

Pero ella no se detiene y camina entre la gente igual que si no lo conociera de nada. El pitido en su oído es más intenso ahora y casi no puede oír los sonidos de la ciudad a su alrededor. Tiene que esforzarse por recordar cómo ha llegado hasta la comisaría: el Levassor. El vehículo está parado un poco más adelante, así que cruza la calle para llegar a los grandes soportales que hay al otro lado de la plaza; un carro está a punto de atropellarla, pero Mina ni siquiera se da cuenta. Está furiosa; furiosa con Ellis y también con Ramiro, pero sobre todo está furiosa con ella misma por haberse permitido bajar la guardia con el doctor.

«La mejor mentirosa de la ciudad y me engaña un maldito inglés», piensa con amargura.

Oye el eco de los pasos rápidos de Ellis sonando bajo los arcos del soportal cuando se acerca a ella.

—Sí, me escogieron para este puesto porque no tengo ninguna vinculación personal con la ciudad ni con el departamento. —Ellis habla deprisa y gesticula con las manos mientras camina a su paso—. Pensaron que así sería poco probable que me dejara persuadir o corromper por el inspector jefe o por su camarilla, pero también estoy aquí por otro motivo.

Mina detiene su carrera por fin y se vuelve para encararse con él.

—Es usted increíble: todo este tiempo me ha mirado por encima del hombro atreviéndose a insinuar que soy una mentirosa, una embaucadora..., ¡y el embustero era usted!

—Yo no he hecho tal cosa.

—¡Desde luego que sí!

Guillermina respira deprisa dentro de su vestido, está perdiendo el control de la situación y eso es algo que detesta. Pero puede ver el impacto que tienen sus palabras en Ellis por la expresión de su rostro.

—Tal vez no lo dijera usted con esas mismas palabras, pero lo ha insinuado abiertamente durante todo este tiempo.

—En ese caso le pido disculpas, señorita Índigo. No era mi intención que se sintiera traicionada —dice con suavidad.

—Usted y sus dichosas disculpas. Pensé que me había dicho que no era como el resto de los hombres, pero ahora puedo comprobar que es exactamente igual.

—Le aseguro que puede confiar en mí como ha hecho hasta ahora...

Mina se detiene un momento para responder:

—Yo nunca he confiado en usted. Ha intentado ganarse mi amistad y mi confianza fingiendo sentirse solo en su nuevo destino y desplazado por sus compañeros, únicamente para poder manipularme y así llegar hasta el inspector jefe, con el único propósito de espiarlo.

Ellis tarda un momento en responder.

—Sí, lo admito: puede que mi comportamiento no haya sido ejemplar o propio de un caballero durante todo este tiempo...

—¿Ejemplar? ¡Me ha mentido! —exclama Mina.

—Pero eso es lo mismo que hace usted todo el tiempo para ganarse el favor de sus clientes, señorita Índigo. No somos tan diferentes después de todo.

—No, ni hablar. —Mina niega con la cabeza, pero en el fondo sabe que él tiene algo de razón—. Lo felicito; admito que me ha engañado completamente, doctor: he llegado a creerme que tenía auténtico interés por descubrir quién hay tras el asesinato de Camila y que se sentía miserablemente solo en una nueva ciudad. Es usted muy buen mentiroso, porque no es nada fácil engañarme. Adiós, doctor Ellis.

Mina se vuelve y da un paso hacia el final de la calle, lista para marcharse y no volver a ver al nuevo patólogo nunca más.

—No volverá a pasar. Tiene mi palabra, por favor... —dice él. Y le sorprende el tono sincero de sus palabras.

—Desde luego que no volverá a suceder —le responde ella sin girarse.

Los separan un par de metros y el bullicio de la ciudad, pero incluso sin mirarlo puede imaginarlo: de pie bajo los arcos de piedra, con su inseparable abrigo negro y su mirada suplicante.

—Si me da una oportunidad, le demostraré que puede fiarse de mí y le contaré todo lo que desee saber sobre por qué estoy aquí en realidad. Mis auténticos motivos.

Mina se detiene al oírlo. No quiere hablar con Ellis y tampoco le interesan sus disculpas, pero ha conseguido despertar su curiosidad natural. Y también sabe que la información puede ser tan poderosa como unos libros de contabilidad amañados o una noticia falsa en portada.

—Bien, le escucho: cuénteme lo de Viena; he visto su expresión cuando Ramiro lo ha mencionado.

—No puedo hablar sobre Viena, lo lamento, pero...

Mina pone los ojos en blanco.

—Pero le demostraré que sí puede confiar en mis conclusiones como forense; tiene mi palabra de que no haré peligrar el caso del asesinato de la señorita Garza.

—Hable, tiene dos minutos —dice Mina sin moverse de donde está.

Ellis se acerca a ella despacio, aliviado de haber logrado al menos que se vuelva para mirarlo.

—Me temo que voy a necesitar mucho más que dos minutos —dice con una media sonrisa culpable, pero Mina finge que su sonrisa no tiene ningún impacto en ella—. Me enviaron aquí porque hay un grupo de personas intentando influir en su Administración, su Gobierno, en su departamento de policía, en sus periódicos... y hasta en sus grupos de sociedad.

—¿Qué? ¿Ese es su gran secreto? ¿Un grupo de presión quiere infiltrarse para influir en las decisiones importantes? Eso es algo habitual, doctor. Pasa constantemente en todas partes: hombres de negocios que presionan para que se aprueben leyes en las colonias que los beneficien, funcionarios de alto nivel que revelan información secreta a cambio de favores...

—Me temo que no me he explicado bien. —Ellis parece nervioso y mira a su alrededor para asegurarse de que nadie preste atención a su conversación—. Si aún quiere confiar en mí le contaré lo que quiera saber, a pesar de que mis órdenes son claras, pero no aquí. Me sentiría más cómodo hablando de este asunto en un lugar más privado.

Mina parpadea mientras piensa en lo que acaba de escuchar. Al final, todo se reducía a eso: confiar en el doctor Ellis o no. Está a punto de proponerle ir al palacete para poder terminar la conversación cuando ve a Ernesto Valdés y Doval por encima del hombro del doctor, caminando decidido hacia ella.

—Aquí está la adivina —dice a modo de saludo.

Don Ernesto parece, a primera vista, un hombre de aspecto enfermizo —piel lechosa cubierta de manchas y ronchas rojizas por el sol, pelo pajizo y ojos hundidos—, pero bajo esa apariencia frágil y lánguida se esconde un hombre acostumbrado a salirse siempre con la suya.

—Don Ernesto. —Ahora Mina entiende por qué Ramiro

llevaba puesto su mejor traje—. Claro, usted es la visita importante que esperaba hoy el inspector jefe Bocanegra.

—Desde luego que sí. Estoy aquí para denunciarla a usted y a esas sesiones perversas, donde se dedica a asustar a viudas y esposas aburridas con sus trucos de salón.

—¿Denunciarme? —repite atónita—. El espiritismo es una práctica muy extendida. Lo que yo hago no es ilegal, señor Valdés.

—Pero es profundamente inmoral. Y estafar a la gente sí va contra la ley.

Esa es la conversación más larga que ha mantenido hasta el momento con el marido de doña Amalia, pero le basta para comprender que Valdés es uno de esos hombres que se consideran a sí mismos guardianes de la moral y la decencia, a pesar de sus propios vicios. Sabe de sobra que no hay manera de razonar con alguien convencido —o que finge estar convencido al menos— de salvaguardar la decencia de toda la sociedad.

—¿Cómo se atreve a meterle ideas extrañas en la cabeza a mi mujer? Fantasmas, apariciones... Y todo por unas pocas pesetas. La deja creer mentiras y le da a ella falsas esperanzas para aprovecharse de su dolor. ¿Acaso no hemos sufrido ya suficiente?

—Su esposa me contó lo que pasó realmente la noche en que Carlota falleció.

Valdés y Doval la fulmina con la mirada.

—No sé qué insinúa, pero la muerte de mi hija fue un accidente; un accidente terrible que usted se empeña en revivir una y otra vez. —Su cara se vuelve más roja por momentos, y Mina comprende que no está acostumbrado a que alguien le lleve la contraria, y menos una mujer—. Deje tranquila a Amalia; mi esposa está delicada de salud y no necesita que una charlatana como usted, y a saber qué más, se aproveche de su dolor y le altere los nervios. Su marido era un buen hombre: él se avergonzaría de usted, igual que hace el resto de su familia política.

Ellis abre la boca para intervenir, pero Mina le hace un gesto para detenerlo y da un paso hacia Ernesto.

—Todos tenemos cosas de las que avergonzarnos, señor Valdés, seguro que usted tiene unas cuantas también —dice ella con voz tranquila y sin perder la sonrisa—. Pero, por mucho que le disguste lo que hago, no puede impedir que continúe celebrando reuniones sociales en mi casa o que aconseje a mis clientes sobre los asuntos que me consultan.

—No, supongo que tiene razón —admite don Ernesto—, pero sí que puedo hacerle la vida muy complicada, señorita Índigo; basta con que empiece una pequeña campaña contra usted entre mis amistades para que esos amigos y clientes suyos comiencen a ver que les da demasiados problemas ir a visitarla o dejarse ver en público en su compañía. Conseguiré que se quede sola, abandonada por todos y en la más absoluta miseria. —No miente. En ese instante Mina se da cuenta de lo mucho que ese hombre la desprecia; su odio es de un tipo muy concreto y corre profundo bajo la piel manchada de Valdés y Doval—. ¿A quién cree que los maridos y los padres de sus clientas prefieren tener de su parte?, ¿a una estafadora a punto de caer en desgracia, o a uno de los hombres más poderosos de la ciudad? Usted es lista, piénselo.

Don Ernesto da por terminada la conversación y se toca su sombrero en un gesto que normalmente sería cortés, pero que ahora resulta insoportablemente condescendiente.

—No ha venido hasta aquí solo para intimidarme, ¿verdad? —dice Mina de repente—. Estoy segura de que un hombre como usted tiene sitios mejores donde pasar un domingo a la hora de almorzar, pero aun así ha venido hasta la comisaría.

Ernesto Valdés y Doval se vuelve indignado, pero Mina sonríe cuando ve, por la expresión de su cara, que ha acertado.

—Ha venido para que Ramiro le informe personalmente sobre el crimen de la acequia. Lo tiene en nómina. ¿Cuánto le paga al inspector jefe por sus servicios? —Mina no permite que sus emociones se reflejen en su rostro, pero por dentro se siente un poco tonta: tenía que haber imaginado que Ramiro Bocanegra cobraba de todo aquel que estuviera dispuesto a pagarle y no solo de ella—. ¿Cuánto dinero le da a cambio de su alma?

Por un momento parece que don Ernesto no va a responder, que su intención es marcharse sin más y seguir con su vida igual que si ese encuentro fortuito nunca hubiera sucedido. Pero entonces sonríe un momento, con una sonrisa que deja al descubierto los dientes detrás de sus labios tensos, y se inclina hacia su oído.

—Más de lo que le paga usted —susurra—. Tenga cuidado o el próximo cadáver que sacarán de esa asquerosa acequia será el suyo. Que pase un buen día, señorita Índigo.

NUEVOS MÉTODOS

Los botines de Guillermina resuenan en el pasillo que conduce a la morgue. El frío ahí siempre es más intenso, en parte para ayudar a mantener los cadáveres durante más tiempo. Mina se frota los brazos para calentarse por encima de la chaquetilla, que cubre su vestido de paseo —una de las joyas recién salidas del taller de costura que doña Consuelo Beltrán tiene en las Ramblas—. Es un vestido de mañana, ceñido a la cintura y con una falda de gran vuelo, que se mueve al ritmo de sus pasos, confeccionado en elegante franela gris perla, rematado en el cuello con un precioso lazo de seda color marfil.

—Ya le he dicho que puedo prestarle mi abrigo si tiene frío —le recuerda Ellis con delicadeza.

—Creo que podré soportar un poco de frío.

Después de que Ramiro le contara la verdad acerca del doctor y de sus verdaderos motivos para estar en la ciudad, Guillermina ha accedido a acompañar a Ellis al depósito para hacer un experimento científico que según él confirmará sus capacidades como patólogo y la convencerá definitivamente de que puede fiarse de él. Mina ha accedido a seguirle porque quiere saber todo lo posible sobre el crimen de la acequia, o eso es, al menos, lo que se ha repetido a sí misma desde que han salido de la comisaría; en realidad Mina tiene otro motivo para aceptar su oferta: quiere poder confiar en el doctor Ellis.

—Hace algunos años, por estas fechas, recuerdo que llovió tanto que el agua inundó la playa y después llegó hasta este edificio y se extendió por el pasillo hasta el depósito. Martín era el forense entonces. Llevaba apenas unos meses ejerciendo, y hubo un brote de cólera en la ciudad por culpa de las inundaciones. Le insistí para que se quedara a salvo en casa en lugar de venir aquí cada día, donde era mucho más posible que se infectara, pero él me dijo: «Es mi deber, Mina. Los muertos cuentan conmigo».

Ella observa sus pies durante unos segundos, y casi le parece sentir el agua estancada mojando su ropa y anegando el pasillo, igual que entonces.

—Su marido era un hombre muy valiente. Varios compañeros suyos lo han descrito como una de las personas más honestas que han conocido nunca, lamento mucho lo que le ha pasado —dice Ellis cuando llegan frente a la doble puerta del depósito.

—No sé por qué, pero sospecho que ustedes dos se hubieran llevado bien de haberse conocido —comenta Guillermina.

—Yo no estoy tan seguro.

Puede sentir los ojos verdes del doctor sobre ella mientras empuja la puerta para entrar delante de él. El cuerpo de Camila Garza ya no está en la camilla que ocupa el centro de la morgue.

—Lo he trasladado a la sala fría, o como lo llamen aquí —explica Ellis como si pudiera averiguar sus pensamientos—. El hielo ayuda a conservar mejor los cadáveres, y también las posibles pruebas, como estoy seguro de que ya sabe usted.

—¿Qué es eso que quería enseñarme, doctor? Esta tarde a última hora tengo una cita ineludible, y no puedo perder el tiempo correteando por media ciudad con usted solo para darle la oportunidad de que vuelva a mentirme.

Ellis no responde, sabe que se merece sus palabras.

—Le he pedido que venga para que me dé la ocasión de demostrarle que puede confiar en mi criterio como médico y como patólogo. Independientemente de cuáles sean los motivos que me han traído a esta ciudad, mi labor como forense no puede ser puesta en entredicho, al menos no por usted —le pide con suavidad.

Guillermina activa el mecanismo del gas-ciudad —demasiado anticuado y peligroso— y oye como corre por las tuberías al otro lado de la pared de la morgue; después enciende con cuidado la lámpara y el depósito se llena de la luz temblorosa de la llama que tiembla sobre ellos.

—Bien, tiene veinte minutos, doctor, ¿cree que será suficiente para impresionarme?

Ellis le dedica una diminuta sonrisa.

—Me bastarán cinco.

El doctor deja su abrigo en el respaldo de la única silla y atraviesa la habitación para buscar los sobres de papel barato en los que ha guardado las pruebas que habían recogido juntos en la vieja acequia.

—Esta es la joya que el cadáver de la señorita Garza tenía en la boca. —Ellis abre con cuidado el sobre de papel y coloca la gargantilla de brillantes y perlas encima de una bandeja quirúrgica—. He estado pensando y se me ha ocurrido que tal vez el asesino de la señorita Garza fuera quien la obligó a meterse el collar en la boca.

—La gargantilla... —murmura Guillermina, mirando la preciosa ristra de perlas—. ¿Y qué pasaría si así fuera? No comprendo qué importancia puede tener que el asesino la obligara a meterse la joya en la boca.

Despacio, Ellis se remanga su camisa de hilo de color blanco hasta los codos. Guillermina se fija en sus brazos, bien contorneados, y en la manera elegante en la que se mueven sus dedos largos para asegurarse de que no se mancha los puños de la camisa. Comprende que ha hecho eso muchas veces antes.

—¿Qué es exactamente lo que está planeando, doctor?

—Durante mi colaboración con Scotland Yard, formé parte de una prueba a gran escala para recopilar y archivar las impresiones que quedan después de tocar un objeto: se llama dactiloscopia, consiste en...

—Sí, ya sé lo que es la dactiloscopia: obtener algún tipo de impresión del dedo, o de la huella, mejor dicho.

—Precisamente. He estado haciendo experimentos y pruebas por mi cuenta hasta conseguir la mejor combinación de factores para poder levantar la huella de distintas superficies.

—Ellis habla deprisa, es evidente que está encantado con el experimento—. Se me ha ocurrido que si el asesino de Camila le introdujo a la fuerza el collar...

—La gargantilla.

—Si el asesino de Camila fue quien le introdujo la gargantilla a la fuerza en la boca, es posible que tenga sus huellas dactilares.

Los ojos verdes de Ellis brillan, emocionados con la posibilidad.

—Pero ya han pasado varios días desde su asesinato, ¿aún es posible obtener huellas?

Ellis abre su maletín médico y saca un pequeño tubo de cristal con algún tipo de polvo dentro.

—Las huellas latentes no se ven a simple vista, pero pueden mantenerse sobre una superficie durante horas, días o incluso semanas después de que alguien la haya tocado. No tienen ninguna validez probatoria: ningún juez va a condenar a una persona porque sus huellas dactilares estén en un arma o en un lugar concreto, pero si conseguimos las huellas del asesino...

—Podremos compararlas con las del sospechoso cuando por fin tengamos uno —termina ella.

—Eso es.

A su pesar, Guillermina no puede evitar sonreír fascinada al oírle hablar.

—Bien, impresióneme entonces, doctor.

Ellis acerca un candil a la mesa, donde está la bandeja quirúrgica con la gargantilla. Abre la tapa del tubo de cristal con ceremonia, y saca un pincel de su maletín.

—Yo mismo elaboro esta mezcla específica de polvos para poder buscar huellas latentes. La fabrico con hollín, harina de maíz y un par de ingredientes más.

—Qué interesante... —dice ella, mientras se acerca más a él para poder ver lo que está haciendo.

Ellis dispone una pequeña cantidad del misterioso polvo de color gris en el pincel y después lo extiende con cuidado sobre las perlas y el cierre de la gargantilla. Mina le observa:

está completamente concentrado en lo que hace. Se fija en la manera en la que sus dedos sujetan la brocha para poder esparcir la cantidad justa de polvo, en su ceño fruncido para no pasar por alto ningún detalle importante, en la manera en la que huele el aire cuando está cerca de él... De repente se siente un poco indispuesta y tiene que contener la respiración un instante, solo durante el tiempo suficiente para no extender la mano hasta Ellis y acariciarle el brazo.

—Parece que vamos a tener suerte, ¿ve cómo se forman las huellas al contacto con el polvo?

Guillermina deja de mirarle para fijarse en el dibujo delicado que ha aparecido, casi por arte de magia, sobre el cierre de la gargantilla:

—Sí, vamos a tener suerte —murmura para sí.

—Es una huella latente, eso significa que ha estado ahí todo este tiempo, aunque oculta a nuestros ojos —apunta Ellis, mientras busca papel absorbente en su maletín para poder obtener una impresión de la huella—. Si lo piensa un poco, es muy parecido a sus fantasmas.

—¿Mis fantasmas? —repite Guillermina divertida.

—Sí, algo que no se aprecia a primera vista.

—No me dirá usted ahora, doctor, que va a empezar a creer en los espíritus o en el más allá —susurra, cerca de su oído.

—No, nada parecido; soy un científico. Solo un momento más, esta es la parte más delicada del proceso...

Mina observa cómo termina de capturar la huella en el papel absorbente y después escribe unas palabras en un lateral de la página, con su letra casi imposible de leer: «Huella obtenida del cierre de la gargantilla encontrada en la boca de la víctima».

Guillermina estudia la impresión de la huella en el papel y después se vuelve hacia Ellis con una sonrisa en los labios.

—Admito que sabe cómo impresionar a una dama, doctor —susurra ella.

—Bueno, usted tiene sus métodos... y yo tengo los míos.

LA SESIÓN ESPECIAL

Guillermina pasea arriba y abajo por la salita de las visitas del palacete mientras Zelda, sentada en una de las butacas tapizadas, se mordisquea el labio en un gesto que siempre hace cuando está nerviosa.

—Cuéntamelo otra vez, ¿qué es lo que te ha dicho Valdés exactamente?

—Oh, no mucho, solo que el próximo cuerpo que encuentren en la vieja acequia podría ser el mío.

Mina recuerda las palabras exactas de Valdés, claro, igual que recuerda el tono amenazante de su voz o la manera en la que se ha demorado junto a su oído un poco más de tiempo del necesario, pero decide no contárselo a Zelda; no porque no confíe en ella, es solo que no quiere asustarla más.

—Pero tienes un testigo, el doctor Ellis estaba presente cuando te ha amenazado.

—Sí, pero ya te he contado que el buen doctor ha estado espiándonos todo este tiempo —responde Mina sin dejar de pasear por la habitación—. Ahora mismo no sé si puedo confiar en Ellis.

Esa tarde, después de regresar al palacete tras su visita a la morgue con Ellis, Guillermina se ha dejado caer en una de las sillas del salón mientras repasaba la amenaza de Ernesto Valdés y Doval en su mente, una y otra vez.

—Guillermina, ganarse la confianza de alguien es parecido a un baile: un paso adelante, dos hacia un lado, una vuelta... Lleva su tiempo, no es algo que suceda de repente —dice Zelda—. Con la verdadera confianza, al menos...

—Lo que no entiendo es por qué a Valdés le interesa el asesinato de Camila Garza. No tenían ninguna relación —murmura Mina, igual que si estuviera hablando sola.

Zelda pone los ojos en blanco, sabe que conseguirá que ella admita que quiere confiar en Ellis.

—Se me ocurre que tal vez no le importe el asesinato en sí: puede que a don Ernesto le preocupe que se extienda el miedo por la ciudad y se empiece a hablar de cancelar la Exposición —sugiere Zelda.

Por un momento casi piensa que Mina no la ha oído, pero entonces ella deja de pasear y la mira.

—¿Cancelar la Exposición? Desde luego, eso sería la ruina para los inversores y financieros que se juegan su capital y credibilidad en la Exposición Universal; eso sin mencionar la mala imagen que daría la ciudad a ojos del resto del mundo. —Mina rebusca en su memoria hasta que encuentra esa extraña conversación que tuvo con Amalia Casas hace algunas noches, frente a la puerta del palacete—. Amalia me contó que su marido había invertido casi todo su patrimonio en la Exposición Universal. Ella dijo «millones».

Cuando habló con Amalia Casas, el olor del incendio del piso de la calle Poniente todavía estaba pegado a su piel y a su pelo, y entonces no le pareció importante su comentario —el típico comentario de una mujer rica presumiendo de los negocios de su marido—. Pero ahora se preguntaba si tal vez Amalia la había puesto sobre la pista del dinero de manera intencionada. ¿Estaba Amalia vengándose de su marido por algo?

«Mi esposa está delicada de salud», había dicho Valdés. Desde luego era una confesión extraña para un hombre tan deseoso de guardar las apariencias. La Amalia que ella conoce quizá sea frágil y melancólica, un poco solitaria también, pero desde luego no parece estar enferma.

—¿Millones, eh? Vaya... —La voz de Zelda la saca de sus pensamientos—. Y eso sin mencionar los contratos y los negocios que seguro que espera cerrar don Ernesto durante la celebración de la Exposición. Banqueros, diplomáticos, hacendados..., todos ellos se pasearán por las fiestas, galas y recepciones que se van a celebrar: una oportunidad única para hacer nuevos contactos —añade Zelda, pero enseguida se arrepiente de haberlo dicho, porque ve la mirada en los ojos de Mina y sabe lo que está pensando—. No, ni hablar. Ahora debes prepararte para la sesión especial con las Palladino; ya tienes sus libros amañados para apretarles las tuercas tal y como querías hacer.

—La sesión especial —repite ella.

—Eso, es. Sí.

De vez en cuando, y solo con algunos clientes muy selectos, Guillermina Índigo celebraba lo que ella llamaba una «sesión especial» en la Habitación de los Fantasmas. Todos sus clientes se morían por asistir a una de aquellas misteriosas sesiones —muchos insistían durante meses o años tratando de convencerla—, pero únicamente algunos tenían el honor de ser invitados. «Solo creyentes y dolientes», había acordado con Zelda, para estar seguras de que nunca tendrían problemas y de que los asistentes eran lo suficientemente confiados.

Mina se levanta de la butaca, se abrocha el último botón de su espectacular vestido negro con encaje floral de chantillí que le sube por el pecho, y se asegura de que sus ojos están maquillados por igual con el lápiz de kohl para darle un aspecto más impactante. «Los clientes tienen que creer en fantasmas antes de sentarse a mi mesa de espejo», solía decir Mina.

—Estás perfecta.

—¿Como una médium farsante? —bromea Mina con una diminuta sonrisa.

—Como la mejor médium farsante. Tú céntrate en la sesión especial y todo irá bien. Las Palladino llegarán enseguida.

Una sesión especial también tenía normas diferentes: prohibido hablar de lo sucedido en la Habitación de los Fantasmas —eso multiplicaba el misterio y le servía de reclamo— y prohibido terminantemente levantarse de la mesa una vez que empezaban. No era gratis, por supuesto: una sesión especial costaba aproximadamente cuatro o cinco veces lo que una normal —siempre dependiendo del cliente y de cuánto dinero estuviera dispuesto a pagar—, pero la experiencia era tan impresionante que muchos querían repetir pasadas unas pocas semanas.

—Ya está todo preparado, me he ocupado de ello mientras tú te arreglabas. El amplificador para el fonógrafo que diseñé está escondido en el conducto de ventilación, las cortinas están bien cerradas y el humo especial de la linterna mágica está mezclado y esperando. También tengo listas las imágenes de Fontanet, como me pediste. —Mientras habla, Zelda se asoma a la ventana para asegurarse de que las invitadas no han llegado aún.

Durante la celebración de una «sesión especial», Zelda se escondía en la habitación contigua —la salita de música donde estaba el piano de Martín— para controlar el humo de la linterna mágica, que era capaz de proyectar imágenes en el aire igual que si se tratara de una auténtica aparición espectral. Era un truco muy ingenioso: la puerta de la Habitación de los Fantasmas se abría de repente —gracias al mecanismo a distancia que Zelda le había instalado, el mismo que hacía girar sin control el pomo de cristal— y entonces ella proyectaba las imágenes de la linterna mágica sobre el humo que llenaba el pasillo.

—Tú tienes la información de los libros amañados y el señor Baxter ha preparado el refrigerio especial. Ahora solo falta que ese par de pájaras aparezcan.

—Vendrán.

En ese momento Baxter aparece en la puerta de la salita de las visitas, empujando el carrito dorado con el refrigerio para antes de la sesión.

—Tiene todo un aspecto fabuloso, señor Baxter. Gracias. —Mina se acerca al carrito de servir y huele el té preparado con hierbabuena reposando en la tetera de porcelana inglesa.

Además del té, servido con pastas, dátiles dulces o bizcochos de almendra, en el carrito hay un pequeño surtido de sándwiches —de pepino y crema, y de nueces con queso suizo— bien colocados en una fuente a juego con la tetera. También hay un cóctel de limonada con frambuesa y ginebra —de un vistoso color rosa, servido en una bonita jarra de cristal— para asegurarse de que los participantes en la sesión se sientan cómodos y se relajen antes de hacerlos pasar a la Habitación de los Fantasmas.

—¿Y sus famosos pastelitos especiales de limón con semillas? —pregunta ella.

—Están enfriándose, señorita Índigo. Su efecto es más notable cuando están atemperados.

Mina asiente y Baxter regresa a la cocina a buscar las servilletas de hilo y el juego de vasos.

Son las nueve y un minuto cuando Guillermina mira su reloj de cadena para asegurarse de la hora antes de volver a esconderlo entre las capas de su vestido. La ventana de la salita de las visitas está cerrada para evitar que el frío de la noche se cuele en la habitación, pero fuera, llegando por la calle residencial, oyen la voz de Antonia Palladino comentando algo sobre las flores de lavanda que crecen en el jardín.

—¿Ya has pensado cómo vas a presionarlas?

—Sí —responde muy segura, mientras se retoca el maquillaje de los ojos frente al espejo.

Pero Mina piensa otra vez en la amenaza de Ernesto Valdés y Doval, y sus piernas tiemblan bajo las capas de organza y raso de su vestido; no es la primera vez que un marido o un padre la amenaza para que deje de sacarle dinero a su esposa o a su querida, pero nunca hasta esa mañana le había parecido tan... real.

—¿Seguro que podrás hacerlo después de lo que ha pasado con Valdés? Es normal que su amenaza te haya afectado. —Zelda se cuela en su mente igual que si pudiera leer sus pensamientos—. Si esas dos se huelen algo o si las presionas demasiado...

—He dicho que puedo hacerlo —la corta Mina.

El señor Baxter entra en la salita con el servicio de mesa en una mano y una bandeja en la otra. El aroma dulce y especiado de los pastelitos de limón y crema de mantequilla llena el aire. Baxter los ha colocado con esmero en un expositor de plata para pasteles.

—Es imposible no fijarse en ellos —dice Zelda, mirando los pasteles desde donde está—. Comerán, estoy segura.

Baxter se dirige a la puerta principal para abrir a las invitadas. En la salita, Mina se vuelve hacia Zelda con una sonrisa enigmática en los labios.

—Por si acaso, le he pedido a Baxter que también añada su «ingrediente especial» a la limonada y al té: la hierbabuena camuflará el regusto a cánnabis.

Eso era lo que hacía tan famosos los pastelitos de limón y crema de mantequilla de Baxter.

La puerta se abre y un momento después los pasos seguros de las Palladino les llegan desde el pasillo, igual que el tintineo de sus collares debajo de la ropa.

—¡Guillermina querida! —exclama Antonia Palladino cuando entra en la salita.

Antonia es alta y escandalosa, muchas de sus supuestas amistades se burlan a sus espaldas de su falta de delicadeza y de su deseo por ser el centro de atención —algo imperdonable para una mujer—, pero a Mina no le desagradan especialmente las formas de Antonia. Considera que hay otras cosas mucho más reprochables en ella.

—Buenas noches. —Guillermina conoce bien su papel, camina hacia ellas con una amable sonrisa y los brazos extendidos igual que si fueran amigas íntimas. Cuando le estrecha las manos, nota que los dedos fuertes de Antonia están cuajados de anillos de oro con piedras preciosas y perlas—. Me alegro mucho de que no hayan cambiado de opinión: una sesión especial puede resultar intimidante para algunos...

—Tonterías, llevamos semanas deseando que llegara este día. Qué hermosa estás, y qué estilo tan único y exótico tienes. Siempre le digo a Beatriz: Guillermina Índigo es una de las damas más distinguidas de la ciudad. Nada de esa ropa moderna «lista para llevar» que hacen ahora, ¿verdad que sí, Beatriz? —Le lanza una mirada a su hermana pequeña para que responda, pero ella se limita a asentir discretamente con la cabeza.

—Muchas gracias. Veo que ya han dejado sus abrigos.

—Desde luego. Ese mayordomo tuyo tan correcto ha sido muy amable y nos ha ayudado. Sé que no debería decirlo, pero sus manos son muy masculinas y viriles; yo siempre me fijo en las manos de un hombre, se puede saber mucho de alguien viéndolas. —Mina siente la mirada de Antonia Palladino sobre los dedos mutilados de su mano derecha, pero finge que no se da cuenta—. ¡Y qué bigote tan maravilloso tiene! Ya no se ven bigotes así en los hombres de ahora, muchos incluso comienzan a prescindir de las patillas, no sé qué será lo siguiente...

Antonia va a decir algo más, pero enmudece cuando ve que Zelda también está en la habitación con ellas.

—Señorita Índigo. —Zelda hace una ligera inclinación con la cabeza y se retira discretamente.

—Perdonen a la señorita Moreno, va a hacer guardia junto a la cama de mi esposo para asegurarse de que Martín no se perturba con la cercanía de los espíritus. A algunos espectros les gusta rondar el sueño de los enfermos y los niños, son más susceptibles a su presencia.

Esa era una de las muchas mentiras que Mina siempre contaba, y siempre funcionaba bien porque ¿quién no ha sentido un escalofrío bajo la piel de madrugada?

—Desde luego, querida. Algunas noches, cuando Bruno cayó enfermo y yo hacía guardia junto a su cama, juro que sentí en mis propias carnes la presencia de mi madre, que en gloria esté. Hacía años que la pobre ya había muerto, pero podía notar en el aire el olor de su perfume; el mismo que solía usar cuando éramos niñas. El pasado siempre tira de nosotros, supongo.

—Sí, aquellos a los que amamos nunca nos abandonan del todo.

—¿Y cómo se encuentra Martín? ¿Está mejor? —pregunta Antonia de repente.

—Le transmití sus buenos deseos —dice ella, evitando responder a su pregunta—. Por cierto, he dispuesto un pequeño refrigerio para antes de comenzar la sesión especial; así podemos charlar un poco y tienen tiempo de cambiar de opinión.

—Desde luego que no vamos a cambiar de opinión, ¿verdad que no, Beatriz?

Mina sonríe. Nadie había cambiado de opinión jamás.

—Por favor, pónganse cómodas. Baxter ha preparado los tradicionales sándwiches británicos de pepino para acompañar el té, son deliciosos. —Mina hace un gesto con la mano señalando el carrito auxiliar—. Y también sus famosos pastelitos de limón.

—Me muero por probarlos, ¡he oído hablar tanto de ellos!

La propia Mina les sirve a las hermanas una taza de té con hierbabuena —aromatizada con el ingrediente especial de Baxter— y les señala los cómodos sofás para que tomen asiento.

—Gracias por habernos escogido por fin para una de tus sesiones especiales, querida —empieza a decir Antonia, sentándose en la butaca frente a ella con un sonoro resoplido—. Estábamos un poco preocupadas por si acaso lo cancelabas todo antes de que pudiéramos venir.

—¿Cancelar la sesión? ¿Por qué iba a hacer tal cosa? —pregunta ella, escondiendo su sorpresa.

—Ya sabes... —Antonia baja la voz y se inclina hacia ella igual que si estuviera a punto de contarle un secreto—. Por todo lo que está pasando: he leído en el periódico de la mañana que el asesino de la acequia es uno de..., bueno, uno de los tuyos. Un espiritista.

Definitivamente no eran los modales desdeñosos o la manera escandalosa de hablar de la mayor de las Palladino lo que irritaba profundamente a Mina: eran las palabras que salían de su boca.

—Espero que no te moleste que lo mencione, querida. Nosotras sabemos que tú tienes un don verdadero. Tú eres auténtica; la médium más brillante de este continente, sin duda. No como esos charlatanes y vagos que pretenden reunirse en ese congreso que se celebrará aquí, en nuestra ciudad. —Antonia sacude la cabeza con desaprobación—. También he oído que el responsable del crimen podría ser uno de esos indeseables violentos que están en contra de la Exposición...

Antonia continúa hablando, pero Mina se levanta despacio y camina hasta el carrito, la tela de su vestido crujiendo con cada paso. Sabe que tiene que darle un poco de tiempo a Zelda para que se oculte en su escondrijo en la habitación contigua —dentro del armario con las puertas de mimbre donde están las partituras de Martín— y pueda manejar la linterna mágica cuando la puerta se abra súbitamente. Coge un platillo del carrito de servicio y coloca uno de los pastelitos de Baxter sobre él.

—¿Le apetece un pastelito de limón y crema de mantequilla, señora Palladino?

Antonia se apresura a coger el dulce del plato con sus dedos cubiertos de anillos.

—Desde luego que sí, querida.

Le da un mordisco y Mina sonríe.

LA PRIMERA PIEDRA

Guillermina se inclina para coger la jarra de agua y servirse un poco más en su vaso. Está sentada en una de las sillas a la mesa de la cocina terminando de cenar. Las sesiones especiales siempre le dan hambre; supone que es porque, a diferencia de sus clientes, ella no prueba bocado del refrigerio que prepara Baxter siguiendo siempre sus detalladas instrucciones.

—Si aún tienes hambre, creo que ha sobrado algo de la comida: judías blancas salteadas —dice Zelda, mirándola de refilón—. Pero no busques el *foie-gras* con manzana confitada, ya no queda. Recuerdo que cuando llegué aquí me disgustaba muchísimo, ahora me encanta.

—Descuida; con lo que nos han pagado las Palladino esta noche tendremos para comprar mucho más *foie-gras,* te lo aseguro. Hasta me han dado una propina. Aunque disfruto tanto fastidiándolas a las dos que estaría dispuesta a hacerlo gratis.

Zelda se ríe en voz baja.

—No te creo. Pero sí que has debido de impresionarlas con tus dotes de médium para que te hayan dado propina.

—Estaban encantadas.

La sesión especial con las Palladino había sido todo un éxito. Cuando pasaron a la Habitación de los Fantasmas —unos minutos antes de que empezaran a sentir los efectos del cánnabis— ya estaban completamente sugestionadas. Los trucos que Zelda había diseñado funcionaron a las mil maravillas, y después el talento natural de Mina para leer a las personas y manipularlas había terminado de hacer la magia.

—Todos tus trucos han resultado perfectos, como de costumbre. Antonia casi se cae de la silla del susto cuando has abierto la puerta a distancia. —Mina bebe un poco más de agua antes de añadir—: Y Beatriz parecía asustada de verdad cuando me ha oído mencionar la contabilidad de la empresa. Pensé que nada en el mundo era capaz de impresionar a esa mujer.

El señor Baxter va y viene de la salita de visitas terminando de recoger el servicio con ayuda del carrito. No dice nada, pero sonríe cuando ve a Lady Carrot salir corriendo de la despensa con algo en la boca —seguramente pollo en escabeche— que acaba de robar.

—Dentro de un par de semanas, cuando se hayan confiado, volveré a mencionar el asunto de la contabilidad. —Mina le lanza una mirada a Baxter, que finge no haberse dado cuenta de que la gata ha salido huyendo de la cocina—. Antes de marcharse, Antonia me ha mencionado que cree saber por qué está tan disgustado su difunto esposo; dice que van a necesitar más sesiones para poder hablar con él, están pensando en venir dos veces a la semana.

—Dinero bien gastado el que le pagaste a Rosaura a cambio de los libros de contabilidad.

Mina no había vuelto a pensar en Rosaura, en Arnau o en sus criaturas, envueltas en humo negro y llorando, desde la noche que se reunió con ella. Mira hacia la ventana de la cocina, mientras sigue pensando en Rosaura y en sus hijos compartiendo una cama en una pensión de mala muerte, cuando algo rompe el cristal con un estallido y atraviesa la cocina para aterrizar en el suelo muy cerca de ellas.

Guillermina se levanta de un salto de la silla y sin querer vuelca la jarra sobre la mesa, derramando el agua por todo el mantel. Archie, intrigado, corre hasta el misterioso objeto con las orejas tiesas.

—Dios... —Mina se acerca para verlo mejor—. Es un ladrillo.

Baxter estaba terminando de apilar los platos del refrigerio junto al fregadero para empezar a lavarlos cuando el ladrillo ha entrado por la ventana y rompe el vidrio en mil pedazos.

Uno de ellos le ha cortado en el dorso de la mano y ahora un hilo de sangre le mancha la manga blanca de la camisa, que asoma debajo de su chaqueta negra.

—Señor Baxter, ¿está usted bien? Déjeme ver... —Zelda le examina la herida.

—Sí, solo es un corte superficial —responde él, extrañamente tranquilo a pesar de que el estruendo del cristal roto aún resuena en los oídos de los tres—. Si me disculpan un momento...

Baxter sale caminando de la cocina y baja la escalera en dirección a su dormitorio.

—¿Qué acaba de pasar?

—Alguien nos ha lanzado un ladrillo desde la calle, eso ha pasado. —Mina se agacha para verlo mejor, alrededor del pedrusco hay esquirlas de cristal que crujen bajo sus zapatos—. Tiene algo atado con una lazada; creo que es una nota.

Una cuerda tosca atada con un nudo rodea el ladrillo asegurando un pedazo de papel. Mina va a cogerlo cuando oye a Baxter subir la escalera y, solo un momento después, lo oye abrir la puerta principal.

—Pero qué...

Mina se olvida del ladrillo y de la nota en el suelo, y se asoma al pasillo. La puerta del palacete está abierta y le da tiempo de advertir la manga del traje negro de Baxter saliendo al patio, seguido por Archie, que corre tras él.

—¿Dónde está el señor Baxter? —pregunta Zelda.

Pero, antes de que pueda responder, oyen su voz profunda y su acento rasposo entrando a través de la ventana rota de la cocina.

—*You bastard!* —grita Baxter—. Puedes huir, pero tengo buena puntería...

Mina sale corriendo al patio. La puerta de hierro de la verja está abierta, y fuera, en el callejón adoquinado frente a la hilera de los palacetes, Baxter carga el fusil que lleva en la mano y lo levanta apuntando hacia una sombra que corre al final del callejón. Tras ella, Mina oye los pasos rápidos de Zelda, que se detiene en la entrada de la casa.

Baxter grita algo más en inglés —está tan ofuscado que no se ha dado cuenta de que ya no está hablando en español—. El Comodoro Archibald ladra un par de veces, animado por los gritos de Baxter.

—¡Baxter! —Mina lo llama mientras atraviesa el jardín, sale a la calle y corre hasta donde está él.

Pero entonces oye el estruendo de un disparo y el resplandor de la chispa del fusil iluminando la noche. El aire huele a pólvora cuando llega hasta donde está Baxter, que vuelve a levantar al arma para disparar otra vez.

—Pero ¿qué hace? —Mina grita sin darse cuenta, el sonido del disparo aún zumba en sus oídos—. ¿Cómo se le ocurre abrir fuego en plena calle?

La figura oscura llega hasta el final del callejón de Permanyer, trepa por la verja para salir y, un momento después, Mina ve cómo se pierde en la noche. Baxter ha bajado el arma; con gesto serio y la espalda muy recta mira hacia el lugar por el que la sombra ha huido.

—Maldito...

—¿Le ha dado? —pregunta Mina, recuperando el aliento después de la carrera.

Unos pocos vecinos, alertados por el sonido del disparo y los gritos, empiezan a asomarse con precaución a las ventanas de sus casas para ver qué está pasando fuera.

—No.

—Lástima —responde ella, más suave ahora.

Un par de puertas se abren y algunos de los distinguidos residentes del pasaje de Permanyer salen en pijama o bata a sus jardines. El murmullo de voces crece y Mina tironea con delicadeza de la manga de Baxter.

—Venga. Mejor volvamos dentro.

La taza de té tiembla entre las manos de Zelda. No es habitual que se ponga nerviosa, pero salir del palacete —o pensar siquiera en salir— siempre hace que se sienta... intranquila. Mina observa cómo sus dedos tiemblan, pero no dice nada. En lugar de eso, saca su licorera del cajón y le añade unas gotas de brandy al té con vainilla de Zelda.

—¿No ha podido verle la cara? —le pregunta a Baxter, que está sentado al otro lado de la mesa de la cocina—. ¿Ningún detalle? ¿Algo que nos sirva para identificarlo?

—Era un hombre, delgado, y se movía deprisa, así que supongo que era joven. Más joven que yo. —Baxter se sirve otro terrón de azúcar en su taza y remueve el té.

—Usted aún es joven, señor Baxter —dice Zelda, tratando de animarle.

—Hace solo cinco años le hubiera acertado de lleno —se lamenta Baxter.

Están los tres sentados alrededor de la mesa de la cocina con el fogón encendido para calentar el ambiente. Aunque han cerrado la contraventana, por el cristal roto se cuela el frío nocturno. A Guillermina le gusta sentir el aire helado de la noche en la cara, la ayuda a pensar mejor.

—Ya no está usted en la guardia escocesa, señor Baxter. No puede abrir fuego en mitad de la calle —le recuerda Mina.

Baxter deja la taza sobre el platillo de porcelana y la mira muy serio.

—Mi deber es proteger el palacete y a ustedes, señorita Índigo. Ese es mi trabajo —se defiende él—. Aunque ahora me haya convertido en un viejo y mi puntería ya no sea la misma que cuando servía en el ejército.

—Ya es suficiente, deje de castigarse así, señor Baxter —lo corta Mina—. Debe saber que la mayor de las hermanas Palladino está encaprichada con usted, no hay una sesión en que no mencione lo apuesto que es o lo mucho que le gusta su bigote. ¿Verdad?

Zelda asiente e intenta sonreír para animar a Baxter, pero fracasa miserablemente. Hacía meses que no salía de la casa —la última vez que estuvo fuera consiguió llegar hasta el callejón adoquinado— y correr hasta la verja delantera del jardín la ha dejado temblorosa y débil. Odia sentirse así; nota el sudor frío que le cubre la piel secándose, sabe que pronto empezará a sentir el dolor en el pecho, que la paraliza cada vez que piensa en salir del palacete, y el aire de sus pulmones convirtiéndose en una masa pesada que le oprime el corazón. Ese terror invisible que la sujeta por el tobillo cada vez que piensa siquiera en pisar la calle; Zelda siempre se ha sentido así, desde que puede recordar está más segura encerrada: en casa, en su dormitorio... Es consciente de que ese miedo paralizante tiene algo —mucho— que ver con lo que su madre y ella pasaron al regresar con su familia materna a Cuba tras la muerte de su padre. Pero también sabe que su temor se ha ido haciendo más presente desde que Mina y ella regresaron de Trinidad.

—Voy a intentar dormir unas horas —dice Zelda, antes de apurar su té con licor—. No creo que ese hombre regrese esta noche; ya ha logrado lo que quería, asustarnos.

El ladrillo con la nota atada está sobre la mesa, justo en el centro. Ninguno de los tres se ha molestado en leerla aún.

—Claro, ve a acostarte y descansa. —Mina sabe bien que Zelda odia profundamente verse reducida a esa masa temblorosa de pánico—. Si a ese indeseable se le ocurre volver por aquí, esta vez dejaré que Baxter le dispare.

Zelda se levanta de la silla con una diminuta sonrisa en los labios y les da las buenas noches antes de bajar a su habitación. Lilly, la gata tuerta, dormita plácidamente hecha un ovillo en una esquina de su cama ajena a todo lo sucedido arriba. Zelda se tumba sin quitarse el vestido de tarde que lleva puesto desde la sesión especial con las hermanas Palladino, y se queda dormida nada más cerrar los ojos.

Mina hace ya un rato que ha dejado de fingir que toma té y se limita a beber brandy de su licorera.

—Para haber estado a punto de recibir un ladrillazo y haber disparado a alguien esta noche, está usted increíblemente tranquilo. Y no le he visto probar el brandy —le dice a Baxter, cuando termina de beber—. ¿Es por la famosa flema británica? ¿Cuál es su secreto?

—No es la primera piedra que me arrojan. Mi condición de... diferente ha hecho que me odien y me rechacen siempre. Indigno. Me han castigado, golpeado y humillado. —Baxter hace una pausa antes de continuar—. He sido un paria, una vergüenza para mi familia, para mis amigos, para el ejército...; en todas partes excepto en esta casa. Aquí nunca me he sentido rechazado por ser como soy, por eso he salido con mi arma para proteger este lugar. Y lo volvería a hacer.

El señor Baxter nunca habla de su pasado. Lo único que Mina sabe de él es lo que leyó en su carta de recomendación cuando lo contrató: que de joven sirvió en el ejército de su majestad —alcanzando el rango de sargento— y que se formó como mayordomo en una escuela de Oxfordshire antes de pasar a dirigir el servicio en la mansión de lord y lady Bytheseashore, en Somerset.

—Supongo que en esta casa todos somos parias a ojos de la mayoría de la gente: Zelda, usted, Martín... y desde luego yo. —Mina se ríe sin nada de humor—. Puede que por eso mismo encaje tan bien aquí.

Lady Carrot se sube de un salto a la mesa y se frota con la mano de Mina.

—Hasta Lady Carrot, la gata más arisca que he conocido nunca, necesita algo de afecto de vez en cuando.

Baxter la mira un momento mientras ella acaricia la cabeza de la gata, hasta que esta se cansa de sus atenciones y le mordisquea los dedos como suele hacer.

—Existen muchos tipos de familia, señorita Índigo.

Mina no sabe qué decir, y eso es algo muy poco habitual en ella. Así que alarga el brazo sobre la mesa y le estrecha la mano un momento, en silencio.

—¿Quiere que lea yo la nota por usted? —pregunta Baxter, que ya ha recuperado su flema habitual.

El ladrillo continúa en la mesa, con el cordel alrededor sujetando la misteriosa nota.

—No, lo haré yo.

Mina desata el nudo de la cuerda de esparto para sacar el papel y lo desdobla. Tiene que leer la nota dos veces para estar segura.

—Desde luego, no es lo que pensaba —admite, sorprendida.

Había otra Camila Garza.
El Gorrión Blanco era la estrella del Eden Concert.

UN PASEO POR EL PASADO

El doctor Ellis está terminando de suturar la incisión en el cuerpo que yace sobre la camilla. Ya ha terminado la autopsia y también ha escrito su informe final con las conclusiones, aunque todavía no se lo ha entregado al inspector jefe Bocanegra. Ha determinado que la causa de la muerte fue «asesinato».

Se acerca un poco más a la camilla para estar seguro de que sus puntos son pequeños y pulcros, todo lo posible al menos, teniendo en cuenta el estado lamentable del cuerpo. Oye unos pasos rápidos que se acercan por el pasillo subterráneo que lleva al depósito. Despacio, deja la aguja y el hilo de sutura en la bandeja de la mesita auxiliar. El subinspector Montes ha estado haciendo guardia en la puerta del depósito los últimos dos días, pero se ha marchado a descansar hace un rato. La doble puerta se abre y un hombre asoma la nariz; lleva una gorra bien calada y un abrigo con los cuellos subidos.

—Disculpe, ¿quién es usted? —pregunta Ellis, levantándose del taburete donde lleva sentado toda la tarde.

El hombre lo mira sorprendido, es evidente que no esperaba encontrarse con nadie en el depósito.

—Me he equivocado de puerta, amigo. Usted perdone.

Le sonríe y retrocede para marcharse, pero Ellis lo alcanza antes de que pueda salir. Es entonces cuando advierte que el hombre lleva una libreta de bocetos y un lápiz de carboncillo sujeto en la oreja, debajo de su gorra.

—Es usted dibujante. ¿Se ha colado aquí para hacer un retrato de ella? —Ellis señala con la cabeza el cuerpo de Camila—. ¿Cómo se atreve?

—No es para tanto: ya está muerta, ¿qué daño puede hacerle? Y yo solo quiero hacer un retrato de ella, algo artístico, con gusto.

—¿Con gusto? —repite Ellis.

—Sí, y se paga bien en los periódicos, ¿sabe? Casi seis pesetas para el primero que consiga un retrato decente de la chica de la acequia. —El hombre se lame los labios deprisa al pensar en el dinero—. Es un buen precio, ¿qué le parece si le doy una parte, amigo? A cambio me deja hacer mi boceto tranquilo, no me llevará demasiado tiempo.

Ellis se aproxima a él hasta que el hombre se siente intimidado. Es mucho más alto que él, aún está cosiendo el cuerpo, así que sus manos están manchadas de sangre oscura coagulada.

—Lárguese de aquí —le dice muy despacio y cerca de su cara.

El hombre da un paso torpe hacia atrás, pero tropieza con sus propios pies y el lapicero se le cae al suelo. No se detiene a recogerlo; en su lugar, camina deprisa por el subterráneo.

—¡La gente tiene derecho a saber! —grita mientras se aleja.

Ellis suspira antes de volver a su trabajo, pero no han pasado dos minutos cuando vuelve a oír unos pasos decididos acercándose por el túnel.

—Le he dicho que se largue... —Deja de hablar cuando ve a Guillermina de pie, en la doble puerta del depósito—. Señorita Índigo, disculpe. Pensé que era otra persona.

—Veo que continúa usted haciendo buenos amigos.

Ahora sí, el doctor Ellis se limpia cuidadosamente las manos con un trapo y se levanta del taburete. Le duele la espalda por haber estado inclinado en mala postura terminando de suturar el cuerpo.

—Su intención era hacer un retrato de la víctima del crimen de la acequia. Y además ha intentado sobornarme —responde él, todavía indignado con la idea.

—Sí, lo conozco. Su nombre es Santiago Rivero. Es un dibujante especializado en retratar crímenes y sucesos para después vender su trabajo a los periódicos. Personalmente lo encuentro un poco extraño, pero algunos agentes le dan soplos de escenas jugosas de asesinatos a cambio de una parte del dinero. Cuanta más sangre, mejor.

—Es una vergüenza.

Mina le sonríe, es una sonrisa pequeña y cargada de ironía.

—Sí, qué vergüenza; menos mal que lo han enviado a usted para espiar al departamento y escribir informes. ¿Qué tal le va con eso? ¿Ya ha conseguido limpiar la ciudad de corrupción?

—He estado ocupado con otros asuntos —responde él secamente.

Mina continúa junto a la puerta sin atreverse a pasar. Esa habitación, oscura y lúgubre, enterrada varios metros bajo tierra, nunca le había disgustado ni le había hecho sentirse como una intrusa en el mundo de los muertos cuando Martín era el patólogo.

—La mayoría de las personas sienten un rechazo natural al estar cerca de una morgue; se debe al olor del alcohol y de los productos desinfectantes, pero algunos creen que ese es el aroma de la muerte —dice Ellis al ver su expresión.

—Yo no soy como la mayoría. Y el aroma de la muerte no es desconocido para mí.

Mina reconoce el olor de la carne en descomposición y de la sangre coagulada flotando en el aire frío del depósito; está bien camuflado por el desinfectante, pero es inconfundible. No es la clase de olor que se olvida.

—He oído en comisaría lo que sucedió la otra noche en el palacete —dice Ellis con voz grave—. ¿Se encuentra bien?

—Estamos bien, gracias por su interés.

La noche anterior, después del incidente, su vecino, el señor Emiliano Roger —un hombre al que le disgustaba profundamente que Mina no hiciera cortar el arbusto de lavanda del patio o que se sentara en la escalera delantera a beber después de la puesta de sol— había aporreado la puerta del palacete muy indignado durante casi cinco minutos, hasta que el señor Baxter por fin le había abierto. Mina tuvo que salir a apaciguarlo con su mejor sonrisa y una disculpa, asegurándole que su esposo había disparado el viejo fusil de su padre por accidente mientras lo limpiaba. El señor Roger —a quien le molestaba absolutamente todo lo que sucedía en el palacete del número 19 de Permanyer— no pareció muy convencido con su explicación, pero cuando ella mencionó a Martín y a su padre ya no se atrevió a hacer más preguntas. La familia De Pareja seguía siendo una institución en la ciudad, y Guillermina lo sabía.

Dos horas después de la impertinente visita de su vecino, cuando Mina era la única que seguía despierta en el palacete, un agente de uniforme llamó discretamente a la puerta para asegurarse de que todo estaba bien.

—Había pensado ir a visitarla a última hora de la tarde, al terminar aquí, para ver cómo se encuentran usted y la señorita Moreno.

—Fue solo algún vándalo motivado por los titulares sensacionalistas de los últimos días. La ventana de la cocina se llevó la peor parte. —Mina intenta sonreír para quitarle importancia, pero intuye que ese truco no funciona con él—. Aunque puede venir a cenar al palacete alguna noche igualmente, si eso es lo que desea hacer.

Ellis la mira sorprendido.

—Eso me gustaría, sí; gracias por la invitación —responde, y tarda un momento en añadir—: ¿Saben ya quién es el responsable?

—No, pero lo averiguaré —promete ella.

—En cualquier caso, me alegro de que se encuentre bien, señorita Índigo.

Ahí está otra vez: esa sensación tibia y agradable que sube desde el centro de su cuerpo cuando Ellis dice su nombre.

—Supongo que hay gente por ahí que no está muy contenta con que andemos haciendo preguntas sobre Camila Garza. Además del ladrillo, nuestra desagradable visita nocturna también nos hizo llegar cierta información. Por eso estoy aquí.

Hay una sombra de decepción en los ojos de Ellis.

—Oh, comprendo. ¿Qué información?

Mina se acerca despacio a la camilla, ve los utensilios del doctor bien ordenados en la bandeja y el cuerpo casi listo para que se lo devuelvan a la familia.

—¿Ya ha determinado la causa de la muerte? —inquiere ella, ignorando su pregunta.

Oye los pasos de Ellis acercándose a ella y su presencia cerca de su espalda.

—Sí, ya he terminado mi examen. Estaba acabando de preparar el cuerpo para el funeral; aunque sé que no me corresponde hacerlo a mí, sentía cierta obligación con ella y con su madre. Para que esté todo lo presentable que sea posible teniendo en cuenta su estado.

Guillermina lo estudia un momento; siempre la sorprende la ternura de ese hombre, enterrada bajo varias capas de condescendencia y de sobrio carácter inglés.

—Seguro que Abril se lo agradece.

—La causa de la muerte es estrangulación manual: alguien le apretó el cuello hasta que dejó de respirar —dice Ellis, que ya ha recuperado su tono habitual—. Las quemaduras se produjeron después de su muerte. —Ellis acerca la lámpara a la zona del cuello del cadáver—. Puede verlo ahí: las marcas de los dedos de su agresor aún son visibles en la piel a pesar de las quemaduras. Mi teoría es que el misterioso acelerante que utilizó para intentar reducir el cuerpo a cenizas hizo que las marcas de sus dedos se cristalizaran en la piel debido a la alta temperatura.

—¿Igual que un rayo cristaliza la arena al tocar el suelo? Mina todavía está mirando las marcas de los dedos sobre la piel ennegrecida del cuello del cadáver.

—Algo parecido, sí. Ya he tomado una muestra de las huellas en su cuello y podemos compararlas con las que obtuvimos de la gargantilla, solo para estar seguros. También he encontrado arañazos y rasguños en el interior de su garganta. Mi teoría es que el asesino quería que se ahogara con el collar, pero ella resistió: el cuerpo lucha por seguir respirando —dice con delicadeza—. Como vio que la señorita Garza no moría, creo que se asustó y la estranguló.

Mina mira el cuerpo de Camila: la carne ennegrecida e hinchada y la expresión de su cara borrada, igual que si el viento hubiera desgastado sus rasgos. Camila Garza era otro fantasma para ella. Entonces repara en que tiene algo atado alrededor de su tobillo derecho; es una cuerda con una campanita, pequeña, igual que si se tratase de un adorno navideño.

—No sabía que fuera usted un hombre supersticioso, doctor —dice, señalando la campanita—. La verdad es que me sorprende mucho, sobre todo teniendo en cuenta que usted mismo ha certificado la muerte de la señorita Garza. ¿No me dirá que tiene miedo de que regrese a la vida una vez que esté bajo tierra?

Ellis roza la campanita con la punta del dedo, apenas la toca, pero es suficiente para que tintinee y la bóveda del depósito refleje el sonido, repitiéndolo.

—Su madre me ha dado permiso, no se me hubiera ocurrido hacerlo de no haber sido así. —Ellis levanta la mirada hacia ella, sus ojos ocultan algo—. Me gusta estar seguro de que los muertos no regresarán, eso es todo.

No lo dice, pero en ese momento Guillermina está segura de que Ellis conoció la muerte mucho antes de dedicarse a la medicina.

—Yo tendría que cambiar de profesión si no lo hicieran. —Se ríe con suavidad—. ¿Algo de su examen sugiere que la señorita Garza hubiera tomado alcohol antes de su muerte? ¿O algún tipo de... estimulante?

Ellis levanta una ceja y la mira con curiosidad.

—Extraña pregunta. ¿Por qué quiere saberlo? ¿Alguien le ha dicho que Camila había estado bebiendo?

«Había otra Camila Garza. El Gorrión Blanco era la estrella del Eden Concert.» Mina vuelve a pensar en el mensaje de la nota atada al ladrillo que alguien había lanzado contra el palacete.

—No puedo decírselo.

—¿No puede decírmelo? Pensé que volvía a confiar en mí. —Ellis suena dolido.

—No tiene que ver con la confianza, doctor, es solo que no puedo contarle cómo he conseguido la información.

Guillermina no le ha dicho a nadie —tampoco a la policía— que el ladrillo que atravesó la ventana de la cocina llevaba atada una misteriosa nota.

—Es difícil saber si había restos de alcohol o de alguna droga en su cuerpo, si le sirve, no se apreciaba aroma a alcohol cuando le practiqué la autopsia: algo que es normal en bebedores habituales.

—Me sirve.

—Bien. Ya casi he terminado con el cuerpo, esta misma tarde podré devolvérselo a la familia para que la entierren.

—Una asociación para la ayuda a huérfanos y viudas se hará cargo de los gastos del funeral. Abril y su hijo no estaban muy convencidos, pero la presión ha podido con ellos y al final han aceptado. —Mina lo sabe porque Caterina, la esposa de Ruiz-Escuder, es una de las mujeres importantes que forman parte de esa asociación—. La enterrarán mañana por la tarde en el Cementerio del Este. Asistirá mucha gente, media ciudad está pendiente de este crimen y la otra mitad de la Exposición Universal.

—Yo no asistiré, me temo que tengo otros compromisos previos.

Ellis miente y Mina lo sabe. Desde que Ramiro le contó la verdad sobre él, Guillermina puede notar cuándo le oculta algo. Igual que sucede con los jugadores de cartas o con los maridos mentirosos, Mina ha descubierto su cante.

—Por supuesto. Entonces supongo que ya nos veremos por la ciudad. —Mina da un último vistazo al cuerpo y después camina hacia la puerta, lista para marcharse.

—Desde luego, recuerde que me ha invitado a cenar.

—Es verdad. —Guillermina va a salir, pero se vuelve hacia él una última vez—. No es usted tan aburrido como me pareció cuando nos conocimos, doctor Ellis.

—Desde luego que lo soy —responde él con una tímida sonrisa.

Quiere confiar en Ellis, pero no está segura de haber descubierto todos sus secretos aún, y su instinto —ese mismo instinto al que siempre escucha— le grita que esconde algo más.

—Hasta esta noche entonces, doctor.

—Hasta esta noche, señorita Índigo.

Son exactamente las ocho de la tarde cuando el doctor Ellis llama a la puerta del palacete de Permanyer. Guillermina lleva ya un rato observando disimuladamente desde la ventana de la salita —la misma que utiliza para espiar a sus clientes antes de dejarlos entrar— y sonríe para sí cuando le ve aparecer en el callejón.

—Veo que por fin te has decidido a confiar en el buen doctor... —comenta Zelda.

—Aún no estoy segura de poder confiar en él; y lo de invitarle a cenar fue solo, bueno..., fue un momento de debilidad —miente Mina.

Zelda pone los ojos en blanco.

—¿Y vas a abrirle la puerta? ¿O vas a dejarle ahí fuera esperando hasta que se congele? —Mina no responde, así que añade—: Tienes miedo. La gran Guillermina Índigo está asustada.

—No digas tonterías.

—Es normal estar un poco asustada, Guillermina —dice, más suave ahora—. Pero solo es una cena formal, aburrida e incómoda: Ellis vendrá, se sentará en el comedor, alabará el jamón asado del señor Baxter, charlaremos educadamente durante la cena y después se excusará para marcharse pronto. No tienes por qué estar nerviosa, todo irá bien; ya hemos tenido invitados a cenar otras veces y no ha pasado nada.

Guillermina masculla algo mientras atraviesa el vestíbulo del palacete —fingiendo que no oye la risa ahogada de Zelda a su espada—, abre la puerta principal y después sale al pequeño jardín delantero. Al otro lado de la bonita verja de hierro fundido, Ellis le dedica una sonrisa.

—Señorita Índigo, no habíamos establecido una hora concreta para la cena, así que me he atrevido a venir sin hacerme anunciar primero —dice él, y Mina intenta reprimir una sonrisa al oír su manera nerviosa y atropellada de excusarse. Ellis también está nervioso.

—No se preocupe, doctor. Esta hora es perfecta: es la hora a la que empiezan a salir los fantasmas.

Ellis sonríe y la sigue dentro de la casa.

El comedor del palacete casi siempre está a oscuras. Guillermina y Zelda acostumbran a comer en la cocina, de manera que el señor Baxter solo tiene que molestarse en iluminarlo y calentarlo cuando reciben visitas para cenar. Es una bonita habitación rectangular con una enorme mesa de cerezo oscurecido por los años en el centro. La mesa había pertenecido a la madre de Martín, y ella habría querido dejársela a su hija, pero nunca tuvo una, de manera que cuando los padres de Martín compraron el palacete de Permanyer la trasladaron allí. Ocho sillas, elegantemente tapizadas con tela de damasco en suaves rosas y verdes, rodean la mesa que Baxter ha preparado antes de irse. Junto a ella, el carrito de servicio está bien surtido con los vasos, jarras, piezas de la vajilla y cualquier otra cosa que puedan necesitar durante la cena.

—Después de lo que sucedió anoche, me ha parecido adecuado darle la noche libre a nuestro mayordomo.

Baxter no ha vuelto a mencionar nada acerca del incidente con el ladrillo, ni tampoco sobre la conversación que tuvo con Mina después, cuando ya estaban los dos solos en la cocina. Pero a lo largo de esta mañana apenas había dicho palabra, algo que no era nada habitual en él.

—El señor Baxter ha dejado preparada la cena después de avisarle de que usted nos acompañaría esta noche —dice Mina, cuando los tres entran en el comedor, perfectamente iluminado.

—Admito que he oído hablar bastante de las cualidades y del talento culinario de su mayordomo.

Se sientan alrededor de la mesa, y Mina levanta la tapa de la elegante fuente de porcelana que hay en el centro. Zelda se ha ocupado de calentarlo todo y también de servir las bebidas.

—¿No nos acompaña su esposo a la mesa? —pregunta Ellis, esperando pacientemente a que ellas hayan terminado de servirse las espinacas salteadas con pasas y piñones—. Esperaba poder presentarme como es debido.

—No, Baxter también se ha ocupado de darle la cena a Martín antes de salir; se altera mucho cuando hay visitas y prefiero que esté tranquilo para que pueda descansar.

—Lo comprendo.

—Cuéntenos, doctor Ellis, ¿qué le parece Barcelona? Supongo que ya ha tenido ocasión de hacerse una idea —pregunta Zelda mientras empieza a cortar el jamón glaseado de Baxter—. He oído que le está costando un poco adaptarse a los métodos de trabajo del inspector jefe Bocanegra.

Ellis tarda un momento en responder.

—Nada que un poco de paciencia y comprensión por mi parte no puedan arreglar; estoy seguro de que conseguiré ganarme la confianza del inspector jefe cuando le demuestre mi competencia como patólogo.

Zelda se ríe en voz baja. Ella conoce bien a Ramiro y se divierte intentando imaginar dos personalidades más opuestas que la del rudo inspector jefe y el cortés doctor.

—Sí, estoy segura de que con el tiempo Ramiro tolerará su presencia —dice Guillermina—. ¿Cómo va la búsqueda de alojamiento? Confío en que haya encontrado ya un lugar más acogedor para instalarse que su habitación de hotel.

Mina se sirve una cucharada de la estupenda salsa de verduras al vino tinto que acompaña al jamón asado, su mano tiembla ligeramente pero consigue ocultarlo antes de que nadie lo vea.

—Me temo que, con la próxima celebración de la Exposición Universal, Barcelona ha atraído a muchos visitantes y empresarios, me está costando un poco más de lo que pensaba encontrar un lugar definitivo para instalarme. Esto está delicioso, por favor, felicite de mi parte a su mayordomo.

Guillermina hace un pequeño gesto con la cabeza y se sienta mejor en la silla tapizada; le molesta el corsé, y la falda de su vestido —algo que no le sucede nunca— no acaba de parecerle cómoda. Zelda le ha asegurado que no tiene nada que temer —es verdad que el doctor no es la primera visita que reciben para cenar en el palacete—, pero no puede evitar estar inquieta, atenta a cualquier sonido que provenga del otro lado de la casa, donde se encuentra la habitación de Martín.

—¿Te encuentras bien, Guillermina? —pregunta Zelda—. Pareces un poco intranquila.

Ella la fulmina con la mirada. Decide que después de la cena, cuando estén las dos solas, le recordará a Zelda por qué es una idea tan terrible tener invitados para cenar en el palacete, especialmente invitados suspicaces como Ellis.

—No, me encuentro perfectamente.

La gata cobriza entra en el comedor, se sienta y les dedica una mirada cargada de indiferencia. El señor Baxter les ha dado de cenar antes de marcharse —también a Archie—, y al cabo de unos instantes decide que no vale la pena mendigar un poco de atención o comida. Ellis la ve desaparecer trotando por el pasillo en dirección a la escalera.

—No podré quedarme mucho, mañana a primera hora tengo unos compromisos anteriores que debo atender —comenta Ellis.

Zelda y Mina intercambian una rápida mirada; por supuesto, Zelda tenía razón: Ellis buscaría cualquier excusa para abandonar pronto la cena.

—Claro, ¿puede pasarme el agua, doctor?

El resto de la cena sucede tan aburrida y tediosa como Zelda ha pronosticado. También tenía razón en eso.

—Lamento tener que retirarme tan temprano, pero mañana a primera hora tengo un compromiso —repite Ellis mientras termina de abotonarse su abrigo.

La cena ha sido aburrida y formal, nada comparado con sus habituales conversaciones con Ellis. Una parte de Guillermina se alegra de que haya sido así: la otra alternativa era mucho peor. Se siente aliviada cuando el doctor pone una excusa para marcharse temprano, aunque al mismo tiempo le hubiera gustado que se quedara un rato más.

—Descuide, doctor. Yo también salgo. Voy a dar un paseo con el Comodoro Walton III antes de acostarme.

Ellis parpadea sorprendido.

—¿El Comodoro Walton III? Admito que no le conozco, pero si está en la ciudad podría pasar a saludarle antes de regresar a mi hotel.

Guillermina ríe.

—Me temo que ya le conoce. El Comodoro Archibald Walton III es nuestro perro. El señor Baxter fue quien le puso ese nombre. Normalmente, él es quien se ocupa de darle su paseo antes de dormir, pero esta noche el Comodoro tendrá que conformarse conmigo.

Cuando oye el ruido de la puerta abierta, el galgo corretea con alegría hasta el vestíbulo del palacete, sabe que es el momento de salir a pasear. Guillermina le coloca el abrigo mullido de tela de tartán para protegerle del frío nocturno, y después se asegura de que la correa esté bien sujeta a su grueso collar con brillantes.

—Podemos caminar juntos hasta el parque, no está muy lejos de aquí, apenas a un par de calles de distancia —sugiere Mina de repente.

No sabe por qué lo ha hecho —especialmente, si es cierto que el doctor tiene una cita importante por la mañana—, pero por algún motivo la idea de despedirse ya de Ellis se le hace secretamente dolorosa: como si alguien le hurgara con hierro al rojo vivo dentro de su pecho, muy cerca del corazón. Guillermina le mira, esperando su respuesta y lista para inventarse algo más si es necesario.

—Eso me gustaría mucho —responde Ellis.

Guillermina se siente extrañamente aliviada al oír su respuesta, incluso sonríe; coge su abrigo del perchero del vestíbulo, un grueso abrigo de piel de zorro entallado a la cintura, con un vistoso cinturón de raso de color verde oscuro.

—¿La señorita Moreno no paseará con nosotros? —pregunta Ellis, mientras espera a que Mina salga del palacete y cierre la puerta tras ellos.

—No, Zelda prefiere quedarse en casa.

El Comodoro Archibald los escolta con sus andares elegantes por el callejón adoquinado hasta la verja que separa el pasaje de la calle principal. Cuando pasan por debajo de las dos estatuillas de piedra, Ellis casi puede sentir su mirada marmórea sobre ellos. Se cierra mejor su abrigo y se sube los cuellos para intentar protegerse del frío nocturno.

—Supongo que las carreras de galgos también son una tradición en este país —dice él mientras llegan al final de la calle.

—Sí, desde luego que lo son. El Comodoro es hijo y nieto de un famoso campeón. El señor Baxter intentó entrenarle para correr cuando era un cachorro, pero Archie es demasiado perezoso y prefiere una vida hogareña.

En esa zona de la ciudad, las bonitas farolas alumbran las aceras anchas. No es muy tarde todavía —apenas son las diez— y mientras pasean se cruzan con una pareja elegantemente vestida —seguramente de camino a un bonito piso bien caliente en el Ensanche— que los saluda con una inclinación de cabeza. Cuando llegan al final de la manzana ya pueden ver la neblina que se forma entre los árboles bien cuidados del parque.

—No he podido evitar fijarme en que no se sentía muy cómoda durante la cena, apenas parecía usted misma —dice Ellis de repente—. Lamento si he tenido algo que ver en eso: supuse que su invitación para cenar no estaba motivada únicamente por el compromiso social, por eso he aceptado; de haber sabido que no deseaba que la acompañara a cenar no hubiera venido.

—No es lo que usted cree, aunque admito que no ha sido la mejor cena de mi vida. —Mina sonríe—. Me preocupa perturbar la tranquilidad de Martín cuando recibimos invitados en el palacete: su estado se vuelve más delicado cuando se altera, más frágil..., eso es todo.

Es una media mentira, pero parece ser suficiente para convencer a Ellis, al menos por esta vez. Una ráfaga de viento sacude los árboles perfectamente cuidados del parque, haciendo que las hojas crujan sacudidas por la mano invisible del viento. Guillermina las estudia de refilón un momento, siente que alguien —o mejor dicho, algo— los acecha desde que han salido del callejón adoquinado. El doctor Ellis no puede advertirlo, claro, pero Guillermina percibe los fantasmas que caminan tras ellos.

—¿Sucede algo? Parece que tiene la mente en otro sitio.

El Comodoro está encantado olfateando una hilera de setos podados con esmero.

—Pensé que tenía un importante compromiso mañana a primera hora, doctor —dice ella para evitar responder a su pregunta—. Puede marcharse si tiene obligaciones urgentes que atender, no me gustaría entretenerle. Archie, a pesar de su carácter tranquilo, es un buen perro guardián. Y ya ha comprobado que el palacete queda muy cerca de aquí.

Cuanto más se adentran en el cuidado parque —bien iluminado con luz eléctrica, sin grandes árboles o vegetación que impidan ver el final—, más segura está ella de que algo los acecha: el pasado, esa criatura sin forma, silenciosa, que se arrastra en las horas de la madrugada en las que todo el mundo duerme para clavar sus afilados dientes en ella. No es la primera vez —y tampoco será la última— que los colmillos punzantes del pasado se hunden en la carne de Mina hasta hacerla sangrar. Se remueve dentro de su abrigo de piel de zorro, siente la urgencia de librarse del doctor, no porque él haya hecho algo inadecuado, sino porque no está preparada para dejar que Ellis conozca todos sus secretos.

—Sí, tengo una reunión con uno de mis superiores en la Diputación a primera hora, pero no sería muy caballeroso por mi parte marcharme y dejarla aquí sola. —La voz suave de Ellis la devuelve al presente.

—Doctor, es muy considerado por su parte, pero este es el barrio más seguro, moderno y exclusivo de toda la ciudad: corre usted más peligro caminando hasta su hotel del que pueda correr yo paseando a estas horas por aquí. —Mina se detiene y le mira—. Aun así le agradezco su preocupación; tal vez algunas veces no lo demuestre, pero me agradan sus modales corteses.

Se hace un silencio entre ellos: no es uno de esos silencios incómodos que tienen que ser llenados con palabras o tonterías sin sentido, no: es un silencio agradable del tipo que se siente cuando se está en buena compañía.

—Siento curiosidad, ¿cómo empezó a interesarse por lo sobrenatural? Si es que me permite el atrevimiento... —Ellis comienza a caminar otra vez y Guillermina le sigue.

—Siempre he sentido una inclinación natural hacia el mundo de los espíritus, pero fue al llegar a Barcelona, antes de conocer a mi esposo, cuando empecé a sentirme más interesada en el asunto.

—Confieso que pensé que iba a contarme alguna historia acerca de su abuela, o tal vez su bisabuela, y la manera en la que ella le transmitió sus poderes espirituales...

Los dos se ríen, ese es justo el tipo de historia que otros videntes y farsantes acostumbran a contar; la propia Guillermina ha explicado esa historia, o una versión de ella, algunas veces.

—No podré convencerle ¿verdad, doctor? Aunque le dijera que ahora mismo puedo ver su pasado con la misma claridad con la que le estoy viendo a usted, que puedo percibir a todos sus fantasmas caminando detrás de usted mientras paseamos por este bonito jardín, ni aun así podría convencerle de que los muertos siempre nos acompañan.

Ellis respira profundamente y su aliento flota en pequeñas nubes entre los dos. Se han detenido bajo una de las farolas, y el círculo de la luz tenue a su alrededor crea la ilusión de que están aislados del resto del mundo.

—Creo que si los muertos nos acompañan no es para atormentarnos, sacudir las cortinas al amanecer o cambiar las cosas de sitio: creo que los que mueren nos acompañan siempre, pero no caminan detrás de nosotros con intención de atemorizarnos. —Ellis se lleva la mano al pecho, justo sobre el corazón—. Creo que los muertos nos acompañan siempre, pero aquí.

Guillermina no puede apartar la mirada de su mano, de sus dedos largos y elegantes sobre la tela de su camisa, justo encima de donde late su corazón. Quiere acercarse a él, cogerla y colocarla sobre su pecho, sobre su propio corazón: en el lugar en el que viven sus muertos. Pero no se atreve. Mina le dedica una triste sonrisa.

—Es usted un hombre único, doctor.

—En absoluto, es solo que reconozco el sufrimiento del

corazón cuando lo veo en otra persona, en usted —dice con suavidad—. Puedo ver el peso que le supone cargar con una culpa y un pecado que no son suyos.

—Compartimos la misma carga. —Esta es la verdad más secreta y auténtica que Guillermina Índigo le ha confesado nunca a nadie—. No le veré mañana en el funeral de Camila Garza, ¿verdad, doctor?

Ellis niega con la cabeza.

—No. Mi presencia en el cementerio no es necesaria; además, no me gustan demasiado los funerales y ya me he despedido de la señorita Garza.

Archie rodea un arbusto bajo de laurel y regresa junto a ellos.

—Parece que él Comodoro está listo para volver a casa —dice Mina, que se inclina hacia el galgo y engarza la correa de cuero en el collar—. ¿Quiere que caminemos juntos hasta la calle principal?

Ellis niega despacio.

—No será necesario, confío en poder encontrar el camino de regreso a mi hotel desde aquí.

Los dos se quedan en silencio un momento. Mina se fija en la manera en la que él abre y cierra su mano, igual que si estuviera haciendo un esfuerzo por no coger la suya.

—Supongo entonces que pronto nos veremos otra vez, doctor —dice Mina, que no quiere despedirse de él sin saber cuándo volverán a verse.

—Eso espero, sí. Buenas noches, señorita Índigo.

—Buenas noches, doctor.

Ellis camina sin volverse hasta el final del jardín; el cuadrado perfecto que forman los setos y los arbustos se extiende hasta la elegante acera de la calle principal. Un instante después Mina le ve desaparecer al doblar la manzana.

Guillermina está pensando en las palabras del doctor cuando Archie tira de la correa; no es algo habitual en el galgo, bien educado y de carácter dócil. Mina siente cómo tira de ella hacia el camino, que está rodeado de bonitos macizos de dalias y clavellinas de colores vistosos —ahora sin flores por el invierno—, en dirección a la salida del jardín.

—¿Qué sucede, Archie?

Entonces los ve: los nueve fantasmas sin rostro que la siguen a todas partes, que la han seguido desde el valle de los Ingenios hasta Barcelona. Están de pie en un banco de niebla que se ha quedado atrapado entre los arbustos un poco más adelante. La bruma que flota en la noche los abraza como una capa etérea que sube desde sus pies hasta más arriba de su cintura. La luz tenue de la farola que hay junto a ellos parpadea un par de veces hasta apagarse y sumir el jardín en la completa oscuridad durante unos segundos, pero aun así Mina puede ver sus rostros vacíos, sus rasgos devorados por el fuego. El Comodoro gruñe, mostrando sus dientes, y agita nervioso el rabo.

—Vámonos...

Guillermina tira suavemente de la correa y camina deprisa escoltada por Archie hasta el final del parque. Pero la mirada vacía de los fantasmas la persigue hasta que dobla la esquina.

CITA PARA EL TÉ

—

Ellis se quita el abrigo y lo cuelga con cuidado sobre el respaldo de la silla más cercana. Son las siete de la mañana, pero la elegante cafetería de las Ramblas ya está a rebosar. Algunos de los clientes son trabajadores de las oficinas de los alrededores —bancos, edificios del Gobierno y empresas internacionales— que están a punto de comenzar su jornada y apuran sus tazas de café o chocolate caliente antes de incorporarse a sus puestos. También hay un grupo de señoras bien vestidas, seguramente empleadas de los grandes almacenes que hay al otro lado de la calle.

Prefiere desayunar allí en lugar de en la cafetería de su hotel: el té es mejor y los sándwiches de crema de queso no tienen nada que envidiar a los que degustaba en Londres. Pero sabe que después de su cita tendrá que buscarse otro lugar para desayunar, por precaución: no puede arriesgarse a que alguien le reconozca.

El aire en el bonito salón huele a café recién hecho, a pan tostado, a huevos revueltos, a bizcocho de frutas aún tibio y al humo de los cigarrillos que fuman los caballeros que están sentados dos mesas más allá. Ellis juguetea con los extremos de su servilleta blanca, perfectamente limpia y bien doblada, antes de colocarla con cuidado sobre su regazo. Un camarero se acerca a su mesa con una sonrisa profesional y le pregunta qué es lo que le apetece tomar:

—Un té con leche sería perfecto, gracias —responde Ellis en su mejor español.

El camarero asiente con la cabeza y se aleja en dirección a la barra.

Llega tarde, algo muy poco habitual en su cita. Ellis suspira y vuelve a consultar su reloj de bolsillo. Nunca se ha considerado a sí mismo uno de esos hombres inflexibles con la impuntualidad de los demás —su padre consideraba una gran falta de respeto que alguien llegara dos minutos tarde a una cita, y él lleva toda su vida esforzándose en no ser como su padre—. La noche anterior se durmió pensando en su conversación con la señorita Índigo, que se había colado en sus sueños otra vez.

Ellis se mueve inquieto en la silla, todavía tiene que esperar casi cinco minutos más hasta ver aparecer a su cita por la puerta de la cafetería: lleva un sombrero que oculta la mitad de su rostro, un traje de rayas y una chaqueta corta de lana con los cuellos levantados. Al verle, Ellis supone que no estaba preparado para el invierno húmedo de la ciudad, y sonríe para sí.

—Buenos días, doctor. Confío en que no lleve mucho tiempo esperando.

—Apenas un par de minutos —miente él—. Será mejor que pida algo para desayunar, de lo contrario el camarero o algún cliente podrían sospechar.

—No acabo de acostumbrarme al café que preparan en el continente, me da ardor de estómago. Un té será suficiente para mí.

El hombre se quita el sombrero —están a cubierto y sería una descortesía enorme dejárselo puesto— y mira a su alrededor con discreción para asegurarse de que nadie en la cafetería les presta especial atención.

—No se preocupe. Lo bueno de quedar tan temprano es que la gente más curiosa todavía no se ha despertado —dice Ellis—. Aun así le recomiendo que la próxima vez nos veamos en un sitio más discreto; los recientes sucesos han creado un... ¿cómo lo llaman aquí? —Hace una pausa buscando la expresión adecuada—. Caldo de preocupación y sospecha.

—Ya me he dado cuenta de que hay cierta tensión flotando en el ambiente: tener a media ciudad sospechando de la otra media es peligroso —dice el hombre con un gesto de preocupación.

El camarero se acerca a su mesa con una bonita bandeja sobre la que lleva la tetera con agua caliente, una taza con su plato de porcelana blanca con una filigrana plateada en el borde y una jarrita a juego llena de leche. Cuando el camarero llega se hace el silencio en la mesa mientras él termina de acomodar el servicio.

—¿Desean los caballeros algo más?

—Sí, por favor: otro té para mi acompañante, y esas galletas con mantequilla que probé ayer, gracias —responde Ellis con su amabilidad habitual.

El camarero le dedica una sonrisa, más amplia ahora, recordando que ese mismo caballero extranjero —alto y con el pelo demasiado largo— le dejó ayer una jugosa propina a su compañero cuando le llevó un platillo de las galletas de mantequilla con guindas rojas.

—Hace ya casi dos semanas que llegó a la ciudad, doctor, aunque no se ha incorporado a su puesto como patólogo hasta hace solo unos días —dice el hombre cuando vuelven a estar solos.

—Así es. Tal y como pensábamos, la gran afluencia de extranjeros procedentes de todos los países con motivo de la celebración de la Exposición Universal ha camuflado bien mi llegada a Barcelona.

Los sonidos de la cafetería se filtran en su conversación: las cucharillas contra la porcelana, las voces de los camareros cerca de la barra o el tintineo de la campanilla cada vez que se abre la puerta del local.

—Por fin una buena noticia. Recuerde, doctor, que está destinado aquí porque necesitaba un nuevo destino después de lo sucedido en Viena.

Ellis le mira sin ocultar un gesto de desdén.

—En Viena hice lo que era correcto, y lo volvería a hacer un millón de veces más —responde él—. Lucho contra muchas cosas, pero mi conciencia no es una de ellas; siempre actuaré según mi corazón y mi razón.

El hombre sentado frente a él le dedica una sonrisa cargada de intención, y se inclina un poco hacia delante.

—Y mire adónde nos ha traído su conciencia, doctor.

El camarero regresa a su mesa con otro servicio de té y las galletas de mantequilla y guindas, y lo coloca todo ceremoniosamente sobre la mesa, entre los dos hombres.

—Bien, cuénteme qué es lo que ha descubierto, Ellis.

EL FUNERAL

—

La mañana del funeral de Camila Garza el Cementerio del Este está a rebosar. No llueve todavía, pero un manto de nubes grises se acerca deprisa desde el mar. El viento salado del litoral es frío y revolotea entre las tumbas y los elegantes panteones del viejo cementerio. Mina ha pasado casi media hora fuera, esperando junto a la tapia del cementerio, hasta que ha visto entrar a Ramiro Bocanegra, acompañado por el subinspector Montes y un agente al que no reconoce. Con ellos va el matrimonio Ruiz-Escuder y su hijo, Eric, que le guiña un ojo a Mina discretamente cuando pasa a su lado.

—Inspector jefe —lo saluda ella con tono extrañamente formal.

Ramiro lleva puesto su mejor traje —Mina lo sabe porque ella lo ayudó a escogerlo en el departamento de caballeros de los almacenes El Siglo— y un sombrero oscuro de fieltro que cubre su bonito pelo rizado.

—Guillermina.

Se une al grupo y atraviesa con ellos la entrada, mirando de refilón las pirámides de piedra que hay a cada lado de la gran puerta del cementerio. Bocanegra la mira debajo de su sombrero, pero no dice nada.

—Caterina, qué considerada ha sido al hacer posible que den sepultura aquí a la señorita Garza. Es un bonito gesto. —Mina lo dice de verdad, pero también quiere comenzar una conversación con ella, y adularla suele ser la mejor forma de conseguirlo—. Su asociación ha sido muy generosa al ocuparse de todo, no ha debido de resultar fácil conseguir un lugar para ella en este cementerio.

Caterina Di Marco lleva un conjunto negro de chaquetilla y falda acampanada hasta los pies con guantes a juego y un pequeño tocado con plumas en un lado de la cabeza. Es invierno, pero ella todavía mantiene el bronceado dorado de sus pasadas vacaciones en su casa de Palermo.

—Señorita Índigo, es tan triste... Considero que es mi deber ayudar a esa pobre familia —responde Caterina muy afectada—. Nuestra asociación para viudas y huérfanos adquirió varias tumbas vacías en el departamento II hace algún tiempo, cuando aún era posible hacerlo. Y al exponer la situación al resto de las mujeres de la asociación, todas estuvieron de acuerdo conmigo en ceder uno de esos nichos vacíos para la joven Camila.

La asociación Mujeres por el Futuro, de la que Caterina era una de las responsables, estaba formada por algunas de las mujeres más influyentes de la alta sociedad: esposas de banqueros, terratenientes, navieros, empresarios... Se reunían una vez por semana en un elegante local de la calle Caspe. Habían invitado a Mina a asistir en un par de ocasiones, pero ella siempre rechazaba la proposición.

—Aunque ya no sea el más nuevo de la ciudad, todavía es un bonito cementerio, creo que a Camila le hubiera gustado descansar aquí —comenta Caterina.

Mina sabe que es solo una de esas cosas que se dicen en los funerales, un consuelo para la familia y los amigos, pero se pregunta cómo es posible que ella supiera lo que a Camila le gustaba o no; hasta donde había averiguado, Camila Garza había sido un fantasma también en vida. Aparte de su madre y su hermano, nadie parecía recordarla especialmente antes de su trágico asesinato, ni tan siquiera sus vecinas, sus amigas o las compañeras con las que había trabajado. En los últimos días, Guillermina había preguntado a varios de sus confidentes e informadores en las calles, pero nadie sabía mucho sobre ella: era discreta, poco habladora, buena chica, le gustaba pasear sola... No había conseguido dar con alguien que la conociera realmente.

«Había otra Camila Garza.»

—Cuentan que el arquitecto que diseñó la reconstrucción de este cementerio era un masón, por eso hay tantas pirámides y elementos esotéricos repartidos por todas partes —menciona Ruiz-Escuder padre, interrumpiendo sus pensamientos—. No es el único, desde luego; últimamente parece que esta ciudad esté tomada por masones, ocultistas y charlatanes... No se ofenda usted, señorita.

Mina le dedica una sonrisa seca debajo del velo de muselina negra de su sombrero de luto.

—No me ofende, descuide. ¿Les importa si les robo un momento al inspector jefe? —Sabe que Ramiro no va a poder negarse a hablar con ella sin quedar mal con los Ruiz-Escuder.

—En absoluto, señorita Índigo. Nosotros vamos a adelantarnos; algunas señoras han insistido en que, dada mi intervención en favor de la familia, debería estar en primera fila durante el servicio.

—Desde luego.

Caterina coge a Eric del brazo y los dos juntos caminan hacia la capilla entre los pasillos bien ordenados, seguidos por Mauro Ruiz-Escuder, que ahora charla con un hombre de traje negro y bombín.

—Buena jugada —acepta Bocanegra cuando están a solas—. ¿No te has traído a tu nuevo amigo, el patólogo? Pensé que siendo él quien ha hecho el examen forense querría asistir al funeral, es lo mínimo. Además, así podría tomar notas para su informe antes de enviarlo en secreto a sus superiores, quienesquiera que sean.

—No me contaste que don Ernesto Valdés y Doval te tenía en el bolsillo —le dice ella, ignorando su comentario sobre Ellis.

Ramiro sonríe y mira a su alrededor para estar seguro de que ninguno de los asistentes que pasan a su lado ha oído lo que Mina acaba de decir.

—¿Y qué importa eso? Tú también me pagas bien a cambio de información sobre todos estos. —Ramiro hace un gesto suave señalando a los asistentes al funeral—. No lo hago solo por el dinero extra, Guillermina: también por el poder y la información que eso me da sobre las personas como ellos. Personas como Ernesto Valdés. Conocer sus trapos sucios y sus secretos es indispensable para poder moverse en su mundo; tú mejor que nadie deberías entender eso.

—Valdés es distinto, peligroso: tiene algo que esconder.

—Pues claro que tiene algo que esconder. —Ramiro hace una pausa y sonríe a un caballero que lo saluda educadamente con la cabeza al pasar—. Es un hombre rico, poderoso y bien relacionado: tendrá cientos de cosas que esconder. Pero así es como funciona el mundo, Guillermina. ¿Y desde cuándo te has vuelto tú tan honesta?

Mina recuerda que ella misma le dijo algo muy parecido a Ellis cuando este se escandalizó al descubrir que Bocanegra aceptaba sobornos de Ernesto Valdés. Sonrió sin ganas bajo su velo negro.

—No lo sé —admite, sorprendida—. Puede que ya esté cansada de vivir en compañía de fantasmas.

Ramiro piensa en rozarle la mano, pero en el último momento se contiene y murmura:

—Caminemos, o todos pensarán que estamos enamorados.

Guillermina mira alrededor y nota que un par de asistentes los observan disimuladamente.

—Deja que chismorreen —responde ella con una sonrisa.

Pero Ramiro comienza a caminar en dirección al resto de los invitados.

El Cementerio del Este está estructurado a partir de dos calles que se cruzan entre sí; se quedó pequeño varios años atrás, después de una epidemia de cólera que cubrió cada calle y cada rincón de la ciudad. Ahora, el moderno cementerio construido en la ladera de la montaña de Montjuic es el preferido por las familias poderosas y ricas —algunos incluso habían optado por mover a sus familiares para enterrarlos en el nuevo camposanto—, pero el Cementerio del Este seguía conservando un buen puñado de panteones, esculturas de mármol y los mausoleos de algunas de las familias burguesas más importantes de Barcelona.

—No me has preguntado qué tal estoy después de que alguien lanzara un ladrillo al palacete la otra noche.

—Sé que estás bien. Envié a uno de mis agentes de confianza a comprobarlo cuando me enteré de lo que había sucedido —responde Ramiro—. Le contaste una historia sobre que a tu marido se le disparó un viejo fusil mientras lo limpiaba.

Caminan juntos hacia la zona más moderna del cementerio: un recinto rectangular donde se acumula una gran cantidad de mausoleos. Ambos están tan cerca que Ramiro puede oír la tela del vestido negro de Mina crujiendo con cada paso.

—Gracias por preocuparte por mí a pesar de... —Pero, como no sabe bien cómo terminar la frase, no dice nada.

—Martín siempre será mi mejor amigo, eso nunca cambiará. Gracias a él soy el hombre que tienes delante. A saber cómo habría terminado yo si él no hubiera intercedido por mí cuando éramos chiquillos. Qué camino habría tomado, puede que me hubiese convertido en un maleante.

El padre del inspector jefe trabajó para la familia De Pareja durante años, primero como «hombre para todo» hasta que lo ascendieron a cochero. De niños, Martín y su hermano pequeño, Domingo, pasaban largos ratos con Ramiro antes de que los De Pareja les explicaran a sus hijos que no era apropiado jugar con el hijo del cochero. Pero Martín siempre tuvo un talento natural para ignorar las expectativas de su familia, y la amistad entre Ramiro y él continuó durante años.

—No estoy de acuerdo. Creo que habrías tomado exactamente el mismo camino, Ramiro. No es todo mérito de Martín o de su familia. El hombre que eres, y lo que has conseguido, te lo has ganado tú solo.

—Bueno, con un poco de ayuda por tu parte para cerrar algunos casos.

—¿Solo un poco? —Mina sonríe, pero apenas dura un momento—. Al menos, admites que te has aprovechado de mi trabajo para ascender en tu carrera.

Ahora el viento sopla más fuerte y agita las hojas muertas y las finas ramas que hay en el suelo del cementerio, provocando que revoloteen entre las tumbas.

—También lo hago por ti —dice Ramiro de repente—.

Aceptar su dinero, quiero decir: lo hago para protegerte, para saber qué es eso que Valdés tanto desprecia de ti.

—Te lo agradezco, pero no es necesario: yo sé bien qué es lo que Valdés desprecia de mí.

Mina lo sabe porque ha conocido antes a hombres como Ernesto Valdés y Doval, hombres que se vuelven sordos y ciegos ante cualquier cosa o persona que no se ajuste a su visión estrecha y severa del mundo; un mundo donde solo los que son como ellos tienen derecho a existir.

—Te pido..., no, te suplico, Guillermina, que por una vez me hagas caso y lo dejes estar. Ernesto Valdés no es alguien con quien quieras enfrentarte. Si te metes con él o con sus negocios, te comerá viva.

—Lo intentará —responde ella. No tiene sentido mentirle a Ramiro, ella no va a olvidarse del tema y ambos lo saben.

Don Ernesto Valdés y Doval está en el cementerio, de pie cerca de la tumba abierta, con gesto serio, pero a diferencia de los demás no habla con nadie y no saluda a ninguno de sus amigos presentes. Lo acompaña su esposa, Amalia —siempre discreta, en segundo plano—, que la saluda con un sutil gesto de cabeza cuando la ve llegar.

—Hay muchos agentes para ser un funeral —dice Mina, mirando a su alrededor—. He contado diez policías más los que van de paisano, que disimulan fatal, hasta un niño podría darse cuenta de que son policías infiltrados. ¿Por qué has desplegado tantos agentes para vigilar un entierro? ¿Esperas problemas?

Ramiro contiene un suspiro. Siempre lo ha fascinado la facilidad con la que esa mujer es capaz de descifrar la realidad a su alrededor.

—Puede ser, hay rumores en la calle —responde él, deliberadamente ambiguo.

—¿Rumores?

—Mira a tu alrededor, Guillermina: esto un evento social más que un funeral. Han venido más periodistas y fotógrafos que para cubrir el inicio de la temporada de bailes de sociedad. Algunas de las personas más importantes de la ciudad están reunidas aquí; nadie quiere perdérselo. Es el lugar perfecto para armar jaleo. Empresarios, banqueros, políticos..., todos ellos acompañados por sus esposas e hijos.

—Y, por supuesto, tu deber es protegerlos —termina ella con ironía.

—Algunos han venido hoy para figurar, por pura apariencia, casi como si el entierro de esa chiquilla fuera otro acto social más de la temporada que no se quieren perder —se lamenta Ramiro—. A otros les he recomendado no aparecer por aquí para no calentar aún más los ánimos, pero no me han hecho ningún caso, así son los ricos y poderosos: hacen lo que les da la gana.

—Tal vez quieren asegurarse de que Camila Garza está muerta de verdad —sugiere Guillermina, pensando otra vez en las misteriosas palabras de Ellis y en la campanilla atada a su dedo del pie.

Se le ocurre de repente que, si Camila Garza actuaba en el Eden Concert —como aseguraba la nota que había recibido unas noches antes—, no era descabellado pensar que algunos de los caballeros asistentes a su entierro la conocían.

Guillermina aún está perdida en esa idea cuando repara en una mujer un poco más adelante.

—¿Quién está hablando con Caterina? La del pelo oscuro. ¿Es extranjera? Nunca la había visto antes.

Es extraño. Mina conoce a todas las damas y señoras importantes de la alta sociedad, y a muchas otras que, sin formar parte de la burguesía de la ciudad, se mueven en los mismos círculos sociales: cantantes de ópera europeas, poetas, bailarinas, intelectuales o artistas populares. A las familias de dinero antiguo no les gustaba casarse con bailarinas francesas o escritoras norteamericanas por muy famosas que estas fueran en medio mundo, pero sí que les gustaba dejarse ver con ellas o invitarlas a sus fiestas, porque su presencia aportaba un toque de brillo y modernidad.

—Es Inés Rocossa-Contreras, la hija mayor de la familia Rocossa-Contreras. Ha vivido fuera varios años, en Viena, creo, pero la salud de su padre ha empeorado y ha regresado a la ciudad hace poco —responde él—. Me extraña que no os hayan presentado aún. Según he oído, es muy moderna y cosmopolita; apuesto a que las dos os entenderíais.

—Yo no estoy tan segura.

No puede verla bien desde donde se encuentra —no todo lo que le gustaría para poder estudiarla mejor—, pero enseguida advierte que Inés Rocossa-Contreras es una mujer atractiva, de pelo oscuro y abundante, bien peinado en un recogido brillante en su nuca; su piel tiene el mismo aspecto bronceado que el de Caterina. Va vestida de funeral, pero no lleva sombrero ni tocado, y tiene una media sonrisa en los labios que no desaparece ni cuando le da el pésame a Abril Prieto.

—Rocossa-Contreras... —Mina tarda solo un instante en recordar dónde ha oído antes ese apellido: Cuba. Los Rocossa-Contreras le vendieron a Martín la finca para construir el hospital en Trinidad. El ingenio de las Tres Cruces—. La familia de Martín tenía buena amistad con ellos, hacía años que no oía ese nombre.

Guillermina Índigo no cree en las casualidades. Por eso sabe, nada más ver a Inés, que un fantasma del pasado acaba de hacerse de carne y hueso en el Cementerio del Este. Contiene la respiración un instante dentro de su vestido negro, esperando a que el momento pase. Sabe que después tendrá que contárselo a Zelda.

—¿Estás bien? Parece que hayas visto un fantasma —bromea Ramiro.

Guillermina todavía la estudia un segundo más, mientras Inés, sin borrar su sonrisa, le ofrece la mano a Mauro Ruiz-Escuder para que este la bese, en un gesto poco apropiado en un funeral. Pero Mauro lo hace sin dudar, hasta le parece intuir una pequeña inclinación a modo de reverencia.

—Sí, muy bien —responde ella por fin.

Abril Prieto se coloca en el centro, en la primera línea, frente a la tumba abierta que espera al ataúd con el cuerpo de Camila Garza. El ataúd —de madera de roble, nada de madera barata— también lo ha pagado la asociación a la que pertenece Caterina Ruiz-Escuder, Mujeres por el Futuro.

—¿Qué te parece el hijo de Abril? —pregunta Ramiro.

—¿Qué me parece? Oculta algo, desde luego, y me da la sensación de que tenía algún tipo de obsesión con Camila; aunque todavía no sé si su secreto está relacionado con la muerte de su hermana. —Ella también ha estado pensando en lo que oculta Pascual, pero cree que tiene más que ver con la política que con el asesinato de Camila—. ¿Por qué lo preguntas?

Pascual Garza no está junto a su madre. Se ha quedado a un lado, lejos de todas las personas influyentes que copan las primeras hileras.

—Es una persona de interés en la investigación.

Desde donde está, Mina nota que la mandíbula de Pascual Garza está tensa, tiene los ojos entornados y sus puños están apretados a ambos lados del cuerpo, igual que si estuviera listo para encajar un golpe.

—El dolor puede hacer que las personas se comporten o actúen de manera extraña, sospechosa incluso; algunos lloran hasta que les duelen los ojos mientras que otros no derraman una sola lágrima. Cada uno tiene una forma de hacerle frente al dolor, eso no demuestra que sea culpable —dice ella, todavía mirando al hermano de Camila.

—No es por eso.

Ramiro va a decir algo más, pero entonces ve al hombre del bombín y a los otros dos, los mismos con los que él se reúne en el despacho del ayuntamiento cada dos martes. Los tres hombres están hablando con Inés Rocossa-Contreras, Caterina Ruiz-Escuder y con su hijo, que murmura algo en voz baja. Están a unos veinte metros de ellos, pero el hombre del bombín lo mira a través de la multitud que llena el cementerio. Ramiro recuerda su última reunión con ellos y su interés por Guillermina y por conocer los detalles del crimen de Camila Garza. «Tan solo un poco de caos.»

—Tengo que hablar contigo de algo —dice Ramiro de repente.

—¿Qué? ¿Ahora?

—Sí, es importante.

No tenía pensado contarle nada a Mina acerca de sus reuniones en el ayuntamiento —igual que nunca le había hablado sobre sus acuerdos y compromisos extraoficiales que tanto lo habían ayudado a medrar en su carrera en los últimos años—, pero ahora, al ver a esos hombres en el cementerio charlando animadamente con algunas de sus amistades y clientes, intuye que sus asuntos han puesto en peligro a Guillermina.

—¿Qué sucede? Si es otra vez algo sobre el doctor Ellis...

—No, no es nada de eso.

Ella lo mira y Ramiro siente que, de alguna manera, Mina ya intuye el desastre que se acerca; el relámpago en el horizonte, todavía lejos, que anuncia la tormenta.

—¿Qué has hecho, Ramiro? —Su voz tiembla. El escalofrío en el corazón nunca se equivoca.

Bocanegra sonríe con amargura.

—Puede que sí seas adivina después de todo...

Pero, antes de que pueda terminar la frase, unos gritos rompen el aire reverente del cementerio.

—¡Justicia para Camila! ¡Justicia para todos!

Un grupo de unas treinta personas grita entre los asistentes. El sacerdote ha dejado de hablar y algunos de los invitados —sobre todo los que están acompañando a Abril en primera línea— se apartan alarmados mientras continúan los gritos.

—¡Justicia! ¡Justicia! —repiten, por encima del sonido del viento que ahora sopla con más fuerza.

Van vestidos con ropa de luto para mezclarse entre los asistentes, y es evidente que han acordado el momento justo para comenzar a gritar y sembrar el caos.

—Maldita sea. Se han infiltrado en el funeral para armar revuelo. Quédate aquí.

Sin darle tiempo a protestar, Ramiro sale corriendo en dirección a la primera línea del funeral, igual que unos cuantos agentes vestidos de uniforme, que se acercan hasta donde está Abril. Desde donde se encuentra, Mina puede ver como uno de los agentes la sujeta por el brazo, pero Abril consigue soltarse y se une a los gritos.

—¡Justicia para Camila! —grita Abril.

Uno de los fotógrafos presentes toma la imagen del instante justo en el que Abril grita. La fotografía —en la que se verá a Abril rodeada de agentes de uniforme— aparecerá al día siguiente en la primera página de todos los diarios de la ciudad.

Los gritos se multiplican y ahora Mina está segura de que son más de treinta. Se mueven de un sitio a otro, mezclándose con los demás asistentes y haciendo que sea casi imposible seguirles el rastro: nunca gritan dos veces en el mismo lugar. Están bien organizados y han pasado desapercibidos para los agentes de Ramiro.

El murmullo de confusión de los asistentes se convierte en miedo y pronto empiezan los empujones y las carreras para salir del cementerio. Una mujer pasa corriendo a su lado, pero tropieza con una de las lápidas y cae de bruces al suelo. Mina se agacha para ayudarla a levantarse antes de que la pisoteen.

—¿Se encuentra bien? —grita Mina por encima de los gritos de terror que los rodean.

Su ropa elegante se ha manchado de barro y tiene un golpe en la frente, cerca de la ceja. Aun así, la mujer sacude el brazo, asqueada, hasta que logra soltarse de Mina.

—Suélteme, bruja —le dice antes de salir corriendo hacia la entrada del cementerio.

Sorprendida, Mina se queda allí un momento más mientras la gente corre a su alrededor, en medio de los gritos de terror y de furia que llenan el aire. Un hombre pasa muy cerca de ella y la golpea con el hombro, pero ella no reacciona, ni siquiera cuando un latigazo de dolor corre por su brazo hasta su mano.

Ernesto Valdés y Doval camina deprisa hacia la puerta principal del cementerio, no necesita ayuda ni un bastón para abrirse paso entre la marea de personas que ahora se agolpan en la entrada. Mina busca con la mirada a Amalia Casas cerca de su esposo, pero no la ve hasta que no está prácticamente a su lado.

—Señorita Índigo —murmura.

Amalia saca un pequeño sobre de visita bien cerrado y se lo entrega disimuladamente, aunque en mitad del caos nadie en el cementerio parece reparar en ellas. Después se aleja entre las tumbas para alcanzar a su esposo, que ya está casi fuera, caminando sin ninguna prisa.

Las manos le tiemblan, pero Guillermina abre el pequeño

sobre de papel de seda, del tipo que usan las señoras para sus juegos de escritorio personalizados, y saca la nota escrita con la caligrafía elegante y perfecta de Amalia Casas:

> *Tenga la amabilidad de visitarme mañana a partir de las diez.*
> *Le contaré una historia de fantasmas.*

EL FANTASMA DE LAS TRES CRUCES

—

Esa noche, las pesadillas revolotean en la mente de Guillermina. Da vueltas en la cama hasta que por fin decide levantarse, sabe que no conseguirá dormirse. Es una madrugada gélida y el aire del palacete se ha enfriado. Después de ponerse su kimono de seda, Mina piensa en coger una de las botellas que esconde en el baño —extraña el sabor dulce del *bourbon* bajando por su garganta—, pero se ha prometido no beber para tener la mente despejada, al menos hasta que resuelva el asunto de Camila Garza.

En el piso de abajo, la cocina está silenciosa y sobre la encimera —bien protegidas por una campana de cristal— Mina ve las sobras de la cena: estofado de ternera con setas. El señor Baxter es un gran chef, pero ella no ha cenado; después de lo sucedido en el Cementerio del Este aquella tarde, Mina tenía un mal presentimiento. Conocía bien la sensación, el escalofrío en el corazón.

Busca en el cajón del aparador hasta que encuentra una cajita de madera. Dentro está su baraja de tarot, la auténtica, no esa trucada que suele utilizar en sus sesiones, llena de cartas de la Muerte o del Loco para manipular a sus clientes. Mientras baraja los naipes, camina hacia la Habitación de los Fantasmas. Siente el tacto pulido del reverso de las cartas, las conoce tan bien que no necesita darles la vuelta para ver la figura en el dorso.

La Habitación de los Fantasmas está oscura, dentro hace más frío que en el resto de la casa. Mina enciende una vela, se sienta en una de las sillas alrededor de la mesita de espejo y comienza a colocar los naipes, pero ya intuye lo que va a ver en ellas: los fantasmas están de vuelta. Aun así, Guillermina saca una carta del mazo tras otra, esperando estar equivocada.

Pasa un rato hasta que los pasos suaves de Zelda suben por la escalera.

—¿Hablando con fantasmas? —le pregunta desde la puerta.

Pero Mina no responde, sus ojos siguen concentrados en las cartas, desplegadas sobre la mesita.

Zelda se ha cubierto con un suave chal de lana azul; le desagrada el frío y sabe que nunca conseguirá acostumbrarse realmente a él por muchos años que pase viviendo fuera de Cuba.

—Por cierto, esta tarde le he preguntado al señor Baxter acerca del gorrión blanco y Camila Garza. Se me ha ocurrido que, ya que él pasa sus noches libres en el Eden Concert, tal vez supiera algo, pero me ha dicho que los jueves actúa una banda de...

—La he visto —murmura Mina.

—¿A quién?

La mano derecha de Mina tiembla ligeramente cuando le da la vuelta a la última carta: la Torre. El caos; puro desastre y destrucción.

—Maldita sea.

—Guillermina, ¿a quién has visto? —repite Zelda impaciente.

—A la mujer del cuadro. El fantasma de las Tres Cruces.

La llama de la vela parpadea.

—No, eso es imposible. Era el retrato de una mujer que murió hace sesenta años, lo sabes tan bien como yo: el fantasma de las Tres Cruces se quedó en Trinidad, como muchas otras cosas.

Mina amontona las cartas con desgana y se vuelve para mirarla por fin.

—Te digo que era ella. Esta tarde, en el entierro de Camila, he visto a una mujer idéntica a ella. Se llama Inés Rocossa-Contreras, su familia fue quien le vendió a Martín el ingenio abandonado en Trinidad.

—Ahí tienes tu respuesta, Guillermina. Era de su familia, esa mujer que has conocido hoy será su tataranieta o lo que sea, de ahí el parecido físico con la mujer misteriosa del cuadro.

—No es solo parecido físico, era...

Mina había pasado los últimos años tratando de enterrar al fantasma de las Tres Cruces, y esa tarde lo había visto en el cementerio caminando entre las tumbas.

—¿Qué?

—Era su manera de sonreír; era igual que en el cuadro, tenía el mismo gesto de desprecio en los labios. Y su manera de moverse, sus gestos... Era ella.

—Los gestos y las manías se heredan, Guillermina; igual que el color de los ojos o la mala suerte; dependen de nuestra familia, para bien o para mal.

—Lo sé. —Mina recoge las cartas y se levanta de la silla de mala gana—. Te digo que ha regresado, la mujer del cuadro. Nos ha seguido hasta Barcelona.

—Te estás obsesionando, igual que hacen algunos de tus clientes: creen ver un fantasma y después ya lo ven en todas partes. Es como uno de tus trucos mentales, Guillermina. Solo es una casualidad.

—Yo no creo en las casualidades.

Lilly se acerca con interés y serpentea un momento entre las piernas de Zelda, tratando de llamar su atención, pero cuando ve que la puerta de la habitación está abierta encorva el lomo y se marcha corriendo por el pasillo.

—Estás persiguiendo a un fantasma. Pero si tanto te preocupa esa mujer, investígala, igual que harías si ella fuera una futura clienta. Y así te darás cuenta de que tengo razón, como de costumbre.

Guillermina esboza una mueca, pero ya se siente mejor; hablar con Zelda siempre hace que se sienta mejor. Sabe que no conseguirá respuestas esa noche, así que se inclina sobre la mesita para apagar la vela, pero, antes de que pueda soplarla, la llama se apaga sola y la Habitación de los Fantasmas se llena de oscuridad.

Valle de los Ingenios, Cuba. Seis años antes

Guillermina Índigo se baja con cuidado del carro. El sol de mediodía es tan deslumbrante que, por un momento, sus ojos no logran ver nada excepto la claridad más absoluta, una luz tan blanca que casi le quema los ojos. Mina se protege mejor bajo el ala de su sombrero adornado con un gran lazo de gasa blanca para evitar que salga volando con el viento del noroeste que siempre sopla en el valle.

Su primera impresión cuando bajó del barco una semana antes, en el puerto de Casilda, era que el aire se había convertido en fuego en sus pulmones; la humedad y el calor del ambiente —mucho más extremos de los que solían ahogar Barcelona en los meses de verano— hacían casi imposible poder respirar, y mucho menos caminar con los pesados vestidos que Mina llevaba en sus baúles.

—Y bien, ¿qué te parece? ¿Verdad que es una maravilla?

Junto a ella, su esposo, Martín de Pareja, le sonríe con esa sonrisa irresistible suya; era la clase de sonrisa que haría que Guillermina Índigo aceptara dejar la comodidad de Barcelona para atravesar medio mundo hasta el sur de Cuba.

—Mañana mismo me reuniré con los capataces y la próxima semana, como muy tarde, empezaremos las obras de acondicionamiento. —Martín, siempre optimista, gesticula con las manos cuando habla. A ella siempre le ha gustado eso de él, su capacidad para la alegría; algo que Mina solo puede fingir, aunque es muy buena haciéndolo—. Aquí mismo colocaremos el cartel con el nombre del hospital, y un poco más adelante, cerca del patio delantero, un bonito jardín para que los pacientes puedan respirar y salir a pasear.

Martín está tan emocionado explicando su proyecto para el hospital civil que se ha olvidado su sombrero y ahora el sol le quema sin piedad la frente y las mejillas. Esa misma noche experimentará los primeros síntomas de una insolación —la primera de varias—: desorientación, fiebre, convulsiones... Y su asustada esposa tendrá que velarlo en la habitación polvorienta donde semanas más tarde instalarán el dormitorio principal. Pero ahora Martín le da la mano y tira de ella con delicadeza hacia el camino que conduce a la entrada de la finca. Mina se deja llevar; siempre se deja llevar por él.

—Vamos, te enseñaré la casona, los barracones, las antiguas calderas y la torre; tiene unas vistas increíbles de todo el valle. ¡Te encantará!

Mina intenta sonreír debajo de su sombrero y lo sigue por el camino terroso que discurre recto entre los arbustos y algunas palmeras, altas y delgadas. Al final del sendero, distingue la estructura de los edificios de piedra: tres largas naves rectangulares en forma de gran C, unidas entre sí por corredores abiertos.

Apenas trece kilómetros separaban la ciudad de Trinidad —con sus calles empedradas, el alumbrado público, sus jardines y parques— del valle de los Ingenios. Pero a Mina le pareció que habían viajado a otro mundo en esa escasa distancia. Mientras el carruaje avanzaba hacia el interior, el paisaje se volvió de color verde; con suaves colinas ondulantes cubiertas de una vegetación tan espesa que se hacía imposible distinguir un solo metro de tierra. En su camino hacia ese otro mundo, dejaron atrás lo que parecían las ruinas reducidas a cenizas de una iglesia y una hacienda.

El patio central de la propiedad estaba delimitado por edificios rectangulares con corredores abiertos en el frente y una fuente seca justo en el centro. La vegetación y las raíces de los arbustos habían invadido parte de la gran explanada, asomando entre la tierra del suelo.

—Aquí instalaremos nuestra vivienda, casi con las mismas comodidades que teníamos en Barcelona —continúa Martín, señalando con la mano libre la gran nave central—. Era donde vivían los antiguos propietarios de la hacienda antes de que se arruinaran, así que no habrá que trabajar demasiado para acondicionarla: tan solo limpiar un poco, arrancar los hierbajos, reparar la fuente del patio, claro... Parece mucho trabajo, pero por lo que hemos pagado por la propiedad está muy bien. Casi la hemos conseguido a precio de saldo, prácticamente me han suplicado que se la compre.

—Es un lugar... mágico, desde luego —comenta Mina—. ¿Por qué te la han vendido tan barata?

—Dicen que está maldita, embrujada. —Martín sonríe, divertido—. La realidad es que el mercado del azúcar ya no es tan poderoso como antes y los ingenios como este prácticamente han desaparecido o están en la ruina.

Los padres de Martín eran viejos amigos de la familia Rocossa-Contreras, ellos fueron unos de los primeros españoles en instalarse en el valle casi cuarenta años atrás. Los Rocossa-Contreras hicieron una fortuna con la elaboración y comercialización del azúcar —que procesaban en esa misma hacienda— y llegaron a ser propietarios de más de doscientos esclavos que trabajaban a turnos en su ingenio azucarero. Cuando el comercio del azúcar empezó a tambalearse años más tarde —agravado por algunos levantamientos de esclavos y por el ambiente político en la isla—, los Rocossa-Contreras abandonaron el valle —y su hacienda—, igual que hicieron muchas otras familias en busca de mejores oportunidades de negocios.

—¿Y confías en ellos? —quiere saber Guillermina—. En la familia que te la vendió, quiero decir.

—Claro que confío en ellos. —Martín se ríe—. ¿Por qué iban a mentirme?, ¿o es que te dan miedo las historias de fantasmas?

—No, claro que no.

Mina recorre con la mirada la ruina que será su nuevo hogar: grandes arcos de medio punto en la fachada principal, balaustradas de madera podrida por la humedad, ventanas acristaladas en el frente —casi todas rotas, por las que se colaba la vegetación, que crecía sin control— y un poco hacia al este, visible desde cualquier lugar de la finca, una altísima torre campanario rematada por una pequeña cúpula.

—Es impresionante, ¿verdad? Cuando la hacienda aún funcionaba como ingenio para hacer miel y azúcar, la campana de la torre se usaba para indicar el comienzo y el fin de la jornada de los trabajadores y esclavos. —Los ojos claros de Martín se pierden un momento estudiando la torre. Está cansado, el viaje a través del Atlántico ha sido más duro de lo previsto y se siente débil—. Creo que la campana todavía está ahí arriba, supongo que tendremos que hacer que la silencien para que no moleste a los pacientes.

Guillermina camina entre los matojos que crecen en el patio central, la tierra marrón del suelo se pega a sus botines y al bajo de su vestido de muselina pálida, echándolo a perder para siempre; es uno de los vestidos que encargó hacer cuando se prometió con Martín, casi dos años antes.

—Y dentro de un año o dos, cuando el ferrocarril llegue al valle, atraerá a más gente como nosotros y pronto la zona volverá a recuperar su antiguo esplendor. —Martín continúa hablando mientras camina hacia la entrada del edificio principal—. Para entonces, nosotros estaremos asentados en una de las mejores haciendas de la región, y el hospital civil ya funcionará a pleno rendimiento. Y tampoco es que pretendamos hacernos ricos con el hospital: lo justo para poder vivir cómodamente aquí y, sobre todo, ayudar a los que más lo necesitan.

El ferrocarril no llegaría al valle de los Ingenios hasta casi treinta años después, pero, en la mente optimista y despreocupada de Martín, eso era un detalle sin importancia para su gran empresa. La idea que los había llevado hasta ese lejano valle, el sueño que había empujado a Martín desde que ella lo conocía, puede que incluso mucho antes, era construir un hospital en Cuba para los más necesitados; una fantasía por la que habían dejado el palacete de Permanyer, junto con todos sus conocidos y familiares en Barcelona. Era a los conocidos y familiares de Martín a quienes dejaban atrás, así que, al principio, Mina aceptó de buena gana su sueño idealizado de levantar un hospital. La familia De Pareja no había sido precisamente amable con ella cuando Martín la presentó —incluso contrataron a un investigador privado para que hurgara en su pasado en busca de sus pecados—, así que la idea de marcharse a la exótica Cuba, tan llena de posibilidades, y de comenzar una vida juntos alejados de las interferencias constantes de la familia de Martín —especialmente, de su hermano menor— le había parecido la mejor forma de escapar. Y Guillermina Índigo siempre estaba pensando en escapar; incluso en ese primer momento de felicidad casi insoportable —durante los meses después de su gran boda con Martín—, Mina ya estaba pensando en huir.

—Espera, tengo la llave de esa puerta por algún lado... —dice él mientras se busca en los bolsillos.

La puerta principal de la nave central estaba protegida por un enrejado oxidado, alrededor del cual había crecido una planta trepadora, con grandes flores anaranjadas y un círculo negro en el centro parecido a un ojo; al verlas, a Mina casi le parece que esas flores naranjas le devuelven la mirada.

—¿Y qué nombre le vas a poner? —pregunta ella—. El hospital civil, ¿cómo se llamará?

Martín se encoge de hombros antes de responder, y ella conoce a su marido lo bastante como para saber que eso significa que ni siquiera ha pensado en el nombre hasta ese momento.

—No lo sé —admite con una sonrisa feliz—. ¿Cómo te gustaría que lo llamáramos? También será tu hospital. ¿Hospital Civil Guillermina? En tu honor.

A pesar de todo, ella se ríe al oír su ocurrencia.

—¡No! Ni hablar. No quiero que mi nombre se asocie con la enfermedad o con la muerte —responde divertida—. Se me ocurre que tal vez podríamos bautizarlo igual que el nombre de la antigua hacienda, antes de que se fuera a la ruina, quiero decir. ¿Cómo se llamaba?

—Ingenio de las Tres Cruces. —Y cuando Martín pronuncia las palabras en voz alta sabe que ya tienen nombre para su hospital—. Es un nombre perfecto. ¡Eres increíble!

Martín la coge en brazos y la hace girar en el aire húmedo del mediodía, su sombrero de paja sale volando para caer al suelo polvoriento. Mina siente sus mejillas acaloradas cuando él la deja otra vez en la entrada y mira el lazo de raso blanco de su sombrero manchado de barro seco un poco más adelante.

—Hospital Civil de las Tres Cruces —repite Martín sin dejar de sonreír. Está fatigado por el esfuerzo y el aire cálido hace que le cueste respirar—. Mañana mismo haré que instalen el cartel con el nombre frente al camino, para que todo el mundo sepa lo que vamos a levantar aquí.

Hace girar la llave de hierro en la cerradura de la reja y la empuja. La puerta del enrejado cede con un quejido después de años sin abrirse.

El corredor abierto que se extiende frente a la entrada —y que recorre las otras dos naves— está anegado por años de maleza, raíces enredadas e insectos de colores llamativos que corren asustados al ver a los nuevos inquilinos de la casa. Mina camina con cuidado sobre las ramas y los restos de broza seca hasta la gran puerta principal, esperando a que Martín encuentre la llave del portón de madera.

Cuando por fin la abre, el aire húmedo y pesado del interior de la casa saluda a Mina rozándole la mejilla. Tiene un olor acre, parecido al que desprenden las montañas de hojas secas al pudrirse en otoño. «El olor de las cosas muertas», piensa ella.

Da unos pasos hacia la oscuridad de su nuevo hogar, vacío y polvoriento, sintiendo los años de abandono flotando en el ambiente cargado. En el suelo, en un rincón, ve un cuadro puesto de lado. Mina se acerca para observarlo mejor y limpia el polvo de la superficie con la mano: es un retrato de una mujer con el pelo oscuro, ojos fieros y una sonrisa desdeñosa en los labios.

—¿Sabes quién es?

—No, tal vez era una de las antiguas propietarias de la hacienda. —Martín la abraza por la cintura dejando un beso rápido sobre su pelo—. Vamos a ser muy felices aquí, lo presiento —murmura con afecto en su oído antes de apartarse de ella para ir a recorrer la casa.

Pero Mina todavía se queda un momento más allí, mirando el retrato de la mujer misteriosa que la observa desde el pasado.

—Sí... —susurra ella—. Muy felices.

Guillermina vuelve a sacudirse el vestido. La tierra marrón que se levanta con cada ráfaga de viento se pega a su ropa y a su pelo. Le cuesta acostumbrarse al calor —y a todo lo demás—, pero Martín nunca le ha parecido tan feliz.

Llegaron al valle de los Ingenios hace ya tres semanas y, en ese tiempo, nada había cambiado en la finca ruinosa de las Tres Cruces. No había agua corriente, el gas no funcionaba y los motores de vapor que antes alimentaban los alambiques para producir azúcar estaban gripados por años de abandono.

Mina barre el mismo tramo del suelo de piedra que lleva limpiando la última media hora, perdida en sus pensamientos, sujetando la escoba con las manos agarrotadas. El polvo llena cada rincón de la finca: desde la casa principal, donde se habían instalado en un gran dormitorio —el más fresco de toda la propiedad—, hasta la torre del campanario o los barracones que antes abarrotaban los esclavos de los antiguos propietarios.

Oye los pasos suaves de su marido fuera, haciendo crujir las ramas al acercarse a la nave lateral que antes había servido de almacén.

—Déjalo, nunca estará limpio. —Martín la besa despacio muy cerca del oído.

—Creo que si vas a operar a alguien aquí, esto debería parecerse un poco más a un hospital. —Sonríe al sentir los labios familiares de su marido sobre la piel.

Lejos de su familia, de la influencia de su hermano y de todas las expectativas que ellos habían construido para su primogénito, Martín era otro hombre. Era suyo y de nadie más.

—No te preocupes por eso, algunos hospitales europeos están en condiciones mucho peores que este lugar. —Martín se ríe y la coge de la mano libre. La escoba cae al suelo con un ruido seco—. Además, te he conseguido ayuda.

—¿Ayuda?

El gesto de Martín se vuelve sombrío; solo dura un segundo, pero a Mina le parece estar viendo el rostro de un desconocido.

—Sí. Su tío es don Jerónimo Moreno, uno de los pocos españoles que todavía quedan en el valle, aunque ya no se dedica al negocio del azúcar. Ha tenido que abandonar a su familia por culpa de un escándalo y su tío me ha pedido que le demos trabajo discretamente, como favor personal. Además, trabajará casi gratis.

—Bien. Tampoco es que tengamos mucho más donde escoger —murmura ella.

Martín le acaricia el brazo, bronceado por el sol del valle. Sus manos de médico —suaves y finas— se han vuelto ásperas por el trabajo físico de las últimas semanas.

—Sé que las cosas aquí no han ido como esperábamos —empieza a decir Martín—. Estas semanas han sido difíciles, nos está costando más dinero y tiempo del que había planeado poner en marcha el hospital y no encuentro trabajadores que quieran venir a la finca, ni siquiera si prometo pagarles el doble de dinero.

La obra del hospital no avanzaba y tampoco parecía que fuera a hacerlo. Dos semanas antes, pagaron a un carpintero de Trinidad para que hiciera el cartel del que tanto habían hablado: Hospital Civil de las Tres Cruces. Pero eso era todo. Y el hombre solo había aceptado el encargo porque no tenía que desplazarse a la finca para poder hacer su trabajo.

—Bueno, tenemos el cartel —bromea ella.

Martín intenta reír, pero baja la cabeza; ella le aprieta la mano. Algunas veces, le parecía que su marido se movía entre el mundo de los sueños y la realidad. Igual que uno de esos artistas que caminan sobre un cable colocado a varios metros de altura. Martín caminaba sobre ese alambre a menudo, siempre con los ojos cerrados. Esa había sido una de las primeras cosas que la atrajo de Martín tiempo atrás —cuando ella era una persona distinta—, pero ahora casi toda su energía se consumía intentando evitar que Martín cayera de ese alambre por el que caminaba.

—La finca está embrujada, por eso nadie quiere venir a trabajar aquí —dice él de pronto.

—Pensé que era solo una historia de fantasmas.

—Lo sé, pero en el poblado que hay antes de llegar a Trinidad, donde vive la mayoría de la gente de la zona, cuentan que por esta propiedad merodea un fantasma. El fantasma de las Tres Cruces.

—¿El fantasma de las Tres Cruces? —Mina se ríe en voz baja, pero enseguida se pone seria al ver que él ni siquiera ha sonreído—. Martín..., no me dirás que crees en fantasmas. Eres un científico.

Él hace un gesto como para quitarle importancia, pero ahí estaba otra vez: Martín caminando con los ojos vendados por el cable tendido sobre el vacío más absoluto.

—No, claro que no —miente él—. Debo irme ya, esta tarde tengo una reunión en Trinidad con un contratista francés que parece dispuesto a ayudarnos con la obra del hospital. Por lo visto él tampoco cree en fantasmas y no tiene miedo de trabajar en la finca.

Martín lleva puesto uno de sus trajes mezcla de lino y algodón, y un sombrero para protegerse del sol del Caribe, que ya le había abrasado las mejillas y cortado los labios.

—Bien, convence a ese contratista.

Él se inclina para dejarle un beso rápido en los labios y después le dedica una sonrisa.

—Cuenta con ello. Esta noche tendremos contratista y antes del viernes empezarán las obras. —Martín le guiña un ojo y camina hacia la puerta abierta del antiguo almacén, pero se vuelve de repente como si acabara de recordar algo importante—. Por cierto, tu ayudante está esperando fuera. Junto a la fuente.

Oye los pasos de Martín alejándose por el patio central hasta el camino que llevaba a la entrada de la finca.

A su marcha, el silencio vuelve a llenar la nave lateral donde tenían planeado instalar las camas para los pacientes. Mina recoge la escoba del suelo y la deja contra la pared; todavía se entretiene un momento más engañándose, pensando que tal vez ese contratista francés aceptará trabajar en el ingenio abandonado.

Cuando sale del barracón, todavía perdida en sus pensamientos, la sorprende ver que hay alguien fuera.

—Hola...

Una mujer joven está sentada en el murete de piedra que rodea la pileta sin agua de la fuente.

—Soy la ayuda —es lo primero que dice.

Mina camina hasta ella, cubriéndose los ojos del sol con la

mano para poder verla mejor. Es guapa, con las mejillas altas y el cuello delgado.

—Oh, disculpa. ¿Tú eres la sobrina de Jerónimo Moreno?

—Así es. ¿No soy como pensaba que sería?

Mina asiente con la cabeza, un poco avergonzada.

—Sí, admito que por lo que Martín me había contado sobre ti pensaba que serías...

—¿Un hombre? ¿Blanco? —La muchacha sonríe resignada—. No pasa nada, ya estoy acostumbrada: no soy ni blanca ni negra, ni una heredera legítima de los Moreno. Soy uno de esos secretos incómodos que hay en muchas familias adineradas.

—Entiendo.

Viste una camisa blanca de sarga con las mangas recogidas a la altura de los codos y una falda larga del mismo color. La joven saca una licorera de entre los pliegues de la cintura de su falda y le da un trago para, después, ofrecérsela a Mina.

—Oh, no, gracias. Yo nunca bebo —responde con una sonrisa.

La mujer la estudia con sus grandes ojos de gato. Mina se pregunta si tal vez era una de esas poquísimas personas que pueden intuir los secretos ajenos, como ella. Teme que la joven sepa —en ese mismo instante, nada más conocerla— que sí bebe. Igual que hacía muchas otras cosas antes de conocer a Martín.

—Yo antes tampoco bebía, ni fumaba, ¿sabe? Mi madre me retiraría la palabra si me viera beber y fumar como un hombre. —La joven se ríe, pero a Mina le parece una risa triste—. Aunque no es que ella pueda ver nada ya.

—Lo lamento.

—Son cosas que pasan. ¿Y qué es lo primero que debería intentar reparar?

Es evidente que no quiere seguir hablando del asunto. Mina hace un gesto con la mano, señalando la propiedad ruinosa.

—Escoge, hay mucho donde elegir.

Se ríe.

—Sí, desde luego. La fuente. Una vez que el agua vuelva a la propiedad, el resto la seguirá.

Mina mira la fuente de piedra, no había visto caer una sola gota de agua de ella desde que llegaron.

—¿Crees que puedes arreglar la maldita fuente? —Hay un ligerísimo tono de esperanza en su voz.

—Soy buena reparando motores y todo tipo de mecanismos, seguramente la mejor mecánica de toda la isla.

Mina se encoge de hombros, sabe que no tiene nada que perder y que su única oportunidad es confiar en esa desconocida de mirada felina.

—Bien, dime cómo puedo ayudarte. Necesitarás herramientas, supongo. Están en la casa, iré a buscarlas.

Pero antes de que Mina se dé la vuelta para entrar en la casa principal, la desconocida dice:

—¿Sabes?, tú tampoco eres como pensé que serías. —Le tiende la mano un poco insegura, con el temor de quien ha sido rechazado muchas veces—. Soy Zelda, Zelda Moreno.

Mina le estrecha la mano sin dudar.

—Encantada, Zelda Moreno. Yo soy Guillermina Índigo, pero todo el mundo me llama Mina.

Tres horas después, la fuente del gran patio central sigue estando seca. No han logrado que una sola gota de agua salga del caño. Hace un rato ya que el abanico de carey de Mina no sirve para nada —la humedad y el calor a esa hora son casi insoportables—, así que ha entrado en la casa a buscar su parasol. Está sentada en el murete de piedra que rodea la fuente y le da sombra a Zelda mientras ella se tumba para poder llegar al mecanismo interno de la fuente.

—Sigue hablándome del hospital. ¿Dónde irá el pabellón de los enfermos? —pregunta Zelda.

Mina cambia el parasol de mano para señalar uno de los enormes edificios vacíos que hay cerca de la casa principal.

—Allí, en la antigua casa de calderas del ingenio. Martín cree que es lo suficientemente grande como para instalar las camas de los pacientes que estén en recuperación.

—Hospital Civil de las Tres Cruces. —Zelda repite el nombre en voz alta—. Suena muy... solemne.

Se ríen juntas.

—Sí, un poco, quizá.

—¿Así que tú lo dejaste todo en España para seguir a tu esposo hasta aquí? No te conozco mucho, pero diría que no eres de las que lo abandonan todo para ir detrás de un hombre.

Mina tarda un momento en responder. No le gusta hablar de su pasado o de lo que ha dejado en España.

—Algo parecido, sí. Las cosas que hacemos por amor... —murmura Mina, mirando hacia la finca ruinosa que ahora es su hogar.

—Desde luego, el amor puede convertirte en una muñeca de trapo si no tienes cuidado. Yo nunca he tenido mucho interés en ninguno de los hombres de la isla. —Zelda estira el brazo hasta que siente un dolor en el hombro, pero ya casi ha llegado al motor de la fuente—. Mi mamá era blanca y la hija mediana de una familia de bien que vivía en el valle, los Moreno. Dirigían una finca y eran los dueños de un par de barcos. Mi mamá era la única chica y se enamoró de mi padre, un revolucionario, cuando ella era apenas una cría. Él era sargento en el ejército mambí. Ya sabes lo que pasa con algunos hombres: la revolución, el pueblo y los ideales los hacen parecer mucho más interesantes de lo que son en realidad. Los Moreno, por supuesto, se oponían a su relación, así que mi madre huyó para estar con él.

Guillermina lo piensa un momento: la única hija de una familia adinerada huyendo con un revolucionario.

—Debió de ser todo un escándalo.

—Oh, ya lo creo. Pero al final la revolución fracasó, a mi papá lo ahorcaron y mi mamá no tuvo más remedio que regresar al redil. Estaba embarazada de mí, tenía veinte años y mucho miedo de acabar colgando por el cuello de una viga por ser la amante de un sublevado. Los Moreno la encerraron en la casa familiar hasta que me dio a luz, para tapar el escándalo, aunque una vez que nací resultó evidente que mi papá no era un hombre blanco, así que me encerraron también a mí hasta que cumplí los dieciséis años.

—Lo siento mucho.

—Bueno, ellos creían que así la vergüenza quedaba tapada, ¿comprendes? Si nadie me veía ni sabía que yo existía, entonces tampoco el pecado de mi mamá. Vivimos encerradas en un dormitorio del sótano de la casa de los Moreno hasta que ella murió.

Guillermina la estudia un momento mientras ella busca a tientas una herramienta oxidada que había dejado antes en el suelo seco de la fuente. Se pregunta si es por eso por lo que Zelda parece estar alerta todo el tiempo, siempre mirando alrededor.

—Lo que tu familia os hizo a tu madre y a ti es terrible.

Zelda no responde y, aunque acaba de conocerla, Guillermina comprende que ese es su secreto: su fantasma.

—Desde que llegamos mi esposo está distinto —dice Mina, para cambiar de tema, pero también porque no tiene a nadie más con quien hablar sobre el asunto—. Cuando vivíamos en España solía estar alicaído y... triste, pero desde que estamos en Trinidad, bueno, ha cambiado.

—Muchos hombres cambian cuando pisan la isla; el calor, el sol, el viento del este, las mujeres...

—No, Martín no es así —responde con una tímida sonrisa—. Es como si hubiera dejado de ser él, algunas veces me parece que no lo conozco en absoluto; es como si alguien más viviera dentro de él, otro hombre. Solo dura un momento y enseguida vuelve a ser el Martín de siempre, pero algunas veces me mira y me parece que ni siquiera sabe quién soy yo.

Zelda se olvida por un momento del motor y la mira desde la pileta vacía.

—Tu esposo está embrujado. Por un fantasma.

—Embrujado. —Mina intenta sonreír al pronunciar la palabra, pero sus labios tiemblan—. Yo no creo en demonios ni en malos presagios.

—¿Y en fantasmas? ¿Crees en fantasmas?

—No, tampoco creo en fantasmas —dice, pero es mentira. Mina es una buena mentirosa. Y, desde luego, cree en fantasmas.

—Pues lo mismo deberías empezar a creer; en esta finca ronda un espíritu, un espectro. El fantasma de las Tres Cruces.

A pesar del intenso sol, Guillermina siente un escalofrío corriendo bajo su piel, abriéndose camino hacia su corazón.

—Ya he oído la historia. Algunos hombres del pueblo no quieren venir a trabajar a la propiedad precisamente por eso.

—¿Ves esa torre? ¿La del campanario? —Zelda señala la construcción, cerca de donde están—. Cuentan que un día el antiguo propietario de este ingenio arrojó a su joven esposa desde lo más alto de la torre. Todos los que estaban trabajando aquí en ese momento la vieron caer. Dicen que ahora su espectro merodea por la finca.

Mina vuelve a mirar la torre, que arroja una sombra alargada y oscura sobre toda la propiedad.

—No es verdad. La familia de mi esposo es amiga de los antiguos propietarios de la hacienda y nunca han mencionado que alguien saltara o fuera arrojado desde el campanario.

—Todas las familias tienen sus secretos, yo soy la prueba. Y desde luego yo no le contaría esa historia a nadie, sobre todo si quisiera librarme de esta propiedad. —Zelda le guiña un ojo.

—¿Estás insinuando que los Rocossa-Contreras engañaron a Martín para poder así deshacerse de este lugar?

«La hemos conseguido a precio de saldo, prácticamente me han suplicado que se la compre», había dicho Martín el día que llegaron.

Mina sujeta su parasol con más fuerza de la necesaria, la idea del espíritu que embruja la propiedad se queda con ella un momento más.

—¿Sabes por qué lo hizo? —le pregunta, como si no estuviera muy interesada en el asunto.

—¿Tirar a su mujer desde el campanario? Porque era un mal hombre, supongo, aunque... también hay quien dice que el fantasma de las Tres Cruces ya merodeaba por aquí entonces, y que fue ella quien le susurró que lo hiciera.

—¿Ella? —Mina parpadea sorprendida.

—Sí, el fantasma de las Tres Cruces es una mujer; pensé

que lo sabías. Los que la han visto aseguran que es muy hermosa: con el pelo oscuro, ojos de animal salvaje y una sonrisa cruel siempre en los labios.

Guillermina piensa en el retrato de la misteriosa mujer que encontró en la casa principal; encaja con la descripción que Zelda le ha dado. Lo ha guardado en una de las muchas habitaciones vacías porque se sentía observada por esa mujer de gesto desdeñoso cada vez que pasaba por delante.

—¿Y quién era ella? Cuando estaba viva, quiero decir; ¿sabes su nombre verdadero o cómo murió?

—No, pero puedo preguntar por ahí. La has visto, ¿verdad? Por eso tienes tanta curiosidad por ella.

El parasol tiembla ligeramente entre sus manos.

—No, es solo que estoy... intrigada.

—Bueno, aunque nos acabamos de conocer te daré un pequeño consejo: no te obsesiones con fantasmas. Son pacientes y tienen buena memoria.

Zelda estira el brazo un poco más, la tierra que llena el fondo de la pileta le araña la piel de la mano, pero ya puede rozar con los dedos los engranajes ocultos del motor.

—Ya casi lo tengo —masculla—. La bomba debería empujar el agua desde el pozo subterráneo hasta la finca, pero hay algo que atasca el motor...

Recorre el mecanismo a ciegas hasta que siente que sus dedos se hunden en algo esponjoso, algo vivo.

—¡Oh, Dios!

Zelda saca el brazo de la pequeña trampilla que cubre el motor tan deprisa como puede y se levanta de un salto, mirándose la mano.

—¿Qué sucede? ¿Estás bien? —Mina le sujeta el brazo para poder verlo. No tenía marcas ni heridas aparentes.

—Sí, creo que sí. Es solo que me ha parecido que algo me rozaba la mano.

Se ríen juntas.

—Te has asustado de tu propia historia de fantasmas —dice Mina, entre risas.

Pero justo en ese momento oyen un sonido que sale de la

misma tierra bajo sus pies, un aleteo que recorre las entrañas de la fuente hasta convertirse en un estruendo que llena el aire caliente.

—¿Qué es eso? —murmura Mina.

Un segundo después, una nube negra sale volando por la trampilla abierta de la fuente y las envuelve igual que un torbellino. Las dos se esconden como pueden debajo del parasol tratando de protegerse, sin poder ver nada más que la oscuridad repentina a su alrededor. El golpeteo de cientos, miles de alas las envuelve un momento más, hasta que la nube se aleja volando hacia el cielo de la tarde.

—Son mariposas negras. La tatagua.

—¡Por Dios! —Mina se sacude instintivamente intentando asegurarse de que no queda ninguna de esas criaturas enredada en su pelo o en su ropa—. ¿Y qué hacían ahí abajo?

Las dos se asoman con precaución al borde la pileta.

—Son criaturas nocturnas, les gusta anidar en lugares oscuros y húmedos donde no las molestarán. —Zelda se frota la mano con la falda—. Creo que las he despertado sin querer al tocar su nido.

—Nunca había visto mariposas tan grandes. —Mina sigue con la mirada la nube negra hasta que se pierde en la espesura que rodeaba la propiedad—. ¿Crees que regresarán?

Zelda niega con la cabeza.

—No lo creo, ya no se sienten a salvo aquí; buscarán algún otro lugar tranquilo donde anidar.

Va a añadir algo más, pero entonces oyen un ruido mecánico que sale de la bomba de agua seguido de un rumor suave corriendo bajo sus pies y, al cabo de un momento, el agua empieza a fluir por el caño de la fuente. Mina deja caer el parasol al suelo de la emoción y se sube al murete de piedra que rodea la pileta.

—¡Lo has arreglado! —grita por encima del murmullo del agua.

Algunas gotas le salpican el rostro y los brazos, pero no le importa.

—Creo que el nido de las mariposas era lo que atoraba el mecanismo de la bomba.

La fuente se va llenando de agua: primero la pileta baja, después los tres niveles superiores.

—Tendremos que esperar a que corra y las tuberías se limpien de hojas, tierra y otras porquerías, pero por fin tenemos agua fresca. —Mina se baja del murete y está a punto de perder el equilibrio y caer al agua del estanque, donde flotan hojas de palmeras—. Por primera vez desde que llegamos aquí siento que podríamos conseguirlo: el hospital de las Tres Cruces. Esto es un buen presagio, estoy segura.

Sonríen, pero Zelda recuerda algo y su rostro se cubre de sombras.

—¿Qué sucede?

—Nada, una tontería —responde—. Es solo que, cuando era una niña, mi mamá solía hablarme de la tatagua, la mariposa bruja.

—¿La mariposa bruja? —repite Mina.

—Traen mala suerte, ver una significa que pronto sucederá una desgracia: anuncian la muerte. Menos mal que no crees en fantasmas.

Mina se ríe, pero ya es tarde; siente un escalofrío corriendo deprisa bajo su piel.

—Sí, menos mal.

Martín la despierta de repente. Repite su nombre una y otra vez mientras tironea de la manga de su camisón. Mina abre los ojos y parpadea, tardando unos segundos en reconocer la oscuridad de la habitación principal de la que ahora es su casa en la antigua hacienda de las Tres Cruces.

—¿Qué sucede? ¿Alguno de los pacientes necesita ayuda? —pregunta Mina con la voz todavía adormilada.

Pero Martín niega con la cabeza. Tiene una enorme sonrisa en sus labios, ella nunca lo había visto sonreír así.

—Tienes que verlo, tienes que verlo —repite una y otra vez—. Es lo más maravilloso que he visto nunca.

Cuando sale de la cama, nota el aire húmedo y caliente cayéndole encima igual que si fuera una pila de mantas. A pesar de los meses que llevaba viviendo en Cuba, Mina no terminaba de acostumbrarse al calor húmedo que impregnaba el aire de noche y de día, sin darle un solo minuto de descanso. Pero no era el calor lo que más insoportable se le hacía a Guillermina Índigo: los extraños cambios de humor de su marido habían ido aumentando en los últimos meses. Al principio creyó, ingenua, que, una vez que el hospital estuviera funcionando y los pacientes fueran llegando, Martín recuperaría su buen juicio y volvería a ser ese hombre sensato y tranquilo que ella había conocido en Barcelona.

Desde hacía casi nueve meses, el Hospital Civil de las Tres Cruces funcionaba a pleno rendimiento. Prácticamente todas las camas estaban ocupadas por pacientes, y Mina había ido aprendiendo acerca de enfermería, medicina o anatomía; solo cosas básicas, claro, para poder ayudar a Martín con los pacientes, pero con el paso del tiempo se había ido convirtiendo en una experta en limpiar heridas, curar suturas o administrar medicación contra el dolor.

Pero la llegada de pacientes al hospital de las Tres Cruces parecía que solo había hecho aumentar la locura que algunas veces golpeaba a Martín de repente, sacudiéndolo hasta que se transformaba en una persona diferente, irreconocible incluso para su propia esposa. Ella sabía muy bien que, cuando Martín entraba en uno de esos estados en los que dejaba de ser él mismo, lo más seguro y lo más rápido para terminar con ello era seguirle la corriente y acompañarle a ese mundo de fantasía que parecía haber construido y que algunas veces se lo tragaba, devorándolo por completo.

—Es tan hermoso... —repite él, sin tan siquiera verla.

Cuando salen de la casa principal, la belleza de ese lugar —esa esencia salvaje que revolotea alrededor de cada árbol, de cada brizna seca de hierba en el suelo, de la tierra sucia que lo cubría todo o de las criaturas de plumas brillantes que revoloteaban durante el día— la golpea por completo.

—Vamos, tienes que seguirme antes de que termine. Creo que ya está a punto de acabarse —dice Martín.

Le da la mano y tira de ella. Los dos juntos atraviesan el camino que rodea la fuente —la misma que Zelda le había reparado hacía ya más de dos años— en dirección al viejo campanario.

—No sé cómo podías quedarte dormida, no ha dejado de sonar en toda la noche —dice Martín entusiasmado, al mismo tiempo que tira nuevamente de ella hacia la puerta del campanario.

Esa era la parte más antigua de la hacienda y también la única que quedaba por reparar. Esos últimos meses se habían centrado en arreglar y poner en marcha el hospital lo antes posible, por eso no les pareció importante ocuparse del viejo torreón abandonado.

—Yo no oigo nada, Martín.

Mina mira la silueta del torreón que se alza frente a ellos vigilando toda la propiedad, igual que un gigante silencioso. Nunca le había gustado demasiado esa parte de la hacienda, algo le hacía querer mantenerse alejada de la torre del antiguo campanario. En su mente todavía revoloteaba la historia de fantasmas que Zelda le contó el día en que se conocieron.

—Es tan hermoso...

La vieja puerta de madera del portón nunca había estado cerrada con llave, esa era una de las muchas viejas llaves que jamás habían conseguido que los Rocossa-Contreras les entregaran cuando compraron la propiedad. Mina recordaba que las primeras semanas habían tenido que forzar varias puertas de la hacienda para poder entrar en esas habitaciones llenas de polvo que los esperaban al otro lado. Pero la puerta de la torre del campanario nunca había estado cerrada con llave, y ella evitaba siempre incluso pasar por delante de aquella puerta.

—Martín..., creo que deberíamos volver a la cama. Es tarde y mañana los pacientes empezarán a despertarse temprano para sus curas. Hay mucho trabajo que hacer.

Mina comprende que su marido ni siquiera es consciente de que está tirando de ella, se deja guiar por él como si lo siguiera en un sueño. Todavía mira hacia arriba un momento y puede ver todas las estrellas que brillan en el cielo nocturno.

—La he oído, la he oído todo el tiempo...

La torre tenía una altura de cuatro pisos y el campanario

estaba situado en el último de todos. Sin paredes, solo una barandilla baja y la enorme campana de hierro fundido en su lugar, igual que en los tiempos en los que servía para anunciar el horario de los esclavos que trabajaban en el ingenio azucarero de los Rocossa-Contreras. Cuando llegan arriba, Mina puede observar toda la hacienda: la casa principal, la ventana de su dormitorio iluminada y la puerta de uno de los antiguos barracones de esclavos. Desde allí le parece intuir la figura de una mujer de pie, cerca del límite de la vegetación que rodea la propiedad; incluso desde esa distancia puede distinguir la sonrisa torcida en sus labios: es la mujer misteriosa del cuadro, el fantasma de las Tres Cruces.

—Esa mujer... ¿Tú puedes verla? —le pregunta. Pero él no responde.

Vuelve a mirar, pero la mujer misteriosa ya no está, solo ve a Zelda, que sale al patio envuelta en un chal y corre hasta el campanario.

—¿No es lo más increíble que has oído nunca? —dice Martín sin soltarle el brazo.

El viento nocturno juguetea con su pelo suelto, despeinándola. Mina se mueve inquieta, está asustada y quiere volver a su dormitorio, a la seguridad de su cama, pero la mano de Martín se cierra con más fuerza alrededor de su antebrazo.

—Déjame bajar, no me gusta este lugar. No quiero estar aquí arriba. —Odia el tono débil de su voz, suplicante.

—La campana de los muertos —dice Martín—. La campana de los muertos suena cuando hay un fantasma cerca. Llevo dos noches oyéndola sonar.

—Yo no oigo nada, Martín... —murmura ella de nuevo con voz temblorosa.

—Eso es porque no estás lo suficientemente fuera como para poder oírla; ven, acércate un poco más para que puedas oírla tú también —insiste Martín.

Mina protesta intentando zafarse de su mano, pero él tira de ella hasta el borde del campanario. Los dedos de sus pies descalzos asoman ahora en el vacío de la noche.

—Martín, no, por favor... Me estás asustando.

Cuatro pisos por debajo de ellos, Mina puede oír a Zelda abriendo la puerta de la torre y gritando su nombre, intuyendo que algo va terriblemente mal.

—Es precioso, nunca había visto el cielo estrellado de esta manera. Y el sonido de la campana, la campana de los muertos... ¿No oyes cómo susurra tu nombre?

Una ráfaga de viento cálido agita el bajo de su camisón. Con la mano libre aprieta el pecho de Martín para que la suelte, pero él la tiene bien cogida y la empuja un poco más hacia el vacío. Uno de sus pies ya está completamente fuera de la estructura del campanario, flotando en el aire de la noche.

—¡No! —grita ella.

Pero Martín está muy lejos de allí. A Mina le parece que otra persona ha ocupado el cuerpo de su esposo. Zelda todavía tarda unos cuantos segundos más en llegar hasta el cuarto piso del torreón.

—Doctor De Pareja —dice Zelda muy despacio, para estar segura de que Martín la oye, todavía intentando recuperar el aliento después de haber subido corriendo los cuatro pisos del campanario—, lo necesitan en cirugía. Es muy urgente.

Martín parpadea un par de veces, igual que si estuviera despertando de un sueño muy profundo, y sacude la cabeza.

—No, no... No hay ninguna cirugía programada para hoy. Yo lo sabría, soy el doctor, después de todo.

Zelda sonríe y da un pequeño paso hacia ellos, extendiendo la mano en su dirección con un gesto tranquilizador.

—Claro, usted es el doctor De Pareja. Pero acaba de llegar un paciente nuevo, su estado es muy grave. Ha tenido un accidente mientras viajaba en carro y necesita de su asistencia, ¿no lo oye? Desde aquí puedo oír sus gritos de dolor —continúa Zelda—. Tiene una pierna muy dañada y seguramente la pierda. Por eso necesita su ayuda ahora mismo.

Martín todavía duda un momento más, pero parece más convencido cada vez.

—Sí... Creo que puedo oír los gritos de ese hombre.

—¿Qué le parece si se va preparando para la cirugía? Va a tener que amputarle la pierna.

Martín por fin parece recuperar parte de su cordura, porque suelta a Mina y comienza a bajar despacio la escalera del torreón. Pero ellas dos todavía se quedan ahí arriba unos segundos más.

Guillermina rompe a llorar en cuanto sus dos pies vuelven a tocar el suelo firme de piedra. Hacía muchos años que Mina no lloraba; tendría que hacer memoria para recordar cuándo había sido la última vez, porque llorar era algo que nunca le había servido para nada en esta vida. Pero esa noche, después de que su marido intentara tirarla por el campanario sin tan siquiera ser consciente de ello, Guillermina deja que las lágrimas cálidas empapen el camisón de su amiga.

—La he visto, la he visto... —murmura contra el hombro de Zelda—. El fantasma de las Tres Cruces ha estado aquí. La mujer del cuadro.

Dos horas después, cuando ya estén de vuelta en la casa principal y Martín duerma tranquilo en su cama, las dos mujeres oirán por primera vez la campana del campanario agitándose con el viento nocturno.

UNA HISTORIA DE FANTASMAS

—

El edificio donde vive la familia Valdés y Doval está situado en una de las esquinas del paseo de Gracia con la Gran Vía de las Cortes. Don Ernesto y su esposa, Amalia Casas, fueron de las primeras familias de dinero antiguo en mudarse desde su casa familiar en Montcada a los modernos palacetes que entonces empezaban a construirse en el paseo de Gracia.

Mina ha ido caminando hasta allí, a pesar de que es una mañana oscura de finales de enero. La misteriosa nota que Amalia Casas le entregó el día anterior, en el funeral, está en el bolsillo de su abrigo de día; es apenas un pedazo de papel, pero pesa igual que una piedra: sabe que es el peso de un secreto. Lleva un rato esperando, disimulando bajo uno de los soportales del edificio de enfrente desde donde tiene una vista privilegiada del palacio de los Valdés. A las diez en punto, Mina ha visto salir el elegante carruaje de don Ernesto por la puerta para los carruajes, y, aunque la curiosidad por saber qué es lo que Amalia quiere contarle apenas la ha dejado dormir, todavía decide esperar otros diez minutos más en la calle antes de llamar a su puerta para no parecerle demasiado ansiosa o complaciente. Sabe que eso no es bueno para el negocio.

La puerta principal del vistoso edificio da directamente a la Gran Vía y está flanqueada por dos grandes columnas de piedra. Cuando toca la campanilla, Mina espera ver aparecer al mayordomo de la familia Valdés —un hombre con el pelo canoso que siempre desprende un leve aroma a caramelos de menta—, pero, en su lugar, es Rosa, la doncella personal de Amalia Casas, quien le abre la puerta y la invita a pasar con cierta urgencia.

—Doña Amalia la está esperando en la sala de las visitas. Al final de este pasillo, señorita. No tiene pérdida —le dice en voz baja.

—Gracias.

Mina ha estado antes en casa de los Valdés y Doval, pero siempre en compañía de otras señoras para tomar el té, o en alguna de las meriendas para el Comité de Mujeres por la Música, que organiza Amalia. La casa está silenciosa —apenas se oye el ajetreo de la calle a través de los gruesos muros de piedra—, y Mina casi siente que está caminando entre las tumbas del Cementerio del Este otra vez. Avanza por el pasillo en dirección a la salita formal.

Es un enorme piso doble, con grandes ventanas bien repartidas por la fachada del moderno edificio y por las que entra la luz de la mañana; aun así, algo oscuro flota en el aire. Mina puede sentirlo nada más dejar atrás el vestíbulo y adentrarse en las entrañas de la casa. Tiene frío, y siente un temor repentino que la embarga, pero ella conoce bien esa sensación: es igual que la que se apodera de ella cada vez que los nueve fantasmas sin rostro la atormentan. Da una discreta mirada sobre su hombro para asegurarse de que no hay nadie más allí: vivo o muerto.

El pasillo está decorado con paneles de madera de caoba que llegan hasta tres cuartos de la pared —donde comienza el papel estampado con guirnaldas de pequeñas flores doradas—, lo que le da un aspecto elegante pero ligeramente anticuado. Deja atrás la escalera formal y pasa junto a una mesita con la superficie de mármol pálido. Le llaman la atención las fotografías que descansan sobre la mesita, todas perfectamente enmarcadas: son imágenes de una joven con el pelo rubio bien recogido que la mira con una gran sonrisa desde detrás del cristal del marco. Mina observa a la joven de los retratos un momento más antes de llegar hasta la entrada de la salita formal, asegurándose de hacer ruido con sus zapatos sobre la madera del suelo del pasillo para anunciar su llegada.

—Señorita Índigo, gracias por venir.

Amalia Casas está sentada en un sofá tapizado con gruesa

tela de *jacquard* frente a la chimenea encendida, pero se levanta para saludarla debidamente cuando la ve aparecer.

—Gracias por invitarme. —Le dedica una sonrisa cortés a Amalia, pero enseguida saca del bolsillo de su abrigo el sobre de papel de seda—. Le confieso que me intrigó usted ayer en el cementerio. Su nota es bastante misteriosa.

Amalia asiente y hace un gesto con la mano para que le entregue el sobre, se asegura de que su nota está dentro y entonces lo tira a la chimenea.

—Tiene usted todo mi interés —dice Mina, viendo cómo el sobre y la nota se destruyen en el fuego—. ¿De qué quería hablarme?

—Siéntese, por favor. Y perdone mi gesto teatral con la nota ayer, pero tenía que estar segura de que mi esposo no estaba al corriente de nuestra pequeña reunión. Desde luego, él no la tiene en mucha estima.

Mina se suelta la lazada del cuello de su abrigo de lana fina con mangas abullonadas ribeteadas con pasamanería, y se sienta con cuidado frente a ella en una butaca tapizada a juego.

—Estoy al tanto del parecer de su marido. —Mina aún recuerda las amenazas de Ernesto Valdés—. Usted dirá.

—¿Cree usted en fantasmas, señorita Índigo?

—Una pregunta extraña para hacérsela a una médium —responde con su media sonrisa enigmática—. Desde luego que creo.

Amalia se sienta en el sofá. Su mandíbula tiembla ligeramente igual que si tuviera frío, aunque la salita está caldeada y la chimenea encendida.

—Yo no creía en fantasmas, espíritus o nada parecido. Antes. Mi madre era una mujer devota, muy buena, pero recibí una educación estricta y alejada de cualquier asunto que no tuviera nada que ver con la fe y con lo que se esperaba de mí como esposa. —Amalia habla despacio, pero Mina sabe que debe dejarle contar su historia a su ritmo o sentirá que ha hablado de más—. Para mí, las historias de fantasmas eran eso..., solo historias.

En la mesita hay dispuesto un juego de tazas, una jarrita de porcelana con leche tibia y una tetera. El humo del té recién hecho se eleva sobre la bandeja de plata, junto a un platillo con bizcochos de almendras y confitura de naranja. Amalia hace una pausa para extender el brazo y coger una de las tazas, y se levanta para caminar hasta el mueble de los licores que hay en un rincón. Abre una botella de brandy y se sirve directamente en la taza.

—Tampoco creía en la obsesión. Desde luego no era una completa ingenua: conocía la obsesión que algunos hombres pueden experimentar por las mujeres, por el dinero o el poder, pero nunca pensé que la obsesión fuera una enfermedad. Una mancha oscura y que se extiende de una persona a otra hasta contaminarlo todo. —Amalia le da un trago a su taza—. ¿Usted conoce ese tipo de obsesión, señorita Índigo?

Mina no responde, pero no hace falta.

—Claro que la conoce —termina Amalia—. Algunas personas tienen una sombra que las persigue a todas partes, es invisible a la vista, pero ahí está, siempre presente para quienes son capaces de verla. Usted la tiene. Supongo que solo las personas que están familiarizadas con la oscuridad pueden reconocerla. Mi hija Carlota también la tenía, esa sombra. La oscuridad habitaba en ella desde que yo puedo recordar, desde el día en que nació, seguramente.

—¿Carlota es la joven de las fotografías? —le pregunta con delicadeza.

—Sí. Era muy hermosa, el bebé más bonito que he visto nunca. Ya sé que todas las madres piensan eso sobre sus hijos, pero Carlota era diferente. —Amalia se acerca al sofá, pero no se sienta, se queda junto al respaldo con la taza de brandy en la mano—. Tardé mucho tiempo en quedarme encinta, lo deseaba con todas mis fuerzas, pero ya casi había perdido la esperanza de convertirme en madre. Yo no podía comprender mi vida sin la maternidad y Carlota fue nuestro milagro. El embarazo fue complicado, tuve que guardar reposo y apenas recuerdo nada del parto hasta que me desperté, todavía aturdida por el éter, y la vi.

Mina se mueve incómoda en la butaca y siente la costura rígida de su larga falda de volantes clavándosele en la cintura, muy cerca de la cicatriz en su costado.

—Perdone, sé que usted y su esposo no han tenido hijos, pero aún es joven, no pierda la esperanza; yo era mayor que usted cuando me quedé embarazada. —Amalia le dedica una diminuta sonrisa—. Al principio todo fue maravilloso; los mejores años de nuestra vida. Carlota crecía, era una niña normal, sana y feliz... O eso creía entonces.

—Me habló de lo que sucedió la noche en que ella...

—En que ella se quitó la vida, sí. Pero antes de eso hubo otras muchas noches y muchos avisos que yo ignoré. Carlota era una chica cariñosa y encantadora un minuto, y al siguiente se convertía en otra persona.

—¿Otra persona?

—Sí. Pasaba días enteros sin hablar, dejaba de dormir o de comer, algunas veces se volvía violenta y se hacía daño o intentaba hacérselo a otras personas. Recuerdo que una vez destrozó todos sus vestidos usando unas tijeras de costura y se cortó el brazo sin querer. Sangró tanto que tuvimos que tirar la alfombra de su dormitorio y ella ni siquiera se dio cuenta de que se había herido. Tuvo un acceso de violencia y atacó a su padre y a la doncella con las tijeras cuando descubrieron lo que estaba haciendo.

—Lo lamento.

Amalia se sienta en el sofá y la taza tiembla entre sus manos.

—Cuando volvía en sí no recordaba nada de lo que había pasado. Era la Carlota cariñosa y adorable de siempre, nuestra pequeña... Y nosotros creíamos que esa sería la última vez, hasta que volvía a suceder y ella cambiaba.

—¿Me está diciendo que piensa que su hija...?

—Estaba poseída por un espíritu. Sí —acaba Amalia—. Carlota estaba obsesionada con un fantasma, vivía convencida de que la seguía a todas partes y lo veía incluso cuando salíamos a pasear juntas por el parque. Yo nunca percibí nada, al menos hasta después de que ella muriera.

—¿Su hija Carlota veía fantasmas?

El fuego chisporrotea en la chimenea mientras devora un tronco que se consume con un silbido agudo.

—No, tan solo un fantasma: el suyo propio. Lo veía en todas partes; su propio fantasma, la promesa de su muerte temprana siguiéndola desde que era una niña. ¿Se lo imagina? —Amalia tiene que hacer una pausa antes de añadir—: Ignoro si mi hija se quitó la vida porque veía a ese fantasma o si veía ese fantasma porque terminaría por quitarse la vida; supongo que nunca lo sabré.

Mina recuerda la noche en que regresó del Raval, después del incendio en el piso de Rosaura y Arnau. Aquella noche, Amalia la esperaba frente a la verja del palacete con la misma mirada perdida que tiene ahora.

—¿Y en este momento la está viendo usted?

Amalia asiente.

—Me está persiguiendo.

—¿Tiene miedo de que pueda causarle algún daño?

—Desde luego que tengo miedo. Y sé cómo suena todo esto, pero no puedo pedirle ayuda a nadie más. Si empieza a circular el rumor de que veo fantasmas o de que creo que mi hija ha vuelto de entre los muertos, mi esposo tendrá la excusa que tanto anhela para poder apartarme definitivamente de la vida social y de los negocios.

Por eso Amalia Casas había querido mantener su reunión y sus temores en secreto.

—Entiendo. Yo no comentaré este asunto con nadie, le doy mi palabra. —Aunque Mina se pregunta cuánto vale la palabra de una médium farsante.

—Se lo agradezco. Mi esposo no está muy de acuerdo con mi vida social ni con algunas de mis amistades. Es un buen hombre, pero su visión del mundo y del futuro es... limitada. Yo poseo mi propio dinero; mis padres fallecieron y no tengo hermanos o primos, de manera que dispongo de mi capital como mejor me apetece y mejor considero: sufrago los estudios artísticos para jóvenes, participo en varias asociaciones de caridad y socorro, y últimamente colaboro con una agrupación de mujeres que trabaja para impulsar la educación de las niñas.

»Pero hace tiempo que mi esposo intenta controlar mis finanzas y mi presencia en público. A Ernesto no le gusta lo que hago, y esto le daría la oportunidad de apartarme definitivamente de todo. Podría hacer que me internaran en un centro contra mi voluntad, sugerirle a nuestro médico de confianza que me recetase láudano para los nervios hasta que me quedara atrapada en mi propia niebla mental, o conseguir que un abogado o un juez amigo suyo le diera poderes plenos sobre mi patrimonio. —Amalia mira el fuego un momento—. En cuanto se tiene la más mínima sospecha de que una mujer está enferma o loca, algunos se apresuran a quitárselo todo: su voz, su libertad o su capacidad para decidir... Siempre por su propio bien, claro.

Mina siente la boca seca y se sirve un poco de té en su taza, sopla para enfriarlo antes de beber, pero aun así el líquido, demasiado caliente, le araña la garganta al bajar. Las palabras —y el miedo— de Amalia le resultan conocidos. Ella sabe bien cómo es que otra persona decida sobre cada aspecto de tu propia vida.

—Aunque usted no sea madre, seguro que puede imaginar lo doloroso que resulta ver el fantasma de alguien tan querido —continúa Amalia—. No hablo de una abuela anciana que fallece plácidamente en su cama, o de un tío lejano al que uno apenas conoce: una hija. Me atormenta.

—Hábleme de su esposo. —Mina deja la taza humeante en la mesita—. ¿Cómo fue para él todo lo que sucedió?

—Para Ernesto fue muy doloroso. Pasamos años deseando tener un hijo y, cuando por fin lo conseguimos, resultó que Carlota no era como él hubiera deseado. Y no me refiero solo a que él habría preferido un varón, es algo que les sucede a algunos padres, ¿sabe? Se forman una idea de cómo serán sus hijos y después se sienten defraudados con la realidad. Nunca me lo ha dicho, pero sospecho que mi esposo se sentía decepcionado con nuestra hija porque Carlota era... diferente. El pecado de la diferencia, ¿comprende?

Mina asiente en silencio. Ella misma cargaba con ese pecado desde que podía recordar; y también con otros.

—La mayoría de los padres quieren a sus hijos, claro, pero no es lo mismo cuando una es la madre. —Amalia deja su taza y juguetea distraída con el broche que adorna su vestido de día—. A pesar de todo el dolor, no renunciaría a haber sido la madre de Carlota, es lo que digo siempre: ella fue lo mejor que he hecho en la vida.

Durante un momento permanecen en silencio mientras el aire de la salita formal se llena con el olor del té de hibisco y el aroma de la chimenea.

—¿Dónde la ha visto? El fantasma de Carlota, dice que la ha estado viendo también —recuerda Mina—. ¿Puede darme una lista con los lugares exactos? Además, necesitaré que anote las fechas que pueda recordar.

Amalia la mira sin comprender.

—Pensé que iba usted a ayudarme, señorita Índigo. ¿Lugares y fechas? ¿Cómo hará eso que el fantasma deje de atormentarme?

—Si es que de verdad se trata de un fantasma.

Mina puede ver el momento en el que Amalia Casas adivina lo que ella está insinuando. Lo sabe porque sus ojos se humedecen al comprender.

—Usted cree que mi esposo me está haciendo esto de algún modo. —No es una pregunta, ahora Amalia está segura—. Aprovechándose de mi dolor para hacerme enloquecer, porque así él tendría acceso a mi dinero y podría librarse de mí discretamente: nadie le reprocharía que se deshiciera de su esposa loca. Si creen que estás loca, todo se permite.

—Su esposo, don Ernesto... —empieza Mina con delicadeza—. La noche que vino a verme, usted me contó que él llevaba millones de su propio bolsillo gastados en impulsar la celebración de la Exposición Universal.

Pero Amalia no responde, sus ojos están perdidos en el fuego y Mina comprende que no va a decirle nada más, al menos de momento; tiene mucho en lo que pensar. Se alisa una arruga invisible en su falda y se levanta despacio de la butaca.

—Debo marcharme ya, Amalia. Muchas gracias por el té. —Mina se despide educadamente de ella y camina hacia la puerta de la sala, pero se detiene un segundo antes de llegar—. Lamento mucho su situación, de verdad. Si pudiera hacerme llegar discretamente esa lista de la que hemos hablado, se lo agradecería, así podré empezar a hacer mis indagaciones cuanto antes. Ignoro si es su esposo u otra cosa quien la atormenta, pero le prometo que haré todo lo que esté en mi mano por ayudarla.

—¿Asistirá mañana por la noche a la fiesta en casa del cónsul estadounidense, señorita Índigo? Es la primera cita importante de la temporada, cada año la celebran más pronto.

Amalia Casas ha recuperado su habitual manera de hablar, cortés pero distante —lo esperable en una persona de su posición cuando se dirige a alguien como Mina—, y se levanta del sofá para acompañarla a la salida.

—Desde luego qué asistiré. No me lo perdería por nada del mundo.

La fiesta en la casa del cónsul de Estados Unidos es uno de los eventos más importantes de la alta sociedad —y es un honor estar entre los invitados—, solo comparable al exclusivo baile de máscaras que se celebra en el Gran Teatro del Liceo o a la cena de primavera que organizan en su palacio el marqués de Comillas y su esposa.

—Me alegro de oír eso, y confío en que este año también nos deleite usted con una sesión muy especial, señorita Índigo. Sé que la esposa del señor Wright, el cónsul, es una gran admiradora suya. —Amalia camina con ella por el pasillo, y pasan por delante de la mesita de mármol donde se exhiben las fotografías de Carlota sin que dé muestras de ninguna emoción—. ¡El espiritismo es una moda tan refrescante! Opino que una fiesta no puede ser considerada como tal hasta que las luces se apagan y los invitados se toman de las manos para contactar con los espíritus.

Amalia se ríe, una risa discreta y cordial que no parece pertenecer a la misma mujer que acaba de confesarle su mayor secreto.

—Los espíritus hablarán, se lo aseguro. —Mina le dedica su famosa sonrisa enigmática.

Debido a su posición social y, sobre todo, a su fama y amistades, Guillermina Índigo era una asidua de las fiestas y eventos más selectos que se celebraban durante la temporada por toda la ciudad. Mina casi siempre asistía a ellos en calidad de invitada, pero algunos de los anfitriones pagaban lo correspondiente a un par de sesiones para que la médium más famosa del país actuara en exclusiva delante de sus invitados.

A medida que se acercan a la puerta principal, los sonidos de la calle, bulliciosa a esas horas, se cuelan de nuevo entre las paredes de la casa. Un coche de caballos pasa cerca de la entrada para carruajes del edificio, y Amalia mira por la ventana lateral del recibidor para estar segura de que no es el carruaje de su esposo. Mina puede ver el alivio en su rostro al comprobar que se trata de la modista, que la visita para la última prueba del vestido de gala que lucirá en la fiesta del cónsul estadounidense.

—Hasta mañana, doña Amalia.

Mina abre la puerta y el aire gris de la mañana se cuela en el vestíbulo sacudiéndole el bajo de la falda. Fuera, la ciudad continúa moviéndose a su propio ritmo, pero una neblina llegada desde el mar cubre ahora la calzada y los bonitos adoquines del paseo de Gracia. En ese momento, un carruaje pasa por delante de ella y las fuertes patas del caballo casi parecen cortar la bruma a su paso. Mina se queda mirándolo durante un segundo, perdida en una sensación de irrealidad, igual que si acabara de despertar de un sueño muy profundo.

—Tenga mucho cuidado con mi esposo, señorita Índigo —dice Amalia de repente—. No es el tipo de hombre al que una puede permitirse tener de enemigo. Yo lo sé bien.

Sorprendida por su arranque de sinceridad, Mina asiente en silencio, después se cierra la lazada de organza de su abrigo y se pierde entre la neblina de la mañana.

EL SECRETO

El Secreto, la librería de la señora Josefa Soler, ardió hasta los huesos esa misma madrugada. El incendio comenzó poco después de las diez de la noche, cuando cuatro hombres con gorras de tela bien caladas sobre las cejas lanzaron dos bombas incendiarias de fabricación casera contra el cristal del escaparate. Según los testigos, los hombres gritaron «¡Fuera, peste espiritista!» frente a la puerta de la librería y encendieron un pedazo de tela a modo de mecha, colocado en las bocas de las botellas, antes de lanzarlas contra el local. Cuando las botellas se rompieron, los líquidos inflamables que contenían se esparcieron deprisa por el escaparate y por el suelo de la librería, igual que una mancha de tinta imposible de limpiar.

Para cuando la brigada de bomberos llegó al lugar, el fuego ya había devorado colecciones enteras de libros —algunos de ellos muy antiguos—, folletos, cuadernos, plumillas, diarios, sobres, distintos tipos de papel para cartas... y todo tipo de material de escritorio. Los bomberos no pudieron hacer nada por salvar la librería —ni el piso de arriba, donde Josefa Soler vivía desde hacía más de veinte años—, ni siquiera con la ayuda de su moderno vehículo equipado con una bomba de vapor. Las llamas, de un color naranja intenso y brillante, salían por las ventanas rotas del local. El humo de miles de páginas de papel quemadas formó una cortina oscura que cubrió la calle, colándose por las ventanas y los resquicios de las puertas de los pisos cercanos.

El Secreto ardió hasta los cimientos en menos de dos horas y se convirtió en un esqueleto humeante de vigas retorcidas por el calor, escombros ennegrecidos y cenizas, muchas cenizas de papel que volaron con el viento de la noche, llegando casi hasta el mar.

Antes de esa madrugada, la librería de Josefa Soler estaba en uno de los locales en los bajos de un edificio de la ronda de San Pedro, al igual que muchos otros negocios de la ciudad: sombrererías, una fábrica de velos y mantillas, un distribuidor de bizcochos y hasta una casa de socorro compartían acera con la librería El Secreto, una de las más conocidas de la ciudad. Josefa Soler vendía libros modernos y antiguos de casi todos los temas, desde esas baratas historietas truculentas —llenas de sangre y asesinatos, algunas con ilustraciones— que se publican cada semana a precio de risa, hasta gruesos volúmenes académicos. Todos los libros tenían su hueco en El Secreto. Con el paso de los años —a medida que la ciudad fue creciendo y atrayendo a más gente de todos los lugares del mundo—, la señora Josefa había empezado a vender libros de varios temas publicados en francés, inglés o alemán, incluidos algunos con las tesis espiritistas más modernas que hacían furor en Europa.

Era fácil perderse entre las estanterías del Secreto leyendo los lomos de libros —todos bien ordenados en sus estantes de madera oscura— que trataban sobre educación, filosofía clásica, ciencia espiritista o botánica. Josefa Soler conocía el título y autor de cada libro de su librería y podía localizarlo con exactitud entre los demás volúmenes y revistas. Casi sin querer, El Secreto se convirtió en un lugar de reunión para cualquier persona en la ciudad interesada en aprender o leer más acerca de la hipnosis, la histeria femenina o la clarividencia.

Guillermina Índigo era una de las clientas habituales de Josefa Soler —una mujer alta, de espalda amplia y pelo muy oscuro que, a pesar de su edad avanzada, tenía voz de niña pequeña—, incluso antes de marcharse a Cuba con Martín para abrir su hospital. Mina acostumbraba a pasear entre los estantes llenos de manuales y libros sobre anatomía, buscando algo que entretuviera la mente imaginativa y curiosa de su querido Martín.

Fue en El Secreto donde Mina hacía años había comprado un libro titulado *Los fantasmas visibles: tratado sobre espiritismo y clarividencia.* Se había fijado en el libro varias veces antes, pero no reunió el valor para adquirirlo hasta una tarde de verano —imposiblemente cálida y asfixiante— en que pasaba el rato en la librería esperando a que Martín acabara de hablar con su hermano Domingo. Los dos habían quedado para aclarar algunos asuntos de negocios en el casino, donde ella no tenía permiso para entrar. Por aquel entonces ya le disgustaba el hermano pequeño de su marido —a pesar de que apenas lo conocía—, y cogió el libro de la estantería más como una pequeña venganza secreta contra Martín y su inflexible familia política que por interés. Pero eso cambió cuando Mina se dirigió al mostrador para pagar. Josefa Soler miró la cubierta del libro y después levantó la cabeza para estudiar a Mina con sus ojos oscuros y brillantes, parecidos a los de un ave rapaz.

«Veo que por fin se ha decidido a comprarlo, señorita. Me alegro, no hay nada mejor que tratar de entenderse a una misma. Hacía semanas que me preguntaba si iba a tener que enviarle el libro a su casa personalmente», le había dicho Josefa Soler.

Mina había intentado justificarse murmurando algo sobre que el libro era en realidad para su marido, pero la señora Josefa había hecho un gesto con la mano para quitarle importancia.

«En cuanto la vi paseando por mi librería supe que era usted una de esas personas a las que persiguen los fantasmas. Espero que este libro la ayude.»

Los fantasmas visibles: tratado sobre espiritismo y clarividencia la ayudó tanto que Guillermina compró muchos más libros a Josefa Soler después de aquella tarde calurosa de julio, aunque, como suele suceder, ese primer libro siempre fue su favorito. Guillermina se lo había llevado con ella a Cuba, al valle de los Ingenios, donde lo leía en las horas solitarias una y otra vez, hasta que sus páginas y sus palabras empezaron a desgastarse por el roce de sus dedos. Ese libro todavía descansa en la biblioteca del palacete de Permanyer; era, curiosamente, una de las pocas cosas que no se destruyeron en el incendio del hospital de las Tres Cruces.

Esa noche, mientras termina de decidir la ropa y las joyas que llevará a la fiesta en casa del cónsul al día siguiente, Mina lee en la edición de la tarde del *Diario de Barcelona* que unos hombres sin identificar han quemado la librería El Secreto hasta reducirla a cenizas.

Guillermina Índigo nunca llora, no porque considere que llorar sea un acto de debilidad o de derrota, simplemente no lo hace porque teme que si empieza no terminará nunca y se quedará sin lágrimas para tanta pena y secretos como lleva dentro. Pero ahora llora en silencio, sobre las páginas del periódico, hasta que la tinta se emborrona y las palabras se desdibujan.

Tarda unos minutos más en tranquilizarse. Mina respira profundamente para mantener bajo control los sollozos, más altos cada vez, que le suben por la garganta asfixiándola, llenando su boca y sus recuerdos igual que una ola de culpa. Cuando por fin lo ha conseguido, se limpia las lágrimas y se lava la cara con agua fría para intentar disimular las marcas del llanto.

Cuando ya está calmada baja a la cocina y le encarga a Baxter que mañana mismo haga llegar un sobre con diez pesetas a la dirección de la hermana de Josefa Soler.

Guillermina oye el sonido inconfundible del suelo de madera al crujir. Alguien camina por el pasillo del palacete de Permanyer. Se asoma a la puerta de la cocina con cuidado; su intuición le grita que sucede algo malo. No son los pasos del señor Baxter, que tan bien conoce. Hay alguien más en la casa.

La puerta de la Habitación de los Fantasmas se cierra tres veces y el ruido reverbera en los cimientos del palacete. Guillermina sale al pasillo y oye algo que hacía años que no había vuelto a oír: el gorgoriteo de las cotorras y los pájaros en las palmeras y en el bosque verde profundo que rodeaba la finca de las Tres Cruces en Trinidad. Ella está ahí, la ha seguido hasta Barcelona: la mujer del cuadro.

La respiración de Guillermina se vuelve superficial, rápida; tiene miedo, y ella odia tener miedo. Puede ver el vuelo del vestido de la mujer misteriosa doblando la esquina del pasillo que conduce a la puerta principal de la casa; detrás de ella revolotea una nube de mariposas negras, enormes y brillantes, sus alas chocan entre sí haciendo un siniestro ruido que nunca abandona del todo su mente: incluso en sueños puede oír el aleteo de las mariposas negras, siempre de fondo pero siempre presente. Mina la sigue, aunque sabe que no se debe perseguir a los fantasmas.

Tiene mucho calor y comprende que ya no está en Barcelona; de repente se encuentra a un millón de kilómetros, en otro mundo, en su otra vida: está en un mundo en el que los espíritus vengativos y los fantasmas del pasado caminan a plena vista, sin esconderse entre las sombras, sin necesidad de esperar hasta la puesta del sol para dejarse ver. Está en el valle de los Ingenios otra vez.

—Eh, espera... —le dice Guillermina.

Pero sabe que no la obedecerá, todas las veces que ha intentado hablar con ella nunca ha conseguido ni que se vuelva para mirarla.

Cuando por fin la alcanza, la mujer del cuadro ya está en el vestíbulo del palacete y abre la puerta principal de la casa sin tan siquiera tocar el pomo; únicamente extiende su mano fantasmal en el aire y la puerta se abre obedeciendo su voluntad. Sale al pequeño jardín principal, que ahora se ha convertido en el enorme patio delantero de la hacienda de las Tres Cruces, y camina hacia la fuente. Guillermina reconocería ese lugar incluso con los ojos cerrados, nada ha cambiado, igual que si el incendio nunca hubiera sucedido: la fuente sigue en su sitio y puede oír el murmullo del agua corriendo; las formas oscuras de la casa principal y de los pabellones laterales donde descansaban los pacientes se recortan en el horizonte tras ella.

La mujer misteriosa camina atravesando el patio en dirección a la selva oscura de la que salen sonidos salvajes; los ruidos más extraños que ella ha oído hasta entonces, casi como si una criatura antigua y poderosa viviera oculta entre los árboles.

Guillermina corre detrás de ella para alcanzarla, pero sus piernas se han vuelto dolorosamente lentas. Mira hacia abajo y ve que está descalza, sus pies están sucios, cubiertos de tierra y de algo más, un líquido espeso que parece negro en la noche: sangre. Mina sabe que esa es su sangre, la misma sangre que ahora se escapa también por la herida en el costado de su cuerpo, pero no tiene tiempo de llorar, así que se aprieta el corte con una mano para contener la hemorragia y corre tras ella.

—Por favor, no te vayas —le pide, y su voz suena desesperada.

Cuando la mujer del cuadro ya ha llegado casi hasta la línea de vegetación que separa el hospital de las Tres Cruces de la selva, se detiene. Su pelo oscuro y brillante, como de terciopelo, ondea en el aire cálido de la noche. Entonces se vuelve para mirarla; es la primera vez que lo hace: hasta ese momento Guillermina solo sabe que es ella porque ha visto su rostro en ese cuadro abandonado que la obsesiona, el retrato sin nombre que encontró tirado en una habitación de la casa principal. Por fin va a conocer el rostro del fantasma que la atormenta y que la ha perseguido todos estos años.

La mujer se vuelve para mirarla, pero ya no es ella; ha dejado de ser la mujer misteriosa del cuadro, el fantasma de las Tres Cruces. En su lugar, Mina ve la cara desfigurada por el fuego de Camila Garza.

Guillermina se despierta de repente. Se ha quedado dormida sobre la mesa de la cocina llorando en silencio por la librería El Secreto y por todos los libros que han muerto en el incendio. Todavía puede notar las lágrimas secas en sus mejillas y el cuello dolorido por la mala postura. Se levanta despacio y sale al pasillo, solo para asegurarse de que todo ha sido un sueño y de que el fantasma de las Tres Cruces no la ha seguido hasta Barcelona.

Entonces oye un crujido en la madera del suelo del palacete, su corazón late deprisa. Se asoma al vestíbulo de la casa, pero ahí solo está Lilly, la gata tuerta, que le devuelve la mirada con su único ojo verde. Se fija en que la gata ha atrapado algo entre sus dientes: una mariposa negra.

LOS ESPÍRITUS HABLAN

Es el último sábado de enero y el sol de invierno se esconde detrás de los árboles que adornan la calle Diputación. Las farolas aún no están encendidas, pero pronto la luz amarillenta del gas ciudad bailará detrás de las lámparas de cristal iluminando la moderna avenida. El cónsul estadounidense, Mr. Benton Wright, y su esposa, Emerith, viven en Diputación, en un palacete tan enorme que ocupa tres números de la calle. Es una mansión de estilo renacentista francés —tan de moda unos pocos años atrás— de tres alturas, con una torre redondeada en un lateral del palacete, coronada por un vistoso pararrayos.

Esa tarde, los carruajes más ostentosos de la ciudad hacen cola bien ordenados frente a la entrada de la casa de los Wright. Hace frío, y la respiración de los caballos, con su pelaje perfectamente cepillado y limpio, se eleva hacia el cielo, que se oscurece deprisa. Mientras esperan a que los dos hombres con uniforme de portero azul y dorado que custodian la entrada comprueben sus invitaciones antes de dejarlos pasar, los invitados de los Wright charlan en la amplia acera adoquinada delante de la mansión. La del cónsul estadounidense y su esposa es la primera gran fiesta del año antes de que comience la temporada de eventos en primavera y, a pesar de que siempre es uno de los acontecimientos sociales más esperados, ese año la expectación es aún mayor de lo habitual; los últimos sucesos de la ciudad —la celebración de la próxima Exposición Universal, las protestas de los trabajadores o el crimen de la acequia— copan las conversaciones de los asistentes.

La familia Ruiz-Escuder al completo se baja de su berlina. Don Mauro enseguida es reclamado por un grupo de caballeros, todos ellos vestidos con el correspondiente frac negro y la cabeza cubierta, como corresponde a los hombres de su posición. Caterina Di Marco camina cogida del brazo de su hijo hacia la entrada de la casa del cónsul. No se molesta en esperar a su marido porque sabe bien que su esposo puede pasarse la velada entera sin prestarle la más mínima atención. Eric Ruiz-Escuder entrega sus invitaciones —impresas con elegante letra cursiva en el mejor papel de algodón— al portero enguantado de la entrada. Están a punto de pasar al interior cuando un murmullo de voces crece a su alrededor: Guillermina Índigo aparece guiando su moderno —y ruidoso— Levassor por la calle Diputación. Las lámparas delanteras del vehículo vuelven a tener cristal después de su visita al Raval, dándole al automóvil la apariencia de los ojos brillantes que tienen algunos animales nocturnos.

Mina detiene el vehículo delante de la línea ordenada de carruajes aparcados frente a la casa y se baja con cuidado de no pisarse la larga falda de tul y terciopelo. Lleva muchas horquillas sujetando su pelo recogido —Baxter es sorprendentemente hábil colocando horquillas—, así que apenas se ha despeinado en el corto trayecto desde el palacete hasta la mansión del cónsul.

—Señorita Índigo, usted sí que sabe cómo hacer una buena entrada —dice Caterina cuando Mina se acerca a saludarla—. Creo que todos los presentes la están mirando.

Guillermina lo sabe bien, esa era su intención al escoger el vestido de noche que lleva puesto y al decidir presentarse conduciendo ella misma el Levassor.

—Ha sido casualidad —miente ella con su mejor sonrisa.

—Pues permítame que me aproveche de esa casualidad tan afortunada para entrar juntas en la fiesta, así yo misma atraeré un poco de esa atención que despierta.

Caterina camina junto a ella, y dos caballeros, que esperan en la puerta de la casa, les ceden el paso educadamente al verlas acercarse. Todas las estancias de la mansión del matrimonio Wright tienen las luces encendidas, y el resplandor —casi milagroso— de la luz eléctrica sale por las ventanas y balcones abiertos iluminando la esquina de la calle Diputación igual que si se tratara de un faro. El joven Eric Ruiz-Escuder le ofrece su brazo libre a Mina; no la mira directamente tal y como se supone que debe hacer, pero ella lo conoce lo suficiente como para intuir una diminuta sonrisa de satisfacción cuando acepta su brazo.

—Gracias —responde Mina con recato fingido, como si no supiera que Eric tiene un antojo de nacimiento en la cadera con forma de almendra, o perdición por el opio caro del que se fuma en los pisos del paseo de Gracia—. Su hijo es realmente un caballero. Intuyo que muchas jóvenes esta noche estarán deseando que les regale su compañía.

—No hace falta ser médium para saber eso, querida —responde Caterina con una sonrisa.

Eric Ruiz-Escuder no dice nada y se limita a hacer un gesto con la cabeza.

La música llega hasta ellos incluso antes de atravesar la gran puerta de la casa de los Wright; es una melodía romántica en clave menor —nada extraño, lo que se esperaría escuchar al inicio de una velada como la que organizan el cónsul y su esposa—, pero la música lenta y melancólica que llega desde el gran salón hace que Mina piense en la pieza de piano que suena en el palacete de Permanyer varias veces al día.

—La velada se presenta un poco deprimente: parece que todos los caballeros de la ciudad, y varias damas, solo hablan acerca del crimen de la acequia. Mi organización de mujeres ha insistido en hacer una colecta entre los asistentes esta noche para ayudar a la madre de la muchacha; al parecer, la pobre mujer está enferma y no puede trabajar...

Caterina habla, pero Mina aún está perdida entre las notas de la canción. Nunca se deja arrastrar por sus recuerdos cuando está trabajando o cuando se halla en compañía de alguna de sus clientas —le pagan para atraer a los fantasmas de los demás, no a los suyos propios—, pero durante un momento Guillermina siente los dientes afilados de la memoria clavándose en su carne, hundiéndose casi hasta rozar el hueso.

—En fin, menos mal que usted está aquí para amenizarnos la velada. No soportaría pasar toda la noche oyendo hablar de política, de las colonias o del asesinato de Camila Garza. Nuestros anfitriones han sido muy discretos al respecto y no he conseguido sonsacarles ni una sola palabra sobre en qué consistirá su sesión —continúa Caterina—. Y eso que a la señora Wright le entusiasma presumir sobre su fiesta...

Mina le dedica una sonrisa al oírla hablar con desdén de su anfitriona: no se le olvidará que Caterina parece sentir antipatía por la esposa del cónsul, sabe bien que ese tipo de información siempre es útil.

—Si me disculpa, Caterina, debo ir a saludar a algunas amistades y prepararme para la sesión. —Mina se suelta despacio del brazo de Eric y se coloca bien la larga falda del vestido con un gesto estudiado y repetido mil veces—. Como comprenderá, necesito un poco de tiempo a solas antes de invocar a los muertos.

—Oh, desde luego —responde Caterina, con su acento cantarín que no desaparece por muchos años que lleve viviendo en Barcelona—. Estoy deseando ver con qué nos sorprenderá esta noche, dicen que será algo inolvidable.

—Y no se equivocan, se lo prometo —responde Mina con su sonrisa enigmática.

La mayoría de los invitados aún esperan en la acera frente a la casa para entrar o se entretienen en el enorme vestíbulo con grandes columnas mientras se saludan. Pero varios de los asistentes ya están en el gran salón de los Wright. Cuando entra por la doble puerta, y sin tener que buscar demasiado, Mina ve al menos a tres de los ocho hombres que forman el comité especial para la Exposición Universal: Elías Rogent —famoso arquitecto y director de las obras—, Claudio López Bru —marqués de Comillas— y Manuel Girona —banquero y comisario de la Exposición—. Con ellos charla animadamente Adalgisa Gabbi, una conocida soprano italiana que inaugurará la temporada en el Liceo con *Aida.* A Gabbi la acompaña el hermano pequeño del presidente del Banco Hispano Colonial, un hombre delgado con aspecto de ratón que se entretiene fumando un cigarrillo mientras la soprano se deja querer por sus admiradores. Cerca de la mesa donde están colocados los canapés de salmón ahumado y las flores de patatas asadas, hay un jugador de tenis inglés que luce el mismo bronceado perpetuo que la familia Ruiz-Escuder. Está solo y mira a la puerta con nerviosismo, como si estuviera esperando a alguien. Guillermina intuye que aguarda para ver aparecer al matrimonio Martínez del Gamo, una de las muchas familias a las que imparte clases privadas de tenis —y se rumorea que también algo más.

Guillermina coge la copa de champán que le ofrece el camarero vestido con levita e impecable camisa blanca que pasa junto a ella con una bandeja. No va a beber, nunca bebe antes de una sesión porque debe asegurarse de que nada sale mal —sobre todo, cuando se trata de una sesión con público selecto como la que celebrará después—, pero sabe que llevar una copa en la mano ayuda a mezclarse con los invitados: las personas tienden a desconfiar de quienes no beben durante una fiesta.

Las puertas francesas del gran salón están abiertas hacia el exterior. Fuera, la noche ya ha comenzado a cubrir el jardín trasero de la casa de los Wright y el viento hace danzar las llamas de las velas que decoran la mesa de las bebidas. No hace frío, pero Mina siente un escalofrío debajo de las capas de tela de su vestido y se frota el brazo con la mano libre.

—Señorita Índigo —dice una voz conocida a su espalda—, le confieso que esperaba verla aquí esta noche. Es casi el único motivo por el que he aceptado asistir.

—¿Ya me extraña, doctor? Apenas han pasado unos días desde nuestro último encuentro —dice ella, sin volverse para mirarlo, pero con una sonrisa en los labios.

—Hay un asunto urgente que me gustaría comentar más tarde con usted. —Ellis habla en voz baja y cerca de su oído, con el tono de voz con el que se hacen confidencias.

Guillermina se vuelve para mirarlo, está más cerca de lo que ella pensaba y puede notar su respiración sobre su rostro.

—Lástima, pensé que iba a pedirme que le reservara un baile, doctor. Un vals.

Mina puede ver la sorpresa durante un instante en los ojos verdes del doctor. Ellis enseguida recupera su expresión templada habitual, pero ha sido suficiente como para que ella se dé cuenta.

—Algo me dice que su tarjeta de baile está llena.

—Siempre puedo hacerle un hueco —susurra ella—. ¿Se quedará usted para mi sesión? Será un poco antes de medianoche, los muertos hablarán y le aseguro que conseguiré trastocar esa mente científica suya.

El doctor Ellis la mira un momento.

—Ya he asistido a sesiones de espiritismo antes: las mechas de las velas sujetas con hilos invisibles para hacer que parpadeen igual que si un espíritu las moviera, una mesita que la supuesta médium empuja con el pie disimuladamente o golpes desde el más allá; todo ello siempre en una habitación convenientemente poco iluminada. Me temo que ya conozco todos los trucos, señorita Índigo.

Mina le dedica una sonrisa.

—No conoce mis trucos, doctor.

Un grupo de invitados entra en el gran salón y sus voces interrumpen el momento entre ellos dos. Mina se olvida del doctor Ellis por un instante y observa a Eric Ruiz-Escuder y a su madre. El joven charla con Inés Rocossa-Contreras —la mujer que es idéntica al fantasma de las Tres Cruces— y le susurra algo al oído. Inés tiene la misma sonrisa arrogante en los labios que lucía durante el funeral de Camila —la misma que en la imagen del cuadro de la finca de Trinidad—, y Mina se pregunta si tal vez es una de esas personas que mantienen el mismo gesto desdeñoso en cualquier situación por terrible que sea.

—Su amigo Eric parece encantado con su nueva compañía —dice Ellis, adivinando sus pensamientos—. No hemos sido presentados formalmente aún, pero he oído que han asistido juntos a una cena en honor de esa señorita, y que después ambos compartieron un coche para regresar a casa.

—¿Y dónde ha oído eso?

Ellis duda un momento.

—La otra noche creo que me lo mencionó de pasada un caballero con el que estaba cenando...

—Ya, pues no debe hacer usted caso de todos los chismes que circulan por la ciudad, doctor, algunos de esos rumores pueden acabar con la reputación de las señoras. También han llegado a mis oídos habladurías acerca de nosotros dos.

—¿Qué tipo de habladurías? —pregunta Ellis en voz baja.

Todavía está de pie a su lado y Mina se deja llevar un momento más por la sensación de tenerle tan cerca antes de volver a centrarse en Inés Rocossa-Contreras. Lleva un conjunto de dos piezas en raso color plata —que hace resaltar su piel bronceada— con un bolsito de cuentas sujeto de la muñeca y un abanico de marfil a juego. Tres caballeros que Mina no conoce —aunque recuerda haberlos visto también en el Cementerio del Este— los siguen muy de cerca. Los tres hombres van impecablemente vestidos: con chaqué negro y camisa del mismo color. Uno de ellos charla con Caterina, que lo ha cogido por el brazo en un gesto de familiaridad mientras entran en el gran salón.

—¿Sabe quiénes son los caballeros que los acompañan? —pregunta Mina, evitando responder a su último comentario.

—Los caballeros con los que habla creo que son inversores extranjeros; italianos o húngaros, me parece recordar. Los conocí brevemente la noche en casa de los Ruiz-Escuder; llegué antes de la hora porque entendí mal las señas y esos tres caballeros estaban allí, aunque no se quedaron a cenar. Me pareció que celebraban una reunión profesional con su joven amante. Se marcharon antes de que llegaran los demás invitados. —Ellis los saluda brevemente con la cabeza, justo cuando Inés se aleja del grupo—. ¿Por qué está interesada en ellos?

—¿Y usted? También parece muy interesado en ellos. —Él no responde, pero su media sonrisa le delata—. Ya lo suponía: también les espía a ellos. No está en Barcelona solo para informar de los desmanes de Ramiro y los demás, su misión tiene que ver con esos hombres. Por eso se deja ver con tanta frecuencia en cenas y veladas como esta en las que no se siente cómodo: está intentando que le acepten en su círculo.

—Es una gran adivina, señorita Índigo.

—Lo soy.

Mina se alisa disimuladamente la falda del vestido, vuelve a ajustarse el cinturón de abalorios y se asegura de que sus vistosos pendientes estén bien colocados. Después se vuelve hacia él y sonríe: es solo para que ninguno de los otros invitados, que ya empiezan a llenar el salón, sospeche de qué están hablando en realidad.

—¿Qué aspecto tengo?

Guillermina lleva puesto un vestido en dos tonos: corpiño rojo de terciopelo con hombros caídos sobre los que cuelgan algunas cuentas de cristal bellamente bordadas, una falda voluminosa con varias capas de elegante tul de color rojo sangre rematado en organza, y un cinturón ancho de bronce recubierto de abalorios. Es imposible no fijarse en ella. Su piel pálida y su pelo castaño oscuro resaltan con la luz de las lámparas que decoran el salón. Ellis tarda un momento en responder.

—Está encantadora, si me permite decirlo.

—Se lo permito, sí.

Y sin más se aleja de Ellis abriéndose paso entre los invitados, caminando hacia donde están Caterina y su hijo, en el otro extremo del salón. Mina escucha un atisbo de su conversación justo antes de que reparen en su cercanía:

—... va según el plan —dice Caterina.

Eric es el primero en advertir su presencia; normalmente le guiña un ojo cuando la ve, incluso cuando es inapropiado hacerlo, pero ahora esboza un gesto parecido a una sonrisa tensa al verla.

—Guillermina, deja que te presente a estos caballeros —se apresura a decir Caterina cuando la ve—. Representan a un pequeño grupo de inversores extranjeros, o algo parecido, no estoy segura: mi esposo es mejor en estos asuntos de negocios que yo. —Caterina se ríe y hace un gesto en el aire con la mano como para quitarse importancia, pero Mina sabe que miente. La conoce bien y nunca la había descubierto en una mentira hasta ese momento—. Están en la ciudad buscando oportunidades de negocio para su consorcio, los acompaño mientras Mauro termina de charlar de política.

—Soy Guillermina Índigo. —Mina les dedica su mejor sonrisa y les tiende la mano enguantada en un gesto anticuado que, sin embargo, siempre le da buenos resultados cuando se trata de caballeros—. Encantada.

—Señorita Índigo, hemos oído hablar mucho de usted —dice uno de los hombres. Le sonríe, pero algo en su gesto hace que Mina piense en un animal salvaje, un lobo—. Tengo entendido que después nos deleitará con un número de espiritismo.

Se da cuenta de que el caballero ha evitado decirle su nombre. Mina lo estudia deprisa, dejando que su instinto le diga todo lo que necesita saber sobre él, todo lo que sus palabras ambiguas quieren ocultar. Lleva una camisa blanca con cuello rígido —al igual que los puños—, un traje oscuro y un chaleco confeccionado con la mejor seda del mercado; Mina puede saberlo por el brillo y el espesor de la tela. Su memoria perfecta le recuerda que cuando lo vio en el funeral de Camila llevaba puesto un bombín.

—¿Se quedarán usted y sus socios para la sesión? —le pregunta ella, solo para hacerle hablar un poco más.

—Desde luego. Estamos ansiosos por verla.

El caballero tiene un ligero acento extranjero; italiano tal vez, aunque también podría ser húngaro —Baxter es mejor que ella para distinguir los diferentes acentos—. Se fija en que lleva un sello de oro en el dedo meñique, con lo que parece ser el dibujo de un árbol, que centellea con el movimiento de su mano.

—Quedarán encantados. La señorita Índigo es la mejor médium de todo el país, y seguramente de todo el continente —dice Caterina igual que si fuera su amiga más íntima—. Está muy solicitada y no acepta nuevos clientes, tenemos mucha suerte de que vaya a celebrar una sesión esta noche. Desde luego los Wright saben cómo impresionar a sus invitados, cualquier otra fiesta que se celebre en la ciudad después de esta lo tendrá muy difícil para provocar tanta expectación.

La expectación o el interés que una fiesta o evento despertaba no se medía solo por la exclusividad de sus invitados, que casi siempre eran los mismos. Tampoco por saber qué ofrecería el anfitrión: si una comida extravagante o un buen champán, animales exóticos o personas traídas de tierras lejanas ataviadas con trajes de plumas o pieles y armas falsas —igual que si estuvieran a punto de representar una obra de teatro—, actuaciones de músicos famosos que ya habían pasado por los teatros europeos, fuegos artificiales de colores brillantes a media noche en el jardín o un moderno espectáculo de luces eléctricas... Todo servía para impresionar a los invitados y conseguir que la fiesta fuese un éxito; cuanto más éxito, más probable era que se hablara en la sociedad del evento durante meses y eso se traducía en interés y más influencia para sus anfitriones, en la posibilidad de ascender socialmente, propuestas de matrimonio más ventajosas o la opción de conseguir ampliar el círculo de amistades. Por eso, cuando Emerith Wright le propuso contratar sus servicios para una sesión en su fiesta, Guillermina aceptó sin dudar —aunque, por supuesto, fingió que estaba solicitada hasta el último momento para hacer subir el precio de la sesión—. Ella iba a ser el animal exótico esa noche.

—Admito que no somos especialmente admiradores de ese tipo de... espectáculos sobrenaturales —continúa el hombre del sello de oro en el meñique—, pero hemos oído hablar tanto de usted, y con tanto entusiasmo, que haremos una excepción.

—Qué considerado por su parte —responde Mina sin perder la sonrisa—. Ahora, si me disculpan, debo ir a saludar a nuestros anfitriones.

—Desde luego, señorita Índigo.

El hombre misterioso hace un amago de reverencia para despedirse de ella, un gesto anticuado y fuera de lugar para dedicarle a alguien que, como Mina, no pertenece a la aristocracia. Ella finge que se marcha, pero entonces se vuelve hacia ellos.

—Disculpe, he olvidado su nombre —dice con su mejor sonrisa.

Mina puede ver el momento en el que el hombre se da cuenta de que no tiene otra opción que responder a su pregunta, el instante en el que sabe que lo ha engañado, que esa médium farsante acaba de ganarle jugando a su propio juego de respuestas vagas. Pero Mina también ve en sus ojos que acaba de crearse un enemigo, uno peligroso.

—Soy Franz Lázaro.

—Encantada de conocerlo, señor Lázaro.

No todos los asistentes a la fiesta de los Wright estarán en la sesión espiritista de la señorita Índigo: algunos invitados no han querido participar —por miedo o porque deben aparentar públicamente que no están interesados en el espiritismo—, y otros simplemente se han quedado fuera del espectáculo después de haber alcanzado el número máximo de asistentes. Solo doce personas, incluida la propia Mina.

La señorita Índigo ha sido muy clara en sus condiciones para aceptar conducir una sesión espiritista durante la fiesta del cónsul estadounidense. Además de limitar la asistencia —para poder controlar a los asistentes—, Mina ha exigido a los Wright que desconecten las luces eléctricas y que nadie entre con copas en el comedor formal de la casa, donde se celebrará la sesión. «El cristal puede alterar la conexión con los espíritus», le había explicado Mina convincentemente a la señora Wright. Además de todo lo anterior, para poder contactar adecuadamente con el más allá en un ambiente como el de la fiesta, Mina también necesitaba un número determinado de velas, veintitrés —todas blancas y encendidas en el suelo de la habitación—, que ahora, con las demás luces apagadas y las llamas titilando, se parece al cielo nocturno en verano. Veintitrés velas, ni una más ni una menos —Zelda y ella habían escogido el número al azar—, que provocan un efecto evidente en la cara de los asistentes cuando van pasando al comedor para ocupar sus sitios en la mesa.

Guillermina es la última en entrar, cuando todos están ya sentados alrededor de la mesa de cerezo oscuro, que parece negra bajo la luz de las velas. Por supuesto, la entrada de Mina en el comedor es solemne: con su impresionante vestido en dos tonos de rojo y sus ojos muy maquillados para acentuar el misterio de su mirada. La poca luz en la habitación —y sus gestos estudiados— le dan una apariencia casi mística que ella aprovecha, sentándose en su silla sin decir una sola palabra.

El matrimonio Wright la mira expectante mientras ella acomoda las capas de tul y organza de su vestido para sentarse. Saben que, a pesar de lo que ha sucedido últimamente en la ciudad, Guillermina Índigo es la mejor atracción que se puede conseguir para una fiesta. Franz Lázaro, el caballero del sello de oro en el dedo meñique, también está allí: no era uno de los invitados originales, pero le ha cambiado su lugar a la viuda de don Alberto Soler en el último momento a cambio de la promesa de aceptar a su hijo en el Círculo del Liceo la próxima semana. El doctor Ellis la saluda educadamente con un gesto de la cabeza, está sentado a su lado y tarda un momento más de lo estrictamente educado en apartar la mirada de ella. Mina puede sentirlo: la curiosidad del doctor escudriñando cada rincón de la habitación —y de ella misma— buscando el truco, algo que le indique a su mente científica que lo que está a punto de presenciar es solo un engaño. Guillermina sonríe confiada al darse cuenta y se aclara la garganta.

—Buenas noches, damas y caballeros. Tan solo una advertencia antes de comenzar: pase lo que pase no se suelten de mi mano.

Mina se quita los mitones a juego con el vestido, extiende los brazos sobre la mesa y todos los demás hacen lo mismo, formando un círculo al cogerse de las manos. Siente el contacto de la piel de Ellis, sus dedos largos acariciando brevemente el dorso de su mano. Guillermina conoce a todos los asistentes —excepto a Lázaro— y lleva días preparándose para ese momento con la ayuda de Zelda. Ha estado practicando en el palacete, a salvo de miradas indiscretas, y sabe bien cómo conducir una sesión de espiritismo.

—El pasado nos acompaña esta noche, inseparable del presente, igual que una sombra —dice con voz clara—. Lo percibo. Se ha sentado a esta mesa con cada uno de ustedes. El pasado es un invitado inesperado y poco educado, pero tiene mucho que contarnos.

Las puertas dobles del comedor formal están cerradas, pero el murmullo de la fiesta, que continúa en el otro extremo de la casa, llega hasta ellos igual que el rumor lejano del viento. Mina cierra los ojos en un gesto teatral, ensayado cien veces, y estrecha las manos de Ellis y de la señora Wright con más fuerza. Sabe que ese pequeño gesto provoca desazón en una habitación poco iluminada.

—Los muertos están aquí —dice de repente, abriendo los ojos y mirando a los asistentes—. Uno de los presentes guarda un gran secreto. No es un secreto normal, es algo oscuro que lo sigue allá adonde va... Puedo verlo ahora, de pie, justo detrás de esa persona.

El cónsul y otro de los asistentes se vuelven sobresaltados para mirar detrás, convencidos de que la sombra de sus pecados los observa, y Mina tiene que reprimir una sonrisa. Ha sido fácil. Ya sabe por qué invitados comenzar.

—Los muertos hablan. Un espíritu intenta decirme algo, puedo oír cómo susurra... un nombre.

En ese momento una corriente de aire se cuela por debajo de la doble puerta haciendo que la llama de las velas tiemble, algunas de ellas se apagan dejando el gran comedor en penumbra. Varios asistentes jadean y la señora Wright deja escapar un grito ahogado. Antes de entrar en la sesión, Mina le ha pagado discretamente una peseta a uno de los camareros, que atienden el servicio de bebidas de la fiesta, a cambio de que abra la ventana de la habitación al otro lado del pasillo en el momento oportuno para que la corriente sacuda las velas al pasar el aire por debajo de las puertas.

—Señor Wright, puedo ver la figura de un hombre detrás de usted. Lleva puesto un traje oscuro y tiene algunas canas... —Mina hace una pausa, como si le costara un gran esfuerzo mantener la concentración—. Su rostro está serio, parece enfadado. No, está... decepcionado.

Emerith Wright da un pequeño respingo en su silla, pero,

a pesar de que apenas hay luz, Mina lo nota. Espera un instante para que la tensión en la habitación crezca y se prepara para su siguiente frase, pero entonces Franz Lázaro tose para llamar la atención y el momento se rompe.

—Yo no soy un gran conocedor de las manifestaciones sobrenaturales —empieza a decir Lázaro sin ni siquiera disculparse por la interrupción—, pero por qué...

—Podrá hacer sus preguntas cuando llegue su turno, intuyo que los espíritus tendrán mucho que decirle —lo corta Mina con frialdad—. Ahora es el turno del señor Wright.

—Lo comprendo, pero yo no tengo ninguna pregunta que hacerles a los espíritus, estoy en paz con ellos; no, es más bien una reflexión personal —continúa Lázaro, ajeno a las miradas de reproche de los Wright—. Si puede usted hablar con el difunto padre de este caballero, ¿por qué no intenta comunicarse con el espíritu de Camila Garza? La joven cuyo cuerpo ha aparecido en la antigua acequia...

La recriminación silenciosa de los asistentes a Franz Lázaro por su interrupción se convierte en otra cosa, algo mucho más resbaladizo y molesto para cualquier médium: curiosidad. Todos la miran, esperando una respuesta.

—Sí, sé bien quién es Camila Garza.

Mina siente cómo está perdiendo la atención de sus invitados y también el control sobre la sesión.

—Se me ocurre que podría preguntarle usted quién fue el responsable de su muerte —continúa Lázaro—. De ese modo, la policía arrestaría al culpable y la ciudad volvería a respirar tranquila.

—La policía no acostumbra a aceptar la palabra de un espíritu como prueba para efectuar detenciones —se apresura a responder Ellis—. Sería muy poco usual. Y su propuesta me resulta morbosa, si me permite decirlo.

—Desde luego. Una cosa es establecer contacto con alguien que ha muerto en su cama por causas naturales y otra cosa muy diferente es importunar a una pobre muchacha que ha sido asesinada. —La señora Wright habla y sacude la cabeza para hacer notar su descontento—. Y es la señorita

Índigo quien conduce la sesión, ella decide qué es lo más seguro.

Todas las miradas se vuelven hacia Guillermina, esperando su decisión. Puede sentir los ojos fijos en ella incluso en la penumbra del comedor iluminado con las velas. Mina deja pasar un momento más antes de decir:

—Los espíritus no son una atracción de feria, señor Lázaro. No son dóciles ni predecibles; algunas veces los muertos han perdido el juicio después de años vagando por el más allá o han olvidado quiénes eran cuando aún estaban vivos, y pueden resultar peligrosos, sobre todo aquellos que han sufrido una muerte terrible. No es recomendable molestar a quienes no desean ser importunados.

—¿De manera que no puede contactar con Camila Garza? —insiste Lázaro sin perder su sonrisa—. Es una auténtica lástima. Conocer la verdad sobre su asesino ahorraría mucho sufrimiento a esta ciudad.

—La verdad pocas veces ayuda a evitar el sufrimiento. Camila Garza no desea que la molesten. Sin embargo... —Mina hace una pausa, siente que todos los presentes la observan—. Existe una manera de contactar con ella, pero no es sencilla y puede resultar peligrosa, así que si alguno de los presentes desea abandonar la sesión esta será su última oportunidad de hacerlo.

Emerith Wright intercambia una mirada rápida con su esposo. Los ojos azules del cónsul centellean, no puede disimular cuánto lo entusiasma la posibilidad de que en su fiesta se invoque el espíritu de la joven fallecida. Nadie se levanta de su lugar alrededor de la mesa, ninguno de ellos quiere perderse el espectáculo.

Ellis se inclina hacia Mina para susurrarle algo, y sus palabras le hacen cosquillas en el oído:

—Señorita Índigo, no tiene usted que demostrar nada.

Guillermina puede notar la mano caliente del forense, que todavía sujeta la suya sobre la mesa.

—Vamos, doctor, no me dirá ahora que tiene usted miedo de los fantasmas.

—Tengo miedo por usted.

Pero Mina le dedica una de sus enigmáticas sonrisas y, al mirarla, él está seguro de que, de repente, sus ojos han cambiado de color: ya no son castaños, ahora parecen casi azules. Ellis sabe que semejante cosa es imposible, está seguro, y se convence de que el cambio se debe a la luz débil de las velas que titilan en el suelo.

—Los muertos nunca nos vamos del todo. —La voz de Guillermina Índigo suena ligeramente diferente ahora, casi parece que esté hablando desde muy lejos—. Incluso aquellos que no creen en ellos tienen fantasmas rondándolos. Como usted, doctor Ellis.

Ellis no responde, pero un par de invitados se mueven inquietos en sus sillas. Algo ha cambiado en el aire: el ambiente en el comedor de los Wright es denso y oscuro, y cae sobre todos los presentes igual que una helada nocturna. La sensación de misterio, o de travesura casi infantil, que los acompañaba al principio de la sesión ha desaparecido. La mano de la señora Wright tiembla levemente y Mina se vuelve para mirarla.

—No te preocupes, Emerith, a tu madre no le importan las mentiras que cuentas sobre ella ahora que te has convertido en la respetable señora Wright —sisea Mina con esa voz desconocida—. Está orgullosa de ti, dice que te pareces mucho a ella, aunque a ti te ha ido mejor. Ya no tienes que criar conejos escuálidos para venderlos después.

—Señorita Índigo, por favor, no... —es todo lo que Emerith acierta a murmurar.

Pero ya no está segura de que esa mujer sentada junto a ella sea en realidad Guillermina Índigo.

—Has llegado muy lejos, Emily.

Mina deja escapar una carcajada ruidosa y la señora Wright se estremece dentro de su vestido de alta costura.

Su memoria vuelve a hace mucho tiempo, en otra vida, antes de ser Emerith Wright. En su recuerdo es solo Emily y su madre cría conejos en el patio trasero de la destartalada casa a las afueras de Filadelfia, donde malvive con ella y sus tres hermanos pequeños. Emily cuida de sus hermanos y también de los conejos que crían para venderlos después, apretados en jaulas amontonadas en el patio descuidado donde los hierbajos le arañan las piernas al pasar. Algunos de los conejos tienen heridas y siempre están sucios, igual que sus hermanos pequeños, pero Emily sale cada mañana para ponerles agua fresca. Una mañana de julio hace mucho calor, y el olor que emana de las jaulas llega hasta la puerta de la casa. Cuando Emily sale con un cubo de agua como hace cada día, nota el hedor de los animales en el aire caliente. Algo es distinto ese día, Emily tiene apenas once años, pero ya intuye que algo va mal. Al llegar hasta las jaulas ve que las puertas están abiertas, arrancadas de los goznes, y los alambres mordidos y deformados. Todos los conejos están muertos. En el suelo de tierra sucia del patio apenas quedan unos jirones de piel y pelo despeluchado manchado de sangre. También hay un charco pequeño con un líquido oscuro que ha empezado a secarse por el calor intenso. Sangre. Sigue con la mirada las huellas ensangrentadas que llegan hasta un extremo del patio, y entonces lo ve: un animal la observa desde el límite del jardín. Es mucho más grande que un coyote o que un perro salvaje. Solo años después, Emily —ya convertida en la respetable Emerith Wright— descubrirá que el animal que mató a los conejos de su familia era en realidad un *coywolf*,[1] un extraño híbrido entre lobo y coyote que merodea por las zonas boscosas durante la noche. El animal tiene el hocico manchado de sangre, igual que las patas, y la mira desde el extremo del patio con sus ojos amarillos hasta que el cubo de agua se le cae de la mano, salpicando los restos de los conejos y manchando sus piernas de carne masticada y vísceras. Han pasado casi cuarenta años, pero Emerith vuelve a sentir el olor de la sangre coagulada en el aire caliente de la mañana, y casi puede oír los llantos de sus hermanos pequeños en la casa.

—Es imposible —murmura Emerith con la boca seca—. Nunca le he contado eso a nadie...

1. *Coywolf:* híbrido cánido descendiente de coyotes, lobos orientales y lobos grises.

Pero Mina le sonríe con una mueca y, al observarla, casi le parece que sus ojos son los ojos amarillos de ese animal salvaje con sangre en la boca que la miró desde el límite del patio trasero de su ruinosa casa más de treinta años atrás.

—No te preocupes, Emily, tu secreto está a salvo conmigo —dice Mina, pero nada más pronunciar las palabras deja escapar una risa burlona—. Tu secretito tampoco es tan interesante.

Emerith rompe a llorar en voz baja, pero ninguno de los demás participantes hace nada por consolarla. Mina le suelta la mano a la señora Wright con un gesto de disgusto y se vuelve hacia Ellis.

—Usted, sin embargo, doctor... —dice, arrastrando mucho la última palabra—. Su secreto sí que me resulta interesante: sé que algunas veces aún oye la campanilla de los muertos cuando cierra los ojos. —Se ríe con desdén—. Es un mentiroso de primera. Ha logrado engañar a todos estos idiotas pomposos y también a ella, un poco, al menos. Ella no tiene ni idea de la verdad... —susurra, igual que si ahora estuviera contándole un gran secreto. Mina echa la cabeza hacia atrás y deja escapar una carcajada de desprecio—. La maldita señorita Índigo. Guillermina sí que oculta un secreto, uno de los buenos.

—Camila Garza —interrumpe Lázaro de nuevo—. Si está realmente en contacto con los espíritus, demuéstrelo, díganos quién la mató.

Todos los asistentes fijan su atención en ella esperando su respuesta, incluso la señora Wright ha dejado de sollozar.

—También puedo ver tu sucio secreto, Franz. Crees que mientes muy bien, pero no es así. Sé bueno y no hagas que me enfade y se lo cuente a todos los que están en la fiesta.

Franz Lázaro finge que no ha oído su amenaza, no va a dejarse amedrentar por las palabras vagas de una médium, pero de repente siente que su lengua es un poco más lenta.

—La chica muerta de la acequia, ¿quién la ha matado? —repite él, sin perder su tono déspota.

Por un segundo la expresión en el rostro de Guillermina se rompe, igual que si acabara de despertar de un terrible sueño para darse cuenta de lo que ha hecho. Pero apenas dura un momento; deja ir la mano de Ellis, se pone en pie sobre la silla y después se sube a la elegante mesa de comedor de los Wright, obligando a los presentes a levantar la mirada para verla. Guillermina murmura algo, pero ninguno de los invitados comprende las palabras ásperas y extrañas que salen de sus labios. Lázaro está a punto de decir algo, pero entonces las velas que aún quedan encendidas se apagan, dejando la habitación en penumbra.

—¡Madre de Dios! —exclama la señora Wright.

Los pies de Mina se levantan varios centímetros sobre la mesa y ella flota en el aire oscuro del comedor. El cónsul se levanta sobresaltado y su silla cae al suelo, pero ninguno de los presentes parece darse cuenta porque todos están atentos a Guillermina, que se eleva todavía un poco más, levitando mientras murmura:

—*Dov'è mia figlia?*

—Señorita Índigo... —Ellis es el único que se atreve a acercarse a ella—. Guillermina.

Pero Mina no lo oye, permanece suspendida en el aire unos segundos más antes de desplomarse encima de la mesa. Su cuerpo cae sobre la superficie de madera con un ruido seco.

La mansión de los Wright tiene un pequeño jardín privado detrás de la casa que da al interior de la manzana. El resplandor de la luz eléctrica sale por las ventanas y puertas abiertas del primer piso de la mansión, iluminándolo y alargando las sombras de los setos y los macizos de flores. Mina está sentada en el único banco, cerca del estanque sin peces de los Wright donde flotan algunos nenúfares.

—Emerith me contó en una ocasión que compraron esta casa solo por el estanque —dice con los ojos fijos en el agua quieta—. Es una idiotez, por supuesto, comprar toda una propiedad tan solo por un pequeño detalle; pero mi marido compró una hacienda en Cuba porque se encaprichó de la torre del campanario, así que supongo que la comprendo bien.

Ellis está en pie a su lado. No se ha separado de ella desde su caída.

—Eso es lo más parecido a una confidencia que le he oído decir desde que la conozco.

—Ha sido por el golpe en la cabeza, descuide, no se repetirá.

El doctor Ellis sonríe.

—Hábleme de Cuba, ¿cómo es? Nunca he estado.

Mina sabe que lo hace únicamente para distraerla y para asegurarse de que no ha sufrido daños en la cabeza —hablar y recordar es un ejercicio básico para comprobar las funciones cerebrales de un paciente—, pero también quiere hablar con él sobre su vida en Cuba; sobre las cosas buenas, claro.

—Vivimos allí durante seis años, en Trinidad. Nunca había visto pájaros de tantos colores distintos hasta que llegué a la isla, y antes de Cuba no sabía que el viento pudiera ser tan caliente como el fuego... La finca de las Tres Cruces era un sueño: un sueño polvoriento, pero había algo en esa tierra que se metía dentro de tu cabeza hasta convertirse en una obsesión: parecido a una maldición. La finca tenía un viejo campanario; yo lo detestaba y ahora que estoy lejos no dejo de pensar en él, algunas veces incluso aún puedo oír la maldita campana al atardecer. —A pesar de estar a su lado, su voz suena extrañamente lejana—. Usted también parece oír una campana fantasma, doctor. Si metiera la mano ahora en el bolsillo de su pantalón, apuesto a que encontraría una campanilla, parecida a la que ató alrededor del dedo del pie de Camila Garza antes de su entierro.

Ellis aprieta los labios un momento; lleva la campanilla de los muertos en el bolsillo interior de su chaqueta.

—¿Y cómo lo ha hecho? Parecía saber muchas cosas sobre los asistentes —le pregunta para cambiar de tema.

—Mi trabajo es saber cosas, doctor, y estaba al tanto de que el padre del cónsul murió el otoño pasado porque su esquela se publicó en todos los periódicos de la ciudad. Nunca he visto una imagen suya, pero el señor Wright tiene algunas canas en las sienes, así que me arriesgué y supuse que serían una característica familiar.

—De ahí lo del pelo canoso de nuestro espectro, comprendo. ¿Y el comentario sobre que su padre estaba decepcionado con él? ¿Cómo pudo saber eso?

Mina se encoge de hombros y los abalorios de cristal de su vestido tintinean con suavidad. Tiene frío, pero su estola de piel de armiño aún está en el guardarropa de los Wright. Sabe que el doctor le prestaría su chaqueta para protegerse del frío de esa noche de invierno si ella se lo pidiese, pero justo por eso prefiere no hacerlo.

—Bueno, era su padre, supongo que en algún momento le haría saber lo decepcionado que estaba con él, tal y como acostumbran a hacer los padres.

—La sesión ha sido bastante impresionante, lo admito.

—¿Bastante? Puedo impresionarle aún más, doctor: he visto los fantasmas que le siguen a usted. Y algunos no son pacíficos.

—Ignoraba que entre sus muchas habilidades estuviera el hablar en italiano —dice Ellis, ignorando su comentario.

—¿Italiano? No lo hablo, entiendo algunas palabras sueltas, nada más. ¿Por qué lo dice?

Ellis la mira con curiosidad, por un momento le parece que Mina no finge y que realmente está confundida.

—Por lo que he podido intuir ha contactado usted con dos espíritus distintos antes: uno sonaba furioso y ha puesto los pelos de punta a los asistentes, pero el otro... Le garantizo que el otro espíritu hablaba en italiano.

—¿Italiano? ¿Y puede traducir sus palabras?

—Por desgracia no. Mi compañero de habitación en Oxford estudió un semestre completo de poesía francesa e italiana. Yo no lo hablo, pero puedo identificarlo cuando lo oigo.

—¿Poesía italiana? —Mina levanta una ceja incrédula—. Pensé que en las universidades elegantes les enseñaban asignaturas más necesarias para la vida.

—¿Más necesaria que la poesía renacentista clásica?

No quiere, pero Mina se ríe en voz baja al oír su respuesta.

—¿Y lo otro? ¿Cómo lo ha hecho?

—Se refiere a lo de...

—A lo de levitar, sí. —Ellis hace una pausa antes de añadir—: Tengo que confesarle que ha sido el truco más asombroso que he visto en mi vida, y le aseguro que he visto algunos bastante buenos. Me ha impresionado.

—Celebro haberlo impresionado.

El frío de la noche ha formado una capa de niebla sobre el estanque y las luces encendidas de la casa se reflejan en ella, dándole al pequeño jardín una apariencia fantasmagórica. La mirada de Mina se pierde entre la neblina, casi temiendo vislumbrar la silueta de los nueve espíritus sin rostro que la siguen a todas partes.

—No va a contarme cómo lo ha hecho, ¿verdad? Cuál es su secreto.

Guillermina parpadea y lo mira.

—Se lo contaré si usted me cuenta el suyo, doctor.

—No me creería.

Se levanta despacio del pequeño banco, sus pies están helados por la humedad que sale de la tierra y se acerca a Ellis, tanto que él puede sentir la falda de terciopelo de su vestido rozándole la mano.

—Pruébeme —susurra ella, muy cerca de sus labios.

Y por un momento está tan cerca que bastaría con que Ellis se inclinara un poco hacia delante para besarla, pero el forense no hace nada.

—Sí, ya lo suponía —dice Mina, y el momento pasa—. ¿Le apetece que vayamos a una fiesta mucho mejor que esta, doctor?

En la acera del número 12 de la calle Conde de Asalto siempre hay un grupo de personas pasadas las diez de la noche esperando en la puerta principal del Eden Concert. Es el cabaré de moda en Barcelona. No era extraño ver grupos de distinguidos caballeros —todos vestidos de negro y con sombrero bien calado— aguardando en la calle mientras charlaban entre sí. También eran clientes habituales un par de herederos de familias importantes de la ciudad, e incluso alguna que otra dama del mundo del espectáculo que estaba de gira en Barcelona. El público del Eden Concert era muy variado y de diferentes clases sociales, pero todos sin excepción tenían una cosa en común: sabían que nadie podía pasar el umbral del club estando borracho. Esa era la única norma que existía en el Concert.

—Desde luego, este lugar parece mucho más animado que la fiesta del cónsul y su esposa —apunta Ellis cuando llegan a la entrada—. Creo que me ha parecido reconocer a algunos de los invitados que estaban hace una hora en el palacete de los Wright.

Mina sonríe mientras consigue avanzar entre el grupo de caballeros que espera cerca de la puerta principal del club, quienes le ceden el lugar educadamente.

—Sí, no somos los únicos invitados de los Wright que han decidido continuar aquí la fiesta.

A pesar del frío nocturno, el aire se vuelve más cálido a medida que se acercan a la puerta del local, y huele a humo de puro y a colonia cara. Una fina cortina de niebla, formada por la respiración condensada de los clientes y las luces encendidas en la fachada, envuelve la entrada.

—¿Y qué es exactamente este lugar? —pregunta Ellis, mirando con recelo a su alrededor—. Aunque puedo imaginármelo viendo a los caballeros que aguardan en la calle y lo solicitada que está la entrada...

—No es lo que se está imaginando, doctor. Tranquilo, no seré yo quien lo lleve por el mal camino —responde Mina con una sonrisa divertida—. El Eden Concert es un salón de variedades; un cabaré, si lo prefiere.

—Comprendo. ¿Y por qué estamos aquí?

—No le tenía por un hombre puritano y aburrido, doctor, de esos que se escandalizan al pasar cerca de un salón de juego donde se bebe, se baila y otras cosas.

—Y no lo soy. Soy un hombre moderno, señorita Índigo. O al menos eso intento.

—Eso ya es más de lo que hacen muchos —murmura Mina para sí.

Cuando el portero del Eden Concert —un hombre de raza negra, grande, de espaldas amplias y ojos profundamente negros— abre para que ellos entren, pueden oír la música que sale por la puerta del local. Mina le hace un gesto de agradecimiento con la cabeza. Lo conoce de sus muchas visitas al cabaré. El vigilante se llama Ousmane, es de Senegal y no sabe español, así que jamás cruza palabra con los clientes. Su silencio eterno —unido a su considerable altura— le dan a Ousmane un aspecto tan fiero que ningún gamberro o caballero alcoholizado se atreve siquiera a intentar cruzar el umbral del local.

La puerta se cierra a sus espaldas dejando atrás el frío de la noche. Pasan el mostrador de recepción, donde un hombre, vestido con un impecable traje negro y pajarita de color rojo brillante, le dedica una sonrisa a Mina cuando la ve aparecer.

—Señorita Índigo, qué bien verla por aquí esta noche. Pensé que estaría en la fiesta del cónsul.

—Oh, y lo estaba hasta hace un rato. Este caballero y yo queremos ver a Manu por un asunto urgente, ¿sería posible?

El hombre tras el mostrador duda un momento y lanza

una mirada llena de escepticismo al doctor Ellis, que a pesar de eso permanece impasible.

—Desde luego. Manu está en su palco, como todas las noches —responde el hombre por fin.

—Muchas gracias.

Atraviesan un cortinaje pesado al final del vestíbulo. Al otro lado, el Eden Concert los saluda con la orquesta a todo ritmo. Sobre el escenario central, tres jóvenes bailan una danza exótica llevando únicamente unos velos de muselina falsa en la cintura, de los que van desprendiéndose a medida que se suceden los compases de la música.

—¿Quién es Manu? —pregunta él.

—Es la persona que dirige el club. No se ponga nervioso, doctor. —Mina tiene que alzar la voz para hacerse oír por encima del estruendo de la música—. Solo hemos venido a buscar información. Tengo motivos para creer que Camila Garza trabajaba aquí.

—¿En este lugar? —Ellis mira alrededor—. Me sorprende; según su madre, la señorita Garza era una buena chica.

—Las buenas chicas también necesitan comer.

Sin esperarlo, Guillermina camina entre las mesas redondas y las sillas blancas estilo bistró, bien ordenadas frente al escenario. En todas las mesitas hay una pequeña lámpara encendida, justo en el centro. A ambos lados de la sala, los palcos discretos protegidos por pesadas cortinas de terciopelo —en los que Baxter acostumbra a pasar su noche libre— tienen una vista privilegiada de las tres jóvenes que danzan sobre el escenario.

—No era mi intención de ningún modo juzgar a la señorita Garza —dice Ellis haciéndose oír por encima del ruido de la música, que suena más alta a medida que se acercan al escenario—. Comprendo que las chicas buenas también necesitan comer. Es solo que me sorprende descubrir que nuestra víctima pasaba sus noches en un local como este.

—¿De verdad lo sorprende tanto, doctor? Mire a su alrededor, este lugar está lleno de hombres, caballeros y..., bueno, todo tipo de público deseando conocer chicas jóvenes y hermosas como Camila Garza.

Mina mira a su alrededor a través de la neblina creada por el humo de los cigarros, los puros y el aliento cálido de los clientes que flota en el ambiente, y casi puede imaginar al fantasma de Camila Garza mirándola a través de la niebla. No regresa a la realidad hasta que el doctor le roza el brazo para llamar su atención.

—Señorita Índigo, creo que nos están haciendo señas desde ese palco.

Mina se vuelve para mirar en la dirección en la que señala Ellis.

—Sí, ahí está Manu. Diga lo que diga, usted sígame el juego, doctor.

Ellis asiente y va tras ella sin hacer ninguna pregunta.

—Manu, qué alegría verte. Esperaba que pudieras hacernos un hueco para charlar, aunque no teníamos cita.

—Guillermina, sabes que siempre tengo hueco para ti. Tú no necesitas ninguna cita para charlar conmigo.

Una mujer menuda, pequeña, no pasaría del metro y medio, con la piel de la cara y del cuello arrugada y el pelo oscuro pegado a la frente en ondas muy modernas, saluda a Mina efusivamente desde detrás de la balaustrada de madera del mejor palco del club.

Ellis parpadea sorprendido al ver a la pequeña mujer, que ya habrá cumplido los sesenta, dirigirse a ellos desde el palco.

—Confieso que no es como pensaba que sería. ¿Es usted Manu?

La mujer menuda le lanza una mirada fulminante desde detrás de sus gafas de cristales redondos.

—Desde luego que soy Manu, pero ¿quién es usted y qué hace en mi local? No se parece a los caballeros que habitualmente vienen a mi club. Desde luego yo nunca lo he visto por aquí, aunque, bueno, supongo que siempre hay una primera vez. Incluso los que son como usted adoran venir al Eden Concert.

—Oh, verás, Manu —responde ella antes de que Ellis tenga tiempo de reaccionar—, él es parte del asunto que nos ha traído a tu club. Te presento al doctor Ellis, el nuevo patólogo asignado a la ciudad. Está a cargo de la investigación del caso de la chica de la acequia, seguro que has oído hablar de ello; todo Barcelona está al corriente de ese crimen.

—Desde luego que he oído hablar del crimen de la acequia, es algo terrible. Y la que se armó en el funeral de la pobre chica. —Manu estudia un momento al doctor—. No sabía que había un nuevo patólogo en la ciudad, y eso que yo sé todo lo que sucede en Barcelona, pero con la celebración de la Exposición esto está lleno de caras nuevas. Espero que sepas disculpar mi comentario anterior, algunas veces este negocio hace que pierda los modales —dice en un tono mucho más suave que antes.

Mina parpadea sorprendida, conoce bien a Manu y sabe que no es de las que se disculpan fácilmente. Pero es consciente de que muchos agentes de alto nivel frecuentan su club y que para poder mantener su local abierto —y lejos de las investigaciones policiales— Manu debe llevarse bien con todos los cuerpos oficiales, aunque no siempre le apetezca.

—Empecemos de nuevo. Me llamo Manuela Guzmán, y soy la gerente y dueña del Eden Concert. Encantada de conocerlo, doctor Ellis.

Ellis le da la mano a modo de saludo y Manu la acepta con una media sonrisa que la hace parecer casi un pequeño roedor nocturno.

—Oh, qué gesto tan maravillosamente europeo —dice Manu, exagerando su reacción—. Y dime, Mina, ¿qué os ha traído esta noche a mi club?

Pero, en vez de responder inmediatamente, Guillermina le dedica una media sonrisa a Manuela.

—Manu, ¿cuánto tiempo hace que nos conocemos?

—Mucho tiempo, sabes que estoy en deuda contigo por lo que pasó. Tú me ayudaste cuando nadie en esta ciudad movía un dedo por mí.

—Entonces ¿por qué me mientes? Sé perfectamente que Camila Garza trabajaba en tu club.

Guillermina no está convencida hasta ese momento de que realmente Camila Garza, la chica de la acequia, trabajara en el

Eden Concert, pero al ver la reacción de Manu —una mujer capaz de controlar hasta su más mínima emoción— sabe que ha acertado.

—No me lo has preguntado directamente hasta ahora, Guillermina. Lo único que me has dicho es que estabas aquí para investigar el crimen de la acequia.

Mina sonríe cuando la ve abrir por fin la portezuela del palco para que ellos puedan entrar.

—Mejor charlemos aquí dentro, es más discreto y sospecho que las preguntas que vas a hacerme no son aptas para todos los oídos.

Dentro del palco el ambiente es oscuro, y el humo del puro que Manu acaba de apagar en el cenicero de cristal que hay sobre la mesita todavía llena el aire.

—Adelante, dispara, ¿qué es lo que quieres saber?

—¿Cómo era Camila Garza?

—Camila trabajaba para mí. Era una de mis chicas favoritas, tenía ese algo especial que solo tienen algunas, ¿sabes? A veces parecía estar un poco perdida o faltaba a los ensayos y no venía por aquí un par de noches, pero era buena en lo suyo: una verdadera fábrica de hacer dinero, sabía cómo ganarse el favor de los caballeros. No vas a encontrar a nadie que hable mal de ella, aquí todo el mundo la adoraba; puede que demasiado. —Manu hace una pausa para subirse las gafas, quizá ese sea el primer gesto inconsciente que Mina le ha visto hacer esa noche—. ¿Vais a atrapar al que la mató? Ese desgraciado no merece poder pisar la calle; me da igual que sea un empresario, un banquero o el hijo de un curtidor. Cuando lo atrapes, Mina, porque sé que al final lo atraparás, espero que lo encerréis en el calabozo más oscuro y sucio de Atarazanas para que se pudra allí hasta que se le salgan las tripas.

Ellis parpadea sorprendido por el arranque de sinceridad de Manu.

—Aunque quiera no puedo prometerte tal cosa, Manu; ya sabes cómo va esto, pero te doy mi palabra de que haré todo lo que esté en mi mano por descubrir la verdad. Se lo he prometido a su madre.

—No la conozco, solo por el revuelo que está montando ahora en los periódicos y en las calles. ¿Y qué pasa con él? —Hace un gesto de cabeza señalando a Ellis—. ¿Está usted aquí para atrapar al asesino de Camila, doctor, o para ayudar a encubrir su crimen?

Ellis hace rato que no ha dicho una palabra; se remueve incómodo en la silla estilo bistró en la que está sentado, sus piernas largas rozan con la mesita.

—Estoy aquí para atraparlo.

—Bien, me alegra oír eso; no siempre es así. Pero sepa, doctor Ellis, que si realmente quiere atrapar al desgraciado que ha matado a Camila seguramente hará varios enemigos por el camino; enemigos peligrosos, del tipo que uno espera no crearse en su vida. De los que dan miedo.

—Estoy acostumbrado, lo crea o no. De alguna manera mi personalidad y mis deseos de modernidad no siempre me han procurado amigos. Especialmente cuando se trata de resolver crímenes que otros desean que permanezcan en la oscuridad.

Mina disimula, pero le han impresionado las palabras y la vehemencia del doctor Ellis.

—¿Qué trabajo hacía Camila Garza en el club?

—Camila vendía una fantasía: la idea de que cualquiera de estos patanes que viene cada noche a mi club es lo suficientemente especial como para que ella se fijara en ellos. Camila Garza era un sueño.

Los apliques de globo que hay en el palco arrojan su luz dorada sobre la cara de Manu acentuando sus arrugas y, de repente, parece mucho mayor de lo que es en realidad. Mina la mira y se pregunta si realmente lamenta la muerte de Camila Garza o si simplemente está pensando en el perjuicio que supondrá para su negocio.

—Camila era una bailarina muy especial. Practicaba el baile con abanicos de plumas de avestruz.

—¿Abanicos de plumas? —repite Ellis—. Oh, sí, comprendo.

El baile con abanicos de plumas se había vuelto muy popular en los últimos tiempos, no solo en el Eden Concert, sino en los demás teatros y cafés nocturnos que poblaban las ciudades de media Europa. Consistía en que la bailarina salía al escenario completamente desnuda y, mientras sonaba la música, bailaba protegiéndose simplemente con unos grandes abanicos decorados con plumas teñidas de vistosos colores: rosa, amarillo, azul... El público enloquecía, especialmente al final de la actuación, cuando la bailarina dejaba de taparse con los abanicos o fingía con coquetería que se le caían al suelo antes de hacer una reverencia.

—Camila era popular, misteriosa e inalcanzable. Era una chica muy ambiciosa, al menos esa es la Camila que conocí yo, pero te confieso, Guillermina, que me cuesta mucho reconocer a esa chica débil, formal y callada de la que su madre no deja de hablar en los periódicos. Esa no es la misma Camila que trabajaba aquí, la misma Camila que hacía enloquecer a hombres veinte o treinta años mayores, y mucho más ricos de lo que ella sería nunca.

«Había otra Camila Garza», decía la nota que alguien arrojó contra su ventana.

Mientras Manu habla, la música suena sobre el escenario con gran estruendo, seguida por una nube de aplausos que tapa sus palabras casi al final.

El número de las tres mujeres con los velos transparentes ha terminado. Algunos hombres entre el público patean en el suelo, encantados con el espectáculo que acaban de presenciar, hay gritos y un vaso se vuelca haciéndose añicos.

Manu da un pequeño respingo en su silla y se asoma con cuidado sobre la barandilla del palco para asegurarse de que todo está bien. Uno de sus empleados, tan grande como el hombre que custodia la entrada del local, se acerca hasta el cliente despistado que ha hecho caer su vaso, le huele el aliento y cuando comprueba que está demasiado borracho para seguir dentro del club le pide, por favor, que se marche del Eden.

—¿Algo te preocupa, Manu? Te veo un poco nerviosa.

Mina observa el vaso a medio beber sobre la mesa al lado de la lámpara encendida. Ella ha sentido el alcohol en el aire del reservado nada más sentarse, el aroma dulzón del whisky. Normalmente, Manuela no acostumbra a beber —Mina intenta recordar, pero se da cuenta de que apenas la ha visto tomarse una copa desde que la conoce—, aunque esta noche su mano tiembla ligeramente cuando sujeta el vaso de whisky.

—No estoy nerviosa, Guillermina, es que últimamente el ambiente en esta ciudad está bastante extraño, enrarecido, y eso se deja notar en mi club. Los clientes están... irritables. —Juguetea con el vaso, pero no bebe—. Ha habido varias peleas y el otro día apuñalaron a un caballero distinguido en el callejón trasero; nada grave, y él desde luego no va a dar parte a la policía para evitar que su esposa se entere de dónde estaba, pero hay una calma tensa en el aire, igual que antes de una tormenta.

—Sí, ya me he dado cuenta.

No eran solo las peleas o el incidente del caballero apuñalado que había mencionado Manu. Desde hacía semanas se habían multiplicado los altercados por toda la ciudad: robos violentos, palizas o incendios como el que había reducido a cenizas la librería El Secreto.

—Barcelona es como una gran máquina brillante y moderna, te atrapa, y eso es lo que hace con esas pobres chicas; de eso se alimentan esta ciudad y todas las demás ciudades que no dejan de crecer: de chicas perdidas, de jóvenes llenos de sueños, de trabajadores con las mismas caras de desesperanza... Viendo cada noche el público que viene al club aprendes que todas las chicas, todas las niñas, tarde o temprano terminan en un lugar como este; algunas para escapar del destino, pero otras... —Manu hace una pausa—. Otras escapan de cosas mucho más terrenales que el destino.

Una de las chicas del escenario lanza uno de sus velos de muselina barata entre las sillas y mesitas del patio. Dos clientes se levantan haciendo caer una de las sillas al suelo para atrapar el velo. Las tres muchachas hacen una reverencia antes de dejar el escenario, desnudas a excepción del cinturón dorado donde sujetaban los velos y con las mejillas encendidas por el ejercicio. Mientras, los músicos de la banda, que han estado acompañando el número de baile exótico, se levantan también para ir a buscar un refrigerio antes de la siguiente actuación.

—¿Y de qué intentaba escapar la señorita Garza? —pregunta Ellis.

—Camila era imposible de alcanzar, era una fantasía de pelo rubio, ojos azules y mejillas rosas; casi parecía una niña todavía. Algunos clientes se obsesionaban con ella, lo veo a menudo, no es extraño: muchos de estos hombres tienen una bailarina favorita o una artista a la que vienen a visitar cada noche de la semana que actúan en mi club. Pero en el caso de Camila era muy diferente, ella tenía muchos admiradores: tipos ricos y poderosos que le hacían regalos, regalos caros.

—¿Qué tipo de regalos?

—Del tipo de regalos que no le haces a tu esposa.

Una muchacha pasa cerca del palco. Lleva, sujeta con una cinta adornada con plumas alrededor de su cuello, una bandeja cargada de puros de diferentes marcas y de cigarrillos de importación. Va desnuda de cintura para arriba y sus medias están decoradas con la brillantina que Manuela compra al por mayor para sus chicas. Su pelo suelto, castaño oscuro, le llega hasta más abajo de la cintura. Le guiña un ojo a Ellis cuando pasa por su lado, pero él finge que no se ha dado cuenta de su gesto y continúa con el interrogatorio.

—Alguno de esos hombres que menciona, de esos admiradores de Camila, ¿era especialmente insistente con ella? Puede que alguno de ellos no se tomara muy bien el rechazo de la chica —dice Ellis—. Por lo que usted ha mencionado, la señorita Garza se limitaba a bailar desnuda cubriéndose con abanicos. No traspasaba la frontera de lo moral.

Manu dejó escapar una pequeña risa.

—Ya veo que usted es uno de esos hombres que no comprenden que algunas veces las mujeres debemos hacer cosas que no habíamos planeado hacer únicamente para llegar vivas a la noche siguiente, aunque eso suponga..., ¿cómo lo ha dicho?, traspasar «la frontera de lo moral». —Manu sacude la cabeza, le había agradado Ellis pero ahora ya no está tan segura—. Camila Garza desde luego lo entendía. Y nadie que se atreva a poner un pie en mi club debe juzgarla, ni a ninguna otra; tampoco usted, doctor. La vida puede ser muy difícil cuando eres una chiquilla.

Mina lo mira de refilón para arrancarle una disculpa, y Ellis se inclina sobre la mesita para darles más poder a sus excusas:

—No era eso lo que pretendía insinuar; perdóneme, Manu. La señorita Garza ha sido víctima de un crimen terrible y nada de lo que ella hiciera en este local cambiará ese hecho.

—Has traído a un ingenuo a mi club, Guillermina. Eso, o tu doctor es el mayor mentiroso de los tres que estamos sentados a esta mesa —dice Manu—. Por si no lo sabe, la gente adora a las víctimas, doctor: a las mártires virginales que mueren entre agonías y horribles sufrimientos; pero hay algo que a la gente le gusta todavía más: una pecadora muerta.

Los apliques de globo de la pared parpadean tres veces, anunciando el comienzo de la siguiente actuación en el Eden Concert, igual que si se tratara del interludio de una ópera en el Liceo. El escenario central cambia de decorado, la banda de músicos ya no está, y ahora uno de los ayudantes, bien vestido y repeinado hacia atrás, está subiendo los artilugios de lo que parece que será un número de prestidigitación.

—¿Es eso lo que te preocupa, Manu? ¿Proteger la reputación de Camila Garza o salvar la reputación de tu negocio?

—Las dos cosas —responde sin el menor asomo de culpa en su voz—. Por aquí desfilan muchos hombres cada noche que pagan para asomarse a esa fantasía que te hace olvidar la realidad un rato, la misma fantasía que vendía Camila. Todo tipo de hombres: buenos, malos, pacientes, impacientes...

Desde una de las salas del Eden Concert les llegan los gritos de alguien que acaba de perder o ganar mucho dinero a la ruleta.

—No lo comprendo, me has confiado los secretos más vergonzosos de algunos de tus mejores clientes y ahora no quieres ayudarnos a atrapar al asesino de Camila...

—Porque esto es diferente, Mina —la interrumpe ella—.

No estamos hablando de contarte a qué banquero le gusta vestirse con un liguero de encaje y una cofia para que dos de mis chicas lo azoten en el trasero, o a qué hijo de un importante empresario textil le gusta soltar un guantazo aquí y allá. Esto es otra cosa.

Un prestidigitador, con sombrero de copa y todo, está ahora sobre el centro del escenario del club. Su ayudante, una joven con el pelo castaño y los labios muy marcados con carmín de color rojo brillante, lleva un escotado vestido cubierto de lentejuelas y abalorios que centellean bajo las luces del escenario cada vez que se mueve. La ayudante tiene una enorme sonrisa y lleva pintadas las mejillas imitando el rubor infantil. El mago sacude su varita con ceremonia para desunir dos aros metálicos, pero, en vez de eso, la falda de la ayudante cae al suelo. El público sonríe encantado y algunos aplauden al falso prestidigitador.

—Camila tenía un cliente especialmente insistente. Estaba obsesionado con ella —empieza a decir Manu con cautela—. Le hacía regalos de todo tipo: vestidos caros, perfumes franceses, pasteles, lencería... Una vez incluso le regaló una jaula con unos capuchinos dentro, unos pájaros chillones y sucios. También le compró una gargantilla con las perlas más perfectas que yo había visto nunca, y, créeme, por aquí he visto desfilar todo tipo de joyas.

—¿Una gargantilla? —Mina vuelve a pensar en las perlas que había sacado de la garganta abrasada de Camila.

—Sí. Era corta y con brillantes engarzados sobre las perlas. Recuerdo que cuando Camila nos la enseñó, cuando ya habíamos cerrado el local aquella noche, todas las chicas, incluida yo, sentimos un poco de envidia al verla. Debió de costarle un ojo de la cara.

El doctor Ellis la mira, él también recuerda la siniestra imagen de las perlas saliendo de la boca deformada del cadáver de la acequia. En el escenario, la joven ayudante del prestidigitador ha perdido parte de su corsé y el público aplaude.

—Ese hombre venía al club cada miércoles por la noche, sin faltar una sola semana. Me pagaba mucho dinero, bajo mano siempre, claro, a cambio de que Camila no recibiera a más hombres en toda la semana.

—¿Y ella? ¿Estaba de acuerdo con las atenciones de ese caballero? ¿Le parecía bien no tener más clientes?

—Bueno, ella era una chica muy especial, de esas que saben que sobrevivir es difícil. Así era Camila: ni una virgen, ni una santa, ni una pecadora, tan solo una chica. Tenía otros clientes especiales, claro, pero acordamos juntas hacerle creer a ese caballero en cuestión que no recibía a nadie más para sus famosos bailes privados. Le hicimos creer que él era el único para quien bailaba, y nos repartíamos su dinero después. Todo nos iba de maravilla hasta que el caballero descubrió nuestro juego.

—¿Lo descubrió? Supongo que no le haría nada de gracia averiguar que le habíais estado tomando el pelo y, de paso, sacándole el dinero.

—No fue por el dinero, le molestó más que Camila se viera con otros hombres.

—¿Se puso celoso?

—Desde luego, se enfureció. La noche en que se enteró, recuerdo que nos dejó unos gorriones muertos en la puerta del local. No había nota, ni ningún mensaje junto a los pájaros, pero las dos supimos que él era el que nos había dejado esos asquerosos pájaros en la puerta del club. Menos mal que ningún cliente llegó a verlos...

—¿Gorriones? Es raro, ¿por qué gorriones?

Pero, de alguna manera, antes de que Manu pudiera responder, Mina ya conocía la respuesta.

—El Gorrión Blanco. Así es como todo el mundo llamaba a Camila Garza.

—¿Recuerdas el nombre de ese caballero, Manu? Es importante —le suplica Mina.

—Claro que recuerdo su nombre. Es don Ernesto Valdés y Doval.

Había empezado a llover mientras aún estaban dentro del Eden Concert. Era ese tipo de lluvia oscura, sucia, que arrastra el hollín y la porquería que lleva días flotando en el aire; las gotas de agua dejan a su paso un reguero grasiento, igual que el residuo que sale de las chimeneas de las fábricas y curtidurías que hay cerca de la playa. Y, sin embargo, esa misma lluvia hace que las calles de la ciudad resplandezcan. La callejuela adonde da la puerta trasera del club huele a agua estancada, a orina, y a otro millón de olores que solo la lluvia consigue arrancar.

—No comprendo dónde está el problema, señorita Índigo. Ya tiene lo que hemos venido a buscar: un nombre.

—Si vamos con esta información al inspector Bocanegra, él lo filtrará a la prensa igual que ha estado haciendo todo este tiempo, y ese será el final del caso. A nadie le importará lo que le pasó a Camila Garza.

Nunca desde que regresó de Trinidad Mina había sentido esa lucha interna que ahora se libraba dentro de su pecho. Para ella, sobrevivir siempre había sido lo más importante: llegar con vida al día siguiente, no dejar nunca de huir de los fantasmas. A esa Mina no le hubiera importado irle con la información que acababan de obtener a Ramiro Bocanegra, sabiendo que él daría el caso por cerrado o que los periódicos se ocuparían durante meses de despedazar los restos del cadáver todavía humeante de Camila.

—Comprendo sus reservas, pero es nuestra obligación compartir con el inspector lo que hemos averiguado, él es quien lleva el caso.

—Cuando su madre vino a pedirme ayuda le prometí a Abril que haría todo lo posible para encontrar a Camila. Le fallé y no llegué a tiempo, pero si le contamos a Ramiro lo que acabamos de descubrir acerca de Camila, será como si volviéramos a matarla. —Mina hace una pausa, y después añade, más suave ahora—: Soy responsable de muchas malas decisiones, doctor, pero no pienso ser culpable de esta.

Camila Garza no es el primer —ni el único— fantasma sin rostro que atormenta a Mina, pero está decidida a que sea el último.

—¿Cree que el inspector Bocanegra dejará de buscar al asesino si le contamos que Camila Garza bailaba desnuda con abanicos en ese club? Eso no cambia lo que le sucedió.

Mina se ríe con amargura.

—Es evidente que usted y yo procedemos de mundos muy distintos, doctor. Por supuesto que sería un problema si se descubre cómo era Camila Garza en realidad o lo que hacía en el club; su vida y su muerte ya no importarán: solo importará que bailaba desnuda a cambio de dinero. Aunque no espero que usted lo entienda.

Ellis se acerca más a ella. La lluvia sucia los moja y ahora, desde tan cerca, se da cuenta de que el pelo claro de Ellis parece mucho más oscuro.

—Lo entiendo, ¿cree que yo nunca me he enfrentado a la hipocresía? ¿Ese es el concepto que tiene de mí, señorita Índigo? —le pregunta Ellis por encima del sonido de la lluvia—. La sorprendería descubrir los horrores que guardo en mi pasado.

En ese momento Mina tiene la certeza de que, a pesar de todas las cosas que les separan, hay algo que ambos comparten: un secreto oscuro que vive aferrado a su corazón y hunde sus afiladas garras en el potente músculo que no deja de latir, un animal sin ojos o entendimiento que se alimenta de la pura culpa; es algo que solo pueden reconocer los que lo guardan dentro del corazón.

—No necesito ser médium para saber que hay muerte en su pasado, doctor, y también dolor. Tiene sus propios fantasmas. Le propongo una cosa: mañana a primera hora iremos juntos a hablar con Bocanegra. Ramiro es por encima de todo un hombre práctico, y creo que podremos convencerlo para que no abandone la investigación del asesinato de Camila Garza, aunque compartamos con él lo que hemos descubierto esta noche. ¿Le parece bien, doctor?

Ellis duda antes de responder. Las gotas de lluvia le bajan por el rostro hasta los labios y resbalan por su cuello. Mina lo observa durante un momento más de lo estrictamente necesario, se fija en la forma en la que la mira: con el mismo anhelo que puede reconocer en sus ojos. Piensa en ponerse de puntillas, dar solo un pequeño paso hacia él y besarle. Está segura de que Ellis le devolvería el beso, lo sabe en el fondo de su corazón herido. Mina todavía se tortura un momento más imaginando cómo sería ese beso o la forma en la que sus manos bajarían por su espalda, acercándola más contra su cuerpo. Le gusta ese hombre, de una manera en la que pensaba que ya no le gustaría ninguno.

—Mañana a las ocho la espero en comisaría —responde Ellis por fin.

Se abrocha su abrigo negro para protegerse de la lluvia y del frío nocturno que parecen no haberle molestado hasta ese momento. Algo es diferente en él ahora. Mina puede notarlo y se le ocurre que tal vez él también esté pensando en besarla bajo la lluvia oscura, en ese callejón donde nadie lo sabría nunca; nadie, excepto ellos dos.

—Allí estaré, doctor.

Cuando Guillermina llega esa noche al palacete de Permanyer, la niebla ya cubre toda la ciudad. La lluvia, que no ha parado de caer desde última hora de la tarde, ha inundado las calles y forma una cortina espesa en el aire que desdibuja los contornos, las chimeneas y las siluetas de todas las personas con las que se cruza en su camino de vuelta de la cochera donde guarda su Levassor.

Entra en casa, cerrando la puerta tras de sí, intentando no hacer demasiado ruido para no despertar a Baxter, que seguramente ya estará dormido a esas horas de la madrugada. Mina está empapada, la lluvia sucia ha mojado su carísimo vestido de terciopelo y su estola de zorro, que ahora parece pesar una tonelada alrededor de sus hombros, igual que el abrazo de un enemigo. Deja algunas gotas de lluvia a su paso en el suelo del pasillo, el agua manchando el mosaico dibujado en los coloristas azulejos que su marido había escogido personalmente años atrás.

—Bueno, ¿qué tal ha ido la velada? Supongo que has sido la mayor atracción de la fiesta del cónsul.

Zelda está sentada en una de las sillas de la cocina. Por las noches, casi nunca se sienta ahí porque prefiere pasar el rato en la salita, mucho más cálida y acogedora que la cocina, pero cuando Mina sale y Baxter duerme, le gusta poder sentarse en un lugar desde el que puede vigilar la puerta y las ventanas del piso de abajo.

—¡Dios mío, Zelda! Menudo susto me has dado. —Mina se lleva la mano al pecho con un gesto exagerado, pero debajo de su vestido húmedo puede notar el corazón latiendo muy deprisa.

—¿Y bien? ¿Ha funcionado? Deduzco que sí o de lo contrario habrías llegado a casa mucho antes; nadie quiere quedarse en una fiesta después de haber sido descubierta en una mentira o, mejor dicho, en varias mentiras —continúa Zelda como si nada.

Mina ya casi se había olvidado de la fiesta del cónsul y de la sesión de espiritismo. Al mencionarlo ahora, le parece que han pasado meses desde esa noche, aunque apenas habían transcurrido unas cuantas horas. Su cabeza bullía con toda la información que habían descubierto en el Eden Concert acerca de Camila Garza.

—Todo ha ido bien, el truco ha funcionado a las mil maravillas. Los asistentes se han quedado boquiabiertos. —Mina se quita el pesado cinturón de abalorios con el que ha estado cargando toda la noche—. Es solo que después de la fiesta del cónsul hemos ido al Eden Concert para investigar el mensaje que recibimos la otra noche...

—¿El mensaje? Ah, te refieres a la piedra que nos lanzaron y que rompió la ventana de la cocina.

Pero Mina hace como si no la hubiera oído y comienza a quitarse los botines, empapados de lluvia, y los deja en mitad de la cocina sin importarle que manchen el suelo de mosaico.

—Sí, a eso me refería. Manu nos ha contado que Camila Garza no era tan buena chica como su madre les está contando a los periódicos y a todo el mundo. Al parecer, Camila era muy popular en el Eden Concert; su especialidad era el baile con abanicos de plumas. Ya sabes, eso en el que una joven baila desnuda cubriéndose con las plumas de los abanicos al ritmo de la música.

Mina se deja caer en una de las sillas de la cocina. Está cansada, le duelen los brazos y siente el estómago revuelto; apenas ha comido nada en la fiesta del cónsul.

—¿Lo sabe alguien más? —pregunta Zelda, consciente de las implicaciones de lo que Mina acaba de contarle.

—Lo sabe el doctor Ellis. Él no comprende bien lo que esto significa, pero aun así me ha dado de margen hasta mañana antes de contárselo a la policía; hablaremos con Ramiro a primera hora; puede que a él se le ocurra algo.

—Sabes que, si la policía se entera de lo que hacía Camila Garza en realidad, se acabarán los problemas de toda la ciudad, ¿verdad? La Exposición Universal se celebrará, las protestas por su asesinato pararán y su madre dejará de ser importante. No habrá más artículos de prensa o manifestaciones. Todo el mundo pensará que Camila se lo merecía, y su muerte dejará de importar. Una fulana menos en una ciudad llena de ellas.

—Lo sé. —Mina apoya la cabeza sobre la mesa de la cocina, notando cómo una gota de lluvia se escurre desde su pelo mojado hasta su cuello—. Aunque no todo son malas noticias: puede que tengamos un sospechoso de su asesinato. Al parecer, don Ernesto Valdés y Doval estaba obsesionado con Camila.

—¿El mismo Valdés y Doval que te ha amenazado? ¡Claro que son malas noticias!

—Valdés iba al club cada miércoles por la noche para verla actuar en privado para él y le llevaba regalos carísimos. Manu nos ha contado que incluso le pagaba para que Camila no hiciera sesiones privadas con nadie más excepto con él, y que se enfadó mucho cuando descubrió que Camila actuaba a sus espaldas para otros hombres. También le regaló una gargantilla de perlas, igual que la que sacamos de su boca cuando la encontramos.

Zelda deja escapar un suspiro, se levanta y se apoya en el marco de la puerta de la cocina.

—Ya sé que crees que debes ayudar a Abril y también a su hija —empieza a decir Zelda—. Que de alguna manera has de compensar lo que sucedió en Cuba porque te sientes culpable. Pero tienes que dejarlo ya; Valdés es peligroso, ¡hasta su esposa te lo ha advertido!

—He vuelto a verla, a la mujer del cuadro. El fantasma de las Tres Cruces —dice Mina de repente—. Estaba en la fiesta del cónsul.

—Basta. —Zelda cierra los ojos—. Es solo una casualidad, Guillermina; y tu sentimiento de culpa por todo lo que pasó en Trinidad es lo que te hace verla en todas partes, nada más.

—Sí. Puede que tengas razón —admite ella de mala gana.

—¿Me estás dando la razón?

—Inés Rocossa-Contreras parece tener algún negocio con Caterina y Eric Ruiz-Escuder. Y con unos caballeros que afirman representar a un consorcio internacional —continúa Mina como si no hubiera oído su comentario—. Pero hay algo extraño en ellos, sobre todo en el que parece estar al mando, Lázaro.

—¿Sabes algo más sobre ese grupo? ¿Cosas como dónde se reúnen o con qué familias se relacionan socialmente?

Guillermina se encoge de hombros.

—¿Y qué importaría eso? El doctor Ellis también está muy interesado en las actividades de ese grupo. Apuesto a que se reúnen en alguno de los casinos para caballeros donde no tengo permitida la entrada.

—Puede que no te dejen entrar en sus clubs de caballeros, pero comerán como todo el mundo. Y seguro que les gusta disfrutar de los elegantes restaurantes que ofrece la ciudad, así que tendrán un restaurante favorito; pregunta a tus informantes, camareros y lavaplatos. —Mina no responde, pero la mira impresionada—. No te sorprendas tanto, tú me enseñaste ese truco. ¿Se te ha ocurrido pensar que esa mujer, la tal Inés, puede estar jugando contigo?

—¿Jugando conmigo? ¿Cómo?

—Manipulándote. Del mismo modo que haces tú con tus clientes. Conoce tu relación con la finca de las Tres Cruces, algo lógico, ya que fue su familia quien se la vendió a Martín, y se aprovecha de su parecido físico con la mujer del cuadro para atormentarte.

Guillermina lo piensa un momento.

—¿Crees que conocían la maldición de las Tres Cruces cuando le vendieron la propiedad a Martín? —Pero no necesita oír la respuesta de Zelda—. Me ha estado manipulando todo este tiempo.

—Estás perdiendo facultades, Guillermina. Hace un año nunca le hubiera funcionado ese ridículo truco contigo. Céntrate y deja de perseguir fantasmas: hay algo muy vivo y peligroso que está echando raíces en esta ciudad. Encuéntralo.

La mente de Guillermina Índigo vuelve a la primera vez en la que vio a Inés Rocossa-Contreras y repasa en su cabeza todos los detalles: la ropa que llevaba puesta, sus gestos estudiados, la distancia prudencial a la que siempre se mantiene —seguramente para que Mina no pueda observarla con detenimiento y descubra el engaño— y ese aire misterioso que la acompaña a todas partes. Sí, ahora está convencida de que esa mujer ha estado jugando con ella.

—Maldita sea... —masculla.

—¿Vas a quedarte aquí toda la noche?

—Bueno, me lo estoy planteando —responde Mina sin levantar la cabeza—. ¿Por qué?

—Pues si te quedas ahí toda la noche procura no terminarte el vino que hay en la alacena; el señor Baxter lo necesita mañana para hacer la salsa de las perdices. Y el Comodoro ha cenado ya y ahora duerme en el sofá de tu dormitorio.

—¿Y él? ¿Cómo está? —pregunta Mina.

—Está tranquilo. El señor Baxter le ha dado su medicación con la cena y después se ha quedado dormido, no se ha levantado de la cama ni una sola vez.

—Bien.

Zelda da un paso hacia el pasillo, lista para bajar la escalera y dirigirse a su dormitorio, pero en el último momento cambia de idea y se vuelve para mirar a Mina, que continúa sentada con la cabeza apoyada en la mesa y parece que esté a punto de quedarse dormida allí mismo.

—Vete a dormir, Guillermina. No podrás hacer justicia para Camila, ni para nadie, si no descansas. Los fantasmas pueden esperar hasta mañana.

LA OTRA VÍCTIMA

—

La lluvia que ha estado cayendo sin cesar durante toda la noche ha convertido la ciudad en un barrizal. Las ruedas del automóvil de Mina salpican una mezcla de barro y suciedad a su paso. Cuando por fin se detiene delante del edificio de la comisaría del Norte, Mina se baja y mira al suelo para ver si se ha manchado de barro el bajo de su vestido de día.

Intenta limpiarse con un pañuelo que llevaba en el bolso; no lo hace porque le moleste ensuciarse —eso forma parte de conducir un vehículo como el suyo—, lo hace porque sabe bien que para que la tomen en serio debe tener un aspecto impecable, especialmente cuando va a darle una mala noticia al inspector jefe de policía sobre el caso más comentado de toda la ciudad.

La sorprende descubrir que el vestíbulo de la comisaría, normalmente bullicioso y lleno de agentes que van deprisa de un lado para otro, esta mañana parece estar tranquilo. Mina mira alrededor buscando al doctor Ellis. Lo conoce lo suficientemente bien como para saber que ese hombre nunca jamás llegaría tarde a una cita, mucho menos a una cita tan importante como aquella. No ve a Ellis por ningún lado ni tampoco al inspector Ramiro Bocanegra, pero sí que oye su voz saliendo del pasillo que conduce a los despachos. Los tacones de sus botines de piel resuenan en el suelo de mármol cuando dobla la esquina para acercarse hasta la zona donde los agentes inspectores suelen trabajar. Nada más llegar ve al doctor Ellis, con su impecable abrigo negro, discutiendo con Ramiro. Una breve sonrisa cruza sus labios, no podía haber conocido a dos hombres más distintos entre sí.

—Llega tarde, señorita Índigo —dice Ellis a modo de saludo.

—Buenos días a usted también, doctor —responde ella con ironía.

—Disculpe mis modales, señorita Índigo; la lluvia no me ha dejado dormir en toda la noche.

Mina levanta una ceja y lo estudia con curiosidad.

—Pensé que, siendo usted del mismísimo Londres, estaría más acostumbrado al repiqueteo de la lluvia en la ventana.

—Desde luego que lo estoy, pero hay algo diferente en la lluvia de esta ciudad.

Ellis miente. Ella puede saberlo por la manera en la que una pequeña arruga, casi imperceptible, se le forma en la frente cuando está mintiendo. No sabe por qué el doctor le ha mentido en algo tan trivial, pero, antes de que pueda preguntárselo, Ramiro se levanta de su silla.

—Según me ha contado el doctor, tenéis un sospechoso del asesinato de Camila Garza —dice Bocanegra—. No deja de sorprenderme porque pensé que había quedado claro que no podías meter tus narices en este asunto, Guillermina. Pero según me ha contado nuestro amigo, aquí el doctor, habéis encontrado al responsable. ¡Ya podemos cerrar el caso!

Ramiro está fumando y lleva la camisa blanca de su traje un poco arrugada; Mina sabía que era porque seguramente había pasado mucho tiempo sentado en su silla detrás del escritorio, algo que Ramiro odia con toda su alma. Él es un hombre de acción, de esos que prefieren salir a patear las calles y hablar con sospechosos y confidentes antes que pasarse el día rellenando informes o reunido con sus superiores, pero su nuevo puesto de inspector jefe lo mantiene encadenado a su mesa más de lo que le gustaría.

—Nunca te ha sentado bien el dramatismo, Ramiro. No va con tu personalidad.

Mina se quita el abrigo y lo sostiene en el brazo. Dentro de la comisaría hace calor y el aire huele a sudor condensado, a tinta y a humo de tabaco rancio.

—Hemos estado preguntando por ahí, nada oficial, por supuesto, eso te lo dejo a ti y a tus maravillosos inspectores y agentes, y hemos conseguido un nombre. Un sospechoso, creo que es así como lo llamáis los profesionales.

—¿Un sospechoso? Guillermina, no sé por qué sigues interesada en todo esto, pero este asunto de Camila Garza te queda muy grande; no eres consciente de dónde te estás metiendo.

—Sabes de sobra, Ramiro, que me gusta meterme en cosas y asuntos que me quedan grandes —dice ella con una media sonrisa, pero enseguida recuerda el cuerpo de Camila en la acequia y su gesto se vuelve serio—. Ernesto Valdés y Doval. Según he oído por ahí, ese caballero en cuestión tenía un interés malsano en Camila.

Ahora sí, Ramiro apaga su cigarrillo y rodea el escritorio para llegar hasta ella, deteniéndose muy cerca de Mina.

—¿Don Ernesto Valdés y Doval? —Deja escapar una risotada—. Estás loca. Siempre he sabido que estabas un poco loca, y supongo que eso le gustaba a Martín de ti, tu locura. Pero acusar, o intentar siquiera insinuarlo, que un hombre como Valdés está implicado en el asesinato de esa cría es un nuevo nivel de locura y de estupidez, incluso para ti, Guillermina.

No se molesta por sus palabras, conoce bien a Ramiro y sabe que su relación con él siempre es de esa manera: un paso hacia delante, dos pasos hacia el costado, giro. Igual que si estuvieran bailando un baile que nunca jamás los lleva a ningún sitio.

—El maldito Ernesto Valdés y Doval. ¿No hay otro hombre en esta ciudad al que prefieras enfrentarte?

Pero Mina espera pacientemente hasta que Ramiro termine de soltar todos sus improperios, sabe que después recordará que él es policía inspector jefe gracias a ella, y por fin se calmará y la escuchará. Pasan unos segundos más hasta que Ramiro deja escapar un suspiro y se sienta en la esquina de su mesa con los brazos cruzados.

—¿Cómo se supone que has conseguido ese nombre? —le pregunta, más suave ahora.

—No puedo decírtelo.

—¿No puedes decírmelo? Los chismorreos de salón de té serán muy útiles en tu negocio, pero a la policía nos gusta tener una pequeña cosa llamada «prueba» antes de acusar a alguien. ¿Tienes alguna prueba de que Valdés y Doval esté implicado en el asesinato de esa chica?

El tono de Ramiro es muy diferente ahora, parece asustado. Detrás de sus ojos oscuros, Mina puede ver cómo una idea inquietante comienza a crecer. Guillermina no lo sabe, pero Ramiro está pensando en esas reuniones que mantiene en el despacho del ayuntamiento. Piensa en la advertencia que le hicieron los hombres sin nombre a los que da cuenta de todo lo que sucede en la ciudad, especialmente recuerda al individuo con el sello de oro en el dedo meñique. Ramiro no tiene forma de saber que Mina ya lo ha conocido. Lo conoció la noche anterior en la fiesta del cónsul: es Franz Lázaro.

—¿En qué momento se cruzaron Camila y don Ernesto? No me parece el tipo de personas que frecuentaran los mismos ambientes. Camila era una chica cualquiera del Raval, y don Ernesto, el empresario más poderoso de Barcelona.

Mina mira de refilón al doctor Ellis, que no ha dicho nada desde hace un rato. Él no le ha contado a Ramiro nada acerca del trabajo que ejercía Camila en el Eden Concert; ni sobre el baile con abanicos, ni sobre los espectáculos privados que hacía para algunos caballeros, incluido Valdés y Doval.

—Tampoco puedo contarte eso —responde Mina—, pero confía en mí, Ramiro. Sabes bien que tengo espías y confidentes por toda la ciudad, te aseguro que Ernesto Valdés y Doval tenía una relación obsesiva con Camila. La vigilaba y le hacía regalos inapropiados.

Ramiro sacude la cabeza. Empieza a intuir que no va a poder ignorar ese asunto como le gustaría hacer.

—¿Regalos inapropiados? ¿Quieres decir que Camila era su querida, su amante? Valdés es un hombre muy poderoso, podría tener a cualquier mujer de esta ciudad, ¿por qué iba a encapricharse precisamente de una muchacha sucia del Raval?

Mina no puede responder a su pregunta sin contarle que Camila no era solo una muchacha sucia del Raval; no puede hablarle del Gorrión Blanco, la bailarina más famosa y deseada del Eden Concert; igual que no puede contarle que Camila, a veces, se vestía recubierta de lentejuelas con los ojos bien maquillados; cómo olía a perfume francés; cómo los hombres la cubrían de atenciones y regalos caros. No puede decirle que esa muchacha sucia y flacucha del Raval tenía a la mitad de los caballeros más elegantes de Barcelona rendidos a sus pies.

—Una de las cosas que Doval le regaló a Camila fue una gargantilla de perlas y brillantes como la que sacamos de su garganta —responde, ignorando su pregunta—. Tienes que preguntarle a Ernesto por ese collar. Una joya así es cara y especial, no hay muchas tiendas en la ciudad donde pudiera haberla comprado...

—Yo no tengo que hacer nada. No voy a preguntarle a ese hombre si le compró un collar a su querida.

—Un collar no, una gargantilla —lo corrige Mina—. Y si se tratara de cualquier otro hombre, si otro hombre de esta ciudad le hubiera regalado una joya parecida a Camila, tú no dudarías en hacer tu maldito trabajo e ir a hablar con él... Lo estás protegiendo porque Doval te tiene en el bolsillo.

—¿Y qué pasa si es así? ¿Y quién eres tú para juzgar eso? Precisamente tú me hablas de honradez...

La tensión entre ellos se vuelve tan espesa que casi parece la niebla que se forma en las calles después de la lluvia, igual que había sucedido la noche anterior. Mina respira profundamente.

—No he madrugado para discutir contigo, Ramiro. Pero deberías hablar con Valdés por mucho miedo que te dé.

—¡Pues claro que me da miedo! Y también debería dártelo a ti. ¿Crees que meterte con ese hombre o con su familia no tendrá consecuencias? Ya se ha quejado de ti: está harto de que le metas a su mujer ideas sobrenaturales en la cabeza.

—Don Ernesto tiene mucho interés en controlar lo que su mujer hace o piensa...

—¡Pero eso no es ilegal! Meterte con Valdés es malo para ti, para tu negocio, tu reputación... Para Martín. —Hace una pausa después de decir el nombre de su amigo—. ¿Quién cuidará de Martín si a ti te pasa algo o si terminas en un calabozo? ¿Lo has pensado? ¿Crees que acaso el buen doctor te respaldará y dará la cara por ti llegado el momento? ¡No! Estarás sola y te comerán viva, Guillermina.

—Opino como la señorita Índigo en este asunto, y mis conclusiones médicas figuran en mi informe oficial, firmado de mi puño y letra —interviene Ellis—. No estará sola.

—¡Qué caballeroso es usted, doctor! Y qué fácil es hablar, pero los dos sabemos que es ella quien tendrá que apechugar con el escándalo; yo solo intento protegerla. Cuando todo esto explote, usted regresará a su querida Inglaterra y fin de sus problemas, pero ¿y ella? Su vida en esta ciudad habrá terminado: su negocio, sus contactos, su protección, su casa...

—Yo no soy como usted, inspector jefe: jamás abandonaría a la señorita Índigo si ella necesitara mi ayuda o mi protección.

Ramiro se acerca a él y por un momento Mina cree que va a golpearle.

—Tenga cuidado. Recuerde con quién está hablando, doctor —dice entre dientes.

—Lo recuerdo, desde luego.

—Basta, los dos —suplica ella, y su voz suena entrecortada—. Ya es suficiente.

Ellis asiente en silencio y baja la mirada, pero Ramiro continúa:

—No, tienes que saberlo: confías en él ciegamente; sigues a este hombre por la ciudad, a la vista de todo el mundo, persiguiendo monstruos y sin preocuparte por cómo afecta eso a tu reputación.

—¿Mi reputación? Mis clientes confían en mí y en mis servicios como médium...

—¡No me refiero a tus clientes, Guillermina! Tu reputación como mujer casada —le corta Ramiro—. ¿Acaso no has oído lo que se dice por ahí? Es imposible que no lo sepas, tú siempre estás al tanto de todos los rumores. Puedes hacer lo que te da la gana en esta ciudad porque todos te ven como a la pobre esposa entregada de Martín de Pareja, pero si dejan de verte así o creen que estás involucrada con otro hombre, eso acabará: te apartarán de la vida social, no más fiestas ni bailes, será el fin de tu negocio y de tu vida, tus amistades te darán la espalda y nadie querrá dirigirte la palabra: estarás manchada. La libertad tiene un precio, Guillermina.

Mina lo sabe, en el fondo siempre ha sabido que su destino es permanecer sola: un paso en falso, un momento de debilidad o una caricia inoportuna en el dorso de la mano de Ellis estando en público daría al traste con su vida; y, también de paso, con las vidas de Zelda y el señor Baxter. Se vuelve un momento para mirar al doctor: a juzgar por la expresión en sus ojos verdes él también acaba de comprender hasta qué punto es peligroso para ella y su reputación que los vean juntos.

—¿Qué pasa con Valdés? —pregunta Mina con voz firme a pesar de que por dentro siente ganas de llorar.

—Nada. A los ricos no les gusta que nadie airee sus sucios secretos y eso es lo que me estás pidiendo que haga; es un asunto resuelto: vamos a detener al hermano de la chica, Pascual Garza.

Pascual Garza le había parecido extraño la mañana en que Ellis y ella fueron a hablar con Abril. Ya entonces había algo en el comportamiento del hermano mayor de Camila que le había dado escalofríos, recordando cómo les había contado con naturalidad que registraba la ropa interior de su hermana.

—¿Tenéis pruebas contra él?

—Pues claro que tenemos pruebas contra ese tipo. Es un alborotador peligroso, está metido en política y va por ahí dando discursos subversivos. Hace días que nadie lo ha visto, desde el funeral, pero tengo un hombre vigilando la calle Carretes por si aparece —responde Bocanegra—. Nos consta que se dedicaba a seguir a Camila, algunos vecinos dicen que estaba obsesionado con ella de una manera... antinatural.

Guillermina piensa en Pascual Garza, con sus ojos fieros y su nariz pequeña, lo imagina persiguiendo a su hermana por todas partes, espiándola. Puede que Camila tuviera miedo de él.

«Otras escapan de cosas mucho más terrenales que el destino», había dicho Manu. Ahora se pregunta si eso de lo que Camila trataba de huir era de su hermano.

—Seguro que ya lo has leído en el informe, pero el doctor Ellis encontró en el cuerpo de Camila una cicatriz que podría corresponderse con la de una cesárea. Se me ocurre que tal vez Camila Garza tuvo un hijo de Ernesto Valdés y Doval, por eso él la mató.

—¿Y ya está? ¿Esa es la única prueba que tienes? ¿Una cicatriz? —Ramiro mira al doctor Ellis.

—Estoy seguro de que la señorita Garza tuvo un hijo. Le envié las fotografías y las descripciones de la cicatriz que había en su cuerpo a un colega obstetra; el cadáver estaba muy deteriorado por el fuego, pero él me verificó lo que yo sospechaba, que esa cicatriz se corresponde con la que deja una cesárea.

Ramiro se frota el pelo con las palmas de las manos mientras piensa. Mina se fija en la manera en que sus rizos oscuros se enredan en sus dedos, recordando que siempre le había gustado su pelo.

—No me lo puedo creer —murmura Bocanegra—. Si Valdés tuvo un crío con esa chica eso sería un buen motivo para acabar con ella y silenciarla para siempre. Puede que le estuviera haciendo chantaje a Valdés; imagina el escándalo si se desabriera el asunto.

Ramiro va a decir algo más, pero en ese momento las voces de dos de sus agentes de uniforme lo interrumpen. Charlan entre ellos animadamente y, por sus caras, es evidente que no esperaban que hubiera alguien más en la oficina a aquellas horas de la mañana. Se callan nada más verlos a los tres de pie al otro lado de los cristales del despacho de Ramiro Bocanegra.

—¿No deberían estar atendiendo en el mostrador de entrada, agentes?

Uno de ellos abre la boca para hablar, pero de sus labios apenas salen un par de excusas mal hiladas.

—Señor, todos los agentes y patrulleros están repartidos por la ciudad. La mayoría están vigilando las obras de la Exposición Universal, por si acaso esos anarquistas intentan algo, y los demás hombres están desplegados, tratando de obtener información de todos sus confidentes, por si vuelve a liarse algo como en el funeral de la muchacha esa de la acequia. Por eso no hay nadie en el mostrador; estamos escasos de personal, señor. Son órdenes del superintendente.

Fuera, la puerta de la comisaría se cierra de golpe. Suena tan fuerte que los cinco pueden oírlo desde la sala de detectives. Un momento después, unos pasos rápidos se acercan a ellos por el pasillo. Al oírlos, Ramiro se levanta y sale del despacho, guiándose por ese instinto que solo tienen los muchachos que han vivido a merced de las calles y los policías. Mina lo sigue sin dudar y llega a su lado justo cuando un hombre, que no conoce, entra en la sala de inspectores.

—No puede estar aquí, señor. Uno de estos agentes lo atenderá ahora mismo —dice Ramiro con tono firme.

—No, no... Ya está bien, llevo viniendo toda la semana esperando que alguno de sus agentes haga algo, pero ninguno ha movido un dedo para ayudarme. Mi mujer, Emiliana, ha desaparecido; no sabemos nada de ella desde hace casi una semana y media, cuando fue al mercado del Born. He venido muchas veces y nunca me han tomado en serio. Puede que esta vez...

Mina observa al hombre con atención: su aspecto descuidado, el pelo sucio pegado a la frente, los círculos oscuros que tiene bajo los ojos y sobre todo la expresión en su cara, la expresión de alguien que está a punto de cometer una locura. Tironea discretamente en la manga del traje de Ramiro para llamar su atención, pero ya es tarde. El hombre mete la mano en el bolsillo y saca un arma.

Es un pequeño revólver manoseado y sucio, se ve que ha estado guardado mucho tiempo porque el cañón no brilla y el tambor está oxidado. Mina puede verlo desde donde está.

—Amigo, piensa bien lo que estás a punto de hacer —dice Ramiro intentando sonar razonable.

El inspector Bocanegra ha dejado la cartuchera con su arma en el primer cajón de su escritorio nada más llegar a la comisaría, como hace cada mañana, y los agentes de uniforme no llevan armas de fuego.

—Ya lo he pensado, llevo haciéndolo desde la primera vez que puse un pie aquí.

Apunta su revólver hacia el techo y dispara una vez. El sonido del disparo retumba entre las paredes de la comisaría y algunos cascotes de escayola, que se han desprendido del techo por el impacto de la bala, caen junto a los pies de Mina. El olor a pólvora llena el aire.

—¡Vi como ayudabais y atendíais a un caballero antes que a mí la primera vez que vine a denunciar que Emiliana había desaparecido! A él lo hiciste pasar a tu despacho con una reverencia, y a mí ni siquiera te dignaste a tomarme declaración —continúa el hombre, el arma tiembla en su mano—. Solo eres un payaso que trabaja para atender a los ricos, ¿y qué pasa con mi mujer?

—Escucha, amigo, ¿cómo te llamas? —Ramiro da un paso hacia él—. Si me dices cómo te llamas y me hablas de tu mujer, podremos ayudarte. Aún no has hecho nada irreparable, solo es un poco de escayola, por qué no bajas ese revólver, ¿eh?

El hombre no sabe qué responder, se frota la sien con el cañón del arma, intentando pensar. Entonces repara en Mina.

—Usted también estaba aquí esa mañana, la primera vez que vine —dice, mirando a Mina—. Sí, la recuerdo muy bien: vi ese carro sin caballos que lleva por toda la ciudad. La conozco, es la adivina, la que habla con los muertos.

Guillermina, que no ha pronunciado una palabra hasta ese momento, hace un gesto con la cabeza.

—Sí, yo soy la que habla con los muertos. ¿Qué es lo que quiere saber?

Mina puede notar el cuerpo de Ramiro tensándose a su lado.

—¿Dónde está Emiliana?

—No es así como funciona. Los espíritus tienen que querer hablarme —responde ella—. Siento no poder ayudarle.

—Seguro que lo siente... —dice entre lágrimas.

El hombre ha comenzado a llorar hace un momento, las lágrimas dejan un surco en su cara, manchada por algún tipo de hollín o barro.

—Venga aquí —le dice a Mina, al mismo tiempo que vuelve a levantar el cañón para apuntarle.

—No, ni hablar. —Ellis la sujeta por el brazo para detenerla—. La señorita Índigo no forma parte del cuerpo de policía ni participa en la investigación. Ella ni siquiera debería estar aquí.

—Me da igual, le he dicho que se acerque.

Guillermina se vuelve para mirar a Ellis y roza sus dedos en una señal tranquilizadora, pero él aún tarda un momento más en dejarla marchar.

—¿Está muerta? —le pregunta el hombre, limpiándose las lágrimas que le caen por la cara con la manga de la mano libre—. Mi mujer está muerta, ¿verdad?

Ella duda un momento antes de responder, sabe bien que es uno de esos instantes que pueden decidir una vida o una muerte.

—Sí, está muerta —responde por fin.

Y ve el instante exacto en el que el corazón de ese hombre se hace pedazos dentro del pecho, la mano que sujeta el arma tiembla y el cañón se agita en el aire de la comisaría. Los dos agentes de uniforme —que de momento no han hecho nada tras seguirlos hasta allí— cruzan una mirada con Ramiro, pero él les hace un gesto con la cabeza para que estén quietos, porque el hombre todavía está apuntando a Mina con el cañón oxidado del arma.

—Lo sabía, lo sabía... —murmura para sí—. ¿Qué voy a decirle a nuestra hija ahora?

—Lo lamento mucho —dice Mina, y lo dice de verdad.

—Lo lamenta —repite él con una sonrisa devastada—. Venga, venga aquí, ahora veremos si es usted una espiritista de verdad o si no es más que otra charlatana asquerosa de las que llenan las calles de esta ciudad con sus palabras envenenadas.

Cuando Mina da otro paso hacia él, puede sentir como Ellis contiene la respiración.

—No sé mucho de armas de fuego, pero sí sé que a esta distancia ni siquiera tengo que apuntarle: si disparo estando tan cerca le haré un agujero en el pecho del tamaño de una naranja —dice él—. Ahora repítame que mi esposa está muerta.

Para sorpresa del hombre, Mina termina de cubrir la distancia que los separa apoyándose contra el cañón del arma; todavía está caliente, y puede sentir cómo le quema la piel a través de la blusa que lleva puesta.

—Señorita Índigo, no...

Puede oír a Ellis llamándola, intentando prevenirla de hacer una locura todavía mayor, pero ella finge que no se entera de su advertencia.

—Está muerta. Lleva muerta desde el mismo día en que desapareció —dice Mina con firmeza.

El rostro del hombre se tuerce igual que si de repente sintiera un gran dolor físico, pero no baja el revólver. Mina todavía nota cómo el cañón le quema la piel a través de la ropa. Ella lo estudia con atención, es buena fijándose en los detalles, y puede ver que el hombre no ha dormido ni se ha lavado en días. Está desesperado, y ha ido a la comisaría esta mañana seguramente para terminar con ese sufrimiento sin importarle llevarse a alguien más con él.

—Está muy tranquila para ser una persona que va a morir hoy —le dice el hombre, que ahora ha dejado de llorar.

—¿Cómo se llama? —pregunta ella como si nada—. Me está apuntando con un arma, creo que lo más civilizado por su parte sería al menos decirme su nombre.

—Bernardo Egea.

—Bien. Le contaré un secreto, Bernardo: sé cómo voy a morir, lo sé desde hace mucho tiempo. Y no es hoy cuando moriré, por eso estoy tranquila.

Bernardo la mira confundido, pero no baja el arma; se ríe, con una risa grave que al principio casi parece algún tipo de sonido gutural, igual que haría un animal herido de muerte luchando por exhalar su último aliento.

—Claro... Usted es adivina, pero no creo que haya predicho este final cuando se ha despertado esta mañana.

Bernardo la mira y ella comprende que va a disparar.

—La chica de la acequia —continúa él—. Creo que a mi mujer la mató él...

Suena un disparo tan fuerte que hace temblar los cristales que separan el despacho del jefe Bocanegra del resto de las mesas de los detectives. Por el momento, Mina está convencida de que Bernardo ha apretado el gatillo y le ha disparado a ella; casi puede sentir la sangre saliendo por la herida de su pecho. Alguien grita su nombre detrás de ella, pero Mina baja la cabeza hacia su cuerpo; hay sangre en su blusa blanca, pero no es suya.

Bernardo Egea cae al suelo con el revólver todavía en la mano. La sangre oscura y espesa sale de un boquete que tiene en la mejilla derecha. Su cuerpo se agita unos segundos y a Mina casi le recuerda a un pescado fuera del agua que lucha por no ahogarse, resistiéndose a la muerte todavía un momento más, mientras la vida se va apagando en sus ojos. De pie, en la puerta de la sala de detectives, Mina ve al subinspector Montes con el revólver todavía humeante en la mano y una mirada confundida en los ojos que tardará mucho tiempo en olvidar.

—Guillermina, pero ¿cómo se te ocurre? ¿Estás bien?

Ramiro habla deprisa y se agacha para quitarle el revólver a Bernardo, que ya está muerto en el suelo de la comisaría.

—Sí, estoy bien —responde Mina por fin.

—Pues dale las gracias al subinspector Montes, que ha decidido por fin honrarnos con su presencia —dice Ramiro con una sonrisa nerviosa en los labios—. Menos mal que ha llegado usted tarde esta mañana, Montes.

Pero Daniel Montes todavía tarda un momento más en reaccionar.

—Yo... Yo he llegado y, al ver que no había nadie en el mostrador, he venido hasta aquí al oír las voces.

Montes balbucea algo más, pero por fin guarda el arma en su cartuchera y se acerca hasta ellos.

—Señorita Índigo, ¿se encuentra bien? —Ellis roza con sus dedos la mejilla de Mina y arrastra por su piel pálida la sangre que le ha salpicado tras el disparo.

Mina asiente deprisa, se siente un poco mareada y el corazón late con fuerza en sus sienes, pero deja que Ellis le acaricie la mejilla un momento más de lo que se considera apropiado y cierra los ojos. De fondo oye las voces alarmadas de otros agentes y el ruido de sus botas al correr por la comisaría.

Ellis se aparta de ella y se agacha junto al cuerpo de Bernardo para asegurarse de que está muerto. Le toma el pulso en el cuello un momento y después lanza una mirada seria a Mina.

—Ha fallecido.

—Pensé que iba a disparar a la señorita Índigo, por eso he apretado el gatillo —se defiende el subinspector Montes.

—No tiene que disculparse, Montes —se apresura a decir Bocanegra—. No había otra opción, seguramente nos hubiera terminado matando a todos. Es de esos hombres desesperados que son incapaces de quitarse la vida y esperan que los demás hagamos ese trabajo por él; por eso habrá venido esta mañana a la comisaría.

Guillermina todavía mira fijamente la mancha de sangre en el suelo haciéndose más y más grande. Ni siquiera se mueve cuando esta llega cerca del bajo de su falda.

—Y tú, la próxima vez que alguien te pregunte si su mujer está muerta, responde que no.

Ellis saca un pañuelo de su bolsillo y se lo ofrece a ella para que pueda terminar de limpiarse la sangre de la cara y del cuello.

—¿Te ha dicho algo antes de morir? —pregunta Ramiro.

La sangre oscura y las pequeñas esquirlas de hueso que manchan el suelo ya han llegado hasta ella y echan a perder el bajo de su falda de raso.

«La chica de la acequia. Creo que a mi mujer la mató él...» Las últimas palabras de Bernardo Egea se repiten en su memoria; aún no sabe qué significan, pero intuye que es algo demasiado importante como para confiárselo a Ramiro.

Guillermina niega con la cabeza:

—No. No me ha dicho nada.

Todos los periódicos llevan en su edición de la tarde la noticia del hombre que ha irrumpido armado en la comisaría del Norte. En la prensa destacaban el heroísmo del inspector jefe Ramiro Bocanegra, que se había enfrentado al asaltante y había terminado con él antes de que este hiciera daño a unos civiles que estaban en aquel momento presentando una denuncia. También mencionaban que Bernardo Egea era el principal sospechoso de la desaparición de su esposa. Todos insistían en que el caso de Egea y el asalto a la comisaría no tenían ninguna relación con el crimen de Camila Garza, que, según afirmaban, estaba a punto de dar un importante giro. Apenas un par de periódicos aquella tarde contaban algo similar a lo que Mina y los demás habían vivido en la comisaría. Por desgracia, también habían decidido incluir su nombre en las páginas del reportaje que le habían dedicado al incidente: ahora toda la ciudad sabe que investiga el caso de Camila y nadie querrá hablar con ella del asunto. Eso le complica mucho las cosas, al igual que su relación con Ellis. «Confías en él ciegamente. Sigues a este hombre por la ciudad, a la vista de todo el mundo», había dicho Ramiro. Y tenía razón: dejarse ver en público con el doctor era una mala idea.

Esta tarde, ya a última hora, Guillermina está sentada en la salita frente a la chimenea encendida, terminando de ordenar sus ideas, cuando un recadero llama a la puerta. Un momento después, Baxter le lleva un sobre de papel de seda. Es la cancelación de la sesión de esa semana de las hermanas Palladino.

Mina lee la nota de disculpa de Antonia Palladino sin mucho interés y después deja el sobre en la mesita de té. Lilly, la gata atigrada, mira las llamas que arden en la chimenea con su único ojo. Guillermina sabe que esa no será la única cancelación.

LA CAMPANILLA DE LOS MUERTOS

—

Ellis todavía está despierto cuando un agente de uniforme llama a la puerta de su habitación en el hotel.

Lleva un par de horas intentando dormir, pero no puede dejar de pensar en todo lo que ha sucedido ese día: en el hombre que ha irrumpido armado en la comisaría, en Guillermina Índigo afirmando que sabe cuándo va a morir, en sus dedos acariciando la mejilla salpicada de sangre de la mujer... Ellis trata de recordar su misión —su auténtica misión—, centrarse en el motivo por el que está en Barcelona y olvidarse de Guillermina Índigo, pero las imágenes de ella levitando encima de la mesa de comedor del cónsul norteamericano no se van de su cabeza, y su mentalidad científica no encuentra explicación a lo que sus ojos habían visto.

Sus pensamientos viajan una y otra vez hasta la señorita Índigo y su palacete lleno de secretos. No ha olvidado por qué está en Barcelona realmente, pero de alguna manera ese caso y el misterio que se esconde detrás de la señorita Índigo le han hecho apartarse un poco de sus obligaciones y de su auténtica misión. Sabe que pronto recibirá otra visita de su enlace y tendrá que darle algunas respuestas; respuestas que todavía no conoce.

Ellis juguetea con la pequeña campanilla que tiene sobre la cama, muy parecida a la que ató alrededor del dedo del pie de Camila Garza antes de su entierro.

«Usted también parece escuchar una campana fantasma. Si metiera la mano ahora en el bolsillo de su pantalón, apuesto a que encontraría una campanilla», había dicho Mina.

Sabía que no podía contarle a nadie por qué siempre acostumbraba a llevar una de esas campanillas encima —no sin tener que confesar su mayor secreto—, pero últimamente había empezado a pensar que tal vez Guillermina Índigo podía llegar a comprenderlo.

Ellis ha pasado toda la tarde en su habitación repasando su informe de la autopsia de Camila Garza, buscando algo que los pueda ayudar.

El agente que ha llamado a su puerta apenas tendrá veinte años, calcula Ellis, y parece terriblemente preocupado. Así que sin hacer ninguna pregunta ni protestar, el doctor Ellis termina de vestirse, se pone sus botas y su inseparable abrigo negro, y coge el maletín con su instrumental médico para acompañar al agente. Pero, antes de marchar, guarda la pequeña campanilla en el bolsillo de su abrigo y la oye tintinear durante todo el camino hasta la explanada de la Ciudadela.

La explanada de la Ciudadela se ha convertido en un barrizal en el que trabajan sin descanso hombres, máquinas y animales. Cuando Ellis llega y ve el paisaje desolador, no puede evitar acordarse de esas fábricas textiles, instaladas en el sur de Londres, en las que hizo parte de sus prácticas de Medicina. No era obligatorio ni mucho menos, pero a él le gustaba pasar por aquellos lugares olvidados muy lejos de la vista de Dios para tratar de ayudar a todos esos pobres desgraciados, mujeres y niños incluidos, que alimentaban el orgullo del Imperio británico construyendo barcos, trenes y ferrocarriles, creando el futuro con su sangre. Lo que el doctor Ellis ve al llegar a la explanada de la Ciudadela en la que se está construyendo la Exposición Universal le hace recordar todo aquello.

—¿Qué ha sucedido aquí? —pregunta Ellis, y puede ver su propio aliento flotando delante de su cara.

Es una noche fría. Aunque ya ha dejado de llover, el agua, que no ha parado de caer en todo el día, ha convertido el suelo en un barrizal resbaloso que mancha sus botas.

—Han sido los anarquistas —afirma el policía que lo ha acompañado hasta allí.

Un poco más lejos de donde están ellos dos, Ellis puede ver la figura inconfundible del inspector jefe Bocanegra, con su sombrero, acercándose hasta donde ellos se encuentran. Incluso a esa distancia puede advertir que Ramiro Bocanegra no está contento.

—Doctor, pensaba que hoy no tendría la suerte de volver a verlo —dice Ramiro a modo de saludo.

—Lamento decepcionarlo, inspector jefe. Su agente me estaba informando de lo que ha sucedido aquí —responde él intentando mantener bajo control su tono y sus palabras.

No le agrada Ramiro Bocanegra, igual que no le agradan sus métodos de trabajo, pero sabe que para poder llevar a cabo su misión —la auténtica— tiene que entenderse con ese hombre quiera o no. Además, una parte de él aún confía en que la señorita Índigo pueda suavizar las cosas entre ellos tal y como le había prometido que haría.

—No hay mucho que contar, doctor. Hay testigos que dicen que han sido los anarquistas; han visto a unos hombres con aspecto sospechoso salir corriendo después de la explosión. Menos mal que era durante el turno de guardia de los trabajadores, si no todavía estaríamos retirando cuerpos a estas horas de la noche. —Ramiro lo mira un momento, se da cuenta de que ha sido demasiado cortante con el doctor y que, de hecho, necesita su ayuda para poder marcharse de ese infierno cuanto antes—. Gracias por salir de la cama a estas horas, doctor. La ciudad de Barcelona se lo agradece.

—No me dé las gracias, inspector jefe; para eso estoy aquí, para hacer mi trabajo. Haga usted el suyo.

Sin decir nada más, Ellis se aleja de Bocanegra dando zancadas con sus largas piernas. Sus botas se van hundiendo en el barro mojado del suelo mientras se acerca a los restos humanos que esperan su llegada.

Las luces industriales que alumbran la obra a medida que avanza, para asegurar que la construcción de la Exposición no se detiene tras la caída del sol, proyectan sombras alargadas y amorfas que distorsionan la realidad sobre los edificios y los esqueletos de acero a medio levantar cuando Ellis se acuclilla junto al cuerpo.

—Tenía razón: ha sido una explosión. Puedo ver los restos de metralla en lo que queda del torso de este hombre, o en lo poco que queda de él, más bien. Diría que ha sido algún tipo de mecanismo casero rudimentario.

—Sí, tiene razón. Ha sido un sabotaje en las obras. A esos anarquistas no les parece bien que se vaya a celebrar la Exposición aquí. Cualquiera diría que no quieren que Barcelona se convierta en una de las ciudades más importantes de Europa. Están en contra de todo lo que signifique progreso y avances, los muy desgraciados...

Ramiro ha llegado hasta él y lo mira desde arriba, manteniendo las distancias y con las manos metidas en los bolsillos de su pantalón. Tiene frío y ha tenido que salir de la cama cuando lo han avisado de lo que había sucedido, aunque, al igual que Ellis, Ramiro Bocanegra tampoco podía dormir esta noche.

—Yo he visto un poco del futuro, inspector jefe —dice Ellis, todavía junto al cadáver mientras continúa inspeccionando los restos de metralla en el pecho de ese pobre hombre—. No siempre es tan brillante como parece desde la distancia.

—Pensaba que precisamente usted, doctor, estaría a favor de llevar esta ciudad y todo el maldito mundo por fin de camino hasta el siglo XX. Parece usted un hombre de este tiempo, con aspiraciones modernas, pero ahora me dice que simpatiza con esas repugnantes bestias que sabotean, ponen bombas y organizan protestas —dice Bocanegra sorprendido por sus palabras.

—Yo no he dicho semejante cosa.

—Claro. —Una sonrisilla cruza los labios de Ramiro—. Los intelectuales como usted siempre consideran que los vagos y los alborotadores deberían ser tratados con más respeto.

Ellis da por terminada la conversación, no tiene ninguna intención de seguir discutiendo de política con ese hombre, y abre su maletín médico.

—Si Guillermina estuviera aquí ahora, ya nos habría dicho lo que estamos haciendo mal —dice Bocanegra detrás de él.

Ellis sonríe, también está pensando en Guillermina Índigo y en los comentarios que ella les dedicaría de estar allí con ellos, en ese barrizal.

—Desde luego, la señorita Índigo es muy vehemente en sus opiniones. ¿Este es el único fallecido? —pegunta Ellis levantándose despacio y sacudiéndose el barro de la rodilla.

—Sí, hay otro pobre hombre que seguramente vaya a perder la mano por la explosión, pero este es el único muerto. Menos mal. No sé qué pasaría si tuviéramos que pensar en paralizar las obras, sería un desastre. Bastante se ha retrasado ya la fecha de la inauguración de la Exposición. Eso no es bueno para nadie, y desde luego no es bueno para esta ciudad.

El doctor Ellis mira a su alrededor, puede ver la silueta recortada de los hombres, el ejército de trabajadores que a estas horas continúa levantando el sueño de celebrar la magnífica Exposición Universal.

—En ese caso, y si ya no son necesarios mis servicios aquí, me llevaré el cadáver al depósito para practicar la autopsia cuanto antes...

—Oh, no se moleste mucho, doctor; ya sabemos de qué ha muerto el pobre. Tampoco quiero que cuando su mujer lo vaya a enterrar esté abierto y hecho pedazos, bastante destrozado está su cuerpo ya, déjelo descansar en paz. Esto no es una investigación criminal, así que tampoco le dé muchas vueltas, ¿me comprende, doctor?

—Desde luego que lo comprendo —responde pacientemente Ellis—. Espero que sepa lo que está haciendo, inspector jefe.

Ellis recoge sus cosas, cierra su maletín y da media vuelta, listo para marcharse de las obras cuanto antes; quiere esconderse en la tranquilidad de la morgue. Antes de que esté lo bastante lejos como para no oírlo, Bocanegra se vuelve hacia él y dice:

—Tenga cuidado, doctor. Mañana, cuando se sepa que han intentado sabotear las obras de la Exposición Universal, esta ciudad será un polvorín.

Las dos mujeres están sentadas a la mesa del comedor; apenas la utilizan, salvo para comer en las ocasiones especiales en que tienen invitados, pero esta mañana han estado hablando sobre las próximas sesiones espiritistas que esperan recibir. Guillermina sabe bien que la cancelación de las hermanas Palladino será la primera de muchas otras, y eso afectará a su negocio, a su reputación y también a su seguridad.

—Te repito que formar parte de la alta sociedad nos protege. Estar rodeada de esos ricos vestidos con sus telas brillantes, sus joyas, sus peinados y sus pelucas ridículas hace que estemos más a salvo; mientras nos sigan viendo como si fuéramos de los suyos no querrán quemarte por bruja, ni tampoco a mí —dice Zelda intentando quitarle importancia al asunto—. Pero es cuestión de tiempo que dejen de vernos así, Guillermina. Especialmente si esas viejas gallinas ricas siguen cancelándote las sesiones. Pronto no quedará nadie en esta ciudad que quiera que le pongas en contacto con su abuela muerta o con su perro pequinés. Y entonces tendremos problemas, problemas de verdad.

—¿Y te crees que no lo sé?

El señor Baxter ha servido el desayuno en la mesa hace un rato: tostadas, mantequilla, zumo de naranja y por supuesto café, que aún humea en sus tazas. Pero ninguna de las dos ha probado bocado todavía.

—De todas formas, Ramiro está a punto de detener a alguien por el asesinato de Camila Garza.

—¿Van a arrestar a alguien? —pregunta Zelda con curiosidad.

—Sí, a su hermano, Pascual Garza.

El Comodoro roza con delicadeza la pierna de Zelda para que le dé parte de su tostada.

—¿Y es culpable? —Zelda le hace una caricia rápida al galgo—. El hermano, digo.

Guillermina se encoge de hombros.

—No lo sé —admite de mala gana, odia no saber—. Lo conocí cuando fuimos a hablar con Abril a su piso. Me pareció... Bueno, no sé si me pareció un asesino, pero desde luego había algo extraño en él. Parece ser que estaba obsesionado con su hermana.

—La obsesión no convierte a alguien en asesino, Guillermina. Tú mejor que nadie deberías saberlo.

Lo sabe.

—Lo que más me preocupa es que, con su arresto, Pascual se convierta en una especie de símbolo. Ya sabes, los mártires mueven masas.

—¿Es posible? ¿A pesar de esa obsesión malsana que tenía con su hermana?

Guillermina se encoge de hombros.

—Claro que es posible; no sería la primera vez que se hace la vista gorda con un hombre que tiene inclinaciones... turbias hacia muchachas o niñas.

No esperan visitas esta mañana, precisamente por eso Mina se sobresalta cuando oyen los golpes en la puerta principal del palacete. Archie se olvida del desayuno y sigue al señor Baxter hasta el recibidor. Desde la cocina escuchan un pequeño intercambio de voces. Un momento después, Baxter se asoma por la puerta.

—Un caballero pregunta por usted, señorita Índigo. Dice que es el patólogo, ¿quiere que lo deje pasar?

—Sí, claro, Baxter. Déjalo pasar.

Pero Baxter duda un momento y añade:

—¿Está segura, señorita? Es inglés.

Mina sonríe y Zelda no puede evitar una pequeña carcajada. La médium asiente con la cabeza y Baxter camina hasta el vestíbulo para acompañar a la visita.

—Doctor Ellis, buenos días.

—Buenos días, señorita Índigo. Buenos días, señorita Moreno.

El doctor Ellis lleva su inseparable abrigo negro de lana gruesa con los cuellos levantados para protegerse del aire frío de la mañana. Su pelo está suelto y casi le roza los hombros, sus largas piernas se mueven inquietas; está claro que lo que le ha llevado hasta el palacete esta mañana lo ha tenido preocupado durante toda la noche.

—¿Qué tal se encuentra después del incidente de ayer? Confío en que ya esté recuperada.

—Bueno, no es la primera vez que un hombre intenta matarme, pero siempre confío en que sea la última vez. Soy optimista por naturaleza —responde Mina con una diminuta sonrisa.

—¿Le apetece sentarse a desayunar con nosotras, doctor? —le pregunta Zelda.

Por un momento, Ellis duda. Mira las tostadas perfectamente crujientes y doradas en un elegante plato de porcelana colocado sobre la mesa, las tazas humeantes de café recién hecho, la mermelada de fresa... Está a punto de responder que sí, pero al final recuerda por qué está ahí.

—Oh, es usted muy amable, señorita Moreno, pero me temo que esta no es una visita social. Un asunto urgente me ha traído aquí.

—Lástima —responde Zelda ocultando sus verdaderos sentimientos. No es que la disguste el doctor Ellis en especial, es que no confía en ningún tipo de autoridad, especialmente si se trata de alguien blanco—. Otra vez será entonces.

Mina se lleva la taza de café a los labios y sopla antes de darle un pequeño sorbo, puede notar cómo el líquido caliente y amargo baja por su garganta.

—¿Cuál es la urgencia, doctor? Sus pacientes no suelen precisamente tener mucha prisa en ser atendidos.

—No es nada de eso. Me temo que el inspector jefe Bocanegra está a punto de cometer una verdadera estupidez.

—Ramiro comete muchas estupideces, tendrá que ser más específico, doctor.

—Se dispone a arrestar al hermano de la señorita Garza ahora, en plena calle. Me preocupa que la situación pueda volverse... inflamable.

—¿Inflamable? Oh, usted siempre tan educado y correcto, doctor. Inflamable no, será un puñetero desastre. —Mina deja la taza en su platillo—. Pensé que Ramiro tendría un plan mejor que llenar cada calle del Raval con sus uniformados para arrestar al hermano de una chica muerta, que además se está convirtiendo en un símbolo, una mártir, al igual que su madre. Pero veo que a Ramiro aún le gusta jugar con fuego.

En las últimas semanas, Ramiro Bocanegra había vuelto a ser ese policía impulsivo, ambicioso, siempre deseoso de proteger a los ciudadanos más ricos de esa ciudad, que ella había conocido —y detestado— las primeras veces que coincidieron cuando Martín los presentó años atrás.

—¿Y qué pasa con esa extraña sustancia que encontraron sobre el cuerpo de Camila en la acequia? —pregunta Zelda de repente—. Ramiro no puede pasar por alto esa pista. ¿Qué relación tiene Pascual Garza con esa cosa?

Ellis le lanza una mirada a Mina, que se limita a mordisquear una tostada sin untar.

—Ya le dije que compartía todo tipo de información con la señorita Moreno y que confíe en ella tanto como confía en mí. Si es que confía en mí...

Ellis asiente despacio con la cabeza.

—Desde luego que confío en usted —acepta por fin—. Y agradezco la aportación de la señorita Moreno. Yo mismo le he preguntado al inspector jefe qué relación piensa que puede tener esa sustancia misteriosa con Pascual Garza. Bocanegra me ha explicado, muy amablemente, que es uno de los materiales que utilizan los anarquistas y alborotadores para sus actos de terrorismo. Igual que cuando incendiaron esa librería en la ronda de San Pedro.

Mina no había podido todavía acercarse a los restos de la librería El Secreto, prefería recordarla intacta, tal y como ella la había conocido.

—He estado haciendo algunas pruebas con esa sustancia,

esa cosa arde solo con mirarla. He tenido que echar un cubo entero de arena sobre un pequeño incendio para lograr apagarlo —empieza a decir Zelda—. Aún no sé lo que es, pero se trata de una sustancia terriblemente inflamable.

La vieja alfombra que cubría el suelo de su dormitorio en el sótano había ardido en cuestión de segundos hasta convertirse en un montón de cenizas. Había sido un accidente: una chispa había volado en el viento de la tarde desde su pequeño laboratorio hasta la habitación. Baxter y ella habían tenido que sofocar el incendio con arena y después volver a llenar los cubos por precaución.

—Bien, le diré a Baxter que deje ahí los dichosos cubos de arena hasta que nos deshagamos de esa cosa. No quiero correr riesgos. ¿Qué sabes hasta ahora? —pregunta Mina.

—Sospecho que es algún tipo de acelerante, provoca que el fuego arda más deprisa y con mayor intensidad. En malas manos podría ser muy peligroso.

—Sí, ya hemos visto lo que esa cosa puede hacer.

Guillermina todavía está pensando en el cuerpo desfigurado de Camila cuando Zelda se levanta de la silla y camina sin decir una sola palabra hacia la escalera que conduce hasta el sótano de la casa, donde está su dormitorio y también el pequeño taller en el que construye los inventos que Mina utiliza en sus sesiones espiritistas. El doctor Ellis la mira sin comprender, pero ya empieza a acostumbrarse a sus rarezas; le agrada y se siente cómodo en el ambiente extraño del palacete de Permanyer.

—He leído en el periódico de la mañana lo que sucedió ayer en la explanada de la Ciudadela. Dicen que ha sido otro ataque de los que se oponen a la celebración de la Exposición Universal. ¿Estuvo usted allí anoche, doctor?

Mina finge que no está muy interesada en su respuesta y le da otro mordisco a la tostada, pero no pierde de vista al doctor, esperando para ver su reacción.

—Efectivamente. Ayer, sobre la una de la madrugada, el inspector jefe me mandó llamar para ir a inspeccionar la escena donde tuvo lugar la explosión. Uno de los trabajadores falleció en el acto y otro está grave en el hospital de la Santa Cruz. El inspector jefe Bocanegra teme que el ataque de anoche pueda hacer que parte de la ciudad se convierta en un polvorín.

—Si Ramiro pensara semejante cosa, no se le habría ocurrido ir esta mañana a arrestar a Pascual Garza con todo un ejército de agentes.

Para su sorpresa, Ellis sonríe. Mina deja la tostada en el plato y se limpia las migas de los dedos en la servilleta. Lo mira sin comprender.

—¿Qué es lo que le hace tanta gracia, doctor?

—Usted —dice, pero se da cuenta de lo mal que ha sonado su respuesta y añade—: Más concretamente su incapacidad para ver los secretos relacionados con su propia vida. Me sorprende que no se dé cuenta: el inspector Bocanegra lo está haciendo por usted, por los sentimientos de tipo romántico que alberga hacia usted.

Guillermina parpadea sorprendida, casi nunca nadie consigue asombrarla, pero hay algo en ese hombre que siempre la coge desprevenida.

—Se equivoca, doctor. Lo que usted interpreta como algún tipo de devoción romántica hacia mí no es más que el deber malentendido que siente con la esposa, o con la viuda, de su mejor amigo. Puede que mi esposo no haya fallecido, pero definitivamente está muerto para el mundo, y eso incluye también a su amigo Ramiro Bocanegra.

Ellis coloca las manos detrás de la espalda y asiente despacio con la cabeza, no quiere insistir en el asunto y desde luego Mina no tiene nada más que decir sobre ese tema, mucho menos después de que Ramiro le insinuara unas semanas atrás que había conocido a una mujer.

Los pasos de Zelda subiendo la escalera desde el sótano rompen el momento de silencio entre los dos. Lleva un tubo de ensayo, muy bien cerrado con un tapón de cera solidificada de color rojo. Dentro del tubo, esa sustancia transparente y viscosa espera en el fondo. Zelda se acerca hasta ellos y deja el frasco sobre la mesa del comedor. Los dedos largos de Ellis no pueden evitar juguetear con el tubo mientras lo mira con curiosidad.

—Parece inofensivo, ¿tan peligroso es? —Ellis mira fascinado la sustancia dentro del frasco.

—Ya lo creo; esa cosa arde incluso debajo del agua, lo he comprobado.

—¿Fuego bajo el agua? —dice Mina—. Pero eso sería...

—Un arma imparable —termina Ellis—. No quiero imaginar lo que pasaría si alguien tuviera grandes cantidades de esa sustancia. Podría terminar con una ciudad de este tamaño en cuestión de horas.

—Es el aliento del diablo —murmura Zelda.

Los tres miran un momento la sustancia dentro del tubo de cristal mientras las últimas palabras de Zelda aún revolotean en el ambiente.

—Ahí tiene su situación inflamable, doctor.

Detienen a Pascual Garza a última hora de esa misma mañana. Un ejército de agentes de uniforme, todos armados y muchos de ellos a caballo, han cortado cada una de las callejuelas que rodean el piso de Abril Prieto, en la calle Carretes. El plan del inspector jefe es que Pascual Garza no tenga ninguna opción de huir; por eso, Ramiro se ha encargado de que varios de sus agentes se vistan con ropa de civil y hagan guardia en los portales de las personas que podrían ayudar a Pascual.

Pero, a pesar de todo, nada los prepara para lo que se encuentran cuando doblan la esquina: todos los vecinos sin excepción están de pie en la calzada todavía embarrada de la calle Carretes. Muchos los insultan al pasar, otros simplemente gritan o hacen ruidos de mono cuando ven a los agentes de uniforme desfilando hacia el portal. Ramiro Bocanegra está acostumbrado al desprecio y a la desconfianza que despierta la policía en esa zona de la ciudad, es algo que forma parte de su trabajo, igual que la sospecha o la brutalidad. Él lo acepta y lo comprende. Pero algo en él no puede olvidar cuando era un niño, un crío pobre sin mucho futuro, el hijo del chófer de una gran familia rica de Barcelona, y él mismo miraba con ese desprecio y temor en los ojos a la policía cada vez que los veía acercarse a su padre.

—Señor, el sospechoso nos está esperando en la puerta. Dice que está listo para que lo detengan, y que quiere marcharse sin armar mucho jaleo —grita uno de sus agentes para hacerse oír por encima del gentío.

Pascual Garza está de pie frente al portal de su piso, lleva puesto un traje sucio que le queda al menos dos tallas grande. Ramiro sospecha que alguno de sus vecinos se lo ha debido de prestar.

—No sé qué es lo que está tramando Garza, pero ¿ha sacado a todos sus vecinos a la calle para insultarnos y ahora va a entregarse sin más?

Ramiro mira alrededor, estudiando los rostros hostiles que lo observan desde todas las direcciones. Sabe que tardará mucho tiempo en poder volver a pisar las calles del Raval sin que lo insulten. A pesar de eso camina decidido hasta Pascual, que espera con gesto serio y las manos a la vista.

—Inspector jefe Bocanegra, me entrego de forma pacífica delante de todos estos testigos para evitar que sus agentes tengan que sacarme a rastras de aquí y en el camino, de paso, cortarme el cuello o pisotear a alguno de los críos que suele corretear por estas calles.

—Vaya, qué considerado —dice Ramiro con ironía, mirando todavía con suspicacia a su alrededor—. Espero que eso sirva de consuelo a la viuda del trabajador que mató anoche en las obras de la Exposición.

—No he tenido nada que ver con ese asunto del sabotaje, inspector jefe, y sé de buena tinta que ese ataque ha sido una trampa. Están tratando de colgarnos el muerto.

Pascual va a decir algo más, pero, en ese momento, dos de los agentes bajan la escalera del piso de Abril con unas cuantas cosas en la mano. Una de ellas es un cuaderno manoseado con las tapas negras que llama la atención de Garza. Bocanegra se ha dado cuenta de su expresión de miedo al ver el libro.

—¿Qué pasa, Garza? Ya no estás tan chulo, ¿hay algo en ese cuaderno que no quieres que vea?

Abril Prieto sigue a los agentes escaleras abajo y sale a la calle. Está despeinada y tiene las mejillas enrojecidas. Abril no dice una sola palabra, se limita a mirar a Bocanegra con desprecio y después se acerca a su hijo, a quien dos agentes ya están conduciendo hasta el carro tirado por caballos en el que llevan a los detenidos. Abril le susurra algo en el oído que nadie más alcanza a oír con el ruido de los gritos y las voces que llenan el Raval.

Cuando la comitiva de agentes con el carro, el detenido, los caballos, los uniformes y todo lo demás da media vuelta para marcharse durante una larga temporada de la zona, uno de los vecinos que no ha bajado a la calle y está asomado a la ventana comienza a lanzar tomates podridos. Enseguida otros vecinos lo imitan, lanzándoles todo tipo de objetos: comida en mal estado, basura, cubos de agua sucia y otras cosas que Ramiro Bocanegra no quiere ni imaginar. El sonido de las hortalizas y todo lo demás impactando contra el suelo persigue a los agentes hasta que por fin doblan la esquina y desaparecen de la vista de los vecinos.

Guillermina aparca su Levassor cerca de las terrazas, cafés y restaurantes que llenan la plaza Real. Sabe que es imposible pasar desapercibida cuando llega a cualquier sitio conduciendo su automóvil ruidoso, pero ese mediodía es precisamente lo que quiere.

—¿Qué le hace pensar que el inspector jefe estará aquí? —pregunta el doctor Ellis bajándose del Levassor.

Guillermina no se molesta en responder. Mira un poco alrededor y tarda menos de dos minutos en localizar a Bocanegra, sentado bajo las arcas de la plaza Real a una de las mesitas de uno de sus restaurantes favoritos.

«Tendrán un restaurante favorito», le había recordado Zelda.

Ramiro está comiendo solo, como suele hacer normalmente. Ha dedicado toda su vida a ir ascendiendo en el cuerpo de policía; no se ha casado ni ha tenido hijos —piensa que todavía es joven y que ya conocerá a una mujer con la que quiera casarse y formar una familia—, pero eso siempre hace que termine comiendo solo en algún restaurante o cenando alguno de los platos que le prepara la mujer que se ocupa de la pensión en la que vive. Ramiro está a punto de meterse otro bocado de patata asada en la boca cuando levanta la cabeza al oír el coro de murmullos que siempre precede a Guillermina Índigo.

—Seguir a un agente de policía, especialmente al inspector jefe, es un delito grave, Guillermina —dice Ramiro a modo de saludo.

Ella no se molesta siquiera en disculparse o en fingir que se lo ha encontrado allí por casualidad; en su lugar, mueve una de las sillas vacías en la mesa de Ramiro y se sienta.

—Has detenido a Pascual Garza por el crimen de la acequia. —No es una pregunta, lo sabe bien, toda la ciudad está hablando de ello—. Pensé que querías hacer trabajo policial de verdad, solo para variar, ya sabes. Culpa mía, supongo. ¿Qué estás tomando? —continúa ella sin darle tiempo de protestar—. Tengo bastante hambre; he salido de casa sin almorzar, y eso que Baxter había preparado uno de mis platos favoritos...

—¿Has venido hasta aquí solo para estropearme la comida, Guillermina? —la corta él.

Pero ella no responde; en lugar de eso, alarga la mano sin molestarse siquiera en pedir permiso y coge una pequeña alita de la codorniz escabechada que Ramiro lleva todo el día deseando comer.

—Sabía que estarías en este restaurante, es uno de tus lugares favoritos. Aquí es donde vienes cuando tienes que pensar y aclararte las ideas, o cuando estás celebrando que has resuelto un caso, uno importante. Olvidas que te conozco muy bien —dice ella con los dedos manchados de la salsa de limón, tomate y tomillo.

Los dos hombres la miran un momento mientras ella se termina de lamer los dedos manchados por la salsa antes de añadir:

—¿Cuál de las dos cosas es esta vez, Ramiro? ¿Estás celebrando que has cerrado un caso importante o has venido aquí para aclararte las ideas?

Ellis, que no se ha sentado y mira la escena en pie sin decir una palabra, se aclara la garganta para darle a entender a Mina que ha sobrepasado todos los límites de la paciencia, y también de la prudencia, con Ramiro Bocanegra. Pero ella, por supuesto, decide ignorarlo. Ramiro hace un gesto y aleja el plato con las codornices y las patatas confitadas de Mina.

—Garza tenía unos cuadernos en su casa, la hemos registrado esta mañana cuando lo hemos detenido —dice Ramiro—. Todas las páginas llenas de dibujos de, imagino, su hermana Camila; sin cabeza, solo su cuerpo. Dibujos de ella desnuda en diferentes posiciones y, créeme, no eran dibujos artísticos precisamente; eran más bien del tipo...

—¿Pornográficos? —termina Ellis.

Mina, sorprendida, lo mira de refilón con una diminuta sonrisa.

—Bueno, supongo que ambos tienen mucha más experiencia que yo identificando dibujos pornográficos. Pero eso no significa que Pascual Garza asesinara a su hermana, le prendiera fuego y después abandonara su cuerpo en la vieja acequia.

—Desde luego eso tampoco lo hace precisamente inocente, Guillermina.

—Al detenerle te arriesgas a convertir a Pascual Garza en un mártir de su causa: no hay nada más peligroso.

Ramiro deja caer los cubiertos sobre la mesa, está harto. Ha tenido que ir a casa justo antes para cambiarse el traje que apestaba a orina y a lechuga podrida.

—Deberías estar contenta: has ganado y tu negocio está a salvo. Tus clientes pueden respirar tranquilos, la Exposición Universal se celebrará sin contratiempos y los tratos millonarios seguirán adelante; después de lo de hoy las protestas laborales van a terminar y esta ciudad podrá por fin recuperar la normalidad. Lo he hecho por el bien común.

—¿El bien común? ¿Y qué pasa con Valdés? Ni siquiera lo has interrogado por lo de la gargantilla —insiste ella.

Sabe que no puede presionar más a Ramiro sin tener que contarle la doble vida que llevaba Camila Garza como bailarina en el Eden Concert.

—No, deja a los Valdés tranquilos; bastante han pasado ya.

—Claro, y supongo que no tendrá nada que ver el hecho de que tú quieras que uno de los hombres más poderosos de la ciudad esté en deuda contigo.

—Los hombres como Valdés nunca están en deuda con tipos como yo, Guillermina. Para ellos somos poco más que el servicio, hace tiempo que lo sé; no soy un agente ingenuo como el subinspector Montes, deslumbrado por la posibilidad de una carrera y un futuro brillantes. Yo ya no me creo sus promesas.

Pero ella no responde, así que él continúa:

—Mira, Garza es culpable y además es un hombre peligroso —prosigue Ramiro tratando de convencerla—. Y da gracias de que la alta sociedad de esta ciudad todavía te vea con buenos ojos a pesar de tu implicación en este asunto y de que te pasees con el doctor por ahí. Pronto se olvidará todo y tú podrás retomar tu vida habitual de espiritista, farsante, dama de la alta sociedad o lo que quiera que sea que hagas.

Guillermina lo piensa un momento. Ramiro tiene razón. Puede dejar todo ese asunto, olvidarse del día en que Abril Prieto apareció en su puerta y le pidió ayuda para encontrar a su hija.

—Mira, Ramiro, y escucha bien, porque es algo que no voy a volver a decirte: tienes razón. Me estás dando un buen consejo para variar, y Martín seguramente estaría encantado con cómo cuidas de su esposa...

—¿Pero? —dice Ramiro intentando ignorar la mención a su amigo.

—Pero aún hay un asunto que no hemos aclarado: ¿qué pasó con el hijo de Camila? Si ella dio a luz, entonces ¿dónde está ese niño?

—¡Y yo qué sé dónde está el puñetero crío! Puede que muriera al nacer, o puede que ella lo vendiera, o puede que se perdiera, o puede que lo enterrara a las afueras de la ciudad, donde están las tumbas de todos los niños a los que nadie reclama... Me da igual dónde esté el crío —responde Ramiro alzando el tono de voz.

Ahora varios de los clientes de la terraza los miran y algunos cuchichean entre ellos. El inspector jefe se da cuenta de que está llamando la atención mucho más de lo que le gustaría.

—¿Esto es por lo que pasó aquella vez? —pregunta ella sin dejarse impresionar por su mal carácter—. ¿Por eso lo haces?, ¿para castigarme? Ya te dije que estaba segura de aquel asunto entre la corista y el hijo del secretario de Interior. —Guillermina le sostiene la mirada—. ¿O es por otra cosa?

—No todo lo que hago tiene que ver contigo, ¿lo has pensado?

—No.

—Ya. —Ramiro hace una mueca—. Se ha terminado. Estás persiguiendo fantasmas, Guillermina.

Mina se levanta de la silla y se estira el vestido muy despacio, dejando que todos los presentes puedan verla y saciar su curiosidad.

—Bueno, perseguir fantasmas es lo que mejor sé hacer.

APUESTAS ALTAS

—

Guillermina camina deprisa. Ya ha amanecido cuando Mina deja atrás el paseo de los Capuchinos —bien iluminado y amplio— y cruza la calle en dirección a San Pablo. A pesar de todo lo que ha sucedido en los últimos días —o precisamente por eso— su mente se niega a darle un descanso y el sueño la esquiva a pesar de estar agotada. Mina incluso había aceptado tomar uno de los brebajes para dormir —una infusión de hierbas con sabor amargo, nada de alcohol— del señor Baxter para intentar conciliar el sueño, pero había sido inútil.

Mina esquiva un charco de agua sucia en el suelo y sigue avanzando por la calle, estrecha y oscura. Esa no es la zona más recomendable de la ciudad para una mujer como ella, pero su reputación está más maltrecha cada día que pasa, así que no se ha molestado en disfrazarse. La luz de la primavera que se acerca brilla sobre los tejados de los edificios bajos y las calles cercanas empiezan a despertar. Pronto esas mismas calles se llenarán de los trabajadores que acaban su turno en las fábricas y regresan a sus diminutos pisos para dormir un par de horas, de carros ruidosos y de las mujeres que van cada día hasta la zona alta de la ciudad para intentar encontrar un trabajo.

Su primera parada ha sido el hotel donde se hospeda el doctor Ellis. Por el camino se ha dado cuenta de que no tenía muy claro qué iba a decirle, pero al llegar al hotel Oriente, el conserje —que le debe un par de favores a Mina— le ha contado que «el caballero británico con el pelo largo» había salido un rato antes, en dirección a la calle de la Unión, como acostumbra a hacer cada madrugada.

Un poco más adelante Guillermina ve a un grupo de personas —hombres y mujeres— charlando animadamente en la puerta de un edificio de tres plantas. La fachada del edificio no tiene nada especial, es solo uno de tantos que llenan esa zona de la ciudad, sobrio y sin ningún adorno, muy diferente de las elegantes construcciones del Ensanche. Las luces dentro aún están encendidas y el resplandor amarillento inconfundible del gas-ciudad sale por las ventanas del primer piso, iluminando toda la esquina. Un par de hombres la miran con curiosidad cuando pasa a su lado y entra decidida, pero, aparte de eso, nadie parece tener especial interés en saber qué está haciendo en esa zona de la ciudad.

Dentro hace mucho calor y el aire está cargado. Nada más entrar Guillermina siente el inconfundible aroma del sudor, del humo del tabaco barato, el linimento para las heridas y, por encima de todo eso, el olor de la sangre. Los gritos llenan el ambiente, pero no son gritos de terror ni de sufrimiento: un círculo formado por más de cuarenta personas vitorea a los dos hombres que hay en el centro luchando a puñetazos. Uno de ellos es menudo pero rápido, con la piel del mismo tono bronceado que ella ha visto en tantos marineros que llegan a la ciudad; sus piernas se mueven deprisa, pero es demasiado lento para esquivar los golpes de su rival: el doctor Ellis.

—Es la segunda pelea seguida que gana ese maldito inglés; hace dos noches perdió, pero se ve que hoy está rabioso —dice uno de los hombres del público a otro—. Ya me ha costado dos reales el muy puñetero...

El primer piso del edificio, que se utiliza habitualmente para las sesiones de boxeo, está completamente vacío a excepción de unas cuerdas que sirven para delimitar el cuadrilátero y algunas lámparas de gas en la pared de ladrillos, columnas baratas de hierro del suelo al techo y nada más; tan solo los gritos y las voces del público mientras intercambian billetes, apuestas y cigarrillos.

Mina se acerca todo lo que puede al improvisado cuadrilátero para ver con sus propios ojos lo que ha estado imaginando desde que Ellis le habló de su afición por el boxeo: ninguno de los dos hombres en el cuadrilátero lleva camisa. Se fija en los pantalones blancos y en los pies descalzos de Ellis, en la manera en la que las gotas de sudor, la saliva, y también la sangre, resbalan bajando por el torso desnudo del doctor.

Ellis no ha reparado en ella todavía: está concentrado en su rival. Ella oye el ruido seco de los guantes chocando contra la piel del hombre menudo. Se fija en los movimientos expertos y rápidos del doctor —muy diferentes a los de su rival— y supone que los habrá aprendido y perfeccionado en alguno de los salones de boxeo de Oxford. Pero, a pesar de la elegancia y seguridad de sus golpes, sabe que está viendo el lado más salvaje de Ellis. Y le gusta lo que ve. Le gusta tanto que se acerca todavía un poco más, tanto que puede oír el chasquido que hace la cuerda cuando el otro choca contra ella, la respiración rápida del forense o la manera en la que su pelo húmedo se le pega en la frente.

A su alrededor, el público grita entusiasmado cuando el doctor le lanza un golpe a su rival haciéndole caer al suelo. El hombre de la tez bronceada escupe sangre contra la piedra y le hace un gesto a Ellis para indicarle que se rinde. Los asistentes aplauden, gritan e intercambian dinero, y Mina se pierde entre el ruido, el olor del sudor y la violencia contenida. Un hombre que parece ser el árbitro —o tal vez el organizador de la pelea— entra en el cuadrilátero y ayuda al hombre bronceado a ponerse de pie, después levanta la mano de Ellis para proclamarle ganador.

Es entonces cuando el doctor repara en su presencia y le sonríe desde detrás de las cuerdas; Mina Índigo siente que las mejillas le arden y sabe que no es por el calor acumulado dentro del edificio.

El improvisado gimnasio tiene un pequeño cuarto lateral donde los luchadores pueden cambiarse de ropa o dejar sus pertenencias antes de un combate. Ellis está sentado en el banco de madera —el único que hay en la estancia— recuperando el aliento después de la pelea. A su lado, un puñado de billetes manoseados y monedas: las ganancias de las apuestas de esa noche. Le arden los puños, a pesar de los guantes, y en sus oídos aún resuenan los gritos del público cuando ha tumbado a su rival; siente la adrenalina corriendo por debajo de su piel, igual que si alguien hubiera pasado una corriente eléctrica por sus músculos y tejidos. Sabe por experiencia que esa sensación todavía tardará unos minutos en desaparecer.

Oye el sonido de los botines de Guillermina Índigo acercándose a la puerta y, solo un momento después, ella entra sin llamar.

—Enhorabuena por su victoria. Tenía razón cuando dijo que al boxear daba rienda suelta a sus impulsos viriles, lo poco que he visto del combate me ha parecido bastante... masculino.

—¿No lo aprueba? ¿El boxeo?

Ellis la mira, interesado en su respuesta.

—No quiero que se haga daño o que se lo haga a otra persona, eso es todo.

—Fui campeón dos años seguidos cuando estaba en la universidad, no debe preocuparse por mí... aunque me agrada que así sea.

Ellis aún no se ha vestido y ella se entretiene estudiando sus brazos largos y bien definidos —que seguro que le dan ventaja en el combate—, su cuerpo atlético y su pecho desnudo.

—Señorita Índigo, ¿cómo me ha encontrado aquí?

—¿Todavía duda de mis poderes sobrenaturales? —bromea, y camina hasta detenerse delante de él—. El conserje de su hotel me dijo dónde podía localizarle. También me contó que acostumbra a venir aquí temprano, al amanecer.

—Y como yo le hablé de mi afición por el *boxing* no le ha costado mucho dar conmigo... ¿Qué le ha parecido la pelea?

—No soy aficionada al boxeo, pero me ha gustado lo que veo..., lo que he visto, quiero decir.

Ellis se ríe en voz baja.

—Celebro que así sea —responde él.

Desde donde está, Mina puede ver el pequeño corte en su labio y el camino que las gotas de sudor han dejado en su pecho. Siente la mirada verde de Ellis sobre ella, estudiándola.

—¿Para qué me necesitaba?

Mina parpadea sorprendida.

—No podía dormir. —Lo dice de repente, sin pensar, pero ese es el efecto que el doctor tiene sobre ella.

Despacio, Ellis se levanta del banco; siente que le pesan los brazos por el esfuerzo y sabe que la herida en su labio le dolerá dentro de un rato, tendrá que inventarse algo por si alguno de los agentes pregunta. Cubre la pequeña distancia que le separa de ella.

—Y, dígame, ¿cómo puedo ayudarla yo a conciliar el sueño, señorita Índigo?

Está tan cerca que si ella se inclina un poco podría besarle. Mina observa la forma casi perfecta de su mandíbula, la sombra de la barba clara, la pequeña herida de sus labios, y da un paso hacia él.

—No estoy aquí para que me ayude a dormir... —susurra, tan cerca de sus labios que puede sentir la respiración agitada de él en su rostro y el calor que sale de su cuerpo todavía encendido por la pelea.

—Entonces ¿por qué está aquí? —Ellis no se ha apartado un centímetro de sus labios.

Fuera, el sonido de las voces y las pisadas de los asistentes a la pelea se aleja de ellos en dirección a la calle, y por un instante casi parece que estén los dos solos en el mundo.

—He tenido una idea y necesito su ayuda, doctor.

CONSECUENCIAS

—Repítamelo solo una vez más, ¿qué estamos haciendo aquí, señorita Índigo?

—Estamos haciendo preguntas como los ciudadanos preocupados que somos —responde Mina sin molestarse siquiera en ocultar su mentira.

Caminan por la calle del Carmen, ignorando las miradas de desconfianza que les lanzan algunos de los vecinos. Mina ha dejado el Levassor un poco antes, no quiere arriesgarse a tener que volver a reparar los faros delanteros del automóvil.

—El inspector jefe ha sido muy claro, ha dado por finalizada la investigación —le recuerda Ellis, caminando deprisa junto a ella.

—Lo que Ramiro ha dado por finalizado son las molestias que les ha causado la muerte de Camila Garza a algunas personas en esta ciudad. Sobre todo a don Ernesto Valdés y Doval.

—¿Por qué está tan empeñada en acabar con ese hombre?

—¿Además de porque él me amenazó?

—Sí, además.

—Su esposa, Amalia Casas, es una de mis más antiguas clientas. Siento que tengo una especie de... llámelo deuda con ella, por haber confiado en mí desde el principio y por haberles hablado de mis servicios a otras damas de la alta sociedad. Sin Amalia Casas, yo seguramente no sería nadie en esta ciudad.

—No me imagino una ciudad en la que usted no fuera nadie, señorita Índigo.

Ella no responde, pero la imagen de Ellis desnudo de cintura para arriba, boxeando, cubierto de sudor y de sangre, todavía revolotea en su mente. Después del combate Mina le ha acompañado a su hotel para que se aseara, y luego han caminado juntos de vuelta al palacete. Ninguno de los dos ha vuelto a mencionar su conversación en el pequeño cuarto del improvisado gimnasio.

—Aún no me ha dicho para qué me necesita exactamente.

—Necesito un cómplice.

El día es fresco a pesar de que el sol brilla en el cielo, pero todavía es febrero y los rayos solares no tienen la fuerza suficiente como para calentar el ambiente. Mina intenta cerrarse un poco mejor la chaquetilla de terciopelo que suele utilizar para protegerse del frío viento cuando sabe que va a conducir el Levassor.

El hospital de la Santa Cruz proyecta su gigantesca sombra a lo largo de toda la calle. Es un enorme edificio de piedra de cuatro plantas. Una gran arcada los recibe a medida que cruzan el patio delantero para llegar hasta la entrada principal.

—¿Cree que aquí encontraremos respuestas?

—Es un buen sitio para empezar a hacer preguntas. En este hospital hay una casa de caridad donde se acoge a huérfanos y a mujeres embarazadas que lo necesitan. No hacen preguntas si una mujer deja a su hijo en la puerta. Se me ocurre que, si Camila Garza dio a luz y tuvo un niño del que nadie sabe nada, este es un buen lugar para empezar a preguntar.

—¿Sospecha que la señorita Garza dejó a su hijo aquí?

—Sí, es una posibilidad. Aunque no sé cómo vamos a encontrar a un niño del que no sabemos el nombre o la fecha de nacimiento.

Junto a ellos pasa un médico vestido con una bata blanca. El hombre tiene mucha prisa y, sin querer, le da un pequeño empujón en el hombro a Guillermina, se disculpa entre dientes y continúa su carrera por el largo pasillo que lleva hasta la zona de administración.

—Aún no he tenido oportunidad de visitarlo, pero he leído mucho acerca de este hospital —empieza a decir Ellis, y sus ojos recorren el techo abovedado de la nave en la que están ahora—. Su contribución al avance y a la modernización de la medicina es innegable, es la sede del Real Colegio de Cirugía y alberga también un centro docente y científico de primer nivel; no tiene nada que envidiar a los hospitales europeos que se construyen por todo el continente. Eso por no mencionar el anfiteatro anatómico, me encantaría poder visitarlo.

Mina lo mira de refilón conteniendo una sonrisa.

—Algunas veces se me olvida que es usted un estudioso, no se ofenda.

—No me ofendo, estudioso no es lo peor que me han dicho últimamente; el inspector jefe Bocanegra me llamó «intelectual».

Mina esta vez sí se ríe en voz baja, pero recupera su gesto serio habitual cuando llegan frente al mostrador de información.

—Buenos días —empieza a decir Mina con su voz más encantadora, la misma que utiliza para sacarles el dinero a sus clientas—. Este es el doctor Ellis. Ha venido desde Londres y ofrecerá un curso de formación para los alumnos de medicina aquí, en el hospital.

Ellis intenta guardar la compostura ante la mentira tan obvia que Mina acaba de contarle a la mujer que hay al otro lado del mostrador.

—Me gustaría enseñarle cuál será su aula para que sepa dónde debe acudir. El pobre apenas habla nuestro idioma y se pone un poco nervioso cuando tiene que dar una conferencia —continúa Mina, sin darle tiempo siquiera a la mujer a sospechar—. Es un doctor eminente en su campo, pero ya sabe cómo son los hombres así: muy inteligentes pero incapaces de encender la chimenea o atarse los zapatos ellos solos. Pertenezco a la asociación Mujeres por el Futuro y le estoy enseñando la ciudad.

La mujer mira a Ellis con curiosidad y decide que definitivamente tiene pinta justo de lo que Mina acaba de describir: un hombre muy capaz en su campo, pero terriblemente inepto en todos los demás aspectos prácticos de la vida.

—Claro, señora. Por supuesto, pase sin miedo y enséñele

las aulas y el resto de las dependencias de formación. Están en el primer piso, después de la sala de archivos y expedientes.

—Qué amable es usted, muchas gracias —responde Mina regalándole su mejor sonrisa. Antes de que la mujer pueda hacer alguna pregunta más, coge a Ellis del brazo y camina a su lado hasta la escalera que conduce al primer piso del hospital.

—Desde luego sé cómo encender una chimenea y soy perfectamente capaz de atarme los zapatos yo solo —protesta él cuando ya están lejos de la mujer.

—Pues felicidades para usted —responde Mina.

No han terminado de subir el primer tramo de escalera cuando oyen los pasos acelerados de la mujer corriendo tras ellos.

—Señora, señora... He olvidado decirle que su compañera de la asociación Mujeres por el Futuro, la señora Inés de Rocossa-Contreras, está reunida con la junta directiva del hospital; se encuentran en el despacho que hay en la segunda planta.

Guillermina la mira intentando mantener la sonrisa cordial, mientras a su lado Ellis se retuerce dentro de su abrigo.

—Oh, muchas gracias. Ahora mismo iré.

El hospital de la Santa Cruz ha sido el buque insignia de la medicina y la modernidad durante años, un referente no solo para la ciudad de Barcelona, sino para toda Europa, pero desde hace algún tiempo el crecimiento expansivo de la propia ciudad ha hecho que el hospital vaya quedándose anticuado, pequeño, con pasillos estrechos, ventanas diminutas por las que apenas entra la luz del sol para que los pacientes puedan reposar, y cada vez menos y menos recursos. Cuando llegan a la primera planta, unos cuantos pacientes con el pijama gris del hospital están sentados en los bancos que hay a lo largo del pasillo; algunos leen y otros hablan tranquilamente con sus visitas, pero en el aire flota ese olor inconfundible de los hospitales —y de los lugares donde la esperanza puede ser más dolorosa que cualquier enfermedad— a desinfectante y alcohol.

—Nunca terminaré de acostumbrarme a este olor. Pasé mucho tiempo ayudando a mi marido en el hospital que construyó en Cuba, y el olor del desinfectante, el alcohol sanitario y todo lo demás me trae recuerdos dolorosos a la mente. Supongo que los fantasmas nunca nos abandonan, después de todo —dice Mina, casi para sí, y se arrepiente al momento de su confidencia en voz alta.

—Seguramente es porque el sentido del olfato es uno de los recursos más poderosos que tiene nuestra mente para llevarnos de vuelta al pasado, tanto si lo deseamos como si no.

—Exactamente igual que como sucede con los fantasmas —comenta ella.

Ellis no dice nada y camina a su lado por el largo pasillo.

La entrada a la casa de orates —o el manicomio, como algunos lo llaman vulgarmente— no está muy lejos de donde se encuentran ahora. Es un lugar atestado, sin recursos, superpoblado, sucio y siempre mal atendido. Quienes padecen de frenopatía, estados de melancolía o crisis nerviosas suelen terminar encerrados en ese lugar. Mina piensa en Amalia Casas y en todo lo que le había contado acerca de sus visiones, recuerda el miedo que le produce tan solo la idea de terminar sus días encerrada en un lugar parecido a ese. Inevitablemente piensa también en Martín, perdiendo el juicio un poco más cada día, devorado por la enfermedad y la locura, hasta convertirse solo en la sombra del hombre que ella había conocido.

Mientras avanzan, les llegan desde alguna de las estancias gritos ahogados, algunos sollozos y también frases sueltas. Enseguida ven un pequeño cartel indicando que la sala de archivos está un poco más adelante, al final de esa misma ala, pero antes de llegar un cartel con grandes letras de imprenta los informa: SOLO PERSONAL AUTORIZADO.

—¿Va a colarse en la sala para buscar el archivo de la señorita Camila Garza?, ¿esa es su idea? —Ellis levanta una ceja y la observa, esperando su respuesta, aunque ya sabe lo que le va a decir.

—Sí, esa es mi idea. Por eso necesitaba que usted me acompañara, doctor; tenía que buscar una buena excusa para poder llegar hasta aquí sin levantar sospechas. No tengo pinta de paciente y tampoco de doctora.

Mina se detiene junto a la puerta de archivos y gira el pomo disimuladamente, Ellis mira a su alrededor para asegurarse de que el personal del hospital, que camina por ese pasillo, está ocupado con sus quehaceres diarios o atendiendo a los pacientes y no repara en ellos.

—Maldita sea, está cerrado. —Mina deja escapar un suspiro de frustración y recuerda ese pequeño juego de ganzúas que guarda en el bolso.

—Puede que sea algún tipo de señal para que abandonemos esta insensatez.

—Me gustan las insensateces, doctor.

—Sí, ya me he dado cuenta.

Mina intenta no sonreír ante su respuesta y está a punto de decir algo más cuando oyen unos pasos acercándoseles. Tres hombres, dos de ellos vestidos con una impoluta bata de médico, y una mujer caminan hacia ellos. Uno de ellos, el único que no lleva la bata blanca por encima de la ropa, es el doctor Lejarcegui, que le dedica una sonrisa nada más verla.

—Guillermina, qué sorpresa verte aquí. —El doctor Lejarcegui repara entonces en la presencia de Ellis y la expresión de su cara cambia—. Y con él.

Seguramente Lejarcegui ha oído los mismos comentarios y rumores que corren por toda la ciudad, de ahí su tono de desaprobación al verla junto a Ellis.

—La señorita Índigo ha sido tan amable de ofrecerse a hacerme de anfitriona; todavía no conozco bien su bonita ciudad.

—¿Y cómo está mi antiguo alumno favorito? ¿Martín se encuentra bien? —pregunta Lejarcegui, que no parece muy convencido aún.

Mina aparta despacio la mano del picaporte de la puerta de los archivos para asegurarse de que ninguno de los que está allí repare en lo que estaba haciendo.

—Sí, Martín está bien. Tranquilo y sereno bajo los atentos cuidados de la señorita Moreno, le daré recuerdos de su parte. Estoy acompañando al doctor Ellis en una visita por los lugares de su interés de toda la ciudad, incluido el anfiteatro anatómico de aquí al lado. —Mina hace una pausa y deja que los cuatro estudien un momento a Ellis—. Sentía mucha curiosidad por el anfiteatro. Ha oído a sus colegas de Londres hablar a menudo de él y de que es uno de los poquísimos anfiteatros anatómicos que pueden visitarse, por eso venía a acompañarlo.

Ellis hace un gesto silencioso con la cabeza para respaldar su mentira.

—¿Y usted, doctor Lejarcegui? ¡Qué sorpresa verlo aquí! —dice Mina, para llevar la conversación por otros cauces que le interesan mucho más.

Lejarcegui se ríe, encantado de volver a ser el centro de atención.

—Estoy sustituyendo a un colega de la junta: su mujer se ha puesto de parto de su tercer hijo, y él no ha podido venir esta mañana para recibir a la señora Rocossa-Contreras y presentarla como merece al resto de los miembros de la junta —le explica Lejarcegui—. Somos muy afortunados de contar con su apoyo y con la caridad de su familia en la junta del hospital. La señora Rocossa-Contreras es una maestra de ceremonias muy hábil recaudando fondos para el hospital y hoy está aquí en representación de su sociedad de beneficencia...

—Mujeres por el Futuro. Me alegro de conocerla en persona por fin, señorita Índigo. He oído hablar mucho de usted. Soy Inés Rocossa-Contreras.

Mina sabe que Inés está acostumbrada a tratar con hombres, por la manera en la que le extiende la mano y por su aplomo para hablar e interrumpir a Lejarcegui sin ni siquiera sentir la necesidad de disculparse.

—Encantada de conocerla.

Guillermina le estrecha la mano un momento más de lo necesario para comprobar que no es un fantasma. En un instante intenta averiguar todo lo que puede sobre esa misteriosa mujer con la que no deja de cruzarse. Inés Rocossa-Contreras huele a un perfume exquisito de rosas búlgaras, puede sentir el raso caro de sus guantes; luce una extraña elección para la ropa de día, especialmente cuando se va a visitar un hospital, pero ya intuye que es una mujer acostumbrada a hacer lo que le da la gana.

—¿Puedo persuadirla para que nos acompañe mañana por la noche en una reunión de nuestra asociación? La señora Caterina también acudirá. Estamos buscando nuevas socias y estoy segura de que encontrará nuestras teorías y nuestras actividades muy interesantes, señorita Índigo. Precisamente una mujer como usted, con sus planteamientos y su... espiritualidad, nos sería de gran ayuda para poder seguir difundiendo nuestra forma de comprender el mundo y nuestros planes para mejorarlo.

Inés la estudia con sus ojos oscuros y brillantes. Mina ha visto muchas aves rapaces en su vida, y así es como Inés la está mirando a ella ahora mismo: como miraban las águilas a los ratoncitos y roedores antes de saltar sobre ellos.

—Le agradezco mucho su invitación, señora Rocossa-Contreras...

—Inés, por favor. Es casi como si ya nos conociéramos; además intuyo que usted y yo vamos a ser muy buenas amigas, Guillermina.

Mina no está tan segura.

—Desgraciadamente mañana tengo ya un compromiso y me va a ser imposible aceptar su invitación. Otra vez será.

La mirada de Inés cambia al oír su negativa; ahora ya no la observa como si ella fuera un ratoncito indefenso. Está contrariada.

—¿Quería enseñarle al doctor la sala de archivos del hospital? Es un extraño lugar para una visita —señala Inés, en el tono de alguien que no está acostumbrado a que le lleven la contraria.

Inés Rocossa-Contreras tiene una de esas sonrisas que siempre han disgustado profundamente a Guillermina: la sonrisa de superioridad de quien sabe que puede salirse con la suya en cualquier situación.

—Ah, sí. —Mina finge que acaba de recordar que están en

la puerta de la sala de archivos—. El doctor Ellis necesita el expediente médico de Camila Garza para completar el informe de su autopsia: detalles aburridos como la fecha exacta de su nacimiento, nombre del padre..., cosas así. Y, puesto que ya estamos aquí, he pensado que nos ahorraríamos mucho tiempo si pudiéramos llevárnoslo. Pero parece que está cerrado, no sé qué interés pueden tener los archivos médicos, tampoco es algo tan valioso; no están custodiando diamantes, después de todo.

Guillermina se ríe para intentar dar por zanjado el asunto y los cuatro hombres se ríen con ella, aunque la expresión de Inés permanece inmutable.

—La vi en el funeral de la señorita Garza. Caterina me contó que su asociación, Mujeres por el Futuro, se hizo cargo de los costes del sepelio. Fue un detalle muy bonito por su parte hacer que Camila tuviera un entierro como es debido y que su madre disponga de un lugar al que ir a llorarla.

Mina la estudia con disimulo para ver su reacción, sabe que la está poniendo nerviosa, por lo que es más probable que cometa un error o diga algo que no debiera.

—No fue nada, es lo mínimo que podemos hacer por esa pobre chica y por su madre.

—Por supuesto. ¿La conocía usted? A Camila Garza, ¿la conocía? —pregunta Mina, y ahora sí sabe que ha acertado, porque es la primera vez que esa sonrisa triunfal desaparece de los labios de Inés Rocossa-Contreras.

—No veo cómo iba a conocerla, nuestros mundos no tenían nada que ver. En fin, los dejamos seguir con su visita. Un placer haber sido presentadas por fin, Guillermina; espero que pronto volvamos a vernos —dice Inés. Después se dirige a Ellis y añade—: Encantada de conocerlo también, doctor Ellis.

La comitiva se aleja de ellos dejándolos solos al final del pasillo ante la puerta cerrada de los archivos. Solo cuando ya están lejos y no pueden oírles, Ellis dice:

—Yo no soy un experto en leer a las personas como usted, pero creo que la señora Rocossa-Contreras nos ha mentido. Sí que conocía a Camila Garza.

Mina la observa un momento más hasta que termina de bajar la escalera y por fin desaparece de su vista.

—Sí, nos ha mentido.

Tres noches después Mina se despierta sobresaltada cuando la puerta de su dormitorio se abre de repente. Se incorpora en la cama, respirando muy deprisa, y es entonces cuando percibe por primera vez el olor inconfundible del humo flotando en el aire. Durante un segundo su cerebro, todavía dejando atrás los últimos retazos de la niebla del sueño, le hace creer que vuelve a estar en el valle de los Ingenios seis años atrás. Observa la elegante lámpara de cristal que cuelga en el centro de su dormitorio y los bonitos apliques en las paredes, y a Lady Carrot, que está dormida hecha un ovillo en la cama a sus pies. Solo un momento después, Zelda —que es quien ha abierto la puerta— la agita por el hombro para terminar de despertarla.

—Despierta. Hay un incendio.

Mina se levanta tan deprisa de la cama que el pie se le enreda en las sábanas y está a punto de perder el equilibrio. Se da cuenta de que Zelda no lleva puesto el turbante y que su camisón está arrugado. Piensa que seguramente se habrá despertado asustada, igual que ella, al sentir el humo en el aire.

—¿En la casa? —murmura con la boca todavía pastosa por el sueño—. ¿Ha sido él?

Pero, en vez de responder, Zelda cruza la habitación hasta la ventana y la abre de par en par. El olor a quemado llena de repente el aire del dormitorio principal del palacete, y baja por la garganta de Mina hasta sus pulmones.

—¿Qué pasa?

Guillermina corre hasta la ventana, es de madrugada, pero el horizonte frente a ellas tiene un color naranja inconfundible. El color del fuego.

—Hay un incendio en la ciudad. Creo que viene de la parte sur, aunque no estoy muy segura —responde Zelda con los ojos fijos en el extraño cielo de color naranja.

Mina se asoma a la ventana con cuidado. Ahora sí, el olor

familiar y acre del humo llega volando hasta ellas. Sabe que ese olor se quedará atrapado en su pelo y en su ropa durante días por mucho que se lave. Recuerda las palabras de Ellis, un par de días atrás, hablando acerca del dolor, de la memoria y de los fantasmas. Y desde luego aquel olor era uno de sus fantasmas.

—Tiene que ser un incendio enorme para que podamos verlo desde aquí —dice Mina.

—Estaba leyendo en la cama cuando me ha parecido oler a humo. Al principio he pensado que era... —Zelda habla deprisa y sin mirarla, ella también está pensando en Trinidad—. El señor Baxter cree que el incendio puede estar en el Raval o en los barracones que hay cerca de la playa donde vive toda esa gente que viene a trabajar a la ciudad.

Mina piensa en esa sustancia transparente que recubría el cuerpo de Camila Garza cuando la encontraron en la antigua acequia. «El aliento del diablo», lo había llamado Zelda.

—¿Crees que ha sido provocado? —pregunta—. Si el fuego ha comenzado en el Raval o cerca de los barracones de la playa, se me ocurre que puede haber sido algún tipo de represalia. Una venganza por las protestas de los trabajadores, los sabotajes y todo lo demás. Puede que alguien haya decidido tomarse la justicia por su propia mano.

«Habrá consecuencias», había dicho Ramiro Bocanegra unos cuantos días antes. Tenía cierto sentido, de un modo siniestro, claro; habían detenido a un agitador por el asesinato de Camila Garza, así que alguien había pensado que tenía cierto sentido quemar a unos cuantos más para vengarse.

—La policía nunca arrestó a nadie por quemar la librería de Josefa Soler. Han sido los mismos fanáticos, ese grupo de hombres vestidos de negro y bien organizados —dice Zelda muy convencida.

—¿Cómo puedes saberlo? Tú misma has dicho que no han detenido a nadie por quemar El Secreto.

Zelda clava en ella sus ojos de gata herida, esa mirada que tenía ya cuando la conoció.

—Algunas veces me sorprendes, Guillermina. No detuvieron a nadie por ese incendio y tampoco detendrán a nadie por este. Sabes de sobra que hay cosas y personas que pueden arder sin que haya consecuencias.

El viento que sopla desde el mar arrastra con él el humo. La columna de humo pronto llena el elegante callejón cerrado, enredándose en las farolas y en las verjas de hierro de los palacetes igual que si fuera niebla. El pasado nunca le ha parecido tan presente a Guillermina Índigo.

—Dijiste que esa cosa transparente podía llegar a arder incluso bajo el agua —dice Mina, sin dejar de mirar la lengua de humo oscuro que cubre la lavanda en el patio delantero—. ¿Crees que es eso lo que han utilizado?

—Si han utilizado esa cosa para provocar el incendio, arderá media ciudad antes de que consigan controlarlo. Es prácticamente imposible de apagar sin arena o tierra que lo asfixie.

Guillermina se frota los brazos, tiene frío.

—«El aliento del diablo», así es como lo llamaste —recuerda Mina—. Parece que el diablo ha llegado a Barcelona.

El incendio de aquella noche acabó con la vida de cinco personas.

Las cinco víctimas vivían en los poblados de barracas que se extendían a las afueras de la ciudad. Después de esa noche de terror, cuando por fin pudieron contar los cadáveres y evaluar los daños, descubrieron que entre esos cinco muertos había un niño, de unos diez años más o menos, que había muerto aplastado al derrumbarse las endebles paredes que mantenían en pie la chabola ruinosa en la que malvivía con sus hermanos.

El incendio había sido provocado. Algunos testigos, los pocos que se atrevieron a hablar, contaron que cinco individuos con la cara tapada habían irrumpido en el campamento después de la medianoche. Los hombres, vestidos de negro, habían proferido gritos e insultos contra los habitantes de ese mar de chabolas antes de lanzar botellas incendiarias a las casas levantadas con restos de basura, madera y piedras robadas de edificios en construcción. Las casuchas enseguida ardieron hasta convertirse en una pared de fuego, una trampa mortal avivada por el viento que llegaba desde el mar que empujó a huir despavoridos a todos los habitantes del campamento. Los afortunados habían conseguido salir antes de que el humo los asfixiara o las paredes se derrumbaran sobre ellos, como le había sucedido al pequeño.

A la mañana siguiente, la ciudad de Barcelona se despertó todavía envuelta en el humo espeso, en los rumores, y sobre todo en el miedo. Ese miedo que llegaba hasta cada rincón de cada casa. Uno de los lugares donde ese miedo se instaló con más fuerza, ocupando recovecos oscuros y habitaciones vacías, fue el palacete de Permanyer.

El doctor Ellis había llamado a la puerta del palacete antes de las ocho de la mañana. Parecía genuinamente preocupado por ellas, y daba la impresión de no haber dormido más de un par de horas en toda la noche. Lo acompañaba el subinspector Montes, que tenía un gesto serio y apenas había probado bocado del desayuno que Baxter les había servido a todos en la mesa de la cocina.

—¿Le apetece un poco de leche con su café, subinspector? —le pregunta Zelda, que ya se ha tomado dos cafés esta mañana.

—Oh, no, es usted muy amable, señorita Moreno, pero no me gustaría ser una molestia.

Guillermina está sentada en la cabecera de la mesa, envuelta en su kimono de seda. No se ha recogido el pelo, que todavía conserva el olor del humo del incendio de la noche anterior, y está untando mermelada de naranja sin ganas sobre una tostada que no tiene ninguna intención de comerse.

—No comprendo por qué Ramiro lo ha hecho venir. No es que corramos ningún peligro —protesta Mina otra vez.

El subinspector Montes, con cara de circunstancias, abre la boca para decir algo, pero es el doctor Ellis quien se le adelanta:

—Señorita Índigo, el inspector jefe ha pensado que usted, o sus propiedades, podrían ser objetivos también de esos vándalos que se han dedicado a sembrar el terror a largo de toda la ciudad. Y en este asunto estoy de acuerdo con él.

—Por supuesto que está de acuerdo con él... —murmura ella.

—Bocanegra cree que, de alguna manera, puede parecer que usted simpatiza con la causa de los anarquistas o incluso con el asesino de la joven Camila Garza, y podría sufrir también las consecuencias de la ira de esos individuos.

—¡Pero eso es ridículo! Yo nunca he dicho semejante cosa. —Mina deja escapar un suspiro frustrado—. Yo no estoy de parte de nadie, tan solo creo que la investigación podía haberse resuelto de otra manera. Y desde luego no necesito que nadie cuide de mí, igual que no necesito que alguien me vigile o me siga a todas partes. Mi trabajo requiere cierta privacidad y discreción, y sobre todo la confianza de mis clientas; no puedo disfrutar de esa confianza y privacidad si tengo al subinspector Montes siguiéndome a todas partes igual que si fuera un cachorrito.

Daniel Montes se encoge en su silla y procura no mirar directamente a Guillermina Índigo.

—No se lo tome como algo personal, subinspector Montes —dice Zelda con amabilidad—. La señorita Índigo puede ser un poco impetuosa en sus opiniones algunas veces, y le cuesta recordar que no es la única persona con sentimientos. Le agradecemos que esté aquí velando por nuestra seguridad.

Mina no dice nada, pero vuelve a remover el café en su taza haciendo todo el ruido posible con la cucharilla para dejar claro que no está contenta con la situación.

—Y, dígame, subinspector Montes, ¿va a quedarse a dormir en el palacete? —pregunta Zelda como si no estuviera muy interesada en su respuesta.

—No, nada de eso, señorita Moreno. Estamos escasos de agentes, como comprenderá; entre vigilar las obras de la Exposición, patrullar e intentar mantener alejados a los alborotadores de las calles, apenas tenemos hombres, y el inspector jefe no puede prescindir de ninguno en el turno de noche.

Guillermina y Zelda intercambian una mirada. Las dos mujeres se sienten aliviadas al saber que el subinspector no pasará la noche de guardia en el palacete.

—Eso sin contar que una nueva remesa de policías acaba de incorporarse al cuerpo y están muy verdes todavía, así que yo soy uno de los encargados de enseñarles cómo funciona todo —añade Montes.

—Supongo que es un gran honor que el inspector jefe lo haya escogido a usted para adiestrar a los nuevos agentes —dice Mina, que ahora trata de sonar amigable.

—Por supuesto que es un honor, siempre estoy encantado de que el inspector jefe cuente conmigo.

Alguien llama a la puerta principal del palacete. Los golpes suenan fuertes y convencidos, no es la llamada de alguien que va a pedir un favor o que necesita ayuda. Las dos mujeres se levantan de la silla de repente, igual que si las impulsara algo invisible, pero Baxter camina con tranquilidad hacia la puerta para abrirla. Desde el vestíbulo, les llega la voz de alguien que discute con Baxter.

—... He dicho que me dejes pasar, esta también es mi casa...

Lejos de sentirse amenazado o molesto por las impertinencias del recién llegado, Baxter se vuelve para mirar a Mina, que ha salido al pasillo, esperando sus indicaciones. Ella por fin hace un gesto con la cabeza y Baxter se aparta para que el impertinente de su cuñado pueda entrar en el palacete.

—Domingo, qué placer tu visita; no te esperábamos.

—Precisamente por eso estoy aquí, Guillermina. Para ver qué es lo que habéis estado haciendo y cómo aguanta mi hermano con todo lo que está sucediendo últimamente. Puede que mis negocios me mantengan lejos de Barcelona, pero tengo oídos en todas partes, y algunas amistades les han hablado a mis padres con mucha preocupación acerca de todo lo que está ocurriendo en la ciudad, y también sobre las actividades en las que su nuera se ha visto envuelta en los últimos tiempos.

Domingo es el hermano pequeño de Martín. Es un hombre consentido, frágil y acostumbrado a salirse siempre con la suya. Está en pie en el vestíbulo vestido con un ridículo traje de verano de lino fino de color arena, a pesar de que en febrero todavía hace demasiado frío en Barcelona para ese tipo de atuendo. Pero a Domingo siempre le ha gustado parecer un explorador, un conquistador de tierras lejanas, para no aceptar que realmente es solo el hijo pequeño de una familia con dinero y que no se espera nada de él en absoluto.

Al contrario de lo que sucedía con Martín, el hermano mayor y primogénito de los De Pareja, Domingo nunca había demostrado su interés por nada que no fuera gastar el dinero de su familia en viajes exóticos o relacionarse con todo tipo de personas que acababan por sacarle los cuartos en negocios ruinosos. Sus padres nunca habían esperado de él nada que estuviera relacionado con ganarse la vida honradamente: ser abogado, médico, notario o dedicarse a las finanzas... No, Domingo era ese tipo de hermano pequeño que cuenta con el favor de sus progenitores desde el mismo momento de su nacimiento, a pesar de no hacer absolutamente nada de valor con su vida.

—He oído que estás dejándote ver por toda la ciudad acompañada de un hombre, mostrándote en público con él como si no fueras una mujer casada.

—Tu hermano está descansando ahora mismo —responde ella, fingiendo que no ha oído su comentario—. Ha sido una noche muy intensa y Martín necesitaba dormir. Todo lo que le recuerde al incendio de Trinidad le altera.

—No me interesan tus excusas: es mi hermano y tengo derecho a verlo. No sé quién te ha hecho creer que tú eres la guardiana de Martín o de esta casa, pero no me iré de aquí hasta que lo vea y me asegure de que se encuentra bien.

Mina intenta mantener bajo control la furia que ahora sube en oleadas por todo su cuerpo, sabe que eso solo empeoraría la situación. Nunca ha sido del agrado de Domingo, igual que nunca fue del agrado de los padres de Martín, aunque estos intentaban al menos disimular el desprecio que sentían por ella; especialmente después de que regresaran de Cuba, con Martín enfermo y totalmente dependiente de los cuidados y la atención de su esposa. Ella, como se espera de una mujer devota y entregada, se dedicaba a que a su marido no le faltara de nada y de esa manera no era necesario ingresar a Martín en un hospital para enfermos mentales, evitando así que la familia De Pareja tuviera que hacer frente públicamente a la penosa situación de su primogénito. Pero Domingo tenía sus ojos puestos en el palacete de Permanyer, en el fideicomiso que solía administrar Martín, y en todo lo demás.

—Deberías hablar con tu madre: ella es la que me dejó a cargo del cuidado de Martín. En lo que a eso respecta, yo soy la responsable de su seguridad y bienestar...

—Y, de paso, también sigues viviendo en esta casa a pesar de que no te pertenece legalmente —termina Domingo, que le lanza una mirada desafiante—. Desde luego que hablaré con mi madre y le haré saber que no estoy nada conforme con su decisión.

Domingo es la viva imagen de Martín cuando este era más joven, unos pocos años antes de que Guillermina se cruzara en su camino. Con sus ojos claros, sus rasgos afilados y sus cejas espesas, que hacen que parezca que siempre está mirando algo con mucho interés. Pero aparte de eso, no había nada de Martín en su hermano.

—Hazlo. Estaré encantada de volver a comentar con tu madre los aspectos relativos al cuidado y al bienestar de Martín. Seguro que ella prefiere que yo me haga cargo de él, y así evitar el escándalo social que sería para vuestra familia que Martín termine ingresado en un hospital para locos.

Contrariado, Domingo arruga el labio en un gesto de desprecio. Mina le ha visto ese mismo gesto a su madre: lo vio la primera vez que Martín los presentó, cuando le contó que ella había venido desde Madrid para instalarse en Barcelona —no les dijo mucho más, porque la propia Guillermina no le había contado nada acerca de su pasado, nada que fuera cierto, al menos—. Su madre entonces la había mirado de la misma manera: igual que si ella no fuera nada, excepto la peor decisión que su hijo Martín había tomado nunca.

—Esta conversación no ha terminado, Guillermina; pienso volver y reclamar lo que es mío, empezando por el palacete y el fideicomiso que malgastas en vestidos y fiestas —dice entre dientes—. Aunque para eso tenga que sacaros a ti y a esa negra a rastras de la casa.

Después Domingo se marcha sin molestarse en cerrar la puerta. Mina lo observa caminar por la calle empedrada hasta la verja que separa el pasaje del resto del mundo y perderse entre los jirones de humo que todavía quedan.

—Qué individuo tan desagradable.

Mina no ha oído a Ellis acercarse al vestíbulo.

—Sí, desde luego Martín era el mejor de esa familia. —Todavía tiembla por la rabia contenida que le provoca su cuñado—. ¿Cuánto ha escuchado de nuestra discusión, doctor?

—Lo suficiente como para saber que está usted en problemas.

—No, Domingo no es uno de los problemas más apremiantes que tengo ahora mismo.

—Es extraño, nunca la había visto permitir que alguien le hablara de semejante manera. ¿Le da miedo ese hombre? Si tiene algún tipo de problema con él, quizá yo podría interceder en su nombre para calmar la situación...

Mina se vuelve para mirarle por fin.

—Es muy amable por su parte, doctor, pero me temo que su intervención solo complicaría más el asunto.

—Por culpa de esos rumores sobre usted..., sobre nosotros —termina él—. Bien; no intercederé por usted si es lo que desea, pero no puedo garantizarle que, si ese hombre vuelve a hablarle de ese modo en mi presencia, no le dé un puñetazo.

Una diminuta sonrisa cruza sus labios:

—Eso me parecería perfecto, doctor.

LA CONFESIÓN

Encontraron el cuerpo de Emiliana Egea dos días después del incendio en las chabolas de La Barceloneta. Las olas lo empujaron hasta la playa, donde amaneció envuelta en algas, porquería y todo tipo de residuos industriales de las empresas y fábricas que se levantaban muy lejos del centro de la ciudad.

Ramiro Bocanegra odiaba ir a esa zona. La conocía bien, demasiado bien; cuando era niño, después de que la familia De Pareja despidiera a sus padres tras casi veinte años trabajando para ellos, habían vivido una temporada en uno de los malolientes pisos que había cerca.

—Hay que esperar a que el doctor Ellis llegue para poder llevarnos el cuerpo —dice Ramiro, inclinándose sobre el cadáver de la mujer.

Está hinchada, su pelo sucio revuelto manchado de tierra y arena grasienta por los aceites industriales. Su aspecto abotagado le hace parecer que está a punto de estallar, y las criaturas marinas, que subsisten a pesar de la contaminación en las aguas cercanas a la costa, le han mordisqueado los labios, la nariz y los párpados hasta darle a su cara un aspecto inhumano.

—Es terrible, apenas parece humana; casi podría decirse que es algún tipo de monstruo de las profundidades que haya llegado hasta la playa —murmura el subinspector Montes.

Ramiro inspecciona el cuerpo de la mujer para ver si en los bolsillos de su vestido hay algo que les pueda servir de ayuda.

—Supongo que ya nunca sabremos qué fue lo que le sucedió. Esto no cambia las cosas; puede que su marido acabara con ella y después tirara su cuerpo al mar. No sería el primero que mata a su mujer y después finge que esta ha desaparecido.

Pero hay algo que llama poderosamente la atención del inspector jefe Bocanegra. A través de los labios devorados por los pececillos pueden verse los dientes manchados y estropeados, tal y como era de esperar después de haber pasado tanto tiempo en el agua, pero le parece que algo más brilla en su boca.

—No me jodas...

Con cuidado, Ramiro le abre la boca a la mujer. Un torrente de agua sucia sale de su garganta y baja hasta su barbilla; un momento después, un pequeño cangrejo escapa de su boca, arañando con sus patas afiladas lo que queda de sus labios y de su piel, para corretear de vuelta al mar.

—Hay algo.

Incrédulo, el subinspector Montes se agacha a su lado y entre los dos consiguen sacar lo que hay en la boca de Emiliana Egea: una gargantilla.

Guillermina Índigo atraviesa la puerta de la comisaría del Norte con aire decidido.

—Pensé que después de lo que pasó la última vez tardarías mucho más en volver a aparecer por aquí. ¿No has traído al doctor contigo?

Ramiro Bocanegra está sentado tras la mesa de su escritorio fumando mientras lee unos papeles. No ha levantado la cabeza al verla entrar, pero por el sonido que hacen sus tacones sobre el suelo de la comisaría sabe que se trata de ella.

—He oído que habéis encontrado el cuerpo de Emiliana Egea —dice ella, ignorando su comentario.

Ramiro suelta la pluma, que le ha manchado los dedos de tinta, y deja escapar un pequeño suspiro antes de levantar la cabeza para mirarla por fin.

—Sí, la hemos encontrado en la playa esta mañana. Unas crías han dado el aviso.

—¿Puedo verla?

—No, desde luego que no puedes verla, Guillermina. Su marido estuvo a punto de matarte y ella forma parte de una investigación en curso. Creo que ya tienes suficientes problemas como para ocuparte también del asesinato de esa mujer.

—No sé a qué problemas te refieres.

Aunque lo sabe perfectamente. Por un lado, están las cancelaciones de sus sesiones espiritistas, que no dejan de llegar al palacete de Permanyer en forma de sobres llenos de excusas desde que su nombre apareció en todos los periódicos por culpa del incidente en la comisaría. Algunas de sus clientas más antiguas ahora apenas le dirigen la palabra y no se dejan ver con ella en público. También está la pérdida de reputación, de la que resulta casi imposible recuperarse. El desdén, el olvido y el encierro para las mujeres como ella suponen volverse invisible y desaparecer. Pero por encima de todo, están los rumores sobre su relación «poco apropiada» con Ellis.

—Vuelve a casa e intenta pasar desapercibida durante un tiempo, hasta que las cosas se calmen y esto se olvide. Respecto a Emiliana Egea, nosotros seguimos convencidos de que fue su marido.

—Dices «nosotros», pero en realidad quieres decir «tú» —replica Mina—. No he venido hasta aquí solo para pedirte que me dejes ver el cuerpo de esa pobre mujer, Ramiro. También quería darte las gracias.

Ahora sí, Ramiro se reclina en la silla.

—¿Las gracias? ¿Tú?

—Sí; gracias por enviar al subinspector Montes a nuestra casa para asegurarse de que todo estaba bien.

Pero Ramiro Bocanegra no es de esos hombres a los que les gusta que le reconozcan los buenos actos, porque considera que, en cierto modo, son una especie de debilidad: una pequeña brecha por la que el enemigo puede colarse.

—No lo hice por ti.

Ramiro no dice nada más.

—Ya lo sé.

—Ahora que me has dado las gracias ya puedes volver a tus asuntos.

—Aún me quedan amigos en esta ciudad —empieza a decir ella—. Me han contado que la edición de la tarde del *Diario de Barcelona* va a publicar que Emiliana tenía una gargantilla en la boca cuando la encontrasteis, igual que Camila. ¿Es cierto?

Entre las varias fuentes que todavía atendían a Guillermina, y a su dinero, había un puñado de periodistas y reporteros que solían publicar historias por capítulos o reportajes de actualidad en las ediciones de la tarde de los periódicos de toda la ciudad. Uno de ellos era el que le había filtrado la noticia.

—¿Cuánto tiempo llevaba muerta cuando la habéis sacado del agua? —insiste Mina—. ¿La asesinaron antes o después de que arrestaras a Pascual Garza? Es importante, Ramiro.

Bocanegra apaga su cigarrillo. Por la manera en la que se pasa la mano por la sien, Mina sabe que ha acertado.

—La investigación sigue abierta, eso es todo lo que te puedo decir. Ahora mismo estamos considerando todas las posibilidades...

—No me vengas con tonterías, Ramiro. Yo no soy un estúpido aprendiz de periodista al que puedes colocarle esas idioteces y conseguir que lo publique en la edición del día siguiente como si fuera una gran exclusiva. Soy yo.

Se hace un momento de silencio incómodo entre los dos y, a través de la puerta abierta del despacho de Ramiro, les llegan las voces de los detectives y el tecleo de las máquinas de escribir.

—Estás muy tranquilo para acabar de descubrir que tienes encerrado en el calabozo desde hace semanas a un hombre inocente, al que has acusado del asesinato de su hermana, y que tu protegido Montes mató aquí mismo a otro hombre que tampoco parece ser un asesino. O ambos son inocentes o ambos son culpables, no hay otra opción, así que dime, Ramiro, ¿qué es lo que no me has contado? —Guillermina se acerca a él hasta que el vuelo de su vestido roza con la esquina de su mesa. Los ojos oscuros de Ramiro brillan, oculta un secreto—. Deberías estar preocupado: la presión de la prensa va a empezar a crecer y te aplastará en cuanto esto se sepa; y, de alguna forma, tus jefes esperan respuestas... Sin embargo, estás ahí sentado como si no pasara nada.

—Este mediodía un tipo ha confesado el asesinato de Emiliana Egea, y también el de Camila Garza —dice por fin.

Mina parpadea mientras las implicaciones de lo que Ramiro acaba de decir crecen en su cabeza.

—¿Qué? ¿Me estás diciendo que no tienes dos sospechosos, sino tres? ¿Y quién es ese hombre? Quiero hablar con él.

Se acerca decidida hacia la puerta, desde donde oye con más claridad las voces de los detectives e inspectores. Un par de ellos dejan lo que están haciendo para volverse y mirarla con curiosidad. Ramiro se levanta por fin y se aproxima hasta ella.

—Está abajo, en una celda, y si intentas acercarte o hablar con él, yo mismo te encerraré en el calabozo.

Mina le dedica una pequeñísima sonrisa.

—Tú no harías semejante cosa.

—Oh, desde luego que sí. —Ramiro toma aire para intentar calmarse—. El tipo ha aparecido esta mañana y nos ha contado cómo asesinó a las dos mujeres: las estranguló y después metió el collar de perlas en la boca de cada una de ellas.

—Gargantilla —corrige Mina.

—Lo que sea. Nos ha dicho que las dos lo llevaban puesto en el momento de matarlas y que le pareció una buena idea. Afirma que quemó el cuerpo de Camila y que intentó lo mismo con Emiliana, pero había demasiada gente en la playa, así que le entró miedo y decidió tirarlo al agua para que los peces se encargaran del cadáver.

—No me lo creo. Quiero ver la gargantilla que sacasteis del cadáver de Emiliana.

—Ese es el único asunto que me tiene preocupado —confiesa Ramiro por fin.

Mina lo mira y, ahora sí, sabe que está llegando a algo importante.

—No es igual, ¿verdad? —No necesita oír su respuesta para saber que tiene razón—. No es el mismo hombre. Puede que ese desgraciado que tenéis en el calabozo asesinara a Emiliana

Egea movido por su deseo de aparecer en la prensa, conseguir atención o cualquier otro motivo que haya creado su retorcida mente. Pero por lo que me estás contando parece más que se trata de un oportunista: igual que los buitres que se lanzan a picotear a una presa que ellos son incapaces de matar.

Ramiro asiente despacio con la cabeza, él tampoco está convencido de que ese hombre que tiene en el calabozo sea el asesino de Camila Garza.

—He hablado con él, y el subinspector Montes también. A los dos nos parece un poco lo mismo que has dicho tú, pero con menos palabrería: es un majadero que busca algún tipo de atención o reconocimiento que cree que se merece. Es un oportunista.

—Déjame ver la gargantilla, Ramiro. Te lo diré al cabo de un segundo, la joya que tenía Camila Garza era especial y muy cara: perlas, brillantes, un cierre de oro... Si el que tenía Emiliana era diferente...

—Es una prueba de una investigación abierta, no puedes ver el collar; pero, según la hija de Emiliana, no pertenecía a su madre y nunca antes lo había visto. Es una baratija, sin ningún valor; ni oro, ni brillantes. Creemos que el sospechoso se lo puso en la boca después de matarla para simular que se trataba del mismo asesino que Camila Garza.

Mina intenta pensar por qué alguien querría hacerse pasar por el asesino de Camila Garza, que se había convertido en uno de los villanos más odiados de toda la ciudad.

—¿Qué sabéis de él? Del hombre que habéis detenido, el que ha confesado ser el asesino de las dos mujeres, quiero decir, ¿quién es? ¿Es un anarquista?, ¿tiene algún interés político o...?

—No, nada de eso —la interrumpe Ramiro, que hace un gesto preocupado antes de añadir—: Es Santiago Rivero.

—¿Rivero? ¿El retratista de escenas de crímenes? —Guillermina busca en su memoria todos los detalles que conoce sobre ese hombre—. Trató de colarse en el depósito hace algunas semanas, cuando Ellis estaba haciendo la autopsia. Según dijo, quería hacer un retrato *post mortem* de Camila para vendérselo a los periódicos.

—No me lo contaste entonces.

—Te lo cuento ahora, no me pareció importante en ese momento —se defiende Mina.

Ramiro suspira.

—¿Y qué hizo nuestro doctor?

—Ellis le echó de la morgue de malas maneras.

—Me alegro. Al final el inglés acabará por caerme bien... —admite Bocanegra—. Acerca de Rivero, no es más que un don nadie buscando fama y salir en los periódicos. Creemos que por eso la mató, para llevarse el mérito y los laureles por el asesinato de Camila Garza. Y los que lo conocen cuentan de él que siempre ha sido un poco... raro.

—¿Raro? ¿Qué significa eso exactamente, Ramiro?

Guillermina lo intuye, pero aun así deja que Bocanegra se mueva incómodo dentro de su traje buscando las palabras.

—Parece que le gusta demasiado mirar retratos de mujeres muertas. Y no solo mirarlos.

—Oh, comprendo. Tiene algún tipo de obsesión sexual con la muerte.

—¡Y tanto! Los uniformados que han registrado su habitación han encontrado un joyero con un par de collares baratos dentro y tres dedos de mujer, además de retratos de mujeres muertas en poses provocativas. Créeme, ese tipo está mejor encerrado.

—Vais a acusarle de todo.

No era una pregunta; Mina ya había llegado a la conclusión de que un asesino confeso era una de las mejores cosas que podía suceder para dar por cerrado el asesinato de Camila Garza y, de paso, devolver la calma a la ciudad.

—Sí, vamos a acusarlo de los dos asesinatos. Tengo órdenes, el superintendente quiere que esto se resuelva cuanto antes; es mucho más fácil cerrar un caso con un tipo que confiesa haber matado a las dos mujeres. Y él está deseando que lo encerremos para siempre: nos ha dicho que volverá a matar si se le presenta la oportunidad y afirma tener miedo de hacer daño a más mujeres si queda libre. —Ramiro hace una pausa—. Mira, sé que este no es el final que esperabas, pero piensa en las vidas que se salvarán si ese tipo se pasa el resto de su vida en la cárcel.

«La chica de la acequia. Creo que a mi mujer la mató él...», fueron las últimas palabras de Egea.

Guillermina lo piensa un momento, considerando todas las opciones.

—No sería el primer asesino reincidente... Algunos continúan matando hasta que son atrapados —murmura, hablando para sí.

—Lo sé. Acabaremos con esta pesadilla hoy mismo, en cuanto lo acusemos formalmente; los incendios, los ataques, las protestas... Todo acabará y la Exposición ya no correrá ningún peligro.

Ramiro no está especialmente orgulloso de cómo va a cerrarse el caso, pero al menos es un final. Y un final que no compromete de ninguna manera a Guillermina Índigo. El pasado martes por la noche, en su reunión con el grupo, Franz Lázaro le había dejado muy claro que había que resolver con urgencia el caso de Camila Garza. Y ese desgraciado que había confesado los dos asesinatos era la mejor opción.

—¿Y qué pasa con Pascual Garza? ¿Vas a dejarlo libre?

—No. Lo acusaremos de organizar las protestas, de alentar a la huelga y del sabotaje en las obras de la Exposición. Es lo mejor para todos, Guillermina, también para ti.

—Quiero verlo, ¿está en los calabozos? —pregunta ella, ignorando su último comentario.

—No, está en Atarazanas. Firmé su traslado hace tres días por orden del superintendente. Querían tenerlo vigilado allí porque es un sospechoso de máximo interés y no podíamos arriesgarnos a que su grupo intentara alguna acción para liberarlo. Ya está, se ha acabado.

Mina niega con la cabeza:

—No, esto aún no ha terminado.

El cuartel de Atarazanas está cerca del mar. Tanto que, por las noches, la bruma marina y la niebla son los únicos que pueden colarse a través de sus viejos muros de piedra. Es un enorme complejo militar y civil, un laberinto de cuarteles, oficinas, arsenales y calabozos.

—Es un extraño lugar para una cárcel —dice el doctor Ellis cuando la enorme sombra de Atarazanas los cubre por completo—. Me hace pensar en Edmond Dantès. Es el protagonista de...

—Sí, ya sé quién es Edmond Dantès —murmura Mina.

Nunca antes lo había pensado, pero ahora, mirando la enorme fortaleza del cuartel de las Atarazanas, sí que le parece que guarda cierta similitud con esa cárcel al borde del precipicio sobre el mar en la que Dantès era encerrado injustamente en la novela.

—Tenía entendido que este lugar era más bien un cuartel o una prisión militar —comenta Ellis a medida que se acercan a la puerta principal.

—Así es. También hay dos morgues subterráneas aquí, justo debajo de las instalaciones del cuartel. Una de ellas es de uso militar, pero la otra la solían utilizar durante la epidemia de cólera, cuando la morgue del hospital de la Santa Cruz estaba tan atestada que los cuerpos amontonados llegaban hasta el techo.

Las lluvias de los últimos días habían despejado el cielo de suciedad y hollín en esa zona de la ciudad, y ahora, a pesar del frío de la tarde, podían verse unos tímidos rayos de sol en el horizonte.

—No comprendo por qué está Pascual Garza encerrado aquí y no en alguna de las prisiones que hay en la ciudad.

—A la policía le preocupa que los simpatizantes de la causa de Garza intenten algo para sacarlo de prisión. Sería una vergüenza que no podrían soportar, no con la inauguración de la Exposición Universal tan cerca.

Mina repite la excusa que Ramiro le dio en su despacho, pero ella misma no termina de creérselo. Y sabe que el doctor Ellis tampoco se ha creído su mentira por la manera en la que la mira de refilón cuando llegan frente al guarda que custodia la puerta.

—Señorita, tenga usted las buenas tardes —le dice el guarda con una tímida sonrisa.

Guillermina lo conoce, igual que conoce a otros dos de los que suelen vigilar esa entrada al cuartel. Ya tiene preparado el sobre que le va a entregar para que los deje cruzar la puerta sin hacer ninguna pregunta. Aun así, Ellis la mira asombrado cuando la ve pasarle disimuladamente el sobre al soldado, que lo acepta y se aparta con un gesto de la cabeza indicándoles que pueden entrar.

—Nunca deja usted de sorprenderme, señorita Índigo. ¿Hay alguien en esta ciudad a quien no pueda sobornar o persuadir?

Juntos atraviesan el patio principal. Algunos de los oficiales y agentes los miran sin mucho interés porque suponen que, si han atravesado la puerta, es ahí donde deben estar y no son un problema o una amenaza.

—Bueno, a usted de momento no he sido capaz de sobornarlo ni de persuadirlo, doctor. Su incorruptibilidad y su integridad me resultan fascinantes, debo admitir.

—Y aun así me hace partícipe de todas sus misiones fuera de la ley. Me pregunto por qué precisamente me escoge a mí, de entre todos sus posibles acompañantes masculinos, como compañero de delitos —dice Ellis como si no estuviera muy interesado en su respuesta—. Sospecho que el inspector jefe Bocanegra estaría encantado de acompañarla durante sus pequeñas incursiones ilegales.

Por fin llegan a la puerta que conduce al pasillo por el cual se accede a la escalera subterránea que discurre debajo de todo el complejo.

—No esté celoso de Ramiro, doctor: usted es mi compañero de delitos preferido.

Allí el aire es mucho más espeso y húmedo. Mina casi puede sentir cómo se le empapa el pelo de ese olor desagradable de estancia que no ha sido ventilada nunca mezclado con el aroma rancio del salitre que entra entre los muros de la cárcel, pero que jamás sale.

—Si tuviéramos el collar de la segunda víctima, podríamos

comparar las impresiones digitales con las que obtuvimos de la gargantilla de Camila Garza —dice Ellis—. Si coinciden, eso sería una prueba definitiva.

—Lo sé, pero Ramiro custodia ahora las pruebas de los dos casos y no quiere arriesgarse a que nada haga peligrar el cierre de la investigación.

—¿Sabe dónde guarda las pruebas?

Mina le mira sorprendida.

—Qué ambicioso por su parte: estamos cometiendo un delito y ya está pensando en el siguiente, doctor.

Ellis no responde, pero no puede esconder una diminuta sonrisa.

La escalera hacia la red de túneles que formaban los sótanos del complejo siempre le había parecido a Guillermina una suerte de bajada hacia los infiernos. En el subsuelo, donde estaban las celdas, la morgue y todo tipo de estancias oscuras donde nadie debería entrar nunca jamás, la humedad y el olor a carne dolorida y a desesperación era tan espeso que casi sintió que podía apartarlo con la mano.

—No importa donde estén, al final, todos estos lugares tienen el mismo olor. Parecido a como sucede en los hospitales o en los quirófanos —dice Ellis.

Avanzan en silencio por el pasillo de tierra sucia, pasando por algunas puertas cerradas detrás de las que se oyen de vez en cuando sollozos o palabras sueltas, hasta llegar al final, donde el guarda los había informado de que estaba encerrado Pascual Garza.

—Pensé que había dicho que les preocupaba que los suyos trataran de liberar al señor Garza, ¿no debería haber al menos un vigilante en la puerta? —comenta Ellis.

Mina tiene un mal presentimiento, que no hace más que crecer y crecer en la boca de su estómago extendiéndose por todo su cuerpo.

—Sí, debería haber al menos un vigilante.

La pequeña ventana que hay en la puerta del calabozo es apenas un tragaluz con unos barrotes, lo que hace imposible que nada más grande que un gorrión pueda atravesarlos. Mina tiene que ponerse de puntillas para poder mirar por la pequeña ventana; está demasiado alta, pero incluso antes de asomarse ya sabe lo que se va a encontrar. Guillermina todavía observa un momento más la celda en penumbra; después se apoya de espaldas contra la puerta. El doctor Ellis frunce el ceño y se inclina a su lado.

—Señorita Índigo, ¿se encuentra usted bien?

Mina no responde. Se limita a hacer un gesto con la cabeza señalando la ventanita. Ellis es mucho más alto que ella y no tiene que ponerse de puntillas para poder mirar el interior de la celda de Pascual Garza.

—Oh, Dios mío...

Pascual Garza está muerto. Su cuerpo cuelga del techo bajo del calabozo. Su cara, abotagada por la muerte y la falta de oxígeno, tiene un tono morado; su cuello está roto, lo que le da un aspecto grotesco, y sus pies flotan en el aire oscuro de la celda.

BAILE DE MÁSCARAS

El baile de carnaval, que se celebraba cada año en el Gran Teatro del Liceo, era sin duda el acontecimiento social más importante de Barcelona. Ni siquiera en ese 1888, el baile de carnaval había perdido nada de su brillo con la celebración de la Exposición Universal tan cerca y todas las fiestas y encuentros que se sucederían justo antes de la inauguración.

Aunque el carnaval se celebraba más o menos por toda la ciudad, el baile de máscaras del Liceo era un evento privado que solo estaba al alcance de unos pocos afortunados. Recibir la invitación para ese baile ya era una demostración de poder y de clase, y así se hacía saber en las propias líneas de la invitación en la que se especificaba que era obligatorio el uso del disfraz de máscara para poder asistir.

Guillermina Índigo también había recibido su invitación. Los recientes sucesos, que la habían ido llevando poco a poco hacia el destierro social, habían tenido lugar mucho más tarde de que la organización enviara las invitaciones, de manera que no habían tenido tiempo ni oportunidad de retirarle la suya. Aun así, y a pesar de todos los acontecimientos, Guillermina todavía tenía muchos amigos influyentes en la alta sociedad de Barcelona y aún le quedaban algunos clientes en su agenda que no habían dudado en seguir asistiendo a sus reuniones o que no habían cancelado sus sesiones espiritistas. Guillermina no era ni mucho menos la primera persona que caía en desgracia en la sociedad barcelonesa —o en cualquier otra alta sociedad—, pero desde luego ella tenía un plan muy elaborado para no pasar desapercibida y asegurarse de que su estatus como la médium más famosa y respetada del país —y seguramente de toda Europa— no fuera puesto en entredicho. Una reputación que ella misma había inventado con la ayuda de alguno de sus clientes, y pagando también reseñas en los periódicos y diarios a modo de reportajes falsos.

Esta tarde no llegó hasta la puerta del teatro en su Levassor —su disfraz hacía imposible que pudiera siquiera subirse al automóvil—, así que había tenido que resignarse a ir en coche de caballos. Cuando llegó, tuvo que esperar la larga fila de berlinas, cabriolés y coches de punto que iban dejando a los invitados a las puertas del Liceo.

Era una tarde lluviosa, pero eso no iba a deslucir un evento como ese. Y menos después de toda la preparación y el dinero invertidos, y con la perspectiva de todos los negocios y matrimonios que se arreglaban durante la fiesta. Guillermina se había protegido su carísimo disfraz de la lluvia con una capa de color negro con capucha que la cubría casi por completo, de manera que nadie la reconoció cuando bajó del coche de caballos.

La entrada del teatro era —junto con el Gran Salón de los Espejos— de lo poco que se había salvado del incendio del año 1861, que arrasó el edificio original. Ahora los faroles de gas de las Ramblas iluminaban tanto la puerta que casi parecía que la puesta de sol estaba teniendo lugar en aquel preciso momento. Varios curiosos se arremolinaban alrededor del teatro para ver a las invitadas bajar de sus carruajes llevando sus elegantes vestidos, las joyas que brillaban debajo de los abrigos y las plumas que decoraban sus disfraces. Algunos de los vestidos se habían encargado en París, otros en un famoso taller de costura de Madrid que le hacía los trajes a la reina regente; y, en los días anteriores al evento, las revistas de sociedad —y también alguna de moda— se habían estado haciendo eco de los rumores y de los posibles disfraces que llevarían las damas más importantes de la ciudad.

Los porteros, vestidos con libreas de color verde esmeralda con brocados dorados, esperan en la entrada con grandes paraguas para proteger de la lluvia a los invitados. Uno de ellos acompaña a Mina hasta la suntuosa escalera del teatro. Dentro del edificio hace calor; las luces encendidas y la respiración del resto de los invitados propicia que el aire esté caliente y huela a un millón de fragancias diferentes, todas mezcladas entre sí.

Guillermina se acerca a la guardarropa y se quita la capa, dejando al descubierto su impresionante disfraz. Sonríe para sí cuando oye varias exclamaciones de asombro. Lleva un corpiño negro con incrustaciones que deja al descubierto sus hombros, y que se sostiene por unas cintas con elegantes brocados de color dorado, y una larga cola de crepé chino negro sobre la que hay bordados escarabajos con hilo de oro. Luce varios collares, todos dorados con piedras preciosas de muchos colores alrededor del cuello, que le llegan casi hasta la cintura, donde un precioso cinturón, también dorado, se ciñe a su talle. Una gran tiara dorada se apoya en su frente, y su pelo castaño oscuro está suelto. Guillermina se ha hecho enviar la tiara fabricada especialmente para la ocasión desde Madrid, con un áspid justo en el centro del tocado que lleva a modo de broma siniestra como referencia de la muerte de la poderosa reina.

—Cleopatra, la reina más famosa y trágica de Egipto —dice una voz a su espalda.

Mina no tiene que volverse porque reconoce perfectamente la voz del inspector jefe Ramiro Bocanegra.

—Así es. Y veo que tú has decidido disfrazarte de... ¿De qué vas disfrazado exactamente, Ramiro?

El inspector jefe lleva puesto un atuendo con un chaleco de cuero, unas botas por fuera de los pantalones, guantes, un corbatín y un gran sombrero de vaquero.

—Soy Buffalo Bill —responde Ramiro, como si fuera evidente—. Se rumorea por ahí que pronto su espectáculo recalará en Barcelona.

Guillermina lo mira con una diminuta sonrisa. Por supuesto, el inspector jefe debía disfrazarse del vaquero más famoso de la historia.

—Me gusta, creo que, más que ocultar la persona que eres

realmente, la deja al descubierto, Ramiro. Y solo te falta el caballo.

—Estás muy hermosa esta noche, Guillermina.

Ya lo sabía, claro. Baxter había estado trabajando en su disfraz durante semanas, cosiendo cada abalorio de su corpiño y terminando el dobladillo de la larga cola negra que caminaba tras ella siguiéndola a todas partes igual que una sombra.

—Gracias, Ramiro. —Guillermina mira a su alrededor para asegurarse de que ninguno de los presentes les está prestando atención, aunque unos cuantos caballeros miran sus hombros descubiertos—. Supongo que esta noche has venido aquí en calidad de inspector jefe; después de todo este tiempo, por fin te invitan a estas fiestas.

—Y, ahora que me invitan, casi preferiría que no lo hubieran hecho —responde Ramiro con una sonrisa amarga en sus labios—. Supongo que la fantasía siempre resulta ser mucho mejor que la realidad.

Ramiro llevaba toda la vida soñando con asistir a las elegantes fiestas que se celebraban en el Liceo. Cuando era apenas un adolescente, fantaseaba con la idea de que Martín lo invitara algún día a esas celebraciones de las que oía hablar desde la habitación del palacete de los De Pareja, en la que vivía con su padre cuando este todavía era el chófer de la familia.

—Sí, a menudo las cosas que deseamos no resultan ser como siempre habíamos esperado. Ahora que Pascual Garza está muerto...

Pero Ramiro hace un gesto con la mano para pedirle silencio.

—No, no puedo hablar del caso, y mucho menos aquí y esta noche. Deja que todos nos olvidemos ya del crimen de la acequia. Santiago Rivero desde su celda sigue dando detalles de los asesinatos. Del de Camila Garza y también del de Emiliana Egea. Ha admitido que los dedos que encontramos en el joyero de su habitación se los cortó a una prostituta muerta a la que retrató unos días antes. Es nuestro hombre, Guillermina.

Pero ella no está tan segura, todavía siente lo mismo que

cuando descubrieron el cuerpo de Camila entre las flores azules: el escalofrío en el corazón.

—¿Y ha confesado ya por qué lo hizo?

—Sí. Afirma que, después de ver muchas mujeres muertas por su trabajo durante estos años, decidió ir un paso más allá y matarlas él mismo. Dice que había fantaseado con ello muchas veces y que, cuando vio a Camila, decidió poner en práctica sus fantasías enfermizas. Es un desgraciado, nada más. Según él, nunca imaginó todo el revuelo que se montaría después con el asesinato.

—Si nos permitieras examinar la segunda gargantilla en busca de sus huellas, podríamos compararlas con las de...

—No. He dicho que se acabó.

Pero la memoria perfecta de Guillermina recuerda los detalles del caso: la premeditación, la manera en la que el cuerpo de Camila descansaba entre las flores.

—¿Y qué pasa con el fuego? ¿Ha dicho Rivero algo sobre por qué le prendió fuego al cadáver de Camila?

Los dos caminan juntos hacia la sala principal del gran teatro igual que el resto de los invitados.

—No, no ha dicho nada sobre el incendio. Pero vamos a acusarlo formalmente de los dos asesinatos y a acabar por fin con esta pesadilla.

Un poco más adelante de donde ellos están, Guillermina puede ver a los Ruiz-Escuder disfrazados de algo que le hace pensar en el zar Alejandro III de Rusia con su corona cuajada de joyas y sus largas capas hasta el suelo rematadas en armiño. Charlan animadamente con una princesa oriental y un par de caballeros ataviados con togas como si fueran senadores romanos.

Reconoce a varios de los invitados: muchos son o han sido clientes suyos; algunos de ellos fingen no haberla visto para no tener que dejarse ver con ella en público ahora que ha caído en desgracia, pero todavía hay algunos que la saludan amistosamente y que se detienen a charlar con Mina de camino a la sala principal. Tarda casi diez minutos en librarse de doña Mariana Smith y Silva y su marido, disfrazados de Josefina y Napoleón. Para cuando quiere darse cuenta, Ramiro se ha alejado y ahora está hablando con el superintendente, que va disfrazado de sultán, con una casaca brillante y un turbante adornado con una larga pluma de color rojo.

—Creo que ha escogido usted un disfraz muy apropiado, si me permite, señorita Índigo. —El doctor Ellis la saluda con un pequeño gesto de la cabeza—. Aunque esa pulsera con las monedas otomanas que lleva en su mano derecha no es históricamente exacta.

Guillermina sonríe y hace tintinear la pulsera con las monedas doradas en su muñeca.

—Oh, doctor, los que son como usted siempre están deseando estropear una bonita fantasía con la molesta realidad. ¿De qué va disfrazado, si puede saberse?

Ellis lleva un elegante traje de color negro, una camisa blanca impecablemente planchada con gemelos y zapatos brillantes.

—Veo que va disfrazado de usted mismo. Qué interesante. Estoy segura de que los psiquiatras y alienistas disfrutarían mucho teniendo una conversación con usted, doctor —bromea Mina.

—Por desgracia no me ha dado tiempo a buscar un disfraz a la altura de lo que se espera de este evento. Pero uno de nuestros anfitriones ha sido tan amable de entregarme esto a la entrada.

Ellis le enseña un antifaz negro que no se ha molestado en ponerse.

—Es usted un rebelde: se atreve a presentarse en el baile más importante que se celebra en la ciudad saltándose las normas de etiqueta. Ni siquiera yo me atrevería a hacer algo semejante.

—Ya le dije que era una caja de sorpresas —bromea él, pero enseguida vuelve a su tono habitual y añade—: No he podido evitar fijarme en que parece estar usted abatida esta noche, ¿sucede algo?

Guillermina tarda un momento en responder y deja que sus ojos recorran la enorme estancia repleta de la flor y nata de la ciudad.

—Aparte de mi maltrecha reputación, no; nada especial. Mi esposo solía acompañarme a esta fiesta. Recuerdo que la primera vez que asistimos nos disfrazamos juntos, íbamos de Romeo y Julieta. Mi disfraz de Julieta causó mucho revuelo porque se me veían los brazos desnudos. Y sin embargo ahora, fíjese, puedo ir enseñando los hombros y apenas consigo un pequeño escándalo. Será que me estoy haciendo vieja o que esta ciudad empieza a estar cansada de mí. Últimamente pienso que debería buscar un nuevo destino, un público nuevo y más crédulo, con ganas de dejarse deslumbrar por lo sobrenatural y también por mí. Tal vez al otro lado del océano, donde nadie me conozca.

—No creo que exista una ciudad en la que usted pueda pasar desapercibida, señorita Índigo; en ninguno de los dos lados del océano.

—Si tuviera que marcharme de Barcelona, irme sin posibilidad de regresar nunca, ¿vendría conmigo, doctor? —Mina le estudia para ver su reacción, pero él baja la cabeza y no responde—. Comprendo. Tiene obligaciones aquí.

La música suena cerca del escenario y enseguida hay algunas parejas bailando.

—¿Quiere bailar conmigo, doctor? Eso sí puede concedérmelo.

—Desde luego, sí; aunque no es frecuente que sean las damas las que invitan a los caballeros a bailar.

—Por si no se había dado usted cuenta, yo no soy exactamente una dama. Y desde luego sospecho que usted tampoco es un caballero.

Bailar es una de esas cosas que Mina casi ha olvidado por completo. Una de esas pequeñas cosas que se dan por sentadas, pero que de alguna manera el tiempo va borrando y pisoteando, igual que sucede con los recuerdos. Antes le gustaba bailar; solía hacerlo con Martín en fiestas muy parecidas a esa, siempre sin molestarse en aceptar las peticiones de otros caballeros. Por aquella época adoraba bailar con su marido, dejar que él la estrechara entre sus brazos. Hasta esa noche, Mina no se había dado cuenta de lo mucho que había echado de menos bailar.

—¿Dónde aprendió los pasos del vals? No sabía que formara parte de la educación que se les da en Oxford a los estudiantes de Medicina.

Ellis le dedica una sonrisa enigmática antes de hacerla girar con delicadeza, para evitar chocar contra otra pareja que está bailando muy cerca de ellos.

—No, desde luego que no. No lo aprendí en Oxford. Provengo de una familia con costumbres muy arraigadas y firmes, y aprender a bailar el vals debidamente era algo tan necesario como aprender a leer. Puede que incluso más.

Hay un pequeño tono de lamento en la voz de Ellis que parece genuinamente auténtico. Guillermina se pregunta si Ellis tal vez tuvo una de esas infancias extrañas y solitarias que a menudo tienen las personas que resultan ser más interesantes cuando son adultas.

—Mi madre nació y vivió en el nuevo continente hasta que ella y mi padre se casaron; ella creció en los Territorios del Noroeste, en una de las últimas zonas colonizadas por los británicos. Su familia sentía que eran los «civilizadores» de ese lugar y por eso le daban mucha importancia al protocolo y a la vida social, como un modo de distinguirse de los «salvajes» locales —continúa él—. Antes de que mi madre falleciera, aprendí los pasos básicos para bailar el vals, así como el resto de todos esos rituales inútiles destinados únicamente a moverse en unos ambientes cerrados y elitistas.

—Siento curiosidad, ¿ha estado allí alguna vez?, ¿en los Territorios del Noroeste, Canadá o como sea que se llame ahora?

—No, nunca, aunque confieso que me gustaría. Mi madre hablaba a menudo de esa tierra con añoranza, y describía el paisaje como... salvaje. De alguna manera, crecer en ese lugar la marcó para siempre, dejando algo salvaje también dentro de ella.

Los largos dedos de Ellis acarician su espalda por encima de la tela de su disfraz. Mina intenta fingir que no ha notado ese gesto íntimo e innecesario para el vals.

—Tenía entendido que su madre era española.

—Fue la segunda esposa de mi padre, en realidad. Ella era

una mujer maravillosa y paciente, pero no había nada salvaje dentro de ella; siempre fue muy consciente de su papel como esposa de un Ellis.

—Comprendo.

Es la primera vez que menciona a su madre fallecida. Mina se pregunta si la muerte temprana de su madre es lo que había empujado a Ellis a su trabajo como forense, o si tiene alguna relación con esa campanilla que lleva a todas partes.

—De niño yo mismo era bastante salvaje... —admite con una sonrisa.

—Le creo, doctor: le he visto boxear.

Ellis se acerca un poco más y su respiración le hace cosquillas. Guillermina mira alrededor, estudiando las lámparas de cristal que hay sobre ellos, los frescos en el techo, los palcos decorados con sus coronas y molduras doradas...

—Mi marido también creció en ese ambiente. Para él, venir aquí, bailar y desenvolverse entre estas personas era algo tan natural como respirar. Yo siempre pensé que este lugar se parecía mucho a una colmena por dentro: el incesante zumbido de los zánganos, la reina, o en este caso las reinas, y toda su prole de admiradores; aunque, al menos, las abejas hacen algo de provecho.

Nunca jamás hablaba de aquello, únicamente con Zelda y solo después de haberse bebido toda la ginebra de alguno de sus escondites. Ellis parece verdaderamente complacido por su respuesta y la estrecha un poco más contra sí, mucho más de lo que estaría bien visto hacer en cualquier otro tipo de baile. Pero ese en concreto, el baile de carnaval, permite cierta clase de licencias, incluso para una mujer casada. A Mina le gusta sentir el calor de la mano del doctor en su espalda pasando a través de la tela de crepé de su corpiño, y también le agrada la manera en la que Ellis respira muy cerca de su pelo.

—Nunca me ha contado usted de dónde es. Deduzco por sus palabras que no forma parte de... la colmena.

Mina no puede evitar que una diminuta sonrisa cruce sus labios.

—No, yo no formo parte de la colmena. Y tampoco tengo sangre azul como usted.

—¿Y de dónde es, señorita Índigo?

—Me gusta considerar Barcelona como mi hogar.

—¿Y antes de Barcelona?

—Una mujer debe tener sus secretos, doctor. No quiera conocer todos los míos o pronto terminará por cansarse de mí.

—Eso lo dudo bastante —responde en voz baja.

—Veo que he ocupado gran parte de sus pensamientos, me siento halagada —susurra Mina, cerca de su oído—. Hagamos un trato: le contaré mis secretos si me cuenta usted los suyos.

El doctor Ellis la hace girar con suavidad y sus ojos vuelven a encontrarse un momento después. Está tan cerca de él que puede ver sus labios entreabiertos. Si se inclina un poco hacia delante podría besarlo. Lo mira un momento más tratando de decidir, pero el instante pasa.

—¿Realizará usted la autopsia de Pascual Garza? —le pregunta sin más.

La expresión en el rostro de Ellis cambia.

—Extraño tema de conversación para un baile. Por desgracia no habrá autopsia para el señor Garza. Su muerte ha sido calificada como suicidio por las autoridades militares —responde él con gravedad.

—No habrá autopsia para Pascual, claro. Su suicidio ha sido muy conveniente para la investigación, especialmente teniendo en cuenta que hay otro sospechoso bajo custodia que no deja de dar detalles acerca de los dos asesinatos. Ramiro me ha contado, en confianza, que el señor Rivero tiene la lengua suelta y no está escatimando a la hora de contarles a los agentes los detalles más truculentos de los asesinatos.

—Qué conveniente, un sospechoso muerto y un asesino confeso que no deja de dar información a la policía.

Caterina Di Marco se acerca a ellos y saluda a Mina efusivamente y muy a la vista de todos los demás invitados.

—¡Guillermina, querida! Qué alegría verte esta noche, y déjame que te diga que estás realmente espectacular. El año pasado, doña Gracia también tuvo la ocurrencia de disfrazarse de Cleopatra, pero permíteme decirte que no te llegaba ni a la suela de los zapatos. Tú eres la verdadera reina de Egipto.

—Muchas gracias, Caterina. Vosotros tres estáis magníficos. ¿Vais de la familia imperial rusa?

Caterina se ríe con esa risa suya que hace que varias cabezas se vuelvan sorprendidos hacia ella.

—Sí, desde luego que sí. O al menos eso hemos intentado. Mi prima segunda es también la sobrina tercera de la zarina, y ella nos ha asesorado para que las modistas nos terminen los trajes, dándonos todos los pequeños detalles para intentar ser lo más fieles posible. Y creo que lo hemos conseguido, porque hace un rato ese caballero, el señor Corral, ya sabes a quién me refiero, ese masón intelectual, me ha dicho que realmente parecemos unos parásitos ilustres con nuestra capa cuajada de joyas.

Eric Ruiz-Escuder se ríe quedamente. Mina lo mira un momento y ve el deseo revoloteando detrás de esos ojos suyos que conoce tan bien. Esta noche está especialmente apuesto con su disfraz de pequeño príncipe.

—De todas maneras, yo doy gracias por poder celebrar el baile con normalidad. Hace algunas semanas temía que ese desagradable asunto del asesinato de la vieja acequia acabara también con esta celebración. Oh, por ahí está nuestro amigo común, el señor Franz Lázaro, ya sabes, el húngaro. ¿Recuerdas que te lo presenté cuando estuvimos en la fiesta del cónsul y su esposa?

—Sí, desde luego que lo recuerdo.

Mina no ha olvidado al siniestro señor Lázaro, con su sello de oro brillante en su dedo meñique, y la manera en la que había intentado boicotear la sesión de espiritismo en casa del cónsul.

—Esta noche lleva un disfraz maravilloso de diablo, muy conseguido, con cuernos y todo. Lázaro tiene la curiosa teoría de que la policía no ha hecho bien su trabajo y ha permitido que esos bárbaros anarquistas, huelguistas y demás escoria campen a sus anchas provocando incendios y altercados por toda la ciudad que podrían habernos costado la celebración de la Exposición Universal. ¡Imagínatelo! Qué asunto tan desagradable.

Casi como si al mencionar su nombre se hubiera materializado entre el resto de los invitados que llenaban la sala principal del Liceo, Franz Lázaro aparece frente a ellos. Mina estudia un momento su disfraz de demonio de tela rígida de un color rojo brillante con la que están forrados incluso los cuernos que lleva sobre la cabeza.

—Señor Lázaro, qué sorpresa encontrarlo aquí. Pensé que prefería mantenerse al margen de este tipo de eventos sociales. Me pareció que no se sentía usted muy cómodo en la fiesta de los cónsules durante nuestra sesión privada.

Mina conoce bien a los hombres como Lázaro y sabe perfectamente cuáles son las teclas que debe apretar para ganarse su simpatía, o su antipatía, en este caso; todo sirve para conseguir alguna reacción sincera de ese hombre, ya que sus verdaderas intenciones son todo un misterio para ella.

—Prefiero las reuniones mucho más íntimas, señorita Índigo, pero reconozco que este tipo de celebraciones tienen un encanto especial. Sobre todo cuando, como en este caso, la ciudad ha sufrido tanto —responde con una sonrisa resbaladiza—. He visto por ahí al inspector jefe disfrazado de ese payaso vaquero de Buffalo Bill: un autoproclamado héroe, vanidoso y embustero. Un disfraz muy apropiado, supongo.

—Deduzco por sus palabras que no está muy satisfecho con el trabajo policial del inspector jefe —dice, aunque ya lo sabe.

—Le he comentado personalmente al inspector jefe que debería dejar que grupos privados se dedicaran a la vigilancia y al orden de esta ciudad. Resulta mucho más eficiente y también más barato, sobre todo en ciertos barrios.

—¿Grupos privados? —Ellis levanta una ceja y lo mira con curiosidad—. Se refiere a..., ¿cómo lo llaman ustedes aquí? Matones... pagados por unos pocos, en lugar de agentes de policías profesionales que sirven a la justicia y a la ley.

Todas las miradas se fijan en el doctor.

—Hay que tener mano firme con algunos elementos de la sociedad —responde Lázaro sin perder la calma—. La fuerza a través de la unidad, la selección natural debe imponerse, doctor. ¿No está usted de acuerdo? No podemos permitir que algunos vayan por ahí prendiendo fuego a nuestras calles, ya sea a poblados de chabolas o a librerías...

—La «selección natural», como usted lo ha llamado, parece tener preferencia por los barrios más pobres y las personas desfavorecidas. Y pensé que el incendio del poblado de barracas y el de la librería habían sido obra de unos hombres vestidos de negro, muy bien equipados y organizados, que han estado sembrando el caos por toda la ciudad. Esa es al menos la teoría oficial de la policía —lo interrumpe Ellis—. Aunque tal vez por eso prefiere usted una policía privada a su servicio.

La orquesta que está tocando en el escenario termina la pieza musical, los asistentes aplauden encantados, pero el silencio se hace más incómodo y más pesado entre ellos. Ellis puede sentir la mirada ardiente de Lázaro sobre él.

—He visto al superintendente junto con su esposa y tengo que hablar con él de unos asuntos urgentes. Les dejo que sigan con su conversación. Ha sido un placer —termina Lázaro con una sonrisa amistosa.

Pero antes de marcharse le hace un gesto a Caterina y después se pierde entre la multitud, hasta que es únicamente un pequeño punto de color rojo brillante que se mezcla con el resto de los invitados. Los Ruiz-Escuder también murmuran una excusa y se marchan, dejándolos de nuevo solos entre los asistentes al baile de máscaras, que desconocen por completo lo que acaba de suceder.

—Vaya..., no es usted muy sutil para ser un espía —murmura ella—. Es evidente que no le importa enemistarse con el señor Lázaro.

Mina todavía está mirando el lugar por el que los Ruiz-Escuder han desaparecido, intuyendo la silueta de Eric, que se pierde en la distancia.

—Detesto a los tipos como él, son matones con traje y buenos contactos. —Ellis hace una mueca de desprecio—. Y sé qué clase de policía privada ansía: populistas y violentos. Durante mi formación trabajé en los barrios más pobres del sur de Londres. En esa zona, los obreros se organizaban intentando formar sindicatos para protegerse de sus patrones o de los dueños de las fábricas. Cuando lo conseguían, aparecía esa policía privada que acaba de describir Lázaro. Pistoleros a sueldo, matones que daban palizas, rompían piernas y brazos, o prendían fuego a las casas de los trabajadores que se oponían a las jornadas de doce horas.

—Es terrible...

—Los hombres como Franz Lázaro no se limitan a los trabajadores; entre sus objetivos también se encuentran sufragistas, intelectuales, extranjeros, científicos, enfermos..., todo el que no encaje en su idea de «selección natural».

Guillermina lo mira y se pregunta si alguna vez ese hombre dejará de sorprenderla.

—Ahora veo que es un amante de las causas perdidas, doctor. Me agrada eso; yo misma soy a menudo una causa perdida.

Ellis se fija en la manera en la que Guillermina Índigo bate sus pestañas perfectamente maquilladas de negro, la mira un momento mucho más largo de lo necesario y ella se da cuenta.

—Creo que deberíamos continuar esta conversación en un sitio más privado, doctor.

Los alrededores del hospital de la Santa Cruz están casi desiertos a esa hora de la noche. Incluso con la luz temblorosa de las farolas, Mina puede ver la piedra de la fachada mojada y oscurecida por la lluvia que ha estado cayendo durante toda la tarde. Apenas se habían cruzado con nadie desde que salieron discretamente del baile de máscaras, tan solo un par de coches de punto, que todavía rodeaban los alrededores del teatro, y un par de viandantes que estudiaron con curiosidad los brillos que asomaban debajo de la capa que cubría el disfraz de Guillermina.

—Debo confesarle que cuando mencionó usted que debíamos continuar la conversación en un lugar más íntimo, no era esto lo que yo tenía en la mente —dice Ellis, observando la silueta oscura del hospital, que se alzaba frente a ellos.

—¿Y qué era exactamente lo que tenía en la mente, doctor?

—Allanar un hospital no, desde luego.

A esa hora apenas hay nadie allí: ni visitas, ni más personal que el que está de guardia. Mina se fija en que no hay luz en ninguna de las pequeñas ventanas de los dos primeros pisos del edificio principal.

—He pensado que tenemos que hacernos con ese expediente esta misma noche. Usted no ha tenido suerte intentando que desde la dirección se lo hagan llegar, no puede ser casualidad —le recuerda Mina—. Ni siquiera ahora que la investigación sobre el asesinato de Camila Garza está oficialmente cerrada ha conseguido usted que se lo faciliten. Es extraño, ¿verdad?

—¿Está insinuando que alguien no quiere que leamos el expediente de Camila Garza? Desde luego eso encajaría con su sospecha de que Inés Rocossa-Contreras tiene alguna relación con el asunto —susurra él—. Me he informado acerca de ella, y parece que tiene mucha influencia en el comité directivo del hospital.

Guillermina intenta alejar de su recuerdo el espectro de las Tres Cruces.

—Ya lo creo. Su familia y ella son conocidas por recaudar fondos para este hospital, para la casa de caridad y para otras muchas causas de beneficencia. Y recuerde que la asociación que comparte con Caterina Di Marco, Mujeres por el Futuro, pagó el entierro de Camila. Existe una relación. Y desde luego Inés Rocossa-Contreras tiene la influencia necesaria para evitar que echemos un vistazo al expediente de Camila Garza. Y por eso estamos aquí.

Cuando atraviesan el patio central en dirección a la puerta principal, oyen un lamento y unos gritos que llegan de algún lugar dentro del edificio. Ellis da un pequeño respingo a su lado.

—No se asuste. Es el «departamento de los locos» —dice Mina—. Un nombre poco afortunado, pero así es como llaman a la zona del hospital en la que están internados los enfermos mentales: pacientes que sufren de crisis nerviosas, terrores infundados, pesadillas o visiones. A muchos los encuentran vagando por las calles y, si nadie los reclama o no son capaces de recobrar el juicio y recordar su nombre, los encierran aquí indefinidamente.

Los gritos todavía resuenan en sus oídos cuando por fin entran en el edificio principal. El mostrador está vacío, ya que por las noches apenas hay nadie en el hospital.

—Será mucho más fácil poder acceder ahora a la sala de archivos que durante el día —dice Mina, caminando decidida hacia la escalera que lleva a la primera planta del edificio.

Ellis la sigue en silencio, sabe que no puede decir nada que la haga detenerse, y además él también siente curiosidad por leer el archivo de Camila Garza. Cuando atraviesan el pasillo, el olor a desinfectante y a cloroformo es tan fuerte que Mina arruga la nariz. Pasan por delante de las puertas de las habitaciones de los pacientes y desde algunas de ellas les llegan sollozos o pequeños lamentos, pero nadie parece reparar en su presencia. Ni tampoco hay a la vista trabajadores con sus batas blancas que puedan interceptarlos en su camino hacia la sala de archivos.

—La primera vez que lo intentó no logró usted abrir esa puerta, ¿por qué cree que esta vez será diferente? —pregunta Ellis en voz baja.

Se ha detenido muy cerca de ella, tanto que su aliento le remueve el pelo suelto. Guillermina le dedica una diminuta sonrisa, se quita la tiara que lleva sobre la frente y desmonta con facilidad la pequeña serpiente del centro.

—La última vez que lo intenté no tenía esto.

Le enseña la pequeña pieza metálica recubierta de oro. Después se afana en introducirla en la cerradura de la puerta de la sala de archivos del hospital.

—Veo que su talento para la delincuencia está muy por encima de lo que yo había estimado, señorita Índigo. —Ellis mira a su alrededor para asegurarse de que nadie puede verlos.

—Desde luego que lo está —responde con una sonrisa.

Mina se da prisa para intentar abrir. Es una puerta antigua y la cerradura no es un gran reto. La última vez que estuvieron allí tuvo la oportunidad de echarle un buen vistazo y pensar en el tipo de herramienta que podía necesitar.

—¿Sigue convencida de que la señora Inés Rocossa-Contreras nos oculta algo relacionado con la muerte de Camila Garza?

—Intuyo que la señora Rocossa-Contreras oculta muchas cosas, pero necesito pruebas para convencer a Ramiro. Por eso estamos aquí, y espero poder darle un buen vistazo al expediente de Camila esta noche.

—¿Y qué es lo que le hace estar tan segura? Y ya sé que usted siempre está segura de todo —dice Ellis—. Pero Rocossa-Contreras bien podría ser usted: una mujer moderna y decidida que sabe moverse por los ambientes más distinguidos de la ciudad y a la que no le preocupa demasiado lo que los demás puedan pensar de ella.

Mina se olvida por un momento de la cerradura y deja escapar un suspiro de fastidio.

—Se equivoca usted, ella y yo no nos parecemos en absoluto.

—Ya me he dado cuenta de que no le agrada esa mujer, y los motivos no son de mi incumbencia, claro, pero me preocupa que su obsesión con ella pueda estar cegando su instinto.

—Tiene razón: no es de su incumbencia. Y a mi instinto no le pasa nada —empieza a decir—. El día del funeral de Camila supe que ocultaba algo; usted no estaba allí, pero la manera en la que miraba el ataúd me hizo saber que guardaba relación con lo que había sucedido o que, al menos, tenía un secreto que esconder.

Guillermina ha aprendido con el paso de los años a leer a las personas, a fijarse en esos pequeños detalles y gestos que a menudo delataban que alguien estaba escondiendo un secreto o contando una mentira. Es muy buena en eso, es lo que mejor sabe hacer en el mundo. Y lo había visto el día del funeral, debajo de esa sonrisa desdeñosa que Rocossa-Contreras siempre tenía en los labios.

—¿Cómo miraba el ataúd? —pregunta él, mientras la cerradura cede por fin con un perezoso clic.

—Aliviada. Lo miraba aliviada de que el secreto de Camila se fuera a ir a la tumba con ella.

La sala de archivos está a oscuras, así que Mina le hace un gesto a Ellis para que coja el pequeño farol de aceite que cuelga de la puerta y lo encienda. La llama tiembla un momento dentro del cristal, cubriendo de sombras la habitación en la que la única luz es la que entra de la calle a través de la pequeña ventana que da al callejón. Una vez frente a los archivadores, Mina pasea la mirada sobre los carteles que indican las fechas de los expedientes registrados en el hospital, buscando la fecha de nacimiento de Camila Garza. Cuando por fin lo encuentra, abre el pesado cajón muy despacio, procurando no hacer ningún ruido, a pesar de que sabe que es poco probable que nadie los oiga, pero también consciente de que, cuanto más tiempo pasen en esa habitación, más posibilidades hay de que alguien vea el resplandor de la lámpara por debajo de la puerta.

—¿Sabe? Este sería sin duda un buen momento para que me aclarara qué es Viena o quién es Viena, y por qué es tan importante en ese expediente secreto que tiene Ramiro —comenta Mina mientras va pasando las carpetas con los diferentes nombres.

No puede ver a Ellis, que está en pie tras ella sujetando el farol para que pueda leer los datos, pero siente cómo se estremece al oír esa palabra.

—No creo que este sea el momento más apropiado para esa conversación...

—¿Viena es una persona? ¿Una mujer? —le pregunta como si no estuviera muy interesada.

Ellis niega con la cabeza y ella da por terminada la conversación; Viena no es una mujer, e intuye que él no va a decirle nada más —al menos, de momento—, así que vuelve a concentrarse en rebuscar entre las carpetas que hay dentro del cajón.

—Los historiales están ordenados por fecha y no por nombre —susurra ella mientras intenta leer los meses escritos con la letra imposible de algún doctor—. Julio, agosto..., aquí está: 17 de agosto. Tiene que ser el de Camila.

—Vamos, cójalo —la apremia él.

Sus dedos cubiertos de anillos dorados —que simulan pertenecer a la reina Cleopatra— rozan la carpeta con la fecha, pero entonces algo más dentro del cajón le llama poderosamente la atención.

—Espere, hay otro archivo con la misma fecha. No puedo leer el nombre que está escrito en la ficha.

Ellis acerca el farol un poco más para que ella pueda leer el nombre escrito en la ficha de nacimiento.

—Coja los dos archivos, ya lo estudiaremos después.

—No, si cojo los archivos alguien se dará cuenta de que han desaparecido. Sospecho que no somos los únicos que vamos a revisar el archivo de Camila: si Ramiro Bocanegra o alguno de sus agentes viene a buscarlo y no está aquí, no podrán utilizarlo después en la investigación de manera oficial, y puede que eso influya a la hora de acusar a un sospechoso. No podemos llevárnoslo, doctor.

—Bueno, disculpe, este es mi primer allanamiento; no soy tan experto como usted.

—Eso es evidente... —masculla Mina.

Pero entonces oye el ruido de un cristal rompiéndose y apenas un segundo después algo pasa silbando cerca de su cara. Dos balas más pasan casi rozándola y se incrustan en el armario de los archivos, justo donde Mina había estado un segundo antes.

—Nos disparan —dice Ellis, incrédulo.

—¡Agáchese!

Mina no se da cuenta de que está gritando, ahora ya no le preocupa que alguien pueda descubrirlos. Tiene el tiempo justo de ocultarse debajo de la ventana rota antes de que el siguiente disparo le pase zumbando, muy cerca de la mejilla. Una lluvia de cristales cae sobre ella. Mina deja escapar un pequeño gemido cuando nota cómo le cortan la palma de la mano.

—¿Puede verlo?

—No, el tirador está fuera, en la callejuela —masculla Mina intentando asomarse por el marco de la ventana rota para ver algo—. Está disparando a un primer piso a oscuras y casi nos acierta, tiene que ser muy buen tirador. Tal vez un militar...

—O un policía —termina Ellis.

Un último disparo solitario pasa volando y se incrusta en la pared frente a ellos. Después todo vuelve a quedarse en silencio. Mina puede oír su propia respiración acelerada, su corazón latiendo con fuerza contra el corpiño cuajado de joyas, mientras intenta recuperar el aliento. Con mucho cuidado, se asoma por la ventana rota buscando al tirador. Inspecciona el callejón lleno de sombras y el suelo cubierto de charcos oscuros de lluvia. Nada. Le parece oír unos pasos alejándose deprisa sobre el suelo húmedo, pero eso es todo.

—Creo que ya se ha marchado —dice Mina, que habla muy deprisa—. Puede que alguien haya visto algo, pero no tenga mucha esperanza... ¿Ellis?

Pero el doctor no responde, así que ella se vuelve para mirarlo. Ellis está pálido, ha dejado el farol en el suelo junto a él y con la mano se aprieta el hombro.

—Está herido.

Mina se agacha a su lado y ve su sangre pasar a través de los dedos.

—Creo que apenas me ha rozado —murmura Ellis, pero su voz tiembla.

—Cállese, no hable.

Retira su mano de la herida para verla mejor y le sorprende toda la sangre que se ha acumulado en su traje. Le quita la chaqueta como puede a pesar de las quejas de Ellis, y ve toda la sangre que ya mancha su impecable camisa blanca. Con la luz del farol le parece que su sangre es de un color demasiado oscuro, y sabe que eso no es nada bueno. Mina le abre la camisa para poder ver la herida.

—¿Tan grave es? —pregunta él al ver la expresión de su cara.

La herida está unos centímetros por debajo del hueso de su clavícula, en el hombro. Mina puede ver el agujero pequeño y perfecto que ha dejado la bala al entrar en su carne, quemándolo.

—No, no es tan grave —miente ella.

—¿Sabe? Pensé que sería usted mejor mentirosa —murmura Ellis intentando sonreír, pero fracasando miserablemente por culpa del dolor—. No sé cómo puede ganarse la vida convenciendo a otras personas de que realmente habla con fantasmas.

Mina ignora su comentario e inspecciona la herida con cuidado. La piel de alrededor todavía está caliente y blanda cuando la toca, y siente la bala debajo.

—Me temo que la bala no ha salido, tengo que extraérsela ya o puede que se infecte y sea más grave —dice Mina.

—Creo que no ha rozado el hueso, pero he visto heridas parecidas a esta, muchas, por desgracia. Conozco bien los riesgos y, si eso es lo que está esperando, le doy mi aprobación para que proceda a intervenirme aquí mismo.

—No necesito su aprobación.

Mina se levanta decidida y coge el farol del suelo para intentar ver lo que está buscando.

—Esto es un hospital, debe de haber mucho material quirúrgico, tan solo necesito algo para poder extraerle la bala y llevármelo de aquí sin que se desangre.

Rebusca entre los cajones del archivo, pero intuye que no encontrará gasas ni pinzas allí. Cierra el cajón dando un golpe y corre hasta la puerta sin decir nada más.

—¿Qué está haciendo? —oye que le pregunta Ellis con voz un poco pastosa.

Guillermina todavía tarda un rato en volver a la sala de archivos, pero cuando lo hace lleva en su mano un puñado de gasas, pinzas metálicas y desinfectante.

—Pensé que iba a dejarme usted aquí —bromea Ellis.

—No, nada de eso: todavía tiene que terminar de enseñarme cómo se baila el vals, doctor.

Mina se sienta a su lado y deja todo el material médico en el suelo.

—Siéntese con la espalda contra la pared, doctor; no se tumbe. La herida debe estar más alta que el corazón...

—Sí, ya lo sé; soy médico, ¿recuerda? —murmura Ellis, haciendo un esfuerzo para volver a sentarse con la espalda apoyada en la pared—. ¿Cómo ha sabido el tirador que estábamos aquí, justo en esta habitación?

Mina mira el farol que está en el suelo, un poco más allá de donde se hallan ahora.

—Ha debido de ver la luz desde fuera. Cuando hemos llegado, he observado que el resto de las ventanas no tenían ninguna luz, porque a esta ahora la mayoría de los pacientes están durmiendo.

Ellis cierra los ojos un momento más de lo necesario. Mina conoce bien eso: es ese sueño espeso que cubre a los enfermos y a los heridos, arrastrándolos un poco más hacia la orilla de la muerte. Le da unos golpes suaves en la mejilla para intentar despertarlo.

—Hábleme, doctor. No puede quedarse dormido, ya lo sabe.

—Este sería un buen momento para que me confesara si realmente puede hablar con los muertos.

—¿Quiere que le diga si va a morir en el cuarto de archivos de este hospital? No necesito ser adivina para decirle que eso no va a pasar.

—Debo admitir que no esperaba que esta noche tuviera un final así: operado de urgencia en la sala de archivos por la mismísima reina de Egipto. —Ellis intenta reír, pero sus palabras se han vuelto lentas.

A Guillermina le parece oír susurros y pasos que provienen del vestíbulo del hospital, y piensa que tal vez los disparos han despertado a algún paciente o han alertado a alguien del personal, pero no le preocupa que los descubran; esa es su última preocupación ahora mismo.

—Procure no moverse, doctor.

La luz del farol forma un pequeño círculo alrededor de ellos, no es demasiado, pero le permite ver la expresión en el rostro de él.

—Y no se preocupe, fui enfermera en el hospital de mi marido en Cuba. Lo ayudaba en muchas de sus intervenciones y me ocupaba de los pacientes. No es la primera vez que hago algo parecido.

Ignorando sus protestas, Mina termina de desabrocharle la camisa para ver mejor la herida. Deja caer sobre la herida un poco del desinfectante de la botella que ha encontrado en otra estancia.

—Espere... —le pide él. Ellis le sujeta la mano un momento, su piel está fría—. Sí que iría con usted...

Mina parpadea sin comprender.

—Antes... en el baile —añade Ellis con dificultad—. Me ha preguntado si me marcharía con usted; debería haberle dicho que sí: iría con usted sin dudarlo.

Después Ellis masculla algo más en inglés. Mina derrama más alcohol sobre las pinzas quirúrgicas y se acerca a él, lista para extraer la bala.

—Esto va a doler. ¿Preparado?

Casi espera que Ellis proteste o que intente apartarse, pero, por el contrario, él extiende la mano hasta ella y se la estrecha en un gesto silencioso de confianza.

—Preparado.

Mina lo mira a los ojos, toma aire y se inclina sobre él. Con la mano libre le sujeta el hombro para intentar que no se mueva cuando hunde las pinzas en su carne. Lo oye gritar mientras busca la bala debajo de su piel y puede sentir como el pequeño proyectil se hunde un poco más en su cuerpo.

—Creía que había dicho que ya lo había hecho muchas veces antes... —masculla con los ojos cerrados.

—Bueno, no tantas, en realidad. Sobre todo tratábamos accidentes, cortes y enfermedades infecciosas.

Ellis puede sentir el pelo suelto de ella cayendo sobre su cuello, haciéndole cosquillas en la piel, y el aroma a lavanda que parece seguirla a todas partes.

—Hábleme para distraerme, sobre cualquier cosa. Cuénteme más cosas acerca del hospital de su esposo, ¿por qué decidió ir a Cuba? Considero que hay suficientes personas necesitadas aquí sin tener que cruzar el Atlántico...

Mina está tan concentrada en lo que hace que apenas oye sus propias palabras cuando responde:

—Martín tenía la ilusión de convertirse en un gran humanista; era médico, pero solía verse a sí mismo como un salvador, una especie de héroe moderno. Era un espejismo que le gustaba perseguir. Su familia no aprobaba aquella pasión, para ellos Martín debería haber sido consejero de este hospital o un doctor de los que visitan a sus pacientes ricos en la comodidad de sus mansiones, donde no se oyen los gritos de dolor de nadie a medianoche.

—Su marido también era un rebelde.

—Supongo que sí, todo lo rebelde que puede ser alguien que ha nacido en una familia terriblemente rica... Aguante un poco más, Ellis, ya casi está... —susurra ella cerca de su cuello—. Creo que ya la tengo.

En vez de responder, Ellis se aferra con fuerza a la cola negra de su disfraz de Cleopatra para controlar las ráfagas de dolor que le suben hasta la garganta. Cierra los ojos y un momento después puede notar algo rasgando la piel pulsante alrededor de la herida. Cuando vuelve a abrir los ojos, ve a Mina sujetando un objeto entre las pinzas con un gesto triunfal: una pequeña bala redonda. Guillermina suda por el esfuerzo y su pelo castaño revuelto le cae sobre el rostro, pero sonríe.

—Admito que tenía usted razón, señorita Índigo: duele.

Mina le coloca una gasa limpia sobre la herida, que se tiñe de rojo rápidamente. Termina de vendarlo como puede y después vuelve a colocarle la camisa con cuidado.

—Ya está. Ahora pensaremos en un sitio seguro para que pueda descansar.

Va a levantarse para ayudarlo, pero Ellis la detiene sujetándola con la mano libre.

—Prométame que nunca más haremos nada parecido —murmura él.

Guillermina puede sentir su corazón acelerado latiéndole deprisa en las sienes; hasta ese momento no se ha dado cuenta de que sus manos tiemblan por la adrenalina y que sus dedos están manchados con la sangre de Ellis.

Se inclina con cuidado sobre él y susurra:

—Se lo prometo.

LUNA DE NIEVE

—

Hace horas que ha dejado de llover cuando llegan al pasaje de Permanyer. Aun así, las estatuillas a cada lado de la entrada los reciben con las lágrimas de la lluvia resbalando por sus caras de piedra.

Mina ha tenido que cargar con el doctor Ellis desde el coche que los ha dejado una manzana atrás. Le ha pagado al conductor el doble de la tarifa establecida para que no hiciera preguntas y para que la ayudara a subir a Ellis, que desde hacía un rato solo murmuraba palabras en inglés.

Avanza por el callejón empedrado sujetando al doctor, que camina apoyado en su hombro. Al llegar, Mina no ve ninguna luz encendida en el palacete.

Mina rebusca dentro de su pequeño bolso recubierto de abalorios, a juego con su disfraz de Cleopatra, hasta que encuentra la llave del portón de hierro. Guía a Ellis a través del jardín hasta la puerta principal, mirando de refilón la lavanda que crece en un extremo del patio mientras hace girar la llave en la cerradura.

Dentro de la casa, el silencio es total. No ha despertado a Zelda y tampoco a Baxter.

«Mejor así. Bastante incómodo será ya tener que dar explicaciones por la mañana, cuando encuentren a Ellis durmiendo en uno de los sofás del comedor», piensa ella.

—Vamos, túmbese aquí; le ayudaré a quitarse la chaqueta.

Ellis está demasiado cansado para protestar. Le duele terriblemente el hombro, siente la piel alrededor de la herida hinchada y caliente, la cabeza le da vueltas igual que si estuviera a punto de desmayarse y tiene ganas de vomitar, así que se tumba sin protestar en el elegante sofá tapizado y cierra los ojos; aun así, puede oír la tela del disfraz de Guillermina crujiendo mientras ella se mueve en algún sitio de la casa para volver a aparecer un momento después en la salita, con un vaso en la mano.

—Tenga, esto lo ayudará con el dolor, y también para dormir. Beba —dice tendiéndole el vaso a Ellis.

—¿Qué es?

—No quiera saberlo, es uno de los antiguos remedios de las tierras altas del señor Baxter; lo mejor es que se lo beba y ya está. Se terminó el boxeo durante una temporada, pero mañana cuando se despierte se encontrará mejor.

Ellis sujeta el vaso con la mano temblorosa y lo mira receloso. Intenta levantar una ceja, pero lo lamenta enseguida porque la cabeza le duele demasiado. Tiene mucha sed, le da un largo trago al vaso y nota un sabor ácido en su lengua.

—Sabe un poco a... limón.

—Le sentará bien, se lo prometo.

—No va a decirme lo que lleva el remedio, ¿verdad? —dice antes de terminar de bebérselo.

—No. —Guillermina retira el vaso y le quita los zapatos para que esté más cómodo—. Ah, y por cierto, si oye algún sonido extraño o pasos durante la noche le pido, por favor, que no se levante; quédese aquí tumbado y no se asome ni merodee por el palacete.

—Normalmente usted nunca pide nada por favor, señorita Índigo. ¿No intentará convencerme todavía de que hay fantasmas en su casa?

—A mi esposo le cuesta conciliar el sueño y suele levantarse para salir al jardín, no se asuste si le ve merodear por la casa, es inofensivo. Martín se altera mucho cuando tenemos visitas, es solo eso. Y ahora duérmase, Ellis.

Mina busca una manta de las que utiliza Zelda para cubrirse las piernas en los días más fríos de invierno y lo cubre con ella.

—Espere, por favor. —Ellis la sujeta con la mano y ella

mira sus dedos entrelazados—. Esta noche me ha salvado usted la vida, yo le debo al menos...

—Usted no me debe nada, doctor.

Mina se deshace de su mano y todavía puede verse los dedos manchados con la sangre de él. Camina hacia la puerta de la salita, pero antes de cerrarla se vuelve una vez más para mirarle: Ellis está ya quedándose dormido bajo la manta. El láudano mezclado con raíz de valeriana —y limón para disimular el sabor— que le ha dado para beber lo dejará medio inconsciente durante casi diez horas.

—Descanse.

—¿Qué es lo que me ha dado? Siento el paladar pegajoso y me cuesta pronunciar las palabras, ¿me ha drogado?

—Sí, desde luego que le he drogado.

—Le recuerdo que es un delito drogar y secuestrar a un funcionario público... —Ellis habla, pero sus palabras se van volviendo más y más pastosas cada vez—. ¿Cuál es su secreto? Al final tendrá que contármelo.

—No, desde luego que no se lo contaré. Buenas noches, doctor Ellis —dice Mina desde la puerta—. Y tenga cuidado con los fantasmas.

Guillermina tarda casi veinte minutos en quitarse su disfraz de Cleopatra. Es una noche fría, así que agradece en silencio que el señor Baxter haya encendido la chimenea de su dormitorio a la hora de la cena. Su habitación ahora está bien caldeada, aunque un escalofrío le recorre la piel de los brazos cuando termina de desvestirse.

Se mira un momento la cicatriz alargada en su costado, que nunca va a desaparecer —aunque secretamente sigue esperando que lo haga—, y busca el kimono de seda para cubrirse con él. Guillermina entra en el baño, abre el grifo y mete las manos debajo. El agua está helada, se frota los dedos con la pastilla de jabón con olor a jazmín blanco para limpiarse la sangre de Ellis, que se ha secado bajo sus uñas. Se frota con fuerza sin importar lo fría que sale el agua hasta hacerse daño; lo único que quiere es quitarse la sangre. Ha pasado mucho tiempo desde la última vez que Guillermina Índigo tuvo que limpiarse de sus manos la sangre del hombre que amaba; fue en Cuba, en el valle de los Ingenios, en otra vida.

Cuando por fin termina de limpiarse, se seca las manos —que se han quedado rojas y agarrotadas por el frío— en la toalla. Piensa en bajar a echar un último vistazo al doctor para asegurarse de que está bien —lo más probable es que ya se haya quedado dormido— aunque no quiere arriesgarse a despertarle, pero siente que está reviviendo todo lo que sucedió en Cuba con Martín. Mina tiene miedo; esa clase de miedo oscuro, líquido, que baja por la garganta e inunda el estómago hasta que resulta imposible pensar con claridad, ese miedo que lo llena todo. Tiene miedo de que Ellis no se recupere. Sabe que él es un hombre joven, que es una herida limpia, que no ha atravesado ningún órgano vital y que ya no sangra; pero, a pesar de todo eso, el recuerdo de lo que sucedió en Cuba la atormenta un poco más. Antes de meterse en la cama, Mina vuelve a lavarse las manos con agua helada.

Esa noche Ellis tiene unos sueños extraños, seguramente inducidos por el trauma de haber recibido un disparo y de que lo hayan operado de urgencia en el suelo de la sala de archivos del hospital. La luna de nieve, que brilla en lo alto del cielo de aquella noche de febrero, le ha recordado las historias que solía contarle su madre, cuando todavía era un niño, acerca de los nombres que los nativos les habían puesto a las lunas.

«La luna de nieve.» Igual que la noche en que enterraron a su madre en el pequeño cementerio familiar de Brighton, cerca del mar, pero muy lejos de su tierra natal.

Hace muchos años que Ellis ha olvidado su voz, pero esta noche, tumbado en el sofá de la señorita Índigo, su madre se acerca a él, se inclina y le roza la frente igual que solía hacer cuando aún era un niño. «La luna de nieve trae hambre porque el mundo se congela y no hay nada de comer.» Ellis está seguro de que es su madre muerta la que habla. O puede que sea también una de las alucinaciones que le ha causado el láudano disuelto en agua con azúcar que le ha dado Guillermina.

Ellis sueña que un gato tuerto entra sigilosamente en la salita, se sube al sofá dando un salto grácil y le chupa la frente para después marcharse como si tal cosa.

A primera hora de la mañana, Ellis todavía está atrapado en la maraña de láudano, sueño y dolor, pero aun así le parece oír unos pasos delante de la puerta de la salita. Y también le parece oír la campanilla, la campanilla de los muertos que nunca jamás dejaba de sonar para él. Sobre todo en las noches extrañas como aquella.

Cuando se despierta, ya es más de mediodía. Ellis puede sentir los tímidos rayos del sol de invierno que entran por la gran cristalera de la salita acariciándole el rostro. Desde algún sitio, le llega el olor a comida y se da cuenta de que tiene hambre. También oye una voz de hombre con un inconfundible acento escocés.

Tarda todavía un momento más en recordar dónde se encuentra y lo que sucedió la noche anterior. Se mueve para incorporarse, pero lo lamenta inmediatamente: un dolor insoportable le sube por el hombro hasta el cuello y la mandíbula igual que si un rayo acabará de fulminarlo. Aún está tratando de contener un quejido de dolor cuando la puerta de la salita se abre y Guillermina Índigo aparece con un gran vaso de agua en la mano.

—Buenos días, doctor. ¿Qué tal se encuentra esta mañana? Espero que haya podido descansar.

—Me siento un poco mejor, gracias. ¿Quién me ha quitado la ropa?

Ellis no se ha dado cuenta hasta ese momento de que no lleva su chaqué negro manchado de sangre y que, en su lugar, viste un pijama de hombre de raso de color azul oscuro.

—No se preocupe, ha sido Baxter. Lleva puesto uno de los antiguos pijamas de Martín; le queda un poco corto, pero no podía permitir que manchara de sangre el sofá de las visitas —bromea ella.

—Por supuesto...

—Me alegro de que aún esté con nosotros en el mundo de los vivos.

—Yo también me alegro.

Mina deja el vaso de agua en la mesita, frente a él.

—Beba, tendrá mucha sed después de haber perdido sangre. Baxter le ha preparado un desayuno: huevos revueltos, tocino ahumado y café; aunque ya es más de mediodía. Pero tiene que comer algo antes de tomar otra dosis de láudano para el dolor.

El mismo gato tuerto que Ellis ha visto en sus sueños irrumpe en la salita, se sube al sofá y lo estudia con curiosidad felina. Después se frota contra su mano, pero, cuando se da cuenta de que no consigue su atención, simplemente se baja del sofá y desaparece por la puerta entreabierta.

—Tiene un gato tuerto, pensé que lo había soñado.

—¿Ha soñado algo más, doctor?

Ellis por fin consigue incorporarse en el sofá. El dolor de su hombro se ha convertido ahora en un latido sordo menos intenso que la noche anterior. Alarga la mano para coger el vaso de agua y se lo bebe todo de un trago, no se había dado cuenta de la sed que tenía hasta ese preciso momento.

—Algo, sí. ¿La preocupa que haya visto algún fantasma mientras dormía aquí, señorita Índigo?

—No, me preocupaba que hubiera muerto usted en mi salita. Habría tenido que darle muchísimas explicaciones al respecto al inspector jefe Bocanegra.

—Sí, ya me lo supongo.

A pesar del dolor de su hombro, Ellis se ríe en voz baja. A Mina le gusta el sonido de su risa. Respira aliviada.

—Menos mal que está bien... —le dice de repente, las palabras salen de sus labios sin que pueda evitarlo—. No me hubiera perdonado jamás que le pasara algo malo por acompañarme en mis aventuras nocturnas.

Su mano roza la de él, apenas una caricia superficial en el dorso.

—No debe sentirse responsable por nada: yo accedí encantado a acompañarla en su pequeño allanamiento, y usted no fue quien me disparó.

—Desde luego que no, yo no hubiera fallado.

Mina sonríe por fin, y siente como el miedo irracional que la ha perseguido desde anoche comienza a disiparse.

Está a punto de decir algo más cuando oyen unos pasos en el pasillo de alguien que se detiene junto a la puerta de la salita. Guillermina conoce muy bien esos pasos arrastrados y lentos que deambulan sin rumbo por el palacete de Permanyer.

—Hay alguien más en la casa, sé que hay alguien en la casa. Lo he oído esta noche en mis sueños.

—No es nada, tú descansa y no te preocupes. Solo es una visita —dice Mina, pero algo en su cara ha cambiado.

El doctor Ellis se levanta muy despacio del sofá, pues siente que sus piernas no van a ser capaces de soportar su peso ni su dolor, pero consigue acercarse hasta el hombre que acaba de entrar en la salita de las visitas vestido con un pijama muy parecido al suyo.

—Disculpe mi estado actual, soy el doctor Ellis. Es un placer conocerlo por fin, señor De Pareja. Su esposa habla a menudo de usted.

Sus ojos pálidos estudian a Ellis durante un momento, pero él se da cuenta de que, aunque lo está mirando, realmente no lo está viendo, casi como si fuera invisible. Ellis se fija en que su barba está bien recortada y el pelo limpio; en general, le parece que a pesar de su enfermedad todavía no ha sucumbido a ese aspecto demacrado y olvidado que ha visto en muchos otros pacientes.

—No va a responderle —dice Mina—. Nunca pronuncia nada más que un par de frases sueltas y sin ningún sentido. La enfermedad ha ido haciendo mella en él, devorando su mente poco a poco hasta convertirlo en esto: un náufrago perdido y olvidado en una isla desierta que solo existe en su mente. —Mina se asoma al pasillo para llamar al mayordomo—. Baxter, por favor, ¿puede ser tan amable de ocuparse de Martín? Yo misma le daré el almuerzo antes de salir. Gracias.

Baxter entra con su gesto imperturbable en la salita y ni siquiera mira al patólogo, con el pijama que le queda demasiado pequeño, el pelo revuelto y ojeras bajo sus ojos. Toda su atención es como siempre para Guillermina, que le hace un gesto silencioso con la cabeza.

—Venga conmigo, señor. Me apetece escucharlo tocar en la salita de música —dice Baxter con una amabilidad que Ellis no le ha oído hasta ese momento—. Esta mañana me apetece oír algo de Mozart. El *Réquiem*, tal vez.

Él asiente despacio, complacido con la idea, y parece que ya está listo para salir de la salita acompañado por el mayordomo cuando, antes de marcharse, se acerca al doctor y le susurra:

—La luna de nieve trae hambre, porque el mundo se congela y no hay nada de comer. Yo también he oído sonar la campana esta noche, la campanita de los muertos... —Y después desaparece por el largo pasillo acompañado siempre del señor Baxter.

Ellis se queda ahí de pie, en la salita de las visitas de la casa más encantada de Barcelona, pensando en lo que ese hombre con la mirada perdida acaba de decirle.

En su abrigo manchado de sangre, que ahora está colgado del respaldo de una de las sillas de la cocina, guarda su propia campanilla de los muertos, esa que siempre lleva con él a todas partes. La ha oído tintinear en sus sueños, no es la primera vez que la oye y sabe que no será la última, pero está convencido de que esa noche lo ha visitado el fantasma de su madre mientras dormía.

CALMA TENSA

—

La mañana trae una calma tensa a la ciudad y un viento frío que baja desde la montaña. La inauguración de la Exposición Universal está más cerca cada vez y las obras en la explanada de la Ciudadela se han vuelto más urgentes y peligrosas que nunca.

Por toda la ciudad han aparecido carteles de protesta por las condiciones de los trabajadores o llamando a la huelga en favor de la jornada de ocho horas. Los agentes que patrullan la ciudad tienen orden de arrancarlos nada más los vean. Así que cuando el subinspector Montes llega esta mañana a la calle Poniente y arranca el papel sucio que hacía un llamamiento a una huelga, nadie se extraña de verlo allí.

—¡Sinvergüenza! Vosotros matasteis a Pascual y todavía merodeáis por nuestros barrios para llevaros a alguno más —increpa una mujer al subinspector Montes cuando lo ve arrancar el panfleto de la pared—. Anda, mejor vete a proteger a algún ricachón al paseo de Gracia. Aquí ni nos haces falta ni te queremos.

—Solo cumplo con las órdenes de mis superiores, señora —se defiende el subinspector Montes.

—Sí, todos decís lo mismo. Pero ¿dónde estabais cuando Pascual Garza se ahogaba en esa celda?

—Señora, retroceda. Solo se lo diré una vez más.

—Te conozco. —La mujer lo estudia un momento—. Te he visto merodeando por aquí otras veces, vienes a plantar pruebas para detener a alguno del barrio.

—Nada de eso, señora.

—Mientes. Pascual Garza es algo que tú y los tuyos nunca seréis, un héroe. Y, ahora que está muerto, será un héroe para siempre. —La mujer tiene alrededor de sesenta años y el pelo sucio le asoma por debajo de un pañuelo, pegándosele a la frente. Se retuerce las manos enrojecidas por el frío, pero aun así continúa—: ¿Os pensáis que por haberlo matado todo esto ya se ha acabado? Pues no. Habéis conseguido que Garza y sus ideas sean mucho más importantes. Y más peligrosas.

En ese momento, Montes ve asomarse por la esquina de la calle a una patrulla de agentes de uniforme y camina deprisa, pero sin correr para no demostrar miedo, hacia ellos. A su espalda, la vecina todavía le grita hasta que él desaparece de su vista.

Después del delicioso almuerzo a base de huevos revueltos, tocino ahumado, tostadas con mermelada de fresa y té recién hecho, el doctor Ellis se siente mejor; aunque el dolor en su hombro todavía le golpea por oleadas y el efecto del láudano sobre su mente hace que le cueste seguir la conversación, nota como va recuperando fuerzas.

—¿Qué tal ha dormido en «la casa más embrujada de Barcelona»? ¿Ha tenido alguna visita extraña esta noche, doctor?

Zelda está sentada a la mesa de la cocina, a su lado. Ya ha desayunado hace algunas horas, pero ha decidido aprovechar que el doctor Ellis todavía está débil, y que su juicio está un poco nublado por la droga y el dolor, para hablar con él y decidir si puede fiarse de ese hombre.

—Sí, un gato tuerto, creo. Pero si se refiere a la visita de algún espectro, me temo que voy a decepcionarla; ningún fantasma ha venido a verme mientras dormía —miente él.

Ellis le da un pequeño sorbo a su taza de té con una nube de leche y mucho azúcar, como suele tomarlo. El líquido está caliente, pero le reconforta. Ha mentido, claro; sí que lo ha visitado un fantasma: su madre, que lleva muerta más de veintiocho años, le ha susurrado al oído mientras dormía. Sabe que ha sido solo un efecto secundario del láudano que la señorita Índigo le ha dado para poder dormir, pero aun así no ha conseguido deshacerse de la extraña sensación que lo ha perseguido desde que se ha despertado: casi podía sentir el aroma de su madre todavía flotando en la salita, ese olor único y especial que solo los hijos son capaces de recordar.

—Es extraño, a los fantasmas les gusta presentarse de madrugada sin avisar —dice Zelda.

—Supongo que no deseaban perder su tiempo con un escéptico como yo —bromea Ellis, pero disimuladamente roza el bolsillo de su abrigo para sentir el peso de la campanita.

—Eso será, sí. He visto que ha conocido al doctor De Pareja. Algunas personas se sienten incómodas cuando él está cerca, precisamente por eso no solemos recibir muchas visitas; además, Martín se altera bastante con los desconocidos, y me temo que eso provoca que haya gente que piense que no cuidamos bien de él —se lamenta Zelda—. Pero la verdad es que Guillermina hace todo lo que puede por darle comodidad y estabilidad.

—He visto muchos enfermos en mi vida, hombres y mujeres que experimentan el sufrimiento de la mente y que terminan siendo olvidados, ignorados o incluso maltratados por su propia familia. No es el caso del hombre que he conocido esta mañana; el doctor De Pareja me ha parecido estar bien atendido, alimentado y aseado. ¿Usted lo conoció antes de la fiebre?

Zelda asiente suavemente.

—Sí, lo conocí cuando él y Guillermina se instalaron en Trinidad, en el valle de los Ingenios, para abrir su hospital civil. No era el mismo hombre que ahora, eso se lo puedo garantizar.

—La enfermedad de la mente puede ser una de las más silenciosas y al mismo tiempo de las más destructivas; no se ven sus síntomas, no es una herida que sangra, ni una cicatriz o un hueso roto que puede palparse bajo la piel. La señorita Índigo me contó que su encefalitis empezó con una fiebre, una fiebre cerebral de la que se contagió estando en Cuba y que fue extendiéndose y socavando poco a poco la cordura de su esposo. También me ha hablado del incendio en el hospital, de cómo

Martín resultó herido mientras trataba de salvarla a ella y a algunos pacientes.

A pesar de que están en la cocina del palacete de Permanyer, Zelda casi puede oír los sonidos de la selva durante la noche: los ruidos de los murciélagos que revoloteaban entre los frutales que crecían cerca de la hacienda de las Tres Cruces, el viento cálido levantando la tierra seca y colándose por debajo de la puerta del barracón de esclavos que servía para que los pacientes más graves pudieran recuperarse. Y el sonido de las llamas devorándolo todo.

—Si Guillermina quiere contarle más cosas sobre su marido, ella misma lo hará.

—Lo lamento, no me gustaría que pensara usted que de alguna manera estaba intentando sonsacarle información acerca de la señorita Índigo, de su esposo o del tiempo que pasaron en Cuba. Únicamente siento cierta curiosidad por todo aquello.

—Desde luego que era eso lo que estaba intentando hacer —le dice Zelda dedicándole una sincera sonrisa.

Le cae bien ese hombre, aunque quiere dejarle claro cuáles son sus límites, y también los de Guillermina. Sabe que su amiga ha visto algo especial en el doctor Ellis.

—Verá, usted no es el primer hombre, ni la primera mujer, que siente curiosidad por Guillermina. He visto a otros intentar hacerse un hueco y cometer verdaderas estupideces para conseguir las atenciones de Guillermina. Algunos quieren hacerse un hueco en su cama, otros en su corazón, y los más idiotas intentan hacerse un hueco en esa mente extraña y retorcida suya, pero desde ahora le digo que nunca he visto a ninguno que lo haya conseguido, doctor.

—Yo no soy como los demás: no me desanimo fácilmente.

—Ya lo veo —admite Zelda—. Ella puede jugar y pasar el rato con algunos caballeros, siempre de forma discreta, claro, pero mostrarse en público como hace con usted o permitir que se quede a pasar la noche en el palacete... Eso no lo había visto nunca.

—Yo jamás haría nada que pusiera en peligro la reputación de la señorita Índigo.

—Invocar fantasmas en bonitos salones para señoras aburridas es una cosa, perseguir asesinos y conspiraciones es algo muy diferente. Usted es peligroso para ella, para su reputación en esta ciudad y también para sus secretos.

—Deduzco que usted conoce el secreto de la señorita Índigo —dice Ellis, evitando responder directamente a su insinuación—. Se me ocurre que puede que incluso forme usted parte de su secreto.

Zelda termina de recoger los platos, los deja cerca del fregadero y mira por la ventana de la cocina que da al patio delantero del palacete, desde donde puede ver la lavanda que crece salvaje en un lateral del jardín.

—El secreto de Guillermina es que no hay ningún secreto: todo es verdad. Los fantasmas, las sesiones de espiritismo y lo demás, todo es cierto.

Ellis la mira un momento antes de hablar, buscando la manera más delicada de decir lo que está pensando.

—No puedo creer tal cosa. No puedo creer en los fantasmas, en el mundo espiritual o en que la señorita Índigo pueda realmente poner en contacto a los fallecidos con sus seres queridos como ella afirma ser capaz de hacer. Soy un científico y esa idea choca contra todo en lo que creo y contra todo a lo que he dedicado mi vida. Usted, sospecho, también tiene una mente científica, capaz de idear los trucos y las fantasmagorías que la señorita Índigo utiliza después, con mucho éxito debo admitir, en sus sesiones espiritistas, así que no puedo aceptar que una mujer como usted crea en los fantasmas.

—¿Y por qué no? Desde Shakespeare hasta Washington Irving, muchos científicos, pensadores o escritores famosos y respetados creen en el más allá, los espectros, en los fenómenos paranormales y en esas fantasmagorías, como usted acaba de llamarlo —le recuerda ella—. ¿Por qué no podría hacerlo yo? Y si quiere tener éxito abriéndose paso hasta el corazón o el dormitorio de Guillermina, le daré un consejo, porque creo que, a pesar de sus mentiras, es usted un hombre sincero, o tan sincero como las circunstancias le permiten ser. —Ellis está a punto de interrumpirla, pero ella le hace un gesto con la mano para que la deje seguir hablando—. A Guillermina no le gusta hablar del pasado, no del suyo, al menos. Si quiere que Mina le haga un hueco en ese bonito dormitorio del segundo piso, le recomiendo que no la obligue nunca a mirar hacia atrás.

Mina está arriba y no puede oír su conversación.

—¿Es eso lo que hace el joven Ruiz-Escuder? —Ellis se sorprende de su propia pregunta. Normalmente negaría muy airado las insinuaciones de Zelda, pero decide atribuir su pequeño lapsus a las drogas, al dolor y a que lo ha visitado el espíritu de su madre muerta—. ¿No obligar a que la señorita Índigo mire nunca a su pasado? Lo menciono únicamente porque me sorprende que entre todos los hombres a los que seguramente la señorita Índigo puede escoger para tener un romance, o todas las mujeres, como usted misma ha mencionado hace un momento, se haya decantado por el joven Ruiz-Escuder.

—¿Está usted celoso, doctor? Pensé que estaba por encima de ese tipo de emociones.

—No, no es eso en absoluto —se apresura a responder Ellis, pero se pregunta si realmente está engañando a esa mujer de mirada felina—. Siento curiosidad, eso es todo. He tenido la oportunidad de coincidir con el joven Ruiz-Escuder en varias ocasiones desde que estoy aquí en Barcelona, y no me ha parecido en absoluto que tenga ninguna cualidad especial que lo haga ser digno de las atenciones de la señorita Índigo.

En ese momento, el señor Baxter entra en la cocina. Lleva puesto su mandil de trabajo encima de su impecable traje. Al ver que Ellis todavía está sentado a la mesa de la cocina, le lanza una mirada antes de dirigirse a Zelda.

—Señorita Moreno, ¿sabe usted si tendremos invitados también para cenar? —pregunta Baxter igual que si el doctor Ellis no estuviera presente.

—Lo desconozco. Me temo que tendrá que preguntárselo a la señorita Índigo —responde Zelda, divertida con la situación.

Ellis todavía no se ha quitado el pijama con el que Baxter lo ha vestido en algún momento de la noche. Como le queda bastante corto, los primeros dos botones de la parte de arriba apenas le cierran y dejan al descubierto el vendaje que cubre la herida de bala de su hombro.

—Señor Baxter, no he tenido oportunidad de darle las gracias por cuidar de mí tan atentamente anoche. La señorita Índigo me ha dicho que usted mismo me ha cambiado el vendaje. Se lo agradezco —dice Ellis, con esa educación suya que algunas veces puede resultar tan increíblemente molesta.

El señor Baxter, ahora sí, lo mira directamente desde debajo de sus pobladas cejas pelirrojas y hace un pequeño gesto con la cabeza.

—Puede que sea usted inglés, doctor, pero aun así es un invitado de la señorita Índigo, y yo me debo a ella. No es necesario que me dé las gracias.

Y, sin decir nada más, Baxter vuelve a salir de la cocina.

—Sospecho que nunca terminaré de agradar a ese hombre —comenta Ellis antes de darle otro pequeño trago a su té.

Se siente mejor ahora que hace un rato y sospecha que el té con mucho azúcar que le ha preparado Baxter ha sido parte vital en su recuperación.

—No se lo tenga en cuenta; al señor Baxter no le gusta casi nadie, exceptuando Guillermina y yo; y el Comodoro, por supuesto. Y sospecho que el que usted esté aquí para espiarnos tampoco le agrada demasiado.

Ellis, que había evitado hablar o mencionar ese asunto, deja el cuchillo de la mantequilla en su plato, haciendo mucho más ruido del que hubiera querido.

—La señorita Índigo se lo ha contado.

—Desde luego.

—Comprendo. No estoy aquí para espiarlos —intenta defenderse, pero sin mucho entusiasmo—. Mi labor es asegurarme de que se respetan ciertos límites legales y morales que no comprometan de ningún modo al cuerpo de policía. Pero también estoy aquí para desempeñar mi trabajo como patólogo y resolver crímenes.

—¿Y cómo va el caso del crimen de la vieja acequia? —le pregunta Zelda.

—Sabe que no puedo hablar de eso, aunque sé...

—Bueno, ya me lo contará Guillermina cuando termine de arreglarse. Y, acerca del señor Baxter, es un hombre particular con manías particulares, pero es el mejor en lo suyo y también es el mejor guardando secretos. Por eso siempre le permitimos ese tipo de... licencias —responde Zelda—. Sospecho que nosotras también podemos resultar bastante difíciles, y él siempre nos tolera nuestras manías. Es un acuerdo mutuo de intereses, si prefiere llamarlo así, doctor.

—«Acuerdo mutuo de intereses» es una manera muy elegante de decir que el señor Baxter también forma parte, de alguna manera, de ese secreto que usted y la señorita Índigo tanto se esfuerzan en ocultar.

Zelda Moreno le regala su mejor sonrisa.

—Ahora entiendo por qué se dedica a la investigación criminal: es implacable. Pero ya le he dicho que no hay ningún misterio que resolver aquí; en esta casa no escondemos ningún secreto ni hacemos nada ilegal...

Como si el universo quisiera en cierto modo desmentir sus palabras, unos golpes apremiantes resuenan en la puerta principal del palacete de Permanyer. Archie, con las orejas tiesas, corre hacia el vestíbulo detrás del señor Baxter. Cuando el mayordomo abre la puerta, cuatro agentes de policía y el inspector jefe Bocanegra irrumpen en la casa.

—Caballeros, ¿en qué puedo ayudarlos? —dice Baxter intentando no perder su habitual calma.

—Estamos buscando a la señorita Índigo —responde Ramiro Bocanegra—. ¿Está en casa?

Guillermina baja por la escalera, ve a los cuatro agentes y a Ramiro, en pie en su vestíbulo.

—¿Qué sucede, Ramiro? ¿Ahora la policía hace visitas a domicilio?

Pero Mina sabe que algo va terriblemente mal cuando Ramiro se quita su sombrero y juguetea con él nerviosamente. Es raro verlo tan agitado.

—Hemos recibido una denuncia contra ti, Guillermina. Parece ser que, ayer por la noche, una mujer que encaja con tu descripción se coló en el hospital de la Santa Cruz, robó algunos archivos confidenciales, provocó un altercado y participó en algún tipo de tiroteo.

—No sé de lo que estás hablando —miente ella—. Anoche estuve en el baile de máscaras del Liceo. Todo el mundo me vio allí, tú incluido, Ramiro. ¿Recuerdas mi disfraz de Cleopatra?

Antes de que Ramiro pueda responder, Ellis y Zelda salen de la cocina alertados por las voces y el revuelo.

—Desde luego que recuerdo tu disfraz de Cleopatra. Pero tenemos un testigo que afirma que te vio colarte después de medianoche en la sala de archivos del hospital. Ese mismo testigo afirma que robaste el expediente de Camila Garza para venderlo después a algún periódico o para, quizá, utilizarlo en una de tus sesiones de espiritismo. Pero lo más preocupante es que hubo algún tipo de altercado, un tiroteo o una cosa parecida. Cuando hemos ido a comprobar las acusaciones, mis chicos han encontrado sangre en el suelo de la sala de archivos y también material médico usado. Parece que hirieron a alguien ahí, ¿tienes algo que decir al respecto?

Guillermina niega con la cabeza.

—No, no tengo nada que decir excepto que es mentira. Esas acusaciones son falsas, y estoy segura de que tu testigo no es más que algún ciudadano que se aburre o que tiene algún tipo de interés personal en mi contra...

—Nuestro testigo es el doctor Jacinto Lejarcegui. Él y otros miembros del consejo del hospital estaban ayer por la noche celebrando una reunión en una de las salas del último piso. Lejarcegui afirma que te vio colarte en la sala de archivos disfrazada de Cleopatra. No irás a decirme que precisamente el doctor Lejarcegui está en tu contra. Te recuerdo que él fue el mentor de Martín.

Bocanegra va a decir algo más, pero entonces repara en que el doctor Ellis también está allí, de pie. Lo observa un momento, reparando en el pijama que lleva puesto, en su pelo despeinado y en la manera casi familiar en la que sujeta la taza de té todavía humeante en la mano.

—¿Ha dormido usted aquí esta noche, doctor? Qué poco apropiado.

—Ramiro, no seas tan malpensado. El doctor Ellis bebió demasiado champán ayer por la noche en el baile de disfraces del Liceo, le traje aquí porque no era capaz de indicarle al cochero cuál era la dirección del hotel en la que se aloja, nada más.

—Se siente muy cómodo durmiendo en esta casa, ¿verdad doctor? En la casa de mi amigo. Él no está muerto aún.

—Basta, Ramiro —susurra ella.

Un silencio tenso llena el vestíbulo. El inspector jefe Bocanegra les hace un gesto con la mano a sus agentes, que se acercan a ella y la esposan.

—Guillermina Índigo, queda usted arrestada.

—¡Debo protestar! —Ellis se acerca deprisa hasta ellos cerrándose el último botón del pijama—. Yo puedo dar cuenta del paradero de la señorita Índigo ayer durante toda la noche, desde el momento en que llegó a la fiesta del teatro estuvo conmigo.

—No ponga a prueba mi paciencia. Por lo que a mí respecta también lo arrestaría a usted, pero el doctor Lejarcegui no ha podido darnos su descripción exacta. Aunque sospechamos que alguien colaboró con la señorita Índigo para colarse en el hospital y hacer lo que sea que hizo allí. —Ramiro lo mira con sus ojos oscuros encendidos—. Bonito pijama, doctor. Si miro debajo, ¿encontraré alguna herida de bala en su cuerpo?

—¿Es esto realmente necesario? —protesta Mina, notando el peso del metal de las esposas alrededor de sus muñecas—. Si me sacas detenida de casa y acompañada de cuatro agentes, todos mis vecinos me verán. Será mi final, Ramiro. Por favor.

Guillermina no está acostumbrada a suplicar y por un momento casi piensa que va a convencer al inspector jefe. Pero Ramiro abre la puerta principal de la casa para que sus agentes puedan salir escoltando a Mina, esposada, que camina por el elegante callejón de Permanyer mientras sus vecinos asisten al espectáculo a través de las ventanas de sus mansiones.

EL FIN DEL SUEÑO

Trinidad, Cuba. Cinco años antes

Aquella había sido una de las semanas más calurosas que Guillermina podía recordar desde que habían llegado a Trinidad. A pesar del tiempo que llevaba viviendo en la isla, todavía no había terminado de acostumbrarse a ese viento que algunas veces se levantaba después de la puesta de sol y que se dedicaba a remover el polvo y la tierra marrón que cubría toda la hacienda de las Tres Cruces.

Está sentada en la escalera del edificio principal. No podía dormir y había bebido un poco de ron, destilado por uno de los trabajadores que había ayudado a reconstruir el hospital, para intentar conciliar el sueño. No era fácil; el licor tenía un sabor repugnante y le quemaba la garganta cada vez que tomaba un sorbo, pero sí que había ido notando sus efectos: su cuerpo había ido relajándose, y su mente, por fin, le había dado un respiro de las ideas siniestras que de vez en cuando circulaban sin su permiso.

No había vuelto a ver al fantasma de las Tres Cruces desde la noche en que Martín trató de tirarla de lo alto del campanario, pero dos días antes Guillermina oyó unos susurros al otro lado de la puerta cerrada de la habitación en la que había guardado el cuadro. Cuando abrió la puerta, pensando que seguramente se trataría de un animal que se había colado por la ventana rota, vio una gran mariposa negra revoloteando en la habitación.

Ahora Mina vuelve a mirar la antigua casucha, que antes

servía de alojamiento para los esclavos que trabajaban en la finca cuando todavía era un ingenio azucarero propiedad de los Rocossa-Contreras. Le da otro trago al licor.

Martín se había quedado dormido hacía ya un par de horas. No recordaba nada de lo que había sucedido la noche en que la arrastró escaleras arriba hasta el campanario para después intentar arrojarla al vacío. Mina tampoco lo había comentado con él, porque en esa época todavía solía pensar que las cosas horribles que sucedían, especialmente dentro de un matrimonio, eran algo de lo que no debía volver a hablarse nunca.

Hacía semanas que le costaba conciliar el sueño y que dormía en una especie de vigilia, atenta sin querer a cualquier movimiento que su esposo pudiera hacer en la misma cama que compartían. Hubo una época en la que Mina solía reírse de los matrimonios que dormían en habitaciones separadas —solía pensar que se debía sobre todo al pudor, al aburrimiento o a la falta de interés mutuo—, pero ahora no podía evitar pensar que ojalá hubieran instalado otro dormitorio en la casa principal de la finca.

Tenía miedo de él.

Con el paso de los meses, Martín se había ido convirtiendo poco a poco en otro hombre, en uno muy diferente del que ella conocía, uno con el que nunca hubiera aceptado casarse. Ya no eran solo imaginaciones suyas, o una de esas ideas oscuras que solían merodear por su cabeza; no, era una realidad: Martín era un hombre distinto desde que vivían en el valle de los Ingenios. Incluso Zelda, que no lo conocía de antes, podía notar cómo algo iba poco a poco apoderándose de la mente, y también del cuerpo, de Martín.

Unas noches antes le había parecido oír la campana del campanario dando la medianoche, y Martín se había despertado incorporándose en la cama, casi como si un hilo invisible hubiera tirado de él hasta hacerlo despertar.

«La campana de los muertos me está llamando», había murmurado Martín en sueños, antes de volver a quedarse dormido como si nada hubiera sucedido. A la mañana siguiente, mientras desayunaban, Mina le había preguntado por el incidente, pero él no recordaba nada en absoluto.

Entonces Guillermina oye un crujido, casi imperceptible, como el que hacen las hojas secas cuando el viento las arrastra. No es nada extraño; con la selva tan cerca, por las noches se oyen algunos ruidos de animales, y también es habitual que alguno de los pacientes se lamente después de la caída del sol, cuando el efecto del láudano y de la morfina va desapareciendo. Pero no es eso lo que Guillermina oye. Deja la botella con el ron casero a un lado y mira alrededor.

No hay luz alguna iluminando el patio central del hospital de las Tres Cruces, pero aun así distingue una figura que cruza deprisa el patio; es una mujer, con el pelo oscuro suelto ondeando en el aire de la noche. Se trata de la mujer misteriosa del cuadro. Mina la oye reírse, pero su risa apenas suena humana, se parece más al sonido de alguno de los animales salvajes que viven en lo profundo de la selva. La mujer se vuelve hacia ella, con su eterna sonrisa desdeñosa, y se lleva un dedo a los labios indicándole que guarde silencio.

—Chist...

El fantasma de las Tres Cruces susurra y los sonidos de la noche llenan el aire.

Martín la sigue, camina hacia el pabellón de los pacientes. Abre la puerta corredera, igual que hace todas las mañanas y todas las tardes cuando se acerca para comprobar el estado de sus pacientes. En ese edificio es donde descansan los hospitalizados más graves de todos los que tratan: los que han sido intervenidos, los que tienen fiebre alta o quienes han sufrido alguna lesión grave que hace imprescindible el reposo absoluto.

Se percata entonces de que Martín lleva algo en la mano; tarda un instante más en darse cuenta de que se trata de una de las lámparas de aceite que utilizan por las noches cuando tienen que acercarse a visitar a un paciente.

Entonces lo sabe, de esa manera inconsciente en la que se saben las cosas, especialmente las cosas malas. Mina se levanta y corre tan deprisa como puede hasta el pabellón. La puerta todavía está abierta y nada más entrar ve a Martín encendiendo la lámpara de aceite con ayuda de un fósforo largo. Dentro no hay ni rastro de la mujer del cuadro, pero el resplandor de la luz empuja las sombras hacia las esquinas, molestando a uno de los pacientes en la cama, que protesta un poco pero enseguida vuelve a ponerse de lado para continuar durmiendo.

—Martín, ¿qué estás haciendo? —le pregunta Mina en voz baja para no despertar a nadie.

Pero su marido ni siquiera parece ser consciente de que ella está allí. La respiración de algunos de los pacientes es muy pesada y lenta, y el aire en el pabellón huele a enfermedad, a sangre a medio coagular y también, por qué no decirlo, a la promesa de la muerte.

—¿Sucede algo? No he oído nada —dice Mina, intentando convencerse de que todo va bien y de que su marido está ahí simplemente porque él sí había oído el timbre de emergencia de alguno de los pacientes.

Sin molestarse siquiera en responder, Martín camina hasta el centro del pabellón y deja caer la lámpara de aceite contra el suelo.

El cristal que protege la llama se rompe en mil pedazos y el depósito que contiene el aceite se derrama por el suelo de tablones viejos y secos, prendiéndose casi al instante.

Mina ve horrorizada cómo las llamas iluminan el pabellón, dibujando el contorno de los pacientes en sus camas.

Se fija en la mirada imposible dibujada en los ojos de su marido antes de correr hacia el pequeño fuego que se ha desatado en el centro de la estancia. Mina se apresura a lanzar una de las mantas encima del incendio para tratar de sofocarlo. Pisa la manta con todas sus fuerzas para intentar robarle todo el oxígeno a ese fuego, que crece y crece igual que si se tratara de una hiedra venenosa extendiéndose por las tablas secas del suelo. Tiene que lanzar una segunda manta para conseguir asfixiar por completo el fuego que le ha quemado los pies y también las pantorrillas; el bajo de su vestido ha ardido y la tela se le ha pegado a la piel.

Esas cicatrices no desaparecerían ya nunca, pero en ese momento Guillermina Índigo todavía no es consciente de eso, ni del terrible dolor de las quemaduras que la perseguirá durante semanas después de esa noche. En ese instante, lo único de lo que Mina es consciente es de que, tarde o temprano, su marido va a matarla.

Zelda termina de limpiar la marca oscura del suelo de madera del pabellón de los enfermos. La quemadura que el farol roto había dejado se extendía igual que una siniestra mancha oscura desde el centro del pabellón hasta ocultarse debajo de un par de camas en las que descansaban los pacientes. Habían tenido que vaciar la mitad del pabellón, así que todos los enfermos que necesitaban reposo estaban ahora amontonados en el extremo más cercano a la puerta, mientras ellas terminaban de limpiar el desastre. Habían cerrado la cortina para evitar que los pacientes hicieran demasiadas preguntas: casi ninguno de ellos había presenciado lo que había sucedido la noche anterior, así que se inventaron que el farol se le había caído a la propia Guillermina mientras hacía su ronda.

—No he podido limpiarlo del todo, es lo que pasa con las quemaduras: siempre dejan una cicatriz —se excusa ella.

—Ha quedado mucho mejor de lo que pensé —admite Guillermina, sin dejar de mirar la marca del fuego—. Lo hubiera limpiado yo misma, pero me siento un poco extraña, mareada. Creo que es por haber respirado el humo del incendio. Y me duelen las heridas de las piernas.

Antes de empezar a limpiar, Zelda la había ayudado a curarse las quemaduras que la tela derretida de su vestido le había provocado en las piernas.

—No es grave, pero te quedará marca.

—Lo sé. —Mina vuelve a mirarse las vendas empapadas en miel y parafina que protegen sus quemaduras—. Anoche la vi, a la mujer del cuadro. Ella llevó a Martín hasta el pabellón.

Zelda la mira y sus ojos tiemblan.

—Yo creo que también la he visto, quiero decir... —Hace una pausa porque no sabe bien cómo terminar la frase—. Me pareció ver a una mujer, de pie, cerca del campanario la noche en que Martín te subió ahí. Y eso no es todo: dos pacientes me han confesado que una mujer de oscuro los visita algunas noches. Se ríe.

—Es la mujer del cuadro, tiene que ser ella: la historia del fantasma de las Tres Cruces es real.

—No, no, escúchame, Guillermina. Eso solo es una historia de miedo que se cuenta para no tener que decir en voz alta la verdad, la fea verdad: que un hacendado español mató a su esposa porque quiso. Y ya está. Es más fácil culpar al fantasma. —Ahora Zelda ha recuperado su habitual tono de seguridad—. Todos aquí han oído esa historia, por eso los detalles se parecen: unos se lo van pasando a los demás, igual que los piojos. Y seguro que tu marido también ha oído la historia del fantasma asesino de las Tres Cruces. Pero es solo eso, una historia.

—Supongo que es fácil creer en fantasmas en un sitio así —admite por fin—. El pasado está muy presente en este lugar.

—Ya lo creo. El pasado y el presente son inseparables, aquí y en todas partes.

Guillermina piensa en ello un momento. Se mueve dentro de su vestido de algodón; se había estado sintiendo extraña toda la mañana, pero en las últimas horas ese malestar había ido empeorando. No se había sentido así desde la primera semana de travesía en el barco que los había llevado desde el puerto de Barcelona hasta Cuba. Suda, aunque eso era normal, está fatigada y puede sentir su cabeza y sus pensamientos desordenados.

—Menos mal que conseguí apagar el incendio antes de que alguno de los pacientes saliera malparado. Dios sabe lo que les hubiera pasado si llegan a respirar ese humo más tiempo —dice Guillermina—. Martín está peor cada día, siento que mi marido está desapareciendo... No sé qué voy a hacer.

Zelda se agacha, recoge el último trapo húmedo que ha utilizado para limpiar el suelo y le da una patada haciendo que el cubo se arrastre sobre la madera con un chillido.

—Te diré lo que haría yo si estuviera atrapada en un país lejano, sola, teniendo que encargarme de todas estas personas enfermas y manteniendo un hospital que no hace otra cosa que perder dinero desde que lo inauguramos: regresar. —Zelda se pone las manos en las caderas, le hormiguean los dedos por el esfuerzo de haber estado fregando el suelo—. Si yo fuera tú, volvería a Barcelona antes de que la situación empeore. Porque las dos sabemos que va a empeorar.

Guillermina no pensaba en otra cosa desde hacía semanas; se imaginaba a sí misma haciendo las maletas, contratando un coche que los llevara hasta el puerto de Casilda, cerca de Trinidad, y emprendiendo el viaje a través del Atlántico para regresar a Barcelona con Martín —o con la sombra de Martín, al menos—, pero siempre que pensaba en ello se encontraba con el mismo obstáculo, un obstáculo del que todavía no le había hablado a Zelda.

—No puedo volver, no hay nada para mí en Barcelona, solo fantasmas.

—Hay fantasmas en todas partes, Guillermina. Nunca hablas de ello, pero comprendo que has dejado asuntos sin resolver en esa ciudad; por mi experiencia, los malditos asuntos pendientes siempre vuelven para morderte el trasero cuando menos te lo esperas —dice Zelda, y después, con más suavidad, añade—: Pero es mejor tener que enfrentarte a eso que a un marido que ha perdido la cabeza estando tú sola a muchos kilómetros de tu casa.

—No estoy sola. —Guillermina la mira intentando sonreír—. Pero no puedo regresar a Barcelona por muchos motivos: la familia de Martín no aprobó su matrimonio conmigo, así que, a pesar de que él tenía trabajo como patólogo, tuvimos que marcharnos para poder comenzar nuestra vida juntos. Sería muy complicado explicarles que su querido primogénito ha enfermado y perdido la cabeza poco tiempo después de casarse con esa mujer que ellos no aprobaban. Me culparán a mí de todo lo que ha pasado.

Martín descansa en su dormitorio. Después de que intentara quemar el hospital, Guillermina había conseguido llevarlo hasta allí, quitarle la ropa y tumbarlo en la cama. Esa noche Martín había tenido una fiebre muy alta: murmuraba, llamaba en sueños a su antigua institutriz y temblaba de frío. Guillermina pensó que era efecto de la fiebre, pero, cuando se acercó y le retiró el trapo húmedo que le había colocado en la frente para intentar bajarle la temperatura, Martín dejó escapar un grito de puro terror como ella no había oído nunca antes.

—La tatagua —murmura Zelda, mirando la mancha oscura del suelo—. Es un mal augurio.

Mina sonríe a pesar de todo.

—Nunca dejará de sorprenderme que una mujer como tú, con una mente tan capaz para las máquinas y la ciencia, crea en malos augurios y supersticiones.

—Los augurios y las supersticiones, como tú los llamas, son solo otra manera de comprender el mundo, igual que la ciencia o las matemáticas. Y forman parte de mí; esa criatura, que pasó dieciséis años encerrada en una habitación, desde luego creía en los augurios.

—Lo siento —se disculpa ella.

Zelda hace un gesto con la mano para quitarle importancia.

—Se me ocurre que puede que tu esposo sí que crea en espectros y apariciones. No digo que el fantasma de las Tres Cruces esté rondando a tu marido, lo que digo es que tal vez él así lo crea. Ha oído esa historia, igual que todos por aquí, y ha visto ese maldito retrato que me enseñaste. —Zelda se estremece al recordar el gesto de desprecio en los labios de la mujer del cuadro—. Tal vez Martín esté enfermo de la mente y se ha obsesionado con una vieja historia de fantasmas. A lo mejor cree que esa mujer lo ronda, igual que al antiguo propietario de la finca.

—Lo que estás sugiriendo es una locura...

—Mi familia es una familia de locos, Guillermina; mi madre perdió la cabeza por un revolucionario, me contaron que una tía abuela ahogó a su primer hijo porque estaba convencida de que era un demonio que había suplantado al niño, y mi abuela paterna creía en el culto a los antepasados y pensaba que los muertos conviven en el mundo con nosotros, los vivos.

—La madre de tu padre era...

—Una *manbo*, una sacerdotisa de vudú. Hacía curaciones,

ceremonias para llamar a los espíritus, adivinaba el futuro, leía los sueños...

—No sabía que tu abuela fuera una hechicera, nunca hablas de ella.

—Hechicera no, sacerdotisa —la corrige Zelda—. ¿Y qué hay que hablar? Era una esclava loca que se dedicaba a intentar convencer al resto de los esclavos de que tenía poderes; supongo que eso hacía que de alguna manera su vida fuera un poco más... tolerable.

—Entonces ¿no tenía poderes de verdad?

Zelda le dedica una sonrisa cómplice.

—Bueno, desde luego muchos lo pensaban y ella se esforzaba en fingir que era así. Un poco tú me recuerdas a ella.

Las dos mujeres terminan de limpiar y de adecentar el resto del pabellón. Habían abierto las ventanas para que el humo y el olor a madera seca quemada se perdiera en el aire cálido del amanecer. Saben que los mosquitos y el resto de los insectos de la selva que crecía salvaje alrededor de la finca se colarían por las ventanas picando y mordiendo a los pacientes en sus camas al atardecer, pero el humo era perjudicial para algunos de ellos. Además, Guillermina no quiere volver a sentir ese olor nunca más.

Para cuando terminan de limpiar, guardar todos los trastos en el pequeño almacén del pabellón y acomodar a los enfermos en sus respectivas camas, el sol ya está casi en lo más alto del cielo. Guillermina puede notar cómo sus rayos le pican en las mejillas, en la nariz y en sus brazos desnudos. Le gusta la sensación y le gusta Trinidad. A pesar de las incomodidades, el calor, los insectos y todo lo demás, ese lugar tiene un lado salvaje y único que Guillermina no ha experimentado antes. Con el paso del tiempo se había ido acostumbrando a la luz brillante y dolorosa del sol, pero hoy siente que algo es diferente: es la primera vez desde que llegó al valle de los Ingenios que el sol no le parece tan brillante y que los colores del millón de verdes de la selva le resultan casi invisibles, como si de repente no pudiera apreciarlos.

—¿Cómo está Martín? ¿Has conseguido que descanse?

Guillermina todavía tarda un momento en responder.

—Duerme, y espero que siga descansando mucho tiempo porque ahora mismo no sabría qué hacer. Gracias a Dios, no hay ningún paciente urgente al que tengamos que atender ahora, y si nos llega alguna urgencia supongo que tú y yo podríamos arreglarnos las dos solas para tratarlo.

—Claro que podríamos —responde Zelda—. Sigo pensando que tu esposo está convencido de que un fantasma lo ronda, y creo que esa idea es lo que lo empuja a comportarse de esa manera: a intentar acabar contigo tirándote desde el campanario o a prenderle fuego al hospital que tanto esfuerzo y trabajo le ha llevado levantar.

—No sé en qué nos ayuda eso. Suponiendo que Martín realmente creyera estar poseído por un espíritu, no comprendo cómo podría ayudarlo yo... —Guillermina se cruza de brazos, se siente extrañamente débil, pero no había desayunado, así que supone que se debe a toda la tensión y al esfuerzo de aquella noche interminable—. Se me ocurre que, si tu abuela estuviera aquí, ella podría hablar con el supuesto espíritu que está atormentando a Martín. Como hacen las médiums famosas en Europa: organizar una sesión espiritista para preguntarle al fantasma qué es lo que desea.

Las dos mujeres se ríen en voz baja, pero una ráfaga de aire oscuro agita las palmeras que crecen en el límite de la hacienda y les trae el sonido de cientos de pájaros cantando en lo más profundo de la selva.

—Cuando llegamos, nadie quería trabajar en la hacienda; todos decían que este lugar estaba maldito, que nada bueno podía construirse sobre un sitio que había conocido tanto dolor y sufrimiento —comenta Mina hablando solo para sí—. ¿A quién se le ocurre levantar un hospital destinado a ayudar a la gente en un lugar que hace no tanto tiempo se utilizaba para amontonar esclavos que trabajaban a destajo en la refinería de azúcar? Solo a Martín. Debí hacerle cambiar de idea.

Comienzan a caminar de vuelta hacia el edificio principal, pero Mina no puede evitar sentir que algo o alguien las observa desde el límite de la oscura selva. Se vuelve una vez para mirar por encima de su hombro, pero no ve a nadie en la línea de arbustos y palmeras que se pierden en la distancia.

—El pasado y el presente son inseparables —repite Mina—. Puede que tengan razón, tal vez este lugar esté maldito. Quizá un lugar en el que hayan sucedido cosas horribles se quede habitado por fantasmas para siempre. Embrujado. Y esa mujer, el fantasma de las Tres Cruces, se aprovecha de eso, volviéndose más fuerte con cada nueva muerte, alimentándose. Igual que sucede con las personas que han vivido una tragedia y la repiten en su mente una y otra vez.

El viento cálido le remueve la falda de algodón a modo de respuesta.

—Sucesos que desafían toda lógica, así es como solía llamarlo mi abuela; o al menos de ese modo es como mi mamá me dijo que ella solía referirse a esos momentos en los que puede sentir que algo terrible está a punto de suceder: el primer rayo en el horizonte antes de que llegue la tormenta, el escalofrío en el corazón —recuerda Zelda—. Hay muchos tipos de fantasmas: arrepentimiento, secretos, culpa, soledad..., pero a la mayoría de los espectros los invocamos nosotros mismos. Nosotros creamos nuestros propios fantasmas.

—Espero que te equivoques, porque yo he creado muchos fantasmas. Tal vez merezca que uno de ellos me atormente.

Oyen la campanilla de la muerte dentro del edificio principal. Mina se la ha dado a Martín la noche anterior para que él la haga sonar si necesita algo. Así ella puede ir a su habitación a llevarle agua, medicinas u otro trapo empapado para la frente.

—Martín me necesita.

Guillermina suspira y da unos pasos decididos hacia la puerta principal de la casa, pero entonces nota que sus piernas no responden y sus rodillas tiemblan. No sabe lo que va a suceder hasta que su cuerpo reacciona doblándose hacia delante por la cintura para vomitar. Guillermina siente cómo le arde la garganta y casi teme que las tripas vayan a salírsele por la boca; vomita tanto que el dobladillo de la falda de su vestido se mancha y el suelo de tierra se vuelve oscuro bajo sus pies. Cuando termina no puede hablar, solo siente esa necesidad de beber agua fresca que siempre sigue a la quemazón que queda en la garganta después de vomitar.

—Iré a buscarte agua y un poco de camomila para las náuseas, te sentará bien.

Zelda se aparta de su lado, pero, antes de que se aleje de ella, Guillermina extiende el brazo para llamar su atención. Ella le da la mano en silencio mientras Mina vuelve a vomitar. Las dos mujeres permanecen así un momento más, hasta que, esta vez sí, Guillermina está segura de que ya ha terminado.

—Es el humo... Creo que he respirado demasiado humo, tengo que sentarme un rato, pero enseguida estaré bien.

Guillermina tiembla, los escalofríos le sacuden todo el cuerpo y su voz suena frágil. Zelda le tiende un pañuelo que siempre lleva en el bolsillo para que pueda limpiarse, y ella lo acepta sin hacer nada.

—La parte de arriba del vestido apenas te abrocha y hace una semana tuviste que ensanchar la falda azul porque no te cerraba —le recuerda Zelda con voz pausada—. No ha sido el humo: estás encinta, Guillermina.

Mina sacude la cabeza.

—No, no... —Pero Mina repasa deprisa todas las veces que ha hecho el amor con Martín últimamente; su esposo había ido volviéndose más apasionado, casi necesitado, desde que habían llegado a Trinidad, pero nunca tanto como en los últimos meses—. Estoy embarazada.

Dentro de la casa principal, la campanilla vuelve a sonar con impertinencia.

—Siéntate un poco en la escalera para recuperar el aliento, yo iré a atenderlo.

Pero Guillermina niega con la cabeza, se estira las arrugas del vestido y termina de limpiarse.

—No, yo iré a atender a Martín.

El mismo viento oscuro que había salido de las entrañas de la selva revolotea ahora por la hacienda, subiendo por la torre del campanario, y hace sonar tres veces la vieja campana igual que si fuera un siniestro aviso.

Guillermina ya no puede ocultar más tiempo su embarazo. Su barriga había crecido tanto en los últimos siete meses que apenas le servía ninguno de los vestidos que había traído de Barcelona, los pies le dolían a cada paso y sentía las piernas tan pesadas como si estuvieran hechas de plomo. Y el calor del verano en Trinidad no ayudaba. Le costaba caminar, le costaba levantarse de la cama y, sobre todo, le costaba seguir ayudando a los pacientes en el hospital de las Tres Cruces.

—Pronto tendrás que guardar cama, Guillermina. No vas a ser de ayuda para nadie dentro de algunas semanas —dice Zelda, mientras termina de rellenar las jarras de agua que hay sobre las mesitas de los pacientes.

—Lo sé —acepta con resignación—, pero mientras pueda seguir estando en pie pienso continuar trabajando aquí. Ya tenemos bastante con Martín, que casi es incapaz de levantarse de la cama, no quiero convertirme en una carga yo también.

Martín había empeorado; la fiebre misteriosa que había ido devorando su cerebro, y también su cordura, ahora parecía haberse abierto paso hasta el mismo centro de su corazón, alimentándose del hombre paciente y comprensivo que solía ser. Cuando estaba despierto, gritaba, maldecía y lanzaba los pequeños objetos que estaban a su alcance: el orinal, la jarra de agua, las toallas húmedas con las que Guillermina intentaba bajarle la fiebre... Todo servía para tratar de hacerle daño. Tanto era así que, en las últimas semanas, mientras su hijo crecía dentro de ella, Guillermina no podía evitar creer que sí, que realmente su marido había sido poseído por el fantasma de las Tres Cruces.

—Tú no estás inválida, pero sí encinta. Y si no tienes cuidado, esa criatura nos dará muchos problemas cuando se acerque la fecha del parto.

Zelda está también visiblemente cansada y la fatiga se deja ver en sus facciones aniñadas, ahora que es ella quien se encarga de la mayor parte del trabajo en el hospital.

—Me aterra pensar en el parto —admite Guillermina en voz baja. Se sienta en el borde de una de las camas vacías del pabellón para enfermos en recuperación—. Me da miedo lo que pueda pasar.

—Pues claro que te da miedo lo que pueda pasar, serías idiota si no tuvieras miedo del parto. Pero tú y yo operamos a un hombre, le extirpamos el apéndice hace menos de dos meses; las dos solas, sin ayuda de Martín o de ningún otro médico, le salvamos la vida a ese hombre. Estoy segura de que podré ayudarte cuando llegue el momento de que saques a esa pequeña Guillermina que llevas dentro.

Mina intenta sonreír y se acaricia la barriga.

—¿Cómo sabes que es una niña?

—Lo sé y punto. —Zelda hace una pausa—. Hay una partera en Trinidad, hoy ya es muy tarde, pero mañana puedo ir a hablar con ella y decirle que esté preparada, aunque todavía falten un par de meses para el momento del parto.

—¿Harías eso por mí? —Su voz tiembla—. Sé que odias salir de la finca, desde que viniste a vivir con nosotros aquí no habrás salido de la propiedad más de dos veces. Y nunca has ido tan lejos como a Trinidad.

—Supongo que, cuando una crece encerrada, jamás se acostumbra del todo a la libertad. —Hay un tono de resignación en sus palabras—. Pero si hablar con la partera hace que te sientas más tranquila, buscaré la manera de ir a Trinidad, aunque me dé miedo salir.

—Gracias —murmura Mina, a punto de romper a llorar.

Las dos mujeres salen despacio del pabellón. El sol está ya muy bajo, oculto entre la vegetación que rodea toda la propiedad, pero, a pesar de eso, el calor en el aire de la tarde es tan intenso que a Guillermina le cuesta respirar. Recorren el camino polvoriento hasta la entrada de la casa principal, donde siempre se está un poco más fresco, ya que los muros de piedra son anchos y protegen del calor del sol. Guillermina siente sus tobillos hinchados y busca con la mirada el banco de madera que hay en el gran recibidor para sentarse a descansar.

—Debería ir a ver cómo está Martín. Esta mañana ha intentado levantarse de la cama y cuando se lo he impedido me ha empujado de malas maneras —se lamenta—. Sigue empeorando y no sé qué voy a hacer cuando nazca el bebé. ¿Cómo voy a cuidar de un bebé y un marido enfermo?

Guillermina esconde la cara entre las manos; está a punto de echarse a llorar cuando siente la mano de Zelda sobre el hombro.

—Buscaremos la manera; no será fácil, porque la enfermedad ha convertido a tu marido en un hombre terrible y violento. Ya es suficiente trabajo hacerse cargo de un bebé, pero buscaremos la manera —le promete Zelda.

Guillermina levanta la cara y la mira, dedicándole una diminuta sonrisa.

—No hubiera podido llegar hasta aquí sin ti —le dice.

—Oh, desde luego que no.

Y las dos amigas sonríen.

Entonces oyen un grito que viene del edificio anexo. Es un aullido de puro terror que les llega flotando en el viento de la tarde.

—¿Qué ha sido eso? —pregunta Zelda al tiempo que se acerca a la puerta para ver lo que pasa fuera.

—Zelda... —Mina escucha el miedo en su propia voz—. ¿Qué sucede?

Pero Zelda no responde, se vuelve hacia ella y Mina puede ver que está lívida. Sin decir nada más, Zelda echa a correr y atraviesa el gran patio delantero en dirección a los antiguos barracones de esclavos.

Mina se levanta con dificultad del banco y la sigue tan deprisa como puede, pero sus pies se han vuelto torpes y sus pasos lentos por el embarazo, el calor y el cansancio. No puedo evitar que Zelda entre en el hospital mucho antes que ella. Todavía tarda un momento más en oler el humo en el aire cálido.

Cuando entra, ve que Martín está junto a la cama de uno de sus pacientes: es el hombre al que ellas habían operado hacía unas semanas.

Martín lleva en la mano una garrafa de queroseno —del

mismo que utilizaban para alimentar las lámparas de gas— y vacía el combustible sobre la cama del paciente, que todavía duerme ajeno a lo que está sucediendo.

—Martín... —lo llama Guillermina con voz frágil.

Zelda está más cerca de él y consigue quitarle la garrafa de las manos, pero al hacerlo el líquido se derrama por el suelo de madera. Antes de que puedan hacer nada, Martín saca un largo fósforo de su bolsillo, lo prende frotándolo contra la pared y lo deja caer al suelo. Una lengua de fuego naranja se extiende deprisa subiendo por la estructura de la cama del paciente, que, ahora sí, está despierto. Oyen sus gritos de horror mientras las llamas corren sobre su piel, devorándola igual que si fuera una criatura hambrienta.

—¡No! ¿Qué has hecho? —grita Guillermina, que se acerca deprisa hasta su esposo, notando cómo las llamas le acarician la cara, los brazos y las piernas por debajo de su vestido.

—Lo que debía hacer. Ella me lo ha pedido... muchas veces. Yo tan solo quiero que deje de reír —murmura él.

Otros pacientes se despiertan alertados por los gritos y por el olor del humo, y pronto el pabellón se convierte en un coro de voces asustadas y de gemidos de dolor.

Guillermina intenta moverse, pero sus piernas no responden; puede ver a Zelda volcando las jarras de agua, los vasos y todo lo que encuentra sobre la cama del desdichado paciente, que grita y se retuerce de dolor entre las llamas, pero es inútil. El fuego corre ahora por la tarima de madera del suelo y trepa por las paredes del antiguo barracón.

Algunos enfermos, los que pueden, se levantan de sus camas y se arrastran de mala manera hacia la puerta, intentando huir del incendio. Pero otros muchos no tienen fuerzas para moverse y observan inmóviles desde sus camas cómo la criatura de fuego devora los tablones y las sábanas, y hace estallar los tarros de medicinas y de alcohol que se guardan en las estanterías al fondo de la estancia.

Pronto el fuego es demasiado grande y poderoso como para poder frenarlo. Zelda trata de levantar a una mujer de una cama cercana para ayudarla a salir; se había roto la cadera en una caída y era muy mayor y de aspecto frágil; antes de rompérsela apenas caminaba bien.

—¡Guillermina, corre! Sal de aquí, vamos, ¡sal de aquí!

Pero ella continúa inmóvil en mitad de las llamas. El bajo de su vestido arde y el fuego sube trepando por la tela de algodón de su falda, el dolor de las quemaduras se vuelve tan insoportable que no puede mantenerse en pie y, un momento después, cae al suelo. El fuego consume la estructura de madera del edificio, acabando con todo y devorando el sueño de Martín en apenas unos minutos. Guillermina se queda allí, en el suelo, rodeada de llamas. Le cuesta respirar por el humo, que es más oscuro y espeso cada vez. Se arrastra como puede hacia la puerta abierta. Fuera ve la noche y algunos pacientes que ya han conseguido escapar del fuego.

Se arrastra sobre su vientre y sobre la criatura que espera, arañándose la piel, intentando causarle el menor daño posible, pero entonces nota que algo la frena y no puede avanzar. Cuando mira por encima de su hombro, ve que Martín ha pisado la larga falda de su vestido, impidiéndole moverse.

—Martín, por favor... —suplica ella desde el suelo.

Pero Martín se inclina hacia ella, saca un bisturí y se lo hunde en el costado izquierdo.

Guillermina grita de dolor. Se lleva la mano a la herida, pero incluso antes de tocarla siente la sangre caliente escapando de su cuerpo, manchando la tela de su vestido y colándose entre sus dedos. En algún lugar, no muy lejos, oye la risa inhumana del fantasma de las Tres Cruces.

Martín deja caer el bisturí a sus pies y se aleja caminando del incendio como si tal cosa mientras ella se desangra en el suelo del pabellón envuelto en llamas. Está segura de que va a morir, pero entonces Zelda aparece entre el humo y tira de ella hacia la salvación. Le desencaja el hombro del esfuerzo, pero ninguna de las dos se dará cuenta de eso hasta unas horas después. Al cabo de un momento Guillermina puede sentir por fin el aire de la noche en su rostro.

Se aprieta con las dos manos la herida en el costado de su vientre, intentando así frenar la sangre que escapa de su cuerpo. Zelda todavía tira un poco más de ella para acercarla a la fuente, en el centro del gran patio.

Las dos miran impotentes las llamas que devoran el hospital y que ahora se extienden por la casa principal. Han dejado de oírse los gritos de agonía de los que no han podido escapar del incendio.

—Creo que la ha matado —murmura Guillermina desde el suelo—. Creo que ha matado al bebé.

Zelda, que no ha reparado en la herida en su costado hasta ese momento, se agacha para verla mejor y, por la expresión en su rostro, Mina sabe que tiene razón. Aunque no será hasta dos días después cuando Guillermina tendrá que dar a luz a una niña muerta para intentar salvar su propia vida, envuelta en la fiebre por la infección y el dolor más absoluto.

En ese instante, todo con lo que ha soñado durante años se consume bajo el fuego. Las llamas corren por el tejado de la casa principal, lamiendo las paredes, hasta que la estructura comienza a derrumbarse. Martín se aleja caminando y se adentra en la oscura selva mientras todo arde; desde las palmeras les llega el sonido de una risa.

Guillermina está en el suelo, por las grietas de la tierra se cuela su sangre y mucho más; Mina llora —la primera vez de las muchas que llorará durante los siguientes meses—, pero el crepitar de las llamas ahoga sus sollozos.

CONTROL DE DAÑOS

—

Guillermina Índigo pasea arriba y abajo en su pequeño calabozo de la comisaría del Norte. Hace frío y el aire tiene un repugnante aroma a orina y a desesperación, pero ella no ha dicho ni una palabra desde que Ramiro la ha encarcelado allí. Al menos ha tenido el detalle de encerrarla sola en una celda, de modo que no tiene que compartir calabozo con el resto de las mujeres que han detenido esta noche: prostitutas, borrachas, mendigas o simplemente locas que han encontrado vagando por las calles y que esperan su traslado al hospital, a la casa de orates o a la cárcel de Reina Amalia.

Cuando oye los pasos familiares de Ramiro acercándose por la escalera que lleva hasta el pasillo de los calabozos, Mina finge que no está esperando su visita y que no se alegra ni siquiera un poco de verlo aparecer por fin.

—Si vienes a pedirme disculpas por haberme sacado a rastras de mi casa delante de media ciudad, ya puedes largarte por donde has venido. Prefiero seguir pudriéndome y pasando frío en este calabozo asqueroso antes que aceptar tus disculpas.

—Mejor, porque no estoy aquí para pedirte disculpas, Guillermina. Quiero que me cuentes tu versión de lo que sucedió anoche. Me refiero a la parte del allanamiento, no a la parte en la que el doctor Ellis pasa la noche en tu casa...

—Sí, ya sé a qué parte te refieres. —Guillermina se acerca a los barrotes de la celda para verlo mejor—. ¿Por qué haces esto, Ramiro?

—No me has dejado otra opción, Guillermina. Te colaste en el hospital para robar el archivo de Camila Garza.

Guillermina deja escapar un sonoro suspiro de fastidio y niega con la cabeza.

—¡Eso ni siquiera es un delito!

—Sí, por supuesto que es un delito. Sobre todo cuando te ha visto el maldito doctor Lejarcegui y la mitad del comité del hospital con tu disfraz de Cleopatra. ¿Cómo se te ocurre hacer algo tan estúpido?

—No es la primera vez que hago algo estúpido —se lamenta ella.

—Y apuesto a que no será la última, pero esta vez te han identificado, Guillermina. No tenía más remedio que hacer cumplir la ley.

—Qué alivio saber que ahora Barcelona está a salvo... —murmura ella con ironía.

Ramiro se frota la frente, le duele la cabeza y sabe que pronto le dolerá mucho más. Siempre había tenido, desde niño, esas terribles jaquecas —igual que si un hierro al rojo vivo le atravesara el cerebro entrando por el lagrimal de su ojo—, pero con el paso de los años habían ido a peor.

—¿Y para qué querías el expediente de Camila? ¿Era para vendérselo a algún periodista? ¿Ibas a utilizarlo en alguna de tus sesiones?

Guillermina tarda un momento en responder.

—Yo no robé el expediente de Camila Garza.

—Pues alguien lo ha hecho, porque cuando mis agentes y yo hemos ido al hospital esta mañana ya no estaba.

Una idea empieza a crecer en la mente de Mina.

—Te digo que yo no cogí el expediente de Camila, pero si alguien se lo ha llevado es porque estamos tras una buena pista. Por eso ha desaparecido. Alguien no quería que viéramos lo que estaba escrito en ese archivo y ha aprovechado nuestra pequeña excursión nocturna para robarlo. Y por eso tampoco dejaron que el doctor Ellis tuviera acceso a él cuando lo solicitó, mientras practicaba la autopsia de Camila.

Ramiro niega con la cabeza y lo lamenta rápidamente porque el dolor se extiende deprisa hasta su nuca y baja por su cuello.

—Tú no sigues pistas, no eres detective ni investigadora ni nada parecido... Solo eres una mujer con demasiado tiempo libre.

Guillermina le dedica una sonrisa cargada de cinismo.

—Sí, tienes razón, solo soy una mujer con demasiado tiempo libre, pero he avanzado más en este caso que tú y todos tus agentes; supongo que eso no te deja en muy buen lugar...

—Eso es porque tú no te molestas en cumplir la ley, haces lo que te viene en gana sin importar a quién puedes incomodar con tus juegos y tu ejército de informantes y chivatos...

—Ya veo. ¿Por eso me has arrestado? ¿Estás siguiendo las órdenes de alguien a quien he molestado?, ¿de don Ernesto Valdés?

Guillermina sabe muy bien que hace tiempo que está en el punto de mira de Valdés, y sus últimas averiguaciones acerca de Camila Garza, el Gorrión Blanco y su trabajo en el Eden Concert la han puesto directamente allí.

Todavía no había decidido si quería compartir toda esa información con Ramiro; tenía miedo de que, una vez que le contara a lo que Camila Garza se dedicaba en realidad, ella perdiera para siempre esa aura de víctima perfecta por la que todos se habían preocupado tanto y que había removido de alguna manera los sentimientos de la ciudad. Sabía muy bien que, en cuanto se hiciera público que Camila era una bailarina de variedades en el Eden Concert, nadie sentiría lástima por su muerte. El Gorrión Blanco no despertará las mismas simpatías que Camila Garza.

—Olvídate de esa familia. Valdés te aplastará como a un bicho si sigues fastidiándolo, y su mujer, Amalia, está perdiendo el juicio. Crees que sí, pero ella no podrá protegerte de la ira de su marido si él decide acabar contigo. Apenas puede protegerse a sí misma.

—¿Qué quieres decir?

Ramiro suspira.

—Se rumorea que Valdés está haciendo gestiones para encerrarla en un sanatorio. Así que no empeores las cosas para ella... ni para ti.

—Eso es lo que Valdés ha querido todo este tiempo: librarse de su mujer haciéndole creer a los demás que está loca para poder encerrarla y gestionar así su fortuna. Me ha utilizado para avivar sus fantasías acerca de su hija muerta..., el muy bastardo.

—Si Valdés está decidido a hacerle eso a su mujer, imagina lo que te haría a ti. Eres una mujer inteligente, Guillermina, pero a veces te pasas de lista. Por eso has acabado en el calabozo.

Ramiro Bocanegra y ella están unidos para siempre por el dolor, hace tiempo que lo sabe: es el mismo lazo invisible que la ata a Zelda o incluso a Domingo, el desagradable hermano pequeño de Martín. Algunas veces, a Mina le gusta sentir el límite de ese lazo que la liga a Ramiro.

—Tú cuidas de mí... —murmura.

—Yo siempre cuidaré de ti. —Ramiro se frota los ojos—. Pero cada vez me lo pones más difícil.

Guillermina está cansada, tiene hambre y frío. Las horas que lleva encerrada en esa celda comienzan a pesar sobre su humor y también sobre su buen criterio. Mira a Ramiro, intentando decidir si es el momento de contarle toda la verdad o si es mejor seguir guardando ese secreto, igual que hace con tantos otros.

—Voy a confiar en ti en contra de mi propio criterio y también del criterio de Zelda, y voy a contarte algo que he descubierto —empieza a decir.

—¿Vas a confiar en mí? ¿Desde cuándo?

Guillermina suspira.

—No hagas que me arrepienta, y espero no ver publicado nada de lo que voy a contarte. —Mina aún duda un momento más, ya sabía que tarde o temprano tendría que decirle a Ramiro lo que había descubierto—. Camila Garza era bailarina en el Eden Concert.

—¿Qué? ¿En el Concert? —Ramiro parpadea confundido.

—Así es. No me preguntes cómo lo he averiguado, pero es así. Su nombre artístico era Gorrión Blanco, bailaba desnuda con abanicos de plumas. Es un tipo de baile que consiste en...

Ramiro hace un gesto con la mano.

—Sí, ya sé en qué consiste el baile con abanicos. ¿Me estás diciendo que nuestra víctima perfecta era una chica que bailaba desnuda en un cabaré?

—Sí, eso es justo lo que te estoy diciendo. También puedo confirmarte que don Ernesto Valdés y Doval era uno de sus mayores entusiastas. Pasó de ser un cliente ocasional a obsesionarse por completo con Camila; le hacía carísimos regalos, como...

—La maldita gargantilla —termina él.

—Sí, con perlas y brillantes: igual que la que encontramos en su boca. También le regalaba perfumes, vestidos... Ya sabes, todo eso que los hombres ricos compran con dinero para asegurarse el favor y el interés de mujeres a las que doblan o triplican la edad.

—Por eso estás tan convencida de que Valdés es el responsable de su asesinato... —dice Ramiro, que por fin empieza a comprender algunas cosas.

Recuerda el interés que el grupo de Lázaro y los demás parece tener en el asesinato de Camila Garza, y supone que están intentando proteger a uno de sus socios, que además es quien más perdería si la Exposición Universal se cancelara por los disturbios: Ernesto Valdés y Doval.

—Deberías habérmelo contado. ¿Desde cuándo lo sabes, Guillermina?

—Eso no importa; lo que importa es que, hace poco, Camila decidió que ya no le interesaban más las atenciones del señor Valdés y este le dejó unos pájaros muertos en la puerta trasera del local. Imagino que no causaron el mismo impacto en la chica que un enorme ramo de flores o un broche de diamantes.

El aire de los calabozos parece haber descendido diez grados de repente. Ramiro nota un estremecimiento debajo de su traje.

—Me cuentas esto ahora y no sé qué esperas que haga con esta información; supongo que quieres que te deje salir y, de paso, manejarme a tu antojo como de costumbre. O que haga la vista gorda con lo que sea que tienes con el doctor.

Mina suspira.

—Nada de eso. Acabas de decirme que tú siempre cuidarías de mí —le recuerda ella con su mejor voz.

—Esto es muy serio: tienes que hacerte a un lado de forma rápida y muy visible. Deja que la gente sepa la verdad sobre Camila Garza y que la odien por eso; hazlo para salvarte tú, Guillermina.

—¡No puedo! Y solo te he contado la verdad para que comprendas que no voy a olvidarme del asunto. Y si esperas que con esto —Mina hace un gesto señalando los barrotes oxidados— deje de meterme donde no me llaman, es que no me conoces en absoluto, Ramiro.

Una sombra cubre el rostro del inspector jefe. Es un hombre apuesto, pero los últimos meses bajo presión, con todos los ojos puestos en él y en su departamento, lo han hecho envejecer casi cinco años de golpe.

—Te conozco bien, Guillermina. Puede que sea la persona que mejor te conoce en el mundo, además de Martín —dice, pero enseguida lamenta haber pronunciado su nombre.

—Sí, pero Martín ya no cuenta. Él no se reconoce a sí mismo, así que mucho menos va a reconocerme a mí.

Se hace el silencio entre los dos y los ruidos del calabozo llenan el aire oscuro y húmedo. Desde el piso de arriba de la comisaría les llega el sonido de voces de algunos agentes, pisadas y los ruidos de los caballos en los establos, no muy lejos de donde están.

—Sé de sobra que no vas a dejar de hacer lo que haces. Te he arrestado por tu propio bien, espero que esto te haya dado una idea de hasta qué punto te estás poniendo en peligro. Y también a los demás.

—¿Estás hablando del doctor...?

—Estoy hablando de Zelda, de ese viejo escocés cascarrabias que trabaja para ti o de cualquiera que tenga algún tipo de relación contigo. Mis agentes han encontrado sangre, casquillos de bala y cristales rotos en el cuartucho de los archivos del hospital. ¿Quién os disparó anoche?

Mina lleva pensando en ello todo el día. Su mente ha estado tratando de encajar cada pequeña pieza, cada casualidad y cada dato que ha ido reuniendo desde que comenzó todo aquello. Ella odia no tener todas las respuestas, precisamente por eso le fastidia tanto pronunciar en voz alta las siguientes palabras:

—No lo sé. No sé quién nos disparó —admite por fin—. Pero tuvo que ser alguien con mucha práctica y buena puntería, porque la calle estaba a oscuras, nos encontrábamos en el primer piso y la ventana estaba cerrada. No éramos un blanco fácil.

—¿El doctor Ellis está bien?

—Vivirá.

—Genial —dice Ramiro con ironía—. Has removido mucha porquería con todo esto: Valdés no es el único que lleva días pidiéndome que te arreste, te destierre o te haga desaparecer.

—Menos mal que no les has hecho caso...

—Desde luego, mi vida sería mucho más sencilla si lo hiciera —responde él.

—Y también mucho más aburrida.

Sonríe a pesar de todo, y Ramiro coloca sus manos alrededor de los barrotes de la celda, rozando los dedos de Mina un momento más de lo que sería apropiado.

—Prométeme que tendrás cuidado.

Guillermina contiene la respiración.

—Esta no es la primera vez que me amenazan, ni siquiera es la vez que más cerca he estado de morir.

El inspector jefe Bocanegra parece bastante complacido con su respuesta: sabe que no conseguirá una promesa más firme de Guillermina Índigo. Así que se da por satisfecho y se aleja de la celda hacia la escalera.

—Ha sido ella, ¿verdad? —dice Mina antes de que él salga del pasillo de los calabozos—. Esa víbora de sonrisa condescendiente: Rocossa-Contreras. Es ella, ¿verdad?

Ramiro se gira, ahora está tan enfadado que puede sentir cómo la ira sube en ráfagas por su cuerpo.

—Sé que ella robó el archivo de Camila Garza del hospital

—continúa Mina—. Estoy segura de que ha sido ella; tenía acceso al archivo por su relación con el hospital y su trabajo recogiendo fondos. Además, se ha metido a la ejecutiva en el bolsillo, seguro que también al doctor Lejarcegui, y lo ha convencido para que me denuncie...

—¡Basta! —la corta él, y su grito hace temblar las paredes de piedra del calabozo—. No sé qué obsesión malsana tienes con esa mujer, pero si no te equivocas y Rocossa-Contreras tiene alguna relación con lo que le ha pasado a Camila Garza, y no estoy diciendo que sea así porque no hay una sola prueba que lo demuestre, déjalo estar. Vuelve a tu vida de pitonisa, timadora, dedícate al dibujo artístico como hacen otras damas de la alta sociedad, a la caridad o a lo que te haga feliz, porque si Rocossa-Contreras ha puesto sus ojos en ti, estás acabada, Guillermina. Y no solo en esta ciudad. Y te aseguro que no voy a irme al infierno contigo, no me siento tan culpable como para eso.

—Yo te ayudé a convertirte en inspector jefe y ahora vas a dejar que me pudra en este calabozo para salvar tu propio pellejo.

—Sí, tú me ayudaste a convertirme en inspector jefe, pero me utilizaste, Guillermina. —Ramiro nunca ha dicho esas palabras en voz alta y pensaba que iba a costarle mucho más, pero una vez que empieza a hablar ya no puede parar—. Te aprovechaste de mí y de lo que sentía por ti, porque a eso es a lo que tú te dedicas: a aprovecharte de los demás para conseguir lo que quieres. No te importa a quién haces daño, pero yo ya he terminado contigo.

Ahora sí, Ramiro camina decidido hacia la escalera. Puede notar la mirada de Mina clavada en su nuca y eso le duele más que la jaqueca incipiente que se está formando en su cabeza.

—¡No puedes tenerme encerrada aquí abajo para siempre!

—Tampoco lo pretendo, me basta con que hayas aprendido la lección —responde sin molestarse en volverse para mirarla—. Y tienes una visita: tu amigo, el doctor traidor, está aquí.

El café de la Rambla donde están sentados tiene ocupadas casi todas sus mesas.

Aun así, el doctor Ellis y Mina han conseguido sentarse en el rincón más alejado de la puerta giratoria del local para poder hablar sin que nadie los oiga.

—No puedo creerme que Bocanegra me haya dejado salir bajo su supervisión. Es del todo inaceptable. —Guillermina mordisquea una galleta de vainilla de la bandeja de las pastas antes de dejarla olvidada sobre su platillo, a pesar de que no ha comido nada en todo el día—. Lo ha hecho únicamente para darme una lección. Maldito Bocanegra...

Ramiro había aceptado dejar libre a Guillermina bajo la palabra del doctor Ellis de que él la seguiría a todas partes y daría buena cuenta de su paradero en cada momento. Era una práctica habitual para liberar a las hijas o queridas de algunos hombres importantes en la ciudad que protestaban por los derechos de las mujeres o que se manifestaban en favor de los huérfanos. Como no podían arrestarlas —precisamente por ser quienes eran—, estas terminaban de nuevo en libertad a cambio de la palabra de sus maridos o padres de que se comportarían.

—Algo tenía que decirle al inspector jefe para convencerlo de que la dejara en libertad, señorita Índigo —dice Ellis, que no ha tenido tiempo de quitarse el abrigo antes de sentarse.

—¿Cree que podría llamarme Guillermina o incluso Mina en lugar de señorita Índigo? Después de todo, le he cosido una herida de bala sin anestesia tras allanar juntos un edificio público; es difícil imaginar algo más íntimo que eso.

Ellis lo piensa un momento.

—¿Y usted dejará de llamarme doctor? —Ella asiente—. Bien, Mina, entonces.

—Si Ramiro cree que a partir de ahora voy a dar cuenta de mi paradero o de mis intenciones constantemente a usted o a él, está muy equivocado —continúa Mina.

—Ya lo suponía.

Guillermina no puede evitar reírse a pesar de todo.

Hay una mesa con tres señoras sentadas un poco más allá

que los estudian sin disimulo. El doctor Ellis despierta el interés de algunas mujeres. Mina ya lo ha observado desde que ha empezado a pasearse por la ciudad con el doctor, pero esta vez no lo están mirando a él. Una de las mujeres murmura algo en voz baja y la otra asiente, en sus labios puede leerse cómo forma la palabra *adivina*; están hablando de ella. Guillermina suspira y se recuesta en la silla; seguramente a esas horas todos sus clientes ya saben que la han arrestado.

—El fuego. El detalle del fuego es lo que hace diferente el asesinato de Camila y el de la señora Egea. ¿Por qué molestarse en prenderle fuego al cuerpo de alguien después de matarlo? No tiene sentido y, sinceramente, me cuesta un poco imaginar a don Ernesto Valdés y Doval haciendo algo semejante; no parece ser uno de esos hombres que disfrutan con los incendios...

—Un pirómano —termina Ellis—. Así es como se conoce a esos individuos que obtienen cierta satisfacción sexual al prenderle fuego a algo y observar el incendio, pero es verdad que don Ernesto Valdés y Doval no encaja con ese tipo de individuos; acostumbran a ser más jóvenes, impulsivos, incapaces de reprimir sus deseos. Don Ernesto es un hombre sereno, acostumbrado a tener éxito en los negocios; según mi experiencia, eso no se consigue dejándose llevar por las emociones. Puede que don Ernesto sea inocente del asesinato. Tal vez ese retratista morboso sea el responsable de los crímenes después de todo.

—Pero es Valdés quien tenía una relación de tipo romántico con Camila: sabemos que estaba obsesionado con ella, iba cada noche al Eden Concert para verla actuar, le hacía carísimos regalos, pagaba para que nadie más se acostara con ella y la esperaba al finalizar su número —le recuerda Mina—. Un hombre que hace eso es un hombre que no acepta bien una negativa.

La mente de Guillermina vuela a través del camino sinuoso intentando encontrar una explicación, y por el momento casi olvida que está sentada en un céntrico café con Ellis, por eso le sorprende tanto su voz cuando se entromete en sus pensamientos.

—Si yo matara a alguien, le prendería fuego después para asegurarme de borrar cualquier prueba que pudiera incriminarme.

Mina parpadea.

—No le tenía por un asesino.

—Quiero decir, si matara a alguien, lo más práctico para salir impune del crimen sería destruir el cuerpo para borrar todas las huellas —continúa Ellis fingiendo que no ha oído su comentario—. También se me ocurre que un motivo para prenderle fuego a un cadáver es ocultar su identidad, pero nosotros ya sabemos que se trata de Camila Garza, así que ¿por qué molestarse?

—Lo hace porque quiere —murmura Mina como si estuviera hablando consigo misma—. Los incendios de los últimos meses en Barcelona, igual es por ahí por donde debemos empezar a buscar. Esa sustancia que encontramos encima del cadáver de Camila ha podido utilizarse en otros incendios. Se me ocurre que alguien que es capaz de fabricar esa cosa habrá querido probarla antes de usarla en un asesinato. Especialmente si es alguien que disfruta con los incendios.

—Tiene sentido, le pediré al inspector jefe Bocanegra que me permita revisar los archivos buscando incendios sospechosos. Es poco probable que algo así haya pasado desapercibido, pero antes del caso de la señorita Garza no había motivos para buscar esa misteriosa sustancia transparente en otros incendios —admite Ellis—. Estoy convencido de que el inspector jefe estará de acuerdo y no me pondrá ningún impedimento para poder acceder a esos archivos; creo que en los últimos días me he ido haciendo con su simpatía, supongo que en parte se lo debo a usted, por hablar bien de mí y suavizar las cosas entre los dos.

—De nada —responde ella, a pesar de que no ha hecho nada de eso.

Guillermina siente el vacío que deja el alcohol arañándole la garganta desde dentro, ahora que lleva semanas sin probarlo. Quiere beber, dejar que la ginebra baje hasta su estómago y se extienda por todo su cuerpo, cubriendo con una nube esponjosa sus recuerdos y también su presente, pero se acuerda de que se ha prometido no beber hasta que no consiga resolver el asunto de Camila Garza. Y su intuición le grita que está muy lejos de hacerlo.

—El fuego, esa es la clave. ¿Quién tiene los medios para fabricar esa sustancia? Se me ocurre que los ingredientes necesarios para elaborar ese acelerante no serán fáciles de conseguir ni de manipular. Eso sin mencionar que será un proceso peligroso.

El camarero, vestido con el uniforme azul oscuro que lleva los colores del local, se acerca hasta su mesa para dejar la tetera de porcelana, todavía humeante. Ni siquiera parece tener interés en su conversación, pero los dos guardan silencio hasta que el camarero termina con su ritual y se aleja de nuevo hacia la barra.

—Algunos reporteros y periodistas suelen merodear por este tipo de cafés, y también por los restaurantes, atentos a cualquier atisbo de conversación o noticia que puedan cazar. No me gustaría que se publicara en la edición de la tarde que Guillermina Índigo ha sido arrestada y después puesta en libertad, y que la han visto en un café con el patólogo, el flamante primo del vizconde de Belgravia. Mi reputación no podría soportar semejante escándalo. Voy a tener que pensar en algo para intentar contener el desastre que ha provocado Ramiro al arrestarme.

—Control de daños —dice Ellis mientras limpia su taza vacía, a pesar de que está impecable.

Guillermina lo mira sorprendida, casi como si estuviera viéndolo por primera vez desde que se han sentado en ese bar.

—Control de daños, eso es. Baxter es amigo de un editor jefe de cierto periódico de la ciudad y yo conozco algunos de sus secretos más oscuros; personalmente no tengo ningún interés en si un hombre prefiere la compañía de otros hombres frente a la de las mujeres, pero hay gente a la que esos asuntos le preocupa especialmente. Sería su ruina, un verdadero escándalo.

Él se olvida de su taza y también del té, y la mira boquiabierto.

—¿Está hablando de hacer chantaje a un periodista para que publique una historia falsa?

—Me gusta más el término *presionar* —responde ella—. Y sí, creo que el titular «Médium espiritista colabora en importante investigación con la policía de Barcelona» suena bastante mejor que «Médium farsante es detenida por allanamiento».

Jacobo Basalto era el ayudante del editor jefe del *Diario de Barcelona*. El señor Baxter y él habían estado viéndose románticamente durante varios meses un año atrás. Mina sabía bien que Basalto se había quedado prendado del acento áspero de Baxter y de su forma de ser, tan diferente de otros hombres que había conocido. Tan solo había hablado de su separación una vez un par de meses después de que la relación entre ellos dos ya hubiera terminado, fue una tarde que a Baxter se le cayó el platillo con la mantequilla antes de una sesión especial de Guillermina con una de sus clientas. Al señor Baxter nunca jamás se le rompía nada, era perfecto en su cometido de mayordomo. Cuando los pedazos de porcelana se esparcieron por el suelo de la cocina, Guillermina sacó la escoba sin decir una sola palabra, recogió todos los pedazos y se sentó a escuchar a Baxter.

—¿No le preocupa presionar a alguien que ha sido importante para el señor Baxter? Personalmente no me gustaría que presionara a una antigua amante a cambio de que publicara información falsa.

—¿Tiene muchas antiguas amantes a las que presionar, Ellis?

Cae en la cuenta de que no sabe nada acerca de su vida romántica; sabe que no está casado y no tiene ningún hijo, pero aparte de eso no conoce ningún otro detalle sobre el asunto.

—Esa no es la cuestión. Lo que se propone es mezquino y ruin: hacer pública su antigua relación podría llevarlos a ambos a la cárcel, o algo peor. No es propio de usted, Guillermina.

—No me conoce tan bien como cree.

Ellis se mueve incómodo, la elegante silla estilo bistró es demasiado baja para él.

—La conozco lo suficiente como para confiarle mi vida.

—Manu tenía razón: sí que es un ingenuo —dice ella con una sonrisa.

—Por desgracia lo soy —responde con amargura—. Pero igualmente no participaré en algo así: presionar a un hombre inocente a cambio de buena publicidad. No cuente con mi ayuda.

Guillermina se inclina sobre su café con mucho azúcar y siente un nudo en el estómago cuando dice en voz alta:

—No necesito su ayuda, Ellis.

Él la mira un momento desde el fondo de sus ojos verdes, dolido, antes de responder:

—Eso lo sé; pero me gustaría creer que desde que nos conocemos he conseguido hacerme un hueco en sus pensamientos, lo suficiente como para que ahora me escuche: no lo haga, se lo ruego.

—Y es así: tiene un lugar especial en mis pensamientos, Ellis. —También en su corazón, aunque no se atreve a confesárselo—. Pero el caso está cerrado y mi situación en la sociedad es complicada.

—Las huellas de la gargantilla, si las comparamos con la primera muestra, la que obtuvimos de la joya que tenía Camila en la boca, nos permitirán demostrar que hay dos asesinos, y que uno de ellos aún sigue suelto. Así es como obligaremos a Ramiro a seguir investigando: con pruebas. —Ellis se acerca un poco más y susurra—: Todos los martes por la noche, el inspector jefe acude a una reunión no muy secreta en el ayuntamiento.

Guillermina empuja suavemente con su dedo la galleta medio mordisqueada que ha dejado olvidada antes de levantar la vista para mirarlo.

—¿Cómo sabe eso?

—Yo también tengo mis fuentes —responde él, hablando deprisa—. Usted dijo que Ramiro guarda las pruebas de ambos crímenes bajo llave, en su despacho. Podemos colarnos el martes por la noche y obtener las huellas de la segunda gargantilla para compararlas.

—Siempre ha estado a mi lado, Ellis; desde que esto empezó me ha sido leal a pesar de que algunas veces puedo ser... difícil.

Él levanta una ceja.

—¿Difícil? —dice con ironía.

—Y sin embargo no me ayudará a limpiar mi nombre o mi maltrecha reputación, no puedo entenderlo.

—Lo que me pide que haga va en contra de todo en lo que creo, y de todo lo buena que sé que es usted; no puedo seguirla en eso, arruinar la vida de alguien es algo que pesará sobre su conciencia para siempre; créame, yo lo sé bien, Guillermina. —Ellis alarga la mano sobre la mesa y roza disimuladamente su muñeca—. Por favor, se lo ruego. Encontraremos otro modo de salir de este embrollo, juntos.

Ella mira un instante la mano del doctor, que todavía acaricia la piel de su muñeca; sabe que va a romperle el corazón.

—No hay otro modo —murmura.

Ellis hace un gesto con la cabeza, aparta la mano y se levanta despacio de la silla.

—No puedo seguirla esta vez, Guillermina.

Se pone el abrigo y pasa a su lado, muy cerca de ella —tanto que la tela de su abrigo le roza el brazo—. Mina cierra los ojos para contener las lágrimas cuando está segura de que él se ha marchado.

PRESIÓN

El inspector jefe Bocanegra es de esos hombres que cuando caminan hacen que el resto de las personas se aparten a su paso. Puede que sea por su rango, por la manera de moverse o simplemente porque es un hombre acostumbrado a que lo escuchen, pero Ramiro es de esas personas que nada más conocerlas resulta evidente que son capaces de solucionar los problemas. Y precisamente eso es lo que va a hacer esa tarde: solucionar los problemas. Los suyos y también los de Guillermina Índigo.

Ramiro entra en la redacción del *Diario de Barcelona*, que ocupa toda la primera planta del edificio y también algunos despachos de la segunda. El ruido de las voces de los reporteros, el humo de los cigarros en el aire, el olor a tinta... Todo eso casi le hace olvidar cuánto detesta esa parte de su trabajo. Algunos de los periodistas, sentados detrás de sus escritorios, lo miran con suspicacia cuando lo ven atravesar la sala de redacción rumbo al despacho del redactor jefe; casi todos en la ciudad lo conocen.

Bocanegra llama una vez a la puerta del despacho de Hugo Lucían y entra sin molestarse en esperar.

—¡Inspector jefe! Ramiro, menuda sorpresa verte aquí —dice Hugo, que se pone en pie para saludarlo.

Ramiro se quita el sombrero y se pasa los dedos por su cabello oscuro ondulado. No le gusta estar allí, no es de esos policías que disfrutan saliendo en la prensa: él prefiere solucionar los problemas de manera más discreta, pero esta vez se ha quedado sin opciones.

—Confío en que tengas cinco minutos para poder dedicarme. Seré muy rápido y la información es buena, de lo contrario no estaría aquí.

Ramiro cierra la puerta para asegurarse de que ninguno de los periodistas pueda escuchar su conversación, y después sonríe para sí al darse cuenta de lo ridículo que ha sido ese gesto, porque está a punto de contarle al redactor jefe del periódico todo acerca de Camila Garza.

—Te escucho. Confieso que no es habitual que el inspector jefe de policía venga a compartir información con nosotros; normalmente somos los periodistas o los reporteros los que tenemos que perseguiros o incluso espiaros para que soltéis prenda —dice Hugo, pero sus ojos brillan con interés—. Lo que me digas te prometo que será totalmente confidencial. Es lo bueno del periodismo: si no, nadie confiaría en nosotros.

—Nadie confía en vosotros —responde Ramiro—. Sospecho que la gente se fía tan poco de vosotros como lo hace de la policía, pero los dos somos algo inevitable: cuanto más avanza una ciudad o un país, más debemos avanzar nosotros con él. Y por eso estoy aquí.

A pesar de que no lo ha invitado a hacerlo, Ramiro retira una de las sillas que hay frente al escritorio de Lucían y se sienta.

—Quiero que publiques algo acerca del «crimen de la acequia». Es información de naturaleza sensible, pero me veo en la obligación de compartirla contigo para que tú hagas que llegue a tus lectores.

—Ramiro, no creo que...

Pero Bocanegra saca un cigarrillo de su pitillera y lo enciende. Le da una calada lenta y deja que el humo llene el despacho.

—No me vengas con esas, Hugo; no tienes reparos en publicar información que obtenéis pagando a chivatos de la calle o a agentes de uniforme, y eso sin contar la de veces que os inventáis una noticia para crear pánico y vender más periódicos.

Hugo Lucían no es del tipo de hombres que se dejan intimidar fácilmente, pero sabe bien que, si accede, el inspector jefe estará en deuda con él y le deberá un favor.

—Qué quieres que te diga, Ramiro, el pánico vende periódicos. La gente tiene derecho a estar informada: anarquistas, el cólera, un asesino sanguinario, una guerra en las colonias... Nuestros lectores quieren saber de qué deben tener miedo.

—Y tú se lo dices, a cuatro columnas, cada mañana.

—Eso es —responde con una sonrisa complacida—. Así que dime, Ramiro, ¿a qué quieres que tengan miedo mañana?

El inspector jefe juguetea con el cigarrillo un momento antes de responder.

—Quiero que mañana a estas horas toda la ciudad odie a Camila Garza.

Lucían no sabe muy bien qué decir, pero su experiencia como redactor jefe le ha hecho aprender cuándo debe callarse y dejar que un entrevistado o una fuente hable; de modo que se sienta en una esquina de su mesa para escuchar lo que el inspector jefe ha venido a decirle.

—Camila Garza no era la chica perfecta que todos creen. Su madre ha estado mintiendo a todo el mundo: a la policía; a vosotros, la prensa; a los ciudadanos, y a ese ejército de vagos y alborotadores que ahora la tienen a ella y a su hermano como mártires. Confío en que, al contarte esto, todo el revuelo se calme por fin y podamos continuar con nuestros asuntos.

—¿Estás aquí para decirme que Camila Garza no era la víctima perfecta? Eso es más gordo que filtrar el amorío de un banquero con una corista o los negocios negreros de alguna familia.

—Lo sé —admite Ramiro.

—Si destruyes la imagen que todo el mundo tiene de Camila Garza, destruirás también el poder que tiene como mártir. Su muerte la ha convertido en un símbolo para mucha gente. ¿Estás seguro de que eso es lo que quieres? —le pregunta con tono serio—. Puede que esta ciudad necesite un cambio, y si me cuentas lo que estás a punto de decir, bueno, tal vez acabes con la posibilidad de que eso sea así.

Pero Ramiro está decidido.

—Toma nota de todo lo que voy a contarte y no se te ocurra citarme como fuente. Asegúrate de hacer más de una edición en la que aparezca esta historia.

Lucían asiente; coge la libreta que siempre tiene sobre la mesa, a pesar de que ya no es él quien se ocupa de los reportajes, y le hace un gesto con la mano a Ramiro para que este comience a contarle toda la verdad acerca del Gorrión Blanco.

Guillermina Índigo cierra el *Diario de Barcelona* de mala gana y lo deja dando un golpe sobre la mesa de la cocina del palacete.

—Maldito seas, Ramiro —murmura entre dientes.

«La verdad sobre Camila Garza.» Así es como ha titulado el periódico el reportaje acerca del asesinato de la muchacha en el artículo publicado a cuatro páginas gloriosas en la edición de la tarde. Hay incluso un pequeño plano del lugar exacto en el que apareció su cuerpo, también se incluyen todos los datos que Mina le había contado a Ramiro unos días antes en el calabozo y otros detalles escabrosos sobre su asesinato.

—Pienso acabar con él, pienso arrastrar el nombre de ese traidor por el fango, aunque para ello tenga que quemar los últimos puentes que todavía me quedan en esta ciudad.

Zelda está asistiendo a su enfado apoyada en el mostrador de la cocina.

—¿Malas noticias? —pregunta con sarcasmo.

Ya son más de las ocho de la tarde y parece evidente que la cita que tenían con la señora Dámaso —para que Mina la ayude a entrar en contacto con su bisabuela y que esta le indique dónde escondió su anillo de pedida de esmeraldas— se ha cancelado. La señora Dámaso era una de las muchas clientas que ni siquiera se molestaban en inventarse una excusa para cancelar sus sesiones, de modo que Guillermina está vestida de espiritista, con los ojos maquillados, el pelo bien recogido y uno de sus vaporosos vestidos sentada a la mesa de la cocina.

—Creer que puedes controlar a alguien como Ramiro Bocanegra es una ilusión —continúa Zelda—. Él no es uno de esos idiotas de la alta sociedad que comen de tu mano solo con decirles lo que quieren escuchar: Ramiro ha ascendido desde el mismísimo fango y no es un hombre de los que se dejan convencer.

Mina suspira.

—Le conté la verdad solo porque quería que me permitiera salir del maldito calabozo, pensé que aceptaría la información como un gesto de paz. Todo este tiempo he creído que era yo quien lo manipulaba, pero me la ha jugado bien —se lamenta Mina—. Al menos espero que después de esto tenga el detalle de no volver a pasarse nunca por esta casa.

—Nunca se ha pasado por esta casa. Excepto cuando vino a detenerte hace dos o tres días —le recuerda Zelda—. ¿Tan malo es? El reportaje, quiero decir, ¿tan malo es?

Guillermina ha grabado cada una de las palabras del reportaje en su mente y sabe que lo más probable es que nunca jamás las olvide ya.

—Sí, es terrible. No solo porque se deleita en los detalles más sangrientos y penosos del asesinato de Camila; eso ya es algo bastante lamentable, utilizar un crimen horrible para lucrarse y vender periódicos...

Zelda está a punto de interrumpirla para decirle que se parece sospechosamente a lo que ella hace a menudo, pero decide dejar que siga hablando para que termine de desahogarse. No tiene manera de saber que la propia Mina ha visitado a Jacobo Basalto en la oficina que ocupa el *Diario de Barcelona* para «sugerirle» el titular con el que debe bautizar la noticia de su arresto: «Importante espiritista colabora con la policía para resolver un misterioso asesinato».

A Basalto no le había hecho ninguna gracia ver a Guillermina Índigo en su despacho, y mucho menos le agradó oír lo que ella le pedía: un pequeño favor.

«Un pequeño favor para garantizar mi silencio de por vida respecto a la relación de tipo romántico que tuvo en el pasado con el señor Baxter», le había dicho Guillermina.

Basalto era un hombre práctico y sabía bien que todo lo que había conseguido en su vida se desplomaría en menos de un segundo si se descubría su verdadera naturaleza; pero sobre todo le preocupaba que lo encerrasen en algún calabozo oscuro y olvidado de Montjuic, y todas las cosas espantosas que le harían allí; había oído las historias. Así que, cuando Guillermina Índigo apareció en su despacho y le contó lo que quería que publicara, Jacobo supo que no tenía más remedio que hacerlo.

—Además de todos los detalles morbosos, el reportaje hace hincapié en que Camila Garza no era precisamente inocente. Prácticamente afirman que era una furcia que bailaba desnuda en diferentes cabarés de la zona más baja de la ciudad, que tenía varios amantes, que había dado a luz y después abandonado a su hijo.

Zelda se sirve un vaso de agua de la jarra que hay sobre el mostrador de la cocina y le da un trago.

—Es terrible —dice, pensando en su propia madre, encerrada por su familia hasta el día de su muerte solo por acostarse con el hombre equivocado, y también en ella misma, la prueba viviente de ese terrible secreto—. Pero así es como funciona el mundo: no todas las víctimas valen igual, no todas las mujeres valen igual, y no todas las asesinadas dan la misma lástima. Y, desde luego, Camila Garza ya no le va a dar lástima a nadie.

—¿Cuánto crees que tardará su madre en venir a visitarnos? —Mina piensa en Abril Prieto, en su determinación y también, por qué no decirlo, en la popularidad que le ha dado la muerte de su hija—. Ya ni siquiera me preocupa que pueda chantajearme; a estas alturas, apenas me queda nadie en la ciudad que confíe en mí y mucho menos que quiera reservar una sesión con Guillermina Índigo. Pero me preocupa lo que ella o todos los que han convertido el asesinato de Camila Garza en su causa particular puedan hacer a partir de ahora.

Guillermina se levanta y camina despacio hacia la puerta de la cocina. El sexto movimiento del *Réquiem* de Mozart se repite al piano una y otra vez desde casi las seis de la tarde.

—«Lacrimosa.» Odio esa composición, la oigo incluso cuando no la está tocando y algunas veces también mientras estoy durmiendo —se lamenta Mina por encima de la melodía del piano, que vuelve a empezar una vez más—. Esta noche, cuando esté dormido, voy a entrar en la sala de música y cortaré todas las cuerdas del piano para que no suene; sospecho que ni siquiera se dará cuenta y al menos nosotras podremos descansar.

Zelda ha pasado tanto tiempo encerrada en el palacete de Permanyer que ya apenas oye la melodía del piano. Se ha acostumbrado al sexto movimiento del *Réquiem* igual que se ha acostumbrado al sonido de la cigarra que canta en el jardín del vecino cuando llega el calor, o al ruido distante y el bullicio de la calle unas pocas manzanas más allá; simplemente forma parte de su normalidad.

—¿El artículo dice algo acerca de don Ernesto? —pregunta Zelda—. Has dicho que describe minuciosamente a qué se dedicaba Camila en el Eden Concert y en otros cabarés: los bailes, los desnudos, la prostitución... ¿Menciona algo acerca de don Ernesto Valdés y Doval?

Guillermina se ríe con amargura.

—Nada. Ni una sola palabra, ni una mención a su nombre. Lo único que dice es que algunos de los caballeros más importantes de la ciudad la conocían y la frecuentaban. ¡La frecuentaban!, como si Camila fuera un coche de punto —se lamenta Mina—. Pero no menciona directamente a Valdés, aunque sí habla de los carísimos regalos que recibía: los perfumes, los vestidos o incluso otros obsequios más desagradables, como los pájaros muertos que alguien dejó como amenaza para ella en la puerta del Eden Concert.

La música del piano de repente se para y esta vez no vuelve a empezar. Sorprendida, Guillermina camina por el pasillo en dirección a la salita de música para asegurarse de que todo está en orden, pero entonces unos golpes en la puerta principal de la casa la distraen. Por un momento, Mina se pregunta si será la señora Dámaso, que ha cambiado de opinión y ha decidido presentarse por fin a su sesión. Cuando se acerca al vestíbulo, ve que Lilly maúlla cerca de la puerta principal y rasca con la patita igual que si estuviera tratando de abrirla.

—¿A qué viene tanto escándalo? Normalmente no te interesan en absoluto las visitas que recibimos —le dice a la gata, que ignora por completo su presencia.

Mina se estira unas arrugas en la falda de su vestido que se han formado al estar sentada y abre la puerta principal de la casa con su mejor sonrisa. Fuera no hay nadie. Guillermina mira alrededor y ve que tampoco parece que haya nadie en el patio delantero del palacete. La verja que separa el pequeño jardín de la callejuela adoquinada está perfectamente cerrada, tal y como ella la ha dejado cuando ha vuelto esta mañana, y no hay rastro de ningún visitante.

Está a punto de cerrar la puerta y volver dentro de la casa cuando repara en la preciosa caja envuelta que la espera al final de la escalera.

Mina se agacha para cogerla, le parece que apenas pesa, pero, cuando sus dedos rozan el lazo de color rojo brillante que cierra la caja, siente ese escalofrío en el corazón.

La lavanda se agita en el extremo del jardín cuando ella vuelve dentro de la casa cerrando la puerta tras de sí.

—¿Qué es eso? —le pregunta Zelda, mirando la misteriosa caja de regalo que lleva Mina en las manos—. No sabía que estuvieras esperando algún regalo de alguno de tus muchos admiradores.

—No, yo tampoco —responde Mina con gesto serio—. No sé qué es.

Mina se acerca la caja al oído y contiene la respiración un momento intentando escuchar lo que hay en su interior.

—No suena. —La agita con delicadeza y nota que algo se mueve dentro.

—Ábrela.

Las dos mujeres intercambian una mirada rápida de preocupación. Mina deja la caja en el suelo y deshace el lazo de color rojo, le quita la tapa y se da cuenta de que la han envuelto con mucho cuidado; no es algo rápido de hacer, puede que incluso la hayan empaquetado en alguna tienda o *boutique*. Todavía está pensando en eso, y decidiendo que ahí es donde comenzará a preguntar para averiguar quién les ha enviado el misterioso regalo, cuando nota el olor.

Es el olor de la muerte. Guillermina lo conoce muy bien, durante un tiempo casi pensó haberse deshecho por completo de él, pero de alguna manera insiste en quedarse enredado en su pelo y en su ropa, y eso es lo que huele cuando abre la tapa de la caja.

—Qué horror —exclama Zelda, que se cubre la boca con la mano—. Desde luego es evidente que has hecho enfadar a muchas personas en esta ciudad, Guillermina —murmura Zelda antes de darse media vuelta y bajar la escalera que lleva a su habitación.

Mina se asoma un poco sobre la caja: dentro hay un gorrión muerto, su cabeza está separada de su cuerpecillo.

SUCESOS QUE DESAFÍAN TODA LÓGICA

Guillermina dobla la esquina que lleva hasta la Gran Vía. En esa zona de la ciudad, los edificios modernos con grandes balcones y chaflanes guardan la niebla que se ha levantado después de la puesta del sol. Ha decidido ir caminando para que le dé tiempo a pensar.

Es una noche fría de marzo sin luna y las farolas en las aceras de la Gran Vía son la única luz que ilumina a esas horas las calles. Mina puede oír el sonido de los tacones de sus botines resonando entre los edificios de cuatro y cinco plantas que se levantan a ambos lados de la calle. Una berlina pasa muy cerca y el cochero mira a la médium un momento con curiosidad antes de seguir su camino. Lleva la caja con el desagradable regalo debajo del brazo.

Zelda ha intentado persuadirla para que piense antes de actuar, pero Guillermina ya está cansada de pensar; siente que, en las últimas semanas, ha perdido por completo el control de su negocio, de su imagen pública, de su vida y de todas las demás cosas que pensaba en algún momento que tenía bajo control.

Los Valdés tienen un elegante mecanismo de timbre en la puerta principal de su gran piso, pero Guillermina prefiere llamar con los nudillos porque sabe que ese tipo de golpe, especialmente cuando es por la noche, causa mucho más nerviosismo. Un instante después aparece la doncella de los Valdés, que la mira un poco sorprendida. Duda antes de dejarla pasar, pero Guillermina ya contaba con eso, así que le dedica su mejor sonrisa y le enseña la caja de regalo cuidadosamente envuelta.

—Buenas noches, soy la señorita Índigo. Traigo un obsequio muy especial para los Valdés.

Rosa, la doncella, la mira extrañada, intentando decidir si dejarla entrar en el piso, pero Guillermina va bien vestida y arreglada, y además no es la primera vez que ve a la señorita Índigo en la casa, así que finalmente se echa a un lado y le hace un gesto con la cabeza invitándola a pasar.

El piso de los Valdés está decorado con caros jarrones de porcelana china, tapices, cortinas suntuosas que llegan hasta el suelo y alfombras traídas desde la India. A don Ernesto nunca le han interesado esas cosas, pero Amalia insiste siempre en mantener cierto tipo de decoración porque es lo que sus visitas esperan ver cuando entran en su piso. Guillermina, en cualquier caso, no se siente intimidada por todo eso. Avanza por el pasillo siguiendo a la doncella hasta que, un momento después, doña Amalia sale de su salita de uso exclusivo y la mira sin comprender.

—Señorita Índigo, qué sorpresa. —Le pide con un gesto a la doncella que se retire—. ¿Qué está haciendo aquí tan tarde? No recuerdo que tuviéramos programada ninguna sesión para esta noche. Aunque puede que lo haya olvidado, mi memoria ya no es lo que era y últimamente, con todo lo que está sucediendo, ando un poco perdida...

Mina casi siente lástima por esa mujer. Le agrada Amalia, su fuerza y esa valentía que de alguna manera todavía persiste en ella a pesar de la tragedia familiar y de la larga sombra de control que ejerce su marido sobre ella; pero Amalia también es de esas clientas que la han dado de lado en los últimos tiempos, así que su compasión se diluye rápidamente.

—Buenas noches, doña Amalia. No se preocupe, no teníamos ninguna sesión pendiente. Estoy aquí porque tenía una reunión con su esposo. Tengo un regalo muy especial para él. —Mina le dedica una sonrisa enigmática.

Amalia mira la caja cuidadosamente envuelta y parpadea sin comprender.

—¿Un regalo? ¿A estas horas? Le confieso que lo encuentro algo extraño, y también un poco inapropiado que una dama como usted le haga regalos a un hombre casado...

—No es ese tipo de regalo, créame —termina Guillermina, pero entonces lo piensa mejor y añade—. Aunque, según dicen por ahí, su esposo sí está bastante acostumbrado a hacer regalos.

Ahora sí, Amalia se cruza de brazos y le dirige una mirada cargada de reproche; por un segundo, Guillermina cree que ahí termina su visita a los Valdés esa noche —y seguramente todas las demás noches—, pero entonces aprecia un pequeño cambio en el gesto de Amalia y se da cuenta de que no está furiosa con ella.

—Nunca pensé que fuera usted una de las numerosas amantes de mi marido. —Amalia lo dice deprisa y sin respirar, porque sabe bien que las cosas desagradables es mejor no guardárselas.

Guillermina, casi por primera vez en su vida, no sabe bien qué responder.

—No, yo no soy amante de su esposo. Pero sí que he venido a hablar con él de una de sus amantes: Camila Garza.

Guillermina mira de refilón la salita en la que están; es la misma en la que Amalia tomó el té con ella la última vez que estuvo en la casa de los Valdés. La chimenea está encendida y parece que Amalia ha estado leyendo, porque hay un ejemplar de una novela de misterio abierta sobre el sofá tapizado que hay frente a la chimenea.

—Le confieso que hace tiempo que esperaba que apareciera alguien haciéndome preguntas acerca de esa pobre chica, aunque me sorprende que sea precisamente usted, señorita Índigo.

—¿Y por qué le sorprende tanto? En los últimos tiempos, mi reputación y mi fama en esta ciudad se han visto directamente perjudicados por mi implicación en la investigación del asesinato de Camila Garza.

—Y también por su relación con el nuevo patólogo.

—Sí, también por eso —admite.

No ha visto a Ellis desde que se separaron en la cafetería; Mina intenta que sus pensamientos no regresen una y otra vez a él, pero fracasa.

—Siempre la he tenido por alguien que se ocupaba de custodiar y proteger los secretos más oscuros de la alta sociedad. Mi marido forma parte del grupo de personas a las que usted ha protegido durante este tiempo, por eso me sorprende que sea usted quien esté dispuesta a hacerlo saltar todo por los aires —responde ella—. Debo suponer también que es usted quien ha filtrado la verdadera historia de la señorita Garza a la prensa. Nos ha hecho un verdadero favor a todos, y especialmente a usted misma. Estoy segura de que, a partir de ahora, las invitaciones para fiestas, cenas como las de los Ruiz-Escuder y todo tipo de eventos sociales volverán a llegar al palacete. Eso sin contar con que recuperará también a todas sus clientas, yo incluida.

Amalia se sienta en el sofá frente a la chimenea y se estira una arruga invisible en su elegante vestido de tarde, un conjunto de color azul marino, discreto, pero con un bonito ribete de piel en las mangas.

—Yo misma volveré a solicitar sus servicios como médium en cuanto el asunto se calme por fin, únicamente estoy esperando el tiempo prudencial.

Mina la sigue a la salita, allí dentro el ambiente es cálido. Fuera, la helada nocturna intenta atravesar los cristales de la ventana y sacude suavemente las pesadas cortinas que hacen juego con el sofá.

—Qué considerada es usted, doña Amalia —responde Mina con ironía—. Le agradezco que vaya a volver a dejarse ver en público en mi compañía y que vaya a retomar las sesiones para intentar contactar con su hija Carlota. Pero puede que, después de oír lo que tengo que decirle, cambie usted de opinión.

Guillermina deja la caja de regalo en la mesita de té que hay frente al sofá. Observa que doña Amalia ha estado bebiendo una copa de jerez dulce, algo que las señoras de la alta sociedad pueden hacer sin que su comportamiento sea puesto en tela de juicio, igual que su cordura, lo que sabía que preocupaba mucho a Amalia.

—¿Qué hay dentro de la caja? —Amalia la observa un momento antes de volverse hacia ella de nuevo—. Creo que usted y yo podemos ser lo suficientemente sinceras entre nosotras como para aceptar que no se trata de un regalo para mi esposo.

Sin decir nada, Mina abre la tapa de la caja para que Amalia pueda ver por sí misma lo que hay dentro.

—Su esposo dejó un regalo como este en la puerta del local en el que la señorita Garza trabajaba cuando ella rompió su relación romántica con él. Esta noche he encontrado esto frente a la puerta de mi casa.

Amalia Casas se asoma y ve el cuerpecito del gorrión decapitado al fondo de la caja de regalo. Por un instante, Guillermina piensa que va a escandalizarse, a gritar o puede que incluso vaya a desmayarse de la impresión, pero, para su sorpresa, Amalia simplemente vuelve a colocar la tapa.

—¿Cómo puede estar segura de que ha sido mi esposo el que ha dejado esto en su puerta? Por lo que yo sé, los detalles más morbosos se han publicado en todos los periódicos de la ciudad; cualquier loco que haya leído los reportajes ha podido decidir dejarle este desagradable obsequio.

Guillermina la mira en silencio y se pregunta si esa es la primera vez, desde que la conoce, que está viendo a la verdadera Amalia Casas.

—No la ha sorprendido. La mayoría de la gente se hubiera asustado o escandalizado al descubrir un pájaro muerto dentro de una caja, pero por algún motivo a usted no le ha resultado algo tan impensable. No es la primera vez que ve una cosa así.

—No, no lo es.

Guillermina se sienta en la butaca que hay frente a ella, a pesar de que Amalia no la ha invitado a hacerlo, pero a esas alturas ya no importan las cortesías sociales.

—Le he hablado muchas veces de mi hija Carlota; ella era definitivamente una muchacha muy especial, pero su dolencia también lo era. Se trataba de ese tipo de dolencia que puede llevar a la ruina o la vergüenza a una familia como la nuestra, así que mi esposo y yo decidimos mantenerlo en secreto.

—Ya me habló de eso. Me contó que Carlota sufría de algún tipo de estado de melancolía que la hacía comportarse de manera excéntrica y que algunas veces podía resultar...

—Podía resultar violenta —responde Amalia; se mira las manos sobre su regazo un momento, igual que si estuviera decidiendo si va a seguir hablando del asunto—. Carlota fue empeorando a medida que fue cumpliendo años. De niña era alegre, espontánea y muy risueña, con cierta tendencia a las pataletas, pero era la única hija de un matrimonio adinerado, así que supongo que es lo que se esperaba de ella, ya que la estábamos consintiendo. Pero, a medida que fue creciendo, especialmente cuando cumplió los trece años, todo empeoró. Fue esa misma locura que vivía dentro de ella lo que la empujó a terminar con su vida en esta casa, como usted ya sabe.

Guillermina asiente con la cabeza.

—Lo que puede que no sepa es que antes de suicidarse también intentó acabar con la vida de mi esposo, con la mía y con la de su doncella envenenándonos con las tiras para matar ratas que colocaba el mayordomo en el sótano de la casa para acabar con esos molestos roedores. Carlota disolvía el veneno en el agua y después la añadía a la jarra de la que bebíamos en las comidas, o añadía un poco en el vino de su padre. Supimos que algo iba terriblemente mal cuando la doncella enfermó, comenzó a perder el pelo y apenas podía mantenerse en pie.

—Arsénico —dice Mina—. Su propia hija trataba de envenenarlos con arsénico. Comprendo que quisieran mantener algo así en secreto, pero sigo sin ver la relación con el gorrión muerto.

—Antes de decidirse a envenenarnos a nosotros, Carlota acabó con la gata de la familia; era una preciosa gata blanca de pelo largo con los ojos verdes. —Amalia mira las llamas de la chimenea—. Yo adoraba a esa dichosa gata, me hizo compañía en los momentos más oscuros de nuestro matrimonio, cuando intentábamos sin éxito concebir un hijo. Carlota le partió el cuello con sus propias manos y dejó su cuerpo sobre mi cama para que yo lo encontrara. Después de aquello, decidió acabar también con el papagayo que tenía su madrina y que le habían traído de Cuba; le cortó el cuello y lo guardó en una caja de regalo, muy parecida a esa que ha traído usted hoy, para entregárselo a su madrina el día de su santo.

Guillermina piensa en esa imagen angelical e inocente de Carlota que ha ido formándose en estos años. Ahora trata de imaginarla decapitando a un papagayo o estrangulando un gato y guardándolo después en una caja a modo de sorpresa de cumpleaños.

—Lo lamento. Por desgracia sé de sobra que hay algunas enfermedades de la mente que pueden arrastrar a quienes la padecen hacia un sufrimiento oscuro y violento, pero no es lo habitual.

—Ya. Conozco el estado de su esposo y sé que sufre del mismo mal que experimentan los soldados cuando vuelven de la batalla, una dolencia que los hace hundirse lentamente en un estado de sueño despierto y vivir ajenos a todo lo que sucede en este mundo. Pero mi Carlota no era así; no era una de esas muchachas lánguidas con tendencia a la soledad o al aislamiento, a pesar de que eso es lo que nos hemos esforzado en intentar hacer creer a todo el mundo. Carlota era malvada, pero no por su dolencia o por su mente alterada: era malvada porque así lo decidió. Esa es la conclusión a la que he llegado con el paso de los años.

—Pero no lo comprendo. Si todo eso es verdad, ¿por qué intenta ponerse en contacto con ella? —quiere saber Mina.

—Lo ha entendido usted al revés, señorita Índigo: tengo miedo de ella. Sospecho que ha regresado de entre los muertos, de algún modo, y necesito que deje de atormentarme; la veo cuando paseo por el centro, cuando estoy en un café o en una tienda, igual que la veo ahora a usted. —La voz de Amalia tiembla de terror—. Por eso he pagado sus sesiones espiritistas y por eso precisamente pienso seguir haciéndolo una vez que el escándalo se olvide. Necesito librarme de ella.

Guillermina comprende entonces que Amalia Casas no está intentando volver a contactar con su hija porque la extrañe: quiere deshacerse de su embrujo, de su fantasma. Recuerda la noche en que la esperó frente al palacete, asustada, para contarle que pensaba que el fantasma de su hija la seguía.

—No quiere que la ponga en contacto con Carlota: teme que ella pueda hacerle daño incluso ahora. Le aterra que, de alguna manera, su espíritu siga intentando acabar con usted o con su esposo.

—No es un espíritu: es muy real, y es malvada. —Amalia se vuelve hacia la chimenea y la luz naranja del fuego hace que parezca que ahora es una mujer al menos treinta años más joven—. ¿Usted no tiene miedo de los fantasmas, señorita Índigo?

—Desde luego que lo tengo. Mucho —responde ella—. Debería haberme dicho qué era lo que realmente la preocupaba desde un principio, podríamos haber intentado detener el embrujo que su hija Carlota ejerce sobre usted y sobre su esposo.

—No. Para mi esposo, Carlota era una niña perfecta; a sus ojos, nuestra hija se mostraba dócil, contenida, y ocultaba su verdadera naturaleza oscura. Las veces que intenté hablar con Ernesto de ella, contarle la manera tan terrible en la que se comportaba, él no quiso escucharme. Por eso sé que, si insisto en seguir adelante con la idea de que nuestra hija era una criatura oscura, sin corazón ni conciencia, él se volverá en mi contra. Ernesto ya estuvo muy cerca de conseguir que me internaran en un hospital para mujeres perturbadas hace algunos años; conspiró con mi propio abogado, el encargado de proteger la herencia de mis padres, para inhabilitarme y poder controlar mi patrimonio.

Aquella no era la primera vez que Amalia Casas le confesaba que sentía miedo de su esposo y del control que don Ernesto Valdés y Doval podía ejercer sobre ella —un control económico y también social, puesto que era uno de los hombres más respetados y poderosos de la ciudad—, pero esa noche Guillermina entendió por fin lo que más miedo le daba a Amalia. Lo que aterraba de verdad a esa mujer era perder el control de su propia libertad, pasar el resto de su vida encerrada y silenciada como sucede con las mujeres dadas por locas.

—Ahora que conoce la verdad, comprenderá que no es algo sencillo ni agradable de lo que hablar. Cuando Carlota murió, todo el mundo se compadecía de nosotros, y eso me permitió reinventar a Carlota; la lástima que veía en los ojos de los demás, la manera en la que me miraban, me dejaba claro que no querían escuchar la historia de una adolescente retorcida y con predilección por la muerte. Resultaba demasiado doloroso admitir que esa hija que tanto habíamos deseado tener resultó ser un demonio. Esa no era la historia que ellos querían escuchar, de modo que les conté lo que deseaban oír: les hablé de Carlota, la pobre Carlota, una muchacha solitaria, un poco melancólica quizá, pero una muchacha inocente.

—¿Y por qué no me lo contó a mí? Cualquier cosa que se comente en mis sesiones es privada, yo nunca jamás hablaría de la verdadera naturaleza de su hija con nadie...

—Usted vive de escarbar en los secretos ajenos, en el dolor de los demás; esa es su moneda de cambio, y es algo que ejecuta maravillosamente. Pero eso mismo hace que no sea usted una persona digna de confianza.

Mina tuerce los labios en una mueca. Mira la caja de regalo envuelta sobre la mesita de café.

—¿Quién más conocía la verdadera naturaleza de su hija? Alguien, aparte de ustedes dos y de su madrina, tenía que estar al corriente de sus inclinaciones violentas.

Amalia asiente y piensa deprisa.

—Sí, claro; el servicio: la pobre doncella que no volvió a recuperar la salud y a la que tuvimos que indemnizar, y que ahora vive en un pueblecito del norte, donde sus hermanos cuidan de ella; el mayordomo; el doctor que se ocupaba de Carlota desde que nació...

—¿Qué doctor? ¿Se trata de Jacinto Lejarcegui? Usted me contó que él la atendió en el parto y que se ocupó de la salud de Carlota cuando esta solo era un bebé —dice Mina—. Me contó que cuando Carlota nació estuvo muy débil las primeras semanas, y que incluso temió por su vida.

Fuera el viento se ha vuelto ahora más intenso, haciendo que se agiten las contraventanas de la casa de los Valdés. Guillermina mira de refilón la cortina, que ondea a pesar de que la ventana está cerrada, y siente un escalofrío que baja por su columna.

—Sí, el doctor Lejarcegui; él siempre ha cuidado de nosotros. Cuando Carlota cumplió ocho años tuvo el primer episodio violento. Arrojó por la escalera al cachorrito que su padre le había traído, era un perrito de color canela con un gran lazo azul al cuello. En ese momento, tanto su padre como yo pensamos que fue un accidente, y Carlota estuvo muy afectada durante semanas. El doctor Lejarcegui le dio un tónico para los nervios, que debíamos administrarle con la cena cada noche para asegurarnos de que dormía; mi hija tenía terribles pesadillas: se despertaba gritando en plena noche, lanzaba objetos y también se hacía daño a sí misma. El opio diluido la ayudó, al menos al principio. Y también a nosotros.

Guillermina sabe por propia experiencia que algunos remedios, especialmente los derivados del opio, pueden empeorar las dolencias de la mente, aunque parezca que momentáneamente las calman.

—¿Cree que, de alguna manera, la medicación que le daba Lejarcegui la hizo empeorar? Si es así, entonces nosotros seríamos responsables de haber agravado su comportamiento.

—¿Por qué dice eso? Si únicamente se la suministraron durante algunas semanas mientras Carlota era una niña, no veo la forma en la que eso pudiera...

—Se la administramos durante toda su vida —confiesa Amalia, y su voz es firme, no tiembla, no hay ni un pequeño asomo de culpa—. El doctor Lejarcegui nos confirmó que la calmaría y la mantendría..., ya sabe, domada.

—Los efectos a largo plazo que los opiáceos pueden tener sobre aquellos que los consumen habitualmente son cambios de carácter, lagunas de memoria, pesadillas... —comienza a decir—. Si además Carlota ya tenía algún tipo de desorden mental antes y era una niña todavía cuando empezó a tomarlos, el resultado sería..., bueno, impredecible.

—¿Me está diciendo que lo que le pasó a nuestra hija es culpa nuestra? ¿Que nosotros la hicimos así?

Guillermina decide que tiene que consultar sus sospechas con Ellis antes de responder a su pregunta; aunque no quiera verla, sabe que él no se negará a ayudarla en cuestiones médicas.

—Sé que han pasado algunos años —continúa—, pero ¿conserva todavía alguno de los frascos con los que drogaban a Carlota?

—¿De qué puede servirle el frasco? A estas alturas no creo que importe nada.

—Todo importa. Su culpa suya es y yo no puedo ayudarla con eso, pero al menos podrá descartar si la droga que le administraba a su hija fue, de alguna manera, responsable de lo que le sucedió. ¿No quiere estar segura?

La lluvia golpea el cristal de la ventana; es una lluvia oscura, afilada, que repiquetea en la elegante fachada del edificio. Guillermina se levanta del sofá. Ahora diluvia tan fuerte que apenas puede oír el crujido de la tela de su vestido por encima de las gotas de agua cuando se acerca a la ventana y mueve la cortina. Fuera, las farolas de gas están inexplicablemente apagadas, y las rachas de agua empujadas por el viento frío empapan sin compasión toda la Gran Vía.

—Si no fue su esposo quien dejó los pájaros muertos a la entrada del club para Camila Garza, puede que tampoco sea él quien ha dejado el gorrión decapitado en mi puerta esta noche. Pero debe de ser alguien que conocía el secreto de su hija Carlota, y por tanto el secreto de su familia; así que piense, doña Amalia, ¿quién más estaba al corriente?

La mujer está a punto de responder cuando se oye un golpe en la ventana. No es la lluvia, es algo mucho más fuerte y grande. Guillermina está cerca del cristal y da un pequeño salto involuntario para apartarse.

—¿Qué ha sido eso?

—No lo sé, juraría que ha sido...

Pero antes de que pueda terminar de hablar, otro impacto golpea la ventana, y después otro, y otro, y otro, hasta que parece que una lluvia incansable de golpes trata de romper el cristal y de atravesar la moderna fachada de piedra. Amalia deja escapar un pequeño grito de horror cuando ve el cristal de la ventana manchado con un líquido oscuro que se escurre hacia abajo por la lluvia.

—Es sangre.

En ese momento, el cristal de la salita recibe otro impacto y se rompe en mil pedazos, dejando que la noche y la tormenta entren en la habitación.

Las dos mujeres se apartan de la ventana y corren hacia la puerta. La corriente de aire frío que ahora entra hace que el fuego se apague, dejando la salita en penumbra. Aun así, a pesar de la oscuridad, las dos ven el gorrión que acaba de entrar por la ventana rota y que está malherido en el suelo: el pájaro mueve solo una de sus alas, igual que si estuviera intentando reemprender el vuelo.

—Son pájaros —dice Guillermina, sin poder terminar de creer las palabras que salen de su boca—. Son pájaros; creo que se están estrellando contra este edificio.

Hace frío y sus piernas tiemblan debajo de su vestido —puede que sea también por el miedo—, pero Guillermina camina con cautela hacia la ventana rota. Amalia Casas la observa sin moverse junto a la puerta de la salita, oyendo los pasos de Rosa, la doncella, que corre hacia allí alertada por el ruido de los cristales y los gritos de las mujeres.

Cuando Guillermina está cerca de la ventana, puede ver que hay más restos de pequeños pájaros que se han estrellado contra el cristal o contra la fachada. Ve puñados de plumas sucias, restos de sangre mezclada con la lluvia en los cristales rotos. Se asoma con cuidado, y en la calle, casi un piso por debajo de donde están, intuye un grupo de cadáveres de gorriones esparcidos por la acera.

Mina se vuelve justo a tiempo de ver cómo el gorrión malherido, que lucha por reemprender el vuelo en la carísima alfombra de los Valdés, deja de moverse.

SOSPECHAS FUNDADAS

Ellis está terminando de curarse la herida en el hombro. Cada noche después de la cena repite el mismo ritual: se aparta el vendaje, palpa la piel alrededor para asegurarse de que no hay infección y después vuelve a cubrir la herida. En los últimos días parecía que por fin había empezado a cerrarse; definitivamente, la señorita Índigo había hecho un buen trabajo, a pesar de las circunstancias, extrayéndole el pequeño proyectil y cosiendo después la herida. Ya no sangraba y la zona alrededor había ido volviéndose de un color rojo en lugar del morado oscuro hinchado que había tenido los primeros días. Ellis deja la gasa usada en la palangana de porcelana y se limpia las manos con la toalla.

Oye los golpes en la puerta de su habitación, así que vuelve a subirse la camisa y se abrocha los botones; ya sabe quién es, aunque esperaba que su cita se hubiera olvidado de él.

—Buenas noches. Por un momento pensé que no iba a abrirme la puerta, doctor Ellis.

El mismo hombre con el que Ellis toma el té algunas mañanas entra en la habitación. Tiene unos cincuenta años, lleva un traje de color marrón y se quita el sombrero al pasar.

—Tarde o temprano tendrá que buscarse un piso o una pensión en la que instalarse; no está aquí de vacaciones, doctor. Va a quedarse en Barcelona mucho tiempo. Bonito hotel. Y, por cierto, tenía razón: es más discreto que esa cafetería.

—Hoy es martes, habíamos quedado mañana —dice Ellis.

—Lo sé, pero han surgido algunos asuntos importantes.

—¿De qué se trata?

En vez de responder, el hombre da un rápido vistazo a la habitación y repara en las gasas manchadas de sangre en la palangana.

—¿Está herido?

—Nada grave, un corte feo durante un combate de boxeo —miente él.

—Aun así, ya conoce las normas, ¿por qué no lo ha mencionado en sus últimos informes?

—No todo lo que hago es asunto de la Corona. Me gusta creer que aún conservo algo de derecho a mi propia privacidad —responde Ellis.

El hombre del traje marrón lo estudia un momento.

—Usted está pagando por sus pecados, o por los de su padre. Le recomiendo que no olvide cómo llegó hasta nosotros: usted mismo se prestó voluntario para este tipo de misiones, ni siquiera tuvimos que reclutarlo.

—Descuide, no lo he olvidado. Tampoco olvido lo que hizo mi padre.

Ellis recuerda ese momento cada día. Fue la misma mañana en la que averiguó que su padre formaba parte de una red que operaba en Londres para tratar de hacerse con el control del Parlamento; un grupo de presión que chantajeaba a legisladores, lores o senadores con hacer públicos sus secretos más vergonzosos a cambio de tener sus votos en cuestiones como la política exterior o la Oficina de Guerra.

—Bien, porque su padre es un traidor y uno de los principales responsables de las bajas que sufrió el Imperio en la guerra de Crimea, además de otros asuntos que conciernen a la seguridad de todo el país —le recuerda él—. Hizo lo que debía al informarnos de sus sospechas sobre él, su país se lo agradece. Su labor aquí es fundamental para los intereses de Inglaterra y también para la estabilidad en todo el continente.

Meses antes de aquella mañana —que ahora le parecía tan lejana— en la que se presentó en la Oficina de Guerra para compartir sus sospechas con un antiguo compañero de Oxford —quién le concertó la entrevista con su enlace—, Ellis descubrió que su padre había estado involucrado en una red de investigación y vigilancia para perjudicar los intereses del Imperio en Egipto y Argelia.

—Mi padre es el responsable de decenas, seguramente cientos, de muertes de ciudadanos británicos y franceses en el norte de África: colonos, granjeros, comerciantes, mujeres, niños... Y eso sin mencionar las vidas de los indígenas que se vieron atrapados en sus actividades. No es una carga sencilla de llevar sobre los hombros.

Ellis también sospechaba que su padre era responsable, en parte, de la muerte de su madre. No tenía ninguna prueba y era demasiado pequeño cuando ella falleció.

—Trato con otros agentes en su misma situación a menudo, es parte de mi labor como enlace directo; no solo me limito a enviar sus informes a nuestros superiores en Londres. Por eso sé bien que su cometido puede resultar solitario: las mentiras, los secretos para mantener su tapadera... Necesita volver a casa unas semanas, podemos buscar una excusa que no comprometa su labor.

—No, nada de eso —lo interrumpe Ellis—. He tenido algunos percances, pero por fin he conseguido ganarme la confianza del inspector jefe Bocanegra y de otros miembros del cuerpo de policía, además de convertirme en un invitado asiduo a todas las fiestas y cenas importantes que se celebran en la ciudad. Sin duda, mi parentesco con el vizconde de Belgravia me ha ayudado a relacionarme con algunas personas de interés.

—¿Es su manera de decirme que no quiere regresar?

Ellis lo piensa un momento.

—Es mi manera de decirle que no quiero regresar por ahora. He conseguido avances y tengo testimonios, indicios y sospechas fundadas de que existe una conspiración con suficiente poder y recursos para tratar de desestabilizar el funcionamiento de este país y de otros de su entorno.

Su invitado se sienta en la butaca y cruza las piernas.

—Tiene «sospechas fundadas», pero, además de eso, ¿ha conseguido alguna prueba de que exista realmente un grupo conspirando para provocar el caos? Nombres, empresas, documentos...

Ellis termina de abrocharse la camisa y le lanza una mirada al hombre, que sigue sentado en la butaca.

—Existe un grupo de presión profundamente enraizado en la alta sociedad internacional, y varios están actualmente en Barcelona. Algunos son recién llegados de Italia, Hungría o Alemania, pero ya ocupan puestos de responsabilidad o son personas prominentes que se prodigan por las mismas fiestas y eventos sociales que yo.

—Entiendo. A la Corona y a la Oficina de Guerra les inquieta que esas ideas violentas y populistas se extiendan por toda Europa, no queremos una guerra a escala mundial.

—¿Están librando una batalla por el alma de Europa? —Ellis intenta no sonreír—. Se me ocurre que tal vez podrían empezar a preocuparse por el alma de Inglaterra antes de inmiscuirse en lo que hacen los demás.

—Es responsabilidad del Imperio y la Corona inmiscuirse en todo lo que sucede. La Triple Alianza que forman Italia, Alemania y el Imperio austrohúngaro es algo que nos preocupa sobremanera, doctor. Estamos perdiendo influencia internacional, en parte por gente como su padre, y existe la posibilidad muy real de que la Triple Alianza comience una guerra que arrastre a toda Europa. —El hombre parece mucho más preocupado ahora que ha mencionado la palabra *guerra*—. Por eso le pregunto: ¿tiene usted algún nombre?

—Sí, Franz Lázaro. Se trata de un húngaro, un hombre especialmente desagradable con el que he tenido la mala suerte de coincidir en varios eventos sociales. Lázaro está bien relacionado y parece ser el cabecilla de un grupo que está infiltrándose poco a poco en diferentes estratos: la policía, la política, el mundo de los grandes empresarios y también el de algunos aristócratas y celebridades que forman parte de la alta sociedad. Sus ideas comienzan a ser aceptadas y vistas con normalidad por personas ajenas al grupo de presión, y las circunstancias actuales hacen que les resulte sencillo influir en el ánimo general.

—¿Está hablando de ideas violentas?

—Extremadamente. Sí.

El invitado tuerce el gesto.

—Ahora mismo la situación en el Imperio austrohúngaro es delicada, está a punto de desintegrarse: nacionalistas, rusos, independentistas, bosnios, eslavos..., todos tienen sus propios intereses en la zona. Es un verdadero polvorín. El emperador Francisco José es demasiado viejo para mantener el control de todo el territorio y dicen que su hijo, el príncipe heredero Rodolfo, no está bien de la cabeza. Es la calma antes de la tempestad, doctor; basta una chispa para que los húngaros y los alemanes nos declaren la guerra.

Ellis ha pasado los últimos cuatro años viviendo en Viena, haciendo un trabajo muy parecido al que le ha llevado a Barcelona, y conoce bien la calma tensa que precede a una enorme tempestad.

—Enviaré mi informe a Londres esta misma noche, doctor. ¿Algo más?

—Sí. Sospechamos que esto guarda relación con el asesinato de una joven que ha sacudido la ciudad.

El hombre del traje marrón levanta la ceja con curiosidad.

—¿Sospechamos? ¿Está trabajando con alguien, doctor? Pensé que era usted de esos hombres que prefieren hacer el trabajo en solitario, sin dejar mucha huella en las personas a las que investiga para poder después desaparecer, marcharse a otra ciudad y volver a empezar allí.

—En este caso me he visto comprometido —admite Ellis—. Tienen a alguien que les ha suministrado información delicada sobre mí, aunque eso no ha puesto en peligro mi verdadera misión: creen que estoy aquí para supervisar el trabajo de la policía. —Ellis recuerda la mañana en la que el inspector jefe Bocanegra se encaró con él llamándolo espía y le enseñó una carpeta con su nombre—. Los conspiradores tienen tentáculos muy largos.

—Si sugiere que hay traidores entre nuestras filas...

—No lo estoy sugiriendo —le corta Ellis—. Haga mejor su trabajo: investigue y no vuelva a presionarme; los dos sabemos qué pasa cuando se presiona demasiado a alguien para conseguir resultados.

El hombre se mueve incómodo en la butaca y se levanta por fin, listo para marcharse.

—Viena.

Esa palabra tiene un peso especial en Ellis.

—Sí. Y ahora, si no le importa marcharse ya, mañana le haré llegar mi informe con los avances de la semana.

—Es martes por la noche, ¿tiene una cita, doctor?

—Algo parecido.

Sabe que Guillermina ha seguido adelante con su descabellada idea de chantajear al periodista —ha leído el reportaje sobre ella en el periódico el día anterior—, pero él no va a renunciar a conseguir pruebas científicas con las que poder presionar a Ramiro; y la segunda gargantilla que el inspector jefe guarda bajo llave en uno de los cajones de su despacho es su mejor opción; y también la de Guillermina, aunque ella esté demasiado asustada como para darse cuenta. Por eso mismo ha decidido colarse en el despacho del inspector jefe esta misma noche.

—Espere, antes de marcharse... —Ellis abre el primer cajón de la cómoda de la habitación y saca un pañuelo en el que ha envuelto el frasco de cristal con la muestra de la extraña sustancia inflamable que encontraron sobre el cuerpo de Camila Garza—. Tenga, haga que analicen esto o búsqueme a alguien que sea capaz de decirme qué es. Sospecho que se está usando también para provocar los incendios que han asolado la ciudad.

El hombre del traje marrón estudia con curiosidad la sustancia espesa dentro del frasco de muestras.

—¿No debería haberle entregado esto a la policía?

—Sí, debería. Pero usted está mucho mejor posicionado para poder decirme qué es. —El hombre lo mira con curiosidad—. Eso que tiene en la mano podría ser el arma más mortífera que haya visto nunca. Imagine lo que harían los enemigos del Imperio y la Corona en una guerra si pudieran elaborar grandes cantidades de esa sustancia: ciudades enteras del tamaño de Londres quedarían arrasadas en un par de días, los puentes serían destruidos aislando comunidades enteras, y lo mismo sucedería con barcos, vías de tren... Sería como ver el mundo en llamas.

—Entiendo, es algo que sin duda debemos evitar —admite preocupado—. Aunque también sospecho que le interesa saber qué relación tiene con el caso que investiga, el de esa chica muerta. ¿No me estará diciendo, doctor, que el destino de todo un continente depende de una chica asesinada?

—¿Y por qué no? Algunas veces lo que parece un suceso pequeño y aleatorio es capaz de despertar terribles consecuencias —responde—. Usted consígame más información sobre esa sustancia y yo le entregaré las pruebas sobre Lázaro y su grupo.

El hombre del traje le dedica una sonrisa y asiente antes de abrir la puerta para marcharse, pero, ya desde el pasillo, se vuelve para mirarlo.

—Tenga cuidado con ese grupo y sus ideas, doctor; son una amenaza muy real.

Sin decir nada más, el hombre vuelve a colocarse el sombrero y se aleja por el pasillo del hotel hasta que Ellis lo pierde de vista.

Guillermina está sentada en el escalón de la entrada del palacete de Permanyer. No se ha atrevido a entrar en la casa todavía después de su visita al piso de los Valdés; en su memoria, aún oye el siniestro sonido de la bandada de gorriones estrellándose contra las ventanas y la fachada.

Había dejado de llover hacía ya un rato, pero ha vuelto caminando por las calles húmedas del Ensanche sin dejar de oír ese sonido. Rosa, la doncella, y ella habían salido a la calle para comprobar que realmente los pájaros se estaban lanzando como pequeños suicidas contra la fachada de los Valdés. La doncella no se había atrevido a adentrarse mucho más allá en el cementerio de pájaros muertos o moribundos —algunos todavía movían las alas, como si pensaran que seguían volando— en el que se había convertido la elegante acera de la Gran Vía.

Ahora Guillermina hubiera dado cualquier cosa por llevar

encima su licorera llena de vodka o ginebra. Maldice la promesa que se había hecho a sí misma —y también, por qué no decirlo, a Camila Garza— de no beber nada de alcohol hasta haber descubierto cómo terminó en esa vieja acequia. A su espalda, dentro de la casa, oye los pasos familiares de Zelda en el vestíbulo y, un momento después, la puerta principal se abre.

—¿Qué estás haciendo aquí fuera? —le pregunta—. ¿Has podido hablar con ese bastardo de Valdés? ¿Le ha gustado el regalo?

La siniestra caja con el gorrión decapitado todavía estaba sobre la mesita para el café de la salita de señoras de Amalia Casas.

—No, no se lo he dado. Valdés no estaba en casa esta noche, pero he podido hablar con su esposa, con doña Amalia.

—¿Y te ha contado algo?

Guillermina no responde y es entonces cuando Zelda ve el bolsito de tela en el suelo, junto a ella.

—¿Qué es eso?

—Carlota era aficionada al arte de la fotografía y las grabaciones, un poco como lo que hacemos aquí durante las sesiones especiales: fantasmagorías, linternas mágicas... Le gustaba grabar su voz y su imagen, pero a medida que su neurosis crecía dejó de poder soportar su propia imagen y trataba de destruirla por todos los medios. Su madre me ha entregado esto, pero dice que las láminas de cristal están dañadas. Fue la propia Carlota quien las destruyó antes de quitarse la vida.

Despacio, Zelda examina las láminas de cristal.

—El sistema de láminas de cristal pronto estará en desuso. George Eastman, un norteamericano, ha inventado un rollo flexible de película que se introduce directamente en la cámara.

—Se me ha ocurrido que tal vez tú serías capaz de recomponer las imágenes de estas láminas.

—Puede que tenga algo abajo, en el laboratorio, que pueda servir para repararlas —dice Zelda—. Si las láminas conservan las fotografías originales pueden recomponerse y pasarse para que la imagen salga en movimiento, es algo muy popular últimamente; en la Exposición Universal habrá todo un pabellón dedicado a la fotografía en movimiento. Es probable que después de que media Barcelona visite la Exposición tengamos que cambiar el número de la linterna mágica en tus sesiones.

—Sí, ya había pensado en eso —responde Mina.

—Pero supongo que no estás sentada aquí fuera abatida porque vayamos a tener que mejorar nuestro número.

—Creo que he cometido un terrible error, Zelda —dice de repente—. He complicado las cosas, no debí presionar al antiguo amante de Baxter para ese reportaje. Ahora necesito el consejo profesional de Ellis, y a una parte de mí le asusta que no quiera dirigirme la palabra después de lo que he hecho.

Zelda guarda silencio un momento.

—No conozco tanto al doctor como tú, pero me parece que es del tipo de hombre al que le gustan las cosas complicadas —empieza a decir—. Y estoy segura de que estará encantado de hablar contigo si le das la oportunidad.

Mientras volvía del piso de los Valdés, Mina decidió hacer, esa misma noche, una pequeña incursión nocturna al despacho de Ramiro Bocanegra. Ellis estaría mucho más dispuesto a hablar con ella y ayudarla —y también a perdonar su error de juicio— si le llevaba la segunda gargantilla para que pudiera conseguir las huellas dactilares.

—¿Eso es todo lo que te preocupa?

—No, yo... no puedo explicar cómo ha pasado, pero unos pájaros... Una bandada de gorriones se ha lanzado contra la fachada y las ventanas de los Valdés.

—¿Qué? —Zelda se sienta despacio a su lado y la mira sin comprender—. ¿Unos gorriones? Los pájaros no acostumbran a volar de noche.

—Lo sé. Me ha recordado a lo que pasó en Trinidad, ya sabes..., las mariposas negras.

Zelda deja las láminas con las fotografías en el suelo.

—Algunas veces las bandadas de pájaros se desorientan, son criaturas delicadas y las luces de la ciudad o el humo de las fábricas pueden afectar a su orientación cuando vuelan. Eso sin mencionar los cables de electricidad: chocan contra ellos y mueren. Es muy triste, pero no es el primer caso documentado y desde luego no tiene nada que ver con las mariposas negras.

Pero Guillermina aún oye el sonido de los gorriones lanzándose contra la fachada y los cristales del edificio.

—He estado hablando con Amalia sobre su hija —dice, intentando olvidar lo sucedido—. Me ha contado que Carlota no era la muchacha inocente y lánguida que todo el mundo creía. Según su madre, Carlota era una chica con impulsos violentos y tendencia a la oscuridad más absoluta. Amalia me ha contado que su hija empezó a deslizarse por el abismo de la locura cuando era apenas una chiquilla; una de las cosas que hizo fue matar a la mascota de su madrina, decapitándola, y después se la entregó en una caja como si fuera un regalo. Era un papagayo.

Zelda deja escapar un pequeño suspiro.

—Es terrible que la hija de doña Amalia perdiera la razón. Apuesto a que eso sería suficiente para que sus padres se quedaran de alguna manera afectados el resto de sus vidas, y comprendo que hayan intentado ocultar la verdadera naturaleza de su hija después de que esta se suicidara. —Zelda habla con suavidad, sabe bien que hay asuntos de los que solo se puede hablar con suavidad—. Pero sigo sin comprender qué tiene eso que ver con el asesinato de Camila y con la implicación de Valdés.

La farola que hay justo delante del palacete parpadea tres veces. Las dos están sentadas fuera y el señor Baxter no sabe utilizar el pequeño truco de la espita que cierra el gas para hacer parpadear la farola; las dos mujeres estudian la lámpara un momento más, Mina es la primera en atreverse a hablar.

—Amalia me dijo que no le había contado la verdad sobre su hija a nadie, ni siquiera a sus amigas. Y eso me ha hecho pensar: si yo tuviera un gran secreto, lo compartiría con alguien en quien confiara ciegamente. —Mina le lanza una mirada a Zelda—. Una amiga o una hermana.

Una ráfaga de viento frío sobrevuela el pequeño patio delantero y agita la lavanda que crece en el rincón. El frasco de cristal que siempre está junto a la planta rueda, empujado por el viento, sobre las baldosas del patio, derramando un poco de la sal que contiene. Sin decir nada, Guillermina se levanta para cogerlo, guardar la sal y volver a colocarlo en su sitio entre las flores de la lavanda.

—Piensas que Camila Garza le contó a alguien que estaba embarazada y que tenía una relación sentimental con Valdés. ¿Crees que pudo hablar con alguna amiga? Es, sin duda, el tipo de secreto que una chica le confesaría a su mejor amiga.

—Sí, pero su madre nos dijo que Camila no tenía amigas: su vida consistía en buscar trabajo, cuidar de ella y poco más. —Mina se limpia los restos de tierra en la falda de su vestido, pero sabe que el olor de la lavanda se quedará en sus dedos un rato más—. Nunca ha mencionado nada acerca de ninguna amiga.

—Deberías empezar a preguntar en el Eden Concert. Quizá Camila Garza no tuviera ninguna amiga a la que contarle sus secretos, pero puede que el Gorrión Blanco sí que la tuviera.

Es más de medianoche cuando Mina Índigo se cuela por la puerta lateral de la comisaría. Sabe bien que en ese lado del edificio no hay ningún agente haciendo guardia.

Las revelaciones de Amalia Casas todavía se repiten en su cabeza, al igual que el sonido siniestro de los pájaros al lanzarse contra la fachada del elegante piso de los Valdés. Sabe que no iba a lograr conciliar el sueño y no quiere tener que esperar hasta el próximo martes para conseguir la gargantilla.

En esa zona de la comisaría solo están los viejos almacenes y el cuarto olvidado para los aparejos de los caballos y los carros que ya no se utilizan. Mina ha tenido la precaución de cambiarse de ropa antes de ir: lleva un vestido negro de algodón y lino; no es el que abriga más, pero su tela no cruje al caminar. Aun así, se pega a la pared del pasillo lateral cuando oye unas voces de hombre que vienen del mostrador del recibidor en el vestíbulo del edificio. Contiene la respiración y espera hasta estar segura de que no la han descubierto; después camina hacia la zona de los despachos donde están los escritorios de los detectives.

Se asoma con cuidado por la puerta, tiene preparada una excusa por si acaso hay alguien trabajando por la noche, aunque no es lo habitual —sobre todo ahora que necesitan a todos los agentes disponibles en las calles para patrullar y asegurarse de que nada haga peligrar la Exposición Universal—. Las mesas y las sillas de los detectives están vacías; la única luz en la sala es la de la calle, que se cuela a través de las ventanas. Al fondo puede ver el despacho vacío de Ramiro. Cuando llega,

Guillermina no se sorprende al descubrir que la puerta de su oficina no está cerrada con llave.

—Ramiro..., eres demasiado confiado —murmura con una diminuta sonrisa.

El aire de su despacho huele como él: al humo de los cigarrillos baratos que fuma, a la colonia para caballeros que hay sobre el lavabo de su baño de la pensión y a caramelos de menta. Mina no quiere arriesgarse a dar la luz y ser descubierta, así que avanza con cautela sorteando los muebles.

Abre primero los cajones del escritorio, ninguno de ellos está cerrado con llave. Dentro solo hay lo que parecen ser expedientes de casos sin resolver —todos anteriores a que Ramiro fuera nombrado inspector jefe—, unos caramelos de menta olvidados y un par de tarjetas de visita. Nada más.

Frustrada, Guillerma suspira y cierra el cajón de golpe. El ruido que provoca al cerrarse resuena en la oficina vacía; Mina da un respingo, preocupada por si la han descubierto. Se asoma con cuidado por los cristales de la pared que separa la oficina de Ramiro de la zona de detectives y espera unos segundos, pero nadie entra alarmado por el ruido.

—Menos mal...

Sus ojos recorren el resto de los muebles del despacho: no hay muchas más opciones para esconder las pruebas: un archivador de cajones, un perchero en el que Ramiro cuelga su abrigo, y nada más. Decide arriesgarse y abre uno a uno los pequeños cajones del archivador que ocupa toda la pared de uno de los lados. La mayoría de ellos están vacíos; de vez en cuando encuentra un botón olvidado, una caja de plumillas o un cigarrillo reseco, pero eso es todo: no hay pruebas ni expedientes ni gargantillas... Nada. Cierra el último cajón y entonces se fija en que detrás del perchero hay algo en la pared medio oculto por una caja y una vieja lámpara de queroseno: una rejilla de hierro labrado como las que hay repartidas por el edificio cubre el hueco del respiradero en la pared.

Se agacha rápidamente y mueve la caja, que pesa más de lo que ella pensaba, y la lámpara polvorienta que no se ha usado desde hace al menos diez años.

—Ramiro..., muy astuto —murmura, mientras retira la rejilla que cubre el hueco del respiradero.

A ciegas, Mina mete el brazo en el agujero oscuro de la pared y siente el inconfundible tacto de una bolsa de papel para pruebas; sonríe para sí antes de sacarlo.

Fuera, en el pasillo que conduce a la sala de detectives, una sombra camina pegada a la pared para evitar que la vean. Cuando entra en la sala de detectives se asoma tras uno de los escritorios y ve la puerta de la oficina del inspector jefe abierta.

Mina estudia el botín ajena a la sombra que se acerca a ella. Uno de los sobres de papel contiene la carísima gargantilla de perlas y brillantes que encontraron en la boca de Camila Garza: es pesada, fría al tacto y pulida; Guillermina ha visto suficientes joyas en su vida como para saber que es auténtica.

En el otro sobre está escrito «Emiliana Egea» con la letra de Ramiro en el dorso. Dentro hay un collar barato, su brillo ha sido lamido por el salitre y faltan algunas de las perlas; es falso. Mina intenta no tocar el segundo collar cuando vuelve a meterlo en el sobre de papel y se lo guarda para llevárselo a Ellis y que él pueda sacar impresiones digitales del asesino de Emiliana Egea, probando así que son dos hombres diferentes.

—Aquí están nuestras pruebas, Ellis...

Mina guarda el otro sobre en el hueco de la pared y después coloca de nuevo la rejilla en el respiradero; trata de dejarlo todo tal y como estaba, para que Ramiro no sospeche.

Entonces oye la madera crujir a su espalda, el sonido inconfundible de unos pasos acercándose hacia ella. No tiene tiempo de volverse para ver quién es porque unas manos grandes y fuertes se cierran alrededor de su cuello.

Guillermina no puede respirar, siente que el aire dentro de su pecho se vuelve más y más pesado mientras esas manos sin rostro le aprietan el cuello con más fuerza. Le parece oír un jadeo de excitación que sale de los labios de su atacante, muy cerca de su oído, pero su visión se vuelve borrosa y pierde la fuerza en los brazos; el sobre con la gargantilla dentro cae al suelo. El cuello le arde igual que si se hubiera tragado una bola de alambre de espino, que baja por su garganta desgarrando su carne.

Después nota un golpe seco en la sien y todo se vuelve negro.

Mina se lleva las manos al cuello intentando respirar. Quiere gritar, pero no puede, la garganta le duele demasiado y siente que el aire no llega a sus pulmones. Hay alguien a su lado, puede sentirlo, pero todavía no ha abierto los ojos y teme que ese hombre vuelva a hacerle daño, así que se defiende a ciegas, puro instinto de supervivencia golpeando al aire.

—Ya está, Guillermina, ya ha terminado todo. Está a salvo. —La voz de Ellis le llega desde algún sitio lejano—. Soy yo, se acabó.

Mina tose con fuerza y el dolor le llena los ojos de lágrimas, se lleva las manos al cuello para frotarse las magulladuras, pero Ellis la sujeta para evitar que se haga daño. Mina abre los ojos por fin: está tumbada en el suelo de la oficina de Ramiro, el doctor Ellis se halla sentado a su lado, y ella tiene la cabeza en su regazo. Ahora que por fin puede volver a respirar —aunque con dificultad— siente el aroma inconfundible que siempre sigue a Ellis y que tanto le gusta: jabón, alcohol desinfectante y polvos de talco.

—El hombre que la atacó se ha marchado, he debido de asustarle al aparecer. El subinspector Montes ha enviado algunos agentes tras él con la esperanza de atraparle. —Ellis le acaricia el dorso de la mano—. Menos mal que he llegado a tiempo.

—¿Qué... qué ha pasado? —Guillermina siente cada palabra que pronuncia arañando su garganta desde dentro.

—¿No lo recuerda? Alguien la atacó mientras estaba usted aquí; por las marcas en su cuello sospecho que la estranguló con fuerza; su agresor tiene las manos grandes, probablemente sea un hombre, después la golpeó con algo en el lado derecho de la cabeza. Cuando la he encontrado, he pensado que estaba muerta...

Mina parpadea un par de veces para aclarar la vista, pero todo lo que ve son pequeños destellos brillantes flotando a su alrededor causados por la falta de oxígeno. Le aprieta la mano a Ellis.

—¿Qué hacía usted aquí? —Ve los sobres de papel en el suelo del despacho, la lámpara de queroseno volcada y la rejilla que cubría el respiradero de aire tirada—. Se lo ha llevado... Se ha llevado la gargantilla.

Ellis aparta sus ojos de ella por primera vez, desde que Mina se ha despertado, para fijarse en los sobres vacíos.

—Se ha llevado todas las pruebas de los dos casos. Usted y yo tuvimos la misma idea —dice con una sonrisa—. Vine aprovechando que el inspector jefe no estaría en su despacho; quería conseguir las impresiones digitales del segundo collar, el que encontraron en la señora Egea, para poder compararlas con las primeras que obtuvimos. Pero ese desgraciado llegó antes que yo.

Mina tose un par de veces más, intenta incorporarse, pero se siente un poco mareada, algo parecido a ir en barco con mala mar; la cabeza le da vueltas y sus pensamientos son más lentos de lo habitual.

—No se mueva todavía, Guillermina. Me preocupa que tenga algún tipo de lesión interna.

—Estoy bien..., creo.

Fuera, oye las voces de algunos agentes que le llegan desde el pasillo de la comisaría, también le parece oír de fondo la voz del subinspector Montes dando órdenes.

—Creo que este es el final de nuestros allanamientos nocturnos —murmura ella.

—Sí, eso me temo. Cuando he pedido ayuda el subinspector Montes he delatado nuestra presencia. Han enviado a un agente a avisar al inspector jefe.

—Oh... Ramiro no va a estar muy contento cuando sepa que nos hemos colado en su despacho para robar pruebas.

—No, lo más probable es que él dé parte a mis superiores de mi pequeña infracción; está deseando librarse de mí desde que llegué, y se lo he puesto muy fácil —admite él—. Pero ahora mismo Ramiro Bocanegra es la menor de mis preocupaciones.

—Me alegro de que decidiera quebrantar la ley precisamente esta noche, Ellis. No sabía si después de nuestra discusión el otro día volvería a dirigirme la palabra; usted tenía razón, no debí presionar al amante del señor Baxter.

—Siento mucho cómo terminó nuestra conversación. No he dejado de pensar en ello desde entonces. No me gustó la forma en la que nos despedimos.

Mina se incorpora despacio pero no se separa mucho de Ellis, se sienta junto a él y apoya la cabeza —en el lado que no le duele— contra su hombro. Cierra los ojos, disfrutando de su contacto y del calor familiar de su cuerpo.

—Gracias por salvarme —murmura.

Ellis la observa de refilón, no se atreve a moverse por si acaso ella decide marcharse.

—Y siempre la salvaré, Guillermina.

Un par de segundos después oyen los pasos furiosos de Ramiro acercándose por el pasillo lateral. Guillermina abre los ojos y ve al inspector jefe entrando en la sala de detectives. Ramiro recorre su despacho desordenado con la mirada, deteniéndose en los sobres de pruebas vacíos que hay en el suelo, y después clava sus ojos en ellos.

—¿Qué ha pasado aquí?

SINCERIDAD

—

El Eden Concert está abierto a pesar de que ya es madrugada. Cuando Guillermina llega a la puerta principal del cabaré, le sorprende comprobar que hay un grupo de caballeros esperando a que Ousmane los deje pasar. Guillermina saca de su bolsillo un par de billetes y se los extiende disimuladamente al portero.

Esa noche no va vestida con ninguno de sus llamativos trajes o blusas llenas de encaje, volantes, lazos o terciopelo; esa noche quiere pasar desapercibida, de modo que se ha puesto uno de sus disfraces de pantalones anchos y una camisa con un chaleco abierto —con cuello alto para ocultar los moratones en su piel—, todo ello de tela barata y vulgar, además de un sombrero debajo del que oculta su melena castaña, así que Ousmane no la reconoce hasta que está muy cerca.

El aire dentro del local está nublado por una niebla fina que forma el humo de los cigarrillos, los puros y las pipas de los caballeros en sus palcos o en el patio de las mesas; huele a sudor y a alcohol del bueno. Han pasado tres días desde que alguien la atacó mientras rebuscaba en la oficina de Ramiro, y el aire viciado del club hace que le duela la cabeza. Aun así Guillermina camina decidida entre las mesitas —con sus famosas lámparas siempre encendidas en el centro— hasta llegar al cuartucho al fondo del local que sirve de despacho a Manu.

—No sé cómo has entrado aquí, pero has cometido realmente uno de los peores errores de tu vida...

Manuela está sentada detrás de un pequeño escritorio, comprobando lo que parece una caja repleta de billetes, y levanta la cabeza para mirarla. Solo entonces se da cuenta de que debajo de ese disfraz, y de esa tela marrón y barata, se esconde Guillermina Índigo.

—Guillermina, ¿qué haces aquí? ¿Y de qué vas vestida, si puede saberse?

Manuela se levanta y camina hasta ella, aunque antes de hacerlo se asegura de cerrar la caja de puros en la que guarda los billetes que sus clientes lanzan al escenario en los números más picantes de sus bailarinas, o con los que pagan el champán francés de contrabando que se sirve solo en el Eden Concert.

—No dejo de pensar en Camila Garza —dice Mina sin más.

Y de repente cae en la cuenta de que Camila se ha convertido en un fantasma para ella: un fantasma sin rostro que la atormenta y la sigue a todas partes.

—No sé qué más puedo contarte que no te haya dicho ya, Guillermina. Ya compartí contigo y con ese forense todo lo que sabía acerca de la pobre Camila. No sé quién de vosotros dos lo ha filtrado a la prensa, pero supongo que habrás tenido tus propios motivos para hacerlo. La discreción es parte fundamental de mi negocio; te agradezco que, a pesar de todo lo que les contaste a esos periodistas, no mencionaras mi nombre.

—No fui yo, y tampoco fue cosa del doctor Ellis.

Guillermina no ha hablado con Ramiro Bocanegra desde que leyó el reportaje acerca de Camila Garza contando la verdad, dando todos los detalles del baile con abanicos que hacía en el Concert, y con el que la muchacha perdió para siempre la simpatía que despertaba cuando era una víctima perfecta, cuando era solo Camila Garza y no el Gorrión Blanco.

Guillermina se quita la gorra de tela y se frota el cuero cabelludo igual que si tuviera la esperanza de que las ideas acudirían a su mente con ese gesto automático.

—Normalmente te conformas con los secretos, los rumores: quién es el amante de quién o en qué se está gastando cierto caballero la herencia de su esposa, pero te veo distinta.

Guillermina intenta dedicarle una sonrisa.

—Distinta... ¿cómo? ¿Peor?

—No, distinta; como si estuvieras a punto de dejar de ser una mentirosa —responde Manu—. Me resulta enternecedor y también muy valiente, imagino que ese doctor tan apuesto con el que vas a todas horas tiene algo de culpa en tu cambio de actitud. Pero vigila, la sinceridad es mala para mi negocio. Y también para el tuyo.

—No debes preocuparte, yo nunca dejaré de ser una mentirosa —asegura con una media sonrisa—. ¿Camila tenía alguna amiga? Entre las demás chicas, quiero decir. Alguien a quien contarle sus secretos y sus amoríos, a esa edad es más fácil confiar en otras chicas que en tu madre; se me ocurre que puede que alguna de ellas sepa algo.

Manu piensa un momento en ello, sus pequeños ojos se entornan mientras trata de recordar. A pesar de que la puerta del despacho está cerrada, desde fuera les llega el sonido de la música y las voces de los clientes.

—Sí que había una chica, la italiana. Camila y ella se entendían bien porque eran las más jóvenes; aunque ya sabes que todas tienen más de quince años, esa es la edad mínima con la que acepto bailarinas —se defiende Manu—. No recuerdo bien su nombre. Era cantante; tenía una voz, ya sabes, de esas que pueden hacer estremecerse a los hombres.

—Esta chica italiana, ¿cuál era el número que hacía para ti?

—Salía desnuda al escenario a cantar canciones picantes, cubierta solo con una pequeña guitarra de manera que no se le viera nada, y eso que hubiera ganado bastante dinero de haberlo hecho. Era muy guapa, con el pelo oscuro y grandes ojos; se parecía un poco a ti, ahora que lo pienso. Pero hay algunas mujeres, que sienten verdadero pudor o vergüenza por mostrar su cuerpo, incluso por mucho dinero; ella era de esas chicas. Y en su derecho estaba, claro; ya sabes que aquí yo no obligo a ninguna de las chicas a hacer nada con lo que no se sientan cómodas.

—¿Dónde puedo encontrarla?

Manu se encoge de hombros y niega con la cabeza.

—No lo sé, no se quedó mucho tiempo. Algunas no están

hechas para esto: las miradas, las palabras y las atenciones de algunos caballeros pueden ser un poco insoportables. Se marchó y no dejó dirección.

Guillermina piensa deprisa, intentando encontrar la mejor manera de dar con esa joven.

—¿Recuerdas su nombre?

—Sí, creo que era... Diana, o tal vez Ivana; algo así. Pero puedes hablar con ese policía amigo tuyo; él también la conocía y la visitaba a menudo.

Una idea comienza a crecer en la cabeza de Guillermina, es una sospecha oscura que no quiere plantearse, algo en lo que ha evitado pensar todo este tiempo incluso sabiendo que era una de las opciones más evidentes.

—¿Qué policía amigo mío?

Manu duda un momento antes de responder; sabe que hay palabras que, una vez dichas en voz alta, no pueden retirarse. Igual que sucede al pronunciar algunos nombres.

—Estoy en deuda contigo, Guillermina, y siempre lo estaré: tú me ayudaste a mantener mi libertad cuando demostraste que el bastardo de mi marido no estaba muerto realmente, sino que había huido llevándose consigo mi dinero y a una de las chicas.

—Lo recuerdo, sí: esa rata con la que estabas casada pretendía fingir su muerte y culparte a ti de todo. —Mina hace una pausa—. ¿Por qué no quieres decirme el nombre de ese policía?

Manu cubre la pequeña distancia que las separa y se acerca a ella como si temiera que alguien más pudiera oír su conversación, a pesar de que están solas en el despacho.

—En el fondo, tú ya sabes a quién me refiero: el inspector jefe Ramiro Bocanegra.

DESPEDIDAS

La pensión donde vive Ramiro Bocanegra está en una de las calles que rodea la plaza de Santa Ana. La zona había ido mejorando con los años —especialmente gracias a la próxima Exposición Universal—, aunque ahora toda la calle estaba llena de socavones por las obras. Guillermina ha llegado caminando hasta allí, se siente cansada y tiene frío; ha sido una noche muy larga. Pero hay cosas que debe solucionar antes de acostarse. Las palabras de Manuela no han dejado de revolotear en su mente y sabe que no podrá conciliar el sueño —ni esa noche, ni las próximas noches— hasta que no mantenga una conversación con Ramiro Bocanegra. Sube la escalera camino del segundo piso, donde está su bonita habitación, sin importarle que los botines hagan ruido en la madera del suelo y despierten a otros inquilinos.

Llama dos veces a la puerta y oye la voz sorprendida de Ramiro al otro lado.

—Guillermina, ¿va todo bien? ¿Qué estás haciendo aquí a estas horas?

Ramiro todavía está vestido, pero su camisa de algodón tiene los tres botones de arriba abiertos y lleva las mangas recogidas hasta el codo, igual que si hubiera estado trabajando hasta ese momento. Su pelo oscuro está revuelto y parece que no se ha acostado todavía. Mina entra en la habitación sin darle tiempo a que la invite siquiera y da un rápido vistazo a su alrededor, como si Ramiro fuera uno de sus clientes, para poder tener toda la información posible antes de enfrentarse a la situación.

Ve que hay una carpeta con papeles sobre la mesa y que la lámpara está encendida; es evidente que Ramiro ha estado leyéndolos o trabajando hasta que ella ha llamado a la puerta. También hay una bandeja con los restos de la cena y un café aguado que le habrá subido la señora Mariela —la casera— un rato antes. Al fondo de la habitación puede ver la cama y las cortinas que la separan del resto de la estancia; está hecha, lo que confirma que Ramiro no se ha acostado todavía.

—¿Has venido para gritarme? No es un buen momento: estoy cansado y no he tenido nada que ver con el despido del doctor, ha sido cosa del superintendente, aunque no puedo decir que no me alegre.

Al oír las palabras de Ramiro casi olvida para qué ha ido allí.

—¿Qué? ¿Han cesado a Ellis?

—Sí. Con efecto inmediato —responde él con satisfacción—. ¿Tu querido doctor no te lo ha contado?

—Hoy no nos hemos visto... —murmura ella—. Estaba ocupado con otro asunto.

—Estaba ocupado hablando con sus superiores. ¿Qué pensabas que iba a pasar, Guillermina? Le liaste para que se colara contigo en mi despacho, robasteis pruebas de una investigación...

—¡No es eso lo que pasó! —Mina sacude la cabeza, Ramiro siempre la exaspera—. Da igual, no estoy aquí por eso. Voy a preguntarte esto una vez y solo porque eres tú. Si fuera cualquier otra persona iría directamente a la policía o a la prensa con esta información —empieza a decir ella.

Ramiro está cansado y deja escapar un suspiro cuando cierra la puerta, no le sorprende mucho ver a Guillermina disfrazada de hombre. Se deja caer pesadamente en el sofá del salón y enciende uno de sus cigarrillos.

—Tú dirás, Guillermina.

—¿Conoces a una mujer llamada Ivana Vitti? Trabajaba en el Eden Concert y era la mejor amiga de Camila Garza.

Puede ver el gesto en la cara de Ramiro y la manera en la que sus ojos tiemblan cuando ella pronuncia el nombre de Ivana Vitti.

—La conocías, ¿verdad? Maldita sea, Ramiro, debiste habérmelo dicho hace mucho tiempo, cuando empezamos con todo este asunto de Camila...

—No era cosa tuya, y sigue sin ser de tu incumbencia, aunque pienses que todo lo que sucede tiene relación contigo o es por ti. Algunas cosas las hago solo por mí —dice Ramiro, pero muy en el fondo no está seguro de si es cierto—. Ivana Vitti trabajaba en el Eden Concert, sí. Y sí, yo la conozco.

Guillermina piensa deprisa, intentando comprender cuándo había comenzado todo aquello y desde cuándo Ramiro le había estado mintiendo, pero no consigue dar con la respuesta.

«Puede que haya conocido a alguien», le había dicho algunos meses atrás.

—¿Era tu amante? —Pero no tiene que oír su respuesta—. No me lo puedo creer: tenías una relación con la mejor amiga de la víctima y ni siquiera lo has mencionado, ¿cómo se supone que voy a confiar en ti?

—¿Y cómo se supone que confías en él?, ¿en ese inglés que ha salido de la nada para espiarnos y dar parte de todo lo que hacemos?

Guillermina pone los ojos en blanco.

—Al final los hombres resultáis ser terriblemente parecidos entre vosotros: todos exigís confianza ciega, pero no estáis dispuestos nunca a decir la verdad. En eso sí que Ellis y tú os parecéis —se lamenta Guillermina—. Te acostabas con la mejor amiga de Camila Garza y no me lo habías contado.

—No era importante para la investigación —es la escueta respuesta de Ramiro.

Pero sabe que, cuando ese pequeño detalle se descubra, su labor al frente del caso estará en entredicho.

—Ivana dejó el club y volvió hace meses a Italia para estar con su hermana —añade—. Sus padres han muerto y ellas no tienen más familia; han heredado la casa cerca de Siena, una granja. Se marchó y vive ahí desde entonces. Trabajar en el Eden Concert mientras todos esos hombres la miraban cada noche fue demasiado para ella.

Guillermina camina deprisa por la habitación.

—¿Nunca hablasteis de Camila antes de su asesinato?

—No. Ivana quería dejar atrás esa vida, aunque eso significara también abandonarme a mí; estaba en su derecho.

Al oírlo hablar de esa mujer —cuya existencia desconocía hasta hacía apenas un par de horas— puede percibir el afecto y la preocupación en su voz.

«¿Estás celosa, Guillermina? No tienes derecho a estarlo», se recuerda.

—¿La amabas? ¿A Ivana? —pregunta—. ¿La amabas?

Ramiro sabe que lo que realmente le está preguntando es si la amaba más que a ella.

—La amaba lo suficiente como para dejarla marchar, lo suficiente como para haber mantenido su nombre y su existencia en secreto todo este tiempo, a pesar de lo que eso pudiera significar para mi carrera.

Mina se ríe con desdén.

—Sí que había algo que te importaba más que tu carrera o que tu reputación en esta ciudad: todo este tiempo tú has sabido quién era Camila Garza en realidad y lo que hacía en el Concert.

—No, no lo supe hasta que mencionaste el otro día en el calabozo que bailaba con abanicos de plumas en el Eden Concert y que su nombre artístico era el Gorrión Blanco. Ahí fue cuando até cabos.

—Qué conveniente para ti —dice Mina con ironía—. Es imposible probar que supieras la verdad sobre Camila Garza todo este tiempo. ¿Qué más te contó Ivana? Alguna cosa te diría sobre su mejor amiga, ¿te habló del embarazo de Camila? ¿De Valdés? Las dos chicas eran amigas en un ambiente en el que es habitual tener secretos y muchos chismes para compartir. Algo tenías que saber, Ramiro.

—Nada. No me contó nada. Nuestra relación terminó hace meses, antes de que todo este asunto empezara siquiera.

—Te dejó.

—Sí. Algo cambió en ella hace aproximadamente un año. No sé lo que pasó, pero Ivana empezó a pensar en dejar el

Concert y toda esa vida —responde él—. Se fue de Barcelona hace meses; a mí me gusta imaginarla viviendo en Siena con su hermana, muy lejos de las lentejuelas, el champán y el humo de los puros del Concert.

—Debe de ser muy bonito poder imaginarla viviendo una vida tranquila y alejada de todo eso. Ojalá Camila Garza hubiera tenido esa suerte.

Guillermina está lista para marcharse, ya no quiere oír nada más de lo que Ramiro tenga que decirle. Hay pequeños embustes sin importancia, secretos o incluso mentiras medianas que pueden pasarse por alto cuando se aprecia a alguien, pero este tipo de traición no tiene vuelta atrás.

Guillermina siente ganas de llorar, pero no va a hacerlo allí, delante de él.

—Si esto se descubre será tu final; puedes despedirte de tu puesto, de tu carrera, de tu influencia, tu reputación y de todo lo demás. Si alguien averigua que lo sabías y que mantenías una relación con la amiga de la chica muerta, será fatal para ti. Es muy sospechoso —dice ella, sin emoción en la voz.

—Yo no tengo nada que ver con el asesinato de Camila.

—¿No? Imagina los titulares: «El amante de la amiga de Camila la asesina en un arrebato de furia por no contarle dónde se ha escondido su querida». Esto puede costarte mucho más que tu carrera si llega a descubrirse, Ramiro. Tu vida.

—Lo sé de sobra. Por eso te pido, Guillermina, que hagas lo que mejor sabes hacer y me guardes el secreto.

Guillermina no dice nada y camina hasta la puerta. Fuera, el descansillo del segundo piso está vacío y sabe que cuando se marche ya no volverá jamás.

—Tú ya no tienes derecho a pedirme nada —murmura Mina—. Tenías razón en una cosa: menos mal que Martín no puede vernos ahora.

Hace ya un rato que ha amanecido sobre Barcelona. Guillermina ha visto, sentada en la escalera del pequeño porche del palacete de Permanyer, cómo el sol de invierno se levantaba en el cielo, cambiando poco a poco los colores y las sombras de la ciudad.

Ha regresado de la pensión de Ramiro hace ya un par de horas, pero aún no ha entrado en la casa. Le cuesta creer que él fuera de algún modo responsable del asesinato de Camila Garza, y la explicación de Ramiro sobre el asunto es creíble. Pero sabía que, de no ser Ramiro, él se habría convertido ahora en su principal sospechoso: ha mentido acerca de conocer a la víctima, y las pruebas —las dos gargantillas y todo lo demás— han desaparecido convenientemente de su despacho. Guillermina no ha dejado de pensar en ello.

El otro tema que no la deja dormir es Ellis y su despido fulminante.

La niebla de la noche anterior ha ido levantándose con la salida del sol, aunque todavía quedan unos pequeños bancos que cubren los jardines del callejón. Ve al doctor Ellis caminando entre la niebla en el aire frío de la mañana, su abrigo negro abierto moviéndose al ritmo de sus pasos seguros. Se fija en la expresión sombría de su rostro: ya sabe para lo que ha ido allí.

—Buenos días.

La puerta de la verja está abierta. Ellis entra en el jardín delantero y se sienta a su lado en la escalera de piedra.

—Supongo que ya lo sabe: me han cesado como patólogo de la ciudad. El inspector jefe Bocanegra advirtió al delegado de la Diputación sobre mi pequeña transgresión hace tres noches. Me han despedido.

—Sí. Ramiro me lo ha dicho él mismo, parecía encantado de darme la noticia —dice ella.

—Lo está. «Parece que mis amigos en altos puestos son más poderosos que lo suyos, doctor», es lo que me ha dicho al darme la noticia.

Guillermina se ríe sin nada de humor.

—Maldito Ramiro, al final ha conseguido lo que quería: librarse de usted.

—Sí, al final ha conseguido librarse de mí, pero yo se lo he puesto muy fácil —admite él—. Cuando se trata de usted no es fácil mantener el buen juicio.

Se miran, apenas han cruzado cuatro palabras desde la noche en que Ellis seguramente le salvó la vida al aparecer en la oficina de Ramiro.

—Lo siento mucho. —La voz de Mina tiembla, está conteniendo las lágrimas—. Siento mucho que por mi culpa le hayan despedido, no se lo merecía.

—Por supuesto que me lo merecía: entré sin permiso en la oficina del inspector jefe con la intención de robar pruebas.

—He resultado ser una pésima influencia —dice ella, y Ellis se ríe con suavidad—. ¿Y qué va a hacer ahora?

Ellis tarda un momento en responder, ella sabe que las siguientes palabras van a romperle el corazón:

—Me marcho de Barcelona, mañana. Parte de mi labor aquí consistía en trabajar con la policía para averiguar qué agentes son corruptos. Sin eso, sin mi trabajo como patólogo, no soy de ninguna utilidad.

—Quiere decir que no es de ninguna utilidad para su verdadero trabajo: espía, traidor, o lo que sea que realmente vino a hacer aquí.

Ninguno de los dos dice nada durante un largo momento. El bonito callejón adoquinado es uno de los lugares más tranquilos de la ciudad, pero Barcelona se despierta poco a poco y ya empiezan a llegarles los sonidos de los carros y las conversaciones de los viandantes desde la calle principal.

—Así que después de todo se marcha, me deja —dice ella.

—No lo hago porque lo desee, se lo aseguro; es mi deber. Y es también mi forma de protegerla: le prometí que yo siempre la salvaría, ¿recuerda, Guillermina?

Ella asiente, no se atreve a hablar por si sus lágrimas la traicionan.

—Esta es mi manera de protegerla, marcharme. Estoy demasiado implicado en todo: en el caso, en la corrupción, en los secretos, en usted... Y no puedo protegerla así. No puedo arriesgarme a repetir lo que sucedió en Viena.

—Ramiro tenía razón en algo: usted se marcha y yo me quedo aquí, sola, con todos los problemas que deja atrás.

—Lo siento tanto, Guillermina... Me hubiera gustado poder quedarme aquí mucho más tiempo, con usted, hasta descubrir cada uno de sus fantasmas.

Ellis se levanta despacio y se coloca bien el abrigo, listo para marcharse. Guillermina le observa, intentando que cada uno de los detalles de sus movimientos se grabe en ese cerebro suyo que nunca olvida nada: la manera en la que sus dedos rozan la tela del abrigo, su pelo, que casi le acaricia los hombros, sus piernas largas cuando pasa junto al arbusto de la lavanda...

—¿Volverá alguna vez? A Barcelona, ¿volverá alguna vez? —le pregunta ella con los ojos húmedos.

Ellis le dedica una sonrisa, la última:

—Usted es la adivina, dígamelo.

Cruza el jardín y cierra la puerta de hierro forjado tras él cuando llega al callejón.

—Adiós, Guillermina.

Sus ojos verdes la miran un momento y después se aleja caminando por la calle, en dirección a las columnas con las estatuas de piedra, que se despiden de él al verle pasar.

Mina, todavía sentada en la escalera del porche, le ve desaparecer y llora.

DOS MESES DESPUÉS

TORMENTA DE PRIMAVERA

Mina Índigo ha pasado los últimos dos meses apartada de la vida social de Barcelona, de sus famosas sesiones espiritistas, de las fiestas y los eventos de la temporada de primavera —a los que antes siempre estaba invitada— y de todos sus antiguos clientes. Mina Índigo ha pasado los dos últimos meses apartada del mundo.

En ese tiempo, Camila Garza ha dejado de ser una pobre muchacha inocente para convertirse en la villana de su propia muerte. Ya no hay manifestaciones o protestas por su asesinato, nadie presiona a la policía para que llegue hasta el final de su caso, que se considera cerrado, los mismos periódicos que antes publicaban artículos lacrimógenos en sus ediciones de tarde para vender más ejemplares ahora están más interesados en dar voz a testimonios dudosos de antiguas compañeras de Camila, vecinas y de algunos de los antiguos amigos de su hermano Pascual. La familia Garza al completo —con Abril Prieto al frente— se ha convertido en el enemigo público número uno: la mitad de los barceloneses consideran que los engañaron para hacerles sentir simpatía por Camila, y la otra mitad tiene sus ojos puestos en la próxima inauguración de la Exposición Universal y ya no se acuerda de Camila Garza.

Pero Mina no ha dejado de pensar en ella. Camila se ha sumado a ese grupo de fantasmas sin rostro —las nueve víctimas del incendio del hospital de las Tres Cruces, en Trinidad— que la siguen a todas partes para atormentarla. El caso de su asesinato está oficialmente cerrado; Santiago Rivero sigue en la celda esperando a que se celebre el juicio, que será antes del otoño y que seguramente terminará con él colgando por el cuello al final de una soga.

Su destierro del mundo le ha servido a Mina para investigar mejor al misterioso grupo del señor Lázaro y de Rocossa-Contreras. Mina ha utilizado los recursos que todavía le quedan para conseguir recortes de periódicos antiguos de las ciudades en las que ese grupo ha operado antes, telegramas con extraños mensajes codificados —por los que ha pagado a la secretaria del telegrafista más de lo que le pagaba habitualmente por los chismes de sus clientas— y todo tipo de rumores. Necesita descubrir cuáles son los propósitos oscuros que los han traído a su ciudad.

En este tiempo, cada vez que Guillermina descubría una nueva pista sobre ellos o seguía un rumor prometedor hasta alguno de los miembros del grupo de Lázaro, pensaba inmediatamente en Ellis.

Hacía dos meses que él había dejado Barcelona, tras su despido como forense. En esos dos meses no ha tenido noticias de él, nada en absoluto: ni una carta, un telegrama, un anuncio en el periódico o cualquier cosa que le recordara que había sido real; era casi como si el doctor Ellis hubiera sido solo otro fantasma más.

Durante esos dos meses vacíos Mina le había buscado entre las calles de la ciudad. No lo admitiría nunca delante de Zelda, pero acostumbraba a pasear por las inmediaciones del hotel Oriente —donde Ellis se había hospedado los meses que había pasado en Barcelona— con la esperanza de que él hubiera regresado. Otras veces se colaba en la comisaría, o se perdía por los pasillos subterráneos que conducen hasta la morgue, esperando encontrarle ahí; de vez en cuando merodeaba buscándole por las cafeterías y los cafés en los que ellos habían pasado tardes o mañanas enteras charlando o compartiendo los detalles del caso. Había preguntado a camareros, friegaplatos y cocineros por si alguno había visto a ese cliente británico, alto, de aspecto lánguido y con el pelo demasiado largo, pero nadie se había vuelto a cruzar con el doctor Ellis desde la mañana en qué dejó Barcelona; y también a ella.

Esa tarde Guillermina ha salido a pasear para intentar olvidarse del doctor, de Camila Garza, de su castigo social y de todas las demás cosas que la hacen sentirse terriblemente sola y asustada. No era su intención, pero sus pasos —y también sus pensamientos— la han llevado inexorablemente hasta más allá de la ronda de Capuchinos. La primavera poco a poco va dejándose sentir en el aire, y el cielo del atardecer brilla con colores rojos, naranjas, y rosas que se extienden hasta el horizonte. El aire ya no es afilado como en los meses de invierno, aunque a la niebla aún le gusta pasearse entre las callejuelas más cercanas al mar.

Cuando dobla la esquina ve por fin el edificio. Fuera hay un par de grupos de personas charlando animadamente —ahora más numerosos que en los meses más fríos—. Una de ellas le hace un pequeño gesto con la cabeza a modo de saludo cuando la ve a pasar, a nadie le sorprende su presencia porque ha ido varias veces por allí en los últimos meses.

Es el mismo edificio en el que había visto a Ellis en un combate de boxeo, en lo que ahora le parecía otra vida. Guillermina entra y se abre paso entre el círculo de la multitud que rodea a los dos hombres que luchan en el improvisado cuadrilátero. El olor a cuero curtido, a la piedra de la antigua fábrica que solía ocupar el edificio, al sudor y la respiración de otras personas llena sus sentidos.

Por fin se abre paso entre la multitud para llegar a la primera fila, y ve a los dos hombres boxeando en el cuadrilátero, pero ninguno de ellos es Ellis. El griterío, el ruido de los golpes secos que hacen los guantes de boxeo contra la piel del oponente, los pasos de los dos hombres descalzos dentro del cuadrilátero, las monedas que se caen al suelo al pasar de una mano a otra cuando alguien pierde una apuesta..., todo es igual que la primera vez que estuvo allí, pero se da cuenta de que ya no volverá a verle allí, o en ningún otro sitio.

—Perdón..., disculpe... —murmura Guillermina mientras se abre paso entre el público para salir del edificio.

Siente la necesidad de volver a la calle. Regresa por las escaleras y ya casi puede sentir el aire fresco de la tarde de primavera en su rostro. Mina corre para alejarse de ese lugar que tanto le recuerda a él. Camina deprisa y sin fijarse en adónde va, solo quiere marcharse y, cuando dobla la esquina para dejar atrás definitivamente el edificio y los sonidos del combate, choca de frente contra alguien.

—Oh, discúlpeme...

Y ahí está, igual que si no hubieran pasado dos meses: el doctor Ellis, con su inseparable abrigo negro —a pesar de que ya no hace tanto frío— la mira con sus ojos verdes.

Mina está tan cerca que nota el inconfundible olor que emana de su piel: a jabón, a alcohol desinfectante y a polvos de talco. Cómo lo había echado de menos, mucho más de lo que quería admitir.

—Guillermina, no esperaba verla aquí.

Pero ella no responde y le mira todavía un largo momento más, asegurándose de que es real y no uno de sus fantasmas.

—¿Ha vuelto? A Barcelona, quiero decir, ¿está de regreso?

Es lo único que se le ocurre preguntarle, está demasiado enfadada para pensar con claridad: Ellis se encuentra de pie frente a ella y la mira igual que si no hubiera estado sin dirigirle una sola palabra durante dos largos meses.

—Sí. Mi supervisor en la embajada británica ha presionado a la Diputación y al departamento de policía para que me devuelvan mi puesto, aunque todavía no he decidido si lo voy a aceptar.

—Bien, ya me informará de su decisión, doctor Ellis...

Mina hace un esfuerzo, da media vuelta y se separa de él —y de esa presencia suya que siempre consigue desordenar su corazón—, da un par de pasos hacia el final de la calle dispuesta a marcharse, y casi lo ha conseguido cuando él alarga la mano y la sujeta con delicadeza por la muñeca.

—Quería escribirle, hacerle saber que estaba bien —murmura Ellis—. Lamento mucho no haberlo hecho, pero era peligroso contactar con cualquier persona aquí, en Barcelona. Y no podía arriesgarme a que le sucediera algo malo por mi culpa.

Le conoce tanto que puede adivinar la expresión en su rostro sin volverse para mirarle. Se suelta, pero aún siente el contacto cálido de sus dedos en la muñeca durante un instante.

—No podía enviarme una miserable postal o un telegrama, para que supiera que no se había olvidado de mí..., de nuestra investigación —se corrige ella.

—Por supuesto que no me he olvidado, Guillermina. Nunca podría hacerlo, me importa usted demasiado.

—Ya. Ojalá le hubiera importado lo suficiente como para enviarme al menos una carta.

Por fin se vuelve para mirarle; Mina se fija en la forma en la que los ojos del Ellis recorren su rostro, su cuello y bajan por su cuerpo, y sabe que él también está intentando retener cada pequeño detalle de ella en su mente, como si temiera no volver a verla nunca.

—Debí haberlo hecho, pero después de mi salida precipitada de la ciudad cualquiera que estuviera en contacto conmigo se hallaba en peligro, y nadie tenía una relación más estrecha conmigo que usted. Por eso no podía mandarle ningún mensaje.

—Yo no necesitaba su protección, doctor, tan solo su sinceridad y su compañía. —Guillermina se siente más furiosa cada vez.

—¿Doctor? ¿Vuelvo a ser doctor?

—¡Confiaba en usted! —le corta ella—. Más de lo que he confiado en nadie desde hace años, y me ha abandonado.

No muy lejos de donde están, un relámpago corta las nubes de colores brillantes que se amontonan en el horizonte.

—Yo nunca haría semejante cosa, nunca la abandonaría —dice él.

Mina quiere creerle. Él le da la mano y acaricia el interior de la muñeca con sus dedos largos; es un gesto superficial pero íntimo.

—Voy a quedarme en Barcelona un tiempo más, todavía no sé cuánto y no depende de mí, pero quería que supiera que he vuelto a la ciudad solo por usted.

Pero Mina está tan furiosa que siente la ira subiendo por su garganta, apoderándose de cada uno de sus pensamientos y de sus palabras.

—¿Por mí? Después de dos meses sin una sola palabra, ¿se atreve a volver y a decirme que lo hace por mí? No. Ha regresado para terminar su misión, el verdadero motivo por el que está en Barcelona desde el principio: Lázaro, su grupo de influencia, sus secretos y todo lo demás... No está aquí por mí.

Un trueno resuena en los edificios cercanos, la tormenta está mucho más cerca ahora.

—Lo que yo hago, lo que he evitado que pase, ha sido lo más importante para mí durante años —comienza a decir él—. Pero desde que estoy aquí todo eso se tambalea; mi mundo entero se tambalea, por usted.

Ellis la estudia un instante para ver el impacto que su confesión tiene en ella. Un relámpago los ilumina y el aire entre ellos se vuelve más denso aún por la electricidad que precede siempre a una tormenta.

—No lo ha hecho por mí, lo ha hecho porque tenía miedo. Por eso se ha marchado, y por eso me ha dejado sin una sola palabra o una noticia suya que me haga saber que se encuentra bien. Porque tenía miedo: usted es un hipócrita, doctor.

—¿Un hipócrita?

—Sí, a pesar de su supuesta actitud moderna y su mente abierta a los nuevos avances se niega a creer en lo sobrenatural, en lo que yo puedo hacer, solo porque le asusta demasiado que sea cierto.

—Lo admito: me asusta, Guillermina. Conocerla es lo más terrorífico que he hecho nunca, desafía todo en lo que creo y todo lo que sé del mundo. Usted pone a prueba mi ciencia, mis creencias más profundas y los cimientos mismos de la persona que soy, de todo lo que soy.

Otro trueno corta el aire, la tormenta está ahora sobre ellos, aunque la confesión de Ellis aún resuena en sus oídos. Empieza a llover y el sonido de las gotas golpeando los edificios de piedra llena el aire. Mina da un pequeño paso hacia él, puede ver en sus ojos que Ellis está pensando en lo mismo que ella, en lo mismo que lleva pensando desde el momento en el que se conocieron: en ese eco que resuena por encima del ruido de la tormenta —que ahora pasa justo sobre ellos—, que se repite una y otra vez en su cabeza y que no le deja encontrar sosiego cuando está dormida y tampoco cuando está despierta, que le hace anhelarle cuando él no está y desearle cuando lo tiene frente a ella, como ahora. Mina se pone de puntillas para llegar a sus labios, deja que él la abrace pasándole la mano por detrás de la cintura para atraerla un poco más hacia sí.

—Bueno, tal vez me piense lo de perdonarle, doctor... —susurra muy cerca de sus labios, que sonríen.

Sus pies casi se levantan un instante del suelo cuando él la acerca más para llegar a sus labios, y la besa bajo la tormenta de primavera que cae sobre Barcelona.

UN TIEMPO PRUDENCIAL

—

Unas semanas antes de la inauguración oficial de la Exposición Universal, Guillermina regresó a la vida social.

El tiempo prudencial —del que Amalia Casas había hablado la noche en la que todos aquellos gorriones se habían lanzado contra su ventana— había transcurrido por fin. Hicieron falta casi tres meses de aislamiento y desdén para que la alta sociedad de Barcelona perdonara a Guillermina Índigo.

Poco a poco, las elegantes clientas de Guillermina habían ido regresando al palacete de Permanyer para retomar sus famosas sesiones espiritistas. La primera de ellas había sido, por supuesto, doña Amalia Casas; Mina y ella no volvieron a hablar de Carlota o de todo lo que le había contado la fatídica noche de los gorriones, pero acudió a su cita semanal igual que si no hubiera sucedido nada. Otras damas de la alta sociedad siguieron su ejemplo y, tres o cuatro días después, casi la mitad de las clientas de Guillermina volvían a reservar sus sesiones —aunque aún estaba lejos de la agenda que tenía antes de que la arrestaran y se hiciera público el escándalo del Gorrión Blanco—. Las sesiones espiritistas siguieron a invitaciones para tomar el té, paseos por la Gran Vía cogidas del brazo de Guillermina, tarjetas que la invitaban a merendar o a reuniones de señoras que jugaban a las cartas —siempre sin apostar dinero, como corresponde a las damas—, y otro tipo de eventos sociales de los que Mina había sido apartada a modo de castigo.

Es una tarde fresca de principios de abril cuando Guillermina pasa andando por debajo del monumental Arco del

Triunfo que sirve de entrada al recinto de la Exposición Universal.

—Me alegro de que finalmente me convencieras para venir hoy —dice Ellis, que camina a su lado—. Es el acontecimiento de la temporada, aunque todavía no sea la inauguración oficial. Celebro no habérmelo perdido.

—La inauguración oficial será el 20 de mayo, pero esta tarde se celebra una pequeña recepción para los invitados más importantes de la ciudad. Es también mi puesta de largo después de haber cumplido mi pena pública —comenta Guillermina cuando pasan junto a una enorme farola de hierro.

Caminan juntos por la amplia avenida con elegantes balaustradas de hierro y suelo de dibujos de mosaicos en blanco y negro. Ya han pasado varios días desde el regreso de Ellis —y de su encuentro bajo la lluvia—, pero ninguno de los dos ha mencionado el beso, aunque ahora su relación se ha vuelto más cercana. A Guillermina ya no le importan —no tanto, al menos— los rumores y comentarios sobre su relación. Sabe que no puede permitirse otro escándalo, pero dar un inocente paseo del brazo de un caballero a plena luz del día no está mal visto. Caminan despacio, no son los únicos invitados que a esa hora pasean por la avenida: un matrimonio, un grupo de caballeros bien vestidos y una mujer con su dama de compañía caminan en la misma dirección que ellos y dejan a un lado el imponente Palacio de Bellas Artes con sus cuatro torres.

—¿Sigues pensando en establecerte definitivamente en Barcelona? Aunque ya no seas el patólogo, quiero decir.

Mina contiene el aliento esperando su respuesta.

—Me lo estoy planteando, sí. Me han ofrecido ser socio en una consulta privada en el centro: pacientes elegantes, mucho dinero y buenos contactos.

—Y todos vivos.

Ellis sonríe.

—Sí, pacientes vivos.

—Enhorabuena entonces. —Mina le estudia de refilón, se fija en su gesto pensativo—. Aunque... no pareces muy entusiasmado, Ellis.

—Aún no he tomado una decisión —admite—. Esos nuevos contactos y los pacientes poderosos servirían a los intereses de mi otra misión, desde luego, pero, después de todo lo que hemos pasado, un trabajo de médico en una consulta privada me resulta...

—¿Aburrido?

—Eso me temo.

—Confío en que yo no te resulte aburrida también, ahora que el caso de Camila Garza está oficialmente cerrado.

Ellis le acaricia el dorso de la mano con disimulo para que nadie pueda ver su pequeño gesto.

—Eso no sucederá jamás —le asegura.

Ella intenta sonreír, pero no pasa un día sin que piense en Camila Garza, en Ramiro y en todo lo demás que ha rodeado esa investigación que la ha llevado hasta el borde del abismo.

—Supongo que ahora ya nada de todo eso importa —dice con resignación—. Nunca conseguimos las huellas dactilares de la segunda gargantilla. Santiago Rivero está a punto de ser juzgado y seguramente lo declararán culpable del asesinato de Camila Garza y del de Emiliana Egea. Antes de que empiece la Exposición Universal ya lo habrán colgado y todo este asunto se cerrará para siempre.

—El asesino de la señorita Garza todavía está por ahí.

—Santiago Rivero es culpable del asesinato de Emiliana Egea, y seguramente de otras cosas abominables. —Mina recuerda los dedos de mujer que encontraron en un joyero en su habitación cuando la policía la registró—. Pero él no mató a Camila.

—Algunos casos necesitan años antes de que se produzca un avance o de que los investigadores encuentren una nueva pista —apunta él.

—Ramiro ha cerrado el caso oficialmente; para encontrar respuestas, alguien tendría que seguir buscando la verdad sobre Camila Garza.

—Nosotros. —Ellis parece muy seguro de lo que dice—. Nosotros seguiremos investigando para descubrir qué le pasó a la señorita Garza.

Su honestidad siempre la sorprende.

Es una tarde fresca y su vestido de color verde esmeralda no es suficiente para protegerla del viento que baja desde la montaña.

—No hablemos más de crímenes, asesinatos o investigaciones esta tarde. No he venido aquí por eso.

—Supongo que has venido para dejarte ver en público como una manera de aceptar tu penitencia cumplida y, al mismo tiempo, de ponerle fin. Muchas de tus clientas y sus amigas estarán esta tarde en la fiesta del Invernadero.

—Sí. Espero retomar el contacto con ellas; muchas de mis clientas o posibles clientas vendrán.

El Invernadero es uno de los edificios que se han construido para la celebración de la Exposición Universal. Es una enorme estructura de hierro con paredes de cristal y un altísimo techo a dos aguas. Dentro alberga plantas exóticas traídas desde varios de los países participantes en la Exposición, pero también se está utilizando para la celebración de cenas, reuniones o fiestas como esa.

El tímido sol de primavera atraviesa la cubierta de cristal del Invernadero y calienta las palmeras y las exóticas orquídeas de todos los colores que están allí para deleite de los invitados. A Guillermina le llega el ambiente caldeado por el sol de la tarde que huele a flores dulces y, por un momento, casi le parece que está de nuevo en el valle de los Ingenios, en Trinidad.

—Es una maravilla de la ingeniería —comenta Ellis mirando la cubierta de cristal y la estructura metálica—. Apuesto a que a la señorita Moreno la hubiera fascinado verlo en persona.

—Desde luego que sí, Zelda es una gran entusiasta de la arquitectura, la física y la mecánica. Su mente científica disfruta con los retos y los nuevos avances. Le hubiera gustado mucho poder asistir a la fiesta, pero ella prefiere quedarse en casa, donde se siente a salvo. Aunque hubiera sido un absoluto escándalo que se presentara esta tarde aquí.

—Había leído sobre su dolencia, pero nunca había conocido personalmente a alguien que sufriera del mal que aqueja a la señorita Moreno: agorafobia. Así es al menos como un neurólogo y psiquiatra alemán ha bautizado su dolencia. Los pacientes sufren ataques súbitos de terror, sin ningún desencadenante real, y eso hace que vivan en un estado de angustia permanente.

—Zelda lleva casi dos años sin salir del palacete. Lo más lejos que ha llegado ha sido al callejón adoquinado, antes de la verja que separa el pasaje del resto del mundo —dice Mina con suavidad—. Solo la idea de caminar por una enorme ciudad como Barcelona, llena de gente, hace que sienta auténtico pánico. Prefiere la seguridad de las paredes y el patio delantero del palacete, aunque eso suponga vivir siempre en la casa más embrujada de Barcelona.

Hacía mucho tiempo que Zelda Moreno había escogido su propia prisión, y se sentía cómoda en ella.

—Es una dolencia poco estudiada aún, pero, según tengo entendido, la causa algún tipo de trauma o situación angustiosa en el pasado del paciente. ¿Es ese el caso de la señorita Moreno? ¿Le sucedió algo terrible?

Guillermina levanta la mirada hacia él, sabe bien que confiar en alguien es igual que extender la mano en la oscuridad. No hay garantías.

—La familia materna de Zelda eran..., bueno, no aprobaban a su padre, y su madre y la propia Zelda pagaron un alto precio por ello. Si buscas saber más sobre ese asunto deberías preguntarle a Zelda, no me corresponde a mí hablar de ello.

—Comprendo. Tengo entendido que a la inauguración oficial de la Exposición asistirán la familia real, altos cargos del Gobierno, militares y un grupo de personalidades de lo más variado, es un alivio comprobar que finalmente todo ha salido bien..., más o menos —menciona Ellis para cambiar de tema—. En algunos momentos temí que la Exposición no llegara a celebrarse.

—Confieso que yo también lo pensé —admite ella—. Especialmente cuando vi la escalada de violencia y destrucción que se levantaba después del asesinato de Camila, y cuando encontramos el cuerpo de su hermano en su celda. Creí que la Exposición iba a suspenderse por motivos de seguridad. Es un alivio que todo haya acabado por fin.

Desde donde están ahora pueden ver la enorme estructura de hierro y cristal que forma el Invernadero, pero Guillermina todavía piensa un momento más en Pascual Garza: en su rostro amoratado por la falta de oxígeno, sus facciones abotagadas, su ropa sucia y el charco de orina bajo sus pies. Todo aquello había sucedido hacía mucho tiempo, en otra vida. Esa celda apestosa y oscura de Atarazanas estaba a un océano de distancia de aquel momento y del impresionante Invernadero.

Incluso desde fuera pueden oír la música y el sonido de las voces saliendo de la estructura de cristal. El Invernadero está iluminado con potentes focos eléctricos y el resplandor de la luz atraviesa su cubierta y sus paredes transparentes como si fuera el faro más brillante que Guillermina ha visto nunca.

—¿Preparada para salir del purgatorio?

Guillermina da un rápido vistazo a través de las paredes de cristal, toma aire y responde:

—Preparada.

El Invernadero de cristal está formado por tres grandes naves. Dentro del edificio, la música suena mucho más alta: un cuarteto de cuerda toca un vals en uno de los extremos. Los cinco músicos están elegantemente vestidos, de color negro, como requiere una ocasión así.

—Toda la alta sociedad de Barcelona está aquí. También veo muchas caras nuevas —comenta Mina—. Mejor, así no solo podré recuperar a mis antiguas clientas, sino que además, con un poco de suerte, haré algunas nuevas amistades.

Hortensias frondosas de colores brillantes, ficus, gardenias, jazmines amarillos, orejas de elefante, carnaubas... Una frondosa cortina vegetal decora el Invernadero y le da al lugar un aire de ensueño, haciendo que el ambiente tenga un aroma dulzón y cargado. Guillermina estudia el lugar como acostumbra a hacer: busca las salidas, intenta trazar en su mente un plano del edificio o averiguar cuál es la manera más rápida de llegar a una ventana por si tuviese que escapar. Ni siquiera debe pensarlo, le sale tan natural como respirar. Se fija en las elegantes bandas de tela que adornan el techo de cristal sin llegar a ocultar la maravilla moderna de las vigas de hierro y los cerramientos metálicos. Las guirnaldas de tela decoran la estructura metálica con bonitos rasos de color blanco.

—Diría que el inspector jefe no se lo está pasando demasiado bien —comenta Ellis.

Un poco más allá de donde ellos se encuentran, Guillermina ya ha visto a Ramiro Bocanegra. Está charlando con Valdés, que parece darle algún tipo de orden, porque el gesto de Ramiro es serio y sus ojos oscuros evitan mirarlo directamente a la cara. Guillermina se fija también en el vaso de algo que parece whisky en su mano, que tiembla ligeramente. Se maldice por no ser capaz de leer sus labios desde esa distancia.

—Sí, qué lástima que Ramiro esté teniendo un mal rato —dice ella con ironía—. ¿Quieres tomar algo? He visto la barra de bebidas al fondo y estoy segura de que habrá whisky o cualquier otra cosa que te apetezca.

—No, gracias.

Guillermina mira de refilón las botellas de licor con el líquido dorado y recuerda que se ha prometido no beber una sola gota de alcohol hasta que dé por terminado el caso de Camila Garza.

—Casi todos nuestros sospechosos están esta tarde aquí —dice Mina.

—Pensé que no querías hablar del caso.

—He visto a don Ernesto Valdés con su esposa, doña Amalia, y a otros hombres de ese grupo de influencia un poco más allá —continúa ella, ignorando su comentario—. También está ese caballero tan desagradable, Franz Lázaro, e Inés Rocossa-Contreras.

Ellis también se ha fijado en que Lázaro y su grupo están entre los invitados; esa era la segunda razón por la que había aceptado acompañar a Guillermina a la fiesta. La primera razón era simplemente porque ella se lo había pedido.

—Todos los implicados reunidos. Parece una de esas novelas de detectives que acostumbras a leer. —Ellis se ríe en voz baja cerca de ella—. ¿Cómo se llamaba ese curioso detective de ficción tan popular en Inglaterra?

—Sherlock Holmes. Y en sus investigaciones siempre lo acompaña su socio, el doctor Watson.

—Oh, ¿su socio es doctor? Magnífico entonces: yo soy Sherlock y tú eres, claramente, el doctor Watson.

Ellis piensa un momento y responde:

—No es así como yo lo veo...

Pero, antes de que Ellis tenga tiempo de añadir algo más, las hermanas Palladino se acercan a ellos.

—¡Guillermina, querida! Estás maravillosa esta tarde —dice Antonia con una gran sonrisa como si no hubiera pasado nada durante las últimas semanas—. Qué alegría verte otra vez en este tipo de celebraciones. Beatriz y yo estamos muy contentas de que vuelvas a incorporarte a la vida pública, no ha sido lo mismo sin ti. Y usted debe de ser el nuevo patólogo; encantada de conocerlo por fin, aunque he oído que está cesado temporalmente mientras se resuelven unos asuntillos...

—Solo temporalmente —responde él.

—Yo soy Antonia Palladino y ella es mi hermana Beatriz. —Antonia se ríe con esa risa molesta suya mientras Beatriz tan solo le hace un gesto silencioso con la cabeza a Ellis—. Le confieso que no imaginaba que fuera usted tan joven. Supongo que nuestra ciudad está en buenas manos, puesto que ya ha conseguido cerrar ese caso tan terrible de la chica asesinada en la acequia. ¡Qué asunto tan espantoso! Y todo eso que cuentan los periódicos acerca de ella: su embarazo; a lo que se dedicaba por las noches la muy desvergonzada, ¡bailar desnuda delante de hombres por dinero!, cosa que puede hacer que termines muerta en una acequia. Repugnante, en fin. Veo que ya está usted perfectamente integrado en la ciudad, doctor. A Guillermina le preocupaba un poco su llegada a Barcelona, ¿no es verdad, querida? Le inquietaba que su situación cambiara cuando usted se hiciera cargo del Departamento de Patología; ya sabe, por todo lo de su marido y eso...

Antonia Palladino tiene que hacer una pausa para respirar

y es entonces cuando Ellis aprovecha su silencio para hablar por fin.

—Le aseguro que a pesar de mi edad soy un doctor muy competente.

La mayor de las Palladino lleva un abanico adornado que agita con fuerza, haciendo sonar las pulseras de su muñeca cada vez que lo golpea contra su pecho.

—Sí, ya veo que los dos se han entendido a las mil maravillas. Se rumorea por ahí que los han visto de paseo juntos algunas mañanas y tomando el té por las Ramblas; imagino que siempre para asuntos profesionales, ¿no es verdad, Guillermina querida?

—Me alegro mucho de verla, señora Palladino —responde Mina con una sonrisa falsa—. Últimamente he estado intranquila por usted; hace tiempo que no la veo en las sesiones y me preocupaba su salud. Qué alivio comprobar que se encuentra perfectamente.

Antonia agita más rápido el abanico sin saber muy bien qué decir, así que hace un gesto hacia la cubierta de cristal que está sobre sus cabezas.

—Es fabuloso, ¿verdad que sí, doctor? Un edificio que seguirá aquí dentro de doscientos años. Yo creo que tiene un aire muy moderno y europeo. Pero supongo que a un hombre como usted le parecerá poca cosa, acostumbrado a Londres. Su acento, por cierto, es encantador, si me permite decírselo, y habla muy bien nuestro idioma. Habíamos conocido a otros británicos antes, ¿verdad que sí, Beatriz? Pero me parece que usted es el primero que nos agrada.

—Me alegra oír eso, creo —dice Ellis.

En ese momento, un camarero pasa junto a ellos con unas copas llenas de champán que lleva cuidadosamente sobre una bandeja, y Guillermina las mira de refilón. Se fija entonces en Amalia Casas, que está un poco más lejos, del brazo de su marido, y la observa a través de la multitud. Amalia le hace un suave gesto con la cabeza a modo de saludo y ella se lo devuelve. A su lado, Ernesto Valdés y Doval repara en ella por primera vez y hace una mueca de desagrado antes de seguir charlando con Ramiro.

—Se dice por ahí que esa muchacha muerta esperaba un bebé de uno de los hombres más poderosos de la ciudad. Lo he leído en la prensa —dice Antonia de repente—. No han publicado ningún nombre en concreto, pero yo creo que el señor Valdés era el padre de la criatura en cuestión.

La mayor de las Palladino es muy aficionada no solo a los rumores y chismes que corren por la ciudad, sino también a los reportajes más sangrientos y morbosos de crímenes reales que publican los periódicos por capítulos para mantener el interés de sus lectores.

—Mi hermana y yo no hablamos de otro asunto; este terrible caso, la chica asesinada, el bebé perdido y todo lo demás que lo rodea... Desde luego, algo así es capaz de poner en riesgo todo lo que hemos estado construyendo en esta ciudad, el futuro brillante que nos aguarda a todos.

—¿Cree usted que don Ernesto Valdés y Doval es el responsable de la muerte de esa muchacha? Me cuesta imaginar a un hombre como él asesinando a una chiquilla —dice Mina, pero lo único que le interesa es oír la opinión de las Palladino, porque sabe bien que, muchas veces, entre la opinión y los reproches puede esconderse alguna pista.

—Desde luego no pienso que la matara él mismo con sus propias manos, no es de ese tipo de hombres, pero estoy convencida de que está involucrado en el asesinato. Sobre todo si tenía una relación ilícita con ella y la muchacha estaba encinta —responde Antonia con vehemencia—. Mi difunto esposo solía tratar con el señor Valdés. Él siempre decía que era uno de esos hombres acostumbrados a salirse con la suya, y no solo en los negocios. Amalia Casas puede que no esté muy bien de la cabeza desde que pasó lo de su hija, pero sigue siendo una de las mujeres más ricas de este país. Desde luego, si yo fuera Valdés, no querría que mi mujer descubriera que le he hecho una criatura a una cualquiera.

—Y si está en lo cierto, ¿no le preocupa estar hoy aquí, en este bonito lugar, sabiendo que el señor Valdés podría ser un asesino?

—En absoluto, don Ernesto es sobre todo un caballero: no

cometería la grosería de intentar asesinar a nadie aquí, delante de toda esta gente. —Antonia le guiña un ojo de forma cómplice—. Y ahora será mejor que vayamos a saludar al resto de los invitados, empezando por el señor Valdés y su esposa; no queremos que don Ernesto piense que sospechamos de él.

Antonia Palladino deja escapar una pequeña risa.

—¿Las veré la próxima semana en el palacete para su sesión? —le pregunta Guillermina sin dejar de sonreír.

—Desde luego que sí, querida. Estamos impacientes.

Las hermanas Palladino se alejan de ellos; Guillermina puede ver cómo van desapareciendo entre los invitados a través de los destellos de sus vestidos bordados con pedrería y del brillo de sus collares y pulseras de oro.

—Interesantes clientas... —comenta Ellis cuando las Palladino ya no pueden oírlo.

—No todas son así.

—¿Quieres bailar?

Guillermina lo mira sin saber muy bien qué responder.

—Vaya, creo que es la primera vez que te dejo sin palabras.

—Bailemos. Así todos podrán escandalizarse con mi comportamiento: tengo que volver a destruir mi reputación —responde con una media sonrisa.

Ellis le da la mano y se acercan juntos a donde toca el cuarteto de cuerda. En esa zona, el aire del Invernadero tiene un aroma a flores y plantas mucho más intenso y embriagador, y las luces bañan los perfiles y las vigas de hierro acariciándolas y arrancándoles pequeños destellos.

Hay ya otras parejas bailando. Ellis le pasa el brazo por detrás de la cintura y se mueven despacio al ritmo de la música. Guillermina agradece en silencio que no se trate de Mozart.

Ellis puede ver a Franz Lázaro conversando con otro hombre y, no muy lejos de ellos, a Eric, el hijo de los Ruiz-Escuder, hablando en voz baja y con semblante muy serio con Inés Rocossa-Contreras. Guillermina sigue la dirección de su mirada y ve a Eric Ruiz-Escuder, con su pelo cobrizo, susurrando muy cerca del cuello de Inés.

—Parece que el joven Ruiz-Escuder ha encontrado un entretenimiento nuevo —comenta ella—. Es mejor así; empezaba a cansarme su compañía y a fastidiarme un poco esa afición suya por buscar siempre el visto bueno de sus padres; especialmente el de su madre, que finge que no sabe nada acerca de las aventuras románticas de su hijo con algunas de sus mejores amigas o con algunos de los mejores amigos de su marido.

—¿No me digas que estás celosa?

Antes de que Guillermina pueda responder, Ellis gira con suavidad al ritmo de la música.

—Nada más lejos de la realidad. Siempre he considerado los celos como algo sumamente aburrido —responde ella.

—Por supuesto.

Ellis deja escapar una pequeña risa al comprender que seguramente Guillermina Índigo nunca ha experimentado los celos en toda su vida.

—Pero, ya que estamos hablando de secretos y haciendo confesiones, ¿no puedes contarme nada más sobre tu misterioso encargo? Viena está muy lejos de Barcelona. —Mina nota el cuerpo de Ellis tensándose a su lado.

Nunca le ha contado a nadie el trabajo que hace realmente para la Corona; sabe que Guillermina Índigo es definitivamente la clase de mujer capaz de guardar un secreto como ese y piensa que tal vez después, cuando termine la fiesta, podría contarle a qué se dedica realmente.

—Sé por experiencia propia que los fantasmas nos siguen allá adonde vamos. Si quieres, puedo ayudarte con los tuyos, Ellis.

—Sospecho que conoces mejor que nadie lo que se siente al ser atormentado por el pasado.

—Viena —repite ella, que no va a dejarse fascinar más de lo necesario por el baile, el ambiente general o la mirada de Ellis—. ¿Qué fue lo que sucedió? Dijiste que temías por mi seguridad, pero nunca me has explicado por qué.

—Hace algún tiempo, antes de venir a Barcelona, pasé unos años destinado en Viena. Con la misma tapadera: patólogo criminal.

—¿Quieres decir que antes espiabas a otra gente?

Ellis finge que no ha oído su último comentario y continúa:

—Durante el tiempo que pasé allí me gané la enemistad de un caballero, Karl Lueger, un político bastante conocido; aseguran que será el próximo alcalde de Viena. Lueger tiene el apoyo de parte de la prensa y de algunos sectores de la sociedad; le gusta proyectar una imagen de modernidad y justicia para su país.

—¿Pero?

—Pero en realidad no es más que un demagogo, un populista con ideas violentas y profundamente antijudías.

Barcelona no es la única ciudad en la que Ellis ha estado infiltrado y el grupo de Lázaro tampoco es el único que ha investigado. Hay otros grupos y asociaciones parecidas repartidas por todo el continente, que extienden sus redes en varios países ganando más influencia cada día.

—¿Y qué pasó?

—Traté de revelar sus verdaderos intereses: su afán de poder y el peligroso nacionalismo de él y los suyos, pero subestimé el alcance de su influencia.

—Te descubrieron —dice Mina.

—Sí, me obsesioné con ese hombre y con su grupo: le vigilaba contantemente, buscaba testigos en su contra, confesiones de conocidos, espiaba a sus familias, amigos, amantes... Pronto la enemistad de Lueger y de su círculo de influencia, más poderoso cada vez, hizo imposible que pudiera seguir desarrollando mi trabajo como patólogo en la ciudad.

Guillermina parpadea sorprendida.

—Lo arruiné todo, y de manera muy pública, pero eso no fue lo peor: mi torpeza y mi falta de buen juicio pusieron en peligro la vida de una informante con la que trabajaba —admite él, avergonzado—. Tuve que abandonar Viena de forma precipitada para salvar mi vida, y la de ella.

Mina puede intuir que hay más detalles en esa historia que no quiere compartir con ella, pero decide dejarlo estar, al menos de momento.

—Creo que la ciudad de Viena se lo perdió. Nosotros salimos ganando —termina ella.

El compás de la música cambia. Ellis la hace girar despacio y Mina nota cómo se le acelera el corazón.

—Eres bueno bailando, Ellis.

—Cuando era niño quería ser músico —comienza a decir él con suavidad—. No se lo había explicado a nadie, así que supongo que eso también cuenta como un secreto. Mi mayor deseo era escribir mis propias obras musicales, pero mi padre no me lo permitió: él quería que yo siguiera su camino y no el mío propio.

Guillermina lo estudia un momento en silencio.

—No te imagino como otra cosa que no sea médico.

—Ahora yo tampoco lo hago. Mi padre insistió en que yo, como primogénito, debía entrar en la academia militar para seguir la tradición familiar.

—¿Tu padre es militar?

—Entre otras cosas. Es capitán del ejército de su majestad, nada menos. Hace años que está retirado del servicio y ahora se dedica a sus negocios. —Es la misma mentira que repite cada vez que habla de su padre—. Pero acostumbraba a manejar a nuestra familia con la misma mano de hierro con la que manejaba a sus hombres. —Ellis sonríe con tristeza—. Yo nunca llegué a ser capitán; la cadena de mando y todo lo demás no estaban hechos para mí. Cuando dejé el ejército para ir a la Facultad de Medicina, mi padre estuvo casi seis meses sin dirigirme la palabra.

—Así que los conflictos con tu padre explican ese pequeño desdén tuyo por la autoridad —apunta Guillermina con una diminuta sonrisa divertida.

—Yo no siento desdén por la autoridad —replica, pero sabe que ella tiene razón.

El ambiente dentro del Invernadero se ha ido volviendo más cálido cada vez, a pesar de que las grandes puertas están abiertas para que pueda entrar el aire fresco de la noche; sin embargo, las luces encendidas, los invitados y la humedad de las plantas exóticas hacen que el aire empiece a ser sofocante. Guillermina se da cuenta de que tiene calor, puede notar que el sudor empieza a correr por su espalda.

Los músicos hacen una pausa para refrescarse y beber algo. Por encima del hombro de Ellis, Mina puede ver como uno de ellos se limpia el sudor de la frente con un pañuelo blanco. Otros invitados se acercan a la gran puerta abierta del edificio para tomar un poco de aire fresco, y algunas señoras se abanican.

—Hace mucho calor aquí, es extraño —comenta ella.

—Supongo que ese es el propósito de un invernadero: conservar el calor, amplificar la luz del sol...

—Sí, ya sé cómo funciona un invernadero, gracias. Lo que quiero decir es que hace más calor del que debería, incluso con las luces, los invitados y todo lo demás; casi parece que estemos en una asfixiante tarde de verano.

Guillermina mira a su alrededor buscando alguna ventana que pueda abrir para que la corriente de aire llegue hasta donde ellos están, porque tiene más calor cada vez y empieza a costarle respirar debajo de su corpiño —no es por el corsé, nunca le ha dado problemas—. Se pregunta si esa será la sensación que Zelda siente cuando se aleja demasiado de la seguridad del palacete. Tras la inspección visual, comprueba que no hay ninguna ventana que puedan abrir, porque las guirnaldas y las bandas de tela que adornan el alto techo del edificio están unidas a los cierres de metal.

—¿Me acompañas fuera? Necesito tomar un poco de aire. —Ellis asiente en silencio y busca con la mirada a Lázaro para no perderlo de vista—. Tranquilo: Lázaro y los suyos no se marcharán tan pronto —dice Mina, adivinando sus pensamientos. Él va a responder, pero de repente oyen unos gritos ahogados, un pequeño revuelo como los que suelen preceder a un desastre. Una mujer chilla al otro lado del Invernadero y ellos se vuelven para mirar en la dirección de los gritos.

Las plantas están en llamas. Una enorme palmera, que solo unos segundos antes extendía sus ramas y hojas verdes hasta rozar el techo de cristal del Invernadero, está ardiendo. La robusta palmera tarda apenas un parpadeo en consumirse bajo las llamas ondulantes, que bailan igual que una serpiente antes de lanzarse sobre su presa. Solo un instante después, todas las demás plantas que están cerca de la palmera comienzan a arder, y los gritos y las voces de los invitados se vuelven más urgentes.

—Dios mío... —murmura ella.

El fuego alcanza rápidamente las bandas y las guirnaldas que cruzan de un lado a otro la cubierta de cristal. Guillermina mira hacia arriba y siente el calor del fuego sobre su cara, casi quemándole la piel con su caricia dolorosa; incluso puede percibir cómo la tela verde de su vestido comienza a calentarse peligrosamente. Mira a su alrededor y comprende, horrorizada, que todo el edificio está ardiendo. Las llamas brillantes ascienden barriendo en su camino las plantas, la tela, las guirnaldas, las sillas..., todo lo que encuentran a su paso, igual que un enorme monstruo.

Guillermina respira con dificultad. El aire caliente se ha vuelto pesado y le araña la garganta a medida que baja hasta sus pulmones.

—¡Vamos!

Oye la voz apremiante de Ellis a su lado y nota cómo le da la mano para tirar de ella en dirección a la salida. No son los únicos: una riada de personas corre hasta la puerta abierta del Invernadero buscando la seguridad del aire de la noche.

El sonido del fuego es algo que Guillermina conoce bien; la mayoría de la gente piensa que el fuego únicamente puede percibirse con el sentido de la vista o del tacto, pero el ruido que hace es similar al de una criatura gigante arrastrándose entre los árboles por la noche. Mina intenta escapar, pero sus pies no se mueven, no quieren obedecer, y se queda allí todavía un momento más, fascinada, viendo ese mar naranja brillante que ahora se desliza por la cubierta de cristal sobre ellos.

Algunos de los que tratan de salir tropiezan cayendo al suelo y los demás los pisotean. Desde donde están, Guillermina puede ver el exterior: el cielo nocturno cuajado de estrellas por encima de las cabezas de los invitados que ya han conseguido salir. Pero el fuego la llama, ejerciendo esa fascinación morbosa sobre ella; igual que le sucede a Baxter con esa batalla en los campos lejanos de Crimea, que no deja de rememorar en sus sueños y a la que regresa una y otra vez aunque le cause dolor. A pesar de ese dolor, Guillermina vuelve su mirada hacia el fuego.

Ahora ya apenas puede distinguir el cristal, solo el fuego, que lo cubre todo y los envuelve hasta que el calor se hace demasiado intenso para que la cubierta de vidrio lo soporte. Entonces, el techo del Invernadero estalla con un ruido que resonará en sus oídos mucho tiempo después.

Miles de esquirlas de cristal caen sobre ellos, envueltas en llamas, igual que diminutas y afiladas estrellas fugaces.

Los gritos, los lloros a su alrededor se hacen tan intensos que Guillermina apenas puede oír la voz de Ellis a su lado, diciendo algo que es incapaz de comprender. Un momento después, nota un intenso dolor cerca de la muñeca y también en su cuello.

Las estrellas fugaces de cristal siguen cayendo a su alrededor y solo puede ver el rostro pálido de Ellis y sus ojos verdes muy abiertos. Por fin comprende lo que él está diciendo:

—Tu brazo...

Siente algo cálido en el brazo y piensa que una de las chispas está quemando el vestido —el satén prende con facilidad—, pero, cuando mira, lo que ve es una mancha oscura de sangre que cubre ya toda la tela verde esmeralda de su manga y que gotea en el suelo del Invernadero.

Lo último que ve Mina antes de cerrar los ojos es a Ellis sujetándola.

Guillermina sueña con Martín. Antes de Cuba, antes del hospital de las Tres Cruces y antes de los fantasmas; Martín se acerca al borde de la cama y la mira con sus ojos azules, se inclina hacia ella y susurra algo en su oído: «No es así como morirás».

Guillermina abre los ojos para descubrir que está a un millón de kilómetros del valle de los Ingenios y del calor húmedo de Trinidad. Se encuentra en su dormitorio, en el primer piso del palacete de Permanyer. Lo primero que siente es la boca seca y la garganta rasposa, busca un vaso de agua con la mirada, pero, cuando intenta estirar el brazo para alcanzar el vaso que hay en la mesita junto a la cama, un dolor lacerante en su brazo le arranca lágrimas de los ojos.

—No debes moverte todavía. —La voz del doctor Ellis le llega desde muy lejos, a pesar de que está sentado en una silla junto a su cama—. La herida en tu antebrazo es bastante profunda, me preocupaba que hubiera llegado a afectarte algún nervio.

—¿Cómo estoy?

—Debes guardar reposo unos días, pero te recuperarás. El brazo te dolerá un tiempo y tendrás que llevarlo inmovilizado durante un par de semanas al menos.

—El Invernadero... —Su voz suena frágil.

Mina recuerda el fuego abrazando la estructura de cristal y hierro y el techo de vidrio estallando en mil pedazos afilados envueltos en llamas, cayendo sobre ella igual que una mortal lluvia de estrellas.

—Sí, creen que han sido los anarquistas en venganza por la muerte de Pascual Garza cuando estaba bajo custodia policial. Sospechan que en realidad Pascual fue asesinado en su celda y que la policía fingió un suicidio para encubrirlo.

—¿Y tú qué crees? —murmura ella.

—Opino que es muy sospechoso que no me permitieran hacer la autopsia del señor Garza y que los agentes se dieran tanta prisa en enterrar su cuerpo en la fosa común, junto con los mendigos y los suicidas.

—Ya, eso mismo es lo que opino yo. ¿Y sobre el ataque en el Invernadero...?

—Hay al menos tres fallecidos y muchos heridos —dice Ellis—. Podía haber sido peor, mucho peor. Uno de los fragmentos te hirió en el cuello, cerca de la clavícula, una herida aparatosa que sangraba bastante, pero me preocupaba mucho más tu brazo.

Guillermina, dolorida, intenta no moverse demasiado, pero se gira para ver su antebrazo. Lleva un vendaje perfecto y profesional. Las vendas cubren casi desde el codo hasta la muñeca.

—¿Me quedará cicatriz?

—Normalmente mis pacientes no suelen inquietarse por las cicatrices, pero te he hecho mi mejor bordado inglés —bromea él, aunque su expresión se vuelve preocupada enseguida—. ¿Sientes dolor? Dentro de un par de horas podré administrarte otra dosis de morfina.

—Me gusta la morfina... —murmura Guillermina con los ojos entornados—. Esta no es la primera vez que tienen que darme puntos por una herida profunda. Tuve una mucho peor que esa.

—Ya he visto la cicatriz en tu costado cuando te estaba atendiendo —comienza a decir Ellis, que no está muy seguro de cómo continuar la frase.

—¿Me has desvestido tú, Ellis?

Guillermina intenta dedicarle una sonrisa, pero le duele demasiado. Lleva puesto un camisón azul de plumeti y está tapada por una manta de lana.

—Fue la señorita Moreno, por supuesto.

—¿No tienes curiosidad por saber cómo me hice la cicatriz en el costado? —La voz de Guillermina suena ahogada por la morfina y el dolor—. Este sería un buen momento para intentar que te contara todos mis secretos, apenas sé si estoy despierta ahora mismo.

—Estás despierta, Mina. Y yo estoy contigo.

Guillermina abre un poco más los ojos y la luz de la primavera que entra por la ventana del dormitorio hace que vea destellos de muchos colores; parpadea dos veces para intentar aclararse la vista, pero en el fondo sabe que hasta que el efecto de las drogas desaparezca de su sangre no servirá de nada.

—El valle de los Ingenios... Algunas veces me parece que todavía estoy allí, puedo sentir la brisa que salía de entre las palmeras y la vegetación de la selva que rodeaba nuestra finca —murmura, no muy segura de estar hablando en voz alta—. Los fantasmas. Debí de haber sabido entonces que nada bueno puede crecer donde ha tenido lugar una enorme tragedia; el dolor persiste, el dolor se filtra en la tierra poco a poco y alimenta las plantas, los árboles y a todas las criaturas que viven de ellos, y también a los animales que se los comen, y así es como se va extendiendo por un lugar, por una propiedad, hasta infectarlo todo igual que sucede con una enfermedad. Debí de haber sabido entonces que el dolor, del mismo modo que los fantasmas, se empeña en vivir en los lugares hasta embrujarlos, como en esta casa: los poseen, igual que hacen con las personas. Ese es mi secreto.

«Como en esta casa.» Ellis la observa un momento tratando de decidir qué es lo que Mina ha querido decir.

—Has dicho que hubo más muertos en el ataque. ¿Quién?, ¿Ramiro...?

—No, no, el inspector Bocanegra se encuentra bien, apenas un par de cortes, nada grave. Pero la señora Inés Rocossa-Contreras ha fallecido. También la señora viuda de Herrera y su hijo, que se encontraba a su lado en ese momento. Hay una enorme conmoción en la ciudad por el ataque y por las muertes.

—¿Inés Rocossa-Contreras ha fallecido?

—Sí, al parecer, parte de la estructura metálica se derrumbó sobre ella cuando intentaba escapar del incendio; ha sido muy grave, Guillermina. La Exposición Universal se ha cancelado.

Guillermina oye sus palabras, pero tarda un momento en entenderlas; la morfina hace que sus pensamientos sean lentos y esponjosos, igual que si tuvieran que atravesar una nube espesa antes de cobrar sentido.

—La Exposición Universal se ha cancelado —repite, más adormecida cada vez.

—Sí. En las circunstancias actuales no se puede garantizar la seguridad de los países participantes o de los invitados, y mucho menos de las autoridades que tenían previsto asistir a la inauguración...

Ellis dice algo más, pero ella ya no lo oye. De pie, en la puerta del dormitorio, puede ver a Martín, tal y como era antes del fuego y de todo lo demás, mirándola.

DESPUÉS DEL FUEGO

—

La Exposición Universal se había cancelado oficialmente. El desastre económico, empresarial y humano que golpeaba ahora a una ciudad que se había volcado con el sueño brillante de la Exposición durante los últimos años era brutal. El impacto en las calles, en los barrios donde se amontonaban la mayoría de los trabajadores que habían ido hasta allí atraídos por la posibilidad de cobrar un salario, era tremendo. Las columnas de opinión en los periódicos y los reportajes sobre la tragedia no paraban de sucederse, y las delegaciones de algunos de los países invitados tenían mucha prisa por hacer las maletas y marcharse sin mirar atrás. No se hablaba de otra cosa en las tertulias, en los cafés y las reuniones sociales: el sueño brillante de futuro y modernidad de toda una ciudad devorado por las llamas.

Guillermina puede ver con sus propios ojos la herida que la cancelación de la Exposición Universal ha dejado en la ciudad la primera vez que sale del palacete. Lo hace a los tres días de despertar, cuando se siente con fuerzas para levantarse de la cama por fin. Acompaña al doctor Ellis en un coche de caballos —no puede conducir su Levassor con el brazo en cabestrillo— y de vez en cuando se asoma a la ventana para ver la ciudad sumida en la desesperación.

El Parque de la Ciudadela está casi desierto. Las obras para terminar los pabellones de la Exposición se habían detenido con el anuncio de su cancelación, aunque la policía y el ejército habían tenido la previsión de dejar a algunos hombres vigilando las estructuras que seguían en pie, igual que fantasmas recordando lo que podía haber sido, por si acaso se producían más ataques.

Cuando llegan a su destino, Ellis la ayuda a bajar del coche y juntos caminan despacio por la misma avenida embaldosada que habían recorrido un par de semanas antes para asistir a la fiesta en el Invernadero. Pasan bajo el descomunal arco de ladrillo rojizo, ahora envuelto en la bruma de la mañana y en el polvo que se ha levantado con el viento.

—El guarda al que has sobornado para que nos permita pasar ha dicho que la estructura del Invernadero es inestable. Sigue sin parecerme una buena idea volver aquí después de lo que sucedió —advierte Ellis—. Especialmente después de lo que le ocurrió a Inés Rocossa-Contreras.

—Precisamente por eso he insistido tanto en venir y en pedirte que me acompañes. Necesito verlo para estar segura de que mis sospechas son reales. No es la primera vez que esa mujer regresa de entre los muertos para atormentarme.

—¿Sospechas? Eso no importa ahora, soy tu médico e insisto en que deberías seguir guardando reposo un par de días más —responde él, frustrado, debido a que ya han mantenido esa misma discusión antes.

—Te prometo que si no tengo razón volveré al palacete y guardaré reposo hasta que me des el alta. Pero sé que eso no va a pasar.

—¿Lo sabes porque te lo ha dicho un fantasma? —pregunta Ellis con ironía.

Ella finge que no ha oído su comentario, no puede contarle la verdad sobre Inés y el fantasma de las Tres Cruces; al menos, no sin confesarle también la verdad sobre Martín y todo lo demás.

Dejan atrás el Palacio de las Bellas Artes y la estructura del enorme Invernadero aparece ante sus ojos. Ahora faltan la mayoría de los paneles de cristal que solo unos días antes habían sido una maravilla moderna de la construcción y la técnica. El edificio se mantiene en pie en parte gracias a la estructura de hierro, aunque no se parece en nada al recuerdo que Mina tiene de él: ahora es casi como el esqueleto de una enorme criatura extinguida que se alza entre los restos de otras criaturas igualmente magníficas.

—El incendio fue tan intenso que todavía se percibe el olor del humo en el aire —apunta Ellis a medida que se acercan a los restos del pabellón—. Ardió todo en menos de veinte minutos, algo que es inusualmente rápido para un edificio de este tamaño.

Guillermina recuerda entonces el techo de cristal del Invernadero estallando en llamas, que se extendían deprisa por cualquier superficie susceptible de ser devorada por el fuego, y también el mar naranja que cubrió el tejado de vidrio hasta que este explotó, los banderines y las guirnaldas convertidos en antorchas alimentando y acelerando el incendio.

—Sí, desde luego es bastante inusual.

—Mientras te recuperabas, el inspector jefe Bocanegra me dejó leer los informes policiales relacionados con incendios en la ciudad. Me remonté casi seis meses antes de mi llegada a Barcelona, pero no pude encontrar nada interesante —dice Ellis—. Ninguno de los incendios de los que la policía tiene constancia parecen tener un móvil político; son casi todos pequeños fuegos domésticos accidentales, y en ninguno se menciona esa misteriosa sustancia transparente. El subinspector Montes escribió varios de esos informes y me lo ha confirmado personalmente.

—Lástima..., era una buena pista —se lamenta Mina—. Lo que aún no comprendo es cómo consiguieron los anarquistas colarse en una fiesta tan elegante sin que nadie reparase en ellos. Imagino que tuvieron algún tipo de ayuda, un cómplice.

Guillermina da unos pasos entre los escombros. El suelo cubierto de cenizas y de restos carbonizados mancha el bajo de su falda mientras ella piensa con rapidez.

—Pero ¿quién querría ayudarlos? ¿Qué interés podría tener alguno de los invitados en formar parte de semejante tragedia?

—No creo que ninguno de los invitados simpatice con su causa.

—Y cualquier simpatía que pudieran despertar ha desaparecido después del incendio, de la muerte de Inés Rocossa-Contreras y de la señora viuda de Herrera y su hijo —dice Guillermina; habla deprisa para sí misma y casi ha olvidado que Ellis está en pie a su lado—. No tiene sentido, es dinamitar su propia causa. Inés no es una víctima cualquiera: era una mujer querida y conocida en la alta sociedad; no solo aquí, en España, sino también en Italia y Europa, donde había vivido muchos años, una mujer que dedicaba gran parte de su tiempo y su dinero a las obras de caridad. Ahora es una mártir. Es una torpeza acabar con Inés Rocossa-Contreras, ¿por qué arriesgarse a crear una mártir? Algo se nos escapa.

Guillermina piensa con rapidez, intentando encajar todas las piezas en su mente.

—Este atentado ha terminado con cualquier apoyo interno o internacional que los trabajadores pudieran tener, se han incrementado las redadas en los barrios más conflictivos y se ha doblado el número de detenciones. La policía espera más ataques en respuesta a la presión.

Ellis piensa en su enlace, solo unos días antes habían estado hablando discretamente en uno de los cafés de la plaza Real. Aquel individuo le había manifestado su preocupación por el aumento de la violencia en las calles y también por la cancelación de la Exposición Universal, donde la delegación británica tenía previsto cerrar varios negocios importantes y acuerdos políticos que ahora se retrasarían indefinidamente. A su enlace le preocupaba que un ataque tan violento pudiera repetirse en Londres. «Sería un desastre que tuviéramos otro Guy Fawkes en el Parlamento», le había dicho mientras tomaban el té.

—¿No te parece que es un mal paso? Es como dispararse un tiro en el pie durante una cacería —dice Guillermina. Mira hacia arriba y puede ver los restos del esqueleto del Invernadero sobre ella, las preciosas vigas de hierro ahora ennegrecidas y retorcidas por el calor de las llamas—. ¿Dónde se originó el fuego? Lo primero que yo vi fue una de las palmeras ardiendo, pero, desde luego, no reparé en nadie prendiéndole fuego.

—La policía lo está investigando todavía, pero el nivel de

destrucción es tan grande que es poco probable que descubran cómo empezó el incendio.

Caminan despacio entre los escombros oscuros hasta llegar a la zona donde estaba la palmera. Por un momento, a Guillermina casi le parece oír otra vez la música del cuarteto de cuerda, el vals, la mano del doctor Ellis detrás de su espalda mientras bailan, ajenos a lo que estaba a punto de suceder.

—No es habitual que el fuego se mueva tan deprisa y tan ferozmente. He visto algún que otro gran incendio en mi vida y te aseguro que no es así como acostumbra a comportarse; es una criatura viva que respira y come, pero no es tan rápido.

—La investigación sobre incendios provocados o accidentales es una disciplina nueva y un campo apenas explorado por las fuerzas de la ley —dice Ellis—. Casi no hay expertos o profesionales capaces de determinar cómo o dónde se origina un incendio, precisamente porque es imprevisible, igual que si fuera una criatura viva, tal y como acabas de decir.

Los dos intercambian una mirada rápida.

—Pero sí, admito que no es el comportamiento habitual del fuego —acepta Ellis por fin.

Guillermina se acerca hasta lo que queda en pie de lo que antes era una gran ventana, se detiene y estudia el marco metálico; entonces ve algo que le resulta familiar sobre el hierro retorcido: es la misma sustancia que encontraron en el cadáver de Camila Garza.

—Creo que he encontrado algo.

Ellis se acerca para mirar y repara en el misterioso líquido viscoso.

—No comprendo. Si esto ayudó de alguna manera o funcionó como acelerante en el incendio, eso podría significar que el asesinato de Camila Garza y este ataque están unidos. Debemos suponer que el causante tenía acceso a este peligroso material inflamable.

—Así es como lo hicieron —dice Guillermina de repente, y ahora todas sus ideas encajan por fin como el mecanismo de un reloj.

—¿Así es como lo hicieron? ¿Quiénes?

—No creo que fueran los anarquistas, ni un grupo de trabajadores descontentos, ni unos alborotadores cualesquiera: esa sustancia siempre ha estado en manos del mismo grupo de personas. Fueron los que quemaron la librería El Secreto, las chabolas de la playa y de alguna manera también el cuerpo de Camila Garza. Ellos se aseguraron de que esa maldita cosa estuviera aquí en el Invernadero antes de que comenzara la fiesta. —Guillermina habla deprisa porque los pensamientos se le amontonan en la cabeza—. Seguramente alguno de los camareros o puede que incluso alguno de los invitados se colara a media tarde para dejar caer un poco de esa cosa por aquí y por allá; puede que impregnara las plantas para que ardieran o parte de la estructura. Ya sabemos lo rápido que arde esa sustancia; ni siquiera el agua puede apagarla, hay que asfixiarla con arena o tierra. Después solo tuvieron que prender una pequeña chispa y ya está: lo más selecto de la alta sociedad muere abrasado en una fiesta antes de que se inaugure la Exposición Universal. ¿Qué harías si fueras el responsable de la seguridad del evento?

—Cancelarlo —responde él.

—Eso es. El caos y el miedo que eso provocaría en la ciudad sería imposible de controlar.

—Pero su plan ha fracasado porque no todos los invitados han muerto, la mayoría han sobrevivido.

Mina lo piensa un momento.

—Se me ocurre que igualmente el incendio puede servirles como una especie de... prueba: un ensayo para algo más grande.

—¿Un ensayo?

—Sí, piénsalo; imagina esto a gran escala. —Guillermina habla más rápido cada vez, sabe que está en lo cierto—. Un golpe así sería suficiente para desestabilizar una ciudad, un país o puede que hasta un continente entero. Podría incluso provocar una guerra en toda Europa.

Ellis mira su alrededor. Ve la estructura calcinada del Invernadero: ella tiene razón. Mina todavía no ha conseguido unir todos los puntos, pero él tiene las respuestas que le faltan, y se da cuenta de que es el momento de contarle la verdad a Guillermina Índigo.

—Lo que no puedo comprender es quién tendría la capacidad de hacer que se cancelara la Exposición Universal o que estalle una guerra —sigue diciendo ella—. No... Es algo demasiado grande para una persona o para un grupo que opera solo en Barcelona. Para provocar una guerra a gran escala serían necesarios varios individuos bien organizados, repartidos por todo el continente: con recursos, contactos y poder suficiente como para ir aumentando la presión hasta conseguir el resultado que buscan...

Guillermina continúa pensando en voz alta hasta que Ellis la interrumpe.

—Mina, debo contarte un secreto.

El sol tímido de primavera que asoma entre las nubes no es suficiente para calentar el aire de la ciudad, y la calima fina continúa enredada en las farolas y los plataneros de sombra que jalonan la ciudad. A medida que recorren las calles en el coche de caballos de camino al cementerio de Montjuic, Guillermina repasa todo lo que sabe, incluida la información que Ellis acababa de revelarle.

—Todavía no puedo creerme que me hayas engañado todo este tiempo, Ellis —murmura ella, ajustándose mejor el cabestrillo que le sujeta el brazo—. Me siento bastante tonta ahora mismo.

—Cuando llegué aquí, no tenía manera de saber que terminaríamos trabajando juntos. Debes comprender que la naturaleza de mi encargo es terriblemente delicada y sería fatal que otras personas descubrieran lo que hago aquí en realidad.

El coche llegó a un camino más estrecho y pedregoso.

—¿Qué sabe Ramiro realmente? Recuerdo que él tenía tu expediente.

—Cuando me destinan a una ciudad o un país trazamos una tapadera muy meticulosa por si acaso a las autoridades locales o a algún reportero le apetece investigar acerca del nuevo patólogo. Bocanegra no sabe nada comprometedor sobre mi misión.

—Lo que me contaste de Viena, tu informante y ese hombre..., Lueger, ¿crees que tiene alguna relación con las actividades de Lázaro y su grupo aquí, en Barcelona?

Ellis lo piensa un momento antes de responder.

—Creo que persiguen el mismo objetivo: robar el futuro utilizando medios violentos para ello.

Guillermina lo mira con los ojos muy abiertos.

—¿Crees que pueden conseguirlo? Me refiero a presionar y crear caos hasta que se desate una guerra en toda Europa.

—Desde luego. Conozco a algunos hombres así —responde, pensando en su propio padre—. Y me temo que no se detendrán fácilmente; sus ideas violentas, nacionalistas y totalitarias ya se extienden por varios países.

—No envidio el peso del secreto que has estado guardando todo este tiempo, Ellis —dice, pensando en los suyos propios.

—El asesinato de Inés Rocossa-Contreras...

—El falso asesinato, querrás decir —replica Mina—. Inés Rocossa-Contreras no ha dicho una sola verdad desde que llegó a Barcelona, ¿por qué su muerte debería ser una excepción?

—Deduzco que tu obsesión por esa dama está relacionada con algo de tu pasado, y que no deseas hablar de ello.

—Eso es, sí. —Mina piensa en el cuadro de la mujer misteriosa en la finca de las Tres Cruces—. Pero tiene sentido pensar que, si el ataque al Invernadero fue un ensayo, podemos suponer entonces que Rocossa-Contreras no está muerta y que ella misma forma parte de la conspiración.

—Sí, supongo...

—Y me has confirmado que las actividades de Inés Rocossa-Contreras en Italia, y las del resto del grupo del señor Lázaro, están bajo investigación de la Corona. Por eso estás en Barcelona.

—Bajo investigación, sí, pero eso no es suficiente para afirmar algo tan disparatado como que Inés Rocossa-Contreras no ha fallecido realmente en ese incendio.

—Ella forma parte de la conspiración; no sé de qué manera está relacionada con el asesinato de Camila Garza, pero los incendios que han estado arrasando la ciudad tienen relación con esto, igual que esa misteriosa mujer salida de la nada.

Guillermina piensa otra vez en Inés Rocossa-Contreras, en sus ojos negros, en su pelo oscuro y en esa sonrisa déspota que nunca desaparece de sus labios. Sabe que es imposible, pero casi puede sentir la brisa cálida de la tarde que soplaba en el valle de los Ingenios barriendo el Cementerio del Este.

—¿Te he contado alguna vez que la familia de Inés Rocossa-Contreras era antes la propietaria de la finca en la que mi esposo construyó su hospital en el valle de los Ingenios?

El carruaje avanza más despacio ahora hasta detenerse por fin y el cochero les anuncia que ya han llegado a su destino. Ellis abre la portezuela para salir y ayuda a Mina a bajar dándole la mano.

—La vida es azarosa, Mina; está hecha de muchas casualidades y pequeñas coincidencias, pero algunas veces solo son eso: coincidencias.

—Yo no creo en las casualidades, y tú tampoco deberías, no cuando estás investigando una conspiración que abarca todo el continente europeo y tratando de evitar una guerra. Ella está implicada.

Ellis le ofrece su brazo y caminan entre las lápidas.

—¿La conocías? A la señora Rocossa-Contreras, ¿la conocías antes de que ella apareciera en Barcelona?

Guillermina duda.

—Conocí a su fantasma —responde por fin.

Necesitan casi diez minutos para llegar hasta el extremo del cementerio donde se alza el moderno panteón de la familia Rocossa-Contreras. Toda la zona de alrededor está cercada por una gruesa cadena de hierro con grandes eslabones sujeta al suelo por cuatro pilares en los que puede leerse el apellido familiar. Dentro del recinto hay una tumba reciente con una gran lápida en la que puede leerse: DOÑA INÉS ROCOSSA-CONTRERAS. LA PAZ ES TU DESTINO.

—«La paz es tu destino» —lee Guillermina con ironía—.

Desde luego reconozco que Inés tiene un retorcido sentido del humor.

—No sé qué piensas que vas a encontrar aquí... Es una tumba, no hay mucho más que ver.

Los ojos de Guillermina estudian el montículo de tierra reciente a los pies de la lápida.

—Yo no estoy tan segura. ¿Firmaste su certificado de defunción?

Ellis niega con la cabeza.

—No, no lo firmé yo, pero no es nada extraño: yo estaba cuidando de ti en el palacete y aún no se ha resuelto oficialmente mi vuelta como patólogo; además, el trabajo se amontonaba en la morgue. Otro médico firmó el certificado de defunción de Inés Rocossa-Contreras.

La brisa del mar le acaricia la cara a Guillermina y juguetea con un mechón suelto de su pelo.

—¿Qué médico? —pregunta, pero en el fondo ya sabe la respuesta.

—Fue el doctor Lejarcegui. No es su obligación, pero, al ser miembro del consejo del hospital y antiguo patólogo, le han pedido que vuelva a asumir parte del trabajo como forense.

Unos pasos se acercan a ellos por el camino entre las tumbas y Guillermina reconoce enseguida la voz de Caterina Di Marco.

—Guillermina, qué casualidad; no esperaba verte aquí. Tenía entendido que habías resultado herida en ese terrible incendio y que estabas en casa recuperándote —dice Caterina Di Marco cuando llega hasta ellos—. Me alegra mucho comprobar que te encuentras bien. Debió de ser realmente espantoso: el fuego, los gritos, toda esa gente pisoteándose para poder escapar...

Junto a Caterina, su marido espera silencioso. Guillermina sabe que Mauro Ruiz-Escuder nunca ha tenido mucho interés en los asuntos de su esposa, pero seguramente ha considerado que lo más adecuado sería acompañarla al cementerio para despedirse de su querida amiga.

—Eric y yo pudimos salir antes de que el fuego llegase al techo de cristal y se derrumbara, pero admito, Guillermina, que todavía no he conseguido olvidar los gritos de esa gente. Pobre Inés, tan preocupada por los huérfanos y los desfavorecidos; ella no se merecía un destino tan terrible.

Guillermina ha dejado de tomar morfina y tiene la cabeza lúcida por primera vez en días. Ahora, frente a Caterina Di Marco y a su silencioso marido, le parece evidente: Caterina, y seguramente también Eric, a juzgar por la familiaridad con la que se dejaba ver en público con Inés Rocossa, forman parte de alguna manera de la conspiración que amenaza no solo Barcelona, sino todo el continente.

—¿Qué ganas tú con esto, Caterina? —pregunta Mina de repente—. No puede ser por dinero, te conozco bien; te investigué mucho para poder acercarme a ti y hacerme tu amiga, y sé que el dinero te sobra, a ti y a tu marido, a pesar de que sus últimas inversiones hayan sido un desastre...

Ruiz-Escuder abre la boca para protestar, pero su esposa le hace un gesto con la mano para detenerlo.

—Tiene que ser por otra cosa. ¿El poder? —continúa Mina—. Lo haces por el poder o porque estás convencida de que ese es el mejor futuro posible.

Caterina le sonríe; no es una sonrisa especialmente malvada, es simplemente la misma sonrisa amable de siempre.

—Es el único futuro posible, Guillermina. Un futuro lleno de orden y de paz. Un futuro por el que cualquier sacrificio merece la pena.

Ruiz-Escuder mira a su esposa un poco sorprendido y sin comprender lo que está pasando.

—No está muerta, ¿verdad? Estoy segura de que aún vive. Apuesto a que Inés Rocossa-Contreras está ahora mismo en alguna bonita habitación de hotel, o puede que ya haya salido del país; desde luego ha tenido tiempo suficiente para cruzar a Francia y puede que esté llegando a Italia —dice Guillermina con calma—. Ese ha sido vuestro plan todo el tiempo. Aseguraros de que la Exposición Universal no se celebrase. ¿Por qué arruinar las posibilidades de la ciudad?

—El caos y las guerras siempre traen consigo nuevas oportunidades empresariales, políticas y de desarrollo para un país, o incluso para un continente entero. Donde tú ves una tragedia, nosotros vemos una oportunidad para mejorar, para purgar este continente de todo aquello que le impide florecer.

—Esto ha sido solo un ensayo para comprobar si podéis ponerlo en práctica a gran escala: Londres, Roma, París... Vuestra intención es provocar una guerra en toda Europa —dice Mina—. Desde luego eso favorecería los negocios maltrechos de tu marido y de muchos otros, pero no creo que lo hayas hecho solo por eso, no. Creo que eres una verdadera creyente del orden y de la limpieza.

—Caterina, ¿qué está diciendo esta mujer? ¿Es verdad? —pregunta Ruiz-Escuder.

Pero ella no responde, en vez de eso se acerca a Guillermina, que, de tan cerca que la tiene, puede notar su caro perfume.

—Siempre he pensado que eras una mujer inteligente, de las que saben mirar hacia otro lado cuando las cosas se ponen difíciles, y de las que piensan solo en sí mismas y en salvar el pellejo. Te recomiendo que sigas siendo una mujer inteligente, Guillermina. Si no lo haces por ti, piensa en ese marido enfermo tuyo o en esa negra que vive en tu casa —dice Caterina con dulzura—. Imagina qué sería de ellos si algo terrible te sucediera, Dios no lo quiera.

Caterina se ríe igual que si acabara de contarle una anécdota graciosa, como solían hacer cuando se reunían después de sus sesiones de espiritismo con una copa de jerez y unas pastas de mantequilla.

—Si tú terminases en una acequia y tu cuerpo carbonizado no pudiera ser enterrado sin desmenuzarse, nadie en esta ciudad te echaría de menos. No confundas tu reincorporación a la sociedad con el perdón. No tendrás el perdón de esta ciudad hasta que yo quiera. Y si algo te pasara, nadie haría preguntas; nadie te echaría de menos..., tan solo esa negra y el inválido de tu marido, y él. —Caterina señala a Ellis con la cabeza—. El espía inglés que se ha metido bajo tus sábanas.

Guillermina le da un bofetón. Es un golpe seco que resuena entre las tumbas cercanas. Ruiz-Escuder protesta y gesticula con las manos mientras su mujer se frota la mejilla enrojecida.

—A partir de ahora mi único propósito será demostrar lo que eres en realidad, acabar contigo y con tu grupo hasta que no quede ninguno de vosotros: os perseguiré, arruinaré vuestros negocios, vuestras posibilidades sociales... ...

—Eres débil, Guillermina: una vulgar estafadora, una desviada y una borracha. Las personas como tú no tendrán cabida en ese futuro perfecto y ordenado que estamos planeando.

Guillermina le dedica una sonrisa rápida y después se agacha junto a la tumba reciente de Inés Rocossa-Contreras. Comienza a escarbar la tierra con sus manos desnudas.

Oye los gritos de Caterina y su marido detrás de ella, pero no le importa y continúa escarbando tan deprisa como se lo permite su brazo herido. Guillermina siente la tierra húmeda arañando sus manos, colándose debajo de sus uñas.

—Sé que no está muerta y puedo demostrarlo —masculla mientras sigue cavando en la tumba.

—Usted es el patólogo, forma parte de las fuerzas de la ley, ¡deténgala! —exclama Caterina, furiosa.

—*Era* el patólogo —replica él.

Mina continúa excavando en la tierra. El alfiler de su pelo se ha movido y ahora le araña la cabeza, su tocado cae de lado y sus mechones castaños le cubren la cara, pero no le importa. Ellis se acerca ella y le roza despacio el hombro para llamar su atención.

—Mina, detente, por favor. Te harás daño y se te abrirá la herida otra vez.

Pero Guillermina no se detiene; le duelen los nudillos y puede sentir el aroma de la tierra de cementerio bajando por su nariz.

—Haré llamar al inspector jefe Bocanegra y él se ocupará de ti —dice Caterina.

—Perfecto, sí, claro; llama a Ramiro —responde Mina—. Y dile que traiga una pala para ayudarme a excavar cuando venga, así descubriremos que no hay nadie en esta tumba.

—¿Estás segura de que el inspector jefe está de tu lado?

Guillermina se detiene un momento al oír esas palabras, no se le había ocurrido pensar que Ramiro formara parte de la conspiración del grupo de Lázaro.

—Déjalo ya, Mina. —Ellis se agacha a su lado para tratar de convencerla.

Guillermina se mira las manos hundidas en la tierra revuelta; tiene algunos arañazos nuevos en los nudillos y nota el pinchazo del dolor en la herida de su brazo. La venda está manchada de sangre otra vez y, seguramente, los puntos pequeños y cuidadosos que le había dado Ellis se han abierto por el esfuerzo.

—Tengo la conciencia muy tranquila, Guillermina. No me dan miedo ni Dios ni las leyes de los hombres. Todo lo que he hecho y todo lo que haré será por un bien mayor, por el futuro —dice Caterina con suavidad—. ¿Puedes tú decir lo mismo?

Mina se levanta despacio y se limpia la tierra de las manos en su falda de color azul.

—No tengas miedo de Dios o de la ley, ten miedo de mí.

Una ráfaga de aire fresco le remueve el pelo despeinado y juguetea con los volantes de su blusa. Después, Guillermina se aleja por el camino entre las tumbas, seguida por Ellis.

Cuando Guillermina llega al palacete de Permanyer, la herida por fin ha dejado de sangrar.

Zelda la ve acercarse por el pasaje privado y abre la puerta principal antes de que llegue. Parece preocupada, sus delicadas facciones están tensas y una arruga cruza su frente, pero, sea lo que sea lo que la inquieta, se olvida de ello cuando ve el aspecto lamentable de Guillermina.

—¿Qué has estado haciendo? Por Dios, parece que hayas salido escarbando de tu propia tumba; estás hecha una verdadera pena.

Mina se mira la falda, que era de un bonito tono azul cielo, arruinada por las manchas de barro húmedo del cementerio y por los restos de las cenizas del Invernadero, que también tiene pegados a los volantes de su blusa y a su pelo y mejillas.

—No es para tanto, he estado peor.

—La herida vuelve a sangrarte. Será mejor que te limpies y te asees un poco, tienes visita.

Zelda se hace a un lado para que ella pueda entrar y después se asegura de cerrar la puerta principal.

—Estoy bien, solo he tenido un pequeño problema en el cementerio —responde Mina, dejando caer su chaqueta sucia en el suelo del vestíbulo, a pesar de llenar de tierra oscura las elegantes baldosas, y quitándose los botines.

—Espera, te he dicho que tienes visita. Está aquí Abril Prieto, la he hecho pasar a la salita; el señor Baxter está con ella.

—¿Abril Prieto? Hace meses que no la veo, ¿qué está haciendo aquí?

—Tendrás que preguntárselo tú misma, no ha querido contarme nada.

Guillermina deja de desvestirse y suspira.

—Líbrate de Abril, no estoy de humor ahora para tratar con ella.

—No. Habla con ella, a lo mejor solo quiere desahogarse; si es eso os vendrá bien a las dos: así dejarás de sentirte culpable por la muerte de su hija.

—No me siento culpable... —masculla.

Mina está demasiado cansada y dolorida como para lidiar con Abril Prieto ahora mismo, pero una parte de ella siente que le debe al menos una explicación.

—Está bien, hablaré con ella. Después necesito darme un baño y dormir durante al menos dos días. Creo que he hecho una cosa irreparable, una estupidez —se lamenta.

—Bueno, has cometido muchas estupideces en tu vida, Guillermina; no comprendo que te preocupe especialmente lo que sea que hayas hecho ahora.

Una sonrisa asoma a los labios de Mina, esa mujer la conoce mejor que nadie en el mundo.

—Porque esta la he hecho muy públicamente.

Camina sin muchas ganas por el pasillo lateral del palacete en dirección a la salita de las visitas.

—Aguarda, he reparado las láminas de cristal de la linterna

mágica de Carlota Valdés, tal y como me pediste, ¿recuerdas? —dice Zelda.

Habían sucedido tantas cosas desde la tarde en que Amalia le entregó las viejas láminas de Carlota —fue la misma tarde en que aquellos gorriones se lanzaron contra la fachada del piso de los Valdés— que Mina no había vuelto a pensar en eso.

—¿Y qué es lo que se ve?

—Bueno, casi todas son imágenes de Carlota, tal y como dijo su madre; se ve que le gustaba sacarse fotografías. Normal, era una chica muy hermosa.

Desde donde están, Mina sabe que su conversación no se oye en la salita de visitas, así que se vuelve hacia Zelda y dice:

—Espera unos minutos y después interrumpe mi conversación con Abril con la excusa de las láminas de la linterna mágica que has reparado. Di que es importante, ven y enséñamelas.

—Aguarda, tienes tierra en el pelo. —Zelda le sacude un mechón, del que cae un montoncito de tierra de cementerio, y le coloca bien el cuello de la blusa—. Cinco minutos y entro.

—De acuerdo.

Guillermina intenta limpiarse mejor los restos de tierra de las manos y de la venda en su brazo antes de entrar en la salita.

Abril Prieto parece una mujer diferente de la que llamó a su puerta para pedir ayuda —y hacerle chantaje— meses atrás. Su pelo tiene ahora dos gruesos mechones blancos en la frente, está encogida sobre sí misma y parece que ha envejecido quince años, pero su mirada tiene la fiera determinación de siempre.

—Guillermina, ¿has estado desenterrando muertos? —le pregunta Abril cuando la ve aparecer por fin.

—Sí, es exactamente lo que estaba haciendo —responde ella—. ¿Qué haces aquí, Abril?

—¿No te has enterado? Soy una apestada, igual que tú: la ciudad entera me odia porque creen que me he aprovechado de la muerte de mi hija para conseguir fama y fortuna.

—El caso de Camila está oficialmente cerrado, hay un sospechoso al que van a juzgar y seguramente colgar dentro de unos meses. No puedo hacer nada más por ti, Abril —dice con suavidad—. Y si has atravesado media ciudad para chantajearme otra vez, podías haberte ahorrado el viaje.

—No he venido para eso, estoy aquí para avisarte: algunos trabajadores del sindicato de fábricas, cerca de la playa, han puesto dinero de su bolsillo para que pueda contratar a un importante abogado de Madrid. Está especializado en asuntos políticos y delicados, ha aceptado ayudarme a llevar a los culpables de la muerte de mi hijo Pascual ante la justicia; ante algún tipo de justicia al menos. —La voz de Abril suena serena a pesar de todo—. El letrado trabaja con detectives, investigadores y expertos que removerán cielo y tierra para averiguar la verdad sobre lo que pasó en la celda de Atarazanas. Te lo cuento porque seguramente su investigación sacará a la luz todos los sapos que han estado ocultos y puede que termine por salpicarte a ti.

—Un detalle por tu parte venir a advertirme —responde ella con ironía.

—Te lo debía, por lo del chantaje, no estuvo bien.

—No te ayudé por eso.

—Lo sé.

Abril la mira un largo momento, después coge su chal del respaldo de la butaca y vuelve a cubrirse los hombros, dando un paso hacia la puerta para marcharse, pero antes se gira una vez más para mirarla.

—Te libero por completo de nuestro acuerdo, Guillermina. Considérate en paz conmigo y también con Camila.

—Un poco tarde, me temo.

El fantasma de Camila no la ha abandonado, todavía la visita algunas madrugadas.

Mina oye los pasos de Zelda acercándose por el pasillo y entonces recuerda que le ha pedido que la interrumpa para evitar que su reunión con Abril se alargue demasiado.

—Ya he reparado la película de la linterna mágica de Carlota Valdés, tal y como me pediste —dice Zelda sin molestarse demasiado en fingir que no está muy de acuerdo con el teatro.

En sus manos lleva la linterna mágica portátil, la misma

que suelen utilizar durante sus sesiones especiales para hacer creer a sus clientas que están viendo al espectro de un ser querido proyectado en la pared o sobre una fina cortina de arena que cae desde el piso superior del palacete.

—¿Has podido repararla por completo? —pregunta Guillermina.

—Algunas de las placas estaban demasiado dañadas, pero en general ha quedado bien.

Guillermina sonríe para sí: no existe máquina o mecanismo que Zelda Moreno no sea capaz de arreglar.

—Nunca he visto una de esas cosas en movimiento, debe de ser algo realmente hermoso. —Abril tiene los ojos clavados en el artefacto metálico—. Dicen que es como contemplar los sueños.

—¿Quiere verlo? —le pregunta Zelda de repente. No puede evitar sentir pena por esa mujer que ha perdido a sus dos hijos en unos pocos meses.

Abril asiente. Zelda apoya la linterna en una mesa y enciende la lámpara, colocando con cuidado las láminas de cristal dentro, mientras Guillermina cierra las cortinas de la salita para evitar que la luz del día les impida ver la proyección.

—Es muy corto, dura apenas diez segundos, pero es suficiente para ver a Carlota Valdés en movimiento —explica Zelda mientras la luz de la linterna mágica se proyecta en la pared vacía de la salita.

Hace girar despacio la manivela en un costado y las láminas de cristal se mueven dentro de la máquina. Igual que si fuera un fantasma, Carlota Valdés aparece proyectada en la pared. Lleva puesto un vestido de manga larga y su pelo rubio le cae suelto como una cascada hasta la mitad de la espalda. Carlota las mira desde el pasado con sus ojos claros, sonríe, da una pequeña vuelta y después saluda. Eso es todo, menos de diez segundos de movimiento y el fantasma de Carlota desaparece.

—Has hecho un gran trabajo —admite Guillermina mirando la pared iluminada todavía.

Zelda va a responder, pero entonces repara en la expresión en el rostro de Abril Prieto: está pálida y su labio inferior tiembla, su mano sujeta el chal de lana sobre la butaca con tanta fuerza que lo está arrugando y sus nudillos se han vuelto blancos.

—Si nunca has visto una proyección con linterna mágica puede impresionar un poco, casi parece real —comenta Guillermina.

—¿Es esto alguna especie de broma macabra, Guillermina? Viendo tu crueldad, ahora lamento haberme molestado en venir hasta aquí para advertirte acerca de la investigación. Espero que tengas lo que te mereces.

Mina parpadea y la mira sin comprender.

—¿Qué? No comprendo a qué te refieres.

Pero entonces la imagen de Carlota Valdés, sonriéndoles desde el más allá mientras se coloca un mechón de pelo rubio detrás de la oreja, vuelve a su recuerdo. Y de repente lo entiende todo, apenas un instante antes de que Abril diga:

—Es Camila. La muchacha de la proyección no es Carlota Valdés. Es mi hija Camila.

Guillermina camina deprisa junto a Ellis. Sus piernas son más largas, pero él aún no conoce de memoria el trazado de esa zona de la ciudad.

—¿Crees que estarán en la plaza?

—Sí. El café restaurante de París es uno de los favoritos de Amalia Casas. Todos los jueves acompaña a su marido a almorzar allí. Cuando no hace demasiado viento, se sientan a una de las mesas que hay dispuestas bajo las arcadas de la plaza Real. A doña Amalia le gusta observar la fuente del centro de la plaza mientras espera a que los camareros le traigan el pescado con almejas que siempre pide y la copita de jerez que toma con el postre. Es jueves, te garantizo que Amalia Casas estará sentada a su mesa favorita.

Cruzan la plaza y dejan atrás las exóticas palmeras que crecen en ella, desde allí ya pueden ver al matrimonio Valdés, sentado a su mesa habitual.

—¿Crees que es prudente enfrentarnos a ellos con lo que sabemos? No tenemos ninguna prueba.

—Tú y tus pruebas. —Mina pone los ojos en blanco—. Estamos aquí para conseguir una confesión. Abril está segura de que su hija es la chica que aparecía en la película, y tú mismo me confirmaste que consumir opio durante años puede agravar los problemas de conducta violenta como los que padecía Carlota Valdés.

—Desde luego, pero eso no es suficiente para acusarlos.

Guillermina camina decidida hacia los arcos de piedra, el matrimonio Valdés está ocupado leyendo la carta del restaurante y aún no ha reparado en su presencia.

—También está la dolencia de las dos chicas: es demasiada casualidad que ambas tuvieran la misma enfermedad mental.

—Melancolía —recuerda Ellis, cuando ya están junto a la mesa de los Valdés.

—Creo que hoy me tomaré el jamón dulce asado con patatas y también la sopa del día, aunque espero que no sea de tomate otra vez... —comenta Ernesto Valdés mientras ojea el menú.

—Señorita Índigo, doctor Ellis. Qué sorpresa verlos aquí. No sabía que les gustaba almorzar en el restaurante de París —dice Amalia a modo de saludo.

Pero los mira con desconfianza, sabe bien que ha compartido demasiados secretos con Mina como para que su presencia —y la del doctor— ese mediodía allí sea una simple casualidad.

—Oh, me gusta el menú del París, es muy internacional. Me entusiasman sus granizados, pero esta mañana estamos aquí por las láminas de Carlota que me confió, ¿recuerda?

Amalia asiente despacio.

—Por supuesto, sí. Han pasado unos meses desde entonces.

—Lo sé. La señorita Moreno ya las ha reparado y hemos podido ver a Carlota en movimiento. Tenía razón: su hija era muy hermosa. Pensé que le gustaría saberlo, puedo devolvérselas si quiere —dice Guillermina sin preámbulos.

—Me encantaría; tengo muchas fotografías suyas, pero no es igual una fotografía que una imagen en movimiento.

La imagen de Carlota Valdés con su media sonrisa y la manera en la que se recogía un mechón de pelo tras la oreja, una y otra vez, atrapada en un bucle infinito, ha perseguido a Guillermina durante los últimos dos días. El fantasma de Camila Garza, esa muchacha cuyo cruel asesinato había puesto patas arriba la ciudad de Barcelona, y también la propia vida de Guillermina, por fin tenía un rostro: el mismo que Carlota Valdés.

—Por supuesto es toda una experiencia —añade Mina con calma—. Es como ver un fantasma.

Doña Amalia extiende el brazo para coger su copa de agua, pero su mano tiembla imperceptiblemente al oír la palabra *fantasma* en boca de Mina.

—Hace meses me contó que veía el fantasma de su hija Carlota por toda la ciudad. Recuerdo perfectamente que me dijo que le parecía un poco diferente, un poco más delgada, mal aseada y puede que un poco más triste —recuerda Guillermina.

Don Ernesto le lanza una mirada de reproche a su esposa.

—Sí, es cierto, pero era una confidencia: algo que se hace entre dos amigas, señorita Índigo. No puedo comprender por qué está aquí, rompiendo ahora esa confianza en presencia de mi esposo y del doctor.

En la mesa a la que están sentados solo caben dos personas, pero a Guillermina no le importa y coge una de las sillas vacías de la mesa de al lado para sentarse con ellos mientras Ellis la observa, siempre atento a sus movimientos.

—No se preocupe, el doctor es bueno guardando secretos —dice Mina, lanzándole una mirada rápida a él—. ¿Cómo lo hicieron? Imagino que para personas de su posición no resultaría muy difícil: Abril Prieto estaba embarazada de gemelas, pero no tenía manera de saberlo, su parto se complica y, como ha perdido antes a otra criatura, se arrastra entre dolores al hospital, donde la atiende el doctor Lejarcegui, el médico de confianza de los Valdés y Doval. «Él siempre ha cuidado de la familia», me dijo usted cuando la visité en su piso.

—Ya le advertí de lo que pasaría si insistía en inventarse historias sobre nosotros... —empieza a decir Valdés, pero ella continúa.

—Es bien sabido que Jacinto Lejarcegui ayuda a mujeres y chicas sin recursos a dar a luz, forma parte de las mismas asociaciones de caridad que usted, y él trajo al mundo a su hija Carlota, ¿recuerda la mañana en la que me contó ese detalle?

Don Ernesto se levanta y la silla arrastrada sobre el suelo de piedra hace un molesto chirrido, provocando que algunos de los clientes sentados en las terrazas cercanas los miren con curiosidad.

—No voy a consentir que venga aquí a molestar a mi esposa y a hacer insinuaciones sobre mi familia. Ya es suficiente con que le esté llenando a mi mujer la cabeza de pájaros...

—Le recomiendo que se siente, don Ernesto, porque no creo que le interese que sus amistades oigan lo que tengo que contarles. —Guillermina lo mira desafiante hasta que don Ernesto vuelve a sentarse en la silla sin rechistar—. Pensaron que nadie se daría cuenta de que habían robado a una de las hijas de Abril Prieto: dos criaturas preciosas con el pelo rubio y grandes ojos azules, dos niñas perfectas. No puedo imaginar su sorpresa cuando comenzaron a pasar los años y su querida Carlota empezó a comportarse de una forma extraña.

—Estado de melancolía —dice Ellis—. Las dos muchachas sufrían el mismo mal. El preparado de opio que Lejarcegui les recetó para mantener los impulsos violentos bajo control agravó su estado.

—Si hubieran hablado con su madre, con Abril, ella les habría dicho que su hermana Camila daba muestras del mismo comportamiento melancólico y errático que Carlota: vacíos, cambios en el carácter, pérdida de memoria, tristeza... Sospecho que ambas muchachas padecían el mismo tipo de desorden mental, pero cada una de ellas lo exteriorizaba de un modo diferente; mientras que Carlota tenía cierta propensión a la violencia y la sangre, Camila solía aislarse en soledad y pasar largos periodos de tiempo sin pronunciar una sola palabra.

Guillermina hace una pausa para ver el efecto que sus palabras tienen en el matrimonio. Dejar espacio al silencio es algo que ha aprendido a hacer durante sus sesiones de espiritismo: permitir que las reacciones de dolor, de miedo o de vergüenza se reflejen en la cara de sus clientes, y después leer esas reacciones y usarlas en su propio beneficio. Por eso le sorprende tanto lo que puede leer en el rostro de Amalia Casas: sorpresa.

—¿Qué está diciendo, Ernesto? ¿Es eso verdad?

Amalia Casas acaba de descubrir que su hija nunca fue su hija en realidad. Guillermina puede saberlo por la manera acusadora en la que Amalia está mirando a su esposo. Nunca ha visto a una mujer de la alta sociedad mirar así a su marido, es un dolor tan intenso y una sensación de traición tan grande que resulta imposible de ocultar bajo las falsas apariencias a las que están tan acostumbrados.

—Usted no lo sabía... —dice ella.

—Tienes que entenderlo, Amalia; habías perdido ya dos bebés prematuros y sabía lo mucho que deseabas tener un niño. Diste a luz a nuestro hijo muerto, y el doctor Lejarcegui y yo no nos atrevimos a contártelo cuando despertaste —comienza a decir Ernesto—. Estábamos muy preocupados por ti porque no dejabas de sangrar...

—Así que le robasteis su bebé a otra mujer y me la diste para que la criara como si fuera nuestra hija, mi hija. —La voz de Amalia tiembla con furia—. No era yo la que estaba obsesionada con tener un niño, con tener descendencia, un primogénito. Siempre fuiste tú; tú eras el que me empujaba a quedarme embarazada una y otra vez, a pesar de que sabías que eso pondría en riesgo mi vida, incluso cuando superé los treinta y ocho años seguiste insistiendo e insistiendo para que tuviéramos un hijo.

Amalia mueve la mano con torpeza y empuja sin querer los cubiertos, que caen al suelo. El camarero se percata y se acerca a la mesa rápidamente para cambiarle los cubiertos por unos limpios.

—Pensé que sería lo mejor: tú nunca lo ibas a descubrir y esa mujer había dado a luz a otro bebé. Esto jamás tendría que haber pasado. Nadie debería haber salido herido.

Guillermina piensa en todas las personas que han sufrido o que todavía sufren por aquella mentira.

—Camila Garza no era su amante. No era por eso por lo que iba a visitarla al Eden Concert o por lo que le pagaba una gran suma de dinero para evitar que se acostara con otros hombres. Le hacía regalos, la colmaba de atenciones y de joyas porque veía en ella a su hija Carlota.

—La primera vez que la vi, acudí con unos clientes al Eden Concert después de cerrar un importante negocio: la celebración de la Exposición Universal era por fin un hecho y todos estábamos a punto de ganar mucho dinero. Queríamos celebrarlo. Imagine mi sorpresa cuando vi aparecer a mi hija muerta en el escenario, cubierta solo por unos enormes abanicos de plumas y lentejuelas, bailando delante de todos aquellos hombres que la miraban como si fueran lobos hambrientos. Mi Carlota... —Ernesto hace una pausa antes de añadir—: Tardé un rato en comprender que esa chica era en realidad la gemela de nuestra hija, la hermana menos afortunada que volvió con su madre. Pero aun así no podía evitar ir a visitarla, me hacía sentir que de alguna manera estaba cerca de mi hija. Quería que ella me perdonara.

—¿Quería que Camila lo perdonara por haberla separado de su hermana? —pregunta Ellis.

Ernesto niega con la cabeza.

—No, quería que Carlota me perdonara por todo: por su enfermedad, por no haber podido cuidar de ella, por mentir sobre su muerte... No subestime el poder del perdón de los muertos, señorita Índigo. Es algo poderoso que nos empuja a cometer estupideces.

Guillermina le dedica una sonrisa sin nada de humor.

—Yo lo sé bien, me gano la vida traficando con el perdón de los muertos.

—¿La mató usted? ¿A Camila? —quiere saber Ellis—. ¿La mató usted para que ella no desvelara su secreto?

—Yo jamás le hubiera hecho daño —responde Valdés con firmeza—. Admito que quizá estaba obsesionado con el fantasma de carne y hueso que salía al escenario cada noche..., muy obsesionado, pero eso era todo. Camila Garza murió sin saber que había tenido una hermana. Yo nunca se lo conté, durante mis visitas simplemente me comportaba como un admirador respetuoso en la distancia.

Los sonidos de la plaza Real se cuelan en su conversación: las voces de otros clientes, la corriente del agua en la fuente o el viento que juguetea entre las columnas de los soportales.

—Debían de creer que su fantasma los estaba atormentando. El de Carlota —dice Guillermina—. Ambos veían a su hija en todas partes, uno en el Eden Concert y usted cuando paseaba por las calles del centro, pero no era un fantasma: era Camila Garza. Siempre fue Camila.

—Era un castigo. Pensé que me había vuelto loca; veía a mi hija muerta por las calles de esta ciudad y te lo conté, te lo conté muchas veces, Ernesto, y tú dejaste que pensara que había perdido el juicio. Podrías haberme dado al menos ese consuelo.

—No podía darte ese consuelo sin confesarte la verdad.

—Y por esa mentira hemos estado sufriendo los dos, por esa mentira hemos perdido también a nuestra hija; si hubiésemos sabido que su estado mental era delicado tal vez podríamos haber hecho algo, buscarle la ayuda que tanto necesitaba. No era malvada ni estaba poseída, Carlota estaba enferma y nosotros lo empeoramos todo dándole esa droga durante años. Podríamos haber hecho algo para salvarla y evitar que terminara quitándose la vida. —Amalia se levanta despacio y con discreción de la silla. No va a montar un escándalo en el restaurante, pero siente que no puede seguir sentada junto a su esposo—. Por tu culpa la perdimos.

—No. Carlota estaba muy enferma; por eso se quitó la vida. Yo no soy responsable de su muerte —se defiende Valdés.

—Claro que lo eres —dice Amalia con frialdad—. La otra niña, la de la acequia, vivió dos años más hasta que la mataron, y estaba enferma, igual que Carlota; solo Dios sabe el tiempo que nuestra hija hubiera podido vivir con su enfermedad si la hubiéramos ayudado en vez de hacer lo que era más fácil para nosotros. Nunca, nunca te lo perdonaré.

Guillermina no esperaba una gran demostración de furia por parte de Amalia Casas; sabe bien que ha vivido todo su matrimonio bajo la alargada sombra de los caprichos, las infidelidades y los secretos de su esposo. Aun así, le sorprende cuando ve como doña Amalia respira profundamente, intentando tranquilizarse, y después se vuelve para mirarla:

—Ya tiene las respuestas que ha venido a buscar, señorita Índigo. Mi esposo no asesinó a esa pobre chica de la acequia. Ahora le ruego que deje estar el asunto, le informo de que a partir de hoy mismo dejo de ser su clienta y también su amiga.

Peaches, la gata cobriza y blanca, se sube dando un salto al regazo del doctor Ellis. Él la mira un momento, pero no se atreve a acariciarla; nunca le han gustado demasiado los gatos y siempre le sorprende esa capacidad de los mininos para detectar a las personas que menos desean su compañía y sentarse a su lado.

—De manera que don Ernesto Valdés no asesinó a la señorita Garza. Y quiero creer que tampoco es el padre de su hijo —dice Ellis.

Guillermina se levanta de la silla, rodea la mesa de la cocina para ir a buscar la jarra con limonada que el señor Baxter ha dejado preparada en la encimera —Mina ya se ha disculpado con él por haber presionado a su antiguo amante—, llena un vaso y le da un trago; no es alcohol, pero al menos le da la impresión de no estar bebiendo únicamente agua y eso la ayuda a pensar y a mantener la cabeza despejada.

—No, Valdés no la mató; al menos eso me ha parecido viendo su reacción esta tarde. Visitaba a Camila en el Eden Concert y la cubría de regalos porque, de alguna manera retorcida, tal cosa alimentaba la ilusión de que su hija seguía viva, pero eso era todo. Afirma que no sabe quién mató a Camila o por qué la gargantilla que él le había regalado acabó en su boca.

—No puedo imaginar cómo debió de ser para ese matrimonio, ambos viendo en secreto a su hija fallecida: Valdés en el club y Amalia durante sus paseos por el centro. Una parte de mí siente lástima de ellos.

Guillermina se sienta dejando escapar un suspiro.

—Amalia lleva años huyendo del fantasma de su hija: temía que quisiera vengarse de ella o hacerle daño, terminar la tarea que no había podido completar cuando aún vivía —recuerda Mina.

—Solo que nunca fue su fantasma; en realidad era Camila Garza, que no sabía nada de todo ese asunto. —Ambos se quedan en silencio un instante, pensando en lo que han descubierto—. ¿Y qué pasa con Amalia Casas? ¿Crees que es sospechosa del crimen?

—No, Amalia Casas no estaba al corriente del engaño. Ella y Abril salieron del hospital sin saber qué había pasado en realidad, las dos dormían después del parto. Fue cosa de Lejarcegui.

Ellis le da un pequeño trago a su vaso de limonada.

—Puede que el buen doctor lo haya hecho antes: cambiar un bebé enfermo por uno sano, mentir a una madre acerca de la muerte de su recién nacido o conseguir un hijo para alguna de las familias poderosas a las que atiende.

—Lo averiguaremos —dice Mina muy segura de ello—. Estoy deseando ir a la bonita casa que Lejarcegui tiene en el paseo de Gracia para decirle que estamos al corriente de lo que ha hecho.

—Lejarcegui tendrá que responder a algunas preguntas, desde luego. ¿Qué tal sigue tu brazo? ¿Te duele?

Guillermina todavía lleva el brazo en cabestrillo, sujeto por un gran pañuelo de encaje.

—Ya apenas me duele; eres un buen doctor, también con los vivos; y ya que hablamos de Lejarcegui y de operaciones... tengo un regalo para ti —comienza a decir Guillermina, que se mete la mano en el bolsillo y saca algo que deja sobre la mesa de la cocina—. La bala. Este es el proyectil que saqué de tu hombro la noche que nos dispararon en el hospital.

Ellis mira la pequeña bola de hierro que ha dejado sobre la mesa.

—Parece muy antigua.

Guillermina juega haciendo girar la bala con el dedo.

—Lo es. Este tipo de proyectil actualmente está casi en desuso: es una bala de plomo, su forma y su material ya no son los más eficientes ni los más prácticos; no llegan tan lejos y las heridas que causan no son tan mortales como las de las balas modernas.

Ellis se mira el hombro.

—Puede que no sean tan mortales, pero te aseguro que es bastante doloroso.

—Sí, te creo. Pertenece a un arma de avancarga, seguramente un fusil de muy largo alcance.

—Tiene sentido; aquella noche el tirador estaba lejos, en la calle.

—Cierto. Estas pequeñas balas esféricas causaron estragos en los campos de batalla de medio mundo. Un tirador entrenado en las condiciones adecuadas era capaz de acertar al enemigo a casi cien metros de distancia. Yo no soy experta en conflictos bélicos, nunca me han interesado, pero el señor Baxter es todo un estudioso del tema. Él mismo formó parte de los Scots Guards durante muchos años y sigue siendo un gran conocedor de las armas y las técnicas de guerra. Baxter me ha confirmado que este proyectil se ha utilizado en el pasado en varios conflictos: desde la guerra civil estadounidense hasta las guerras carlistas.

—Es interesante, desde luego, pero no comprendo qué tiene eso que ver conmigo.

—El doctor Lejarcegui es un veterano de guerra, creo que ya te lo conté.

—Sí, me dijo que fue médico de campaña...

—Y también tirador de precisión —termina Mina—. He oído una docena de veces la anécdota de cómo le acertó a un hombre a casi ochenta metros de distancia. Este tipo de arma también se utiliza para la caza de animales pequeños: liebres, codornices..., conejos.

—Conejos, maldito Lejarcegui —murmura él—. Los conejos y las batidas de caza cada semana... A pesar de su edad no ha perdido la puntería en estos años. El doctor Lejarcegui nos disparó aquella noche en el hospital. ¿Por qué lo haría?

—Para ocultar su secreto, claro: Lejarcegui ayudó a Valdés a quedarse con la otra hija de Abril Prieto, con Carlota, la noche en que nació; él firmó su certificado de nacimiento. Supongo que, cuando vio que revolvíamos en la sala de archivos buscando el expediente de Camila Garza, se asustó.

—Especialmente si como sospechamos ha hecho cosas parecidas para otras familias poderosas antes; si se descubre sería su final.

—Desde luego, a Lejarcegui le preocupa mucho su legado y no está dispuesto a permitir que ensuciemos la labor de toda su vida.

Peaches se estira sobre el regazo de Ellis, da un grácil salto y se aleja en dirección a la escalera.

—Supongo que volvemos a estar como al principio: no sabemos qué relación tiene el asesinato de Camila Garza con la conspiración que vine a investigar, los incendios por la ciudad y el ataque en el Invernadero. Muchos sospechosos, pero ninguno claro. Si realmente pudieras hablar con fantasmas, este sería un buen momento para preguntarle a la señorita Garza quién la mató y por qué —bromea Ellis.

—Los fantasmas no siempre dicen la verdad. Pero sí, volvemos a estar como al principio —admite ella—. Voy a dejar que seas tú quien informe a Bocanegra de los últimos avances. Ramiro y yo ahora mismo no tenemos una gran relación y temo que eso podría, de alguna manera, hacerlo dudar de la importancia de este descubrimiento.

—Desde luego, yo informaré al inspector jefe acerca de la relación que existía entre Carlota y Camila Garza. Seguro que estará muy contento de oír todo el asunto —dice Ellis con ironía.

—Sí, ya imagino que Ramiro intentará taparlo para no cubrir de vergüenza a los Valdés y, de paso, asegurarse así el agradecimiento de uno de los hombres más poderosos de Barcelona. Todo el mundo gana.

Durante un momento ninguno de los dos dice nada. Desde la calle les llega el sonido del viento nocturno, que juguetea con la lavanda en el pequeño patio delantero del palacete.

—Me has hecho un regalo, Mina, y yo también tengo algo para ti. —Ellis saca del bolsillo de su inseparable abrigo negro una pequeña abrazadera de metal y la deja sobre la mesa—. El cónsul, el señor Wright, me invitó a su casa esta mañana. Quería discutir unos asuntos conmigo y fue tan amable de invitarme a almorzar. El comedor había recuperado su aspecto habitual: la mesa, las sillas, los muebles... y todo lo que se espera de un comedor formal como el de los Wright. Todo estaba en su sitio excepto esto. —Ellis juguetea con la abrazadera—. El señor Wright me contó que una de las doncellas la encontró en el suelo, debajo de la mesa en la que celebraste la sesión de espiritismo aquella noche. No saben cómo llegó ahí, porque los Wright no conocen a nadie que sea aficionado a la escalada de montaña o a los deportes de invierno, que es el uso más habitual para este utensilio. Sospecho que la olvidaste después de tu sesión, se te cayó cuando terminó tu número de espiritismo.

Guillermina le dedica una sonrisa.

—Eres de esos que nunca se dan por satisfechos hasta que descubren el truco que se esconde detrás de un espectáculo de magia.

—¿Cómo lo hiciste?

—Fue sencillo: tan solo necesité unas velas, poca iluminación, un público entregado y un fino hilo quirúrgico de un nuevo material muy resistente —responde con una sonrisa—. Zelda diseñó el cinturón que llevaba aquella noche con mi vestido rojo; puede que te acuerdes de mi vestido.

—Desde luego que me acuerdo.

—Era parte del número, una distracción. El cinturón llevaba un pequeño dispositivo que me permitía elevarme en el aire una vez que conseguía sujetarme con la abrazadera a la gran lámpara de los Wright, que estaba muy bien asegurada al techo. Así es como lo hice —admite Guillermina—. Pero todavía no te he explicado cómo es posible que conozca el secreto más oscuro de la señora Wright.

Ellis deja la abrazadera de hierro sobre la mesa y se la acerca a Mina.

—Ten, mejor quédate con esto; no me gustaría que alguien más llegara a la misma conclusión que yo. Será mejor que la guardes para la próxima vez que necesites levitar. Y, respecto al secreto de la señora Wright y esa historia truculenta acerca de su infancia..., supongo que vas a decirme que te lo contó un fantasma.

Guillermina le dedica una sonrisa enigmática.

—Sí, me lo contó un fantasma.

FUEGO LÍQUIDO

La taberna de la calle Marqués del Duero está a rebosar a esas horas de la noche. Varios agentes de policía acostumbran a pasar el rato allí después de terminar su turno: la comida es buena, las raciones generosas y el licor barato. Bocanegra suele ir allí a cenar o almorzar cuando tiene demasiado trabajo y no le queda tiempo para acercarse a alguno de los restaurantes elegantes que hay en la plaza Real. Los tres hombres están sentados a una de las mesas con reservados que hay junto a la ventana: el subinspector Montes, el doctor Ellis y él mismo llevan casi un par de horas sentados a esa mesa, viendo a la gente que ahora corre por la calle para guarecerse de la lluvia que empieza a caer.

—No me puedo creer que don Ernesto Valdés hiciera algo semejante, pero por otro lado es lo único que tiene algún sentido por fin. No había ningún fantasma después de todo —comenta Ramiro.

—No, nunca hubo ningún fantasma. Según Guillermina, don Ernesto parecía estar obsesionado con la idea de tener un hijo y presionaba a su esposa, a pesar de la edad de esta, con dicho propósito; creo que quería asegurarse el control de las finanzas y del patrimonio de doña Amalia mediante un heredero —dice Ellis, que no ha probado el jerez que tiene delante—. Doña Amalia, extrañamente, parece que se ha puesto de parte de su esposo en todo este asunto.

—Es comprensible, ¿qué otra cosa va a hacer? No va a admitir que se pasaron diecisiete años criando a la hija de otra, una chica violenta y desequilibrada además, sería un verdadero escándalo para ellos —dice Ramiro—. De todas maneras, necesitaré que Guillermina me entregue esas láminas de cristal en las que se ve a Carlota; no servirán de gran cosa, pero debo guardarlas como prueba por si acaso algún día doña Amalia cambia de parecer.

Ninguno de los tres tiene hambre o ha probado bocado después de que el doctor Ellis los pusiera al día con las novedades, tal y como Guillermina le había pedido que hiciera.

—¿Y ahora qué se supone que pasará? —El subinspector Montes parece con diferencia el más abatido de los tres—. Es terrible que la chica de la acequia resultara ser la hermana de Carlota Valdés.

—Te diré lo que va a pasar ahora, Montes: nada en absoluto —dice Ramiro con resignación—. Los Valdés van a tapar todo este asunto, nosotros ayudaremos a que no se arme demasiado escándalo con el tema y dentro de un par de semanas juzgarán a Santiago Rivero por el asesinato de Camila y de la señora Egea. Y nada más.

—Guillermina no dejará el asunto —dice Ellis muy seguro de sus palabras—. Su naturaleza curiosa la hará seguir indagando en el tema a pesar de que el caso se considere cerrado oficialmente. Y aún queda por determinar la implicación del doctor Lejarcegui en todo el asunto.

—Ese viejo nunca me ha caído bien, demasiado entrometido —masculla Ramiro—. Y tienes razón en una cosa, Ellis: conozco a Guillermina, ella seguirá hurgando en esto hasta que se quede satisfecha. Habrá que hacerla venir a comisaría para tomarle declaración y que conste en el archivo del caso.

—Después de todo, don Ernesto no era aficionado a las fulanas y a las cabareteras como creíamos... —apunta Montes, dándole un empujoncito con el dedo a su vaso de vino, del que no ha bebido ni una sola gota—. Quién iba a decir que pasaba las noches en el Eden Concert solo para ver a la muchacha que le recordaba a su propia hija...

—Bueno, yo no pondría la mano en el fuego sobre que a don Ernesto no le interesan las coristas o las fulanas, es simplemente que Camila no le interesaba de esa manera —replica Ramiro—. Está muy callado, Ellis; no es normal en usted, normalmente le gusta opinar sobre todo lo que estamos haciendo mal.

Ellis tarda un momento en responder.

—Desde luego esta no es la resolución que pensé que tendría el caso de Camila Garza —admite—. Aunque supongo que al menos es un final. Supongo que hay personas que nunca pagan por sus pecados y otros que pagan por los pecados de los demás.

Hacía mucho tiempo que Ellis no pronunciaba esas palabras: era su madre quien solía hablar en términos de pecado, culpa y remordimiento. Su madre, una católica en el país de los protestantes, la mujer que había crecido rodeada de naturaleza salvaje para terminar sus días en una gran ciudad.

—Respecto al asunto de su despido... —comienza a decir Ramiro, sacándole de sus recuerdos—. Estaba equivocado respecto a usted. Ya me han informado desde la Diputación de que le han ofrecido el puesto de patólogo jefe de la ciudad.

—Sin rencores, hizo lo que consideró oportuno en ese momento —responde Ellis.

—Y díganos, doctor, ¿va a quedarse en Barcelona?

—Aún no lo he decidido.

Ellis mete la mano en el bolsillo; la campanilla de los muertos está ahí, como siempre. Deja caer algunas monedas sobre la mesa y se levanta despacio, sus piernas están entumecidas después de pasar dos horas en un espacio demasiado pequeño para él.

—Caballeros, aquí termina la velada para mí. Gracias por su compañía.

—Yo debería marcharme también, señor; es tarde y mañana entro temprano al servicio —se excusa Montes.

Ellis es el primero en marcharse, se cierra el abrigo negro y se sube los cuellos para protegerse de la fina lluvia de primavera que sabe que lo aguarda fuera del local. Ya se ha alejado unos pasos de la mesa, pero todavía puede oír la voz de los dos hombres hablando entre sí:

—No está mal para ser inglés —acepta Ramiro Bocanegra.

Ellis sonríe para sí y sale del restaurante.

Es más de medianoche cuando Mina oye unos golpes en la puerta principal. Hace horas que Zelda ya está abajo, durmiendo en su habitación, pero ella no está lista para acostarse todavía, y ha pasado la última hora revisando todo lo que sabe acerca del caso de Camila mientras el Comodoro dormita a sus pies. Es la noche libre del señor Baxter, así que atraviesa el vestíbulo y abre la puerta. El subinspector Montes la saluda con una sonrisa amable.

—Buenas noches, señorita Índigo.

—Subinspector, ¿qué está haciendo aquí tan tarde?

—He venido por orden del inspector jefe Bocanegra a recoger unas posibles pruebas de un caso: unas láminas de vidrio y una linterna mágica. También para llevarla a comisaría y tomarle declaración; el inspector jefe quiere que todo conste en el informe oficial del caso.

—Entiendo, le daré las láminas de cristal, pero iré a comisaría yo misma, mañana. Hace una noche terrible. —Montes está empapado, su pelo castaño se pega a la frente y su traje barato está mojado por la lluvia, que no ha dejado de caer en toda la tarde—. ¿Quiere pasar mientras voy a buscar las láminas?

Él niega suavemente con la cabeza.

—No, muchas gracias, señorita Índigo. Estoy trabajando y debo esperar fuera de la casa, así me lo ha ordenado el inspector jefe.

Mina da media vuelta para ir a buscar la linterna mágica y todo lo demás, pero entonces repara en Lilly, la gata atigrada: está sentada en el vestíbulo y mira fijamente al subinspector con su único ojo de manera acusadora.

—¿Ramiro le ha pedido que venga hasta aquí a estas horas y lloviendo? Es un poco tarde.

—No, he venido por propia iniciativa.

Guillermina se vuelve para mirarle y de repente lo entiende

todo. Montes le dedica una sonrisa, la misma sonrisa amable y tranquila que tenía en sus labios cuando ella le ha abierto la puerta. Se fija en lo que lleva en la mano: un frasco de cristal con el misterioso acelerante dentro. Mina abre la boca para decir algo que no recordará después, porque entonces el inspector Montes le da un puñetazo; un golpe directo en la boca. Mina nota el dolor intenso de sus labios al chocar contra los dientes, su carne magullada por el mordisco instintivo y el sabor de la sangre que baja por su barbilla y gotea sobre su vestido.

—Yo quería olvidarme de todo el asunto, de verdad —dice él—. Si hubiera sido por mí, esto habría terminado ya, pero el jefe tiene razón: tú nunca lo dejarás estar.

Mina está desorientada por el golpe, pero intenta cerrar la puerta principal con todas sus fuerzas para dejarle fuera. No lo consigue, Montes se lanza sobre ella y los dos caen al suelo del vestíbulo. Guillermina se ha golpeado la nuca y parpadea un par de veces para disipar el dolor y aclararse la vista; desde donde está puede ver el techo alto del palacete y la enorme lámpara que cuelga sobre ellos.

—Debí matarte esa noche, la noche en que te colaste en la oficina del jefe para robar las pruebas. Estuve a punto de hacerlo, pero ese imbécil del forense apareció y me interrumpió.

Montes la coge por el cuello y aprieta con todas sus fuerzas hasta dejarla sin respiración, igual que hizo aquella noche. Mina patalea en el suelo, hace todo el ruido posible para despertar a Zelda, pero él la saca a rastras al jardín. El arbusto de lavanda le roza la mejilla y la mano al pasar.

—Tenías que haber salido de la casa cuando te lo he pedido amablemente, pero no, nunca haces nada de lo que se te requiere; en parte, por eso estamos así: si te dedicaras a tus malditos asuntos nada de esto habría pasado.

Ve a Montes abrir el frasco y derramar el líquido por las escalerillas de acceso a la casa, por el suelo del patio delantero, y también sobre ella. Mina lo mira horrorizada, sabe que una cantidad como la que Montes acaba de esparcir es suficiente para incendiar no solo el palacete —y a ella—, sino toda la calle.

—¿Cuántas veces te ha suplicado el jefe que te apartes del caso? Pero eres incapaz de cumplir una simple orden y has ido aprovechándote de él y clavando tus garras en el inspector jefe hasta convertirle en tu muñeco de trapo, en un inútil a tu servicio.

En el suelo, Mina tose un par de veces para recuperar el aliento; los vapores del acelerante sobre su ropa y su piel son tan fuertes que apenas puede respirar. Montes saca un fósforo y lo prende bajo la lluvia; de repente Mina siente que está de nuevo en Trinidad, en el valle de los Ingenios, viendo a Martín incendiar su propio hospital con todos sus pacientes dentro.

—¡Guillermina!

Oye la voz de Ellis gritando su nombre, pero sabe que es demasiado tarde porque Montes deja caer el fósforo y la noche se vuelve de color naranja. El fuego brillante se extiende deprisa por el patio devorando las plantas, las macetas, la silla donde ella acostumbra a sentarse por las noches, y ahora sube deprisa por la fachada del palacete.

—Mina...

Ellis corre hacia ella. Hace mucho calor, el aire está en llamas a su alrededor y le quema al bajar por la garganta. El acelerante ha prendido la falda de su vestido y las llamas suben deprisa por su cuerpo. Ellis se quita el abrigo y la cubre con él, tratando de asfixiar el fuego.

—¡La lluvia! —grita él por encima del sonido del incendio.

Pero entonces recuerda que el agua no es suficiente para ahogar el fuego líquido, que ahora trepa por la verja de hierro y se extiende por el callejón como si fuera una criatura que camina de puntillas. Algunos vecinos salen a la calle alertados por los gritos y los ladridos de Archie. Montes aprovecha la confusión para huir esquivando el reguero de fuego que ya llega a la calle adoquinada y perderse entre la muchedumbre.

Su vestido está en llamas, Mina siente como la tela se derrite sobre sus piernas por el calor del fuego, dejándole nuevas cicatrices encima de las que ya tenía.

—¡Vete! ¡Márchate o tú también te quemarás! —grita Mina.

Pero Ellis no obedece y, con ayuda de su abrigo, por fin logra sofocar las llamas que corren sobre ella.

—¿Estás bien? ¿Estás herida? —Se inclina sobre Mina y sus manos la examinan para asegurarse de que se encuentra bien.

—Solo son unas quemaduras superficiales...

Mina tiembla en el suelo, irónicamente tiene frío —la sangre corre a las capas externas de su piel para curarla—, sabe que el dolor aparecerá más tarde.

Zelda ha visto el resplandor naranja desde la ventana de su dormitorio y ha tenido la precaución de subir el cubo de arena que guarda en su laboratorio desde que comenzó sus experimentos con el fuego líquido. Consigue volcar la arena sobre las llamas y asfixiar el fuego más cercano a la casa. Una nube oscura asciende en la noche, dejando a su paso un residuo oscuro y grasiento que mancha sus manos y sus caras. La columna de humo es tan densa que entra por la puerta abierta del palacete, igual que un fantasma sin invitación. Han conseguido apagar el fuego más apremiante con la arena, pero junto a la verja todavía bailan algunas llamas.

—Guillermina, ¿qué ha pasado? —pregunta Zelda con los ojos abiertos de pánico; ella también se acuerda de Trinidad.

Ellis suda y respira deprisa por el esfuerzo y el humo, aún está sentado en el suelo de baldosas en damero, junto a Mina.

—El subinspector Montes, él mató a Camila Garza —responde él.

No han podido apagar todo el incendio: una lengua de fuego se arrastra por la calle adoquinada en dirección a las estatuas de piedra que delimitan el pasaje. Todos los vecinos han salido ya de sus casas; algunos gritan, otros corren hacia la calle para buscar ayuda. La brigada de los bomberos no tardará en llegar.

—Gracias. Has aparecido justo a tiempo. ¿Cómo has sabido que necesitaba ayuda? —le pregunta Mina con la voz rasposa por el humo.

—No lo sabía... Ramiro me ha enviado para recoger las pruebas del caso.

El fuego ha destruido el patio delantero del palacete, reduciéndolo en apenas unos segundos a un páramo cubierto de cenizas: la entrada de la casa, el pequeño porche, la puerta y las contraventanas del bajo están ennegrecidas por el fuego.

Sin embargo, el arbusto de lavanda que crece salvaje en un rincón del patio ha sobrevivido al fuego. El frasco de cristal con sal que descansa entre los tallos de la lavanda se ha caído, seguramente empujado por la lluvia y el viento de esa noche, y la sal derramada a su alrededor ha protegido momentáneamente el arbusto del fuego. Mina observa de refilón las briznas de humo entre las flores moradas, el viento nocturno agita la lavanda.

Cinco días después

El cuartel de Atarazanas se levanta recortado en el cielo de primavera. El sol brilla y el aire fresco, con olor a salitre, juguetea con el pelo de Ellis cuando llegan a la puerta del cuartel. Mina ha dejado el Levassor un poco más atrás para disfrutar juntos del breve paseo.

—Es extraño, esta vez no hemos tenido que sobornar a ningún guarda para que nos deje pasar —bromea Ellis.

—No, el inspector jefe en persona ha suplicado nuestra ayuda. Hace ya cuatro días que arrestaron al subinspector Montes cuando intentaba salir de la ciudad oculto en un tren de mercancías en dirección a Madrid, pero desde entonces no ha dicho una sola palabra.

—Le han interrogado dos detectives y el propio Bocanegra, pero lo único que el detenido ha dicho es que únicamente hablará con nosotros.

Después del incendio en Permanyer, al subinspector Montes le buscaba cada agente de policía de la ciudad; algunos de los vecinos de Guillermina eran ciudadanos distinguidos, así que el alcalde y el departamento de policía querían dar caza cuanto antes al responsable del fuego, aunque fuera uno de los suyos. Montes —que se había quemado la mano y parte del brazo derecho al provocar el incendio en el palacete— había huido como un animal herido para esconderse en los alrededores de la estación del Norte, con la esperanza de subir sin ser visto al primer tren que saliera de Barcelona, pero una niña que mendigaba cerca de la estación le reconoció porque llevaba meses viéndolo merodear a menudo por el Raval. Fue esa misma niña la que le delató a unos agentes de uniforme que patrullaban la estación.

—¿Estás segura de que quieres hacer esto? —pregunta Ellis mientras atraviesan la enorme puerta del edificio—. Ese malnacido intentó quemarte viva, sería comprensible que no quisieras volver a verle nunca. Puedo hablar con él yo solo.

—Si Montes tiene información sobre el caso debo saberlo, necesito saberlo. —Sus pasos resuenan entre los gruesos muros de piedra a medida que avanzan en dirección a los calabozos—. Por cierto, siento lo de tu abrigo, me gustaba cómo te quedaba, y aún me resulta extraño no verte con él.

A pesar de todo, Ellis le dedica una sonrisa.

—No te preocupes, ya he encargado otro idéntico en la sastrería de Oxford Street.

Guillermina intenta devolverle la sonrisa, pero recuerda muy bien la última vez que hicieron ese mismo recorrido, para encontrar a Pascual Garza ahorcado en su celda; un pequeño escalofrío le baja por la columna al pensar en ello.

—Mina, ¿estás bien? —Ellis la mira de refilón un poco preocupado—. La quemadura en tu pierna es superficial y cicatrizará pronto; no ha afectado a los nervios.

—Estoy bien. No me duele apenas, y tampoco es la quemadura más grave que he sufrido.

Ellis sabe que Mina Índigo guarda muchos secretos todavía, y que no va a contárselos todos esa mañana.

El sótano del cuartel está en penumbra, aunque se distinguen las puertas de los calabozos en el pasillo, todos vacíos y cerrados por seguridad.

—Después de lo que sucedió con Pascual Garza, el departamento de policía no quiere arriesgarse —la pone al corriente Ellis, mientras avanzan por el corredor oscuro—. Ramiro sospecha que fue el propio Montes quien entró aquí con algún pretexto y acabó con la vida de Garza. Supongo que pensó que un sospechoso muerto era un final fácil para el caso.

—Sí, pero Montes no contaba con que otro hombre fuera a confesar el asesinato de Camila: Santiago Rivero.

Llegan frente a la pesada puerta de madera. A través de la pequeña ventana pueden ver al inspector Montes: está sentado en el rincón más oscuro del calabozo, tiene las piernas recogidas y la espalda apoyada contra la pared de piedra.

—Subinspector —dice Ellis con frialdad—. Nos han informado de que quería vernos. Aquí estamos, diga lo que tenga que decir.

Montes se mueve despacio, se levanta, sale de entre las sombras del calabozo para acercarse a la puerta y mira por la pequeña ventana, la misma por la que a los internos les pasan un mendrugo de pan y agua una vez al día.

—Yo no sabía que esa corista era la hermana de la hija de don Ernesto Valdés y Doval. Pensé que era solo otra furcia más de las muchas que infestan las calles de esta ciudad. Estaba seguro de que Valdés me lo agradecería tarde o temprano, que vería lo que había hecho por él. Pensé que era su querida y que lo estaba librando de un apuro; un favor entre hombres —dice Montes—. Y ellos me dijeron que Valdés estaría en deuda conmigo si lo hacía, y ellos también, por eso me dieron el fuego líquido.

—¿Alguien le convenció para provocar los incendios? —pregunta Ellis.

Montes se ríe en voz baja; lleva cuatro días encerrado en ese agujero, pero la expresión en sus ojos no ha cambiado: sigue siendo el mismo subinspector Montes.

—No tuvieron que insistirme mucho —admite, con una sonrisa torcida—. Siempre me ha gustado jugar con fuego, desde que era un mocoso. Hace algunos meses me cogieron tratando de quemar una pensión asquerosa, no hay informe oficial claro, pero unos caballeros muy elegantes me ofrecieron el fuego líquido a cambio de originar pequeños incendios para ayudar a su causa.

—¿Qué causa es esa? —quiere saber Ellis.

—El caos.

El silencio llena el aire húmedo del pasillo.

—¿Y Camila? ¿Qué le pasó a ella?

Montes se encoge de hombros.

—Eso fue diferente: yo siempre he admirado al jefe, me he fijado en él y en su manera de hacer las cosas desde que entré en la policía...

—Querías ser como Ramiro —termina Mina, que está deseando marcharse.

—No, yo quería *ser* Ramiro: ascender, convertirme en inspector jefe, asistir a las fiestas elegantes, tener su influencia, fumar y beber con los hombres poderosos de esta ciudad... Y deshacerme de esa chica para hacerle un favor a Valdés me acercaba a ese objetivo: ser importante, como solía serlo Ramiro antes.

—Ramiro sigue siendo importante —responde ella—. Él es el inspector jefe, y tú eres solo un...

—¡Él está acabado! Ha perdido la confianza y el apoyo de mis amigos, ya no confían en que Ramiro pueda hacer lo que es debido, y todo por tu culpa. —Montes se acerca un poco más a la puerta—. Tú lo has destruido, le has convertido en un hombre débil y patético, tanto que todo este tiempo he estado bajo sus narices sin que él lo sospeche.

—No es verdad.

Pero le preocupa que Montes pueda sentir su duda incluso a través de la puerta cerrada. Ellis se acerca a ella, rozándole el dorso de la mano en la oscuridad del pasillo, como suele hacer cuando nadie los mira.

—¿Hay algo más que desee decir en su defensa, subinspector? —pregunta Ellis—. ¿Los nombres de ese grupo de caballeros que ha estado protegiendo, quizá?

Montes le dedica una sonrisa.

—Pero si ya los conoce, doctor. Son un grupo de caballeros extranjeros muy influyentes, desde luego ellos le conocen a usted y ahora también la conocen a ella. —Hace un gesto con la cabeza en dirección a Mina.

—Vámonos ya, Ellis. No va a contarnos nada más —murmura ella.

Pero él no se mueve y le lanza una mirada desafiante a Montes a través de la pequeña ventana. Mina tironea de la manga de su chaqueta.

—Ya hablará en el juicio... Eso si llega vivo.

Ellis le mira un momento más y después se alejan juntos de la puerta cerrada del calabozo sin mirar atrás.

—Mis amigos pronto se ocuparán de sacarme de esta celda. ¡No estaré aquí encerrado mucho tiempo! —grita Montes, mientras ellos caminan por el pasillo.

LA GARGANTILLA

Solo existe una cosa en el mundo que se propague más deprisa que un incendio provocado por el fuego griego: los rumores. No quedaba nadie a estas alturas en Barcelona que no supiera que el subinspector Montes era el asesino de Camila Garza y de su hermano Pascual, y también el pirómano que había hecho arder media ciudad. Los periódicos no paraban de publicar reportajes sobre Montes: perfiles sobre el tipo de hombre que era, sus hazañas y logros como el subinspector más joven de la historia de la policía... Un mártir vendía muchos periódicos, sin duda, pero un héroe caído en desgracia, muchos más. Los periódicos y boletines de actualidad habían encontrado un nuevo filón en los incendios y en la misteriosa sustancia que Montes había utilizado como acelerante. Se trataba de una antigua arma llamada «fuego líquido» o también «fuego griego». Según habían publicado, fue capaz de diezmar ejércitos y destruir barcos de guerra durante las antiguas guerras en el Mediterráneo. Nadie conocía los detalles históricos concretos o la fórmula exacta para poder elaborarlo con éxito, aunque algunos de sus ingredientes eran cal viva, azufre y salitre.

Guillermina vuelve al Eden Concert una semana después. Es media tarde y el local no ha abierto todavía, de manera que los apliques están encendidos y el suelo limpio, sin colillas ni papeles. Manuela Guzmán le sonríe cuando la ve aparecer.

—Gracias por aceptar mi invitación, Guillermina. No sabía si después de todo lo que ha pasado últimamente seguíamos siendo amigas.

—Claro que somos amigas. Y todavía estás en deuda conmigo por librarte de la trampa que te preparó tu marido, no lo olvides.

—Descuida, no lo hago —responde Manu con seriedad.

—Ya he hablado con la policía, los medios y también con Abril para contarle lo que le sucedió de verdad a su hija. Como tú eres otra de las personas que se preocupaban algo por Camila, era cuestión de tiempo que viniera aquí para explicarte lo que realmente le pasó al Gorrión Blanco.

—El Gorrión Blanco, pobre chica. —Piensa en Camila un momento y añade—: Te lo agradezco, Guillermina. A pesar de lo que algunos dicen, sí que me importan las muchachas que trabajan para mí. No voy a ponerme sentimental porque eso no va conmigo y además es malo para los negocios, pero he leído en el *Diario de Barcelona* que ese desgraciado mató a Camila porque creyó que le estaba quitando un problema a don Ernesto.

—Montes no ha dicho gran cosa más, insiste en que oyó a Valdés decir que estaba metido en un problema con una de tus chicas y que pronto tendría que contárselo a su mujer. Investigó un poco por su cuenta, descubrió que Valdés venía a menudo al club a visitar a Camila y llegó a la misma conclusión que yo: supuso que tenía una amante a la que había dejado embarazada y decidió acabar con ella.

Guillermina ha repetido esa historia varias veces en los últimos días, siempre guardándose los detalles de la confesión de Montes acerca del grupo de Lázaro.

Manu sacude la cabeza, indignada.

—Hay que ser un tipo muy frío para hacer algo semejante.

—Montes ha admitido que siente una fascinación morbosa por el fuego, también ha admitido que falsificó varios informes oficiales relacionados con pequeños incendios por toda la ciudad antes de que todo esto comenzara. Él mismo provocaba los incendios y después era el primer agente que se presentaba en el lugar para ayudar a los vecinos afectados y, de paso, cubrir sus huellas en las posibles investigaciones. Una de las afectadas fue la niña que lo reconoció después en la estación, cuando intentaba huir de la ciudad.

Ahora que sabían la verdad, Ellis y ella habían repasado de nuevo los informes de Montes acerca de esos incendios —meses antes de que asesinara a Camila Garza—, y habían encontrado pequeñas incoherencias y mentiras; un patrón que Montes repetía una y otra vez. Además, igual que cuando intentó estrangularla en la oficina de Ramiro —Montes había ido allí aprovechando que el inspector jefe no estaba para robar el informe del caso y seguramente entregárselo al grupo de Lázaro—, solía cometer esos incendios en su noche libre.

—Quemó el cuerpo porque eso le produce placer, y también para evitar que la identificaran. Pensó que, si la desfiguraba y nadie descubría que se trataba de Camila Garza, nunca averiguaríamos por qué la había matado en realidad.

Mina prefiere no contarle que sospecha —al igual que Ellis— que alguien ayudó a Montes a planear la forma de deshacerse de Camila tras su muerte: alguien se aprovechó de sus ganas de ascender, de su ambición y también de su atracción morbosa por el fuego para desestabilizar la ciudad. Y esa persona —o personas— seguía libre.

—Me alegro de que esté preso, así podrán interrogarlo y darle un buen repaso en los calabozos hasta que confiese y escupa el último diente. Por cierto, puede que no sea nada importante, pero ayer estuvo aquí Elene Vitti —dice Manu de repente—. Es la hermana de Ivana Vitti, ¿te acuerdas? La amiga de Camila Garza.

Guillermina no había vuelto a pensar en Ivana Vitti desde que Ramiro le contó que habían sido amantes durante casi un año y medio.

—¿La hermana que vive en Italia?

—Sí. Verás, parece ser que Ivana tenía que reunirse con ella en Siena, ya le había confirmado por carta y por telegrama que iba a marcharse de Barcelona rumbo a Italia, pero no ha llegado.

Guillermina parpadea dos veces, sus ojos todavía están doloridos por el humo y el calor del fuego líquido.

—¿Qué quieres decir con que Ivana no ha llegado? Pensé que se había marchado de aquí hacía meses. Ya debería estar en Italia con su hermana.

—Eso creía yo también. Su hermana está muy preocupada. Me ha contado que nadie la había visto por la zona y que tampoco había llegado a la estación de tren ninguna mujer con el nombre de Ivana.

—Bueno, se me ocurre que tal vez viajara con otro nombre para dejar atrás lo que hacía en este local... No te ofendas.

—No me ofendo, pero estoy preocupada por Ivana —responde Manuela—. La última vez que hablé con ella tenía muchas ganas de reunirse con su hermana, ocuparse de la granja y olvidarse para siempre de esta vida y de tu amigo, el policía.

Guillermina se mueve incómoda de la silla.

—¿Y qué quieres que haga yo?

—Ella no se atreve a ir a la policía a denunciar lo de su hermana; Ramiro es el jefe y ella no sabe cómo reaccionará si va a pedirle explicaciones sobre Ivana, así que la he mandado a la pensión de una conocida. Es un sitio limpio y discreto, y le harán buen precio. Elene se quedará aquí tres días más antes de volver a Italia mientras intenta averiguar qué ha pasado con su hermana, pero estoy preocupada. Empiezo a sospechar que Ivana nunca salió de Barcelona.

Guillermina piensa en el cuerpo carbonizado de la antigua acequia, en la pulsera con el gorrión que Abril le había regalado a su hija colocada en la mano incorrecta, en la cicatriz de la cesárea...

—Ivana nunca salió de Barcelona —murmura para sí.

—Puede que tu amigo, el inspector jefe, sí que sea un asesino después de todo.

Pero Guillermina ya no la está escuchando, sus ideas están muy lejos del patio desierto del cabaré.

—La pulsera... —continúa, ajena a la presencia de Manu—. En el cuerpo de la acequia la pulsera estaba en la muñeca izquierda. No es Camila Garza.

IVANA

—

Eden Concert, Barcelona. Cuatro meses antes

Camila Garza recogió todas sus cosas para guardarlas con rapidez en la bolsa de tela que su madre le había cosido cuando tenía apenas diez años. Desde el diminuto camerino que compartía con las demás chicas del Eden Concert, detrás de la sala principal en una zona que no era accesible para los clientes y curiosos, podía oír la música y los gritos que llegaban hasta allí recorriendo un pequeño pasillo estrecho y laberíntico, con paredes de piedra.

—Toma, quiero que tengas esto. —Se quitó la pulsera con el gorrión que siempre llevaba en la mano derecha y se la entregó a su amiga Ivana—. No vale nada, pero me gustaría que te la quedaras tú.

Ivana la observó mientras su amiga —su única amiga— le anudaba la pulsera alrededor de la muñeca izquierda.

—Es un regalo de tu madre, no debería...

—Tonterías, siempre he querido tener una hermana y tú has sido eso para mí. Este lugar y esta vida no son fáciles, pero me he sentido menos sola contigo a mi lado. —Camila no va a llorar, nunca llora, pero ve los ojos húmedos de Ivana—. Además, así te acordarás de mí cada vez que veas el gorrión blanco.

Ivana miró el pequeño abalorio alrededor de su muñeca.

—Gracias —respondió, al borde de las lágrimas.

Camila guardó junto con el resto de sus cosas el frasco sin abrir del carísimo perfume francés que le había regalado don Ernesto. Lo miró un momento, pensando en si debería dejarlo en el camerino para alguna de las demás chicas, pero en el último momento decidió que podía resultarle útil a su madre; le pagarían bien en el monte de piedad por el frasco de perfume y por todo lo demás.

—¿Estás segura de irte? ¿Así de repente? —preguntó Ivana con su inconfundible acento italiano, todavía muy marcado a pesar de que llevaba casi dos años viviendo en Barcelona.

Ivana Vitti siempre había sido tímida, apenas se relacionaba con nadie en la ciudad, exceptuando a Camila, y no tenía muchas amigas o conocidas, ni siquiera otras bailarinas del Concert.

—Sí, estoy cansada. Me siento... perdida —respondió sin volverse para mirar a su amiga—. He estado perdida otras veces, pero nunca tanto como esta vez. No sé si estoy despierta o dormida.

—Estás despierta —dijo Ivana con una sonrisa. Le agradaba Camila, a pesar de su carácter cambiante y su extrañeza natural.

—Ya no puedo distinguir lo que es real...

Camila Garza estaba acostumbrada a perderse; a menudo se perdía dentro de su propia mente y pasaba días enteros encerrada en sus pensamientos sin pronunciar una sola palabra. Dejaba de comer, de dormir, de asearse, de vestirse e incluso de ir al Concert. Cuando tenía una de esas crisis —«vacíos», como solía llamarlos ella—, Camila se abandonaba por las calles de Barcelona; caminaba días enteros sin rumbo por el centro o por los restaurantes que hay bajo los arcos de la plaza Real, hasta que poco a poco despertaba de ese estado y volvía —agotada y sucia— al piso de la calle Carretes con su madre y con Pascual, que nunca le hacían preguntas, se alegraban de tenerla de vuelta y fingían que no había sucedido nada.

Algunas noches, Camila Garza sentía que otra persona dominaba su cuerpo, y ella solo podía quedarse mirando cómo salía a actuar al escenario del Concert para bailar desnuda detrás de un gran abanico cosido de lentejuelas y plumas.

Pero esta noche Camila se había perdido sin remedio en los vericuetos de su mente enferma. No podía respirar el aire cargado que siempre llenaba el Eden Concert; el olor de los puros y los cigarrillos que fumaban los caballeros le daba náuseas, las risas empalagosas, el aliento de todos esos hombres que la miraban... Y supo que estaba a punto de tener uno de sus vacíos. Pero esa vez quiso adelantarse y hacer algo antes de que su mente se quedara en blanco durante días enteros.

—Creo que debería acompañarte a casa. Ya he terminado mi número, apenas tengo que recoger un par de cosas aquí y puedo caminar contigo hasta el piso, si me esperas —se ofreció Ivana—. Tienes una extraña mirada en los ojos.

Camila le da la bolsa con todas las cosas de valor que ese hombre le había regalado durante los últimos meses.

—Ten, quédatelo tú mejor; lo he pensado y no quiero tener que explicarle a mi madre, y mucho menos a mi hermano, de dónde han salido todas estas cosas. No lo entenderían, hay que pasar unas cuantas noches viviendo nuestra vida para poder entender lo que hacemos. Tú le sacarás mejor partido a todo.

La bolsa pesaba e Ivana tuvo que dejar la mandolina tras la que actuaba cada noche sobre la mesita del camerino para poder sujetarla.

—No puedo aceptarlo, es demasiado, y puede que mañana o pasado te arrepientas y cambies de opinión. Las cosas bonitas y brillantes no son fáciles de abandonar. Por favor, piénsalo.

Pero Camila negó deprisa con la cabeza. Su piel pálida y su pelo rubio y largo la hacían destacar entre las demás chicas del cabaré. Camila pensaba que precisamente por eso aquel caballero tan elegante —Valdés— se había encaprichado de ella y la colmaba de regalos y atenciones desde hacía meses.

—Te marchas sin decírselo a Manu, ¿y qué vas a hacer? Si dejas el Eden Concert, ¿de qué vas a comer? ¿Y tu madre? Me has dicho que está muy enferma, necesitará medicinas y cuidados.

—No lo sé, supongo que volveré al trabajo de costurera de detalle en los talleres. Pero no puedo pensar en eso ahora, mi mente da vueltas y vueltas sobre sí misma.

Camila se llevó las manos al pecho. Sentía que no podía

respirar y un sudor frío recubría su piel, su corazón latía deprisa contra su vestido barato, el mismo vestido barato que llevaba puesto cuando salió del piso de la calle Carretes.

—Vamos fuera a tomar el aire, te vendrá bien —sugirió Ivana.

—Necesito salir de aquí. No puedo respirar. —Camila se sujetó el cuello con las dos manos como si tratara de hacer que el aire llegara hasta sus pulmones—. Sé que voy a sufrir un vacío, reconozco los síntomas después de tanto tiempo, pero esta vez no quiero tener una de mis lagunas de memoria o cambiar de idea: me marcho, para siempre.

Camila abrió la puerta del camerino y la música sonó mucho más cerca ahora. Recorrió el pequeño pasillo hasta la puerta trasera del cabaré con pasos temblorosos; ya había comenzado, sabía que pronto sería una extraña dentro de su propio cuerpo.

Ivana la siguió de cerca, había olvidado la mandolina en el camerino y llevaba la bolsa con todas las cosas de Camila debajo del brazo.

—¡Camila, espera! No te marches así, por favor. Eres casi la única persona que conozco en esta ciudad. Eres como mi hermana; ella está lejos, pero de alguna manera puedo sentirla más cerca cuando estoy contigo.

La voz de su amiga al otro lado del callejón fue lo único capaz de hacer que Camila luchara contra la niebla que ya había comenzado a cubrir su memoria.

—¿Y qué pasa con ese policía? ¿Le has contado lo de la niña? —preguntó Camila—. Tal vez él podría ayudarte a recuperar a tu hija de la casa de caridad en la que tuviste que dejarla.

—No, él no sabe nada y así es como debe ser —respondió Ivana—. Si Ramiro descubre lo de la pequeña querrá hacer lo correcto, casarse conmigo, pero eso no es lo que yo quiero. Él solo tiene ojos para esa otra mujer, la médium. Antes no me importaba, pero desde que tuve a mi pequeña todo es diferente. Ahora sé que debo dejar esta vida atrás antes de poder ser la madre de esa niña. Volveré a buscarla cuando esté establecida en Siena y pueda cuidar de ella como se merece.

Ivana nunca hablaba de su hija de quince meses, pero para ella aún es el pequeño bebé cubierto de mocos y sangre al que apenas tuvo entre sus brazos durante cinco minutos antes de que las monjas de la casa de caridad se la llevaran para limpiarla.

—Renunciar a mi niña ha sido una de las cosas más difíciles que he hecho nunca; no, la cosa más difícil que he hecho nunca —añadió—. Pero sé que ella estará mejor sin mí, esta vida no es para una niña. ¿Qué clase de futuro podría darle yo ahora mismo? Una mujer extranjera y sin familia, que canta desnuda escondida tras una mandolina. No, no sería una buena madre.

Camila negó con la cabeza.

—Creo que serías una gran madre, Ivana. Y si alguna de las cosas que hay en esa bolsa te ayuda a recuperar a tu pequeña y a poder cuidar de ella como se merece, como tú te mereces, entonces bienvenido sea ese caballero que no deja de visitarme. Al menos su dinero habrá servido para eso.

—Pero no te vayas así, mujer. Me quedo muy preocupada.

—Estoy harta de ser Camila Garza. Y también estoy harta de ser el Gorrión Blanco.

Camila dio media vuelta para alejarse por el callejón. Era una fría noche de enero y su ropa sencilla no era suficiente para protegerla del viento gélido. Todavía sentía que le faltaba el aire y, a medida que se alejaba del Eden Concert y de Ivana, podía notar cómo su cabeza iba cubriéndose de esa niebla que algunas veces se presentaba sin avisar. Cada vez ella era menos ella, igual que si un fantasma se apoderase de su cuerpo y de su alma. Pronto la fuga en su mente la empujaría a convertirse en otra persona, mientras ella, la verdadera Camila, se quedaba en un rincón de su cerebro, acurrucada y encerrada dentro de sus recuerdos.

Desde donde estaba, Ivana podía ver las luces de gas que parpadeaban algunas calles más adelante y la fina cortina de lluvia sucia que caía despacio frente a las farolas. Al fijarse, a Camila le pareció algo único y precioso, igual que si nunca lo hubiera visto antes. Entonces se dio cuenta de que todavía llevaba puesta la gargantilla que Valdés le regaló un par de meses atrás. Pudo notar los brillantes y las perlas alrededor de su cuello, asfixiándola, reteniéndola en el pasado igual que una cadena retiene a un animal salvaje que desea liberarse y huir de vuelta a la naturaleza. Levantó la mano para palpar las perlas alrededor de su cuello, buscando el cierre de oro para quitárselo.

—Ivana, toma, esto te ayudará a que recuperes a tu pequeña y hará que las dos podáis vivir durante un par de años. Espero de corazón que la encuentres y las dos podáis marcharos a Italia a vivir con tu hermana.

Ivana sintió el peso de la gargantilla en sus manos. Supo que si vendía esa joya a buen precio podría recuperar a su hija, viajar a Italia y ayudar a su hermana en la granja. Eso era todo lo que quería en el mundo.

—Es demasiado. No puedo aceptar esto. Ya me has dado la pulsera con el gorrión...

—La pulsera no vale nada, pero esto te arreglará la vida. Piensa en ello como en una oportunidad: una oportunidad de empezar de nuevo, de ser otra persona.

Ivana apretó con fuerza la gargantilla en su mano y le dio un último abrazo a su amiga mientras la lluvia las empapaba a las dos.

—Cuando piense en ti, te imaginaré en esa bonita granja en Siena de la que tanto me has hablado, cuidando de tu pequeña. Y te imaginaré muy feliz.

—Buena suerte, Camila —se despidió Ivana entre lágrimas.

Vio a su única amiga alejarse hacia la noche y perderse entre el vapor de las farolas de gas y la niebla que cubría las calles.

Ivana miró la gargantilla de perlas y se la puso. Sabía que tendría que quitársela antes de llegar al final de la calle —nunca podría entrar en la habitación compartida de la pensión en la que vivía llevando eso al cuello—, pero creía que podría disfrutarlo todavía unos minutos más, al menos hasta el final del callejón.

—Por vivir otra vida —murmuró Ivana con algo parecido a la esperanza.

Se miró la sencilla pulsera con el pequeño gorrión de cerámica alrededor de su muñeca.

Ivana caminó hasta el final del callejón. Desde allí ya podía sentir el calor de las luces y el olor de esa ciudad que odiaba y adoraba a partes iguales. Apenas había dado dos pasos cuando notó el peso de la gargantilla todavía en su cuello y pensó en quitársela, pero entonces una voz la llamó desde el otro lado de la calle.

—Buenas noches, señorita. ¿Trabaja en el cabaré? En el Concert, ¿verdad?

Los ojos encendidos del subinspector Montes la miraron un instante y después se clavaron en la gargantilla de perlas. Ivana lo reconoció, lo había visto algunas veces en el Concert acompañado por Ramiro, pero él nunca los había presentado, como tampoco había hecho con ninguno de sus amigos o compañeros; para Ramiro Bocanegra, ella siempre había sido un secreto, el fantasma de esa otra mujer a la que no podía tener y con la que estaba obsesionado, la médium. No le había importado antes y no le importó hasta que supo que estaba encinta, ahí fue cuando Ivana decidió que ser un fantasma ya no era suficiente para ella.

—Sí, vendo cigarros en el Eden Concert —dijo muy deprisa.

Esa era la mentira que siempre repetía, que era cigarrera en el Eden Concert. De alguna manera, eso le parecía mucho más respetable que lo que hacía en realidad.

Caminó deprisa hacia la calle principal, pero oyó los pasos de ese hombre detrás de ella. Ivana se volvió por encima de su hombro para mirarlo, estaba mucho más cerca de lo que le hubiera gustado y apretó el paso, deseando llegar a una calle más concurrida.

—Bonito collar —dijo él—. Parece muy caro.

Ivana se dio cuenta de que, con las prisas y el deseo de alejarse de ese hombre, todavía llevaba la joya alrededor del cuello. Alargó la mano para intentar quitársela, pero entonces él la alcanzó y la sujetó por el cuello, apretando hasta que las perlas se quedaron marcadas en su piel, dejándola sin respiración.

—Don Ernesto Valdés y Doval no se merece que una mujer como tú le arruine la vida, y yo me encargaré de que eso no pase —dijo él mientras apretaba más—. Unos amigos influyentes me han dado una cosa que estoy deseando probar. Tienes mucha suerte, Camila: morirás por algo mucho más importante que tú misma. ¡Por el futuro!

Ivana llegó a ver el frasco de cristal que llevaba el hombre en la mano. La roció con algo pegajoso. El pelo se le pegó al rostro y los ojos le picaban. Quiso gritarle que ella no era Camila Garza, aunque llevara puesta su gargantilla, pero entonces ese hombre apretó más y más, e Ivana sintió que ya no podía respirar.

Pensó en su pequeña, en esa niña a la que ya nunca cuidaría. Y, justo antes de morir en el suelo mojado de la calle, pudo ver al hombre que acababa de quitarle la vida prendiendo un fósforo que iluminó la oscuridad a su alrededor.

DE ENTRE LOS MUERTOS

La casa de orates —o casa de los locos, como se la conocía popularmente— se encontraba en las mismas instalaciones que el hospital de la Santa Cruz. Cuando el doctor Ellis y Guillermina pasan por debajo del arco de piedra que marcaba el comienzo de los terrenos del hospital, ninguno de los dos dice una sola palabra. Atraviesan el patio principal igual que habían hecho otras veces, pero en esta ocasión, en lugar de adentrarse en el pabellón de los pacientes en recuperación, caminan hasta donde están recluidos los enfermos mentales.

—Dime otra vez por qué estás tan segura de que la señorita Garza se encuentra aquí.

Guillermina ya ha compartido sus sospechas con Ellis mientras desayunaban en una de las terrazas de la plaza Real, pero él no parece muy seguro todavía.

—No es extraño que las personas perturbadas que merodean por la ciudad terminen en este lugar o en uno muy parecido. Y ya la hemos buscado sin éxito en otros hospicios y asilos. Tiene que estar aquí.

—¿Y cómo sabes que no está...?

—¿Muerta? —termina Guillermina—. Bueno, por eso he pasado toda la noche revisando los informes de las mujeres muertas en Barcelona desde que Camila desapareció: ninguna encaja con ella, ni en edad aproximada o color del pelo.

—¿Ramiro te ha dado acceso a esos informes?

—No exactamente. He pagado al agente de guardia de la comisaría para que me permita pasar la noche en el cuarto de archivos, donde he revisado los casos de asesinatos y accidentes mortales de los últimos cuatro meses buscando una mujer que coincidiera con Camila. No he encontrado nada.

—Aun así, aventurar que Camila no fue quien murió esa noche es un poco precipitado... incluso para ti.

—¿Recuerdas la noche de la sesión de espiritismo, en la fiesta del cónsul estadounidense y su esposa? —empieza a decir ella—. Lázaro me retó a contactar con la «chica de la acequia», nada más. Él no dijo «Camila» o «la señorita Garza».

—Lo recuerdo bien.

—Dos espíritus se presentaron esa noche, uno de ellos hablaba en italiano: *Dov'è mia figlia?* Hace algún tiempo le pregunté a Di Marco qué significaban esas palabras, ya sabes, antes de...

—Antes de abofetearla —termina él.

—Eso es, sí. *¿Dónde está mi hija?* Eso es lo que el espíritu de la chica de la acequia nos preguntó esa noche. Era Ivana Vitti.

—¿Estás sugiriendo que la señorita Vitti contactó contigo aquella noche?

—Ahora no estamos discutiendo sobre espiritismo, Ellis; te aseguro que la chica de esa noche era Ivana, la amiga italiana de Camila. Siempre ha sido Ivana —continúa ella—. Montes no la conocía, nunca la había visto, porque Ramiro mantenía su relación con Ivana en secreto, jamás le habló de ella a nadie, ni siquiera a mí. Montés vio a una joven con una gargantilla de perlas saliendo del club esa noche y supuso que ella era Camila Garza.

—Pero en realidad era la señorita Vitti, que ya había decidido dejar el Concert y marcharse de Barcelona para vivir en Italia con su hermana.

—Por eso nadie ha echado de menos a Ivana en este tiempo: se suponía que había regresado a Siena.

Ellis lo piensa un momento, su mente científica busca alguna prueba que apoye la teoría de Mina.

—Pero ¿por qué Ivana tenía la gargantilla de perlas?

Mina se encoge de hombros.

—No lo sé; era la última noche de Ivana en el Concert antes de marcharse para siempre: puede que Camila se la regalara, era su mejor amiga después de todo, y si ya había empezado a perder el contacto con la realidad antes de su crisis... no es descabellado imaginar que Camila le pudo regalar la joya.

—Y la pulsera con el gorrión blanco.

—Sí. Eso explicaría también que el cuerpo de la acequia llevara la pulsera en la otra mano, Camila nunca se la ponía ahí; y desde luego explica la cicatriz de la cesárea que encontraste en el cadáver: Camila no ha tenido ningún hijo, pero Ivana sí.

—Una hija... —murmura Ellis. La mira, siempre impresionado por la mente brillante de Mina Índigo—. Si estás en lo cierto, sería algo increíble.

—¿Si estoy en lo cierto?

—Significa que Camila Garza ha estado viva todo el tiempo. No todos los días puede uno traer de entre los muertos a una joven.

Lo único que Guillermina ha comido desde hace horas es el café que se había tomado con Ellis mientras le contaba sus sospechas sobre la verdadera identidad del cadáver de la acequia, y se lo había contado muy deprisa porque estaba impaciente por visitar los hospicios y sanatorios de la ciudad.

—Todavía no sabemos si Camila Garza está en este hospital, pero desde luego es nuestra mejor opción —afirma Guillermina antes de abrir la puerta—. Si esa noche tuvo una crisis de las que solía tener y que la dejaban encerrada en su propia mente sin recordar quién era, es lógico pensar que pudo terminar aquí después de deambular por las calles cercanas al club. Su madre nos contó que Camila pasaba días, o semanas, perdida por ahí cuando tenía uno de esos ataques.

—Pero entonces ¿quién lanzó el ladrillo contra la ventana del palacete aquella noche? —pregunta Ellis—. El responsable debía de saber que Camila seguía vivía.

—Fue Pascual, su hermano. No creo que supiera que ella vivía, pero estaba obsesionado con Camila; no es descabellado pensar que la seguía allá adonde iba. —Mina recuerda el diario de Pascual Garza con los dibujos obscenos de su hermana desnuda—. Creo que Pascual sabía a lo que se dedicaba su hermana en el Concert, pero no podía contarlo sin admitir que la acechaba, por eso lanzó la piedra contra mi ventana al saber que yo estaba investigando el asunto. Y sospecho que también fue él quien dejó los gorriones muertos en la puerta del cabaré para Camila cuando descubrió que ella tenía una relación muy cercana con Valdés.

Dentro del edificio se oyen algunas voces que llegan desde el fondo del pasillo; no hay palabras, ni siquiera sílabas: solo son lamentos sordos parecidos a los sonidos que haría una criatura que no es capaz de expresarse con palabras.

—Nunca me han gustado demasiado los hospicios y otros lugares destinados a encerrar a las personas que sufren enfermedades mentales —confiesa Ellis.

—Ni a mí. Esta zona del hospital se ha quedado pequeña. Están construyendo un nuevo sanatorio lejos de la ciudad, pero no estará listo hasta al menos el año que viene —le explica Guillermina mientras mira alrededor, buscando a alguien que pueda ayudarlos—. Recuerda lo que hemos hablado; déjame hacer las preguntas, tú solo asiente y sonríe.

Ellis pone los ojos en blanco, pero enseguida recupera su formalidad habitual cuando ve aparecer a una monja por el pasillo.

—Buenos días, hermana, soy la señorita Índigo.

—¿Qué desea? —pregunta ella con brusquedad.

—Tengo entendido que la hija de una de mis mejores clientas ha sido ingresada aquí por accidente.

—¿Por qué piensa que se encuentra aquí?

—Ya hemos preguntado en los demás hospicios de la ciudad y no hay ni rastro de ella. —Guillermina habla con suavidad y le regala a la monja su mejor sonrisa—. Mi clienta es una mujer muy conocida y le gustaría que este asunto se solucionara con la máxima discreción. ¿Comprende? Él es el doctor encargado de velar por la salud de la señorita en cuestión. Hemos venido para llevárnosla de vuelta con su familia.

La monja, que tendría alrededor de setenta años, estudia con desconfianza a Guillermina. No le gustan las telas caras de su conjunto de mañana ni su sombrero rematado con flores de invierno, le parece demasiado ostentoso, pero no es la primera vez que ayuda a ocultar los secretos de alguna familia rica.

—Y, dígame, señorita Índigo, ¿cuándo cree que llegó la hija de esa clienta suya? A muchos de nuestros pacientes nos los trae directamente la policía; los encuentran tirados en la calle o nos los entregan después de un par de días en el calabozo, cuando se dan cuenta de que es aquí donde deben estar y no en una celda.

Guillermina puede imaginar a Camila Garza deambulando sola por las calles oscuras de Barcelona mientras la angustia y la melancolía se apoderan de ella hasta que toman posesión de su cuerpo, cubriendo su mente de niebla. Algo muy parecido a lo que le sucedía a Martín durante los primeros meses de su enfermedad.

—La hija de mi clienta deambulaba cerca de la calle Conde de Asalto. Es probable que no recuerde quién es o que no haya dicho una palabra desde que la trajeron aquí. Su enfermedad no la convierte en una persona violenta, sino en un ser totalmente pasivo incapaz de hablar o de moverse. ¿Hay alguna paciente que encaje con esta descripción, hermana? Tendrá menos de veinte años, el pelo dorado y largo y unos bonitos ojos claros.

La monja guarda silencio un momento. Guillermina confía en no haber sido demasiado específica con la descripción de Camila Garza; es fácil que si la hermana ha estado leyendo las noticias pueda identificar a Camila, pero la hermana no sabe quién es. Mina se da cuenta por la manera en la que asiente, despacio pero convencida.

—Sí, creo que tenemos a una desdichada que coincide con esa descripción. Lleva unos cuantos meses con nosotros y no ha dicho una sola palabra, es tranquila y tiene la mirada perdida.

Mina le echa una ojeada de refilón al doctor Ellis, intentando controlar su entusiasmo.

—¿Podemos verla, hermana? Sé que es poco habitual, pero mi clienta estaría dispuesta a hacer un generoso donativo al hospital si nos permitiera llevarnos a su hija sin tener que firmar nada o hacer papeleo. No quiere que quede constancia escrita de este incidente.

La hermana saca un racimo de llaves antiguas y pesadas del bolsillo, y camina por el pasillo hacia la puerta de metal que divide el mundo de los cuerdos del de los locos.

—Si algo nos sobran aquí, señorita Índigo, son locos. Llévesela y no tendremos que firmar ningún documento —dice la hermana—. Pero esperamos recibir el donativo agradecido de su clienta. Es lo justo; después de todo, hemos estado cuidando de su hija los últimos cuatro meses.

—Por supuesto, hermana.

Ellis la sigue en silencio por el pasillo. Allí se oyen más los gritos y las voces de los pacientes. En esa zona del hospital las ventanas están muy altas, casi a la altura del techo, para evitar que los pacientes puedan huir por ellas. La luz de la primavera temprana se cuela iluminando el siniestro pasillo de paredes de piedra.

—¿Cómo dice que llegó la muchacha hasta el hospital? —pregunta Guillermina sin que parezca que está demasiado interesada en el asunto.

—No se lo he dicho —responde la hermana—. La encontró un grupo de mujeres por la mañana temprano, iban de camino a la fábrica cuando repararon en ella. Al parecer estaba caminando sin rumbo con la ropa sucia y descalza, ese fue el detalle que llamó la atención de las mujeres. La trajeron aquí y nadie ha preguntado por ella desde entonces.

—¿Nadie ha preguntado por ella?

—No, tampoco ha recibido ninguna visita.

La chica más buscada de Barcelona llevaba encerrada ahí todo este tiempo. Guillermina intenta no pensar demasiado en eso cuando la hermana se detiene por fin delante de una puerta cerrada.

—No es de las violentas, ni de las que gritan o se arañan la cara, pero aun así le recomiendo a su clienta que busque ayuda para su hija. Esta vez ha tenido suerte de que esas mujeres se apiadaran de ella y nos la trajeran, pero la fortuna suele terminarse.

—Por supuesto, hermana. Le aseguro que conseguiré para ella los mejores cuidados que el dinero pueda comprar —responde Guillermina.

La hermana todavía duda un momento, pero por fin abre la puerta haciendo girar una de las llaves en la pesada cerradura.

—Ahí la tiene.

En la pequeña habitación, que no tendrá más de seis metros, hay media docena de colchones y mantas sucias en el suelo. Dos mujeres están sentadas en una esquina, murmurando entre sí, y una tercera está en pie, mirando a la diminuta ventana enrejada por la que se cuela la luz del sol. Tiene los ojos cerrados, su ropa está sucia y el bajo de su falda desgarrado, pero Guillermina reconoce su larga melena dorada incluso ahora, a pesar de su aspecto grasiento y oscurecido por el abandono y la enfermedad. Se adentra despacio en la habitación hasta la chica, que está de pie en el centro.

Guillermina la mira un momento mientras ella todavía tiene los ojos cerrados, imaginando que eso es lo que debía de sentir Amalia Casas cada vez que la veía pasear por la plaza Real o por las calles del centro: un fantasma, un recuerdo venido del pasado.

—Camila... —susurra mientras le roza con cuidado el brazo para llamar su atención.

Ella no se vuelve, parece que ni siquiera la ha oído, y se da cuenta de que está perdida, atrapada en su propia mente desde la misma noche en la que murió para el mundo.

—Camila, he venido para llevarte a casa con tu madre. Con Abril.

La joven parpadea, y Mina piensa que está a punto de recuperar la conciencia y de recordar a su madre, su vida anterior y todo lo demás; pero no. Camila sigue siendo un fantasma.

—Vamos, te sacaré de aquí.

Sin esperar a su respuesta, Guillermina la sujeta del brazo y camina con ella hasta la puerta de la habitación. Ellis las acompaña mientras desandan el camino por el pasillo con las paredes de piedra para salir al patio delantero del hospital.

Cuando Camila Garza siente la luz del sol sobre su rostro se detiene un momento, sin soltarse de Guillermina, y mira al cielo. La luz de la mañana dibuja su perfil, idéntico al de Carlota Valdés en esa grabación para la linterna mágica que Guillermina ha visto ya decenas de veces.

—¿Estoy muerta? —pregunta con voz frágil.

—Sí, estás muerta, Camila; pero vamos a devolverte a la vida.

FANTASMAS

Una semana después de que Camila Garza volviera de entre los muertos, todavía no se hablaba de otra cosa en Barcelona. Bastaba con sentarse en la terraza de alguna de las cafeterías de la plaza Real, dar un paseo por los casinos y cafés, entrar en los reservados de los restaurantes u oír de pasada las conversaciones de los grupos de gente en la calle para darse cuenta de lo que había supuesto el retorno de Camila Garza.

El fantasma de la joven de la acequia se marchó casi tan deprisa como había llegado: Ivana Vitti, una mujer extranjera, que había abandonado a su hija recién nacida y que bailaba desnuda por dinero en el Eden Concert, no era una víctima tan perfecta como lo había sido Camila. Así que después de la conmoción inicial al descubrirse el equívoco con su muerte, Ivana Vitti desapareció del recuerdo de todo el mundo. El único que parecía acordarse de ella era el inspector jefe Ramiro Bocanegra.

Cuando Camila recuperó el habla —y el juicio— confirmó todo lo que había pasado la noche en que ella dejó el Eden Concert: su crisis de melancolía y cómo le regaló sus cosas a su amiga Ivana —incluida la gargantilla de perlas y la pulsera con el gorrión, que ella misma le anudó alrededor de la muñeca izquierda— antes de marcharse.

«Ella murió en mi lugar. He perdido a dos hermanas», le había dicho Camila cuando Mina la visitó en el piso de Carretes.

También le dio otros detalles acerca de su querida amiga: le habló de la granja en Siena con la que Ivana soñaba despierta, de su voz de terciopelo que era capaz de hipnotizar a los clientes del Concert, de su relación con el inspector jefe, de la hija a la que tuvo que abandonar... Hasta que Ivana Vitti dejó de ser un fantasma, una víctima de la casualidad, y Mina pudo conocerla a través de los recuerdos y las palabras de cariño de Camila.

«Debe contárselo al inspector jefe —había dicho Ellis cuando ella le habló de la pequeña de Ivana—. Él tiene que saber la verdad.»

Mina estuvo de acuerdo y entre los tres buscaron a la pequeña en todos los hospicios para huérfanos y casas de caridad de la ciudad, hasta que por fin la encontraron: una niña sin nombre, sana, con el pelo oscuro rizado de su padre y los ojos castaños de su madre.

Elene Vitti lloró cuando vio a su pequeña sobrina por primera vez, en brazos de su padre. Guillermina estaba presente cuando Ramiro le entregó la niña a la hermana de Ivana para que esta se la llevara a esa granja en Siena y creciera allí, muy lejos de todo lo que había sucedido.

—Toma, esto fue un regalo que le hicieron a su madre. Te ayudará a criarla y a cuidar de ella. —Guillermina le entregó la gargantilla, que había soportado bien las llamas del fuego líquido. No le contó a Elene dónde la habían encontrado, no era necesario; algunas veces el dinero solo es dinero, sin importar su procedencia.

Elene Vitti asintió emocionada al verlo y masculló un tímido «Gracias» con la ce muy marcada mientras mecía a su sobrina en sus brazos.

Guillermina y Ellis la acompañaron a la estación del Norte para que ambas tomaran el tren que las llevaría a Italia y después hasta su nueva vida.

Ramiro Bocanegra faltó al trabajo por primera vez en su carrera el día después de despedirse de la hija que no sabía que tenía. Ivana nunca le contó que estaba embarazada y que esperaba una hija suya cuando rompió con él. Ramiro bebió hasta quedarse dormido en el suelo de su habitación y decidió que esa semana no iría a la reunión secreta en el despacho del alcalde con el grupo de Lázaro. Y puede que la próxima semana tampoco acudiese.

Durante esas primeras semanas de abril también se hizo público que, finalmente, la Exposición Universal se celebraría. Se había resuelto el gran misterio que cubría la ciudad, los ataques parecían haber cesado, no había más incendios y el ánimo general era de júbilo y de esperanza por primera vez en meses. Las obras de la Exposición estaban prácticamente terminadas antes de que las suspendieran tras el incendio en el Invernadero, de manera que solo hubo que reparar la gran estructura de cristal y su esqueleto de hierro antes de empezar los preparativos para recibir a su majestad, a la reina regente y a los demás importantes invitados el 20 de mayo.

«La Exposición Universal se celebrará», «La Exposición, salvada», titulaban los periódicos en sus ediciones de mañana y de tarde durante aquellos días. Muchos de esos reportajes mencionaban el papel que Guillermina Índigo había desarrollado para que todo se solucionara. Las clientas que habían ido desapareciendo de su agenda le enviaban ahora invitaciones para almorzar o para tomar el té, tantas que Mina no podía —ni quería— atenderlas.

Algunas tardes, Guillermina visitaba la tumba de Camila Garza, que en realidad siempre había estado ocupada por Ivana Vitti. La asociación Mujeres por el Futuro había decidido dejar el cuerpo de Ivana en la elegante tumba, al menos de momento, sobre todo ahora que habían perdido a una de sus socias más importantes e influyentes, Inés Rocossa-Contreras.

El sol ya ha empezado a bajar en el Cementerio del Este cuando Guillermina se acerca paseando hacia la zona donde está situada la otra lápida que suele visitar, la de Carlota Valdés. Ella no ha regresado de entre los muertos, sigue siendo un fantasma.

Cuando llega al suntuoso pabellón de la familia Valdés y Doval, puede ver que Abril y Camila están allí. Ambas miran en silencio la tumba de la hija y la hermana a la que nunca conocieron.

Mina no se atreve a acercarse más, no quiere que reparen en su presencia. Oye unos pasos tras ella por el camino de gravilla del cementerio.

—Acostumbro a esconderme hasta que ellas se marchan. Vienen aquí cada tarde —dice Ernesto Valdés.

—A los fantasmas les gusta visitar sus tumbas —responde ella, todavía con su mirada en Camila Garza.

—Es como tener delante a Carlota. Es terrible volver a verla después de haberla enterrado dos veces. No sé si podré soportarlo durante mucho tiempo.

Los dos miran un momento cómo la brisa de la tarde revuelve la larga melena dorada de Camila Garza.

—¿Ha pensado en mi oferta?

—Sí, lo he pensado y mi respuesta sigue siendo no. No le pagaré ni un céntimo.

—Si no acepta mi oferta, me aseguraré de que todos los diarios de esta ciudad lleven su nombre en los titulares. Toda Barcelona sabrá que compró a la hermana de Camila Garza cuando esta solo era un bebé recién nacido, y que después acudía cada miércoles al cabaré para estar con ella a solas.

—Yo nunca jamás en la vida... —protesta Valdés.

Pero Guillermina levanta la mano para interrumpirlo.

—Eso da igual, los diarios publicarán lo que yo les cuente. Hace un par de meses yo era poco menos que una sombra caída en desgracia a la que la buena gente de esta ciudad había olvidado, pero ahora, por si no lo ha leído en la prensa, soy una heroína. No solo he salvado la Exposición Universal, también he salvado a Camila Garza: la he traído de vuelta de entre los muertos. Publicarán lo que yo diga y la gente creerá lo que yo quiera. Así que, dígame, ¿cuánto le pagó al doctor Lejarcegui a cambio de Carlota?

—Trescientas pesetas, y volvería a hacerlo; volvería a hacerlo sin dudar. Le dimos a Carlota una vida mucho mejor de la que hubiera tenido junto a ellas —dice señalando con la cabeza a las dos mujeres, que todavía están en pie frente al mausoleo—. No hicimos nada malo. Yo no hice nada malo.

—Le robó la vida.

—Algunas vidas valen más que otras, señorita Índigo.

Guillermina le dedica una sonrisa torcida.

—Trescientas pesetas. A partir de ahora quiero que les envíe a ellas trescientas pesetas cada año —dice Mina—. Ese es el precio de su secreto.

—Se ha vuelto loca si piensa que voy a pagarles trescientas pesetas al año a unas desconocidas, eso no va a suceder.

Ella lo piensa un momento y dice:

—Tiene razón, mejor que sean cuatrocientas pesetas. Es un número más redondo.

—¿Y si me niego? Sé de buena tinta que no habrá juicio por todo este asunto, no tiene ninguna prueba, ni testigos en mi contra. El único que podría hablar es el doctor Lejarcegui o la señora Rocossa-Contreras, y ambos han fallecido. No queda nadie para contar lo que hice. La justicia no puede tocarme.

El doctor Lejarcegui falleció diez días atrás en su cama; su corazón había fallado finalmente, mientras dormía, y se había llevado su sucio secreto a la tumba.

—Existen muchos tipos de justicia, señor Valdés. Si no les paga, me aseguraré de que algunas señoras comiencen a murmurar cuánto se parecen Camila Garza y su difunta hija. Bastará con que haga una inocente insinuación durante alguna de nuestras reuniones sociales. Todavía tengo en mi poder los cristales de la linterna mágica, y Abril ha aceptado no hacer preguntas por ahora, pero cuando se le pase la alegría por haber recuperado a su hija muerta tal vez quiera saber más. —Mina le dedica una sonrisa afilada—. Puede que se libre de ir a un tribunal o a un juicio, pero con sus acciones ha puesto en marcha la cuenta atrás, Valdés. Es solo eso, una cuestión de tiempo.

—Cuatrocientas pesetas —acepta él de mala gana—, pero a cambio del dinero usted nunca podrá contarle a nadie el origen de mi hija Carlota, e intentará persuadir a Abril Prieto para que guarde silencio si decidiera empezar a hacer preguntas.

Guillermina se ríe en voz baja.

—No lo ha entendido bien, Valdés. Págueles y yo me pensaré qué hago con su secreto. Yo no le debo nada.

Valdés se mueve incómodo dentro de su carísimo traje.

—Intuyo que ha chantajeado a muchos hombres antes que a mí, señorita Índigo.

—Sí. Y también a varias mujeres.

Guillermina sonríe satisfecha, se coloca mejor su sombrero para que el reflejo naranja del atardecer no le moleste en los ojos, y da un paso hacia la salida para alejarse de él.

—Espere, por favor —le pide Valdés con la voz temblorosa—. Es como ver un fantasma, es como si me persiguiera, no me deja tranquilo; me atormenta.

—Quizá se lo merezca.

—Usted puede ver fantasmas, mi mujer está convencida de ello. Afirma que usted puede hablar con los muertos y ahora me pregunto si no habrá algo de cierto en todo eso, así que dígame, por favor, se lo suplico, ¿está ella aquí? Carlota. ¿Está ella aquí?

Carlota Valdés está de pie bajo un sauce cercano. Su pelo rubio dorado está suelto, pero no se mece con la brisa de la tarde, como tampoco lo hace su vaporoso vestido blanco. Carlota sonríe, se retira un mechón de pelo detrás de la oreja y da una pequeña vuelta, igual que en esa grabación que Mina ha visto tantas veces.

—No, Carlota no está aquí —miente ella.

Puede ver la expresión desolada en el rostro de Valdés, pero no le importa.

Guillermina se aleja sin despedirse de él y camina despacio hacia la salida del cementerio. Cuando pasa por delante del sauce donde todavía está el fantasma de Carlota, lo mira un instante, pero no se detiene.

«A los fantasmas les gusta visitar sus tumbas», piensa Guillermina mientras se aleja por el camino.

PARA SIEMPRE

—

Barcelona. Cinco años antes

El palacete de Permanyer había estado cerrado desde que partieron en barco hacia Cuba. Al verlo ahora, Guillermina se da cuenta de lo diferente que se había mantenido en su memoria: en su recuerdo, la piedra de la fachada era un poco más oscura, las ventanas puede que más pequeñas, y el patio delantero frente a la puerta principal no aparecía cubierto de malas hierbas, que se habían hecho las dueñas absolutas del lugar, y con algunas de las baldosas levantadas por las raíces.

—No parece un palacio —dice Zelda, en pie frente a la verja cerrada—, pero tampoco es que tengamos ninguna otra opción.

Guillermina busca las llaves hasta que sus dedos por fin rozan la superficie metálica. Está cansada del viaje, habían sido varias semanas de travesía en un camarote pequeño que compartía con Martín. El único barco que salía de Trinidad que aceptaba pasajeros, y que además no hacía demasiadas preguntas, no era precisamente un elegante transatlántico.

—Ha sido un viaje largo y penoso, ya nos ocuparemos de las malas hierbas después. Tal vez deberíamos contratar a un mayordomo...

Guillermina abre la verja y avanza por el pequeño patio delantero. Martín camina cogido de su brazo, en silencio y encogido, igual que si fuera un preso al que conducen al patíbulo. No había dicho una sola palabra desde que incendió el hospital de las Tres Cruces, allá en Trinidad.

—Sí, desde luego que vamos a necesitar un mayordomo —murmura Zelda al abrir la puerta principal del palacete.

El polvo y el olvido se habían adueñado de la casa. La gran lámpara que cuelga del techo en el vestíbulo está cubierta por una sábana, al igual que pasa con otros muebles repartidos por las habitaciones: fantasmas ocultos debajo de sábanas viejas. Los postigos de las ventanas están cerrados, así que apenas entra la luz, por lo que el aire tiene el inconfundible aroma de humedad y oscuridad, como todo lo que crece entre las sombras.

—Parece una casa encantada. Si me dijeras que hay fantasmas viviendo aquí, me lo creería sin ninguna duda —comenta Zelda, cerrando la puerta principal tras de sí—. Aunque, pensándolo mejor, tampoco creo que los fantasmas quieran vivir en este lugar tal y como está ahora mismo.

Aun así, Guillermina sonríe.

—¿Y qué pasa contigo? ¿Estarás bien viviendo aquí, lejos de todo lo que conoces? El palacete es mucho más pequeño que la finca de las Tres Cruces, y Barcelona es una ciudad enorme y moderna. Puede resultarte un poco...

—¿Intimidante? —termina Zelda—. En Trinidad no quedaba nada para mí, ya sabes lo que pasó con mi familia, y sin el hospital para poder trabajar y vivir en él..., bueno, tampoco es que tuviera mucha más opción que subirme en ese barco contigo. Además, te he cogido cariño en estos años.

Guillermina se ríe en voz baja. Sabe bien que el lazo que la une con Zelda Moreno es mucho más fuerte que el de la amistad o el deber.

—El lado bueno es que en esta ciudad habrá muchos más inventos, máquinas y artilugios modernos con los que entretenerme —añade Zelda—. ¿Quién sabe? Lo mismo termino creando algo.

—Lo primero que tenemos que hacer es pensar en cómo vamos a convertir este sitio en un lugar habitable...

Dejaron las maletas y el equipaje en el suelo del vestíbulo. Habían tenido que cargar con todo desde el puerto sin ayuda porque casi no les quedaba dinero después de haber pagado los billetes. Zelda da un paseo rápido por la planta baja de la casa, abriendo las ventanas, provocando que el polvo depositado en las cortinas durante años revolotee a su alrededor. Guillermina entra en la cocina para tratar de encender el gas.

—Voy a preparar un poco de té, creo que nos vendrá bien a los tres.

Zelda la observa apoyada en el marco de la puerta de la cocina con los brazos cruzados, sin perder de vista a Martín.

—Esto es una mala idea, Guillermina.

—Lo sé —responde ella llenando de agua la tetera—, pero no sé qué más puedo hacer. Se nos acaba el dinero, no tenemos forma de ganar más y tampoco podíamos quedarnos en Trinidad después de lo que pasó.

—Deberíamos haberlo dejado allí y haber contado la verdad acerca del incendio en el hospital. Han muerto nueve personas, tres de ellas niños, y hemos dejado que todo el mundo crea que ha sido un accidente. No está bien. Esos fantasmas ahora no nos dejarán tranquilas. Si mi abuela estuviera aquí te diría que los fantasmas son pacientes y tienen buena memoria.

—Pero tu abuela no está y tampoco hay ningún fantasma en la casa. Solo estamos nosotras dos, y él, así que mejor empezamos a preocuparnos por lo que vamos a hacer para salir adelante. Martín necesitará medicinas, cuidados...

—Sigo pensando que es una mala idea contarle a todo el mundo que Martín resultó herido tratando de ayudar a sus pacientes..., no se merece ese reconocimiento.

—No, puede que no lo merezca —admite Mina—. Pero necesitamos que su reputación y su buen nombre sean intachables por un tiempo, al menos, hasta que sepamos qué vamos a hacer: no tenemos dinero, el fideicomiso de Martín casi se ha acabado después de comprar la finca y reconstruirla, no tenemos empleo, familia, amigos ni nadie que quiera ayudarnos. Si le hacemos responsable a él del incendio y de las muertes, se acabó.

Después del incendio Martín huyó a la jungla que rodeaba la finca de las Tres Cruces. Estuvo casi cuatro días desaparecido; cuando por fin regresó estaba sucio, malherido, desnutrido y el fuego había devorado la piel de su rostro: la mejilla izquierda y la mandíbula, además de sus labios, se habían convertido en una masa carnosa sin forma, dándole un aspecto grotesco, casi inhumano, muy diferente del hombre apuesto que solía ser. Durante ese tiempo Mina y Zelda se refugiaron en lo poco que quedaba en pie de la casa principal. Mina había perdido al hijo que esperaba —también mucha sangre por la misma herida de su costado—, y el humo del incendio todavía llenaba sus pulmones. Pasaron casi dos semanas penosas —malviviendo entre los muros ennegrecidos de la casa— hasta que Guillermina estuvo lo bastante fuerte como para poder viajar de regreso a Barcelona.

—¿Y qué pasará mientras tanto? —pregunta Zelda—. La gente seguirá muriendo, digo yo.

Mina por fin consigue arrancar el gas y coloca la tetera sobre el quemador de la cocina.

—Sí, pero no a todos los que mueren les hacen una autopsia, es un trámite poco habitual, y me han asegurado que mantendrán el puesto de Martín como patólogo durante un tiempo prudencial a pesar de su estado de salud. Su familia y su apellido tienen mucha influencia en la ciudad. El mentor de Martín, el doctor Lejarcegui, se ocupará de todo por el momento... —Guillermina siente un dolor en el costado y se lleva la mano a la herida, como si todavía estuviera sangrando. Algunas veces se pregunta si dejará de dolerle.

Zelda la mira con preocupación.

—Sé que tienes razón: no está bien que todo el mundo crea que el incendio fue un accidente, pero no puedo permitir que se sepa que Martín lo provocó y que es el culpable de la muerte de esas personas —añade ella—. No sabe lo que hace, no es responsable de sus actos y no quiero que pase los últimos días de su vida en una celda oscura, vestido con harapos y cubierto de sus propios orines, o en la casa de orates del hospital. No lo permitiré. Este es su hogar, él adoraba esta casa y yo le prometí, cuando nos casamos, que siempre estaríamos juntos.

—Esa promesa se la hiciste a un fantasma, Guillermina. Él ya no es el mismo hombre con el que te casaste, ese hombre ha desaparecido —dice Zelda entrando en la cocina, pero asegurándose, de refilón, de que Martín continúa sentado en la silla donde lo han dejado—. ¿Cómo se supone que vamos a dormir seguras con él en la casa? Ya ha intentado matarnos antes, es solo cuestión de tiempo que lo vuelva a intentar y que lo consiga. Comprendo que es tu esposo y que lo amas, que sientes que estás en deuda con él de alguna manera, por lo que sea que le estuvieras ocultando o por lo que sea que escondas en tu pasado; lo entiendo, de verdad, pero no estamos a salvo viviendo bajo el mismo techo que él.

Martín parecía un fantasma, incapaz de reconocer a su esposa o de reconocerse a sí mismo. La fiebre cerebral de la que se contagió estando en Cuba ya había devorado por completo sus recuerdos.

—Tú me salvaste la vida. Me sacaste del incendio, me curaste y seguramente, de no haber sido por ti, estaría muerta, y por eso estoy en deuda contigo; siempre será así. Pero no voy a abandonar a Martín ahora que me necesita —responde Guillermina—. La decisión es solo mía y la culpa también.

La tetera silba sobre el fogón y Guillermina se apresura a retirarla con la ayuda de un trapo para no quemarse la mano. Sirve el agua humeante en tres tazas.

—Espero que sepas lo que estás haciendo, Guillermina. Porque nos estás condenando a las dos.

—Lo sé —murmura ella.

Esa misma noche, Guillermina se queda dormida sin darse cuenta; está tan cansada por el viaje y por la herida en el costado, de la que todavía seguía recuperándose, que se duerme en cuanto su cabeza roza la almohada. El dormitorio de la segunda planta es muy diferente, mucho más elegante y cómodo que el de la casa principal de la hacienda de Trinidad, pero, durante ese instante que separa el mundo de los sueños de la realidad, Guillermina casi puede oír los ruidos de la selva a su alrededor.

Se despierta con la certeza de que algo va terriblemente

mal. Vuelve a sentir el calor del fuego sobre ella, los gritos de los pacientes al quemarse vivos y el olor del humo en el aire: el sonido del fuego consumiendo el palacete de Permanyer.

Cuando abre los ojos, ve a Martín a los pies de su cama. Está envuelto en llamas, que ya corren por el suelo del dormitorio y trepan por las paredes. La ropa de Martín arde, pero él no se mueve. Guillermina se incorpora deprisa solo para comprobar que la cama también está ardiendo.

—¡Martín! —grita por encima del sonido del fuego.

Lo sacude por los hombros para despertarlo, con cuidado de no quemarse, y viendo cómo el fuego destruye la tela y la piel de sus piernas y sus brazos.

—No tolero las revueltas de esclavos —murmura Martín.

Guillermina tose intentando respirar a pesar del humo cada vez más oscuro que va llenando la habitación, le da la mano y él la coge entre las suyas con fuerza.

—Vámonos, por favor. Salgamos de aquí. Solo es una casa, no merece la pena morir por una casa —suplica ella.

—Lo prometiste, prometiste que te quedarías siempre conmigo. Yo no te abandonaré nunca. Me quedaré aquí contigo, en nuestra casa. Juntos para siempre.

—Para siempre —le promete Mina, sin comprender aún lo que eso significa.

Un instante después, Zelda aparece en la puerta del dormitorio, el resplandor del fuego reflejado en sus ojos aterrorizados. Corre hasta Guillermina para sacarla de la habitación, pero ella se resiste.

—No... No puedo dejarlo aquí —dice Mina entre lágrimas—. Ayúdame a apagar el fuego.

Zelda duda un momento, pero corre hacia el moderno baño en la habitación principal. Empapa todas las toallas, mantas y sábanas que hay a la vista y entre las dos las extienden sobre el suelo, la cama y todo lo demás para sofocar el fuego. El humo es tan intenso que, cuando Guillermina abre la ventana de la habitación, este sale volando en la noche igual que una columna de niebla.

—Es imposible que los vecinos no se den cuenta de que ha

habido un incendio aquí, tendremos que inventarnos algo por la mañana —dice Zelda con la garganta seca.

—Inventarnos cosas es lo que mejor se nos da.

Las heridas de Martín le cubren las piernas, los brazos, el pecho y también la mejilla derecha. Las quemaduras son muy graves y no tienen buen pronóstico. Durante los siguientes días y semanas, Guillermina cuida de él cambiándole los vendajes para evitar que se infecten, lucha contra la fiebre y lo mantiene limpio y bien atendido.

Pero necesitan dinero, así que lo primero que se les ocurre es contarle a todo el mundo algo que es tan increíble de creer como imposible de negar: Guillermina Índigo es médium, puede hablar con los muertos.

No es una mentira. Guillermina Índigo siempre ha podido hablar con los muertos, es solo que nunca jamás se lo ha contado a nadie. Ni siquiera a su marido. Zelda Moreno es la única persona que lo sabe.

Lo segundo que se les ocurre es falsificar la firma de Martín para poder acceder al resto del fondo fiduciario, que ya casi han esquilmado del todo para construir el hospital de las Tres Cruces en Trinidad.

Martín de Pareja fallece a consecuencia de las heridas —o puede que a consecuencia de la fiebre cerebral— un mes después de la noche del incendio. Para entonces, ya lo habían visitado en el palacete de Permanyer sus padres, su codicioso hermano pequeño, su mejor amigo Ramiro Bocanegra y otros miembros de algunas de las familias más importantes de la ciudad. Algunos se lamentaron al ver su estado, otros simplemente prefirieron no estar en su presencia, y hubo quien, como Ramiro Bocanegra, nunca más volvió a visitarlo. Por eso, cuando Martín fallece mientras duerme, Guillermina sabe lo que tiene que hacer.

—Es una idea disparatada —dice Zelda, mirando el cadáver de Martín sobre la cama que ocupaba desde que habían vuelto—. Nadie se lo creerá.

—Todo el mundo lo hará, tenía la cara desfigurada por el fuego la última vez que lo vieron y nadie sabe que ha muerto.

Si lo descubren, nos veremos obligadas a dejar esta casa y no tenemos adónde ir. No poseemos dinero suficiente, y todo el asunto del espiritismo todavía no nos reporta beneficios como para poder vivir con holgura, ¿qué vamos a hacer? Esta era la casa de Martín y, aunque yo sea su viuda, a ojos de la ley no tengo derecho a quedarme aquí. Domingo nos echará a la calle tan pronto como se entere.

Guillermina siempre había detestado al hermano pequeño de su marido. Cuando Domingo de Pareja se enteró de lo que le sucedía a Martín, fue el primero en presentarse en el palacete. Lo que Guillermina interpretó entonces como preocupación por el estado de su hermano mayor pronto se descubrió como la ambición por heredar no solo el palacete, sino también el control de las finanzas de Martín; eso incluía el fondo fiduciario que ellas habían terminado de utilizar para vivir. Si Domingo lo descubría, y seguro que terminaría por hacerlo, se ocuparía de que las arrestaran.

—Ese malnacido de cuñado tuyo nos dará una patada en el trasero y nos echará de aquí tan deprisa que no podremos ni recoger nuestras cosas —dice Zelda—, pero lo que me propones hacer es una absoluta locura.

—Lo sé, pero si tienes una idea mejor soy toda oídos. La gente ya sabe que Martín estaba enfermo y que además resultó herido en el incendio del hospital. Le contaremos a todo el mundo que su estado es más delicado cada vez y así evitaremos las visitas inesperadas.

—A nadie le gusta visitar a un enfermo, la mayoría prefiere recordarlos tal y como eran.

—Su rostro ya estaba desfigurado por el incendio de todas formas, nadie lo sabrá nunca. Sé que podemos conseguirlo.

Es una noche sin luna cuando las dos mujeres envuelven el cuerpo de Martín en una sábana. Deben asegurarse de que ninguno de los vecinos sigue despierto a esas horas, de modo que esperan a que no haya luz en ninguna de las ventanas de la calle. La familia que vivía entonces en la casa de al lado había marchado a La Garriga a tomar las aguas termales, así que nadie las ve enterrar el cuerpo en el jardín delantero del palacete.

—Creo que esta esquina del patio será el mejor lugar. Él solía sentarse aquí, creo que le gustaría —afirma Guillermina mientras excava en la tierra blanda del lateral del patio.

—¿Y qué pasa si al doctor le da por regresar de entre los muertos para atormentarte? Puede que no quiera dejar su casa, ni tampoco a ti.

—Tal vez merezca que su fantasma me atormente —es la respuesta de Guillermina.

Entre las dos, tardan dos horas en enterrar el cuerpo de Martín en el lateral del patio. Cuando terminan, ambas están cansadas, sucias de tierra, y las manos les tiemblan por el esfuerzo de excavar durante horas.

—Enterrado y bien enterrado. Tendremos que poner algo encima para que nadie pueda ver la tierra removida —comenta Zelda poniéndose las manos en las caderas—. Se me ocurre que tal vez una gran jardinera o unas flores bonitas para cubrir mejor la tumba.

—Flores de lavanda y sal, eso es lo que se utiliza para ahuyentar a los fantasmas —murmura Guillermina—. Vamos, todavía tenemos algo más que hacer.

Mucho antes de que los primeros rayos del sol acaricien los tejados de la ciudad, las dos mujeres recorren las calles cercanas al Raval. Es un barrio peligroso, abandonado de toda esperanza y posibilidad de futuro. Precisamente por eso van allí, buscan a alguien sin futuro y también sin pasado: un fantasma.

Han necesitado casi tres horas para encontrar al candidato perfecto. Es un hombre que duerme tirado en la calle, muy cerca de los muros de la iglesia de San Agustín. Es alto, un poco más de lo que había sido Martín en vida, pero tiene los mismos ojos azules claros y el mismo pelo rubio que él.

—Servirá —dice Guillermina, mirando al hombre—. Estoy segura de que nadie notará la diferencia: tiene el mismo color de pelo y de ojos, y una altura parecida. Le dejaremos la barba para que nadie se dé cuenta de que no tiene cicatrices del incendio en el rostro. Correremos el rumor de que Martín está muy enfermo y no puede recibir visitas. Con el paso del tiempo, la gente dejará de insistir; sus padres se han marchado a vivir a

Madrid y su hermano Domingo apenas viene por la ciudad. Funcionará.

El hombre resulta ser un enfermo mental que han dejado salir de la casa de orates del hospital de la Santa Cruz después de haberlo tenido encerrado allí durante casi ocho años. Él no habla, pero todavía lleva el papel del alta del hospital arrugado, sucio y firmado por el médico en el bolsillo de su andrajosa chaqueta.

«Delirios de tipo religioso y pagano. Concertista de piano. No violento», es lo único que pone en el certificado del alta. Nada más. Ni nombre, ni apellidos, ni edad.

Regresan al palacete poco antes del amanecer. La gente, atareada y medio dormida camino de sus lugares de trabajo, no repara en las dos mujeres que caminan del brazo de un hombre cualquiera: han tenido la precaución de vestirse con ropa común para pasar desapercibidas. Al llegar, llenan la bañera con agua caliente y lo asean para después vestirlo con uno de los pijamas de Martín; le queda un poco corto, tal y como Guillermina sospechaba, pero, en general, tiene buen aspecto.

El hombre se deja hacer, se nota en él que los años que ha pasado encerrado en el hospital lo han convertido en una sombra a la que llevan de un sitio a otro. No dice una sola palabra y tampoco opone resistencia.

—Sé que es un desconocido, pero me siento más segura teniéndolo a él durmiendo en esta casa de lo que me sentía durmiendo bajo el mismo techo que Martín —dice Zelda cuando por fin han terminado de asearlo.

Las dos mujeres lo miran. Está de pie en la salita de música donde lo habían vestido después de bañarle, con el pijama caro de Martín, el pelo bien peinado y su barba clara que le sube por las mejillas.

—Sí, definitivamente creo que podría funcionar —murmura Guillermina.

—¿Crees que todavía recordará cómo tocar el piano?

—No lo sé. Si de repente le da por tocar, diremos que Martín siempre fue amante de la música; tan solo es una media mentira, y después de tantas otras no creo que ya ni siquiera importe, pero el padre de Martín le regaló este piano cuando nos casamos.

El timbre suena y las dos mujeres dan un respingo. Después de haber pasado toda la noche despiertas y preocupadas, el sonido las sobresalta a ambas.

—¿Esperamos a alguien?

—No. Tú quédate aquí con él. Yo iré a abrir —dice Mina.

Guillermina se arregla un poco delante del espejo del vestíbulo, se estira la falda del vestido y abre la puerta. Frente a esta hay un hombre con el pelo más rojo que ella había visto jamás; con un elegante traje de buen corte, aunque confeccionado décadas atrás; los zapatos lustrosos, pero algo gastados, y un maletín en la mano.

—Buenos días, mi nombre es Duncan Augustus Baxter. Vengo por el anuncio. Tengo entendido que buscan un mayordomo.

Guillermina asiente despacio mientras empieza a oír el piano de la casa desgranando por primera vez el movimiento número seis del *Réquiem* de Mozart.

—Sí, gracias por venir —responde Guillermina por encima de la música—. Pase, por favor, le explicaremos con detalle en qué consistirán sus labores. Debo prevenirlo acerca de que mi esposo está muy enfermo, su estado de salud es delicado y, si va a quedarse usted con nosotros, le exigiré discreción a ese respecto.

—Desde luego, señora. Un buen mayordomo debe ser discreto y guardar bien los secretos.

A Guillermina le agrada Baxter nada más conocerlo. Algo en su manera de hablar y en la forma en la que pronuncia la palabra *secretos* le hace saber que a ese hombre también le persiguen sus propios fantasmas.

—¿Tiene usted problemas en trabajar a las órdenes de dos mujeres?

Baxter niega con la cabeza.

—Si me permite un arranque de sinceridad, lo prefiero, señora Índigo.

Guillermina sonríe y se hace a un lado para que Baxter pueda entrar en la mansión.

—Señorita, por favor. Prefiero señorita Índigo.

EL FUTURO

—

Guillermina lee, otra vez, la nota escrita en un bonito papel de seda de color rosado antes de doblarla y guardarla en su sobre con una sonrisa en los labios. Sabe que tendrá que destruirla después, pero se la guarda en el bolsillo de su vestido.

—¿Era de parte de las hermanas Palladino? —pregunta Zelda desde la butaca en la que está sentada.

Lady Carrot está hecha un ovillo en su regazo, a pesar de que es un día caluroso de finales de verano; el aire húmedo y cargado llena cada rincón del palacete.

—¿Cómo te encuentras hoy? ¿Terrores diurnos? —le pregunta Mina, evitando tener que responderle.

Después de lo que había pasado —la visita de Montes y el incendio en el palacete—, Zelda pasó casi dos semanas enteras encerrada en su dormitorio. Montes había roto la frágil seguridad del refugio de Zelda, y solo cuando se sintió lo suficientemente fuerte se atrevió a subir la escalera para comer en la cocina con el señor Baxter y Guillermina.

—Hace ya tres días que no tengo pesadillas, esta mañana incluso me he atrevido a salir al patio para plantar unos bulbos de camelias para el invierno. —Zelda está leyendo un artículo sobre un científico alemán que afirma que las ondas electromagnéticas pueden viajar libremente por el aire, y que eso puede hacer que bandadas enteras de pájaros se desorienten y caigan del cielo, como aquella noche en casa de los Valdés, pero levanta los ojos de la revista para mirarla—. No has respondido a mi pregunta; la nota, ¿es de las Palladino?

—Sí, Antonia Palladino me da las gracias por nuestra discreción, me asegura que continuarán siendo unas de nuestras mejores clientas y que nos recomendarán a amigas y familiares.

—De manera que vamos a hacer la vista gorda con lo que sucedió con su marido.

No es exactamente un reproche, Zelda y ella ya han discutido suficiente por ese asunto.

—Yo no diría tanto, simplemente ahora nos interesa que piensen que será así.

—¿Y qué pasa con Arnau y su familia? Él confiaba en ti, ¿cómo puedes estar segura de que ese par de pájaras no tuvo nada que ver con lo que le pasó?

—No puedo —admite Mina—, pero no he olvidado que le prometí a su mujer que haría todo lo posible por resolver su crimen; le he enviado algo de dinero, y ella y los niños se han mudado a una pensión mejor. También he hablado con una de las encargadas de El Siglo, me debía un favor y la he convencido para que le dé trabajo. Ya pensaré qué hacemos con el secreto de las Palladino.

Zelda cierra la revista y la deja en la mesa.

—¿Y qué pasa con el otro secreto? El nuestro; sabes bien que jamás podrás contárselo a Ellis: el verdadero motivo por el que nunca podréis estar juntos.

—Ya lo sé, ese secreto es solo tuyo y mío.

—Tú nunca serás viuda, Guillermina; aunque ese hombre que ahora ocupa el lugar de Martín fallezca y te conviertas en viuda a ojos del mundo, el verdadero Martín nunca te dejará marchar. Nunca serás libre para estar con Ellis. Un secreto así será una montaña, una pared invisible entre vosotros dos. ¿Vas a vivir todos los días que te quedan de esa manera? ¿Y Ellis?

Mina lo ha pensado, es casi lo único en lo que piensa.

—Buscaré una manera —dice, convencida.

—Últimamente parece que Martín está tranquilo, puede que te haya dejado marchar.

Pero Guillermina sabe que el fantasma de Martín —el verdadero Martín— nunca está lejos. Esa misma mañana ha visto cómo se movían las lágrimas de cristal de la enorme araña que cuelga en el centro de la Habitación de los Fantasmas.

—Los fantasmas nunca nos abandonan del todo —murmura ella.

El timbre de la puerta principal del palacete resuena en el salón y, un momento después, los pasos lentos pero decididos de Baxter se acercan a la puerta.

—El doctor Ellis ha venido a verla, señorita Índigo —anuncia el señor Baxter sin mucho interés.

Guillermina se levanta y le hace un pequeño gesto con la cabeza.

—Lo atenderé fuera, gracias.

Los días son todavía largos, así que las farolas de gas que iluminan el pasaje no están aún encendidas a esa hora de la tarde. El viento cálido le acaricia los mechones sueltos del pelo, y siente el aroma de la lavanda —que parece volverse más intenso con los días veraniegos— cuando sale al patio.

—Ellis, qué sorpresa; apenas han pasado unas horas desde nuestro almuerzo en el café, ¿ya me extrañas?

Ellis sonríe y ella se fija en sus ojos verdes, en la forma en la que su pelo le cae hasta los hombros. En el fondo sabe que Zelda tiene razón; nunca jamás podrá contarle la verdad.

—Desde luego la vida resulta mucho más emocionante cuando estás cerca, pero solo he venido a informarte de que ya no me alojo en el hotel; he encontrado una habitación agradable y grande en una pensión junto a la calle Cortes.

—Me alegro, creo que esa vida de joven heredero malcriado que se aloja en hoteles caros no iba en absoluto contigo —bromea Guillermina—. Deduzco entonces que ya has tomado una decisión: te quedas en Barcelona.

Finge que no le interesa mucho su respuesta, pero Mina está atenta a su expresión.

—Sí, me quedo en Barcelona de manera indefinida. Considero que todavía quedan secretos por descubrir en esta ciudad, además de muchas otras cosas que me importan demasiado como para marcharme —dice, y Mina sabe que se está refiriendo a ella—. He recuperado mi puesto como patólogo jefe, así que puedo seguir siendo de utilidad a la Corona gracias a mi trabajo. La amenaza sobre la Exposición Universal ha quedado atrás y el señor Lázaro parece haberse desvanecido, pero es solo cuestión de tiempo que él u otros como él vuelvan a intentar algo.

—Me alegro de que te quedes —admite ella con una sonrisa—. ¿Y qué pasa con la consulta privada?

—No voy a aceptar esa oferta. —Ellis da un paso hacia ella—. Por casualidad, ¿has sabido algo sobre el grupo de Lázaro?

Dos días antes, el señor Baxter había recogido una postal del buzón; era una bonita estampa de la moderna ciudad de Sarajevo. No tenía remite y solo había una frase escrita al dorso, con una letra elegante y cuidada:

Nos vemos en el futuro.

Guillermina notó el aroma del exclusivo perfume de rosas búlgaras nada más sujetar la postal en su mano, y supo quién la había enviado: Inés Rocossa-Contreras. Seguía viva, tal y como ella sospechaba.

—No, nada en absoluto —miente Guillermina, que ha pasado los últimos dos días planeando un viaje a Sarajevo—. ¿Y qué tal te ha ido en la reunión con tu enlace de la Corona? Espero que no hayas tenido muchos problemas explicándole todo lo que sucedió: Camila, la Exposición Universal, los incendios, la conspiración...

—Te preguntaría cómo sabes que me he reunido con mi enlace, pero seguramente no me dirías la verdad.

—No, seguramente no —responde Guillermina con una sonrisa.

—La reunión ha ido bastante bien: le he explicado hasta qué punto es peligroso el señor Lázaro y su grupo, lo perfectamente organizados e infiltrados que están en algunos círculos de la política, los negocios, la sociedad y las finanzas. También le he confirmado que existen más grupos parecidos, operativos en otros países y con intereses similares; todos ellos bien preparados para provocar el caos e incluso una posible guerra a escala europea en el futuro. —Ellis hace un gesto preocupado al pensar en ello—. También he tenido que contarle que he colaborado con una adivina, y que tu ayuda ha sido crucial para poder salvar la Exposición Universal...

—Yo no soy adivina —lo interrumpe Guillermina.

Ellis le regala una sonrisa de esas que hacen que Guillermina crea que tal vez vale la pena terminar con los secretos y los fantasmas, extender la mano hacia la oscuridad y confiar.

—Noto algo diferente en ti, Mina. Pareces casi... optimista.

—¿Y por qué no debería serlo? Todo ha terminado bien, aunque lamento que me contaras tu secreto para nada —dice Mina—. No debes preocuparte, te aseguro que está a salvo conmigo. Nadie sabrá por qué estás realmente en la ciudad.

Ellis asiente despacio con la cabeza.

—Sé que se te da bien guardar secretos. Yo también lamento haber descubierto cómo hiciste el truco de la levitación en la mansión de los Wright; a una pequeña parte de mí le gustaba creer que realmente puedes hablar con los muertos.

—No puedo creer que todavía dudes de lo que pasó esa noche... —Guillermina lo estudia un momento—. ¿O es que hay algún fantasma en concreto con el que te gustaría hablar?

—Cuando mi madre falleció la enterramos con una campanilla atada alrededor de su dedo del pie, parecida a esta. —Ellis saca del bolsillo la campanilla de los muertos que lleva con él a todas partes—. Mi padre no estaba de acuerdo con ello, porque consideraba que eran solo supersticiones inútiles, pero al final accedió para contentar a la familia de mi madre. Recuerdo oír el tintineo de la campana toda la noche después de su entierro. Traté de avisar a mi padre, pero él no me hizo ningún caso; todavía hoy él no cree que aquella noche oyera la campanilla. Ahora soy un hombre adulto y comprendo que todo se debió al poder de la sugestión, pero algunas veces aún me parece oír el sonido de la campanilla.

—Sé bien lo que se siente cuando te atormenta un fantasma, pero el pasado es pasado. —Guillermina extiende el brazo y le roza la mano en un gesto íntimo—. ¿Por qué me lo has contado? Lo de tu madre.

Ellis la mira antes de responder:

—Porque no quiero tener más secretos contigo.

En ese momento, el piano comienza a sonar dentro del palacete, el sexto movimiento del *Réquiem* de Mozart. Mina retira su mano de la de él.

—Parece que Martín también se encuentra de mejor humor esta tarde —comenta Ellis con una sonrisa—. A partir de ahora, no más secretos entre nosotros.

—No más secretos —dice ella.

Una ráfaga de viento caliente agita la lavanda, que susurra en un extremo del patio.

—Nunca te lo he preguntado, ¿por qué lavanda?, ¿y por qué está siempre ese frasco con sal junto a la planta?

—Hay algunos fantasmas que es mejor no tener cerca, para eso son las flores de la lavanda y la sal: para ahuyentar a los fantasmas que nos atormentan.

—¿Y funciona? ¿O hay todavía algún fantasma que te atormente?

Guillermina mira un momento las flores moradas que crecen salvajes y sin ningún control sobre la tumba improvisada de su marido.

—Creo que empieza a dejarme libre.

Ellis la mira con curiosidad, pero sabe bien que no le dará una respuesta más clara.

—No te vayas muy lejos, por favor.

Él le dedica una sonrisa:

—Ni se me ocurriría.

Da un pequeño paso hacia la puerta enrejada que separa el palacete encantado del resto del mundo, pero se detiene y se vuelve para mirarla una vez más.

—Te veo mañana, Guillermina.

—Hasta mañana, Ellis.

Guillermina observa cómo él atraviesa la verja de hierro forjado para después caminar tranquilamente por el elegante callejón adoquinado hasta que desaparece de su vista.

El sol ha caído sobre Barcelona y las farolas se encienden por fin, todas excepto la que hay muy cerca del muro del palacete, que parpadea tres veces seguidas. Guillermina la mira con una sonrisa triste.

La luz al otro lado del cristal de la farola todavía parpadea tres veces más antes de que Mina Índigo cierre la puerta del palacete de Permanyer.

EPÍLOGO

Guillermina camina en silencio por el pasillo del palacete delante de sus nuevos clientes: dos hombres y una mujer de unos treinta años, elegantemente vestidos. Los tres llevan semanas insistiendo para que la famosa Mina Índigo les haga un hueco en su apretada agenda; por supuesto, ella se había hecho de rogar hasta el último momento para aumentar su interés y, también, el precio.

Cuando llega por fin frente a la puerta cerrada de la Habitación de los Fantasmas, gira el pomo —trucado— ceremoniosamente y les permite el paso. Sabe bien que la primera vez que alguien entra en la habitación más encantada de Barcelona lo primero que le llama la atención es la enorme araña de cristal que cuelga sobre la mesa con la superficie de espejo. Los tres nuevos clientes miran impresionados al techo: todo el mundo ha oído hablar de la araña de cristal que se balancea sola durante las sesiones de espiritismo.

Las cortinas están cerradas para evitar que el sol pueda calentar la habitación durante el día, y la temperatura es tan baja que la mujer se frota los brazos como si tuviera frío.

—Siéntense alrededor de la mesa, por favor —les pide Mina mientras enciende una vela.

Los tres se apresuran a obedecer y se sientan alrededor de la mesa en silencio, con los ojos fijos en el reflejo que el fuego produce sobre la superficie brillante de la mesa.

—Los guantes, por favor —le dice Guillermina a la mujer—: quíteselos. El contacto es importante para atraer a los fantasmas.

Se lo acaba de inventar, claro, pero aun así la mujer obedece y se quita sus guantes de raso para dejarlos sobre su regazo.

—Bien, ahora cójanse de las manos.

Guillermina siente que la mano de la mujer sentada a su lado está fría y tiembla ligeramente, al igual que sucede con todos los que participan en sus sesiones; secretamente, les preocupa que todo sea verdad: que Guillermina Índigo realmente pueda hablar con los muertos.

—Gracias por recibirnos por fin, señorita Índigo. Sabemos que sus servicios están muy solicitados, especialmente desde que resolvió el misterio de Camila Garza. —La mujer habla deprisa, es evidente que está nerviosa.

—Quieren establecer contacto con su padre, ¿no es así?

Ana Luisa Ferrer la mira sorprendida, no sabe qué responder. Cuando han hablado con la señorita Índigo para requerirle sus servicios nunca han mencionado nada acerca de su padre. Guillermina le dedica una de sus sonrisas enigmáticas: ha pasado dos semanas investigando a la familia Ferrer, así es como ha descubierto que el padre falleció unos meses atrás.

—Sí, con nuestro padre —responde con la boca seca.

—Díganos, ¿nota alguna presencia? ¿Cree que podremos contactar con él esta noche? —le pregunta el que parece el más joven de los tres hermanos.

Mina cierra los ojos un momento y respira profundamente.

—Sí. Presiento que el pasado está muy presente esta noche...

Cuando Guillermina vuelve a abrir los ojos, hay un hombre en pie detrás de ella, puede verlo reflejado en el espejo de la mesita; su barba es canosa, sus cejas espesas y del mismo color. Viste un elegante traje negro con chaleco y fuma. Mina siente el olor del humo de su puro llenando la habitación.

El fantasma del hombre la mira fijamente desde el reflejo, tiene los mismos ojos castaños que sus hijos.

—Por supuesto que sí, hay presencias a nuestro alrededor —dice Guillermina todavía mirando el reflejo de ese hombre.

—¿Está nuestro padre aquí ahora? —vuelve a preguntar el más joven de los tres.

La enorme araña de cristal empieza a balancearse sobre ellos con un tintineo que hace que la chica lance una mirada de preocupación hacia arriba. La llama de la vela se refleja en las lágrimas de cristal de la lámpara, que devuelven la luz multiplicada. Los tres miran asustados a la araña y después a Guillermina. Ella les dedica una sonrisa misteriosa y dice:

—Pase lo que pase, no se suelten de mi mano.

Es más de medianoche cuando unos golpes impacientes en la puerta resuenan en el palacete de Permanyer. Zelda está sentada a la mesa de la cocina, terminando de ajustar los engranajes de su última creación: una linterna mágica tan pequeña que Mina podrá llevarla en el bolso o esconderla bajo su falda durante sus sesiones de espiritismo para proyectar imágenes en movimiento.

—Es tarde, ¿esperas a alguien? —le pregunta Zelda.

—No. Pero supongo que será Ana Luisa Ferrer para darme las gracias. Ella y sus hermanos han quedado muy impresionados esta tarde después de contactar con su difunto padre.

—¿Supones? Menudo fiasco de adivina eres... —bromea Zelda, pero hay una nota de nerviosismo en su voz.

Es la noche libre del señor Baxter y están las dos solas en el palacete. El desconocido sin nombre que sustituye a Martín duerme desde hace horas en su habitación.

—Tranquila, no será nada.

Guillermina se levanta de la silla, se alisa las arrugas de la falda y camina hasta el vestíbulo. El Comodoro la sigue por el pasillo y llega al recibidor antes que Mina. Los golpes en la puerta se repiten, más impacientes ahora. Cuando abre, el doctor Ellis está de pie en el porche, muy cerca del arbusto de lavanda, con los cuellos de su abrigo negro levantados para protegerse del frío nocturno.

—Guillermina, buenas noches.

—Ellis. Pensé que habíamos quedado mañana en el café de la Ópera antes de tu conferencia. No me digas que aún estás preocupado por tu discurso en el anfiteatro anatómico, ya te he dicho que lo harás de maravilla; impresionarás a las jóvenes promesas de la medicina con tu encanto, te lo aseguro... —Pero entonces Mina repara en los dos agentes de uniforme que esperan en el pasaje—. ¿Qué sucede?

Los ojos verdes de Ellis tiemblan.

—El inspector jefe me ha enviado a buscarte. Ha sucedido algo terrible. Necesitamos tu ayuda en un caso, Mina.

AGRADECIMIENTOS

Gracias a todos esos lectores y lectoras que llegáis hasta aquí, hasta la última página de mis historias, y me escribís a alaitzleceaga@gmail.com para contarme cuánto os ha gustado. Leo personalmente cada uno de vuestros *emails* y me encanta hacerlo (aunque tarde un poco en responder), así que, por favor, no dejéis de escribirme. Gracias también a todos los que venís a mis presentaciones, firmas, charlas..., a quienes me escribís a través de las redes sociales, a quienes sacáis mis libros de las bibliotecas para leerlos o a quienes esperáis pacientemente para que os dedique el libro y haceros una fotografía conmigo. Gracias de corazón.

Gracias a todos los periodistas, *bloggers*, reseñistas y prescriptores de libros en general. A todos los que leéis y comentáis mis historias en internet, consiguiendo que estas vuelen y lleguen a más personas. Gracias también a los libreros y libreras, que hacen un trabajo maravilloso recomendando mis historias a sus lectores en librerías grandes y pequeñas. No me olvido de esos editores extranjeros, que siguen apostando por mis historias y por mis personajes. Nada de esto hubiera sido posible sin mi agente, Justyna Rzewuska.

Gracias a todo el equipo de Planeta por haber confiado en mí, por creer en esta historia y por hacerme sentir como en casa. A las maravillosas Belén López y Raquel Gisbert, por vuestros consejos, profesionalidad y sinceridad. A Lola Gulias, por ser cómplice, confidente y editora en este viaje.

Gracias a mi familia, por guardarme los secretos.

Y gracias siempre a mi marido, por creer en mí cuando yo no podía.

Otros títulos de la autora en Booket: